BASTEI
LÜBBE

Von Thomas William Simpson erschien bei Bastei Lübbe:

14553 Der Schattenspieler

Thomas W. Simpson

Tödliches Spiegelbild

Thriller

Aus dem Amerikanischen von
Karin Meddekis

BASTEI
LÜBBE

BASTEI LÜBBE TASCHENBUCH
Band 14 741

1.+2. Auflage: Juni 2002
3. Auflage: Juli 2002

Bastei Lübbe Taschenbücher ist
ein Imprint der Verlagsgruppe Lübbe

Deutsche Erstveröffentlichung
Titel der amerikanischen Originalausgabe: THE HANCOCK BOYS

Umschlaggestaltung: Reiner Diart, Köln
Titelbild: Agentur Schlück GmbH
Satz: hanseatenSatz-bremen, Bremen
Druck und Verarbeitung: Ebner & Spiegel, Ulm
Printed in Germany
ISBN 3-404-14741-3

WARNUNG

In der folgenden Geschichte geht es um klare und verworrene Verhältnisse, um Liebe und Leidenschaft, Habgier und Untreue, Mord und möglicherweise sogar um Brudermord.
Für zart besaitete Gemüter ist dieses Buch nicht geeignet.

DIE WICHTIGSTEN PERSONEN

(mehr oder weniger in der Reihenfolge ihres Erscheinens)

John Hancock	*Schriftsteller*
Will Hancock	*Schriftsteller*
Frank Hagstrom	*Anwalt*
Nicky Pegg	*Kindermädchen*
Sylvia Gierek	*Haushälterin*
Clara Dare Hancock	*Kunsthändlerin*
Sir Rodney Byrnes	*Verehrer*
Thomas Young	*Weltreisender*
Babe Overton	*Schauspielerin*
Gerdy MacDaniel	*Psychiaterin*
Leland Fisher	*Verleger*
Rafe Paquita	*Fischer*
William Hancock	*Vater*
Lenore Hancock	*Mutter*
Direktor Masters	*Schuldirektor*
Linda Carson	*Freundin der Familie*
Zelda Cosgrove	*Professorin*
Charles Dare	*Kunsthändler*
Anita Dare	*Kunsthändlerin*
Al Brown	*Privatdetektiv*
Hillary Fisher	*Vamp*
Dicky Cosgrove	*Psychopath*
Florence Baker	*Studentin*
Maxwell Edison	*Anwalt*

Da sprach der Herr zu Kain: »Wo ist dein Bruder Abel?« Er entgegnete: »Ich weiß es nicht. Bin ich der Hüter meines Bruders?«

Genesis, 4. Kapitel, Vers 9

PROLOG

27. APRIL 1984

LOS ANGELES, KALIFORNIEN

Hancock hatte ein großes Problem. Dieses Problem hieß Hagstrom. Hancock hatte monatelang nach einer Lösung für dieses Problem gesucht. Nach manchen Ausflüchten und viel Kopfzerbrechen war endlich der Zeitpunkt gekommen, um aktiv zu werden.

Er verließ das vergammelte Motelzimmer am Sunset Boulevard und stieg auf sein gebrauchtes Zehn-Gang-Fahrrad. Er trug Shorts, Turnschuhe, ein graues T-Shirt und eng anliegende Nylon-Handschuhe. Über seinen Schultern hing ein kleiner Lederrucksack. In diesem Rucksack waren ein Hammer, ein Meißel und eine 38er Saturday Night Special, die er in eines der dünnen Motelhandtücher eingewickelt hatte.

Selbst Hancocks eigene Mutter hätte ihren Sohn nicht wieder erkannt, wenn sie noch am Leben gewesen wäre. Er hatte sich sein hellblondes Haar im Waschbecken des Motelbadezimmers dunkelblond getönt. Ein falscher Schnurrbart in der gleichen Farbe klebte auf der Oberlippe. Eine Sonnenbrille aus Spiegelglas verdeckte seine dunkelblauen Augen. Aber sogar mit dieser Verkleidung sah Hancock nicht wie ein junger Mann aus, der beabsichtigte, einen Mord zu begehen.

Hancock überquerte den Hollywood Boulevard, fuhr ihn hinunter und dann in die Berge. Diese Strecke war schwierig und führte über neue Straßen wie Achilles, Hercules und Apollo. Hancock kannte die Abzweigungen, ohne auch nur einen Blick auf die Straßenschilder werfen zu müssen. Das war auch gut so, denn ein Fremder konnte sich schnell in den Hollywood Hills verirren, und wenn man sich einmal verirrt hatte, musste ein Polizist gerufen werden, der gerade in der Nachbarschaft Streife lief, um den Ortsunkundigen aus den endlosen Windungen, Serpentinen und Sackgassen zu befreien.

Und gerade einen Polizisten konnte Hancock jetzt am wenigsten gebrauchen.

Seine Oberschenkel und Waden waren gestählt, denn seit seiner Ankunft in Kalifornien war er oft mit dem Fahrrad gefahren. Selbst die steilsten Hänge bereiteten ihm keine Schwierigkeiten. Er fuhr den Laurel Canyon Boulevard entlang, bis er den Mulholland Drive erreichte. Auf dem Mulholland scharf links, und dann hatte er plötzlich nur noch weniger als eine Meile vor sich. Es herrschte nicht viel Verkehr, und die Abenddämmerung brach herein. Perfektes Timing. Genau nach Plan.

Unten konnte er Beverly Hills und die Innenstadt von Los Angeles unter einem zarten, orangefarbenen Smogschleier sehen. Aufgrund des Smogs waren Santa Monica und der blaugrüne Pazifik nicht zu erkennen. Für Naturbeobachtungen hatte er jetzt auch keine Zeit. Er trat kräftig in die Pedale. Seine muskulösen Beine arbeiteten wie ein Paar Maschinenkolben. Sein Herz klopfte stark, um mit den Mordabsichten Schritt zu halten.

Schwierig, sich Hancock als Mörder vorzustellen. So einen gepflegten, weißen Jugendlichen der Mittelklasse. Er hatte in Harvard – an der fernen Ostküste – studiert, und sein ganzes Leben lag wie ein langer, glücklicher Hollywood-Film vor ihm. Sie werden sich gewiss wundern, was hier vor sich geht. Warum hatte er die 38er Special, den Hammer und den Meißel bei sich?

Genau hinter dem Fryman Canyon Overlook bog Hancock links ab. Dann noch einmal links in den Edwin Drive. Der Edwin Drive endete nach ein paar hundert Metern. Hancock bog in die letzte Straße rechts ein. Das Rad holperte über sorgfältig gepflasterte Kopfsteine. Nach einer kurzen Strecke folgte ein Kiesweg. Vielleicht dreißig Meter von dem Haus entfernt bog er von der Straße ab und fuhr auf einen kleinen Platz, auf dem Bäume und Sträucher wuchsen. Hinter einem Rhododendron stellte er den Drahtesel ab und näherte sich dem Haus zu Fuß.

Es war ein recht neuer Bungalow aus Rotholz und Glas mit einem Panoramablick aufs Tal. Hancock wartete, bis es dunkel war und im Tal Millionen Lichter aufleuchteten.

In der Einfahrt standen keine Wagen. Als die Abenddämmerung der Nacht gewichen war, schaute Hancock in die Garage. Er sah den Oldtimer T-Bird seines Vaters und Hagstroms langen Lincoln. Von Babe Overtons Mustang war nichts zu sehen. Das bedeutete, dass Hagstrom höchstwahrscheinlich im Hause war. Allein.

Langsam ging Hancock ums Haus herum. Als er vor Hagstroms Büro an der rechten Ecke der Rückseite ankam, achtete er besonders darauf, sich versteckt zu halten. Die Schreibtischlampe brannte, und der Schreibtisch war mit Papieren übersät. Die Aktentasche des Anwalts lag offen auf dem Teppich, aber von Hagstrom war nichts zu sehen.

Hagstrom war auch nicht im Schlafzimmer oder im Arbeitszimmer oder in der Küche oder im Esszimmer. Verdammt! Vielleicht war Hagstrom doch mit seiner jungen Freundin ausgegangen. Hancock und sein Bruder, die Hagstrom schon seit Monaten kannten, wussten jedoch, dass er das Haus sehr selten – wenn überhaupt – verließ, ohne den T-Bird oder den Lincoln zu benutzen.

Die Front des Hauses, die fast ganz aus Glas bestand, überragte *das Tal der Engel.* Hancock und sein Bruder grübelten nun schon seit einem Jahr über ihre Aktion. Es hatte zahlreiche Verschiebungen und Rückschläge gegeben. Mord war immerhin ein gewaltiger Schritt, eine bedeutende Sache, und so etwas machten die Hancock-Brüder nicht alle Tage. Plötzlich klopfte Hancocks Herz so stark, dass er das Gefühl hatte, es würde in der nächsten Sekunde aus seiner Brust springen. Auf einmal fürchtete er, dass er es nicht schaffen würde.

Hancock stand dort und fragte sich, was er tun sollte. Er

zog schon in Erwägung, kehrtzumachen, als er den Schweiß unter seinen Achseln spürte, obwohl die Nacht kühl war. Er beschloss, seinen Bruder an der Ostküste anzurufen und ihn noch einmal über die Verantwortung, die auf seinen Schultern lag, aufzuklären. Er schaffte es einfach nicht.

Doch dann passierte etwas sehr Seltsames. Man könnte fast meinen, dass sich das Schicksal in das Leben von John und Will Hancock einmischte.

Als Hancock durch die großen Fenster schaute, sah er den legendären Frank Hagstrom auf einem Holzstuhl stehen, der sich auf dem Glastischchen neben dem Sofa im Wohnzimmer befand.

Am frühen Abend hatte Frank Hagstrom einen dicken Hanfstrick über einen der Balken geworfen, die unter der vier Meter fünfzig hohen Decke entlangliefen. Er hatte den Strick an einem Ende verknotet und am anderen Ende eine Henkerschlinge gemacht. Anschließend hatte er einen der Wohnzimmerstühle auf den Couchtisch gestellt und war hinaufgestiegen. Er hatte das Seil in die Hand genommen, es aber nicht geschafft, sich umzubringen, und war ein paar Minuten später wieder hinuntergestiegen.

Frank war normalerweise ein sehr willensstarker, entschlossener Mensch. Dennoch stieg er seinen selbst gebauten Galgen schon seit ein paar Stunden immer wieder hinauf und hinunter. Er war gerade zum zehnten Mal hinaufgestiegen, als Hancock unangemeldet vor seinem ehemaligen Elternhaus ankam, um dem Anwalt eine Kugel in den Kopf zu jagen.

Das war eine überraschende Wende des Schicksals. Hancock hatte so etwas nicht vorhergesehen. Er wünschte nur, dass sein Bruder da gewesen wäre, um es zu bezeugen.

Er beobachtete, wie Hagstrom wieder hinunterstieg, dann wieder auf den Stuhl kletterte und erneut hinunterstieg. Hancock hatte keine Ahnung, warum Hagstrom Selbstmord begehen wollte. Wenn er Leser des Regionalteils der *Los Angeles Times* gewesen wäre, hätte er vielleicht eine dunkle Ahnung gehabt. Schon seit mehreren Wochen hatte es Berichte gegeben, die andeuteten, dass Frank Hagstrom möglicherweise in verschiedene schmutzige Geschäfte mit einer großen Anzahl dubioser Gestalten verstrickt sei. Was in der Zeitung gestanden hatte, war nur die Spitze des Eisbergs. Frank Hagstrom, eine führende Persönlichkeit der Gesellschaft und einer der gefragtesten Anwälte in Los Angeles, steckte in Schwierigkeiten. In großen Schwierigkeiten. Er hatte die falschen Klienten bestohlen, die falschen Fälle verloren und sich mit den falschen Leuten eingelassen.

Hancock und sein Bruder waren nur zwei der zahllosen Leute, die Frank auf den Fersen waren.

Hancock beobachtete das merkwürdige Schauspiel etwa eine halbe Stunde lang. Schließlich kam er zu dem Schluss, dass Frank Hagstrom nicht die Courage hatte, sich selbst zu erhängen. Daher beschloss er, ins Haus zu gehen, dem Anwalt einen Besuch abzustatten und ihm vielleicht bei dem Selbstmord zur Hand zu gehen.

Zunächst einmal musste Hancock jedoch ins Haus gelangen. Dann erst konnte er sich um eine unerledigte Angelegenheit kümmern. Eine Familienangelegenheit ...

ERSTER TEIL

6. JUNI 1999

Sonntagmorgen –

BOSTON, MASSACHUSETTS

Zwei Polizisten erscheinen vor John Hancocks Haus am Louisburg Square in Beacon Hill, Boston. Sie wollen mit Mr Hancock sprechen.

Nicky, das junge Kindermädchen aus Yorkshire, öffnet die Haustür. Sie grinst die beiden Detectives hämisch an, nachdem diese sich ausgewiesen haben. »Tut mir Leid, aber Mr Hancock arbeitet, und wenn er arbeitet, will er nicht gestört werden.«

Die Bullen wechseln einen verärgerten Blick; dann sagt der eine: »Es dauert nicht lange, Miss. Warum sagen Sie Mr Hancock nicht einfach, dass die Polizei hier ist?«

Nicky hat strikte Anweisungen: keine Störungen. Sie ist jetzt seit acht Monaten bei den Hancocks, und das hat sie bereits in den ersten Tagen gelernt.

»Es wäre besser«, erwidert sie, »wenn Sie heute Nachmittag wiederkommen. Oder rufen Sie vorher an und vereinbaren einen Termin.«

»Tut uns Leid«, sagt der andere Detective, »aber wir werden heute Nachmittag nicht wiederkommen. Außerdem kündigen wir uns nicht telefonisch an, und Termine vereinbaren wir auch nicht. Es geht hier um dringende polizeiliche Angelegenheiten. Sagen Sie Hancock *jetzt,* dass wir ihn sprechen möchten, sonst kriegen wir Sie wegen Behinderung der Ermittlungen dran.«

Die neunzehnjährige Nicky starrt die Polizisten an. »Ich schau mal nach, ob er Zeit hat.« Dann knallt sie den Männern die Tür vor der Nase zu.

Die Polizisten schauen sich an und schütteln den Kopf.

»Freches Biest, was?«

»Ein richtiges kleines Miststück. Joey, ab sofort übernehme ich das Reden. Nimm's mir nicht krumm, aber du hörst dich an wie ein ausgeflippter Kleinstadtgangster. *Wir kommen nicht wieder, wir kündigen uns nicht telefonisch an, wir machen keine Termine.* Mein Gott, wie sich das anhört. Wenn wir was erreichen wollen, müssen wir anders vorgehen.«

»Ich dachte, es könnte nicht schaden, die Kleine ein bisschen härter anzupacken, Moe. Findest du meinen Spruch denn nicht gut, wir würden sie wegen Behinderung der Ermittlungen drankriegen?«

»Vergiss es, Joey. Wenn Hancock kommt, hältst du die Klappe und machst ein Gesicht wie ein Bulle, okay?«

Nicky geht in die Küche und wählt auf der Haussprechanlage den zweiten Stock an.

John Hancock, ganz in seine Romanwelt versunken, springt förmlich vom ledernen Schreibtischsessel hoch, als die Haussprechanlage summt. Er war weit weg, vertieft in die gestörte Psyche seines Protagonisten.

Die Haussprechanlage hängt an der Wand neben der Tür. Er drückt auf den Knopf. »Hoffentlich haben Sie einen triftigen Grund, mich zu stören. Feuer im Haus. Hochwasser. Die Barbaren vor den Toren ...«

»Die Polizei, Sir.«

»Polizei? Das ist ja noch schlimmer als die Barbaren. Was wollen die?«

»Mit Ihnen sprechen, Sir.«

»Wahrscheinlich wollen sie Geld für ihre Witwen- und Waisenkasse. Eine raffinierte und vermutlich legale Art von Gaunerei, also wirklich.«

»Gaunerei, Sir?«

»Schon gut, Nicky. Sagen Sie, ich komme gleich.«

John Hancock geht durch sein Büro zu dem großen Fenster und zieht die dünnen Baumwollvorhänge zurück. Von einem

Streifenwagen ist auf dem Platz nichts zu sehen. Sie müssen mit einem Zivilfahrzeug gekommen sein. Vielleicht mit dem dunkelblauen Chevy Caprice, der drüben auf der Pinckney steht.

Hancock geht zum Schreibtisch zurück. Er schaut sich seine geistigen Ergüsse von heute Morgen an: viereinhalb schnell hingekritzelte Seiten auf einem gelben Block. Im Gegensatz zu seinem Bruder, der es vorzieht, seine Texte sofort in den Computer einzugeben, schreibt Hancock seine ersten Entwürfe immer mit der Hand. Ihm gefällt die Spontanität, wenn der Stift übers Papier huscht und die Seiten füllt. Er weiß, dass er heute Morgen keine Seiten mehr füllen wird. Seine Konzentration ist dahin.

Bevor er sich auf den Weg hinunter macht, geht Hancock noch schnell ins Schlafzimmer, einen gemütlichen Raum im ersten Stock, der mit antiken Kirschholzmöbeln ausgestattet ist. Er wirft kurz einen Blick in den Spiegel. In den Boxer-Shorts und dem T-Shirt macht er keinen besonders guten Eindruck. Deshalb zieht er eine saubere Hose und einen Baumwollpullover an.

Hancock ist einszweiundachtzig – das heißt, es fehlt ungefähr ein Millimeter. Sein Bruder ist *genau* einszweiundachtzig. Im nächsten Jahr werden sie beide vierzig, aber zur Not gehen sie auch noch für fünfunddreißig durch, vielleicht sogar für dreiunddreißig. Sie wiegen achtzig beziehungsweise einundachtzig Kilo – schlank, aber kräftig.

Als ein Mann, der gerne so wenig Zeit wie möglich für Körperpflege verwendet, trägt Hancock sein hellbraunes Haar ganz kurz. Waschen, mit dem Handtuch trockenrubbeln – fertig. Gezwungenermaßen trägt sein Bruder Will sein Haar genauso.

Hancock steigt die Treppe hinunter und öffnet die Haustür. Die beiden Bullen von der Bostoner Polizei sehen ein bisschen sauer aus. Wahrscheinlich weil sie warten mussten. Hancock lächelt und bittet sie ins Haus.

Sie stehen in der Diele, einem prachtvollen Eingangsflur

mit einem Kristallleuchter und echten Ölgemälden an den Wänden, darunter ein kleiner Monet; das Bild zeigt einen Jungen, der von einer Brücke angelt. Die Detectives schauen sich die Gemälde gar nicht an. Kunstbanausen.

Joey und Moe zücken ihre Dienstmarken. Hancock wirft einen flüchtigen Blick darauf. Er hat kein Grund anzunehmen, dass diese Typen nicht das sind, wofür sie sich ausgeben.

»Detective Connor«, stellt Moe seinen Kollegen vor. »Ich bin Detective Raymond.«

Hancock schüttelt den Beamten die Hand. Er schüttelt gerne Hände. »Was kann ich an diesem herrlichen Frühlingsmorgen für zwei unserer Bostoner Polizisten tun?«

Moe schaut kurz in seine Notizen. »Sie sind Mr Hancock? Ist das richtig, Sir?«

»Ja.«

Moe blättert in seinem Block. »Mr Hancock«, sagt er, »wir sind heute Morgen wegen einer Vermisstenanzeige hier.«

»Vermisstenanzeige? Wer wird denn vermisst?« John kneift die Augen zusammen. Sofort ist er zutiefst beunruhigt. »Doch nicht etwa die Jungen?«

»Die Jungen, Sir?«

»Meine Söhne. Sie werden doch nicht vermisst, oder? Ich habe sie vor etwa einer Stunde zur Sonntagsschule in die Kirche gebracht. Ich hätte auch zum Gottesdienst bleiben sollen, hatte aber noch zu arbeiten.«

»Es geht nicht um Ihre Söhne, Sir.«

»Da bin ich erleichtert. Und um wen geht es dann?«

Moe schaut wieder in seine Notizen. »Haben Sie einen Bruder, Sir? Einen gewissen Mr William Larson Hancock?«

John Hancock ist verwirrt. Dann sagt er: »Nun ja ... aber er ...« John atmet tief ein. »Entschuldigen Sie, aber wer genau wird denn vermisst?«

»Wir haben eine Anzeige erhalten, dass Ihr Bruder Will vermisst wird.«

Hancock mustert die beiden Beamten. »Sie nehmen mich wohl auf den Arm, was? Hat Lee Fisher Sie geschickt?«

»Das ist kein Scherz, Sir. Und einen Lee Fisher kenne ich nicht.«

»Leland Fisher. Mein Verleger. Der spielt anderen gerne Streiche. Manchmal ...«

»Das ist kein Streich, Sir.«

Hancock begreift es allmählich. Er braucht eine Sekunde, um seine Gedanken zu ordnen. »Können Sie mir sagen, wer die Vermisstenanzeige aufgegeben hat?«

Joey tritt einen Schritt vor, und obwohl Moe ihn vorhin gewarnt hat, sagt er: »Treiben Sie keine Spielchen mit uns, Mr Hancock. Haben Sie Kenntnis vom Aufenthaltsort Ihres Bruders oder nicht?«

Hancock reibt sich über die Stirn. Seine Stimme soll auf keinen Fall ungeduldig klingen. »Ich weiß allerhand darüber«, sagt er zu Detective Connor. Dann wendet er sich wieder an Detective Raymond. »Ich möchte gerne wissen, wer die Anzeige erstattet hat.«

Moe schaut wieder in seine Notizen. »Ich glaube, Ihre Frau, Sir.«

»Meine Frau?«

»Heißt Ihre Frau Clara Dare Hancock?«

»Ja.«

»Ist Mrs Hancock zu Hause, Sir? Vielleicht könnten wir mit ihr sprechen.«

»Sie ist in London.« Hancocks Gedanken überschlagen sich. Er tut sein Bestes, ruhig zu bleiben. »Geschäftlich. Sie ist gestern gefahren.«

»Ich verstehe.«

»Ich habe keine Ahnung«, sagt Hancock, »warum meine Frau meinen Bruder als vermisst gemeldet haben sollte. Wissen Sie, wann sie die Anzeige erstattet hat?«

Moe schaut noch einmal in seine Notizen. In seinem Block steht überhaupt nichts, zumindest nichts über die Hancock-Sache. Nur ein paar Hinweise über die genaue Lage des Hauses am Louisburg Square und ein Zettel seiner Freundin, auf dem steht, was er auf dem Nachhauseweg mitbringen soll:

Hamburger von McDonald's und Chips aus dem Supermarkt. Was für ein Fraß!

»Der Bericht ist von Freitag, Sir. Die Anzeige kann am Freitag oder am Donnerstag erstattet worden sein. Ich habe den Anruf nicht entgegengenommen, deshalb weiß ich es nicht. Wir haben die Aufgabe, Sie aufzusuchen und der Sache nachzugehen. Wir sollen feststellen, was wir herausfinden können.«

Hancocks Gesicht, das normalerweise Ruhe ausstrahlt, zeigt plötzlich einen Hauch von Verwirrung und Angst. Er nickt. »Ich verstehe.«

Joey hat keine Lust mehr, sich zurückzuhalten, und fragt: »Helfen Sie uns jetzt, oder was? Wenn Sie wissen, wo Ihr Bruder ist, können wir das schnell klären.«

Hancock atmet noch einmal tief ein. »Es tut mir Leid, Ihnen das sagen zu müssen, meine Herren, aber mein Bruder Will ist seit fast zwanzig Jahren tot. Er ist 1982 an der Küste von Belize beim Tauchen verunglückt und ertrunken.«

Joey und Moe halten sich nicht mehr lange bei Hancock auf, nachdem sie von Will Hancocks tragischem, frühzeitigem Tod erfahren haben. Sie haben nicht den Auftrag, sich dort unnötig aufzuhalten. Daher murmeln sie eine Entschuldigung und ziehen sich eilig zurück.

Hancock steht auf der kleinen Veranda vor dem Haus und beobachtet, dass die Männer nicht zu dem dunkelblauen Caprice gehen, sondern zu einem feuerroten Ford Mustang, der oben an der Straße parkt. Nicht gerade ein typischer Streifenwagen, denkt er, aber vielleicht fahren die Bullen ja heutzutage mit ihren Privatwagen durch die Gegend. Was spricht dagegen? In seiner Tasche ist ein Stift, und auf dem Tisch in der Eingangshalle liegt ein Stück Papier. Hancock ist ganz sicher, dass der eine Bulle Raymond hieß. An den Namen des anderen kann er sich nicht genau erinnern. Connolly oder Carver, irgendein irischer Name. Dabei hörte er sich eher wie ein Italiener aus Brooklyn an.

Hancock schreibt sich die Namen auf, steckt den Zettel in

die Tasche und geht auf der Suche nach Nicky durchs Haus. Das Kindermädchen ist in der Küche und trinkt Tee mit Sylvia, der Köchin und Haushälterin.

»Ach«, sagt er, »die beiden liebsten Frauen der Welt.« Und wie es seine Gewohnheit ist, zitiert er Bard. »Ein Mann, der sprechen kann, ist kein Mann, wenn er mit seinen Worten keine Frau für sich gewinnen kann.«

Nicky ist verunsichert und errötet. Sylvia heuchelt Entrüstung. Innerlich erliegt sie Mr Hancocks Charme. Es ist ein Spiel, das sie spielen: Er ist der sorglose Amerikaner mit dem lockeren Mundwerk und dem teuflischen Lächeln. Sie ist die zurückhaltende Osteuropäerin, eine schweigsame, ernste Frau. Doch Hancock fragt sich oft, ob Sylvia nicht die Wahrheit kennt und dieses Spiel durchschaut hat.

»Haben wir etwas von der Chefin gehört?«, fragt er. »Hat sie angerufen?«

Nicky schüttelt den Kopf. »Ich habe nicht mit Mrs Hancock gesprochen, Sir.«

Sylvia schaut ihn böse an. Sie beantwortet die Frage nur indirekt. Ihrer Meinung nach ist sie eine Beleidigung. »Ich sage Ihnen *immer* Bescheid, wenn jemand für Sie anruft.« Ihr Englisch ist zwar ausgezeichnet, doch ihre Aussprache ist langsam und gestelzt. »Besonders wenn Mrs Hancock anruft.«

Hancock lächelt die polnische Köchin an. »Ach, Sylvia, Sie hätten einen guten General abgegeben. Hätten Sie den Befehl über die Grenztruppen gehabt – die Nazis wären niemals über die Oder gekommen.« Er verbeugt sich förmlich vor den beiden Damen. »Wenn Sie mich jetzt bitte entschuldigen. Ich will versuchen, ein wenig zu arbeiten, damit wir die Rechnungen bezahlen und die Wölfe von der Tür fern halten können.«

Hancock geht zur Treppe und bleibt unten noch einmal stehen. »Holen Sie die Jungen ab, Nicky? Oder soll ich?«

»Nein, ich hole sie ab, Sir.«

Hancock nickt. »Schicken Sie die Jungs nach oben, wenn

Sie zurück sind, ja? Wir drei haben was vor. Wir müssen etwas erledigen, und wir wollen spielen.«

John zieht sich in sein Büro im zweiten Stock zurück. Er versucht, weiter an seinem neuesten Roman zu arbeiten, doch nach dem unerwarteten Erscheinen der beiden Bostoner Polizeibeamten ist seine ganze Kreativität dahin.

Er geht im Zimmer auf und ab. Immer wieder durchschreitet er das große Büro. Er ist umgeben von den Notwendigkeiten und dem Luxus eines Schriftstellers: Kugelschreiber, Bleistifte, Computer, Drucker, Lexika, Landkarten, eine Dartscheibe an der Tür, ein Putter und ein paar Golfbälle, ein Fax-Gerät, ein Aktenschrank aus Eiche, ein dickes Wörterbuch auf einem Teewagen (auf der Seite aufgeschlagen, auf der das Wort *Brudermord* erläutert wird; doch im Moment schenkt Hancock dem keine Beachtung); überall Post-it-Zettel, überall Papier, bergeweise Papier: weißes Papier, liniertes Papier, gelbes Papier, Papier auf dem Wörter, Sätze und Geschichten stehen. Und überall Bücher und Bücherregale, auf denen alle möglichen Bände stehen: Romane, Biografien, Geschichtsbücher, Fachbücher, Reiseromane, Bücher über Politik und Krieg, Bücher über Landwirtschaft und Tierhaltung. Bücher vom Boden bis zur Decke. Bücher, die das gesamte Wissen der Welt enthalten.

Hancock geht zwischen all diesen Dingen auf und ab. Er fragt sich, warum seine Frau die Polizei verständigt haben sollte, um seinen Bruder als vermisst zu melden. Seltsam. Sehr seltsam. Er möchte sie anrufen und um eine Erklärung bitten. Mehrmals hebt er den Hörer ab. Mehrmals wählt er schon die ersten Zahlen der Nummer. Einmal ruft er tatsächlich in ihrem Hotel in London an. Natürlich das Savoy. Nur das Beste für Clara, sonst fährt sie gar nicht erst. Sie hat einen silbernen Löffel im Mund. Doch sie wurde nicht damit geboren; sie hat ihn sich durch harte Arbeit, Fleiß und Täuschungen verdient.

Hancock legt auf, ehe an der Rezeption jemand den Hörer abhebt.

Im Laufe der Jahre hat er gelernt, seine Instinkte zu beherrschen, seine Gefühle zu kontrollieren und Situationen einzuschätzen. Wenn seine Frau die Bullen angerufen hat, erwartet sie sicher von ihm, dass er sie anruft und eine Erklärung verlangt. Es ist wohl besser, sie nicht anzurufen und abzuwarten, wie die Dinge sich entwickeln. Natürlich könnte er sie auch anrufen, ohne das kurze Gespräch mit den beiden Polizisten überhaupt zu erwähnen. Das Thema einfach ignorieren. Sehen, wie *sie* sich unter diesen Umständen verhält.

Clara würde die Sache perfekt meistern. So wie sie alles meistert. Außerdem weiß Hancock, dass er sofort mit der Neuigkeit herausplatzen würde, dass die Bullen aufgetaucht sind, um sich nach seinem Bruder Will zu erkundigen, wenn er Clara erst mal an der Strippe hat.

Die Jungen bereiten diesem Hin und Her ein Ende. Sie rennen kreischend die Treppe hinauf, zwei Feuerwehrmänner, die auf einen Alarm reagieren. Halb erstickt vom Rauch, doch furchtlos vor den Flammen, stürmen sie voran, ohne sich um ihr eigenes Leben zu sorgen.

»Komm schnell!«, ruft der sechsjährige John junior, der ältere der beiden. »Ein Opfer!«

»Wir müssen es rausbringen«, kräht der kleine Willy, fünf Jahre alt. »Bevor's ganz verbrennt.«

Sie stürmen ins Büro, werfen das Opfer auf den Teppich und machen mit Sauerstoffbehältern, die nur in ihrer Fantasie existieren, Wiederbelebungsversuche. Dann hetzen sie ihren Vater die Treppe hinunter ins Schlafzimmer, wo die Luft frisch ist und keine Gefahr mehr droht.

Hancock drückt die beiden Jungen stürmisch an sich und bedankt sich, dass sie ihm das Leben gerettet haben. Er gibt beiden einen Dollar für ihren Heldenmut, den sie angesichts der Gefahr bewiesen haben. Natürlich bezahlt Hancock in Wahrheit ihre Kreativität. Für ihn ist Kreativität das größte Geschenk des Menschen, die Fähigkeit, die er allen anderen Wesen voraushat, die auf der Suche nach Nahrung und Unterschlupf über den Planeten wandern. Hancock ermuntert seine Sprösslinge täglich dazu, ihre Fantasie auszuleben.

John junior und der kleine Willy nehmen das Geld und flitzen davon. Sie verschwinden sofort in ihrem Zimmer, reißen sich ihre Sonntagsklamotten vom Leib und ziehen Latzhosen und Sweatshirts an.

John junior und Willy teilen sich ein Zimmer, wie schon ihr Vater und ihr Onkel sich damals ein Zimmer teilten. John und Willy sind zwar keine Zwillinge, aber deutlich erkennbar Brüder – das kann ein Blinder sehen. Und Hancock ist der Meinung, dass Brüder zusammenleben sollten, besonders wenn sie noch so jung sind, damit sich die äußerst wichtigen brüderlichen Bande entwickeln können.

Sie legen ihre Sachen weg und rennen aus dem Zimmer, um ihren Vater zu suchen, ohne Zweifel der großartigste und coolste Typ in ihrem kleinen Universum. Er liegt noch auf dem Bett und sucht Antworten auf Fragen, die seine Frau, seinen Bruder und die beiden Polizisten betreffen.

»Komm, Dad! Wir müssen los.«

»Wohin gehen wir denn?«

»Auf die Wiese. Du hast gesagt, wir lassen heute nach der Schule einen Drachen steigen. Vielleicht können wir auch Verstecken spielen.«

»Einen Drachen steigen?«, fragt ihr Vater erstaunt. »Wann habe ich das gesagt?«

»Vor ein paar Tagen.«

Hancock denkt darüber nach. »Ihr habt Recht. Ich habe gesagt, dass wir am Sonntag nach der Schule einen Drachen steigen lassen. Okay, gehen wir.«

Jetzt hält die Jungen nichts mehr. Mit ihrem Vater ziehen sie los. Ein glückliches Trio voller Tatendrang.

Bevor John Hancock Vater wurde, war er sich gar nicht sicher, ob er Kinder haben wollte. Jetzt bedeuten seine Jungs ihm mehr als alles andere auf der Welt.

Als sie zur Hintertür gehen, nimmt John sein Handy und steckt es in die Tasche seines Blousons. Falls er plötzlich von dem Wunsch überwältigt wird, Clara anzurufen.

Sonntagnachmittag

LONDON, ENGLAND

Clara Dare Hancock macht den meisten Männern Angst. Ihre Größe. Ihr Selbstvertrauen. Ihr Charme. Ihr Verstand. Ihr Geld. Und am meisten vielleicht ihre Energie und ihr grenzenloser Ehrgeiz. Sie hatte sogar John Hancock ziemlich lange zappeln lassen, ehe sie seinen beachtlichen Verführungskünsten erlag. Natürlich hatte Hancock ein wenig Hilfe, um Ms Dare zu verführen. Zwei gegen einen kann schwerlich als fairer Kampf betrachtet werden.

In diesem Moment schreitet Clara durch ihre Suite im Savoy, die aus einem großen Schlafraum, einem feudalen Bad und einem Wohnraum mit Bar und gasbetriebenem Kamin besteht. Anmutig bewegt Clara sich durch die Fünfhundert-Pfund-pro-Nacht-Suite. Ihre linke Hand ruht auf ihrer linken Hüfte; die rechte drückt ein winziges Handy an ihr rechtes Ohr, denn sie kümmert sich gerade ums Geschäft.

»Es ist mir egal, dass heute Sonntag ist, Joanne. Es ist mir egal, dass heute Ostermontag ist. Ich möchte, dass Sie in die Galerie gehen, das Licht anmachen, die Heizung einschalten, den Boden fegen und die Möbel abstauben.«

Clara hält kurz inne, um der Geschäftsführerin ihrer Galerie, Ms Joanne Smith, zuzuhören, aber sie hört nicht lange zu. »Das war für morgen vorgesehen. Na und? Man muss flexibel sein, Joanne.« Clara streicht sich ein paar Strähnen ihrer kurzen blonden Haare aus der Stirn. »Wenn unser arabischer Freund die Gemälde noch heute sehen will und nicht erst morgen, sollten wir dem Herrn entgegenkommen. Schließlich hat er Interesse, eine beachtliche Summe in unserem bescheidenen kleinen Geschäft auszugeben.«

Clara Dare Hancock hat diesen Araber monatelang, fast ein Jahr lang bearbeitet. Er hält sich aufgrund seines zweijährigen Internatsaufenthalts in Oxford und seinen zig Milliarden Dollar auf Schweizer Banken für einen kultivierten Mann.

Clara will nur einen kleinen Teil seines Geldes. Als Gegenleistung will sie ihm einen großen Toulouse-Lautrec mit Pariser Show-Girls und einen finsteren, kleinen Manet überlassen, den das Metropolitan Museum of Art in New York unbedingt haben wollte – allerdings für ein Butterbrot, und Claras Galerie ist schließlich kein Wohltätigkeitsverein. Wenn Clara alt und grau und runzelig ist, wird vielleicht ein Menschenfreund aus ihr, aber nicht jetzt, nicht heute.

Also gibt sie Joanne, die sich mit impressionistischer und post-impressionistischer Kunst gut auskennt, ansonsten aber ziemlich dumm ist, ihre Anweisungen, beendet das Gespräch und wirft das Handy aufs Sofa. Clara ist sehr schlank und mit ihren einsfünfundsiebzig ziemlich groß. Sie hat unglaublich lange Beine und klare, himmelblaue Augen. Wenn man einen Blick auf Mrs Clara Dare Hancock wirft, könnte man sie für ein geistig leicht unterbelichtetes Laufsteg-Model halten und nicht für eine zähe, intelligente Geschäftsfrau, die mit teuren Kunstgegenständen handelt.

Sie streicht ihren knöchellangen, seidenen Morgenrock glatt und seufzt. Clara ist ganz allein in ihrer Suite. Weil sie es hasst, allein zu sein, macht sie das, was sie immer getan hat, seitdem sie als kleines Mädchen allein zu Hause gelassen wurde, während die Mutter als Putzfrau ihren Lebensunterhalt verdiente. Clara, die eine lebhafte Fantasie hat, bildet sich ein, auf einer Bühne zu stehen, und das Publikum verfolgt leise und gebannt jede ihrer Bewegungen und Gesten. Das Publikum wird nicht enttäuscht. Nachdem Clara den Gürtel ihres Morgenrocks gelöst hat, lässt sie ihn langsam zu Boden gleiten. Und unter dem Morgenrock trägt sie nichts, keinen BH und keinen Slip, nur glatte, weiße Haut. Ihre Brüste sind klein, aber fest und wohl geformt. Sie hat auch noch mit sechsunddreißig eine schmale Taille, doch die Hüften sind etwas breiter, als ihr lieb ist. Das hat sie den beiden Geburten zu verdanken, die beide kein Zuckerschlecken waren. Bei beiden wurden in ihrem Leib richtiggehende Kämpfe ausgefochten. Doch sie würde diese Kämpfe ohne zu zögern noch einmal ausfechten, denn sie bescherten ihr die größten Siege ihres Lebens: John junior und den kleinen Willy.

Jetzt geht sie zum Bett und nimmt den Telefonhörer ab. Sie bekommt eine Amtsleitung und wählt die Nummer vom Stadthaus in Beacon Hill. Nur um Hallo zu sagen. Nur um ihren Jungen zu sagen, dass sie sie liebt und vermisst und es kaum erwarten kann, sie wiederzusehen. Sie sind erst seit einem Tag getrennt, aber es kommt ihr vor wie ein Monat.

Leider ist Sylvia am Apparat und sagt ihr, dass die Jungen gerade eben das Haus verlassen haben, um einen Drachen steigen zu lassen.

Clara seufzt noch einmal, diesmal vor Enttäuschung. »Richten Sie ihnen bitte aus, dass ich angerufen habe, Sylvia. Und dass ich später noch einmal anrufe.«

Sylvia versichert Mrs Hancock, sie werde es ausrichten. Clara seufzt. Sie möchte die niedlichen Stimmen der Jungen hören, die so voller Staunen und Begeisterung sind.

Eine halbe Stunde später klingelt das Telefon. Clara gönnt sich soeben ein Bad in der tiefen Wanne; das Wasser duftet von samtigem, weichem Savoy-Badeschaum. Zuerst will sie den Hörer gar nicht abheben. Doch es könnte ihr arabischer Freund sein; deshalb greift sie mit der Hand durch den Schaum nach dem Telefon auf dem Marmorrand. »Hallo?«

»Clare?«

»Ja.«

»Hier Rodney.«

Als hätte sie seine Stimme nicht erkannt! Dieser eingebildete, schwatzhafte Engländer. Fast so spießig wie der Prince of Wales, den Rodney – ein Mitglied der feinen Gesellschaft – übrigens persönlich kennt. Ein Grund mehr, dass Clara *Sir* Rodney so amüsant findet. »Ach, du bist es.«

»Bist du gerade angekommen?«

»Ja«, lügt Clara, denn in Wahrheit ist sie schon vierundzwanzig Stunden in der Stadt. Eine Ewigkeit, gemessen nach Rodneys Zeitbegriff. Gewöhnlich spürt er sie überall in Europa binnen Minuten auf, sobald sie den Zoll passiert hat.

»Schon ausgepackt?«

Es fasziniert sie, dass er selten ganze Sätze spricht. »Ja«, erwidert sie, »ich nehme gerade ein warmes Bad. Ich bade niemals heiß. Das trocknet die schöne weiße Haut aus.«

»Ach, wie herrlich.«

Sir Rodney Byrnes: Diesen Titel hat er seinen Vorfahren zu verdanken. Einer von ihnen schlachtete vor Jahrzehnten irgendwo in Afrika im Namen der englischen Krone fröhlich eine große Zahl von Bantu-Heiden ab; er beförderte sie mit Kanonen und Gewehren und verschiedenen Giften ins Jenseits – die Heiden hatten nur Stöcke. Und vielleicht ein paar Steine. Aber sie hatten auch Gold und Diamanten in ihren unberührten Bergen, und die Hannoveraner waren scharf darauf. Byrnes der Ältere half den Bewohnern des Buckingham, diese Schätze zu bekommen. Für seine Heldentaten schlug Queen Victoria ihn zum Ritter, indem sie ein albernes, verziertes Schwert auf seine Schulter legte und erklärte, dass er dem Königreich durch seine Gräueltaten große Dienste erwiesen habe.

Und Rodney ist ein Nachkomme der vielen Generationen, die sich solchen Beutezügen auf dem schwarzen Kontinent widmeten. Er hat nun schon die vierzig überschritten und besitzt im Grunde keine einzige Fähigkeit. Einst versuchte er sich in der Schauspielkunst und hielt sich vom Intellekt und Temperament her für einen großen Shakespeare-Darsteller. Dabei war seine Schauspielkunst unter aller Sau. Allerdings besaß er eine unglaubliche Fähigkeit, weibliche Stimmen und Bewegungen nachzuahmen.

Der Mangel an Talent und Ehrgeiz war Rodneys geringstes Problem. Sein größter Fluch war schon immer sein romantisches Herz. Anders als die meisten seiner Verwandten, die rücksichtslos nur wegen des Geldes heirateten, hoffte Rodney lange Zeit, die wahre Liebe zu finden. Natürlich will er auch Geld, aber nicht ohne Romantik. Im Laufe der Jahre hatte er eine Reihe leidenschaftlicher Affären, doch eine große Liebe plus Millionen auf dem Konto ist Byrnes dem Jüngeren nie über den Weg gelaufen.

Bis er vor etwa anderthalb Jahren bei einer Kunstausstellung die Bekanntschaft von Ms Clara Dare Hancock aus Boston, Massachusetts, machte. Seine Liebe zu Clara stellte sich sofort und dauerhaft ein, besonders nachdem er herausfand, dass sie gut gehende Kunstgalerien in Boston, London und Paris besaß. Eine hübsche, intelligente Frau mit viel Geld, wenn auch Amerikanerin.

Seitdem wird Clara von Rodney verfolgt. Was spielt es schon für eine Rolle, dass sie verheiratet ist? Das macht die Jagd nur reizvoller.

Clara räkelt sich im Badeschaum. »Ja«, sagt sie, »es ist herrlich.«

Ein leises Stöhnen dringt aus Rodneys Mund. »Vielleicht könnte ich zu dir hochkommen?«

»Hochkommen? Wo bist du denn?«

»Unten im Foyer«, gibt Rodney zu. »Dachte, ich schaue mal kurz vorbei.«

Clara ist nicht überrascht, dass Rodney unten ist. Eigentlich überrascht es sie, dass er so lange mit ihr telefoniert. Und sie ist noch mehr überrascht, dass er nicht im Schlafzimmer steht und durch die Badezimmertür mit ihr plaudert. Für Rodney ist es kein Problem, eines der lettischen Zimmermädchen in seinen Bann zu ziehen. Ein freundliches Lächeln und eine kurze Berührung ihres Ellbogens, und schon wird ihm das Zimmer mit dem Hauptschlüssel aufgeschlossen.

»Tut mir Leid«, sagt sie, »das ist kein günstiger Zeitpunkt. Ich habe in knapp einer Stunde einen Termin.«

»In der Galerie?«

»Ja.«

»Mit diesem Kameltreiber?« Rodneys Tonfall ist sarkastisch. Wie alle gut betuchten Engländer beneidet und hasst Rodney reiche Ausländer, besonders die superreichen arabischen Ölscheichs. Immerhin kontrollierten die Engländer vor nicht allzu vielen Jahren sämtliche sandigen Immobilien, die das schwarze Gold bedeckten. Jetzt kontrolliert eine Bande unrasierter Muselmanen dieses Öl, ja, fast *alles*, verdammt noch mal, fast das gesamte Londoner Geschäftsviertel.

»Ich glaube«, sagt Clara, »er will den Toulouse-Lautrec kaufen – und hoffentlich auch den Manet.«

Rodney unterdrückt eine spöttische Bemerkung, als er an den Gewinn denkt, den Clara einstreichen wird. Einen Gewinn, der eines Tages auch ihm zufließen könnte, wenn er geschickt vorgeht. »Das wäre ja ein tolles Geschäft für dich.«

Clara ist nicht dumm. Sie weiß, was Rodney Byrnes will. Sie weiß, dass er sich wünscht, sie würde ihren Ehemann verlassen, nach London ziehen, seine Liebhaberin werden und ihn vielleicht sogar heiraten.

Aber daraus wird nichts. Niemals. Sie mag Rodney, zumindest als soziales Wesen. Er kann charmant und unterhaltsam sein. Er kennt jeden in der besseren Gesellschaft und wird zu den tollsten Partys eingeladen. Im letzten Juli nahm er Clara sogar zum Halbfinale nach Wimbledon mit. Sie saßen beide in der Loge des Königs, nur zwei Reihen hinter dem Herzog und der Herzogin von Kent. Sie aßen mit Lords und Ladys Erdbeeren mit Sahne. Ja, das alles war furchtbar langweilig, wenn es Clara auch bewies, welch langen, langen Weg sie von dem bescheidenen Wohnheim im heruntergekommenen Wohnviertel am Rande Bostons zurückgelegt hat.

Aber ein Leben mit Rodney? Niemals. Clara liebt ihre Familie.

Thomas Young nimmt ein Taxi von Heathrow nach London. Thomas kommt gerade aus Edinburgh. Er war in den Highlands in der Nähe von Balmoral, um Alsen und Lachse zu angeln. In zweieinhalb Tagen hat er fast vierzig Fische gefangen. Thomas kann angeln wie nur wenige Männer auf Erden. Er benutzt seine Angelrute wie ein Zauberer seinen Zauberstab. Der Mann hat ein unglaubliches Gespür und sehr sensible Hände. Und eine außergewöhnliche Konzentrationskraft.

In London ist es später Nachmittag. Grau und trüb. Ab und zu nieselt es. Thomas trägt dennoch eine Sonnenbrille. Ray-Bans. Und eine Baseballkappe mit Wildlederschirm. Und einen falschen Schnurrbart. Er hat kein Gepäck bei sich. Nicht mal eine Reisetasche. Er hat alles in seinem Hotelzimmer in der Nähe von Heathrow zurückgelassen: seinen Koffer, seinen Matchsack, sein Angelzeug. Thomas hat nicht vor, lange in London zu bleiben – nur ein paar Stunden. Dann zurück zum Hotel. Und morgen früh ab nach Miami. Es sei denn, er ändert seine Meinung und fliegt nach Boston. Diese Möglichkeit besteht immer.

In den Taschen seiner Öljacke hat Thomas sein Handy, seinen Funkrufempfänger und seinen amerikanischen Reisepass. Diese Sachen trägt er immer bei sich.

In einer anderen Tasche steckt ein Stück festen, dünnen Drahtes, wie er benutzt wird, um Gemälde aufzuhängen. In dieser Tasche ist auch eine Dose mit wasserfester, schwarzer Gesichtsfarbe. Und ein kleines Glas mit weißem Make-up. Und ein Paar feine, ungefütterte, sehr weiche Lederhandschuhe.

In den Hosentaschen hat Thomas das übliche Zeug: Brieftasche, Schlüssel, ein paar Münzen, ein kleines Schweizer Messer. Nur ein Gegenstand fällt etwas aus dem Rahmen: ein kleiner Plastikbeutel, der zur Hälfte mit einem sehr feinen weißen Pulver gefüllt ist. Nicht so fein wie Körperpuder und eigentlich auch nicht ganz weiß. Eher gebrochen weiß. Beige. Schmutzig braun.

Das Taxi schlängelt sich um Piccadilly Circus herum. Sogar an diesem regnerischen Sonntag herrscht dichter Verkehr.

»Sie wollen zur South Street, nicht wahr?«, fragt der Taxifahrer.

»Ja«, antwortet Thomas. »Berkeley Square.«

»Sind gleich da.«

Zehn Minuten später bezahlt Thomas die Fahrt und steigt

aus dem schwarzen Taxi. Er klappt den Kragen seiner Öljacke hoch, um sich vor dem Nieselregen zu schützen, und geht über die Hill Street Richtung Westen. Beim Gehen greift er in die Tasche und zieht seine nagelneuen Lederhandschuhe heraus. Er streift sie über. Sie sitzen wie angegossen. Er ballt die Hände mehrmals zur Faust, streckt die Finger dann wieder und schreitet schneller aus.

An der Ecke von South und Waverton findet er die Nummer 34, ein altes Wohnhaus mit Ornamenten und Marmorfassade. Ein Dutzend Briefkästen hängen an der linken Wand in der Eingangshalle. Thomas schaut sich aufmerksam die Namen auf den Briefkästen an. Dort über der Nummer 402 steht es: BYRNES, R.

Die Glastür zwischen der Eingangshalle und dem Treppenhaus ist verschlossen. Thomas geht wieder hinaus. Der Nieselregen ist einem feinen Nebel gewichen. Er geht die Waverton entlang, bis er rechter Hand die erste Nebenstraße erreicht. Auf halber Strecke findet er den Hintereingang zur South Street 34. Hier sind die Türen nicht verschlossen. Alles ist weit geöffnet. Außerdem ist hier niemand. Er geht hinein.

Hinter den Mülltonnen, den Stromkästen und dem Reinigungsgerät findet Thomas den Frachtaufzug. Er steigt ein und schiebt die Tür zu. Als der Aufzug langsam nach oben fährt, zieht Thomas sein Handy aus der Tasche und wählt Byrnes Nummer. Keine Antwort. Nur eine kurze Ansage: *Hier bei Rodney. Hinterlassen Sie eine Nachricht oder rufen Sie später wieder an.*

Thomas schaltet sein Handy aus und steckt es wieder in die Tasche seiner Öljacke. Der Aufzug hält im dritten Stock am Ende eines langen Korridors. Hier, auf der dritten Etage, befinden sich nur zwei große Wohnungen. Eine auf der linken, eine auf der rechten Seite. Rechter Hand liegt die Wohnung Nummer 402.

Wie jemand, der hier zu Hause ist, nähert sich Thomas der Wohnung 402, während er sein Schweizer Taschenmesser hervorzieht. Er klappt eines der verschiedenen Werkzeuge heraus: eine dünne, flache Schneide mit einem kleinen Haken vorne. Thomas steckt die Klinge in das Schlüsselloch der Wohnungstür. Er hält den Knauf mit der linken Hand fest, während er vorsichtig den Schließmechanismus mit dem Haken am Ende der Klinge bewegt. Für seine zarten Hände und sensiblen Finger ist das ein Kinderspiel. In den Fingerspitzen spürt er, wie das Schloss nachgibt und sich verschiebt.

Sekunden später steht er in Byrnes Wohnung, und die Tür ist wieder verschlossen. Thomas schaut sich in dem trüben Licht des frühen Abends alles genau an. Es ist eine geräumige, gut eingerichtete Wohnung. Er sieht viele antike Möbel aus dem neunzehnten Jahrhundert, die aus der Zeit stammen, als Rodneys Vorfahren den dunklen Erdteil plünderten.

Thomas zieht seine Öljacke aus und wirft sie über einen mit Schnitzereien verzierten Stuhl im Wohnzimmer. Seine Lederhandschuhe behält er an.

Er geht in die Küche, um sich einen Tee zu kochen. Er weiß nicht, wie lange er warten muss, bis Sir Rodney nach Hause kommt.

Sonntagmorgen

LOS ANGELES, KALIFORNIEN

Der Zeitunterschied zwischen London und Los Angeles ist etwa so groß wie ein durchschnittlicher Arbeitstag, doch dieser Zeitunterschied lässt nur erahnen, wie unterschiedlich zwei Städte sein können, in denen überwiegend Englisch sprechende weiße Christen leben.

Nehmen wir zum Beispiel Babe Overton. Babe ist und war schon immer ein Mädchen aus L. A. Mit fünfundzwanzig

Jahren hatte sie alles: südkalifornische Schönheit, einen super Körper, einen tollen Hollywood-Agenten und eine lange Liste erfolgreicher TV-Werbespots für gefragte Produkte wie Pampers, Tums und Summer's Eve. Babe hatte auch einen reichen, tollen Papa, der sie wie eine Prinzessin behandelte. Vor ihr lag eine rosige Zukunft, wenn man so sagen will.

Aber jetzt – anderthalb Jahrzehnte später – sieht Babe nicht mehr ganz so frisch und knackig aus. Die vergangenen fünfzehn Jahre waren hart für Babe. Das Leben ist nicht so verlaufen, wie sie gehofft hatte.

Man kann sagen, dass Babes Leben ein harter Kampf war, nachdem ihr Geliebter, der mächtige Anwalt Frank Hagstrom aus L. A., in der Blütezeit der Präsidentschaft Reagans Selbstmord verübte. Nach Franks Tod alterte Babe aufgrund von Depressionen, Stress, Misserfolgen und zu viel südkalifornischer Sonne vorzeitig. Ihre einst so schöne glatte Haut sieht jetzt aus wie sprödes Leder und fühlt sich auch so an. Krähenfüße und Mundfältchen haben sich ausgebreitet wie orientalische Fächer. Doch wenn man genauer hinschaut, kann man noch immer die jugendliche Schönheit erkennen, der Babe sich einst erfreute: die grünen Augen, die vollen Lippen und die hohen Wangenknochen. Babe war sehr fotogen. Sie sah gesund und sexy aus.

Doch nach der schlimmen Wende erstarrte Babes Lebendigkeit. Nach der Tragödie wurde sie trübsinnig und verbittert.

Aber das ist schließlich Los Angeles. *Die Stadt der Engel.* Und in L. A. kann man für seine physischen und psychischen Krankheiten zu jeder Tages- und Nachtzeit Hilfe finden. Sicher, es ist Sonntag, fünf Uhr morgens und acht Stunden früher als in Westeuropa, doch was soll's? Babes Psychiaterin hat Bereitschaft. Gerdy MacDaniel ist gewillt, vierundzwanzig Stunden am Tag, dreihundertfünfundsechzig Tage im Jahr zuzuhören und Ratschläge zu erteilen. Gerdy glaubt nicht an den gregorianischen Kalender. Sie findet den unnachgiebigen Zyklus der Tage, Wochen und Monate beengend und analfixiert. Kalender und Uhr beweisen nach Gerdys Philosophie am deutlichsten, dass der Mensch die Natur kontrollieren will. Gerdy fühlt sich dadurch in ihrer persönlichen Freiheit eingeschränkt. Sie zieht es vor, sich vom Strom der Zeit tragen zu lassen. Deshalb schläft sie hier und da mal ein Stündchen, wenn die Prozession psychisch Kränkelnder unterbrochen wird. Gerdy schläft auf der Patientencouch. Sie gibt auch von der Couch ihre Bestellungen auf. Meistens Kräutertees und Vollkornpita mit Sprossen und Hummus und frischem Tabuli.

Gerdy verlässt ihre Praxis selten. Sie hat noch nicht einmal mehr eine Wohnung. Gerdy empfindet ihr Leben als zentriert und zufrieden stellend. Es gefällt ihr, Menschen zu helfen. Aufgrund ihrer sonderbaren Sprechstundenzeiten und ihrer Überspanntheit ist sie für viele Leute von Rang und Namen die beste Psychiaterin in Hollywood.

Babe ist schon seit Jahren Gerdys Patientin. Heute Morgen denkt Babe zum tausendsten Mal an ihren schon lange verstorbenen, geliebten Frank. Gerdy tut so, als würde sie zuhören, aber sie hat trainiert zu dösen, wenn ihre Patienten in den Wiederholmodus verfallen. Gerdy weiß, dass die Menschen in L. A. Wiederholungen lieben. Sie wollen immer die gleichen Episoden ihres Lebens, wie in einer Soap-Opera oder einer Sitcom, bis zum Erbrechen. Es ist so, als hätten sie sich abgesprochen. Gerdy hat vor, eines Tages ein Buch über dieses Phänomen zu schreiben.

»... ganz ehrlich, Dr. Gerdy«, sagt Babe Overton. »Ich glaube nicht, dass Frank Selbstmord begangen hat. Ich glaube nicht, dass er sich erhängt hat.«

»Das haben wir doch schon zig Mal durchgesprochen, Babe. Warum sprechen Sie das jetzt wieder an?«

»Weil dieser Mann einfach zu viele Dinge hatte, für die es sich zu leben lohnte«, erwidert Babe. »Er hatte seine Arbeit. Er hatte seine Kinder, und er hatte mich. Er hat mich geliebt. Er hat mich angebetet.«

»Ja, Babe, ich weiß«, sagt Dr. MacDaniel. Es kostet sie Kraft, sich ihre Wut nicht anmerken zu lassen. Und darum verdient sie auch gute Dollar, jede Minute einen, fünfzig Minuten lang. Und glauben Sie nur nicht, sie würde nicht auf die Uhr schauen, wenn jemand auf der Couch liegt. New-Age-Geschwafel hat seine Grenzen. »Frank hat Sie geliebt. Er hat sich sehr um Sie gekümmert. Doch wir können nicht leugnen, dass er Probleme hatte. Große Probleme. Probleme, die Menschen verzweifeln lassen. Frank hatte Probleme im Job, in seiner Ehe, finanzielle Probleme, Probleme mit ...«

»Ja«, unterbricht sie Babe. »Das weiß ich alles. Aber er hat mich geliebt. Er wollte mich nach seiner Scheidung heiraten. Er wollte einen Star aus mir machen. Wir hatten unsere ganze Zukunft geplant.«

»Ich weiß, Babe«, sagt Gerdy ganz ruhig, obwohl sie dieser Frau am liebsten an den Hals springen würde, weil sie schon so viele Jahre in der Vergangenheit lebt. »Ich weiß, wie Sie sich fühlen. Wir haben schon sehr oft darüber gesprochen und sind immer wieder zu dem Schluss gekommen, dass Frank mit seiner Weisheit am Ende war. Seine Probleme waren kaum noch überschaubar, und darum hat er nach einem Ausweg gesucht und beschlossen, sich das Leben zu nehmen.«

»Nein!«, ruft Babe. »Das glaube ich nicht. Nicht mehr. Vielleicht wollte er fliehen, aber er hätte nie Selbstmord begangen. Er hätte mich mitgenommen, und dann wären wir zusammen nach Mexiko oder Südfrankreich geflohen. Er hätte mich niemals zurückgelassen – nicht auf diese Art.«

Gerdy kann sich kaum noch beherrschen. Sie seufzt. »Es gefällt mir ganz und gar nicht, wenn Sie so reden, Babe. Ich dachte eigentlich, wir hätten nach all den Stunden, die wir miteinander verbracht haben, Fortschritte gemacht. Ich dachte ...«

»Was ist mit der Kamera?«, ruft Babe.

»Die Kamera?«

»Ja, Franks Kamera. Seine Minolta.«

»Was soll damit sein?«

»Sie wurde vermisst. Die Kamera wurde vermisst. Und was ist mit dem Erbrochenen?«

»Dem Erbrochenen?«

»Ja«, sagt Babe, »das Erbrochene. Das Erbrochene auf dem Boden. Erinnern Sie sich nicht, dass die Polizei auf dem Läufer, der an der Stelle lag, wo Frank sich erhängt haben soll, Spuren von Erbrochenem gefunden hat?«

»Ja, aber ...«

»Es stimmte nicht mit dem überein, was Frank im Magen hatte. Es war das Erbrochene eines anderen. Ich glaube, es war das Erbrochene seines Mörders.«

»Babe!« Gerdy ruft den Namen ihrer Patientin, um wieder etwas Ruhe in das Gespräch zu bringen.

Babe zuckt zusammen und entschuldigt sich. »Tut mir Leid. Ich sollte mich nicht so ereifern.«

»Schon gut, Babe. Es gefällt mir einfach nicht, wenn Sie so aufgewühlt sind.«

»Ich weiß. Aber ich denke schon seit Tagen über die Kamera und das Erbrochene nach. Und ich glaube, ich weiß, von wem das Erbrochene auf dem Läufer stammte. Ich glaube, ich weiß, wer Frank umgebracht hat.«

Gerdy denkt sehnsüchtig an einen langen Urlaub auf Bali. »Wer denn, Babe? Sagen Sie mir, wer Frank umgebracht hat.« Im Laufe der Jahre hatte es eine ganze Reihe Verdächtiger gegeben.

»Die Hancocks.«

»Die Hancocks?«

Babe nickt. »Die Jungen, die ihre Eltern bei einem Autounfall auf der Autobahn verloren haben. Frank hat den Nachlass verwaltet.«

Gerdy seufzt schon wieder. Sie kann einfach nicht glauben, wie sehr ihre Patientin sich da in etwas verrannt hat. »Ja«, sagt sie. »Ich erinnere mich an die Hancocks. Es waren zwei, wenn ich mich recht entsinne. Zwillinge. Sie waren sauer auf Frank, weil Frank ihnen sagen musste, dass ihre Eltern ihnen keinen einzigen Dollar hinterlassen hatten.«

»Ja«, sagt Babe. »Genau.«

»Und jetzt glauben Sie, dass er deshalb *umgebracht* wurde?«

»Ich bin ganz sicher. Ich weiß noch, dass sie einmal zum Haus gekommen sind und Frank bedroht haben.«

»Sie haben ihn bedroht?«

»Ja. Sie haben ihm angedroht, ihn zusammenzuschlagen oder ihn sogar zu töten. Mein Gott, ich bin sicher, dass die Hancocks Frank ermordet haben! Zumindest einer von ihnen. Wenn ich mich recht erinnere, ist einer der beiden bei einem Unfall ums Leben gekommen. Ertrunken oder so etwas. Genau weiß ich es nicht mehr. Der andere wohnt jedenfalls in Boston. Er ist Schriftsteller. Das weiß ich. Ich habe recherchiert. Ich habe genau recherchiert.«

Gerdy liest keine Romane. Sie geht auch nicht ins Kino. Sie hört den ganzen Tag genug fantastische Geschichten. »Boston?«

»Ja, Boston.«

Dr. MacDaniel ist über Babes Ausbruch nicht besonders erstaunt. Sie ist seit siebzehn Jahren im Geschäft; da kann sie nichts mehr überraschen. In ihrer Praxis hat sie schon erlebt, wie Patienten sich in Jesus von Nazareth, Adolf Hitler, John Wayne, Claus von Bülow oder Huckleberry Finn verwandelt haben. Sie hat gesehen, wie Patienten gegen Möbel getreten und mit den Fäusten gegen Wände geschlagen haben. Einige haben geschrien, bis sie keine Stimme mehr hatten, oder geweint, bis keine Tränen mehr kamen. Die Theorien einer hysterischen Frau über mögliche Mörder ihres vor langer Zeit verstorbenen Geliebten gehen bei Gerdy zum einen Ohr herein und zum anderen wieder hinaus. Sie weiß, dass das alles eines Tages in ihrem Buch stehen wird.

Sie wirft einen verstohlenen Blick über Babes Schulter auf die kleine Uhr, die versteckt zwischen ein paar Büchern auf dem Regal steht. Gott sei Dank, denkt sie, nur noch sieben Minuten.

Sonntagmorgen

BOSTON, MASSACHUSETTS

Leland Bernard Fisher ist an Wochenenden selten in Boston anzutreffen, doch gestern Abend hat Leland in seinem Verlag in der Beacon Street einen Empfang gegeben. Aus Anlass des hundertjährigen Bestehens von Boston Press wurde ein großes Fest gefeiert. Wenn es einen Grund zum Feiern gibt, ist Leland mit von der Partie. Er ist schon seit drei Jahrzehnten ein echter Partylöwe. Viele, die Leland kennen, finden es sehr erstaunlich, dass er noch unter den Lebenden weilt. Heutzutage wird hauptsächlich gesoffen und ein bisschen gekifft, doch in der Vergangenheit waren Tabletten und Koks an der Tagesordnung. Leland langt schon seit seiner Jugend tüchtig zu.

Gestern Abend fing Leland mit ein oder zwei Gläsern Chablis an. Als die Stimmung stieg, brauchte er hochprozentigere Drinks. Daher stieg er auf Jägermeister um. Sechs Gläschen von diesem süßen, klebrigen, nach Lakritz schmeckenden Gebräu und wahrscheinlich noch mehr, viel mehr. Das dumpfe Hämmern, das nun in seiner Stirn widerhallt, der bittere Geschmack auf seiner geschwollenen Zunge, das ekelhafte Grollen von seiner Kehle bis zum Magen – all diese Anzeichen weisen auf den Konsum von viel zu viel *Meister* hin. Leland kennt die grausamen Symptome des Alkoholmissbrauchs nur zu gut.

Verdammt, warum sollte er sich nicht mal richtig besaufen? Erst vor ein paar Tagen hat er herausbekommen, dass dieses Schwein John Hancock seine Frau vögelt. Er hat es mit ihr auf dem Rücksitz von Lelands Bentley-Oldtimer getrieben. Zumindest sah es auf den Fotos so aus. Sicher, diese Aufnahmen in Postkartengröße, die Al Brown, der Schnüffler, geschossen hat, waren etwas unscharf, doch Leland glaubte, den alten Gauner zu erkennen. Al war außerdem zwei Häuserblocks entfernt, als er die Fotos mit dem Teleobjektiv aufnahm. Überdies hat der Bentley hinten Rauchglasscheiben, um die Privatsphäre in dem großen Wagen zu wahren. Auf jeden Fall sitzt das reizende Duo auf einem Foto auf den weichen Ledersitzen, und auf dem nächsten Foto ist es auf den großen, mit einem dicken Teppich ausgelegten Boden gerutscht. Auf den folgenden Fotos ist nur der Bentley zu sehen, doch plötzlich steigt Hancock grinsend aus dem Wagen und zieht den Reißverschluss seiner Hose zu. So sah es für Leland auf jeden Fall aus, als er sich die Bilder durch die Lupe anschaute.

Und gestern Abend war der gut aussehende, stets gepflegte Hancock auch da. Er sah in seinem teuren Smoking blendend aus, als er durch die Tür der Boston Press kam. An seinem Arm hing eine hübsche Tussi – nicht seine –, die freundlich lächelte. Und Hancock sprach mit jedem, den er traf, ein paar persönliche Worte. Wie ein Politiker.

»Leland! Wie geht's, alter Junge?« Schon fünf Bestseller geschrieben, und der Nächste war sicher gerade in Arbeit. Es sei denn, dachte Leland, der Verleger und Herausgeber, ich stelle irgendwas Gemeines an, um diesem Scheißkerl die Tour zu vermasseln.

Und dann sah Leland Hancocks große Pranke auf sich zukommen. Hancock wollte ihm die Hand schütteln. Hancock schüttelt gerne Hände. Und immer mit einem starken, männlichen Händedruck. Okay, nicht gerade so, dass die Knochen knacken, das wäre ein Zeichen von Unsicherheit, aber immer fest, solide, stark. Und sein Blick war genau auf sein Gegenüber gerichtet.

Und während sie sich die rechte Hand schüttelten, packte Hancock Lelands Schulter mit der linken. Noch eine ärgerliche Angewohnheit – dieses Schulterpacken und Nackenmassieren, dieses ganze Betatschen. Leland geht das auf die Nerven. Hauptsächlich weil er nicht den Mut hat, diese plumpen Vertraulichkeiten zu erwidern. Bei den Fishers ist dieses Betatschen nicht üblich.

Und dann musste Hancock natürlich auch noch in Lelands Rettungsring kneifen. Ein kurzes Kneifen. Nur so stark, dass beide von dem Kneifen wussten. Leland hat überall Speckrollen. Hancock hat kein Gramm Fett am Leib. Leland ist klein und dick, Hancock groß und schlank. Hancock ist fast einen Kopf größer als Leland. Hancock kann wunderbar schreiben und selbst den dümmsten Überleitungssatz in einen Leckerbissen verwandeln, der dem Leser die Augen öffnet. Auch wenn Leland die Titel »Verleger und Chefredakteur« führt, kann er kaum zwei vernünftige Sätze aneinander reihen. Außerdem ist Hancock ein blaublütiger Amerikaner, der aus einer der ältesten und vornehmsten Familien Bostons stammt. Die Boston Tea Party, der Kontinental-Kongress, die Unabhängigkeitserklärung, diese ganze revolutionäre Kriegskacke. Zumindest glauben Leland und eine furchtbar große Anzahl anderer Leute, dass das Hancocks Erbe sei.

Trotz alledem mag er Hancock. Leland ist immerhin seit achtzehn Jahren sein Verleger. Sie sind zusammen ausgegangen und zusammen gereist. Als Hancock mit seinem brutalen Psychothriller, *Der Mörder,* in der Bestsellerliste der *Times* stand, sind sie zusammen in einer Limousine durch Big Apple gefahren, haben Dom Pérignon getrunken und dicke Zigarren aus Kuba geraucht. Aber dass er seine Frau vögelt! Dabei geht es um die Zehn Gebote. Du sollst nicht begehren deines nächsten Weib. Und wenn du es begehrst, musst du bereit sein, die Konsequenzen zu tragen, Kumpel. Du musst darauf vorbereitet sein, deinem Schöpfer gegenüberzutreten. Leland ist kein gewalttätiger Mensch, doch in diesem Moment würde er diesem Schreiberling gerne etwas antun, wenn er die Gelegenheit hätte.

Er löst zwei Alka-Seltzer in Wasser auf und trinkt das Glas in einem Zug aus. Am liebsten würde er die Rollladen herunterziehen, wieder ins Bett kriechen und noch ein paar Stunden schlafen. Leider rufen ihn Familienpflichten. Er hat einem Kind etwas versprochen ... Welchem Kind? ... Aus welcher Ehe? ... Der Jägermeister hat ihm diese Information entrissen. Einer der Sprösslinge wollte heute Nachmittag jedenfalls mit ihm segeln gehen. Leland ist ein sehr guter, erfahrener Kapitän, und er ist auch ein verantwortungsbewusster Vater, der in seine Kinder vernarrt ist. Wenn der Wind günstig steht, werden die Fishers segeln gehen.

Daher fährt Leland mit dem Aufzug in die Tiefgarage seines schicken Hauses in der Back Bay. Dort unten hat er drei Wagen stehen: den Bentley-Oldtimer von 1939, einen perfekt restaurierten BMW 3,0 CSi von 1973 und einen Chevy Suburban Geländewagen. Er nimmt den BMW. Dieser Wagen lässt sich gut fahren und war schon immer Lelands Lieblingsauto. Heute hofft er auf eine angenehme Fahrt ans Kap. Er möchte den Wagen richtig ausfahren, sobald er den Stadtverkehr südlich von Plymouth hinter sich gelassen hat. Das schnelle Fahren hilft Leland immer, einen klaren Kopf zu bekommen und sogar die schlimmsten Kopfschmerzen zu vertreiben.

Und gerade jetzt braucht Leland einen klaren Kopf. Er muss eine Entscheidung treffen, was er in der Sache zwischen Hillary und Hancock unternehmen wird.

Sonntagmorgen

CAYE CAULKER, BELIZE

Rafe Paquita sitzt in seiner Holzhütte am Rande der Bucht. Rafe hat Angst, ist depressiv und verzweifelt. Letzten Monat hat ihn seine Frau verlassen. Weil er ständig gemein und gereizt sei, hatte sie gesagt. Das ist eine Lüge. Rafe kennt die Wahrheit. Er weiß, dass ein anderer Mann im Spiel ist. Ein Typ, den seine Frau schon lange kennt. Ein armer Schlucker aus Belize City. Dort ist auch Rafes Frau jetzt. Sie hat das Kind und das wenige Geld mitgenommen, das sie besaßen, und ist aufs Festland zu ihrer Mutter gefahren. Rafe weiß jedoch, dass sie auch ihren neuen Lover trifft. Diese Schlampe. Zur Hölle mit ihr. Natürlich vermisst er sie, und nichts wäre ihm lieber, als sie zurückzugewinnen und wieder nach Hause zu holen. Oder vielleicht auch nicht. Er ist sich nicht ganz sicher.

Rafe versucht angestrengt, nicht an seine Frau zu denken. Er hat andere Dinge im Kopf. Große Dinge. Wichtige Dinge, durch die sich alles ändern wird.

Zuerst einmal muss Rafe weiterlesen. Rafe hat hier in dem kleinen Schulhaus aus Holz auf Caye Caulker das Lesen gelernt. Seitdem hat er nicht viel Zeit damit verbracht, sich in dieser Kunst zu üben. Wahrscheinlich hat er noch nie ein ganzes Buch von der ersten bis zur letzten Seite gelesen. Ein paar Anglerhefte vielleicht. Gelegentlich die Zeitung. Einige Broschüren für Touristen, mit denen versucht werden soll, Amerikaner hierher zu locken und ihnen ihre Dollars aus der Tasche zu ziehen. Seine Eheerlaubnis. Er hat sie gelesen und unterschrieben – der Trottel, der er ist. Und auch den Brief von seiner Frau, in dem stand, dass sie ihn nicht mehr liebt, hat er gelesen, bevor er darauf gespuckt und ihn in tausend Fetzen zerrissen hat.

Ja, Rafe ist wütend. Aber er war nicht immer so. Rafe war ein unbeschwerter Bursche aus der Karibik, solange er jung war. Das Leben war ein Kinderspiel.

Rafe konnte sich seinen bescheidenen Lebensunterhalt dank der Touristen verdienen, die warme Sonne und kristallklares Wasser suchten. Er fuhr sie mit seinem kleinen Boot zum Angeln und Tauchen hinaus. Er trank mit ihnen in den Bars auf der Insel Bier und Rum. Rafe wusste, was die Weißen wollten: einen coolen, lässigen Burschen, den sie auf ihrer Urlaubsinsel als Kumpel bezeichnen konnten. Er konnte ihnen Stoff besorgen, wenn sie wollten, und eine Zeit lang sogar Frauen. Das war damals in den späten Siebzigern und frühen Achtzigern, als die Hancock-Brüder hierher kamen. Die Hancock-Brüder wollten keine Frauen. Sie wollten etwas viel Aufregenderes als eine karibische Nutte.

Das alles ist lange her. Die ruhelosen Gammler und heimatlosen Einzelgänger, die Caye Caulker einst bevölkerten, sind schon lange verschwunden. Den Amerikanern, die heute kommen, steht der Sinn nicht nach Abenteuern. Sie bringen ihre ganzen Annehmlichkeiten von zu Hause mit (Fön, Peelingcreme, pflegende Sonnencremes, Badelatschen), oder sie gehen davon aus, diese Dinge in der Nähe ihrer mit Fernseher und Telefon ausgestatteten Hotelzimmer zu bekommen. »Kein Faxanschluss? Verdammt, was für eine Bruchbude!« So etwas hat Rafe vor kurzem zufällig gehört, als er an der Rezeption eines Hotels vorbeiging. Ja, jetzt kommen sie alle mit ihren Gutscheinen für Angel- und Tauchgerät auf die Insel. Sie könnten auch zu Hause bleiben und Belize kennen lernen, indem sie am Computer durch den Cyberspace surfen.

Was bleibt noch für Rafe? Nicht viel. Vor ein paar Jahren hat er versucht, bei ein paar großen Schiffsausstattern einen Vertrag zu unterschreiben, doch ihnen gefiel seine Nase nicht. Sie bevorzugten weiße Männer aus Pennsylvania oder Minnesota, die sich ein oder zwei Jahre Zeit nahmen, um sich die Welt anzuschauen, bevor sie in Vaters Firma einstiegen. Junge Männer mit einem Doktortitel im Fliegenangeln oder der Unterwasserfarbfotografie.

Rafe ist stocksauer. Auf das ganze Dorf. Auf seine Frau. Auf sein Leben. Aber er kann über diese ganze Scheiße jetzt nicht nachdenken. Das macht ihn verrückt und bringt ihn nur auf dumme Gedanken. Er muss sich konzentrieren. Er muss diese Bücher lesen. Er muss diese Zeitschriften durchsehen, um ein Gefühl für seinen alten Kumpel John Hancock zu bekommen. Und für seinen Bruder. Wie hieß sein Bruder noch gleich? Willy? Wally? Irgendwas in der Art.

Rafe hat eigentlich seit zehn Jahren nicht mehr an John Hancock oder seinen Bruder gedacht. Vielleicht sogar noch länger. Das waren ferne Erinnerungen, so verloren und vergessen wie seine sorgenfreie Jugend, bevor er heiratete und eine Tochter bekam und sein Geld kaum noch für den Lebensunterhalt reichte. Zufällig griff das Schicksal dann in sein Leben ein. Und durch diese schicksalhafte Wende tauchten die Hancock-Brüder aus Rafes Vergangenheit auf und waren plötzlich wieder gegenwärtig.

Es muss jetzt etwa drei Wochen her sein. Rafe saß im Foyer des Tropical Paradise Hotels. Er hatte ein Auge auf ein junges amerikanisches Paar geworfen, das ein wenig verloren wirkte, als hätte es keine Gutscheine für irgendwelche Sun & Fun-Aktivitäten und könnte vielleicht den Dienst eines Insulaners gebrauchen, der sich auskennt. Die beiden waren oben in ihrem Zimmer Nummer 29. Vielleicht schliefen sie oder vögelten und achteten darauf, dass das alte Eisenbett nicht zu laut quietschte.

Als Rafe auf sie wartete, blätterte er die Zeitschriften auf dem kleinen Tisch durch. Besonders interessant waren sie nicht. Eine zwei Monate alte *Snoozeweek.* Eine noch ältere *Sports Illustrated.* Eine *National Geographic* von 1989. Neben der alten *National Geo* lag ein Buch. Ein ziemlich dickes Buch. Es steckte in einem verstaubten lila Umschlag, und auf der Vorderseite war ein Dolch abgebildet, von dem das Blut tropfte. Dieser Dolch fiel Rafe ins Auge. Das würden die Mitarbeiter von Boston Press, die für die künstlerische Gestaltung zuständig waren, sicher gerne hören. Er schaute sich die Vorderseite genauer an. Über dem Dolch stand: *Die Abrechnung*. Und unter dem Dolch: EIN ROMAN VON JOHN HANCOCK.

Rafe nahm das Buch in die Hand. Es war nicht etwa so, dass der Name ihn an etwas erinnerte; er wollte nur wissen, wie schwer so ein Buch war. Es war nicht so schwer, wie er geglaubt hatte. Er blätterte es bis zur letzten Seite durch – Seite 532. Er fragte sich, wie lange es wohl dauern würde, so ein dickes Buch zu lesen. Wahrscheinlich zu lange. Vermutlich würde er den Rest seines Lebens dafür brauchen.

Dennoch legte er das Buch nicht wieder hin. Nein, Rafe war der Meinung, dass es einen guten Eindruck machte, in einem Buch zu lesen. Wenn das amerikanische Paar wieder im Foyer auftauchte, sollte es sehen, dass er las. Das verlieh ihm Seriosität. Er würde wie ein intellektueller Insulaner wirken. Darum hielt Rafe das Buch fest. Er tat so, als würde er lesen. Als ihm das zu langweilig wurde, drehte er das Buch um. Auf der Rückseite war ein Farbfoto des Autors. Rafe erkannte das Gesicht sofort wieder. Etwas älter – daran bestand kein Zweifel. Rafe war trotzdem sicher, dass er es war. Auf jeden Fall einer von ihnen. Anderthalb Jahrzehnte waren verstrichen, aber es war zweifellos einer der Brüder – keine Frage.

»Verdammt«, murmelte Rafe im Foyer des Tropical Paradise Hotels. »Ich glaub, ich spinne.« Er schaute sich die Innenseiten des Buchumschlags an und las die kurze Biografie des Autors hinten auf dem Umschlag, was ihn einige Mühe kostete.

»John Hancock hat bereits mehrere Bestseller geschrieben, unter anderem: *Der Mörder, Rache, Alter ego* und *Bruderschaft*. Der Ur-Ur-Ur-Ur-Urenkel des großen amerikanischen Patrioten, John Hancock, Mr Hancock, lebt in Boston, Massachusetts, mit seiner Frau, der Kunsthändlerin Clara Dare, und ihren beiden kleinen Söhnen.«

Boston, dachte Rafe. In seinem Kopf ging alles drunter und drüber. Gut, gut, gut, gut. In dieser Sekunde wurde sein Plan geboren. Binnen weniger Minuten nahm dieser Plan Gestalt an. Und am Ende des Nachmittags waren auf seine Überlegungen schon Taten gefolgt.

Jetzt besitzt Rafe eine ganze Ansammlung von Lesematerial von und über den Autor John Hancock. Es kostete ihn einige Zeit, Geld und Mühe, diese kleine Bibliothek zusammenzustellen, doch Rafe ist der Meinung, dass diese Sache Zeit, Geld und Mühe wert war. Er hat in der Zeitschrift *People* Bilder von John und Clara und John junior und dem kleinen Willy gefunden, die alle lächeln und sich im Salon ihres piekfeinen Stadthauses in Beacon Hill entspannen. Der Autor in seiner Freizeit. Und was für ein Teppich: so dick und prächtig wie eine Löwenmähne.

Rafe hat in der *Times, The Atlantic* und der *New York Times Book Review* auch Buchbesprechungen gefunden. Er besitzt ein zwei Jahre altes Exemplar von *Vanity Fair* mit einem dürren, halb nackten Supermodel auf dem Cover und einigen Bildern von John Hancock ab Seite 238. Rafe gibt sein Bestes, um den langen Artikel zu lesen. Das meiste überfliegt er. So viel Unsinn über das Schreiben von Romanen, über die Fantasie des Autors, die Handlung und die Romangestalten. Rafe fehlt die Kraft, sich auf diesen ganzen Mist zu konzentrieren. Er will zu den saftigen Stücken vorstoßen und das Fleisch vom Knochen nagen.

Endlich findet Rafe unten auf Seite 241 – genau neben einer großen Werbeanzeige von Calvin Klein für ein Eau de Cologne für Männer und Frauen – was er gesucht hat. Die Worte springen ihm ins Auge: *Caye Caulker.* Und natürlich folgt dann schwarz auf weiß die Geschichte von John Hancocks Bruder Will, der an der Küste von Caulker bei einem Tauchunfall ums Leben kam, als die jungen Männer in den Weihnachtsferien 1982 dort Urlaub machten. Sie waren damals graduierte Studenten an der Harvard University, wo sie in kreativem Schreiben unterrichtet wurden.

Rafe rechnete beinahe damit, auch seinen eigenen Namen dort zu lesen. Schließlich war er dabei. Er hatte das verdammte Boot gefahren und die Hancocks von einer Taucherhöhle zur nächsten gebracht. Natürlich hat Hancock dem Typen, der den Artikel geschrieben hat, Rafes Namen nicht verraten. Neugierige Burschen könnten sich veranlasst sehen, auf die Insel zu fahren, die Leute zu befragen und einen gewissen Rafe zu suchen. Und das wäre nicht gut. Gar nicht gut. Dieser Rafe hätte eine ganz andere Geschichte zu erzählen, eine Geschichte, die mit der Version von J. Hancock überhaupt nicht übereinstimmte.

Interessant, denkt Rafe. Sehr Interessant.

Er lehnt sich im Stuhl zurück. Zum ersten Mal seit Wochen legt sich ein Lächeln auf sein Gesicht. Er stellt sich eine Pipeline vor, eine Geld-Pipeline, die von Boston nach Belize verläuft, eine unerschöpfliche Quelle Öl, um seine Bedürfnisse zu stillen und seine Wünsche zu erfüllen. Er könnte sein Haus in Ordnung bringen. Vielleicht ein neues suchen. Ein größeres und schöneres. Seine Frau und Tochter zurückholen. Neu beginnen.

Ein einziges Telefongespräch könnte das Wunder bewirken. *»Na, John, wie geht's? Hier ist dein alter Kumpel, Rafe Paquita aus Caye Caulker. Erinnerst du dich?«* Er hat schon Hancocks Telefonnummer. Er brauchte nur bei der Bostoner Auskunft anzurufen, und zu seinem größten Erstaunen hatte er ein paar Sekunden später die Nummer. Einfach so. Ohne Probleme.

Okay, denkt Rafe, dann ruf ich den Typen an und erinnere ihn an unsere alte Bekanntschaft. Ich lasse durchblicken, dass er möglicherweise ein kleines Problem hat.

Vielleicht ist ein Anruf auch der falsche Weg. Zu unpersönlich. Ja, das erfordert ein persönliches Erscheinen. Man muss sich schon eingestehen, dass es eine sehr delikate Angelegenheit ist.

Rafe denkt ein paar Minuten über die Sache nach. Am Ende kommt er zu dem Schluss, dass er eine Geschäftsreise machen muss. Nach Boston.

BOSTON COMMON

Der Königsdrachen mit einer Flügelspannweite von gut zwei Metern steigt über dem Bostoner Stadtpark in die Höhe. Er fliegt über die üppigen grünen Baumkronen. Der große Schmetterling mit den Nylonflügeln über dem Gestell aus Kohlefaser saust am Himmel hin und her. Eine fast unsichtbare Leine, die für eine Zuglast von neunzig Pfund ausgelegt ist, hält den großen Drachen in unsicherem Kontakt zur Erde.

John Hancock steht auf einem kleinen Hang. Gleich hinter ihm ist die Beacon Street, dahinter das State House. John Hancock lässt den Königsdrachen steigen. Er tut es mit der gleichen Konzentration und Geschicklichkeit wie alles in seinem Leben. Als die Kinder einen Drachen haben wollten, gab John sich nicht mit einem billigen Plastikding aus dem Freizeit- und Sportartikelgeschäft in Cambridge zufrieden. Nein, er hat sich erkundigt und einen Typen namens Joel Scholz ausfindig gemacht, der diese Superdrachen selbst baut, die schon viele Wettkämpfe und Preise gewonnen haben. Also hat er einen gekauft. Immer nur das Beste für seine Jungs. Leider war der Drachen zu groß und schwer für die Jungen, sodass sie ihn gar nicht steigen lassen konnten. Seit kurzem lässt ihr Vater ihn für sie steigen. Sie können nur dastehen und zuschauen.

Der große Drachen schwebt in einer Höhe von fast hundert Metern in der Luft. Die Spannung der Leine ist gewaltig. John spürt, dass seine Unterarme und Schultern zu schmerzen anfangen.

Der kleine Willy zieht am Blouson seines Vaters. »Komm, Dad, du hast den ganzen Spaß.«

»Ja«, sagt John junior, »lass uns auch mal.«

»Okay, okay«, sagt der Vater, »aber ihr müsst den Drachen schön fest halten. Man braucht ihn nur kurz loszulassen, und schon ist das gute Stück über dem Atlantik verschwunden.«

»Wir halten ihn fest.«

»Wechselt euch ab«, belehrt er die Jungen. »Wenn deine Arme müde sind, gibst du die Spule deinem Bruder. Dafür sind Brüder da.«

Hancock überträgt seinem älteren Sohn die Verantwortung. Der Königsdrachen reißt den sechsjährigen Jungen fast vom Boden hoch. Da er seinen Vater nicht enttäuschen will, kämpft John junior gegen die Spannung an und gewinnt den Kampf.

Hancock gibt den Jungen ein paar Tipps und setzt sich dann unter eine prächtige Ulme, die etwas abseits steht. Es ist nicht nur so, dass seine Arme schwer geworden sind, ihm macht auch eine andere Sache zu schaffen, seitdem sie im Stadtpark angekommen sind.

Hancock ist froh, dass die Jungen alleine mit dem Drachen fertig werden. Er zieht sein Handy aus der Tasche seines Blousons und wählt die Nummer des Savoys in London. Als an der Rezeption jemand abhebt, bittet er, mit dem Zimmer von Mrs Hancock verbunden zu werden.

John ist der Meinung, dass jetzt der ideale Zeitpunkt ist, seine Frau anzurufen. Er wird ihr einfach sagen, dass er mit den Jungen im Park ist, dass sie den Drachen steigen lassen und sich an diesem warmen, heiteren Sonntagnachmittag vergnügen. Er wird sagen, dass er sie einfach mal anrufen wollte, damit er und die Jungen ihr guten Tag sagen können. Sie wollten alle wissen, wie es ihrer Mutter auf der anderen Seite des Atlantiks denn so gehe. John hat nicht die Absicht, den Besuch der beiden Bostoner Beamten heute Morgen zu erwähnen. Nein, nein, kein Wort darüber. Er wird einfach abwarten und sehen, ob Clara möglicherweise eine hintergründige Anspielung auf dieses besondere Ereignis macht.

Leider klingelt das Telefon in Claras Zimmer immer wieder. Es klingelt sechs, acht, zehn Mal, und niemand hebt ab.

Clara ist vor einer halben Stunde gegangen, um sich mit ihrem arabischen Freund zu treffen.

Jetzt ist wieder die Rezeption am Apparat. »Tut mir Leid, Sir, aber Mrs Hancock ist nicht da«, sagt die Dame ein wenig schnippisch. »Kann ich etwas ausrichten?«

Hancock hinterlässt keine Nachricht und beendet das Gespräch. Er schaut auf die Uhr und rechnet den Zeitunterschied aus. In London ist es früh am Abend. Vielleicht ist sie essen gegangen. Höchstwahrscheinlich mit diesem aufgeblasenen Arschloch Rodney Byrnes. Hancock wäre es ziemlich egal, wenn dieser Fatzke von der Tower Bridge fallen und in der stinkenden Themse ersaufen würde. Würde keiner hingucken, würde John diesem Arsch sogar einen Schubs geben.

John steckt das Handy wieder in die Tasche des Blousons und schaut nach den Jungen. Sie jagen den Drachen kreuz und quer durch die Luft.

Natürlich könnte er Clara auch auf ihrem Handy anrufen, aber das gefällt ihm nicht. Er hätte das Gefühl, in ihre Privatsphäre einzudringen.

»Dad!«, ruft John junior. »Mir tun die Arme weh!«

»Ja«, schreit Willy, »mir auch.«

Daddy lächelt und steht auf. Er ist froh, dass die Jungen seine Hilfe brauchen.

»Ich hab keine Lust mehr, den Drachen steigen zu lassen«, sagt John junior.

»Ich auch nicht«, sagt Willy. »Komm, wir spielen Verstecken.«

Also spielen sie Verstecken, nachdem ihr Vater den Königsdrachen wieder eingeholt hat.

LONDON

Claras Scheich wollte den Toulouse-Lautrec und den kleinen, düsteren Manet kaufen. Wie alle Araber musste er zuerst noch ein wenig handeln, bevor er das Geschäft abschloss. Psychologen nennen das die Open-Air-Bazar-Mentalität. Das liegt den Arabern im Blut. Darum verkaufen jetzt so viele Araber hier beim Chevy- und Toyota-Händler Autos.

Unglücklicherweise hatte die Gegenspielerin des Scheichs bei diesem Geschäftsabschluss alle guten Karten in der Hand. Clara hatte nicht nur das, was der Scheich haben wollte – ihre unglaubliche Schönheit und ihr Charme begeisterten den reichen Ölfürsten so sehr, dass er fast das Revers seines hypermodischen, teuren Anzuges aus der Savile Row voll sabberte. In seinem Scheichtum gibt es einfach keine Frauen wie Clara Dare Hancock. Zu Hause hat der Scheich eine ganze Horde Frauen und Geliebte. Viele sind sogar ziemlich attraktiv, aber da in dieser von Männern beherrschten Kultur die Frauen so erfolgreich unterdrückt werden, sind alle Gefährtinnen des Scheichs nicht viel mehr als Fußabstreifer. Mit einer Frau wie Clara ins Bett zu steigen ...! Ihr Erfüllung und Zufriedenheit bescheren ...! Zu hören, wie sie seinen Namen schreit, kurz bevor sie ... »Abula! Abula!«

Der Scheich würde Millionen dafür geben.

Leider versteht der Scheich nicht, dass mehr als Öldollar nötig sind, um die körperlichen Wünsche einer Frau zu stillen. Besonders einer Frau wie Clara.

Clara würde jetzt am liebsten ein Fest feiern. Und warum auch nicht? Sie hält den Scheck des Scheichs in Händen. Eins Komma zwei Millionen Pfund. Sie hat ihre Provision schon ausgerechnet: fast hundertzwanzigtausend Dollar. Genug, um die Rechnung für ihre Suite im Savoy zu begleichen und vielleicht ein wenig am Piccadilly Circus Shopping zu machen. Natürlich wird das meiste Geld sofort wieder ins Geschäft investiert. Claras Berater, der große Kunsthändler Charles Dare, hat ihr erklärt, wie wichtig es ist, zu investieren und neue Stücke zu erwerben, sobald man etwas Geld übrig hat. Da sie diesem Rat gefolgt ist, besitzt sie ein Ölgemälde von Monet, eine Skizze von Picasso, einen unvollendeten Degas und verschiedene andere Werke ziemlich großer Künstler. Sie hängen alle im Stadthaus der Hancocks in Beacon Hill.

»So«, sagt sie zu ihrer Geschäftsführerin, Joanne Smith, »es lohnt sich, am Sonntag zu arbeiten.«

Joanne lächelt, obwohl der Verkauf sie nicht sehr glücklich macht. Sie mochte diesen Manet, auch wenn er etwas düster war. Es wäre ihr lieber gewesen, wenn er für weniger Geld ans Metropolitan Museum of Art verkauft worden wäre. In diesem Kunstmuseum hätten Millionen das Gemälde bewundern können. Joanne weiß, dass es jetzt in irgendeinem stickigen Palast dieses ignoranten Scheichs hängen wird. In Zukunft werden sich nur eine Hand voll Leute das Gemälde anschauen können. So eine Verschwendung. Das Geld bedeutet Joanne nichts. Ihre kleine Provision wird sie direkt in ihre Rentenfonds investieren. Diese werfen jährlich nur einen geringen Prozentsatz an Zinsen ab, da Joanne bei ihren Kapitalanlagen streng auf ethische, umweltfreundliche und humanitäre Aspekte achtet.

Claras Handy klingelt. Sie greift in ihre große schwarze Ferragamo-Handtasche, zieht das Handy heraus und klappt es auf. »Ja? Hallo?«

»War das ein lächelnder Araber, der dein Geschäft gerade verlassen hat?«

Clara lacht. »Hat er tatsächlich gelächelt?«

»Tatsächlich.«

»Er hat sie beide gekauft.«

»Ich hoffe, für ein hübsches Sümmchen.«

»Ich hätte sie ihm etwas günstiger gegeben, hätte er Joanne und mich nicht die ganze Zeit mit Blicken ausgezogen.«

»Ich würde dich jetzt auch gerne ausziehen, aber nicht nur mit Blicken.«

»Oh, das glaub ich gerne, Rodney«, erwidert Clara. »Engländer sind so verdorben. Die Araber haben einfach bessere Manieren.«

»Reine Erziehungssache.«

Clara kommt es so vor, als hätten sie dieses Gespräch schon einmal geführt. »Wo bist du eigentlich?«, fragt sie. »In der Nähe?«

»Auf der anderen Straßenseite. Der Motor läuft, und ich stehe dir zur Verfügung.«

»Wahrscheinlich hast du einen Tisch reserviert.«

»Für acht Uhr. Im Méridien.«

»Du kannst Gedanken lesen.«

»Natürlich. Eine meiner besten Eigenschaften.«

»Stimmt.«

»Ich möchte nur, dass dein Aufenthalt in London so angenehm wie möglich ist, Ms Dare.«

»Für dich immer noch Mrs Hancock, Mr Byrnes.«

»Bitte erinnere mich nicht daran.«

Clara fängt an zu lachen. Sie ist übermütig, weil sie die beiden Bilder verkauft hat. »Haben wir noch Zeit genug, am Hotel vorbeizufahren? Ich würde mich gerne vor dem Essen umziehen und mich ein bisschen frisch machen.«

»Zeit satt, um dich frisch zu machen«, sagt Rodney. »Alle Zeit der Welt, aber beeil dich, der Champagner steht schon auf Eis.«

Thomas Young wartet noch immer in Rodneys Wohnung auf der South Street in Mayfair auf Sir Rodney Byrnes. Für Thomas ist es kein Problem zu warten. Im Laufe der Jahre hat er sich eine ungeheure Geduld angeeignet. Er hat die Geduld eines Zen-Meisters oder eines buddhistischen Mönches. Während des Wartens heute Abend hat er drei Tassen von Rodneys feinem Englischen Tee getrunken und ein paar Plätzchen und einen gefrorenen Joghurt gegessen, den er im Eisfach gefunden hat.

Jetzt ist der Zeitpunkt gekommen, sich auf das abendliche Ritual vorzubereiten. Thomas holt die Dose mit der schwarzen Gesichtsfarbe und das Döschen mit dem weißen Makeup aus der Tasche seiner Öljacke und geht in Sir Rodneys Badezimmer. Er reißt sich den Schnurrbart von der Oberlippe und schmiert die schwarze Farbe auf Stirn und Wangen. Binnen weniger Minuten hat er eine feine Schicht auf sein Gesicht aufgetragen. Während die Farbe trocknet, zieht er seine Unterhose herunter und setzt sich auf die Toilette. Es dauert einige Minuten und kostet etwas Anstrengung, aber schließlich regt sein Darm sich kläglich.

Thomas kehrt zum Waschbecken zurück und öffnet das Make-up-Döschen. Er nimmt mit der Spitze des Zeigefingers einen Klecks heraus und trägt ihn sorgfältig zwischen seinem rechten Augenlid, der rechten Braue und unter dem rechten

Auge auf. Ziemlich schnell hat er einen schönen weißen Kreis rund um sein Auge gemalt.

Anschließend folgt die gleiche Prozedur beim linken Auge. Danach malt er große, runde Lippen auf sein Gesicht.

Thomas mustert sich im Spiegel. Ein pechschwarzes Gesicht. Große weiße Augen. Ein großer weißer Mund. Unheimlich. Ob Sir Rodney wohl überrascht sein wird?

Dann folgt der Teil, der Thomas eigentlich nicht gefällt, aber er weiß, dass er es tun muss, wenn er das Ritual vorschriftsmäßig durchführen will. Er greift mit einem Knäuel Toilettenpapier in die Toilettenschüssel und holt ein kleines Stück Kot heraus. Wie fast alle Amerikaner hat Thomas eine richtige Phobie in Bezug auf Exkremente. Viele Kulturen betrachten Scheiße als das, was es ist: ein ganz normales Abfallprodukt. Amerikaner jedoch tun gerne so, als ob das Zeug gar nicht existierte. Scheide es aus, spüle es weg und schaue nicht zurück.

Haitianer verehren ihre Ausscheidungen. Und das kleine Ritual, das Thomas heute Abend ausführt, hat seinen Ursprung im haitianischen Voodoo.

Also nimmt er das kleine Stück Kacke, geht durch Rodneys Reich und öffnet die Haustür einen kleinen Spalt. Da auf dem Korridor niemand zu sehen ist, öffnet er die Tür noch ein Stück weiter. Er beugt sich hinunter und schmiert den Kot unten an die Tür. Ihn überkommt das starke Bedürfnis, sich zu übergeben, doch die Sache ist schnell erledigt. Thomas schließt die Tür, kehrt ins Badezimmer zurück und spült die Spuren weg. Anschließend wäscht er sich mit heißem Wasser die Hände. Zweimal.

Der menschliche Dung an der Tür wird nach den Worten des *houngan* (des Voodoo-Priesters), der Thomas das extrem starke Zombiepulver verkauft hat, bei Sir Rodney große körperliche und emotionale Bedrängnis hervorrufen. Besonders wenn Byrnes auf begehrliche Weise an Clara denkt. Und Thomas ist sich sicher, dass dieser Engländer sich nach Clara verzehrt.

Wenn Rodney sich der Tür nähert, wird sich das Unbehagen sofort einstellen. Sein Herz wird anfangen zu rasen, sein Atem wird pfeifen, Schweiß wird ihm über die Stirn rinnen, und sein Mund wird so trocken sein wie die Mojavewüste.

Als alle notwendigen Vorbereitungen getroffen sind, schaltet Thomas das Licht im Badezimmer aus und kehrt ins Wohnzimmer zurück. Er zieht die Schlinge aus Bilderdraht aus der Jackentasche und nimmt den Beutel mit dem Pulver aus der Hosentasche. Dann setzt er sich wieder aufs Sofa und wartet auf Sir Rodneys Ankunft.

LOS ANGELES

Als Babe Overton Gerdy MacDaniels Praxis auf dem Sunset Boulevard verlässt, geht sie nicht nach Hause. Da Babe schon seit fast vierundzwanzig Stunden nicht mehr geschlafen hat, wäre es sicher besser, wenn sie nach Hause gehen und heiß duschen würde. Vielleicht sollte sie auch etwas essen. Auf jeden Fall schlafen.

Babe beschließt jedoch, nichts dergleichen zu tun. Und da Babe in einem freien Land lebt, kann sie sich frei entscheiden. Auch wenn die Entscheidung, die sie trifft, für einen ihrer Mitmenschen nicht besonders vorteilhaft ist.

Babe wohnt in einer Souterrainwohnung in West-Hollywood. Sie teilt sich die Zweizimmerwohnung mit Mary Ann, einer Geschiedenen um die vierzig, die in einem tollen Nagel- und Haar-Studio auf dem Rodeo Drive arbeitet. Babe und Mary Ann sind nicht eng befreundet, sind keine richtigen Freundinnen. Wenn ihr Leben besser verlaufen wäre, hätten sie sich wahrscheinlich gar nicht kennen gelernt. Ganz sicher würden sie dann nicht zusammen wohnen.

Babe ist zu dem Schluss gekommen, dass es an der Zeit ist,

die Hancock-Brüder aufzusuchen. Sie will sie fragen, was sie über Franks Tod wissen. Dr. MacDaniel mag da anderer Meinung sein, doch Babe spürt, dass sie es tun muss, um wieder ein normales Leben führen zu können. Und sie weiß, dass sie es jetzt tun muss, heute, in diesem Moment, sonst wird sie die Nerven verlieren.

Anstatt also nach Hause zu gehen, bittet Babe den Taxifahrer, sie zur Greyhound-Bushaltestelle auf dem Wilshire Boulevard zu fahren. Babe hat einen eigenen Wagen, der zurzeit allerdings in der Werkstatt ist. Auch wenn ihr kleiner Nissan in Ordnung wäre, würde Babe nicht mit ihrem eigenen Wagen durch das ganze Land fahren. Sie sitzt nicht gerne hinterm Steuer. Besonders wenn sie lange Strecken fahren muss. Oder nachts.

Sie hat alles, was sie für die Reise braucht: Lesebrille, Geld, Koffer und eine kleine schwarze Pistole. Babe nimmt die Pistole überall hin mit. Frank Hagstrom hat ihr die Waffe vor über fünfzehn Jahren geschenkt. Auch damals war L. A. schon ein gefährliches Pflaster. Heutzutage werden in dieser Stadt ständig aus ethnischen und wirtschaftlichen Gründen Gewaltverbrechen verübt. Ein Pulverfass, das jederzeit explodieren kann, weil es zwischen Schwarzen und Weißen, zwischen Englisch- und Spanischstämmigen, zwischen Armen und Reichen zu Auseinandersetzungen kommt.

Babe glaubt, dass ihr die Pistole helfen wird, die Hancocks davon zu überzeugen, dass sie es ernst meint. Die Waffe wird sie zwingen, ihr zu sagen, was sie wissen will. Sie will sie nicht erschießen, wenn sie ihr die Wahrheit darüber erzählen, was mit Frank passiert ist.

Und Babe kann mit der Pistole umgehen. Frank hat sie mehrmals mit zum Schießstand genommen, nachdem er ihr die Waffe geschenkt hat. Er wollte, dass sie richtig damit umgehen kann: laden, schießen, reinigen.

Meistens liegt die Waffe jetzt unten in ihrer großen Lederhandtasche. Ungefähr einmal im Monat nimmt sie die Pistole in die Hand. Babe hat schmale Hände, und die kleine Waffe mit dem kurzen Lauf liegt sehr gut in ihren Fingern. Sie ist schwarz und kalt und ziemlich schwer für ihre Größe. Das Gewicht erinnert Babe immer daran, dass die Waffe zwischen Brieftasche, Puderdose, Wimperntusche und Lippenstift in ihrer Handtasche liegt. Manchmal ist dieses zusätzliche Gewicht wie eine Last. Manchmal denkt Babe daran, die Waffe aus der Handtasche zu nehmen und in die Schublade neben ihrem Bett zu legen, aber sie tut es nicht. Vor vielen Jahren hat Frank zu ihr gesagt, sie solle die Waffe immer bei sich tragen. Babe weiß, wie sehr Frank um sie besorgt war und wie sehr er sie geliebt hat. Frank wollte, dass sie dem Leben nicht schutzlos ausgeliefert war. Darum muss sie den Kontinent durchqueren und Antworten auf ihre Fragen suchen. Es mag wie ein hoffnungsloses Unterfangen anmuten, doch sogar nach all den Jahren drückt die Trauer über Franks tragisches Ende noch immer schwer auf ihr Herz.

Babe wäre gerne zum Los Angeles International Airport gefahren, um einen Flug nach Boston zu buchen, schon morgen früh an Hancocks Tür zu klopfen und zu tun, was sie tun muss. Unglücklicherweise hat sie große Angst vorm Fliegen. Einmal ist sie vor Jahren von L. A. nach Seattle geflogen, um einen Werbespot zu drehen. Während des Fluges kam ein starkes Gewitter auf, und die Maschine wurde beschädigt. Eines der Triebwerke versagte. Babe war sicher, dass sie sterben würde. Der Pilot konnte die Maschine jedoch auf einer behelfsmäßigen Start- und Landebahn außerhalb von Eugene in Oregon notlanden. Niemand wurde verletzt, aber Babe flog nie wieder.

Außerdem ist Babe nicht dumm. Sie weiß, dass die Metalldetektoren am Flughafen die Pistole in ihrer Handtasche aufspüren würden. An der Bushaltestelle gibt es keine Metalldetektoren.

Deshalb wird sie den Bus nehmen. Natürlich wird sie nicht schnell in Boston sein. Es wird wahrscheinlich mehrere Tage dauern, bis sie den Kontinent durchquert hat. Was soll's? Babe hat jetzt fünfzehn Jahre gewartet. Was machen da schon ein paar Tage aus? Sie wird Zeit haben, über die Einzelheiten ihres Plans nachzudenken und sich zu überlegen, wie sie den Hancock-Brüdern am besten gegenübertritt.

WOODS HOLE

Leland Fisher ist glücklich. Als er an seinem Ferienhaus in Woods Hole an der südwestlichen Spitze von Kap Cod ankommt, findet er seine Tochter Jaguar schlafend vor. Das bedeutet, dass Leland nicht segeln muss. Und das ist gut, denn sogar mit festem Boden unter den Füßen kommt Leland sich wie ein Matrose auf hoher See vor. Das hat man davon, wenn man zu viel Jägermeister trinkt.

Jaguar ist die Tochter der Fishers, die ihren Vater vor ein paar Tagen gebeten hat, mit ihr segeln zu gehen. Ein kurzer Blick auf Lelands Familiengeschichte zeigt uns, dass Jaguar das älteste von zwei Kindern aus Lelands zweiter Ehe ist. Sie ist sechzehn, bald siebzehn, und in diesem Alter ändern die jungen Damen schnell ihre Meinung. Am Donnerstag hörte es sich noch so an, als wollte Jaguar wirklich mit ihrem Vater segeln gehen, aber im Leben Jugendlicher kann zwischen Donnerstag und Sonntag eine Menge passieren. In Jaguars Fall war es so, dass sie sich am Freitag von Gary getrennt und sich am Samstagnachmittag mit Conrad herumgetrieben hat. Die ganze Samstagnacht hat sie damit verbracht, sich mit Gary zu versöhnen und zu streiten. Sie ist erst um halb vier ins Bett gegangen. Jetzt ist es schon Sonntagnachmittag, und Miss Jaguar schläft noch immer tief und fest.

Das passt Leland ausgezeichnet. Er kommt gar nicht auf die Idee, sie zu wecken. Wenn es nach ihm ginge, könnte sie bis Montagmorgen schlafen. Kinder und Ehefrauen schlafen zu lassen, war immer schon Lelands Motto, wenn es um seine vier Ehefrauen und acht Kinder ging. Leland erzählt gerne, dass er ein reicher Mann wäre, müsste er nicht so viel Unterhalt für seine Geschiedenen und seine Kinder zahlen. Trotz der Unterhaltszahlungen geht es Leland nicht schlecht. Er hat seine schicke Wohnung in der Back Bay mit Blick auf den Charles. Er hat das Anwesen hier am Kap mit dem großen Haus und den beiden Badehütten unten am Ufer der Vineyard-Bucht. Im Sun Valley besitzt er eine Skihütte. Leland fährt nicht gerne Ski. Deshalb nicht, sagt er, weil man immer in unbequemen Stiefeln herumstehen müsse, und weil es kalt sei und kalter Wind wehe, aber in Wirklichkeit fährt Leland nicht gerne Ski, weil er es nicht richtig kann.

Leland behält die Skihütte wegen Bernard, obwohl er den Sport nicht mag. Bernard ist Lelands ältester Sohn, eines der drei Kinder aus der schon lange geschiedenen ersten Ehe. Bernard, der dazu bestimmt zu sein scheint, ein Gammlerleben zu führen, wohnt in der Skihütte. Er fährt Ski und angelt und macht sich einen schönen Tag. Leland beneidet seinen Sohn. Sein Sohn hat kein Gewissen. Er liegt der Familie auf der Tasche, ohne auch nur die geringsten Schuldgefühle zu verspüren. Natürlich war seine Mutter keine Jüdin, eine Protestantin, wenn auch nicht aktiv.

Anders als sein Ältester hatte Leland immer starke Gewissensbisse, gute, altmodische, jüdische Gewissensbisse, die ihn immer wieder auf den Weg der Tugend zurückbrachten. Wäre es nicht so gewesen, wäre Leland längst schon untergegangen. Die Sauferei und die Drogen hätten ihn ruiniert, bevor er die dreißig erreicht hätte.

Leland sitzt jetzt auf der hinteren Veranda vor dem Wohnzimmer. Hier in der hellen Spätfrühlingssonne ist es schön warm. Er schaut über das lange Gras auf das ruhige Wasser in der Vineyard-Bucht. Es ist fast windstill. Kein gutes Wetter zum Segeln. Aber unglaublich klar. Unbegrenzte Sicht. Er kann sogar die weißen Klippen von Martha's Vineyard südlich von West-Chop sehen.

Leland sieht auch ganz in der Nähe, nur eine Armlänge

von ihm entfernt, auf dem Glastischchen seinen Bloody Mary, die *New York Times* von Samstag und den Zettel, den seine Frau ihm geschrieben hat. Das ist Ehefrau Nummer vier. Hillary Vandemeer Fisher. Ja, auch sie ist keine Jüdin. Drei seiner Ehefrauen waren keine Jüdinnen. Man könnte es als Schwäche bezeichnen. Sie hat holländisches und deutsches Blut in den Adern. Sieht gut aus und wirkt auf den ersten Blick vernünftig. Wenn man jedoch ein wenig an der Oberfläche kratzt, kommt eine eigensinnige, kühle Puppe zum Vorschein. Und wenn man sie in die Enge treibt, fährt sie ihre Krallen aus. Trotzdem hat Leland gehofft, dass sie die Serie der Ehefrauen beenden würde, als er sie geheiratet hatte. Sie sollte die letzte und beste Frau seines Lebens sein. Und jetzt kommt aus heiterem Himmel diese verrückte Affäre mit Hancock dazwischen.

Lieber B.,

ich bin weg. Ich wusste nicht, wann du kommst, und ob überhaupt. Ich bin am späten Nachmittag zurück. Die Kinder sind bei Lois.

Liebe und Küsse,
deine H.

Weg mit wem? Das möchte Leland gerne wissen. Weg mit Hancock? Verkrochen in einem Hotel in Hyannis? Leland wird schier verrückt, wenn er daran denkt. Nicht, dass er der treueste Ehemann der Welt war. Er hat auch genug dazu beigetragen, dass seine Ehen im Laufe der Jahre scheiterten. Aber verdammt und zugenäht, das ist doch etwas anderes! Oder vielleicht auch nicht. Vielleicht ist es das Karma. Ein schlechtes Karma. Das jetzt zurückschlägt, damit er selbst mal sieht, wie es ist, betrogen zu werden.

Mein Gott, sagt sich Leland, ich muss darüber nachdenken. Vielleicht ist es gar nicht so einfach, wie ich zuerst geglaubt habe. Vielleicht ist das jetzt die Retourkutsche für all meine Verfehlungen.

Lois, die auf dem Zettel erwähnt wird, ist das Kindermädchen der Fishers. Lois kümmert sich größtenteils um die beiden jüngsten Fishers, Annie, vier Jahre alt, und Becky, drei Jahre. Hillary, die Mutter der beiden reizenden Mädchen, ist zu beschäftigt, sich großartig um die Mädchen kümmern zu können. Sie muss Shopping machen, Einladungen zum Essen folgen, Tennis spielen und zu Partys gehen. Immer stehen irgendwelche Termine an: Tee-Partys, Cocktail-Partys und Wohltätigkeitsveranstaltungen.

Hillary hat selten Zeit für die Kinder, und sie hat nie Zeit für ihren Mann. Aber, sagt sich Leland, dessen Gedanken sich im Moment nur um die Untreue seiner Frau drehen, sie findet die Zeit, mit diesem miserablen, undankbaren Scheißkerl Hancock zu vögeln. Leland denkt an all das, was er im Laufe der Jahre für Hancock getan hat. Den Erfolg, den er Hancocks Romanen eingebracht hat. Das viele Geld, das der Scheißkerl durch ihn verdient hat. Und so zeigt er jetzt seine Dankbarkeit?

Leland schlägt sich gegen den Kopf. Hillary und Hancock, mein Gott! Was für eine scheußliche Sache. Muss er sich jetzt wieder scheiden lassen? Zum vierten Mal? Das ist ja kaum auszuhalten. Lieber würde er sterben.

Leland fragt sich, ob er sich rächen soll. Vielleicht sollte er diesen Mafia-Mörder kontaktieren, dessen Autobiografie er im letzten Jahr veröffentlicht hat. Er könnte ihm fünfzig Riesen geben, damit er Hancock ein Bein bricht oder ihm den Schwanz abschneidet. Ja, ein Mann wird verrückt, wenn er eifersüchtig ist. Eifersucht war schon der Auslöser für viele gewalttätige, brutale Taten.

Doch Leland ist nicht der Typ, der einen Mörder engagiert. Auf keinen Fall. Er ist im Grunde ein netter, nachsichtiger Bursche. Wie wir alle, die wir über diesen Planeten kriechen, ist Leland eine Mischung aus Gut und Böse, aus Schwarz und Weiß, aus Freundlichkeit und Bosheit. Leland ist der Typ, der verirrte, halb verhungerte Kätzchen aufnimmt. Er war aber auch der Typ, seiner zweiten Frau während einer erregten Auseinandersetzung nach einem Abend mit viel Sauferei und illegalem Drogenmissbrauch ein blaues Auge zu verpassen.

Leland, dem sich all die Fotos, die Al Brown, der Schnüffler, von Hillary und Hancock im Bentley gemacht hat, ins Gehirn gebrannt haben, seufzt und kippt sich den Rest des Bloody Mary in den Rachen. Seine Hände zittern nicht mehr. Eigentlich fühlt er sich jetzt gut, da mehrere Gramm Wodka durch seine Adern kreisen. Noch ein kleines Schlückchen in ein paar Minuten, und er wird sich einfach super fühlen. Ganz toll.

Leland nimmt die *Times* von Samstag, diesen riesigen Papierberg. Er sucht und findet die Buchbesprechungen. Dann versucht er, den Leitartikel zu lesen, einen langweiligen Bericht über Umweltbücher, die neuerdings die Regale füllen. Obwohl er sich bemüht, gelingt es ihm nicht, denn er kann sich nicht richtig konzentrieren und muss immer wieder an seine Frau denken.

Leland schert sich keinen Deut um die Umwelt. Wenn keiner hinsieht, wirft er Glasflaschen, Blechdosen und Plastikzeug zum anderen Müll. Er weiß, dass die Erde mit sechs Milliarden Menschen auf dem Planeten und weiteren Millionen am Ende der Woche eh nicht mehr zu retten ist, egal wie viele Bücher wir über den Umweltschutz schreiben, wie viele Blechdosen wir recyceln und wie viele Gesetze und Vorschriften wir übertreten.

Daher schlägt Leland die letzte Seite der Buchbesprechungen auf, auf der die Bestsellerlisten für Taschenbücher und gebundene Bücher, Romane und Sachbücher stehen. Nur ein Titel von Boston Press: Auf Platz elf der Liste der Hardcover-Romane steht: *Die Abrechnung* von John Hancock.

Die Existenz des Buches erschwert Lelands ohnehin schon kompliziertes emotionales Dilemma. Sollte Hancock eine Affäre mit seiner Frau haben, hat Leland keine andere Wahl, als die Beziehung zwischen Schriftsteller und Verleger abzubrechen. Hancocks Zusammenarbeit mit Boston Press müsste ein Ende nehmen. Daran würde kein Weg vorbeiführen. Zwanzig Jahre den Bach hinunter für zwanzig Sekunden auf dem Rücksitz.

Andererseits weiß Leland, dass es die Bilanz ganz schön versauen würde, wenn er Hancock feuert. Hancock bringt Boston Press mehr Geld ein als jeder andere Autor, den sie unter Vertrag haben. Und das wissen die hohen Tiere im Big Apple ganz genau. Sie wären ziemlich wütend, würde Leland Hancock rausschmeißen. Den hohen Tieren sind John Hancocks Indiskretionen und Lelands verletzte Gefühle schnurzegal.

Sie interessiert nur, dass Hancocks Bücher ihnen das große Geld bringen. *Die Abrechnung* stand wenige Wochen nach der Veröffentlichung auf Platz sechs. Der Roman hätte einen noch besseren Platz bekommen, und es wären noch mehr Exemplare verkauft worden, wenn nicht einige Megaautoren (King, Grisham, Steel) die ersten Plätze belegt hätten.

Leland weiß, dass Hancock vor Jahren sehr berühmt hätte werden können, doch er war nicht gewillt, seinen Stil vollkommen zu verraten. Er weigerte sich, immer wieder die gleiche Story mit etwas veränderten Charakteren zu erzählen. Die Autoren auf den ersten Plätzen greifen üblicherweise zu dieser Schreibe, weil sie gewillt sind, dem Teufel ihre Seele zu verkaufen. Sie schreiben einfach eine lustige Story ohne Pfiff und halten sich an das erprobte Romangerüst. Leland hat immer respektiert, dass Hancock sich nicht verkaufen wollte und sich zumindest einen Rest seiner literarischen Würde bewahrte.

»Und wo, zum Teufel, bleibt die Würde, wenn er sie meiner Frau nimmt?«, fragt er sich laut. »Ich dachte, der Bursche sei mein Freund. Aber vielleicht stimmt das alles ja gar nicht. Vielleicht stellt sich ja heraus, dass alles ein Missverständnis ist. Es ist ja nicht so, als ob die Fotos etwas beweisen würden.«

Leland seufzt und reibt sich über die Augen. Er tut sein Bestes, um sich einzureden, dass alles nur in seiner ungezügelten Fantasie existiert. Seine Frau ist ihm treu und sein alter Kumpel auch.

Er beschließt, sich noch einen Bloody Mary zu mixen. Vielleicht sollte er Al Brown anrufen und dem Schnüffler sagen, dass er sich noch mehr anstrengen soll. Er soll die Wahrheit herausfinden, und zwar schnell.

Auf dem Weg in die Küche denkt Leland an einen Rat seines Großvaters, Aaron Fisher: »Triff niemals eine schwere Entscheidung an einem Sonntag, Lee, oder an einem anderen Wochentag.«

CAYE CAULKER

Rafe hat keine Schuldgefühle. Und er hat auch keine Angst vorm Fliegen. Aber er hat ein kleines Problem: Geld. Oder in diesem Fall einen ernsthaften Mangel an Geld. Rafe hat bei der Continental Airlines angerufen: achthundertsechsundvierzig Dollar von Belize City nach Boston. Und das bei einer Buchung zwei Wochen im Voraus, wenn man über Samstagnacht bleibt. Wo, fragt er sich, wird er wohnen? In Hancocks Haus?

Rafe möchte nicht mehr zwei Wochen warten. Er möchte jetzt aufbrechen. Doch das normale Ticket ohne Preisnachlass kostet fast tausenddreihundert Dollar. Ein Klacks für ihn, denkt er, wenn er es schafft, mit Hancock zu sprechen. Wenn er seinen Plan, ihn zu erpressen, in die Tat umsetzt. Dann fließen die Dollars wieder nach Süden.

Aber woher nehmen, wenn nicht stehlen? Das ist die große Preisfrage. Rafe weiß, dass man manchmal investieren muss, um an Geld zu kommen. Er kennt die Notwendigkeit von Risikokapital. Allerdings möchte er in dieser Sache nur ungern einen Partner haben. Er möchte dieses Geschäft alleine abwickeln.

Er zweifelt daran, dreihundert Dollar zusammenzukriegen, geschweige denn tausenddreihundert. So viel Geld hat er zum letzten Mal besessen, als in den Achtzigern Koks in Mode war und er ein Gramm für fünfzig Mäuse kaufen, es mit Stärkemehl verlängern und das Gramm dann für hundert Dollar verkaufen konnte.

Das Einzige, das Rafe besitzt, ist sein Boot. Leider gehört die Hälfte des Bootes seiner Frau. Ohne ihre Zustimmung kann er es nicht verkaufen. Und in diesem Moment spricht er noch nicht einmal mit ihr. Vielleicht kann er es trotzdem verscherbeln und es mit der Kohle von Hancock zurückkaufen. Irgendwie müsste es schon gehen.

Es ist alles so verdammt kompliziert! Doch eines weiß Rafe ganz sicher: Damit das Geld fließt, muss er nach Boston. Und um nach Boston zu fliegen, braucht er Geld. Man könnte es Rafes persönliche Zwickmühle nennen.

Er wirft den noch immer ungelesenen Roman, *Die Abrechnung,* von John Hancock zur Seite, öffnet die Tür seiner Hütte und geht in den strahlenden Sonntagnachmittag hinaus. Heißer als in einem Gewächshaus. Als würde man einen Hochofen betreten. Manchmal glaubt Rafe, dass Caye Caulker der heißeste Platz auf Erden sei. Rafe ist es leid, ständig dieser Hitze ausgesetzt zu sein. Man muss sich langsam bewegen, um nicht zu schwitzen. Immer versuchen, dieser höllischen Sonne zu entfliehen.

Rafe überlegt, ob er sich nur ein Hinflugticket nach Boston kaufen soll. Er könnte eine Zeit lang in Neuengland herumhängen, wo es kalt ist und schneit. Rafe hat noch nie Schnee oder Eis gesehen, außer in einem Whisky on the rocks. Wenn er zurückkommt, trägt er einen schönen Anzug und neue Schuhe. Er macht einen guten Eindruck auf seine Frau. Er nimmt sie und ihre Tochter mit in die Staaten. Vielleicht findet er einen Job als Immobilienhändler. Oder er verkauft Aktien. Auf jeden Fall führt er dann ein glückliches Leben.

Im Moment rennt Rafe von einer Palme zur nächsten, um sich vor der Sonne zu verstecken. Der Bursche will unbedingt nach Boston fliegen und Hancock einen Besuch abstatten. Um das tun zu können, muss er sein Boot verkaufen. Es führt kein Weg daran vorbei. Das Boot verkaufen oder sich zu Tode schwitzen. Das Boot verkaufen oder seine Familie verlieren. Alles verlieren. Er muss auf jeden Fall einen kühlen Kopf bewahren und den richtigen Käufer für das Boot finden. Jemand, der nicht tausend Fragen stellt. Jemand, der nicht auf der ganzen Insel herumposaunt, dass Rafe seinen einzigen Besitz zu Bargeld gemacht hat. Es muss auch gewährleistet sein, dass seine Frau nichts von dem Verkauf erfährt. Niemand darf davon erfahren. Niemand darf wissen, dass er nach Boston fliegt.

Vielleicht sollte er gar nicht nach Boston fliegen. Nicht direkt. Vielleicht sollte er besser nach ... hm ... New York fliegen. Und dann den Zug oder den Bus nach Boston nehmen. Dann würde er keine Spuren hinterlassen.

Rafe lächelt. Er schlägt sich auf den Rücken, um sich daran zu erinnern, dass er kühlen Kopf bewahren und die Einzelheiten verschleiern muss.

O ja, Rafe weiß, dass sich all seine Probleme in Luft auflösen würden, wenn er zu Hancock fahren könnte.

BOSTON & LONDON

John Hancock, der im Moment nicht daran denkt, dass so viele Personen in sein Schicksal eingreifen wollen, klebt die winzige Holzschindel aufs Dach der Feuerwache. Die Schindeln sind nicht viel größer als sein Fingernagel. Die Feuerwache ist ungefähr so groß wie eine Waschmaschine. Sie hat Türen und Fenster, die man öffnen und schließen kann. Sie hat Kojen im ersten Stock, wo die Feuerwehrleute schlafen, wenn sie Bereitschaft haben, und Pfosten, an denen die Feuerwehrmänner hinunterrutschen, wenn der Feueralarm ertönt. Und im Erdgeschoss parken mehrere Feuerwehrwagen.

Die Feuerwache ist fast fertig. Auf dem Dach fehlen noch Schindeln, und die Außenfassade muss noch gestrichen werden. Will hat als John im Winter mit der Feuerwache begonnen. Doch er verlor rasch das Interesse und überließ die Fertigstellung des Hauses John. John macht das nichts aus. Er hat Spaß daran, mit den Händen zu arbeiten und etwas für die Jungen zu bauen. Es gefällt ihm besonders, wenn er schreibt, jedoch mit seiner Story nicht weiterkommt und den Faden verloren hat. Dann zieht er sich oft in den Keller zurück, nimmt Hammer und Säge und denkt über das Problem nach. Seine Hände sind mit dem Werkzeug beschäftigt, und dadurch kann er etwas von seiner angestauten körperlichen Energie freisetzen, während sein Geist sich mit Romanfiguren und Handlung beschäftigt. Heute denkt er nicht an das neue Buch. Er denkt an seinen Bruder und seine Frau und die beiden Polizisten.

Er ist der Meinung, dass er für heute genug von den kleinen Schindeln aufs Dach geklebt hat. Der Wunsch, Clara anzurufen, ist wieder da. Er räumt auf, schaltet das Licht aus und geht nach oben. Als er am Wohnzimmer vorbeikommt, sieht er, dass John junior und der kleine Willy vor dem Fernseher sitzen und Videospiele spielen. John bleibt im Korridor stehen und beobachtet sie. Allein der Anblick der Jungen erfüllt ihn mit überwältigender Freude. John weiß, dass es die wichtigste Aufgabe in seinem Leben ist, für das Glück und die Sicherheit dieser beiden Jungen zu sorgen.

Schließlich geht John weiter. Er durchquert den Korridor und steigt die Treppe zum zweiten Stock hinauf.

Auf der Wanduhr in seinem Büro ist es kurz nach vier. In London müsste es also etwa neun Uhr sein. Hancock geht zu seinem Schreibtisch, setzt sich auf den Rand, hebt den Hörer ab und wählt die Nummer.

»Guten Abend. Savoy Hotel. Alice am Apparat. Mit wem darf ich Sie verbinden?«

»Mrs Hancock, bitte.«

»Einen Moment bitte, Sir.«

Das Telefon in Mrs Hancocks Zimmer klingelt und klingelt. Keine Antwort. Hancock legt auf, bevor das Gespräch wieder zur Rezeption geschaltet wird. Er weiß, dass er sich dumm und unreif benimmt und seine Frau kontrolliert, doch es gefällt ihm einfach nicht, wenn seine Frau nicht in ihrem Hotelzimmer ist – besonders abends.

Jetzt stellt er sich die gleiche Frage wieder, die er sich vorhin im Park auch schon gestellt hat. Soll er sie auf ihrem Handy anrufen oder nicht?

Er entscheidet sich dafür. Dann entscheidet er sich dagegen. Wenn er sie am frühen Sonntagabend anrufen will, hebt er normalerweise einfach den Hörer ab. Keine große Sache. Einfach anrufen und plaudern und vielleicht die Jungen an den Apparat holen. Das hier ist aber kein normaler Anruf. Nicht nach dem Besuch der beiden Polizisten, die ohne Voranmeldung einfach aufgetaucht sind und gesagt haben, seine Frau habe ihren Bruder als vermisst gemeldet. Seinen vor langer Zeit verstorbenen Bruder. Nein, das ist auf keinen Fall ein typisches Sonntagabendgespräch.

Er atmet tief durch und wählt die Nummer von Claras Handy. John hört ein paar Geräusche in der Leitung, als über verschiedene Satelliten die Verbindung hergestellt wird. Und dann klingelt Claras Handy, worüber sich in diesen modernen Zeiten niemand mehr wundert.

Es klingelt in Claras Ferragamo-Handtasche, die auf dem leeren Stuhl zwischen ihr und Rodney Byrnes liegt. Sie sitzen an einem der besten Tische im Oak Room im Méridien Hotel am Piccadilly. Ein schöner Raum mit Kristallleuchtern, vergoldeten Schnitzereien und chinesischen Vasen mit prachtvollen Frühlingssträußen. Die beiden sind bei der Vorspeise: eine Platte pochierte Austern in einer delikaten Rotweinsauce für zwei Personen.

Rodney, der gerade seine Gabel zum Mund führt, runzelt

die Stirn, als das Handy klingelt. »Hoffentlich ist es nicht dein arabischer Freund.«

Clara, die sich eigentlich nichts aus Austern macht, der aber die Präsentation des Küchenchefs gefällt, greift in ihre Handtasche. »Das ist sicher Hancock, der die liebevolle Stimme seiner Gattin hören möchte.«

Rodney verdreht die Augen und sticht seine Gabel in eine Auster. Der Araber wäre ihm lieber gewesen.

Clara klappt das Handy auf, schaut aufs Display und lächelt. »Wie ich vermutet habe.« Sie drückt auf die Sprechtaste. »Hallo, Mr Hancock.« Sie singt den Namen fast ins Handy.

»Hey, Mrs Hancock.«

»Ich habe mich schon gefragt, wann du endlich anrufst.«

Rodney seufzt und schiebt sich noch ein paar Austern in den Mund. Seine Geschmacksnerven sind plötzlich so unsensibel, dass er genauso gut gefrorene Fischstäbchen essen könnte.

»Ich habe schon mehrmals im Hotel angerufen«, sagt Hancock. »Aber du warst nie zu erreichen.«

»Ich hatte heute viel zu tun.«

»Wo bist du denn jetzt?«

Das sieht ihm ähnlich, denkt Clara. Er kommt immer gleich zur Sache.

»Ich bin beim Essen. Wir sind im Méridien.«

»*Wir?* Du und dieser schwerreiche Araber?«

»Nein, nein«, erwidert Clara. »Die Sache ist abgeschlossen.«

»Und wie ist es gelaufen?«

»Er hat den Manet und den Toulouse-Lautrec gekauft.«

»Du machst Scherze!«

Clara lächelt. »Nein, keineswegs.«

»Du hast ihn um den Finger gewickelt?«

»Ja, aber es war ganz schön stressig.«

»Glückwunsch, Baby. Das hast du wirklich verdient.« Hancock weiß, dass seine Frau den Araber mehr als ein Jahr bearbeitet hat. Sie ist mit ihm essen gegangen und hat ihm Gemälde in New York, London, Paris und sogar im Nahen Osten gezeigt. So ist Clara Dare eben: ehrgeizig, überzeugend und unglaublich hartnäckig. Sie gibt einfach nicht auf.

»Und ich glaube«, sagt sie, »dieses Geschäft hat jeden glücklich gemacht – den Käufer, den Verkäufer und meine Wenigkeit, die Zwischenhändlerin.«

»Ich wäre gerne bei dir, um mit dir zu feiern.«

»Du weißt, das würde ich auch gerne.«

»Und wenn du nicht mit mir feierst, Schätzchen, mit wem feierst du dann? Ich weiß, dass du es hasst, allein zu feiern.«

»Sir Rodney, natürlich.«

»Mein Gott, Clara. Hat diese Ratte denn kein Loch, wo sie sich verstecken kann?«

»Hancock, sei brav. Er benimmt sich wie ein richtiger Gentleman.«

Rodney schiebt sich die Austern in den Rachen wie andere Menschen gesalzene Nüsse.

»Wo bist du, hast du gesagt?«

»Im Oak Room im Méridien.«

»Champagner?« Hancock weiß, dass Clara Champagner liebt.

»Natürlich.«

Hancock wird ein wenig nervös. Welcher Mann wäre das nicht, wenn seine Frau mit so einem reichen Pinsel, der nichts Besseres zu tun hat, als verheirateten Frauen hinterherzulaufen, in einem von Londons vornehmsten Restaurants Champagner trinkt?

»Liebes, ich muss gestehen, dass mir deine Verabredung ziemlich auf die Nerven geht.«

»Wir essen nur zusammen, Hancock. Deshalb musst du doch nicht gleich durchdrehen.«

Hancock weiß natürlich, dass nicht er es ist, der vor Eifersucht beinahe platzt. Diese Eigenschaft kommt Will zu. Aber Will ist ja John. Manchmal. Das halbe Jahr. Jeden zweiten Monat.

»Mach dir keine Sorgen, Schätzchen. Ich wäre bloß froh, ich würde jetzt an seiner Stelle bei dir sein.«

»Ich doch auch.«

»Und wie geht es Sir Rodney?«

»Sehr gut. Möchtest du ihm guten Tag sagen?«

»Nein!«, ruft Hancock. »Will ich nicht.« Dann aber ändert er seine Meinung. »Ja, okay, gib ihn mir mal.«

Clara legt ihre Hand auf die Muschel und sagt zu Rodney. »Er möchte dir guten Tag sagen.«

Rodney macht ein mürrisches Gesicht. »Mir? Du machst wohl Scherze?«

»Nein, wirklich.«

Rodney nimmt widerwillig das Handy. »Hallöchen, Hancock, alter Sportsfreund. Sie sind es doch? Sie rufen aus den Staaten an? Das ist ja furchtbar weit weg.«

Clara verdreht die Augen und sticht in eine Auster. Sie sind ihrer Meinung nach ein wenig wie Gummi; deshalb trinkt sie lieber noch einen Schluck Champagner.

Rodney plappert weiter. »Na, alter Sportsfreund, wann erscheint das neue Buch?«

»Hören Sie mit dem blöden alten Sportsfreund auf, Kumpel«, sagt Hancock. »Wenn ich etwas mehr hasse als warmes Bier, dann dieses dumme Getue.«

Rodney, der nicht möchte, dass Clara etwas bemerkt, lächelt. »Also, Hancock, ich glaube nicht ...«

»Passen Sie mal auf, Byrnes«, unterbricht ihn Hancock. »Ich vertraue meiner Frau, aber Ihnen traue ich nicht über den Weg. Tun Sie sich also selbst einen Gefallen und packen Sie meine Frau nicht mit Ihren schmutzigen Engländerpfoten an. Wenn Sie sie auch nur einmal anrühren, werde ich Sie so zurichten, dass Ihre eigene Mutter Sie nicht wiedererkennt. So, jetzt gehen Sie am besten mal pissen, damit ich in Ruhe mit Clara sprechen kann.«

Rodney ist empört und wird puterrot, doch er reicht Clara das Handy, ohne auch nur den leisesten Protest zu erheben.

»Was hat er gesagt?«, fragt sie, nachdem sie ihre Hand wieder über die Hörmuschel gelegt hat.

Rodney schüttelt den Kopf, murmelt dann jedoch: »Er hat

mir ziemlich anschaulich erklärt, dass ich dich nicht anfassen soll.«

Clara fängt laut zu lachen an. »Hancock ist sehr besitzergreifend und erteilt gelegentlich hervorragende Ratschläge.«

Rodney seufzt und nickt. So hatte er sich den Abend nicht vorgestellt. »Entschuldige mich bitte für ein paar Minuten. Ich muss noch ein paar Telefonate machen.«

Nachdem er den Tisch verlassen hat, sagt sie ins Handy: »Hancock, jetzt hast du ihn verjagt.«

»Gott sei Dank.«

»Hoffentlich kommt er zurück, um die Rechnung zu bezahlen.«

»Die verdammte Rechnung kann ich auch bezahlen.«

»Was hast du auf dem Herzen? Es ist doch etwas anderes als Rodney Byrnes.«

»Woher weißt du das?«

»Weibliche Intuition. Außerdem bin ich schon sieben Jahre mit dir verheiratet.«

»Vielleicht ist es die Leidenschaft des siebten Jahres.«

Clara lacht fröhlich. »Keine Angst, Schätzchen, ich kann deine Leidenschaft noch stillen.«

»Gehst du mit Rodney Byrnes ins Bett?«

»Glaubst du?«

»Beantworte nur meine Frage.«

»Verflixt, Hancock. Du weißt genau, dass die Antwort ein entschiedenes Nein ist. Sag mir jetzt, warum du so gereizt bist.«

»Dieser Typ ist ein echtes Arschloch. Rennt einer verheirateten Frau hinterher wie ein streunender Köter.«

Clara geht nicht auf die Eifersuchtsbekundung ihres Mannes ein. »Apropos ... da fällt mir wieder ein, dass unsere Söhne gerne einen Hund hätten. Was meinst du dazu?«

»Wir schauen uns morgen nach der Schule ein paar Golden Retriever an.«

»Golden Retriever?«

»Ja.«

»Na, die beiden Jungen wissen, wie sie ihren Vater rumkriegen. Du wirst doch mit dem Kauf warten, bis ich wieder zu Hause bin?«

»Natürlich. Und was ist jetzt mit Byrnes?«

»Was soll mit ihm sein? Er ist vollkommen harmlos, und er kennt den Prinzen von Wales. Und viele andere reiche, verrückte Leute. Das ist gut fürs Geschäft. Sag mir jetzt, was du wirklich auf dem Herzen hast.«

Hancock weiß, dass sie es weiß. Sie weiß es immer. Sie hat einen sechsten Sinn. Sie weiß oft, dass ihn etwas belastet, noch bevor er es selbst weiß. Soll er ihr jetzt von den beiden Polizisten erzählen, die bei ihm aufgetaucht sind, und eine Erklärung wegen der Vermisstenanzeige verlangen? Oder soll er ganz cool tun, sie noch ein wenig hinhalten und abwarten, ob er ihr etwas entlocken kann?

»Hier ist alles in Ordnung. Ich vermisse dich nur, genau wie die Jungs.«

»Ich vermisse euch auch. Ich habe vorhin schon angerufen. Hat Sylvia es dir ausgerichtet?«

»Sofort als wir nach Hause kamen.«

»Hat sich Johns Erkältung gebessert?«

»Es geht ihm gut. Seine Nase ist nur noch etwas verstopft. Du machst dir zu viele Sorgen. Möchtest du mit ihnen sprechen?«

»Ich rufe nachher an, wenn ich wieder im Hotel bin. Grüß sie von mir, bevor sie ins Bett gehen. Jetzt möchte ich lieber mit dir sprechen.« Den letzten Satz hat Clara mit besonders zarter, aufreizender Stimme gesprochen.

Und das ist Hancock nicht entgangen.

»Was hast du denn heute so gemacht?«, fragt sie.

Eine unverfängliche Frage, oder streckt sie ihre Fühler aus?, fragt sich Hancock. »Ich habe heute Morgen ein wenig an dem neuen Buch gearbeitet.«

»Wie geht es voran?«

Hancock wählt seine Worte sorgsam. »Ich konnte mich nicht richtig konzentrieren.«

»Warum nicht?«

Er würde ihr gerne den wahren Grund nennen. Er würde es ihr gerne offen ins Gesicht schreien. Stattdessen sagt er: »Zu viele Unterbrechungen.«

»Ach, sag bloß. Was war denn los?«

»Das Übliche. Die Kinder waren so aufgedreht.«

»Sind sie denn nicht zur Sonntagsschule gegangen?«

»Doch, sicher. Ich hab sie hingebracht, und Nicky hat sie abgeholt.«

»Aber du konntest trotzdem nicht richtig arbeiten?«

»Nicht so richtig.«

»Warum denn nicht? Konntest du dich nicht konzentrieren?«

Hancock ist der Meinung, dass sie jetzt lange genug Katz und Maus gespielt haben. Er hat den ganzen Tag gewartet, und jetzt muss er das Thema anschneiden. »Ich hatte Besuch von der Polizei.«

»Die Polizei war da?«

»Genau. Zwei Bullen.«

»Was wollten die denn?«

»Das weißt du doch ganz genau«, würde er gerne sagen, aber er schluckt die Worte hinunter. Er will den Besuch der Polizei einfach ansprechen. Was sie wollten, steht auf einem anderen Blatt.

»Was sie immer wollen: Geld.«

»Geld?«

»Eine Spende. Es gibt wohl Pläne, für einige Bostoner Polizisten Mountainbikes anzuschaffen. Sie bitten die Bürger, die sowieso schon zu viel Steuern zahlen, sie zu unterstützen.«

»Ah, ich verstehe«, sagt Clara. »Es gibt also keine Probleme?«, fragt sie dann.

»Probleme? Wieso?«

»Ich weiß nicht. Normalerweise kommt die Polizei doch nur, wenn es Probleme gibt.«

»Ja, wahrscheinlich.«

»Aber bei dir ist alles in Ordnung?«

»Ich glaub schon.«

»Warum bist du so sonderbar und beantwortest nicht meine Frage? Ist alles in Ordnung?«

»Alles bestens.« Hancock weiß, dass seine Frau das Thema der Vermisstenanzeige nicht anschneiden wird. Auf jeden Fall nicht direkt. Okay. Dann wird er das Thema im Moment auch nicht anschneiden. »Und wann kommst du wieder nach Hause?«

Clara schweigt einen Moment. Schließlich seufzt sie und sagt: »Frühestens Dienstag und spätestens Donnerstag. Ich muss wirklich noch kurz nach Paris. Nur um mich zu überzeugen, dass alles reibungslos läuft.«

»Also irgendwann zwischen Dienstag und Donnerstag?«

»Genau. Zuerst muss ich allerdings noch nach New York fliegen.«

»New York? Warum?«

»Ich muss wissen, wie es in der neuen Galerie läuft. Es muss schließlich alles seine Ordnung haben. Morgen weiß ich es genau. Vielleicht können wir uns dort treffen und die Nacht zusammen verbringen.«

Hancocks Misstrauen schwindet ein wenig. »Das gefällt mir.«

»Mir auch. Dann machen wir es so. Richte es schon mal so ein, dass wir uns Dienstag- oder Mittwochabend in New York treffen.«

»Ich freue mich darauf.«

Sie versichern sich gegenseitig ihre Liebe und verabschieden sich, nachdem Clara versprochen hat, die Jungen in ein paar Stunden anzurufen.

Hancock legt auf. Er atmet ein paar Mal tief ein und versucht sich das Gespräch noch einmal ins Gedächtnis zu rufen. Hat Clara die Polizei verständigt oder nicht? Und wenn sie die Polizei verständigt hat, bleibt die Frage, warum sie es getan hat. Welchen Grund hatte sie? Ist das Ganze eine indirekte Drohung? Eine Warnung? Natürlich könnte es auch sein, dass Clara überhaupt nicht bei der Polizei angerufen hat. Vielleicht hat ein anderer dort angerufen. Aber wer? Und warum? So verdammt viele Fragen. Hancock mag komplizierte Rätsel, aber nicht auf seine Kosten.

Es wäre wohl das Beste, eine Liste mit möglichen Verdächtigen aufzustellen. Ganz oben sollte der Name seiner Frau stehen. Auf jeden Fall vorerst.

Zunächst einmal will Hancock in dem Bauernhaus draußen in den Berkshires nördlich von Stockbridge anrufen. Mal sehen, ob jemand ans Telefon geht. Und wenn nicht, kann er ja eine Nachricht hinterlassen. Er kann diesen Besuch der Bullen auf keinen Fall auf die leichte Schulter nehmen. Er ist viel zu beunruhigt. Und es steht zu viel auf dem Spiel.

Rodney Byrnes kehrt an den Tisch zurück, bevor Clara ihr Handy wieder in die Handtasche gesteckt hat. Er hat sie aus der Ferne beobachtet. Er ist zu sehr Gentleman, um vorher zurückzukehren, aber zu sehr Gassenkind, um nicht ein wenig zu lauschen.

»Na«, fragt er sofort, »große Liebe zwischen dir und deinem besitzergreifenden Schreiberling?«

»Bist du jetzt zynisch, Mr Byrnes, oder nur unhöflich?«

»Weder noch«, erwidert Rodney. »Ich bin nur neugierig.«

»Du bist nie nur neugierig, Rodney. Die Antwort auf deine Frage lautet ja, große Liebe und eitel Sonnenschein.«

»Keine Probleme zu Hause?« Rodney zieht sich den Stuhl heran, nimmt die Stoffserviette und setzt sich.

Clara schaut den Mann an, mit dem sie heute zu Abend isst. »Warum sollte es Probleme geben?«

»Einfach so.«

»Hast du gehofft, wir hätten Probleme?«

»Natürlich nicht.«

»Ich glaube dir kein Wort, Mr Byrnes. Dir wäre es sicher Recht, wenn bei uns der Haussegen schief hängen würde.«

»Wer ist denn jetzt zynisch, Miss Dare?«

Clara lacht, während sie das Gemüse auf ihrem Teller hin und her schiebt. »Ich bin nicht zynisch. Ich weiß einfach, dass es ganz nach deinem Geschmack wäre, würde ich Hancock verlassen. Du würdest gerne mit mir durch Europa tingeln und in großen, alten Hotels wohnen. Wir würden spielen, zusammen ins Bett gehen und tun, wonach uns der Sinn steht.«

»Hört sich gut an.«

»Ich bin sicher, dir würde es gefallen. Von der Klatschpresse verfolgt, von Annie Leibowitz fotografiert und von Dominick Dunne interviewt. Um meinen Ruf als *die* Kunsthändlerin des neuen Jahrtausends zu fördern, müssten wir gelegentlich natürlich eine etwas gewagte Show abziehen.«

»Vielleicht könnten wir nackt in der Themse baden?«

»Das Wasser stinkt.«

»Vielleicht mit dem Fallschirm vom Eiffelturm springen?«

»Ich bin nicht schwindelfrei.«

»Oder ein Love-in wie John und Yoko.«

»Ich hasse es, anderen alles nachzuahmen.«

Rodney, der nicht gerade zu den kreativsten Bürgern Londons zählt, braucht ein paar Sekunden, um sich einen anderen Gag auszudenken. »Ich hab's! Überall, wohin wir kommen, geben wir eine Party. Eine große Party. Und wir laden nur ganz tolle, bekannte Leute ein.«

»Ich liebe Partys.«

»Das glaube ich. Wann fangen wir damit an?«

Clara gefällt dieses Gespräch. Sie war schon immer eine Träumerin. »Heute«, erwidert sie. »Warum nicht gleich heute?«

»Okay, heute. Und wen laden wir ein?«

Clara lässt ihrer Fantasie gerne freien Lauf. Das ist auch der Grund, warum sie John Hancock in erster Linie geheiratet hat. Etwas Fantastischeres hat es noch nie in ihrem Leben gegeben. Und ihr Leben in ihrer Scheinwelt soll noch schöner werden. Das will sie in ein paar Tagen in die Wege leiten.

Clara wirft Rodney über den Tisch hinweg einen Blick zu. Sie lächelt und sagt: »Das ist eine tolle Idee, Sir Rodney, aber ich muss an meine Söhne denken.«

»Deine Söhne?«

»Ja, meine Söhne. Ich kann sie nicht im Stich lassen. Sie brauchen mich. Und natürlich brauche ich sie auch. Ich liebe sie ganz schrecklich.«

»Nun ja«, sagt Rodney, der sich dieses idyllische amerikanische Familienleben vor Augen führt, »vielleicht können sie dich jedes zweite Wochenende besuchen.«

Clara stopft sich ein paar Bohnen in den Mund und zerkaut sie langsam. Sie denkt an die Szene in New York Ende der Woche, an die Aufregung und die Überraschung. Sie muss nur dafür sorgen, dass ihre beste Freundin, Linda Carson, mit den Jungen nach New Hampshire fährt. Dort sind sie in Sicherheit.

»Clara?«

Clara hört ihren Namen. Sie schaut auf und sieht Rodney. »Ja?«

»Hast du gehört, was ich gesagt habe?«

»Oh, Rodney, ich weiß es nicht. Es tut mir sehr Leid, wenn ich dich enttäusche. Du bist so lustig und unterhaltsam. Versuch mich zu verstehen. Wir beide können nur Freunde sein. Ich führe noch ein anderes Leben, das mit dir nichts zu tun hat. Mein richtiges Leben. Ein Leben, das ich liebe. Es macht mir nichts aus, wenn mein Ehemann ein wenig eifersüchtig ist, aber weiter würde ich niemals gehen.«

KALIFORNIEN & BELIZE

Babe Overton liebt ihr Leben schon seit langer, langer Zeit nicht mehr. Sie hat Frank geliebt. Und sie hat das Showgeschäft geliebt. Es hat ihr Spaß gemacht, Schauspielerin zu sein, auch wenn sie nur in dämlichen Werbespots auftrat. Babe fuhr gerne zum Set. Sie ging gerne an den Strand, ins Restaurant und tanzen. All diese Dinge hat sie kaum noch getan. Jetzt geht sie meistens nur noch zur Arbeit, ins Kino und nach Hause ins Bett. Sie geht Einkaufen, in die Reinigung und zu Dr. MacDaniel. Wenn sie eingeladen wird, geht sie ab und zu in die Kneipe. Leider sind die Männer meistens verheiratet und nur auf einen Seitensprung aus. Oder sie sind seit kurzem geschieden und nicht in der Lage, über etwas anderes als ihre Exfrau zu sprechen. Oder sie betatschen Babe, nachdem sie einen Whisky getrunken haben. Oder sie fragen sie, ob sie es schon einmal mit einer anderen Frau gemacht hat. Oder sie sind einfach sonderbar.

Babe hat das Gefühl, dass es für sie kein neues Glück mehr geben wird. Das Glück wurde ihr ohne eigenes Verschulden entrissen. Jetzt sitzt sie im Greyhound-Bus. Ziemlich weit hinten auf der rechten Seite. Auf einem Fensterplatz. Vielleicht sieht sie ein bisschen erschöpft aus, weil sie zu wenig geschlafen hat, doch sie hat etwas Nettes, Schüchternes an sich. Und sie wirkt traurig. Man kann es an ihrem Blick sehen. Würde man durch den Bus gehen und sie anschauen, würde Babe nicht lächeln, sondern ein böses Gesicht machen und den Blick senken.

Sie könnte eine einundvierzigjährige Frau sein, die nach Sacramento fährt, um ihre kränkelnde Mutter zu besuchen. Doch Babe will viel weiter fahren als bis in die Hauptstadt des *Golden State.* Sie fährt in viereinhalb Tagen mit dem Special-Ticket für hundertneunundsechzig Dollar von L. A. nach Boston. Einmal durch das ganze Land. Noch immer steckt die Waffe in ihrer Handtasche, obwohl sie keinen Mord im Sinn hat.

Als der Bus durch die kalifornische Wüste nach Osten fährt, versucht Babe sich einzureden, eine moderne Geschäftsfrau zu sein, die an der Ostküste ein Geschäft eröffnen will. Software. Vielleicht auch pharmazeutische Produkte. Freizeitkleidung. Es ist egal, für welche Branche sie sich entscheidet, auf jeden Fall hat sie in Boston etwas zu erledigen. Und bevor sie dort ankommt, muss sie sich noch überlegen, wie sie vorgehen wird. Was soll sie sagen? Wie soll sie sich verhalten? Soll sie sachlich sein und gleich zur Sache kommen? Oder soll sie raffiniert vorgehen und freundlich behaupten, es handele sich nur um eine alte Wunde, die nicht heilen will?

Vielleicht können sie nach all den Jahren auch einfach über das sprechen, was dort im Haus in den Hollywood Hills am Mulholland Drive passiert ist. Wie Erwachsene reden. Sich verständigen und versöhnen.

Babe ist verletzt, unsicher, innerlich zerrissen, und sie leidet, weil sie die schlimmen Erlebnisse in der Vergangenheit nicht verarbeiten kann. Sie muss einen Schlussstrich unter diese Sache ziehen, auch wenn es für nüchterne Menschen, die von Babes Schicksalsschlag nichts wissen, banal klingen mag.

Wenn sie es nicht tut, wenn sie keine Genugtuung findet, könnte die Sache mit Gewalt enden. Babe ist kein gewalttätiger Mensch. Wahrscheinlich gehört sie in dieser gewaltbereiten Gesellschaft zu denen, die am wenigsten zu Gewalt neigen. Doch sogar Menschen, die normalerweise passiv sind, können manchmal durchdrehen und zu Mördern werden, wenn sie am Rand der Verzweiflung stehen. Das passiert immer wieder. Jeden Tag. Man muss nur die Zeitung aufschlagen oder sich die Nachrichten ansehen oder aus dem Fenster schauen.

Rafe würde am liebsten jemanden umbringen.

»Tut mir Leid, Sir«, sagt die Stimme am anderen Ende der Leitung. »Ich habe frühestens am Mittwoch einen Platz von Belize City nach New York frei.«

»Ich möchte morgen fliegen.«

»Wie ich schon sagte, Sir, ist der Flug ausgebucht.«

»Okay«, sagt Rafe. »Ich hab verstanden. Also erst am Mittwoch.«

»Ja, Sir.« Die Stimme ist vollkommen gefühllos. Sie könnte von einem Computer stammen. »Möchten Sie einen Platz in der Maschine für Mittwoch buchen?«

Rafe, der es kaum abwarten kann, nach Norden zu reisen, denkt kurz darüber nach. »Ja«, sagt er. »Ich möchte einen Platz buchen.«

»Und wie möchten Sie bezahlen, Sir?«

»Bar«, antwortet Rafe. Allerdings müssten die beiden Ausländer, mit denen er sich nachher treffen will, zuerst mit der Kohle für sein Boot rüberkommen.

»Ich brauche eine Kreditkarte, um Ihnen ein Ticket auszustellen, Sir.«

Rafe ist in seinem ganzen Leben nicht so oft Sir genannt worden. »Ich habe keine Kreditkarte.«

Die Stimme bleibt vollkommen kühl. »Wir könnten die Reservierung vornehmen, und Sie könnten das Ticket dann am Flughafen abholen.«

»Ich brauche einen ganzen Tag, um zum Flughafen zu fahren.«

»Vielleicht in einem Reisebüro«, schlägt die Stimme vor.

Rafe erinnert sich daran, dass es auf Caye Caulker jetzt ein Reisebüro gibt. Irgend so eine Kanadierin, die hier vor einem Jahr Urlaub gemacht hat, um zu schnorcheln und in der Sonne zu sitzen, und die dann nicht mehr nach Hause gefahren ist. Sie heißt Matilda. Zuerst hat sie eine Muschelbörse eröffnet, dann ein Piercing-Studio und danach das Reisebüro. Eine seltsame Dame. Klein und gedrungen. So breit wie hoch. Aber freundlich. *Dem Glücklichen gehört die Welt,* steht auf ihren Hüten und T-Shirts. Sie kennt jeden. Und sie redet gerne. Eine unglaubliche Quasselstrippe. Rafe weiß, dass innerhalb einer Stunde jeder auf Caye Caulker erfahren hat, wohin er fährt, wenn er das Ticket in die Staaten bei Matilda kauft. Wenn er jedoch am Mittwoch nach Norden fahren will, hat er kaum eine andere Wahl.

Nachdem Rafe sein Telefonat mit der Flughafenangestellten im Hinterzimmer von Jackie's Bar & Grill beendet hat, geht er auf die Veranda, um ein Bier zu trinken. Er sitzt im Schatten der Markise und versucht, das Schwitzen zu vermeiden. Es ist spät am Nachmittag, die heißeste Zeit des Tages. Die Sonne scheint mittlerweile seit Stunden auf die Insel und röstet alles, was sie erwischen kann.

Rafe trinkt das Bier aus und bestellt sich ein neues. Jackie, der Besitzer, Barkeeper, Kellner und Koch in einer Person, tauscht die leere Flasche gegen eine volle. »Na, alter Junge«, sagte er, »hab gehört, du willst deinen Kahn verkaufen.«

»Mein Gott«, brummt Rafe, »unglaublich, was auf dieser Insel getratscht wird.«

»Stimmt also, ja?« Jackie hat lange Rastalocken und einen schmuddeligen *Rastaman*-Spitzbart. Er stammt aus Atlanta und hat einst davon geträumt, die Fünf-Tage-Vorschau beim Wetterkanal zu machen.

»Nein«, sagt Rafe. »Völliger Unsinn.«

Jackie lacht. Er hat die gesündesten, strahlendsten Zähne auf der ganzen Insel. Das Ergebnis bester Zahnpflege in der Jugend. »Was willst du denn mit der Kohle machen, Rafe? Für deine Alte?«

»Zisch ab.« Rafe kippt das eiskalte Bier in einem Zug hinunter.

Jackie lacht noch immer. »Vielleicht willst du ein Kasino eröffnen und den Donald Trump von Caye Caulker spielen.«

Rafe beschließt, kein Wort dazu zu sagen. Er steigt die geschützte Veranda in die ekelhafte, heiße Spätnachmittagshitze hinunter. Die Sonne dörrt ihn sofort aus. Hinter sich hört er noch immer Jackies Lachen.

Sollen sie doch lachen, denkt Rafe. Sollen sie doch lachen, so viel sie wollen. Wer zuletzt lacht, lacht am besten.

Und wer weiß? Vielleicht wird er es sein. Er kennt ein Geheimnis von einem Typen in den Staaten. Von einem Typen mit viel Zaster. Einem Typen, dem es gut geht.

Nach dem dritten Bloody Mary ruft Leland Fisher John Hancock an. Leider ist besetzt. Hancock führt ein Überseegespräch mit London. Leland versucht es immer wieder. Er musste sich zuerst Mut antrinken, um Hancock anzurufen.

Leland hasst besetzte Apparate. Sie ärgern ihn, weil er seinen Wunsch nicht sofort befriedigen kann. Er kann gar nicht glauben, dass Hancocks Telefon keine Anklopffunktion hat. Einmal hat er mit seinem Starautor darüber diskutiert, und Hancock war der Meinung, dass das »Anklopfen« eine unhöfliche, widerwärtige Störung beim Telefonieren sei.

Leland drückt zum zehnten Mal auf die Wahlwiederholung. Noch immer besetzt. So ein Mist! Leland fragt sich, mit wem der Schürzenjäger wohl telefoniert.

Die richtige Frage ist natürlich die: Warum will Leland jetzt unbedingt mit Hancock sprechen? Wozu soll das gut sein? Leland glaubt ernsthaft, dass er den Mut haben wird, den großen Starautor zu fragen, ob er seine Frau vögelt, falls er ihn an die Strippe bekommt. Es besteht allerdings die Möglichkeit, dass Leland die Nerven verliert. Er hat nicht viel Mumm in den Knochen. Im Grunde ist er ein Waschlappen ohne Rückgrat, besonders wenn es um persönliche Dinge geht. Aber Gedanken sind bekanntlich frei. Leland ist ein Profi, wenn es ums Grübeln geht.

Er drückt noch einmal auf die Wahlwiederholung. Und noch einmal hört er das verdammte Besetztzeichen. Es könnte ebenso Hancocks samtige, aalglatte Stimme sein, die ständig wiederholt: »Leland ist bekloppt, Leland ist bekloppt, Leland ist bekloppt.«

»Verdammt!« Leland knallt den Hörer auf die Gabel.

»Was ist los, Dad?«

Leland schaut von seinem gepolsterten Stuhl draußen auf der Veranda seines Häuschens in Woods Hole auf. Seine Tochter Jaguar, mit der er ursprünglich segeln gehen wollte, steht in der Tür. Sie sieht blass, verschlafen und ein wenig magersüchtig aus, denkt der Papa. Jaguar ist einssechzig groß und wiegt vielleicht neunzig Pfund. Sie hat sich etwas übergezogen und hält Münzen für den Zigarettenautomaten in der Hand. Außer ihrem langen, weißen T-Shirt, das bis auf ihre dünnen Oberschenkel fällt, hat sie nichts an. Auf dem T-Shirt steht in roten Buchstaben quer über der Brust: TRAU DICH – ICH BIN BEREIT.

Großartig, denkt Leland, als er sie anschaut. »Du bist zu dürr. Isst du überhaupt mal was?«

Jaguar gähnt. »Wenn man weniger isst, lebt man länger. Das ist mein Motto.«

»Ja«, sagt Leland, der immer wieder versucht, seine Kinder wie richtige Menschen zu behandeln, dem das aber normalerweise nicht gelingt. »Versuch es doch mal damit: Wenn man nichts isst, sieht man aus wie der Tod und stirbt jung.«

»Hast du gesagt, ich sehe aus wie der Tod?«

Leland weiß, dass das eine Falle ist. »Ich habe gesagt, dass du etwas Fleisch auf den Rippen gebrauchen könntest.«

»Ich esse kein Fleisch.«

»Was isst du dann?«

»Mensch, Dad, das ist echt langweilig.«

Leland seufzt, nimmt den Hörer von der Gabel, drückt auf die Wahlwiederholung, hört das Besetztzeichen und legt auf. »Bist du jetzt erst aufgestanden?«, fragt er seine Tochter in nicht sehr freundlichem Tonfall.

Jaguar überlegt, ob sie nicht auf dem Absatz kehrtmachen soll, doch traute Zweisamkeit mit ihrem Vater ist ein seltenes Ereignis. »War 'ne lange Nacht.«

»Es ist schon halb fünf.«

»Ach ja? ... Na und? Hast du nie die ganze Nacht durchgemacht und dann den ganzen Tag gepennt, als du in meinem Alter warst?«

»Nein«, lügt Leland.

»Mensch, Dad. Es ist wirklich Scheiße, wie Eltern lügen, wenn es um ihre Vergangenheit geht.«

»Musst du so oft Scheiße sagen?«, fragt Leland, während er immer wieder auf die Wahlwiederholung drückt. Noch immer besetzt. »Verdammte Scheiße, wie lange will der Penner denn noch telefonieren?«

»Musst du immer fluchen?«

Kinder, denkt Leland. Es ist erstaunlich, dass er so viele hat. Wenn nicht aus dem starken Bedürfnis heraus, sich zu paaren ... »Tut mir Leid.«

»Wie lange telefoniert wer?«

»Was?«

»Wen versuchst du anzurufen?«

»Niemanden.« Leland wählt erneut.

Jaguar seufzt, legt ihre rechte Hand auf die rechte Hüfte, macht ein paar Schritte und sagt: »Ich bin schwanger.«

»Was?«

»Du hast schon richtig gehört. Ich bekomme ein Kind.«

Leland legt auf. »Nein.«

»Doch.«

»Red keinen Unsinn.«

»Ich bin schwanger, Dad. Und ich weiß nicht, wer der Vater ist. Aber ich bin sicher, dass er kein Jude ist. Ich glaube, er ist schwarz. Oder vielleicht Puertoricaner. Außerdem bin ich vom Crack runter.«

»Letzte Woche war es noch Heroin.«

»Und diese Woche ist es Crack.«

Leland fragt sich, ob das Glück seinen Weg gekreuzt hätte, wenn er Single geblieben wäre und nicht geheiratet hätte. »Vielleicht«, sagt er zu seiner dürren Tochter, »solltest du lieber dreimal pro Woche statt zweimal zu diesem Psychiater gehen.«

Jaguar fühlt sich jetzt besser. »Um mit dieser Familie klarzukommen?« Sie seufzt wieder. »Dann müsste ich wahrscheinlich jeden Tag hingehen.«

»Was soll denn mit dieser Familie nicht in Ordnung sein? Ich sorge sehr gut für diese Familie. Keinem fehlt es an irgendwas.«

»Außer Liebe und Frieden und Verständnis.«

»Mein Gott.«

»Dad, wach auf. Diese Familie ist total gestört. Ich habe eine Mutter, einen Vater, drei Stiefmütter, zwei Stiefväter, einen Bruder, drei Stiefschwestern, drei Stief ...«

Leland versucht, der Aufzählung zu folgen. »Warte mal. Hat deine Mutter wieder geheiratet?«

»Verdammt, Dad, letzten Herbst.«

»Letzten Herbst?«

Jaguar seufzt. »Du bist ein echter Heuler.«

»Okay«, sagt Leland ohne große Überzeugung. »Ich vergesse es immer.« Tatsächlich hat er überhaupt keine Erinnerung an die dritte Ehe seiner zweiten Frau. Aber wenn er Jaguar das eingesteht, bringt ihn das auch nicht weiter. Er schaut seine Tochter noch einmal an. Sie steht jetzt draußen auf der Veranda und wirbelt im Kreis herum. Als Kind träumte sie davon, Ballerina zu werden. Leland träumte davon, im Yankee-Stadion beim Baseball-Meisterschaftsendspiel den Siegesschlag zu machen. Leider war Leland kurzsichtig und hätte den Ball nicht mal treffen können, hätte er vor ihm auf dem Tisch gelegen. Und Jaguar hatte nie die körperliche Konstitution oder den Schwung fürs Ballett. Doch Träume sterben nicht so schnell. Heute ist Leland stolzer Besitzer eines Sitzplatzes direkt hinter der Spielerbank der Boston Red Sox. Er geht zu zwanzig bis dreißig Heimspielen pro Jahr, sitzt einfach da, trinkt Bier und träumt.

Jaguar dreht sich noch immer im Kreis. Leland erinnert sich daran, dass Jaguar neuerdings davon spricht, Schriftstellerin zu werden. Oder vielleicht Psychoanalytikerin. Aber es könnte auch eines der anderen Kinder gesagt haben. Manchmal kommt er ganz durcheinander. Das ist bei einem Mann mit acht Kindern verständlich.

»Komm mal her«, befiehlt er seiner Tochter mit schmeichelnder Stimme.

Jaguar, die in wenigen Monaten siebzehn wird, hat einen Großteil ihres Lebens damit verbracht, nach Aufmerksamkeit zu heischen. Ihre Eltern stritten sich schon täglich, als sie geboren wurde. An ihrem dritten Geburtstag brach ein richtiger ehelicher Holocaust aus. An ihrem fünften Geburtstag hatte sie zwei Zuhause, zwei Kinderzimmer und Spielsachen in doppelter Ausführung. Außerdem benutzten zu viele seltsame Erwachsene das Badezimmer. Mit neun Jahren hatte sie zwei Mütter, zwei Väter und ihrer Meinung nach einige sehr sonderbare Stiefgeschwister.

Leland rutscht auf seinem Stuhl nach vorn. Jaguar setzt sich auf seinen schwabbeligen Schoß. Er hat das Gefühl, dass sie überhaupt nichts wiegt – ein echtes Leichtgewicht. Er denkt wieder an Magersucht. Oder diese andere Krankheit. Diese Krankheit, an der die verstorbene Prinzessin litt. Bulimie. Vielleicht wäre es gut, mit Jaguars Mutter darüber zu sprechen. Oder sprechen sie gar nicht mehr miteinander? Auch daran kann Leland sich nicht erinnern. Einige seiner Exfrauen sprechen noch mit ihm und einige nicht. Das hängt größtenteils davon ab, ob sie mit der Höhe des Schecks, den sie am ersten jeden Monats von seinem Steuerberater erhalten, zufrieden sind, was selten der Fall ist.

»Du glaubst also, dass unsere Familie gestört ist, Jag?«

Sie schaut ihn an und verdreht ihre dunklen Augen. »Gestört? Dad, sieh der Realität doch mal ins Auge. Es ist viel schlimmer. Wir könnten für einen Tolstoi-Roman Modell stehen. Oder für eine Familienchronik von Pat Conroy.«

»Pat schreibt über die Existenzangst der Südstaatler. Das ist eine ganz andere Problematik.«

»Okay, dann brauchen wir einen Autor, der mit den Problemen privilegierter Juden in Neuengland umgehen kann.«

»Vielleicht John Updike.«

»Der ist kein Jude, Dad.«

»Ich weiß, aber ...«

»Außerdem würde Updike besser schreiben, wenn er gelernt hätte, mit seinen Sexualkomplexen klarzukommen.«

Leland findet das Argument seiner Tochter nicht schlecht,

hat aber noch eine andere Idee. »Vielleicht hätte er ohne seine Sexualkomplexe überhaupt nicht geschrieben.«

»Du glaubst also, dass die Kunst im Wesentlichen eine Möglichkeit für gestörte und gequälte Menschen ist, sich den Teufel auszutreiben?«

Diese Jugend, denkt Leland, doch er sagt: »Ich glaube, wir haben alle unsere Probleme und Sorgen. Künstler und Schriftsteller kommen damit in Berührung, und wenn sie was draufhaben, helfen sie uns, mit unseren Problemen und Sorgen in Berührung zu kommen.«

»Ist das ein Beweis für den künstlerischen Prozess?«

»Ich weiß nicht. Ich glaube nicht, dass Kunst Beweise braucht.«

»Alles braucht Beweise. Die Natur, die Mathematik und die Liebe.«

Leland spürt plötzlich ein unglaubliches Ziehen im Herzen. Das könnte ein Vorzeichen für einen Infarkt sein, ist es aber nicht. Es hat mit der Vater-Tochter-Beziehung zu tun. Leland ist im Grunde ein sehr gefühlvoller, sentimentaler Bursche. Und jetzt sitzt seine halbwüchsige Tochter, die schon fast eine Frau ist, auf seinem Schoß. Er kann gar nicht glauben, wie schnell sie erwachsen geworden ist. Er hat das Gefühl, ihr erst vor ein paar Wochen das Laufen beigebracht zu haben. Und das Sprechen. Und wie man Banane schreibt. Und jetzt diskutiert sie wie aus heiterem Himmel mit ihm über die Kunst, die Liebe und das Leben. Und auf einem Niveau, das er vermutlich mit keinem anderen erreichen könnte. Er weiß, dass er viel Mist gebaut hat. Zum Beispiel mit Hillary. Wenn er ein besserer Ehemann und ein besserer Freund gewesen wäre, hätte sie niemals mit Hancock auf der Rückbank des Bentleys gesessen.

In Lelands geschwollene Augen treten tatsächlich ein paar Tränen. »Ich liebe dich, Jag«, sagt er und hofft, dass sie nicht sauer ist, weil er so abrupt das Thema wechselt. Er drückt ihren mageren Körper an sich. »Du weißt, dass ich dich liebe, nicht wahr?«

Es macht ihr nichts aus, dass er das Thema gewechselt hat. Immerhin ist sie eine Jugendliche, und Jugendliche müssen unter allen Umständen cool bleiben.

»Natürlich, Dad«, sagt sie. »Ich weiß, dass du mich liebst.« Und dann fügt sie in einem Anfall von Schwäche hinzu: »Ich liebe dich auch.« Bevor ihr Vater richtig anfängt zu heulen, fügt sie die kurze Bemerkung hinzu: »Natürlich wird die Liebe viel zu sehr überbewertet. Das Einzige, was das Leben noch mehr versaut als die Liebe«, meint die sechzehnjährige Jaguar Fisher, »ist Habsucht.«

»Drück dich doch nicht immer so gewöhnlich aus, Jag.«

»Warum nicht? Ich hab keine Probleme damit zu sagen, was ich denke.«

»Nun ja«, sagt ihr Vater, der sich auch nicht immer sehr gewählt ausdrückt. »Ich glaube ...«

Es klingelt an der Haustür. Jaguar springt vom Schoß ihres Vaters und rennt ins Haus. »Das wird Rob sein.«

»Rob? Wer ist Rob?«

»Rob MacDonald ... oder Macomber ... oder Magoo«, ruft Jaguar, als sie auf die Haustür zusteuert. »So was in der Art. Ich habe ihn gestern Abend kennen gelernt.«

»Gestern Abend?«

Es klingelt noch einmal. Leland erkennt sofort, dass dieser Rob ein ungeduldiger Typ ist. Wahrscheinlich neigt er auch zu vorzeitigen Samenergüssen. Das ist bei den meisten jungen Männern so.

Jaguar ruft ihm vom Flur aus zu: »Wir sind oben in meinem Zimmer, Dad. Versuch bitte, uns nicht zu stören, okay?«

Leland, der noch ganz durcheinander und von seinen Gefühlen überwältigt ist, weil seine kleine Tochter auf seinem Schoß gesessen hat, überlegt, was in ihrem Zimmer wohl vor sich gehen wird und brüllt: »Keinen Sex, Jaguar! Hast du verstanden? Du bist noch zu jung für Sex.«

Jaguar fängt an zu lachen.

Leland reibt sich über die Augen und nimmt seinen Bloody Mary. Er starrt auf das Glas und zwingt sich, es nicht an die Lippen zu führen. Er ist nicht blöd. Er weiß, dass die Sauferei sein Leben versaut und all seine Ehen ruiniert hat. Wenn er mit der Sauferei ein für allemal aufhören würde, könnte er die Sache mit Hillary vielleicht wieder in Ordnung bringen.

Zuerst muss er herausfinden, wie die Sache zwischen Hillary und Hancock steht. Er nimmt den Hörer in die Hand und drückt auf die Wahlwiederholung. Noch immer besetzt. »Verdammt!«, knurrt Leland und leert das Glas.

Vor zwei Minuten wäre die Leitung frei gewesen. Das war unmittelbar, nachdem Hancock das Gespräch mit seiner Frau beendet und bevor er die Nummer von dem alten Bauernhaus draußen in den Berkshires nördlich von Stockbridge gewählt hat. Doch jetzt führt Hancock ein neues Gespräch, das allerdings sehr kurz ist.

Leland hat keine Lust mehr, Hancock anzurufen. Hancock quatscht sicher mit Hillary, um Zeit und Ort für ihr nächstes Schäferstündchen zu vereinbaren. Dieser Gedanke macht Leland ziemlich verrückt. Tief in seiner Magengrube sitzt ein übles, panisches Gefühl. Es wäre wohl das Beste, den Schnüffler Al Brown wieder auf den Fall anzusetzen. Er wird dem Privatdetektiv den Auftrag geben, konkrete Beweise zu beschaffen und herauszufinden, was wirklich vor sich geht.

Leland hebt den Hörer ab und wählt Al Browns Nummer in Brooklyn.

Freizeichen. Al hängt mit einem Bier herum und schaut sich im Fernseher an, wie die Bosox von Cleveland zur Schnecke gemacht werden. Nach dem zweiten Klingeln hebt er ab.

Endlich, denkt Leland. Fortschritte.

»Sie sind mit der Agentur von Abenteuerreisen verbunden. Leider ist der Apparat im Moment nicht besetzt. Wahrscheinlich sind wir gerade dabei, neue und aufregende Ziele für Ihr nächstes Reiseerlebnis zu suchen.

Hinterlassen Sie bitte Ihren Namen und Ihre Telefonnummer, wenn Sie wünschen, dass ein menschliches Wesen Sie zurückruft. Falls Sie einen Prospekt über unser Unternehmen wünschen, hinterlassen Sie bitte Namen und Adresse. Wir schicken Ihnen dann so schnell wie möglich Unterlagen zu. Abenteuerreisen bedankt sich für Ihren Anruf.«

Ziemlich hohle Worte, denkt Hancock, auch wenn er die Nachricht mit einer etwas verstellten Stimme selbst auf Band gesprochen hat. Immerhin erfüllt sie ihren Zweck.

Nach dem Piepton hinterlässt er seine Nachricht. »Jefferson. Ich glaube, wir sollten mal miteinander sprechen. Je eher, desto besser. Nicht etwa, dass wir einer großen Krise gegenüberständen, aber die Sache erfordert unsere Aufmerksamkeit. Wie sagte der Herzog von Anjou zu König Karl? *Verschieben Sie nichts, Sir. Wenn man etwas aufschiebt, kann das gefährlich enden.* Das Gefühl habe ich auch.«

Hancock legt auf. Er steht auf und geht im Büro im zweiten Stock seines Stadthauses in Beacon Hill auf und ab. Im Moment kann er nicht mehr tun, als auf Jeffersons Rückruf zu warten.

In der Zwischenzeit will er einen Blick in das Buch werfen, das er letzte Woche in der Bibliothek gefunden hat, ein Werk über die Psychologie des Völkermordes, aber diese Vermisstenanzeige raubt ihm jede Konzentration. In dem neuen Hancock-Roman, an dem er gerade arbeitet und der bisher noch keinen Titel hat, geht es um einen psychopathischen, blaublütigen, angelsächsischen Protestanten, der es auf verschiedene ethnische Gruppen abgesehen hat, die er dafür verantwortlich macht, den amerikanischen Lebensstil zu zerstören.

Seit Monaten liest Hancock im großen Stil alles über Mord, was er in die Finger bekommt. Heute liest er nichts. Heute ist er zu sehr abgelenkt.

Er bleibt einen Moment stehen, um in *Webster's New Universal Unabridged Dictionary* zu schauen, das auf einem Tisch liegt, der an einer Wand des Büros steht. Das Wörterbuch ist auf Seite 729 aufgeschlagen. In der linken Spalte oben auf der Seite steht das Wort: frat•ri•cide *n.* 1. Die Tötung eines Bruders. 2. Ein Mensch, der seinen eigenen Bruder tötet. [Latein *Fratricida,* von *Frater* (Bruder) und *cidium,* das Töten, von *caedere,* töten].

Hancock liest diese Erläuterung nicht durch. Er blättert weiter bis zur Seite 764. Er überfliegt die Seite und findet: gen•o•cide *n.* Die systematische, geplante Vernichtung einer Rasse, einer politischen oder kulturellen Gruppe. [Griechisch *Genos* (Rasse) + cide].

Er liest die Erklärung drei- oder viermal. Er hat sie schon über hundertmal gelesen, seitdem er an dem neuen Buch arbeitet. Heute Abend nimmt er die Worte kaum wahr. Im Moment denkt er an viel persönlichere Dinge.

Er geht wieder auf und ab und überlegt, ob er die Bullen anrufen soll. Was hatten die Polizisten gesagt, von welchem Revier sie kamen? Vielleicht haben sie es auch gar nicht gesagt. Er erinnert sich nicht. Das macht ihn verrückt. Normalerweise erinnert er sich immer an jedes Detail. Der perfekte Beobachter.

Hancock ist der Meinung, dass es sinnvoll wäre, das Polizeirevier vor Ort anzurufen, um möglicherweise mehr Informationen über die Vermisstenanzeige zu bekommen. Wer hat den Anruf entgegengenommen? Wann genau ist der Anruf erfolgt? Was hat der Anrufer genau gesagt? War es wirklich eine Frau? Oder kann es vielleicht doch ein Mann gewesen sein?

Nein, es ist besser, wenn er zuerst mit Jefferson spricht. Mal sehen, was er zu der Sache sagt.

Hancock geht wieder zum Schreibtisch und hebt den Hörer noch einmal ab. Er kennt die Nummer des Piepers auswendig. Es ist eine Achthunderter-Nummer, die man praktisch auf der ganzen Welt erreichen kann. Das ist bei ihrer Arbeitsweise und ihrer ziemlich heiklen häuslichen Situation recht praktisch.

Er wählt die Nummer und legt auf. Anschließend geht er wieder auf und ab. Er hat keine Ahnung, wo dieser Anruf landet. Sie hatten über eine Reise in die Alpen gesprochen, aber es war nass und kalt jenseits des Atlantiks. Auch ein Trip in die kanadischen Berge stand zur Diskussion. Auf den Gipfeln der Gletscher nördlich vom Lake Louise sollte das Heliskiing auch im Frühling angeblich noch ziemlich gut funktionieren. Jefferson ist eigentlich kein begeisterter Tiefschneeskifahrer, der unwegsame Pisten liebt. Er bevorzugt sicheren Boden unter den Füßen. Die verrückten Touren überlässt er gerne Adams.

Jeden Monat organisiert *Abenteuerreisen* eine ein- bis zweiwöchige Reise. Manchmal werden diese Reisen begleitet, doch meistens sind es Solotouren, die mal Jefferson und mal Adams übernehmen. Der Reisende erfährt das Ziel dieser Fahrten erst, wenn er sich am Flughafen das Ticket kauft. Im monatlich erscheinenden Newsletter von *Abenteuerreisen* wird dann ein Reisebericht gedruckt.

Hancock, Mitbegründer von *Abenteuerreisen,* geht noch immer auf und ab. Er möchte mit seinem Partner sprechen, und zwar so schnell wie möglich. Hancock ist kein geduldiger Mensch. Wie Leland Fisher möchte er, dass sein Wunsch sofort erfüllt wird. Es ist erst sechs oder acht Stunden her, seit die beiden Polizisten vor der Tür standen, doch Hancock möchte das Rätsel lösen, das sie ihm ins Haus geliefert haben. Und zwar jetzt.

Er weiß, dass es noch einen anderen Weg gibt, um Kontakt zu Jefferson aufzunehmen: das Funktelefon bei *Abenteuerreisen.* Aber Funktelefone können zu einfach abgehört und die Anrufe nachverfolgt werden. Sie sind nicht sicher genug. Daher haben Adams und Jefferson vor langer Zeit strikte Regeln für den Gebrauch des Funktelefons bei *Abenteuerreisen* aufgestellt: nur geschäftliche Dinge, nichts Persönliches. Es sei denn, es handelt sich um einen Notfall, einen richtigen Notfall. Wenn etwas mit Clara oder den Jungen sein sollte.

Hancock muss zugeben, dass die derzeitige Situation nicht als Notfall eingestuft werden kann. Eine Verletzung der Sicherheit rechtfertigt das nicht. Auf jeden Fall noch nicht.

VOODOO

Thomas Young sitzt noch immer auf dem Sofa von Sir Rodney, als er hört, dass der Pieper in seiner Öljacke piept, die auf der anderen Seite des Zimmers auf einem Holzstuhl liegt. Er bemüht sich nicht, den Pieper zu holen. Nur eine Person auf der ganzen Welt kennt die Nummer.

Sir Rodney Byrnes schwankt ein wenig, als er an seinem Schlüssel herumfummelt und die Eingangstür des Hauses South Street 36 aufschließt. Rodney hat zu viel Champagner getrunken, und er bemitleidet sich selbst, weil Clara ihn abgewiesen hat. Er hat zwar nicht die Absicht, sich von ihrer Zurückweisung abschrecken zu lassen, doch es war ein ziemlich harter Schlag für sein recht zartes Ego.

Er stolpert in den Fahrstuhl. Seine Schläfen pochen. Als der Aufzug hinauf in den dritten Stock fährt, wird ihm ein wenig übel. Ihm dreht sich der Magen um, und er hat einen schalen, klebrigen Geschmack im Mund.

Die Aufzugtür öffnet sich. Er tritt auf den Korridor. Der ekelhafte Kotgestank steigt ihm sofort in die Nase. Er kann den Brechreiz nicht unterdrücken, er beugt sich hinunter und erbricht sich auf den feinen Wollteppich, der keine zwei Meter von seiner Haustür entfernt liegt.

Die Tür ist rot gestrichen. Im matten Licht kann Rodney den Kot unten auf der Tür nicht sehen. Jetzt bricht ihm der kalte Schweiß aus. Sein Herz klopft wie wild. Er fummelt noch einmal an seinen Schlüsseln herum, findet schließlich den richtigen, steckt ihn ins Schlüsselloch, öffnet die Tür, stolpert in die Wohnung und muss sich sofort wieder übergeben. Diesmal muss eine kostbare afrikanische Holzschnitzerei daran glauben, die ein kriegerischer Ahnherr Rodneys nach dem Burenkrieg vom dunklen Erdteil mitgebracht hat.

Rodney, dessen Nase läuft und dessen Augen tränen, atmet den Geruch von Champagner und Erbrochenem ein, taumelt ins Wohnzimmer und macht das Licht an. Im ersten Augenblick traut er seinen Augen nicht. Er hat keine Ahnung, was das dort drüben sein soll. Es sitzt ganz ruhig auf dem Sofa. Ein Mann? Ein Tier? Eine Halluzination? Rodney will schreien, doch aus seiner Kehle dringt nur ein schwaches Piepsen.

»Wer zum Teufel sind Sie? Was zum Teufel wollen Sie?«

Thomas Young, dessen Gesicht noch immer mit der schwarzen Farbe eingeschmiert ist, steht auf und durchquert das Zimmer. Rodney ist so entsetzt, dass er sich nicht mehr bewegen kann. Thomas hebt die linke Hand, die er zur Faust geballt hat. Die Hand ist mit dem schmutzig braunen Voodoo-Pulver gefüllt. Thomas hält die Hand ganz nahe vor Rodneys schockiertes Gesicht und bläst das Pulver in Rodneys Mund und Nasenlöcher. Rodney schreckt zurück.

Thomas Young kennt die genaue Zusammensetzung des Pulvers nicht. Er hat sich schon verschiedentlich bei den Voodoo-Priestern erkundigt, die er auf Haiti kennt, aber die Antworten blieben vage und geheimnisvoll. »Zermahlene Wurzeln der Sassafrasbäume.« – »Friedhofserde.« – »Knochenpulver von Toten.«

Thomas weiß, dass in der Mischung auch Chemikalien sind, die aus verschiedenen Arten des giftigen Kugelfisches (Tetrodotoxin) und aus verschiedenen karibischen Landmolchen gewonnen werden. Es ist ein starkes, möglicherweise tödliches Mittel. Thomas weiß nicht genau, wie das Pulver wirkt, aber er hat mit eigenen Augen gesehen, was passiert. Das Pulver ist das Zaubermittel, das hinter dem haitischen

Voodoo steckt, der lauernde Tod der seltsamen, geheimnisvollen Folklore dieser Insel.

Was das Pulver auch bewirken mag, auf jeden Fall setzt die Wirkung bei Sir Rodney Byrnes in weniger als einer Minute ein.

Rodney niest vier- oder fünfmal, versucht, ein paar obszöne Worte zu brummen, merkt, dass er erstarrt, zuckt mehrere Male und bricht zusammen.

Thomas schleift ihn über den Teppich und zieht ihn aufs Sofa. Rodneys Kopf kippt nach hinten.

»So, Sir Rodney«, sagt Thomas, »bewegen Sie sich nicht. Ich habe Ihnen ein Medikament gegeben, damit Sie ruhig sind. Es war keine hohe Dosis, doch es wird die nächsten Minuten ein wenig erträglicher für Sie machen.«

Thomas stopft ein kleines Kissen unter Rodneys Nacken, damit er bequemer sitzt. Das Zombie-Pulver hat Rodney paralysiert. Seine Augen sind geöffnet. Er kann noch sehen, atmen und hören, aber er kann sich nicht mehr bewegen. Das Pulver hat sein Nervensystem praktisch lahm gelegt. Dennoch sieht er schrecklich verängstigt aus. Ein dünnes Rinnsal von Erbrochenem läuft ihm aus dem Mundwinkel aufs Kinn.

»Ich will Sie nicht foltern«, sagt Thomas Young. »Haben Sie also keine Angst, dass Sie zu sehr leiden müssen. Ich hasse es, Menschen leiden zu sehen. Ich habe im Laufe der Jahre genug Leid erfahren, und das ist wirklich nicht schön. Daher möchte ich anderen nicht gerne Schmerzen zufügen, denn ich bin eigentlich ein netter Mensch. Ein Mensch, der lediglich versucht, auf die Unterschiede zwischen Richtig und Falsch, Gut und Böse hinzuweisen.«

Aus Rodneys Kehle dringen nur ein paar tiefe Töne. Das Pulver hat ihn seiner Sprachfähigkeit beraubt.

»Pssst«, sagt Thomas und drückt seinen Zeigefinger auf Rodneys kalte Lippen. »Sie brauchen nichts zu sagen. Suchen Sie Frieden. Gehen Sie in sich. Sprechen Sie ein Gebet.«

Thomas nimmt das Stück Bilderdraht vom Mahagonitischchen, wickelt die Enden des Drahtes um seine Hände und zieht ein wenig daran, um ihn zu straffen.

»Wissen Sie, Rodney, es gibt Menschen, die es als Sünde betrachten, die Frau eines anderen Mannes zu begehren. Das glaube ich auch. Und ich weiß, dass Sie sich dieser Sünde schuldig gemacht haben. Ich zweifle ernsthaft daran, dass Sie diese Frau wirklich besessen haben, denn ich weiß, dass die Frau im Grunde gut und tugendhaft ist und ihren Mann und ihre Kinder liebt. Die grundsätzliche Tugend dieser Frau entschuldigt Ihre Schuld und Ihre schmutzigen Absichten jedoch nicht.«

Thomas stopft den Draht in Rodneys Ohr. Dann beugt er sich hinunter und presst seine Nase fest gegen die Rodneys. Rodney stöhnt. Thomas drückt seine Nase noch fester gegen Rodneys. Dann drückt er sein Gesicht gegen Rodneys – Lippen, Wangen, Augen und Ohren –, rollt sein ganzes Gesicht über das des anderen Mannes, von links nach rechts und von oben nach unten. Kurz darauf ist auch Rodney ganz schwarz im Gesicht.

Thomas tritt einen Schritt zurück. Er sammelt die Spucke in seinem Mund und spuckt Rodney ins Gesicht. Das alles gehört zum Voodoo-Zombie-Ritual. Das alles ist nützlich und notwendig, um die teuflischen Geister zu vertreiben, die in und um Rodney Byrnes lauern, und um die Lust des Mannes auf Clara Dare Hancock zu töten.

»Sir Rodney«, sagt Thomas, der den Draht von seiner rechten Hand abwickelt und dann mit der Hand, an der er noch immer die Handschuhe trägt, sanft über Rodneys feuchtes, schwarzes Gesicht streicht. »Jetzt sind Sie gereinigt. Sie sind frei. Der Mann der Frau, die Sie begehrt haben, hat Sie gereinigt. Sie sind rein und bereit für die Reise in eine weniger lustvolle Welt.«

Thomas reibt über Sir Rodneys Nacken und Schultern. Er spürt, dass Claras Verehrer sich entspannt. Dann wickelt er den Draht wieder um seine rechte Hand.

Thomas vergeudet keine Sekunde und wickelt den Draht

um Rodneys Nacken. Er zieht den Draht fest. Nicht zu fest, aber fest genug. Fest genug, damit der Sauerstoff nicht mehr in die Lungen gelangen kann. Fest genug, damit das Blut nicht mehr zum Gehirn strömen kann. Fest und lange genug, damit Sir Rodney die Last seines nutzlosen Lebens genommen wird.

Als Thomas seine Aufgabe erfüllt hat, beseitigt er in den nächsten fünf Minuten die Spuren seines kurzen Besuchs in der Wohnung Nummer 402, South Street 36. Er reinigt alles, wischt aber den Kot nicht von der Tür. Er lässt ihn dort kleben. Der Kot wird Eindringlinge fern halten.

Kurze Zeit später steht Thomas wieder auf der Straße und marschiert Richtung Berkeley Square. Sein Gesicht ist sauber, und der falsche Schnurrbart sitzt wieder an der richtigen Stelle. Er trägt seine Kappe mit dem Lederschirm und die Öljacke. Seine Sonnenbrille braucht er nicht. Er schlägt seinen Kragen nicht hoch. Der Nieselregen hat aufgehört. Der Nachthimmel ist jetzt klar.

Er läuft die ganze Strecke bis Piccadilly Circus, ehe er ein Taxi herbeiwinkt. Es ist schön zu laufen, die Beine zu strecken und den Geruch von Sir Rodneys Angst aus den Lungen zu pusten.

Beim Gehen lässt er seine Gedanken schweifen. Morgen um diese Zeit wird er auf den Bahamas sein, auf Exuma, im Hotel Peace and Plenty, und sich auf den Kampf mit dem Grätenfisch vorbereiten. Natürlich muss er bis dahin seinen Bruder angerufen haben, um zu erfahren, was John von ihm wollte.

Ja, wenn man Thomas Young genau anschaut, würde man meinen, John Hancock vor sich zu haben. Aber es ist nicht John Hancock. Es ist Will Hancock. William Larson Hancock. Und auch er reist in Sachen *Abenteuerreisen* unter dem Namen Thomas Young.

Es gibt eigentlich keinen Will Hancock mehr. Es gibt nur John. Im Grunde zweimal. Sie sind vollkommen identisch, die Hancock-Brüder – das geht bis zur Größe ihrer Füße, der

Farbe ihrer Augen, der Form ihrer Ohren und dem Weiß ihrer Zähne.

Auch ihre Art, sich zu bewegen, sich zu geben, ist vollkommen identisch. Die Art, wie sie nicken, lachen, seufzen und beim Erzählen einer Geschichte mit den Händen fuchteln. Wenn man sie Seite an Seite sieht (aber seit vielen, vielen Jahren ist es ein sehr seltenes Ereignis, sie zusammen in der Öffentlichkeit zu sehen), könnte man einige winzige Unterschiede in ihrem Äußeren feststellen. Ist jedoch ein gewisser Abstand zwischen ihnen, werden sie wie durch Zauberei zu einer Person: John Hancock.

Lassen Sie sich aber nicht täuschen, wie es schon so viele getan haben, denn die Hancock-Brüder, John und Will, könnten unterschiedlicher gar nicht sein.

Ein paar alte Geschichten

FRÖHLICHE WEIHNACHTEN

Im Spätherbst 1982 waren die zweiundzwanzigjährigen Hancock-Brüder, die sich beide bester Gesundheit erfreuten, Studenten an der Harvard University in Cambridge, Massachusetts, wo sie in kreativem Schreiben ausgebildet wurden. Die Ferien rückten schnell näher, und John und Will waren der Meinung, dass sie Urlaub brauchten. Da ihre Eltern tot waren und sie keine anderen Verwandten hatten, die sie hätten besuchen können, wählten die Brüder für ihre Reise warme Gefilde.

Am Weihnachtstag flogen sie nach Belize. Die Nacht verbrachten sie in einem billigen, schmutzigen Hotel an der Cockburn Street in Belize City. Mausgroße Kakerlaken liefen die ganze Nacht im Abflussrohr der dreckigen Badewanne hin und her.

Belize City war damals – wie auch heute noch – im Grunde eine baufällige Stadt der Dritten Welt mit etwa fünfzigtausend größtenteils sehr armen Bewohnern. Die Stadt war ursprünglich als vorübergehende Niederlassung für weiße Europäer erbaut worden, die gekommen waren, um die großen Bestände an Blauholz und Mahagoni zu schlagen. Doch die Stadt wurde immer größer und ließ sich nicht unterkriegen. Da die Hancock-Brüder gerade der Stadt entflohen waren, hatten sie nicht vor, hier länger als nötig herumzuhängen.

Am nächsten Morgen reisten sie sofort zu den Inseln vor der Küste. Damals fuhren die meisten Touristenboote schnurstracks nach San Pedro auf Ambergris Caye ungefähr sechzig Meilen nordöstlich von Belize City. Hier tummelten sich ganze Horden von Amerikanern, die ziemlich fertig aussahen, Gras rauchten, billigen Tequila tranken und versuchten, sich Rastalocken wachsen zu lassen. Das alles war den Hancock-Brüdern aus Cambridge bekannt. Daher fuhren sie am Nachmittag in einem Fischerboot nach Caye Caulker.

Die winzige Insel mit nur einem ziemlich heruntergekommenen Dorf bot nicht viel Abwechslung; deshalb sorgten die Hancocks selbst für Aufregung. Sie verbrachten nur achtundvierzig Stunden auf Caye Caulker, doch ihr kurzer Besuch bot den Inselbewohnern genug Gesprächsstoff für Monate, sogar Jahre.

Die Hancock-Brüder mieteten sich ein Zimmer im ersten Stock des zweistöckigen Gästehauses am nördlichen Rand des Dorfes. Am Nachmittag gingen sie im *Split* schwimmen, einem schmalen Kanal, den der Hurrikan Hattie 1961 hinterlassen hatte. Dort lernten sie Rafe Paquita kennen, der damals achtzehn Jahre alt war. Dieser lächelnde, unverheiratete Einheimische versprach, sich gegen eine kleine Gebühr um all ihre Bedürfnisse zu kümmern. Rafe versicherte den Brüdern, er könne sie zu den besten Bars und Restaurants der Insel führen. (Das war keine besondere Leistung, denn auf der Insel gab es höchstens eine Hand voll.) Er konnte auch mit ihnen segeln, angeln oder tauchen gehen.

»Ich habe die besten Beziehungen«, sagte er zu den Hancock-Brüdern. Nachdem er die beiden fast dreißig Sekunden angelächelt hatte, fügte er hinzu: »Und obwohl ihr zwei seid, berechne ich nur eine Person, weil ihr beide gleich ausseht. Ist das kein Angebot?«

»Kommt drauf an«, erwiderte John, der schon immer der klügere Geschäftsmann war, »wie viel du für eine Person berechnest.«

Nachdem sie an diesem Abend ein paar kleine, aber schmackhafte Hummer gegessen hatten, spendierten die Jungen Rafe ein paar Bier an der Bar des Paradise Hotels. Er machte einen harmlosen Eindruck. Außerdem besaß er angeblich ein Boot und Tauchausrüstung.

»Morgen«, sagte er zu den Brüdern, »bringe ich euch zum Riff, zum berühmten Belize Barrier Riff, das längste Riff der Welt. Ich werde euch zu den besten Tauchstellen bringen: Sponge Avenue, Mackerel Hole und George's Cut. Ihr werdet viel Spaß haben.«

Die Jungen schauten den stets lächelnden Rafe mit den fleckigen gelben Zähnen, den roten Augen und der gesprenkelten braunen Haut an.

»Ihr könnt doch tauchen, oder? Ihr wisst, wie man mit der Ausrüstung umgeht?«

»Na klar können wir mit der Ausrüstung umgehen«, beteuerte John.

Die Hancock-Jungen hatten eine Taucherprüfung abgelegt. Als ihre Eltern noch lebten, William und Lenore, hatte die ganze Familie einen Tauchkurs besucht, um sich auf eine Reise zu den Florida Keys vorzubereiten. Dort wollten sie alle zusammen im John Pennekamp Korallenriff State Park tauchen gehen. Doch ein Jahr später knallten William und Lenore mit ihrem nagelneuen Cadillac Eldorado hinten in einen Lastwagenanhänger. Damit waren unter anderem die Familienurlaube zu Ende. Seitdem waren die Jungen nicht mehr zum Tauchen gegangen.

Um neun Uhr morgens waren sie im Wasser. Ohne Rafe. »Rafe taucht nicht«, hatte Rafe auf die Frage der Jungen geantwortet. »Rafe bleibt oben und passt auf das Boot auf.«

Rafe hätte auch gar nicht ins Wasser gehen können, selbst wenn er gewollt hätte. Er besaß vier Sauerstoffgeräte, aber nur zwei Mundstücke, zwei Tauchermasken, zwei Bleigürtel und zwei Paar Schwimmflossen. Nachdem die Hancock-Brüder sich erneut mit der Tauchausrüstung vertraut gemacht hatten, sprangen sie über das Dollbord von Rafes altem *Whaler* in das warme, kristallklare, blaugrüne Wasser. Die Sonne schien heiß, und das Wasser war warm. Sie brauchten keine Taucheranzüge oder Handschuhe oder Stiefel. Die Karibik war wie eine riesige, mit Salzwasser gefüllte Badewanne.

Rafe ankerte mit seinem Boot am Rande des Riffs ungefähr

eine halbe Meile vom Südufer der Insel entfernt. Die Brüder verbrachten eine Stunde in dem seichten Wasser und sahen viele bunte Fische, die durch die Ritzen des Korallenriffs sausten. Will wagte sich selten tiefer als ein oder zwei Meter unter die Wasseroberfläche. Er schwamm im Kreis und fürchtete die großen Meerestiere, die hinter seinem Rücken lauern könnten. John tauchte tiefer und wagte sich weiter hinaus. John war immer schon der wildere von beiden gewesen, derjenige, der Grenzen überschritt und Regeln brach. Will folgte meistens etwas zögernd.

Als die Sauerstoffgeräte leer waren, tauchten die Jungen auf und schwammen zurück zum Boot, wo Rafe eine dünne Marihuana-Zigarette rauchte und geduldig wartete. »Hallo, Brüder! Ziemlich kalt da unten, nicht? Habt ihr den großen Barrakuda gesehen, der euch hinterhergeschwommen ist?«

Will hatte den Barrakuda nicht gesehen. Hätte er ihn gesehen, wäre er Sekunden später wieder im Boot gewesen.

Rafe steuerte das Boot zur Nordseite der Insel, damit die Jungen zum North Cut schwimmen konnten. Als sie langsam zur Westküste von Caye Caulker fuhren, zeigte Rafe auf ein paar andere Tauchstellen.

»Unter uns«, erzählte er den Jungen, »ziehen sich eine ganze Reihe von Höhlen durch die Korallenriffe. Dort gibt es unzählige Fischarten, unter anderem Barrakudas und manchmal auch Haie, die die anderen Fische jagen. Es macht Spaß, dort zu tauchen, obwohl es wegen der Höhlen und Riffe ziemlich schwierig ist. Man kann sich schnell verirren. Plötzlich hat man keine Luft mehr, gerät in Panik und ertrinkt. Ihr braucht einen Führer, aber ich mache das nicht.«

John gefiel der Gedanke, die Unterwasserhöhlen zu erforschen. Er konnte sich gut vorstellen, wie er mit klopfendem Herzen durch die Lücken des Korallenriffs schlüpfte. Will sagte, er wolle lieber außerhalb der Höhlen tauchen. Er litt unter Klaustrophobie.

Als sie zum zweiten Mal am North Cut tauchten, bekamen die Jungen ziemlich große Angst.

Rafe hatte ihnen versichert, dass Haie hier sehr selten seien. »Morays und Barrakudas, ja, aber Haie habe ich hier nur ganz selten gesehen.«

Die Hancocks aber sahen einen Hai. Einen großen.

»Drei Meter lang«, beteuerte John später.

»Mindestens vier Meter«, verbesserte Will ihn, als sie wieder in der Sicherheit von Rafes kleinem *Whaler* saßen.

Beide stimmten darin überein, dass es ein Hammerhai war, eines dieser unheimlich aussehenden Meereswesen mit einem riesigen, rechteckigen Kopf und großen Augen, die wie Scheinwerfer vorne auf dem Kopf sitzen und immer hin und her wandern.

Will war ungefähr sechs Meter tief getaucht, als der Hai aufkreuzte. John sah sich in einer Tiefe von siebzehn oder sogar zwanzig Metern an einer steilen Korallenwand ein paar Amberfische an. Will war sauer, denn er wollte, dass sie zusammenblieben, doch er wollte auf keinen Fall so tief tauchen. Er behauptete, dass seine Ohren in der Tiefe schmerzten, aber der wahre Grund war seine Angst.

Ein paar Meter unterhalb von Will war eine Lücke im Riff, durch die beständig ein Schwarm großer Fische schwamm. Will konnte die Fische deutlich im klaren Wasser erkennen: Ziegelfische, Barsche und Schnapper. Es gelang ihm nicht, die Aufmerksamkeit seines Bruders auf die Fische zu lenken, um sie gemeinsam mit ihm bewundern zu können, denn Johns Blick hing an diesen Amberfischen.

Plötzlich schwamm ein Schwarm Schnapper in sein Blickfeld; die Fische suchten rasch den Schutz des Riffs. Ihre Flucht fesselte Johns Aufmerksamkeit. Beide Brüder erfuhren schnell den Grund. Ein großer Hammerhai war auf der Suche nach seinem Mittagsmahl. Leider konnte der Hai nicht durch die Lücke im Riff schwimmen. Kurz vor dem Riff verharrte er plötzlich, schlug mit seinen gewaltigen Flossen und änderte die Richtung. Einen Augenblick später war der riesige Körper des gefährlichen Hais nach unten auf John gerichtet, den er mit seinen großen, kugelrunden Augen anstarrte.

Will schrie, aber natürlich kam kein Laut über seine Lippen. Nur sein Mundstück fiel ihm heraus, und er schluckte Wasser und fing an zu würgen, fuchtelte mit Armen und Beinen. Diese plötzliche, unerwartete Bewegung lenkte das Raubtier wahrscheinlich ab, das seinen breiten, hässlichen Kopf eine Sekunde später in Johns Schädel gerammt hätte. Der Hai schwamm davon und hielt aufs offene Meer zu.

Die Hancock-Brüder, durch die Begegnung mit dem Hammerhai noch immer erregt und aufgewühlt, stürzten an diesem Abend übermäßige Mengen Alkohol in der Syd's Bar an der Bucht hinunter. Sie sprachen so lange – und geradezu besessen – über diesen Hai, dass sogar Rafe, der Gratisgetränke und fantastische Geschichten über alles liebte, schließlich gelangweilt war und nach Hause ging. John und Will nahmen seine Abwesenheit kaum zur Kenntnis. Es war schon Mitternacht, als sie noch immer über den Hai sprachen.

Gegen ein Uhr nachts wurde ihr Gespräch durch das Zusammenspiel von zu viel Alkohol und die kurze Berührung mit dem Tode trübsinnig.

»Mein Gott«, jammerte Will, »und wenn diese hässliche Bestie dir den Kopf abgerissen hätte?«

»Dann wäre ich nur noch eine blutige Masse gewesen. Fischfutter.«

Sie kippten sich noch ein Glas in den Rachen.

»Und was wäre dann aus mir geworden?«, fragte Will.

»Bruderherz, dann hättest du keine Mutter, keinen Vater *und* keinen Bruder mehr gehabt.«

»Das darf nicht passieren«, sagte Will. »Niemals.«

John, der mit zweiundzwanzig Jahren völlig unmoralisch war, zuckte die Achseln und sagte: »Niemals.«

Sie beschäftigten sich noch ein paar Minuten mit dem Tod und der düsteren Realität, dass einer von ihnen jeden Moment sterben könnte. Das war kein schöner Gedanke. Die beiden Jungen waren nicht nur Waisen und eineiige Zwillinge, sie waren seit der Empfängnis auch selten getrennt gewesen. Mal ein paar Stunden hier und ein oder zwei Tage da, aber alles in allem hatten die Hancock-Brüder ihr Leben bis zu diesem Zeitpunkt mehr oder weniger als eine einzige harmonische Einheit erlebt.

Die Brüder bestellten noch eine weitere Runde Schnaps und Bier. Sie betranken sich nicht oft, besonders nicht Will, doch diese Nacht war aus verschiedenen Gründen einzigartig.

Es muss wohl nach der sechsten oder siebten Runde Rum gewesen sein, als John plötzlich eine verrückte Idee hatte. Wie es bei verrückten Ideen oft der Fall ist, hatte John in diesem Augenblick keine Ahnung, dass sein Leben und das seines Bruders sich durch diese Schnapsidee für immer verändern würde.

»Weißt du«, murmelte er, wobei sein Gesicht halb in seinem Bierkrug hing, »es wäre garantiert nicht cool, wenn einer von uns sterben würde, aber es wäre supercool, wenn einer von uns behaupten würde, er wäre tot.«

»Sag das noch mal.«

»Wenn einer von uns behaupten würde, er wäre tot ... aber noch leben würde.«

Will, der total voll war, rieb sich die blutunterlaufenen Augen. »Kapier ich nicht.«

»Ich sterbe, aber ich sterbe nicht. Denk mal drüber nach.«

»Du bist ja besoffen«, knurrte Will. »Ich hab keine Ahnung, was du da für einen Unsinn quatschst. Und du selbst sicher auch nicht.«

»Ich rede über verschiedene Möglichkeiten, Bruder.« Johns Gedanken überschlugen sich.

»Welche Möglichkeiten denn?«

»Wir sind Zwillinge.«

»Was du nicht sagst.«

»Eineiige Zwillinge.«

»Nur äußerlich«, sagte Will, um seinen Bruder zu ärgern.

»Okay, aber wir sehen beide vollkommen gleich aus.«

»Zu neunundneunzig Prozent.«

»Neunundneunzig Komma neun Prozent.«

»Okay, und?«

»Darauf wollte ich hinaus.«

»Worauf?«

John schaute sich aufmerksam in der Bar um. Die letzten Gäste waren alle ziemlich betrunken und mit ihren eigenen Angelegenheiten beschäftigt. Der Barkeeper war hinausgegangen, um eine zu rauchen.

»Okay«, sagte John und rückte näher an seinen Zwillingsbruder heran. »Pass auf. Nehmen wir mal an, der hässliche Hammerhai hätte mich in zwei Stücke gerissen, aber nicht *wirklich*.«

»Nicht wirklich.«

»Richtig.«

»Er hat dich nicht in zwei Stück gerissen?«

»Er hat mich in zwei Stücke gerissen, aber nicht wirklich, und du tauchst ganz verzweifelt auf und erzählst allen, ein riesiger Hai hätte gerade deinen Bruder zerfleischt.«

»Obwohl dieser große Hai niemanden zerfleischt hat?«

»Genau.«

»Okay. Und dann?«

»Wir behaupten, dass ich tot bin.«

»Tot?«

»Jetzt fällt langsam der Groschen.«

Will spürte, wie der Alkohol mit seinen Gehirnzellen spielte, die schon ziemlich gelitten hatten. »Okay, du bist also tot. Aber nicht richtig. Und was haben wir davon?«

John seufzte und schüttelte den Kopf. »Mein Gott, Bruderherz, überleg doch mal. Denk an die vielen Möglichkeiten. Muss denn immer ich die guten Ideen beisteuern?«

»Immer? Wohl kaum.«

John seufzte wieder. »Okay«, erklärte er, »ich bin also tot und du nicht.«

»Du bist tot und ich nicht.«

»Richtig. Ich bin tot und du nicht.«

»Und?«

»Du gehst zurück nach Cambridge. Du studierst, trauerst,

weinst dich an Zeldas Schulter aus, gehst zum Unterricht und tust, was du immer tust.«

Will versuchte, den Gedankengängen seines Bruders zu folgen. »Und was tust du?«, wollte er wissen. »Du hängst hier in Belize rum, behauptest tot zu sein, lässt dich in der Sonne braten und rennst den Weibern hinterher.«

John lächelte. »Das ist nur eine von vielen Möglichkeiten.«

»Dann sag mir ein paar andere. Was habe ich davon?«

»Mein Gott, wir wechseln uns ab! Mal lässt du dich in der Sonne braten und rennst den Weibern hinterher, und mal ich. Zuerst bist du derjenige, der schuftet und dafür verantwortlich ist, unsere Schriftstellerkarriere voranzutreiben. Nach ein oder zwei Monaten tauschen wir die Plätze. Dann bist du der Weiber- und Haijäger oder was du willst. Das ist das Gute an der Sache. Du machst, was du willst. Es gibt keine Einschränkungen. Du bist ja eigentlich tot.«

»Ich dachte, du wärst tot.«

»Wir sind *abwechselnd* tot.«

»Ja, aber John ist derjenige, der angeblich tot ist, und nicht Will.«

»Ist doch egal. Du oder ich. Einer von uns.«

»Du.«

»Okay«, sagte John. »Ich.«

Will nickte und versuchte angestrengt, sich das vorzustellen. »Und du glaubst wirklich, das könnte klappen?«

»So wahr ich John Hancock heiße. Wir haben keine Verwandten. Es gibt niemanden, der unseren Tod betrauern könnte. Niemanden, der irgendeinen Wirbel veranstalten könnte. Es gibt nur dich und mich.«

»Hört sich interessant an.«

»Das ist perfekt! Besser geht's gar nicht. Einer von uns kann immer tun, was er will. Wenn einer von uns tot ist, können wir außerdem die Hälfte unserer Schulden abschreiben, diese zig Tausend Dollar Studiendarlehen, die wir diesem Arschloch Hagstrom zu verdanken haben. Von einem Toten kann man kein Geld fordern.«

Will nickte. Der Alkohol berauschte ihn mächtig. »Und was ist mit dem Schreiben?«

John zuckte mit den Schultern. »Was soll damit sein?«

»Wir wollten doch als Team schreiben.«

»Na klar.«

»Wir müssen als Team schreiben.«

»Keine Frage.«

»Darin liegt doch unsere Zukunft.«

»Ganz klar.«

Will war mittlerweile total besoffen. Jetzt sah er die Möglichkeiten im Geiste vor sich. »Wir können unsere Fantasie sogar ausleben, während wir ehrgeizig an unserem beruflichen Erfolg arbeiten ...«

Bruder John nickte begeistert, obwohl beruflicher Erfolg und Ehrgeiz in seinen philosophischen Betrachtungen eher nebensächlich waren. John war in erster Linie daran interessiert, ein schönes Leben zu führen. Jetzt und heute. »Du hast es erfasst, Bruder. Hundert Punkte.«

Im zarten, unschuldigen Alter von zweiundzwanzig Jahren tot und unabhängig sein. Die Hancock-Brüder dachten nicht eine Sekunde an die ungeheuren Konsequenzen ihrer ungezügelten Fantasie. Das hätte sie ernüchtert. Doch sie waren viel zu berauscht vom Alkohol und den rosigen Aussichten, um sich ernüchtern zu lassen.

John hatte natürlich noch eine wahnsinnige Idee – die beste Idee der Welt. Er hatte diesen Joker zurückbehalten, falls Will ihm einen Strich durch die Rechnung gemacht hätte.

Er rückte noch näher an seinen Bruder heran. »Hagstrom«, flüsterte er Will ins Ohr.

»Hagstrom? Was ist mit dem?«

»Denk doch mal nach.«

»Tu ich ja.«

»Was glaubst du wohl, in welcher Lage Frank ist, wenn einer von uns tot ist?«

Will begriff den Gedankengang seines Bruders sofort. Auf seinem Gesicht breitete sich ein teuflisches Grinsen aus.

»Dann würde der große Anwalt Frank Hagstrom ziemlich in der Klemme stecken.«

»Genau. Einer von uns kann ja nicht an zwei Orten zugleich sein.«

Nachdem die Hancock-Brüder fast die ganze Nacht Pläne und Intrigen geschmiedet hatten, gingen sie am nächsten Morgen in aller Herrgottsfrühe zu Rafe. Es bestand kein Zweifel daran, dass sie für ihren Plan einen Komplizen brauchten.

Rafe schlief in einer Hängematte auf der Veranda vor seiner Hütte am Hafen.

John stieß ihn an. »Rafe, wach auf.«

Rafe regte sich, öffnete jedoch nicht die Augen.

John stieß ihn noch einmal an. »Rafe, hast du Lust, fünfhundert Dollar zu verdienen? Bar auf die Hand? Für ein paar Stunden Arbeit?«

Jetzt war Rafe hellwach. Er rollte sich aus der Hängematte auf den Boden und hörte sich den Plan der Brüder an.

»Ihr wollt also jemandem einen Streich spielen?«, fragte er.

»Ja, genau«, erwiderte John. »Einen Streich.«

Rafe lachte. Er liebte Streiche, und der Plan der Brüder gefiel ihm. Außerdem war die Bezahlung nicht schlecht. »Für fünfhundert Dollar bar auf die Hand«, sagte er, »lass ich euch beide verschwinden.«

»Nicht nötig«, erwiderte John. »Einer reicht.«

Rafe und Will machten das Boot startklar, und John ging zurück in ihr Zimmer, um ein paar Sachen zu holen. Er nahm nur eine ausgewaschene Jeans und zwei Hemden mit. Seine Badehose und ein T-Shirt hatte er bereits an. Er warf die Hose und die Hemden in eine Plastiktüte. Wahrscheinlich war es besser, den Koffer und den Rest seiner Sachen zurückzulassen, falls später jemand Nachforschungen anstellte.

Als John auf die Tür zusteuerte, fiel sein Blick auf die beiden grünen amerikanischen Reisepässe, die auf dem Schreibtisch lagen. Einer gehörte ihm, der andere seinem Bruder. Plötzlich wurde ihm klar, dass sie über diese Pässe gar nicht gesprochen hatten. Bei ihrem Gespräch gestern Nacht hatte John angedeutet, dass er den Toten mimen und verschwinden würde. Wessen Name für immer aus dem Verkehr gezogen werden sollte, war noch nicht endgültig entschieden.

Wessen Name sollte denn nun verschwinden?

Als John dort stand, in jeder Hand einen Reisepass, wusste er, dass diese Entscheidung plötzlich ihm allein überlassen war. Die Macht lag in seiner Hand. Wenn er seinen Reisepass mitnahm, würde Will als William Larson Hancock in die Staaten zurückkehren, und dieser Name würde fortleben. Wenn John jedoch Wills Reisepass mitnahm, musste Will als John David Hancock in die Vereinigten Staaten zurückkehren.

John stand bestimmt eine Minute da, dachte darüber nach und wog das Pro und Kontra ab. Dieses schreckliche moralische Dilemma machte ihn ganz verrückt. Er wusste instinktiv, dass diese folgenschwere Entscheidung das Leben eines Menschen – in diesem Fall das Leben zweier Menschen – für immer verändern würde.

Er hätte natürlich auch beide Reisepässe mitnehmen und die Angelegenheit mit Will besprechen können, doch dann hätte die Entscheidung nicht mehr bei ihm alleine gelegen. Letztendlich legte John aus reiner Eitelkeit *seinen* Reisepass zurück auf den Schreibtisch, obwohl er genau wusste, dass dieser Schritt eines Tages sein Gewissen quälen könnte. Er konnte sich einfach nicht selbst töten. Der Name, sagte er sich, um sich zu rechtfertigen, war ein typischer amerikanischer Name: John Hancock. Es wäre ein Verbrechen, diesen Namen aufzugeben.

Daher warf John Wills Reisepass zu den anderen Klamotten in den Plastikbeutel, um seinen Namen und sein Leben zu retten. Als er diese Entscheidung getroffen hatte, drehte er sich um und verließ das Zimmer. Will und Rafe waren am Hafen. Sie hatten das kleine, lädierte Boot aufgetankt.

»Alles klar?«, fragte John, der so ungeduldig das große Abenteuer erwartete, dass ihn sein schlechtes Gewissen im Moment nicht quälte.

Will nickte, zeigte jedoch keine Begeisterung. Zweifel und Widerwillen hatten die trunkene Überschwänglichkeit der letzten Nacht schon ein wenig verdrängt.

Die drei jungen Männer gingen an Bord. Sie hantierten ein paar Minuten am Tauchgerät herum, damit es für andere, die vorbeikamen, so aussah, als ob sie wieder tauchen wollten. Dann lösten sie die Leinen und fuhren los.

Als sie das offene Meer erreicht hatten, steuerte Rafe nach Norden auf Ambergris Caye zu. Die Hancock-Brüder saßen vorne im Boot zwischen dem Tauchgerät und dem Reservetank. Sie sprachen noch einmal den Plan durch. Es war alles ganz einfach. John redete am meisten. Er betonte, dass sie nur ein wenig Glück und etwas Mut brauchten.

Das kleine Boot fuhr in voller Fahrt an San Pedro vorbei. Die Jungen hatten ursprünglich geplant, dass John in San Pedro ans Ufer gehen und dann nach Belize City zurückkehren sollte. Doch Rafe hatte eine bessere Idee.

»An den Docks in San Pedro könnte uns jemand sehen«, hatte er gesagt. »Und wenn man euch zusammen sieht, wäre der ganze Plan gefährdet.«

»Was sollen wir deiner Meinung nach tun?«, hatten die Brüder gefragt.

»Ich denke an Mexiko.«

Deshalb fuhren sie jetzt weiter nach Norden an der Ostküste von Ambergris Caye vorbei. Etwa eine halbe Stunde später zeigte Rafe nach Westen und schrie laut, um das Tuckern des Außenbordmotors zu übertönen: »Da drüben ist Mexiko!«

»Bist du sicher?«, fragte John.

»Na klar.«

John drehte sich zu Will um. »Es ist so weit, Bruder. Bist du bereit?«

Will atmete tief ein. Er war *keineswegs* bereit. Von seinem gestrigen Rausch hatte er sich längst schon erholt. Er war jetzt so nüchtern wie schon sein ganzes Leben und wollte John unbedingt sagen, dass es ein dummer, wahnsinniger Plan war. Er wollte die ganze Sache unbedingt abblasen. Aber er hatte nicht den Mut, seinem Bruder das zu sagen. Er wollte nicht, dass sein Bruder ihn für schwach und ängstlich hielt.

John klopfte ihm auf die Schulter. »Du bekommst doch jetzt keine kalten Füße, oder?«

Vor lauter Angst ging ein Zittern durch Wills Körper. Leider war er mit zweiundzwanzig Jahren noch zu jung und unerfahren, um die ungeheuren Konsequenzen des Plans zu begreifen, den sie jetzt in die Tat umsetzen wollten.

Will riss sich zusammen und sagte mit fester Stimme: »Ich bin bereit. Keine kalten Füße. Und was ist mit dir?«

»Du kennst mich doch. Immer für Abenteuer zu haben.«

Will unterdrückte seinen Brechreiz. »Okay.«

»Die nächsten Tage«, fügte John hinzu, »musst du gut schauspielern können.«

»Darum gehst du weg und ich bleibe«, erwiderte Will. »Ich war schon immer der bessere Schauspieler.«

John lächelte. Warum sollte er seinem Bruder widersprechen? Es war nicht nötig, das jetzt auszudiskutieren. Vielleicht war Will der bessere Schauspieler, aber John wusste, dass er derjenige war, der den Mumm hatte, Mexiko zu durchqueren und auf seiner Flucht die Vereinigten Staaten zu betreten. Für diese Aufgabe fehlte Will der Mut. Und das war der wahre Grund, warum John ging und Will blieb.

»Also«, fragte John, »haben wir alles geklärt?«

Will verlor beinahe das Gleichgewicht, als das Boot durch die seichte Brandung fuhr. »Alles klar.«

Rafe steuerte das Boot nahe ans Ufer. Sie sahen nur den einsamen Strand und das offene Meer. Rafe stellte den Motor ab.

»Mexiko?«, fragte John noch einmal.

»Mexiko«, bestätigte Rafe. »Immer am Strand entlang Richtung Norden. Nach zwei oder drei Meilen kommt ein Dorf. Von dort fährst du bis zur Küste von Majahual. Dann gehst du nach Norden bis Cancún oder nach Westen bis Chetumal. An beiden Orten fährt ein Bus nach Mexiko City oder wohin du willst.«

John stand auf. Das Boot schaukelte in der Brandung hin und her. John musste Wills Arm ergreifen, um nicht das Gleichgewicht zu verlieren. Er trug eine dunkle Pilotenbrille und eine Baseballkappe der Boston Red Sox, die er tief in die Stirn gezogen hatte. Jetzt musste er die Sache mit dem Reisepass hinter sich bringen. Er musste seinen Bruder einweihen und das Thema ansprechen. Daher öffnete er den Plastikbeutel und wühlte darin herum.

»Es wird Zeit für euch«, sagte Rafe. »Sonst schnappt uns noch die mexikanische Strandpatrouille.«

John zog den Reisepass aus dem Beutel und hielt ihn hoch, damit ihn alle sehen konnten. »Jetzt bin ich aber erleichtert«, sagte er und schoss seine Lüge wie einen Giftpfeil ab. »Ich dachte schon, ich hätte diese Kleinigkeit vergessen.«

»Warum brauchst du den?«, fragte Will. »Wir hatten doch ausgemacht, dass du die Grenze heimlich überquerst, damit es keinen Beweis gibt, dass du die Staaten betreten hast.«

»Ja, ich weiß«, erwiderte John, »aber falls ich geschnappt werde, ist es besser, wenn ich ihn bei mir habe.«

Will nickte. Er war beruhigt. »Du hast Recht. Für den Fall der Fälle. Gute Idee.«

In diesem Moment schlug John den Reisepass auf und tat so, als schaute er sich den Pass an. »O Gott«, murmelte er. Auf seinem Gesicht spiegelte sich vorgetäuschtes Entsetzen.

»Was ist los?«

»Als ich vorhin in unserem Zimmer war«, log John, »hab ich auf dem Weg zur Tür meinen Reisepass vom Schreibtisch genommen. Ich dachte, es wäre meiner.«

»Und?«

»Ich muss aus Versehen deinen mitgenommen haben.«

Will verstand nicht sofort die Tragweite dieser Mitteilung. »Ja und?«, sagte er. »Dann gib ihn mir doch einfach.«

»Das kann ich nicht«, sagte John.

»Warum nicht?«

»Das hab ich dir doch gerade gesagt. Ich brauche ihn, falls ich an der Grenze geschnappt werde.«

Will nickte, denn es leuchtete ihm ein. Doch einen Augenblick später kniff er die Augen zusammen und schaute John mit kühlem Blick an. Jetzt hatte er es kapiert. Jetzt war ihm die Sache klar. Das bedeutete, dass er die Vereinigten Staaten als John Hancock betreten musste. Das bedeutete, dass er – Will Hancock – der tote Bruder sein würde.

»Ich kann nicht länger warten«, sagte Rafe. »Ihr müsst los. Raus aus dem Boot, oder wir fahren alle zusammen zurück nach Caulker.«

Sein Leben lang hatte Will seinem Zwillingsbruder vertraut, vorbehaltlos, ohne je Argwohn gegen ihn zu hegen. Und das aus guten Gründen: Sie hatten einander immer die Wahrheit gesagt. Sie waren stets ein Team gewesen. Die Hancock-Brüder gegen den Rest der Welt. Jetzt fragte Will sich plötzlich, ob John absichtlich die Reisepässe vertauscht hatte. Eine Welle der Angst und des Zweifels durchströmte ihn.

Was sollte er sagen? Was konnte er tun? Er hatte keinen Beweis. Natürlich hatte er keinen Beweis. Es gab keinen Beweis. John würde ihn nicht belügen. Auf keinen Fall. Sie waren Brüder. Es war so gewesen, wie John gesagt hatte. Es war ein Versehen. Ein dummer Irrtum. Na und? Es ging ja letztendlich nur um einen Namen, einen dummen Namen.

Vielleicht. Doch durch das solide Granitfundament, auf der die Bruderbeziehung der Hancocks ruhte, zog sich dennoch ein winziger Riss.

Will spürte Johns Hand auf seiner Schulter. Dann legte John seine Arme um Wills Brust. John drückte seinen Bruder an sich.

»Wir müssen jetzt gehen, Bruder. Es wird Zeit, uns ein wenig zu amüsieren.«

Will schluckte und nickte.

John stieg aus dem Boot und trat in das warme, seichte Wasser. Er wollte sich nicht länger aufhalten. Die Zeit für seine Flucht war gekommen.

Will wollte etwas sagen, irgendetwas, doch Rafe zog schon an der Kordel des Außenborders, und der Motor sprang an.

»Houston!«, rief John seinem Bruder zu. »Am Flughafen Marriott! In vier oder fünf Tagen bin ich dort.«

Will wollte etwas erwidern, doch das Geräusch des Motors verschluckte seine Worte. Rafe wendete das kleine Boot, das sich mühsam den Weg durch die Brandung bahnte. Will drehte sich um und winkte, aber John rannte schon den Strand entlang. Er rannte sehr schnell. Will konnte nur noch den Rücken seines Bruders sehen.

TOD, HOCHZEIT & GEBURT

Es mag sich vielleicht übertrieben anhören, doch die Watergate-Affäre und ihre spätere Vertuschung durch Richard Nixon hatten großen Einfluss auf die jungen Hancock-Brüder. Und so hat es sich zugetragen: Die Bande der kubanischen Einbrecher des raffinierten Richard wurde auf frischer Tat geschnappt, und Richard versuchte, die ganze Sache unter den Teppich des Oval Office zu kehren. Der Teppich wurde ihm unter seinen wunden Füßen weggezogen. Wie jedes Kind weiß, musste er das Handtuch werfen und dem alten, gierigen Arbeitspferd, Gerald Rudolph Ford, alle Trainingsaufgaben übergeben. Gerry verzieh Dick schnell seine Sünden gegen die Verfassung. Es war sein Pardon, das jene Sache ins Rollen brachte, die die Hancock-Brüder, John und Will, damals noch Jugendliche, direkt betraf.

Erinnern Sie sich an Squeaky Fromme? Das junge Groupie von Charles Manson, das versuchte, Gerry Ford aus dem Spiel zu drängen, während Gerry im großen Staat Kalifornien Wahlkampf betrieb?

Nur wenige Minuten, nachdem Squeaky den Abzug ihrer bis dahin versteckten Waffe betätigte (übrigens einer Waffe, die der in Babe Overtons Handtasche sehr ähnelte), hatten die Journalisten der Associated Press die Meldung schon im ganzen Land verbreitet. Die Titelstorys waren natürlich schrecklich aufgebauscht. Die Meldung über Gerrys Tod kam verfrüht, denn Squeakys Waffe ging gar nicht erst los. Und selbst wenn sie losgegangen wäre, hätte Gerry noch lange genug gelebt, um seinen Enkeln davon zu erzählen. Die Ermittlungsbehörden entdeckten später, dass in der Waffe gar keine Patrone war. Nicht eine einzige Patrone war in den Patronenlagern versteckt. Trotzdem liefern Attentate gute Schlagzeilen. Die Fernseh- und Rundfunkmoderatoren, die stets nach Meldungen suchen, um ihr exakt geplantes Programm zu unterbrechen, hatten einen aufregenden Tag.

Die Nachrichten kamen mitten in einem Hit von Dave Brubeck, der im Autoradio des neuen 75er Cadillac Eldorado gespielt wurde, der William und Lenore Hancock gehörte. Der Wagen war nagelneu; William und Lenore fuhren ihn gerade vom Ausstellungsraum in Beverly Hills nach Hause, als die ernste Stimme des Nachrichtensprechers durch die Lautsprecher hallte. »Der Präsident der Vereinigten Staaten wurde erschossen! Ich wiederhole: Präsident Ford wurde erschossen!«

William und Lenore schauten sich bestürzt an. Erst vor wenigen Tagen hatten sie den Präsidenten und seine reizende Frau Betty bei einer dieser Tausend-Dollar-pro-Dinner-Spendenaktionen für die Republikaner getroffen. William und Lenore waren treue Republikaner. Die Nachricht, dass Gerry erschossen worden war, bestürzte sie zutiefst.

William war dermaßen verwirrt, dass er sich sofort hinunterbeugte, um das Radio seines Eldorados lauter zu stellen. Unglücklicherweise war William mit der Ergonomie seines großen, nagelneuen Straßenkreuzers noch nicht vertraut. Er musste seinen Blick für den Bruchteil einer Sekunde von der Straße abwenden, um den richtigen Knopf zu finden, aber ein Sekundenbruchteil kann auf der verstopften, nach Norden führenden Spur des San Diego Freeways der Ewigkeit entsprechen, wenn sogar Autofahrer auf der langsamen Spur achtzig Meilen die Stunde fahren.

Niemand kann es mit Sicherheit sagen, aber wahrscheinlich drehten in diesem Augenblick eine ganze Reihe Autofahrer auf dem San Diego Freeway an ihren Radioknöpfen. Alle wollten mehr über den Präsidenten erfahren, der wie John F. Kennedy durch eine Kugel ums Leben gekommen war. Diese Neugier verursachte einen allgemeinen Mangel an Konzentration auf diesem Autobahnabschnitt.

Am nächsten Morgen stand es auf der Titelseite der *Los Angeles Times.* Genau unter dem Bericht über den Mordanschlag auf den Präsidenten. Gerry war schon wieder auf den Beinen. Es ging ihm gut, und er tat die Sache mit einem Achselzucken ab, wie einen missglückten Angriff beim Football. Leider hatten ein paar flinke Fotografen den Präsidenten wenige Minuten nach Squeakys Attentat gefilmt. Gerry sah auf dem Foto ziemlich ängstlich aus, als wäre er soeben von der gesamten Abwehrreihe einer Footballmannschaft in die Mangel genommen worden.

Unglücklicherweise hatte William, als er den Radioknopf suchte, nicht so viel Glück. Er übersah die leuchtend roten Bremslichter des Lastwagenanhängers nur wenige Meter vor seinem Eldorado. Um nicht auf die Fahrzeuge vor ihm aufzufahren, hatte der Fahrer des Lasters, ein Berufs-Trucker, sein Tempo von fünfundsechzig Meilen pro Stunde auf fünfzehn gedrosselt, indem er stark abbremste. William hätte das auch tun müssen, doch er fuhr noch sehr schnell, und als sein Blick kurz auf dem Radioknopf ruhte, fuhr er auf den Anhänger des Tiefladers auf, der mehrere Tonnen Badeanzüge und Pullunder transportierte.

In der Zeitung war der zu Schrott gefahrene Cadillac abgebildet. In der Bildüberschrift stand, was mit den Insassen passiert war: Sie waren enthauptet worden. Das entsprach den Tatsachen. William und Lenore Hancock, die geliebten Eltern von John und Will Hancock, hatte der Unfall im wahrsten Sinne des Wortes den Kopf gekostet.

Und Dick Nixon, der an die Küste Südfloridas auf die Insel Key Biscayne verbannt worden war und über die liberalen Medien jammerte, die ihn zu Fall gebracht hatten, wobei er Kentucky Bourbon soff, hatte nicht die leiseste Ahnung, welches Unglück er indirekt ausgelöst hatte.

Es ist unfassbar, dass es unter uns Leute gibt, die nicht an die Wechselwirkungen des universellen Karmas glauben.

Später an diesem Tag wurden die beiden Hancock-Jungen, die an der fernen Ostküste ins Internat gingen und gerade über einem amerikanischen Geschichtstext über die Gründe des Krieges zwischen den Nord- und Südstaaten dösten, ins Büro des Direktors gerufen. Die Jungen waren sofort hellwach. Sie hatten natürlich keine Ahnung, dass ihre Eltern gerade gestorben waren. Sie wussten nur, dass es der dritte Schultag des neuen Schuljahres war, und dass sie sich schon wieder langweilten und herumzappelten. Eine Kraftprobe mit Direktor Masters könnte ihnen den Tag möglicherweise doch noch versüßen.

Der Direktor war ein spießiger alter Mann mit schwabbeligem Doppelkinn und dickem Bauch; seit *Dick und Doof* war Masters nicht mehr beim Lachen erwischt worden. Er war ein Mann vom alten Schlag, schlecht gelaunt und bitter wie alter Chicorée, und er konnte die Hancock-Brüder nicht leiden. Ihm waren junge Männer lieber, die hart arbeiteten, nicht aus der Reihe tanzten und den Mund hielten, bis sie aufgefordert wurden, etwas zu sagen. Auf die Hancocks traf nichts dergleichen zu. Vor allem nicht auf den frechen John, welcher von beiden das auch war. Direktor Masters konnte die Jungen nicht auseinander halten.

Es gab jedoch ein paar handfeste Gründe, warum Direktor Masters die Jungen nicht längst von der Schule geworfen hatte: Beide Jungen hatten ausgezeichnete Noten. Beide hatten bereits ein Schuljahr übersprungen, und es war sicher kein Problem für sie, ein weiteres zu überspringen, wenn ihnen der Sinn danach stand. Beide waren ein todsicherer Typ für eine vorzeitige Zulassung zur Harvard University. Beide waren Mannschaftskapitäne des Football- und Tennisteams. Dank ihrer losen, vorlauten Mundwerke hatte die Debattiermannschaft der Schule im letzten Jahr den ersten Platz unter den Privatschulen in Neuengland belegt. Und dann war da noch der Vater der Jungen, William Hancock. William bezahlte nicht nur pünktlich Kost, Logis und Unterricht für seine Söhne, er ließ auch jedes Jahr dem Studentenfond eine sehr großzügige Spende zukommen. Das Lustige an der Sache war: William Hancock war kein ehemaliger Student. Es hieß, William habe nicht mal einen Hochschulabschluss. William Hancock mit seinem starken osteuropäischen Akzent war ganz sicher nicht in Amerika geboren und aufgewachsen. Woher er seinen ehrwürdigen Namen hatte, wusste niemand genau.

Jetzt war William Hancock tot. Und seine Frau ebenfalls. Und Direktor Masters kam die Aufgabe zu, den widerspenstigen Sprösslingen diese tragische Nachricht zu überbringen.

Frage: Hatte der unangenehme, brummige Direktor eine gewisse perverse Freude daran, den Hancock-Jungen mitzuteilen, dass ihre Eltern enthauptet worden waren? Vielleicht. Wie bei vielen von uns wies Direktor Masters' Charakter eine Spur Grausamkeit auf, die tief in seiner Seele vergraben war. Als Mann, der einst davon geträumt hatte, der katzbuckelnden Menge seine große Redekunst zu präsentieren, mochte Direktor Masters junge Menschen nicht, denen es zu gut ging oder die zu viel Selbstvertrauen hatten. Auf die Hancock-Brüder traf beides zu. Masters freute sich schon im Stillen darauf, dass sie älter wurden, schlechte Ehen führten und schlechte Jobs, schlechte Zähne, dicke Bäuche und hohe Schulden hatten. Ein gutes Quantum an Fehlschlägen würde das Lächeln schon aus ihren selbstgefälligen Gesichtern vertreiben.

Die Hancock-Brüder klopften an die Tür des Büros von Direktor Masters im Erdgeschoss in der Picton Hall. Eigentlich klopften sie gar nicht richtig. Sie trommelten die Filmmusik von *Bonanza* an die Tür. Und ehe der Direktor etwas sagen konnte, betraten sie das Zimmer. Sicher hofften sie, den

Direktor in irgendeiner peinlichen Situation zu erwischen. Vielleicht bohrte er gerade in der Nase oder schnupperte unter seinen Achseln oder streichelte seine Genitalien. Daher betraten die Brüder sofort das Büro und legten augenblicklich übertriebene Höflichkeit an den Tag: »J. und J. Hancock melden sich wie befohlen zur Stelle, Sir.«

Direktor Masters seufzte tief. Er seufzte so tief, dass seine Wangen wackelten. Dann stützte er sich auf seinem riesigen Eichenschreibtisch auf und wuchtete seine massige Gestalt aus dem Ledersessel. »Setzt euch, Jungs.«

»Wir waren es nicht, Direktor Masters. Was immer es auch war – das waren wir nicht.«

Normalerweise hätte der Direktor jetzt gebrüllt: »Haltet den Mund und setzt euch!«, aber heute ging er taktvoller mit den Jungen um. »Ihr habt nichts getan«, beteuerte er.

»Dann ist das also nur ein kleiner Besuch?«, fragte John.

»Tee und Plätzchen?«, fügte Will hinzu, stets der witzigere von beiden, aber auch der ruhigere; nie machte er als Erster dreiste Bemerkungen.

»Heute nicht, Jungs. Es tut mir Leid, aber ich habe schlechte Nachrichten für euch. Es fällt mir sehr schwer, es euch sagen zu müssen«, verkündete er. »Eure Eltern hatten einen Unfall.«

»Einen Unfall?«, fragte Will.

»Was denn für einen Unfall?«, fragte John.

»Einen Autounfall«, erwiderte der Direktor.

Die beiden Jungen schauten sich an. Dann fragte John: »Und ist alles in Ordnung? Es geht ihnen doch gut?«

Direktor Masters' Gedanken und Gefühle wirbelten wild durcheinander. Er wollte den Jungen eine strenge, mitfühlende Vaterfigur sein; auf der anderen Seite wollte er nichts lieber, als diese beiden Emporkömmlinge in die Knie zu zwingen.

»Tut mir Leid«, sagte er, »aber sie sind tot. Eure Eltern sind tot.«

Jetzt war es heraus. Schonungslos. Die nackte Wahrheit auf kalten, harten Steintischen.

Die Hancock-Jungen, denen schlechte oder traurige Nachrichten jeder Art so gut wie fremd waren, begriffen nicht auf Anhieb die tiefe Bedeutung dieser Nachricht. Ein oder zwei Sekunden verstrichen, dann murmelte einer von ihnen:

»Was?«

»Tot?«, fragte der andere. »Wie meinen Sie das? Tot?«

Der Direktor hatte ihnen die Nachricht ziemlich schonungslos beigebracht, doch nach dieser grausamen, niederschmetternden verbalen Ohrfeige hatte der alte Lehrer sich wieder im Griff. Sofort brachte er der Situation die angemessene Mischung aus Trauer und Höflichkeit entgegen, die diese schreckliche Tragödie verlangte. Er schaffte es sogar, die beiden Jungen einigermaßen aufrichtig zu umarmen.

Dieses zweiköpfige Monster aus Gut und Böse, das tief in seinem Innern schlummerte, verschwand wieder.

Wie sich gewiss auch die Hartherzigsten unter uns vorstellen können, waren die Hancock-Brüder am Boden zerstört. Aus den klugen Jungen wurden im Nu traurige Jungen. Von einer Sekunde zur anderen. Gerade hatten sie noch Oberwasser, machten Späße und Blödsinn, und jetzt waren sie unter einer Wolke aus Kummer, Verwirrung und Trauer begraben. Der erste grausame Schicksalsschlag ihres Lebens, das bis zu diesem Zeitpunkt der reinste Spaß für sie gewesen war.

Will brach als Erster zusammen. Als er begriff, dass der Direktor sich keinen makabren Scherz erlaubt hatte, fing er an zu weinen. Seine Mutter? Tot? Bei einem Autounfall ums Leben gekommen? Unmöglich. Er hatte sie doch erste letzte Woche noch gesehen. Seine Mutter hatte ihn und John zur Schule zurückgebracht. Sie hatte ihn auf beide Wangen geküsst, ihm übers Haar gestrichen und gesagt, dass sie ihn liebe. Sie hatte ihn aufgefordert, artig zu sein und nicht immer dem schlechten Beispiel seines wilden, ausgelassenen Bruders zu folgen. Dann hatte sie ihn noch einmal geküsst und war zurück zum Wagen gegangen. Da hatte er sie zum letzten Mal gesehen. Jetzt liefen ihm Tränen über die Wangen; Will wusste, dass er Mom nie wiedersehen würde.

Will ließ seinen Tränen freien Lauf.

John ebenfalls. Aber er wollte Antworten auf seine Fragen. Er wollte wissen, wo und wann und wie es geschehen war. »Wie ist das passiert, verdammt? Wie konnte das geschehen?«

Der Direktor, der jetzt den Schmerz und die unerträgliche Schwere des Verlusts spürte, den die Zwillinge erlitten hatten, wollte ihnen unbedingt weise, tröstende Antworten geben. Doch Direktor Masters kannte sich aus. Er wusste, dass es in solchen Situationen keine Antworten gab. Nur hohle Worte – und dann folgte das emotionale Chaos.

Die Hancock-Brüder flogen zum Doppelbegräbnis nach Los Angeles. Die Särge waren natürlich schon geschlossen. Der Bestatter hatte sein Bestes gegeben, die Köpfe wieder auf die Körper zu setzen, aber es war ihm nicht besonders gut gelungen. Vor allem die zusammengeflickte Leiche der Mutter schmeichelte seinen Künsten gar nicht. Der untere Rand des Anhängers hatte einen sehr hässlichen Schnitt verursacht.

John und Will, die sich bemühten, ihre Tränen zurückzuhalten, standen in Gray's Funeral Home in Westwood, begrüßten Besucher und nahmen Beileidsbekundungen entgegen. Die große Mehrzahl der Leute, die durch die mit Blumen übersäte Halle im Beerdigungsinstitut schritten, waren für die Zwillingsbrüder vollkommen Fremde. Und das hatte seinen guten Grund. Die Jungen kannten in Los Angeles kaum jemanden; schließlich gingen sie an der Ostküste zur Schule. Außerdem verbrachten sie ihre Sommerferien normalerweise in verschiedenen Ferienlagern überall im Land. Wahrscheinlich hielten sie sich nicht mehr als zehn Tage im Jahr in dem modernen Haus aus Rotholz und Glas in der Nähe des Mulholland Drive auf.

Weitere Verwandte gab es nicht. Die Hancocks hatten keine Geschwister, keine Cousins, keine Tanten oder Onkel oder Großeltern. Ihre Mutter stammte aus Lorain, Ohio, war aber von einer unverheirateten Tante in New Jersey erzogen worden, nachdem ihre Eltern einer Sekte beigetreten waren, die keine Kinder erlaubte. In der Familie wurde die traurige Geschichte erzählt, dass die Eltern nach Guatemala oder Nicaragua geflogen waren, wo sie nichts außer einem Hanflendenschurz und einer Halskette trugen, nachdem sie die kleine Lenore in Ho-ho-kus in New Jersey zurückgelassen hatten. Man hörte nie mehr etwas von ihnen.

Lenore Larson, ein aufgewecktes, liebes, aber sehr ernstes Kind, hatte es aus eigener Kraft geschafft, die Rutgers-Universität zu besuchen und einen akademischen Grad zu erwerben. Sie hatte Politikwissenschaft studiert und nach dem Abschluss im Innenministerium in der Einwanderungsbehörde gearbeitet. Sie verbrachte ihre Tage hinter einem Schreibtisch und vergrößerte die Bevölkerung der Vereinigten Staaten mit Menschen aus so unterschiedlichen Ländern wie Lettland, Chile und Kamerun.

1957 lernte sie einen Mann aus Ostdeutschland kennen, der um politisches Asyl bat. Er sprach nur ein paar Brocken Englisch, das er aus Hollywood-Spielfilmen gelernt hatte, wie er ihr sagte. Er erzählte ihr, dass er Spielfilme und Amerika liebe. »In Amerika«, beteuerte er, »habe ich die freie Wahl, mich auszudrücken und gutes Geld zu verdienen. Viel Geld.«

Das war für Lenore nichts Neues. Wie den Ruf einer Schweizer Kuckucksuhr bekam sie diese Formulierung regelmäßig zu hören. Jeder wollte nach Amerika kommen, um im Land der unbegrenzten Möglichkeiten frei leben zu können. Frei und reich sein. Lenore warf ihnen diesen Wunsch nicht vor. Fast jeder andere Ort der Welt war rasch von Massenmördern und Despoten mit wirrem Blick überschwemmt, die sich als Sozialreformer oder kommunistische Retter ausgaben.

Der junge Ostdeutsche war groß und ehrlich, und Lenore fand ihn ausgesprochen gut aussehend. Allerdings war er ziemlich mager, wenn nicht sogar ausgemergelt, aber mit ein paar guten Mahlzeiten konnte man ihn sicher schnell aufpäppeln. Er sagte, dass er eine Schauspielschule besucht habe, doch in der Deutschen Demokratischen Republik wären Schauspieler kaum besser angesehen als kranke Hunde. Daher arbeitete er in einer Ostberliner Schirmfabrik, um ein paar Mark zu verdienen.

Lenore lachte über den Witz des jungen Mannes über kranke Hunde und Schauspieler. Er schien ein lustiger Bursche zu sein, und er hatte ein nettes Gesicht. Nur sein Name war für sie wie ein rotes Tuch. Sie hatte keine andere Wahl, als ihre Vorgesetzten über diesen Namen aufzuklären.

In seinen Papieren stand in Großbuchstaben: WILHELM FRANZ GÖRING. Der Name sprang ihr entgegen.

»Sie müssen sich über den Namen keine Sorgen machen«, versuchte er Lenore zu beruhigen. »Natürlich ist es ein Name, der schlimme Erinnerungen weckt, aber zwischen mir und Hermann, diesem verrückten Nazi und Reichsmarschall, der für so viele Morde im Krieg verantwortlich ist, besteht keine Verbindung. Göring ist in Deutschland ein Name wie Smith oder Jones hier in den Vereinigten Staaten.«

Na ja, vielleicht nicht ganz so.

»Dann ist ja alles in Ordnung«, murmelte Lenore, die ihm glaubte, weil er so ehrliche, klare blaue Augen hatte.

Nichtsdestotrotz wurde Wilhelm Franz Göring in Haft behalten, während die Einwanderungsbehörde seinen Lebenslauf überprüfte. Die Vereinigten Staaten waren nicht bereit, Nazi-Kriegsverbrecher ins Land zu lassen.

Na ja, hin und wieder vielleicht doch.

Wilhelm wurde für sechs Wochen ins Gefängnis gesteckt, obwohl man es Untersuchungshaft nannte. Lenore besuchte ihn mehrmals pro Woche, was sie selbst nicht verstand. Als sie eines Tages zu ihm kam, hielt Wilhelm eine Kopie der Unabhängigkeitserklärung in der Hand. Es war eine Abschrift des Originals, die auf dickes Dokumentenpapier gedruckt war.

»Wir halten diese Wahrheiten für selbstverständlich«, zitierte Wilhelm, dessen Englisch von Tag zu Tag besser wurde, *»dass alle Menschen gleich geboren werden.* Bis dahin habe ich es bisher auswendig gelernt«, sagte er zu Leonore, »aber ich habe mir vorgenommen, die ganze Erklärung auswendig zu lernen. Dadurch werde ich ein besserer Amerikaner.«

Lenore versicherte ihm, dass er die Unabhängigkeitserklärung jetzt schon besser kannte als die meisten Amerikaner.

»Ich habe noch mehr wichtige Entscheidungen getroffen«, sagte er. »Ich brauche einen neuen Namen. Mein Name ist nicht gut. Ich brauche einen amerikanischen Namen. Nach langem Nachdenken habe ich diesen hier ausgewählt.« Wilhelm zeigte stolz auf den Namen, der kühn auf dem dicken Papier der Unabhängigkeitserklärung prangte. »Das hier soll mein amerikanischer Name sein«, erklärte er ihr. »Der größte Name, der hier steht. Der erste Name oben. Hancock, wird er ausgesprochen, habe ich mir sagen lassen. John Hancock.«

Das kann man hier im Land der Freiheit machen. Man kann einfach vortreten und jeden beliebigen alten Namen annehmen. Binnen weniger Tage oder Wochen wird jeder glauben, das wäre Ihr richtiger Name. Die Amerikaner haben ein sehr kurzes Gedächtnis.

Als Wilhelm Franz Göring seinen Namen rechtskräftig in Hancock geändert hatte, beschloss er, sich William und nicht John zu nennen, weil ihn jeder, den er in Amerika kannte – einschließlich seiner Verlobten Lenore – Wilhelm oder William nannte. Der erste Name war seiner Meinung nach nicht so wichtig. Er war nur froh, dass er seinen schrecklichen Nachnamen *Göring* los war. Außerdem war er begeistert, dass niemand in der Einwanderungsbehörde die weitläufige verwandtschaftliche Beziehung zwischen ihm und Hermann, dem Naziverbrecher, herausbekommen hatte. William fand es nicht richtig, dass er leiden sollte, nur weil der Stammbaum einen faulen Apfel hervorgebracht hatte.

Sieben Wochen, nachdem sie sich kennen gelernt hatten, heiratete Lenore William in der New York City Hall. Anschließend machten sie ihre Hochzeitsreise und verbrachten ihre Flitterwochen, vier herrliche Tage, an der Küste von Jersey. Sie spazierten über die Strandpromenade und machten sich mit ihren Körpern vertraut.

Nach der Hochzeitsreise zogen sie in eine winzige Wohnung im East Village. Lenore arbeitete weiterhin in der Einwanderungsbehörde, und William verfolgte seinen Traum, Schauspieler zu werden. Nach wenigen Monaten war er am Broadway, wo er einen Job als Platzanweiser in dem alten Majestic Theater in der vierundvierzigsten Straße fand. Er verteilte Programmhefte, kehrte Zigarettenkippen zusammen und zeigte den Herrschaften den Weg zu den Toiletten. Nach drei Wochen verlor er den Job wieder, weil mehrere betuchte Gäste, denen Williams starker deutscher Akzent aufgefallen war, sich beim Theaterdirektor »über den arischen Nazi, der sich im Foyer herumtreibt« beschwerten.

Im Spätsommer 1959 wurde Lenore schwanger. Inzwischen war William Verkäufer geworden. Die Arbeit gefiel ihm gut. Er war ziemlich selbstständig und lernte viele Menschen kennen. Es lief sehr gut, denn er war der größte Schirmverkäufer am ganzen Times Square. Seine Körpergröße erlaubte es ihm, seine Schirme viel höher zu halten als alle anderen Verkäufer, wenn es über dem Big Apple nach Regen aussah. An Regentagen verkaufte er manchmal dreißig Schirme. Da er für die Schirme zwei Dollar nahm und sie im Großhandel für einen Dollar kaufte, konnte er mühsam seinen Lebensunterhalt verdienen. Natürlich war William nicht aus dem kommunistischen Ostdeutschland geflohen und nach Amerika gekommen, um sich durchzuschlagen. Er war nach Amerika gekommen, um reich, berühmt und frei zu sein. Außerdem hatte er seinen Stolz, und Lenore erwartete ein Kind.

Als er eines Abends mit Lenore zu Hause saß und an einem Schirm herumbastelte, der sich mitten in einem Platzregen nicht hatte öffnen lassen, bekam William Hancock eine kleine, aber folgenschwere Eingebung. Er drehte sich zu seiner Frau um, die auf dem Sofa saß und ein Paar rosa Babysöckchen strickte. Lenore war ganz sicher, dass in ihrem immer dickeren Bauch ein kleines, sanftmütiges, liebes Mädchen heranwuchs.

»Weißt du, Len«, sagte William, dessen Englisch Fortschritte gemacht hatte, »in Ostdeutschland werden meistens schlechte Produkte hergestellt. Erbärmliche Produkte. Glühbirnen, die sofort durchbrennen, wenn man das Licht anmacht. Hämmer, die durchbrechen, wenn man den ersten Nagel in die Wand schlägt. Kleiderhaken aus dünnem Metall, dass sie sich sofort verbiegen, wenn man einen Mantel dran aufhängt.«

»Die Arbeiter in einem kommunistischen Land«, erwiderte Lenore, die eifrig strickte, »haben wenig oder gar keinen Ansporn, gute Produkte herzustellen. Wenn sie die Möglichkeit hätten, gutes Geld zu verdienen, könnten sie auch die besten Kleiderhaken der Welt herstellen.«

»Das stimmt«, pflichtete William ihr bei, der seiner Frau zu diesem Zeitpunkt ihrer jungen Ehe fast immer Recht gab. Er verehrte sie und betrachtete sie als seine Retterin. Sie hatte ihm einen sicheren, zärtlichen Hafen in Amerika beschert.

»Das liegt am System«, fügte sie hinzu, während das Klicken der Nadeln ertönte, »nicht an den Arbeitern. Die Menschen sind überall gleich.«

William nickte. Er schenkte den Worten seiner Frau einen schweigenden Augenblick, um sie zu achten, bevor er ihr über seine wahre Eingebung berichtete. »Es ist jetzt zwei Jahre her, dass ich in dieses Land gekommen bin, und ich habe erst ein Produkt gefunden, das in Ostdeutschland besser ist.«

Lenore schaute mit gerunzelter Stirn von den Söckchen hoch. Es waren immerhin die Fünfzigerjahre. Selbst im East Village hörte man nicht oft ein gutes Wort über diese gefürchteten Kommunisten. »Ach? Und was ist das?«

»Regenschirme!«, verkündete William. »Diese Schirme sind Schund. Sie sind nicht gut gemacht. Sie sind so fabriziert, dass sie schnell kaputtgehen, damit der Besitzer sich beim nächsten Regen einen neuen kaufen muss.«

»Willst du damit sagen«, fragte Lenore, »dass die Kommunisten bessere Schirme herstellen?«

»Auf jeden Fall. Und sie sind auch praktischer.« William hielt den Schirm hoch, den er gerade repariert hatte. »Guck mal.« Er hielt den Griff in der linken Hand, drückte mit der rechten Hand auf den Metallhaken und öffnete den Schirm. »Siehst du?«

»Was denn?«

»Man braucht *beide* Hände, um den Schirm zu öffnen.«

»Und?«

»Das ist dumm.« William war ganz aufgeregt. »In der Fabrik in Deutschland, in der ich fünf lange Jahre arbeiten musste, haben wir stabile Regenschirme hergestellt, die man mit einer Hand öffnen konnte. Wenn man hier unten auf einen Knopf drückt, öffnet sich der Schirm wie von Zauberhand. Die andere Hand ist frei, um eine Aktentasche oder eine Dose Bier oder ein Baby zu tragen.«

Lenores Stirnrunzeln verschwand, als ihr Ehemann das Wort *Baby* aussprach. Sofort hatte sie wieder das wunderschöne Bild vor Augen, wie die Hancock-Familie bei leichtem Sommerregen die Fifth Avenue hinunterging. Ihre Regenschirme waren aufgespannt, und es war vollkommen egal, ob diese Regenschirme in Ostdeutschland oder East Lansing, Michigan, hergestellt worden waren.

Es stellte sich heraus, dass die Schirme, die William Hancock am Times Square verkaufte, am East River hergestellt wurden, in einer kleinen, baufälligen Fabrik in Queens. Der Typ, dem die Fabrik gehörte, Golan Rubinstein, war alt und litt an Arthritis, und er wollte unbedingt nach Miami Beach ziehen. Keines seiner Kinder hatte Interesse an Schirmen. Sie hatten mit Medizin, Juristerei oder Edelsteinen zu tun. Schon seit Jahren versuchte Golan, seine Schirmfabrik zu verkaufen, fand aber keinen Käufer. Bis William Wilhelm Göring Hancock auftauchte. Der alte Jude und der junge Deutsche schlossen das Geschäft ab, nachdem sie lange gefeilscht hatten.

Und kurz darauf, fast über Nacht, gab William Hancock seinen Traum auf, ein berühmter Schauspieler zu werden. Stattdessen wurde ein hart arbeitender, sehr ehrgeiziger amerikanischer Geschäftsmann der Mittelschicht aus ihm. Auf einmal mochte er Ike Eisenhower, und ihm gefiel der Plan des alten Generals, der niedrigere Steuern und einen kleineren Verwaltungsapparat vorsah. Natürlich hatte William die

Kommunisten immer gehasst; jetzt hasste er auch die Demokraten, die sentimentalen Liberalen und alle Arbeitslosen. William Hancock war ein treuer Republikaner geworden.

William verbrachte so viel Zeit in seiner Schirmfabrik am Newton Creek, dass Lenore schließlich beschloss, ihre Wohnung im East Village aufzugeben und nach Queens zu ziehen. Dadurch sparte sie nicht nur Miete, sie konnte ihren Mann auch mehr als ein oder zwei Stunden am Tag sehen.

Sie wohnten in zwei kleinen Zimmern im zweiten Stock der Fabrik. In einem dieser Zimmer entwarf William Hancock seinen ersten Schirm, den man per Knopfdruck mit einer Hand öffnen konnte. Er nahm einen größeren Kredit bei der Bank auf, ging zu einem Patentanwalt und stellte beim Patentamt in Washington einen Patentantrag. Ein weiterer Immigrant, der dabei war, sein Glück zu machen.

Am selben Tag, als William Hancock eine vorläufige Patentbestätigung für seinen Schirm erhielt, den man mit einer Hand per Knopfdruck öffnen konnte, brachte Lenore Hancock kein süßes kleines Mädchen, sondern zwei kreischende Jungen zur Welt.

Die eineiigen Zwillinge wurden am 9. Mai 1960 am frühen Abend im St. Vincent's Hospital in Manhattan geboren. Mutter und Vater nannten den älteren Jungen John und den jüngeren, der sechs oder acht Minuten später geboren wurde, William junior, obwohl sie ihn von Anfang an nur Will nannten.

Die Schwestern im Krankenhaus taten alles, was in ihrer Macht stand, um John und Will auseinander zu halten, aber da die beiden Jungen vollkommen gleich aussahen, war das unmöglich. In der Woche, die die Zwillinge im Krankenhaus verbrachten, legten die Schwestern sie mehrmals ins falsche Bett. Als die Kinder, eins auf dem Arm der Mutter und eins auf dem Arm des Vaters, das Krankenhaus verließen, war die Wahrscheinlichkeit, dass John Will und Will John war, sehr hoch.

Als William und Lenore wieder im zweiten Stock der Schirmfabrik waren, untersuchten sie die beiden sich windenden Säuglinge sehr gründlich. Sie legten die Jungen aufs

Bett und inspizierten sie von Kopf bis Fuß und von vorne bis hinten. Ein halbes Dutzend Mal untersuchten sie ihre Schädel, ihre Gesichter, ihre Arme, ihre Rücken, ihre Brustkörbe, ihre winzigen Penisse, ihre Beine und ihre Füße. Sie schauten sogar durch Williams Lupe, mit der er Fehler in seinen Schirmen aufspürte. Trotz der intensiven Suche konnten Mom und Dad kein einziges körperliches Merkmal finden, um die Jungen voneinander zu unterscheiden.

Lenore sah beunruhigt aus. »Mein Gott! Das ist eine Katastrophe! Was tun wir, damit wir sie nicht vertauschen?«

Ihr Gatte, der von dem billigen Champagner, den er zur Feier des Patents und der wundersamen Geburt seiner Zwillingssöhne getrunken hatte, schon beschwipst war, hob seine breiten Schultern. »Das weiß ich beim besten Willen nicht«, erwiderte er. »Ist es denn wirklich so wichtig, ob wir sie vertauschen? Wo ist denn der Unterschied? Sie werden beide gleich aufwachsen.«

»Du machst wohl Scherze.« Lenore schaute ihren Gatten böse an. Ihr Gesicht war von der neunmonatigen Tortur blass, müde und ein wenig aufgeschwemmt. Sie war sich ziemlich sicher, dass sie keine Kinder mehr bekommen wollte. »Natürlich ist es wichtig. Wir können sie doch nicht vertauschen wie bunte Socken. Mein Gott, Will, das sind unsere Söhne. Unser eigen Fleisch und Blut. Das ist doch wohl nicht dein Ernst! Es sind Menschen und keine Wüstenspringmäuse.«

William, der nicht ganz überzeugt war, dass es wirklich so wichtig war, zuckte noch einmal mit den Achseln. Da er es jedoch nicht ertragen konnte, wenn seine Frau auch nur eine Sekunde böse mit ihm war, entwarf er schnell einen Plan. Er zog einen schwarzen Filzstift aus seiner Brusttasche und machte ein X auf die Fußsohle von Johns rechtem Fuß. Zumindest glaubte er, dass es Johns Fußsohle war.

»Okay«, sagte er zu seiner Frau. »Ab jetzt kennzeichnen wir John mit einem X. Später, wenn sie wachsen und sich entwickeln, werden wir andere Möglichkeiten finden, sie auseinander zu halten.«

ZWEITER TEIL

7. JUNI 1999

MONTAGMORGEN – ÜBERBLICK

Am frühen Morgen an der Ostküste. Noch vor der Morgendämmerung. Eine ganze Reihe von Geistern wandern durch John Hancocks Schlafzimmer im noblen Stadthaus in Beacon Hill. Es könnte beinahe eine Party sein. Eine Boston Tea Party. William und Lenore Hancock geistern durchs Zimmer, die Köpfe unter den Armen. Nach all den Jahren wissen sie noch immer nicht, was damals auf dem San Diego Freeway passiert ist.

Und ihr Anwalt, Frank Hagstrom, hängt mit einer Schlinge um den Hals an der Decke. Er stößt noch immer Drohungen aus und sagt zu Hancock, dass es besser wäre, wenn er das Seil sofort durchschneiden würde. Je länger Franks Hals wird, desto höher wird seine Stimme. Er hört sich immer mehr wie eine kreischende Hyäne an.

Auch Zelda ist hier, Zelda Cosgrove, die literarische Beraterin der Hancock-Brüder. Die ältere Schwester des verrückten Dicky Cosgrove, der bald die Bühne betreten wird. Zelda – Gott hab sie selig – starb 1986. Sie wurde ermordet. Kaltblütig. Hancock wurde damals verdächtigt. Für kurze Zeit.

In dem Zimmer herrscht ein ganz schönes Gedränge, aber Hancock ist das egal. Menschenmengen machen ihm nichts aus. Es ist Zeit aufzustehen, und darum wirft er die Decke zurück und schwingt sich aus dem Bett. Er weiß, dass sein Bruder gleich anrufen wird. Er hat es im Gefühl. So etwas kommt bei eineiigen Zwillingen vor. John zieht eine Jogginghose an und steigt die Treppe zu seinem Büro im zweiten Stock hinauf.

Sein Bruder Will sitzt in einer Telefonzelle am Flughafen Heathrow außerhalb Londons. Er hat sich soeben für seinen Flug nach Miami eingecheckt. Thomas Young wird heute in der Businessclass fliegen. Sitz 9B.

Will nimmt den Hörer ab und wählt.

John geht zu seinem Schreibtisch und öffnet die untere rechte Schublade. In der Schublade liegt ein Telefon. Ein altes babyblaues Princess-Modell. Es ist weder kabellos, noch hat es die Form eines Handys. Keine Rufweiterschaltung, kein Rückruf bei besetztem Apparat und keine Rufnummerübermittlung. Es hat noch nicht mal eine Wahlwiederholung. Es ist ein ganz einfaches altes Telefon. So sieht es jedenfalls aus.

John nimmt den Hörer ab, tippt eine ganze Reihe Zahlen ein und legt den Hörer dann wieder auf die Gabel. Diese Zahlenkombination ist der Zugangscode, der das Telefon betriebsbereit macht. Ohne den Zugangscode ist das Telefon nur ein unbrauchbarer Apparat, der in eine Schublade gestopft wurde.

Als John den Hörer wieder auf die Gabel legt, klingelt das Telefon. John ist nicht überrascht. Er nimmt den Hörer ab und fragt: »Jefferson?«

»Adams?«

»Sind wir sicher?«

»Ich glaube ja. Was ist los?«

»Ich hab dich gestern angepiept. Ich hatte gehofft, dass du gestern Abend noch anrufst.«

»Hab ich«, lügt Will. »Entweder warst du schon im Bett, oder das Telefon war abgestellt.«

»Ich hab bis Mitternacht gewartet.«

»Ich habe gegen eins angerufen.«

»Ja«, sagt John, der das Gespräch nicht in diese Richtung lenken möchte. »Okay.«

»Was liegt an?«

John kommt sofort zur Sache. »Die Bullen waren gestern hier.«

»Die Bullen?« Will ist überrascht. »Was wollten die denn?«

»Sie haben eine Anzeige erhalten, dass du vermisst wirst.«

»*Wer* soll vermisst werden? Du oder ich?«

»Du.«

»Ein bisschen unwahrscheinlich für einen toten Mann, dass er vermisst wird, oder?«

»Klar«, pflichtet John ihm bei. »Aber sie behaupten, sie hätten eine Vermisstenanzeige auf den Namen Will Hancock vorliegen.«

»Das ist ja seltsam. Wer soll denn so eine Anzeige erstattet haben?«

»Clara.«

»Clara?«

»Das haben die Bullen gesagt. Will Hancock wird von Clara Dare Hancock vermisst.«

Will zögert. »Kapier ich nicht.«

»Ich auch nicht. Darum habe ich angerufen.«

»Und was haben die Bullen noch gesagt?«

»Nicht viel. Ich hab ihnen gesagt, dass du tot bist. Schon lange. Schon fast zwanzig Jahre. Sie waren ziemlich verwirrt.«

»Das glaube ich gerne. Hast du mit Clara gesprochen?«

»Ich hab sie in London angerufen. Sie war mit diesem Arschloch Byrnes unterwegs.«

»Byrnes, hm?«

»Sie haben zusammen gegessen.«

»Byrnes ist harmlos.«

»Glaubst du?«

»Völlig harmlos«, sagt Will. »Ist bloß Claras englischer Schäferhund. Ihr Liebling, wenn sie im Lande ist. Kein Grund zur Sorge. Erzähl schon, was sie gesagt hat.«

John hat den Eindruck, dass sein Bruder Byrnes auf die leichte Schulter nimmt. Nicht gerade typisch für Will. Normalerweise spuckt er Gift und Galle, wenn es um Clara geht. Er ist sehr besitzergreifend und will immer genau wissen, was Clara macht. John geht der Sache jetzt nicht auf den Grund. Das andere Thema liegt ihm viel zu sehr am Herzen.

»Sie hat nicht viel gesagt«, erwidert er. »Sollte sie die Vermisstenanzeige erstattet haben, hat sie es jedenfalls nicht zugegeben.«

»Hast du sie gefragt?«

»Nicht direkt. Ich hab nur einige Anspielungen gemacht, sodass sie etwas hätte sagen können.«

»Wie siehst du die Sache? Glaubst du, sie spielt mit uns?«

»Wer weiß? Das konnten wir nie ausschließen.«

»Vielleicht«, überlegt Will, »hat Clara die Vermisstenanzeige gar nicht erstattet.«

»Der Gedanke kam mir auch schon.«

»Es könnte einer unserer Leser gewesen sein«, sagt Will. »Jemand, der die Romane gelesen hat. Jemand, der alle Berichte über John Hancock gelesen hat. Und jetzt hat dieser Leser sämtliche Teile zusammengefügt und ist zu dem Schluss gekommen, dass der Zwillingsbruder gar nicht in Belize ertrunken ist. Denk daran, Bruderherz, dass meine Leiche niemals gefunden wurde.«

John versetzt es einen Stich, als sein Bruder ihn Bruderherz nennt. »Ich habe eine Liste aufgestellt. Ich glaube, du würdest es eine Liste der Verdächtigen nennen. Leute, die die Polizei angerufen haben könnten.«

»Eine Liste der Verdächtigen? Mein Gott, John, das hört sich ja ziemlich verrückt an. Wer steht denn auf der Liste?«

»Clara steht ganz oben. Gleich darunter kommt Byrnes.«

»Byrnes?«, fragt Will. »Warum Byrnes?«

»Byrnes ist ein Arschloch, und er ist scharf auf Clara.«

»Mensch, John, Byrnes ist ein Schwächling und Feigling. Und woher sollte er wissen, dass dein seit langer Zeit als tot geltender Bruder noch leben könnte?«

»Das sind ja ganz neue Töne. Hört sich an, als wäre der Typ es überhaupt nicht wert, sich Gedanken über ihn zu machen. Es hat schon Zeiten gegeben, da hat der alte Rodney Byrnes dich ziemlich wütend gemacht. Du wolltest ihn sogar umbringen.«

Will räuspert sich. Er sieht keinen Grund, seinen kurzen

Besuch in Byrnes Wohnung und das Voodoo-Zombie-Pulver zu erwähnen. »Der ist einfach nur doof. Der ist es wirklich nicht wert, sich graue Haare wachsen zu lassen. Wer steht denn noch auf der Liste der Verdächtigen?«

John möchte unbedingt wissen, warum Will seine Meinung über Byrnes geändert hat, aber er beschließt, seine Neugier zu zügeln. Zumindest im Moment. »Ich habe mir folgende Frage gestellt. Wer weiß ganz sicher, dass die Zwillinge noch leben?«

»Diese Liste kann nicht lang sein.«

»Stimmt. Das sind nur du, ich und Rafe, unser alter Freund aus Belize.«

»Rafe! Mein Gott! Geister der Vergangenheit. Soweit ich mich erinnere, war dieser Rafe mit den Rastalocken zu blöd, um sich die Zähne zu putzen. Wie soll der denn eine Vermisstenanzeige erstatten können?«

»Ich weiß nicht«, sagt John, »ob er schlau genug ist oder nicht, auf jeden Fall steht er auf meiner Liste.«

»Rafe halte ich für sehr weit hergeholt. Na ja, wir müssen ihn ja nicht durchstreichen. Noch jemand?«

»Keiner mehr, der genau weiß, dass du noch lebst.«

Will überlegt einen Moment und sagt dann: »Da wäre noch Zelda Cosgroves Bruder.«

»Der verrückte Dicky?«

»Ja.«

»An den habe ich auch schon gedacht«, sagt John, »aber er weiß nicht, dass du lebst. Kann sein, dass er es vermutet, aber er weiß es nicht. Außerdem ist er noch immer in der Klapsmühle.«

»Auch wenn Dicky noch in der Klapsmühle ist, er kann trotzdem zum Hörer greifen und die Bullen anrufen. Ich hab gehört, dass sogar Verrückte telefonieren können.«

»Stimmt«, pflichtet John ihm bei. »Ich setze ihn auch auf die Liste, obwohl ich das für reine Zeitverschwendung halte. Noch jemand?«

»Was ist denn mit Leland?«

»Leland? Du spinnst wohl!«

»Du hast gut lachen. Fisher fragt sich doch schon seit Jahren, ob ich noch lebe. Ich hatte immer das komische Gefühl, dass Zelda ihm den Floh ins Ohr gesetzt hat, bevor sie das Zeitliche segnete.«

John denkt nicht gerne daran, dass Zelda Cosgrove nicht mehr unter den Lebenden weilt und Will sie möglicherweise auf dem Gewissen hat, deshalb bleibt er beim Thema. »Du meinst also, dass unser guter alter Leland die Bullen angerufen haben könnte, um zu sehen, welchen Staub er damit aufwirbelt?«

»Möglich wär's«, sagt Will, der an die lüsterne Frau des Verlegers denkt.

»Auf keinen Fall«, meint John, »aber wenn du möchtest, dass ich Fisher auf die Liste setze, tu ich das.«

»Ist mir egal, ob du ihn auf die Liste setzt oder nicht«, erwidert Will. »Ich hab das mit dieser Liste sowieso nicht ganz begriffen. Du hast den Bullen doch gesagt, dass ich tot bin, und dann sind sie abgezogen. Damit ist der Fall bestimmt erledigt.«

»Irgendwie glaube ich das nicht.«

»Wenn es nicht so ist, können wir nicht viel mehr tun, als abzuwarten, bis unser Verdächtiger wieder aktiv wird.«

»Er oder sie.«

»Ja.«

John denkt darüber nach. »Ich glaube, du hast Recht.«

»Kann ich jetzt los?«

»Wo bist du?«

»Exuma«, lügt Will.

»Grätenfische angeln?«

»Im Moment telefoniere ich.« Will hat beschlossen, John nichts über seinen Trip nach Schottland und den kurzen Zwischenstopp in London zu sagen. Er musste sich um ein paar Angelegenheiten kümmern. John braucht nicht alle Einzelheiten zu wissen.

»Ruf mich morgen an«, sagt John. »Zur gleichen Zeit.«

»Wenn nicht morgen, dann am Mittwoch.«

»Versuch, morgen anzurufen. Bis dahin bemühe ich mich, mehr über diese Vermisstenanzeige herauszufinden.«

»Nur die Ruhe, Bruder«, sagt Will. »Ich bin sicher, dass wir damit schon klarkommen, egal was passiert.«

John geht wieder ins Bett, nachdem er das Gespräch mit seinem Bruder beendet hat. Seine Angst in Bezug auf die Vermisstenanzeige hat sich nicht gelegt. Im Grunde ist er jetzt sogar noch gereizter. Will schien nicht nur die ganze Sache mit der Polizei völlig egal zu sein, sein Desinteresse hinsichtlich Rodney Byrnes war ebenfalls sehr seltsam. Normalerweise ist Will eifersüchtig und misstrauisch.

John hat jetzt keine Zeit, über die verschiedenen Möglichkeiten nachzudenken. John junior und der kleine Willy kommen ins Schlafzimmer gerannt und werfen sich aufs Bett, um mit ihrem Vater zu kuscheln. Fast jeden Morgen schlüpfen die Jungen wie zwei Präriehunde, die in ihre Höhle zurückkehren, unter die Decke. Schließlich beruhigen sie sich, und einer schmiegt sich an Daddys linke, der andere an Daddys rechte Seite.

Heute Morgen sagen sie immer wieder: »Golden Retriever. Golden Retriever.«

Nicky, die im Türrahmen steht, rettet John, denn die Jungen müssen sich für die Schule fertig machen. Das Kindermädchen muss ihnen das nur einmal sagen. Nicky ist viel strenger, als man es aufgrund ihres liebevollen, zurückhaltenden Wesens geglaubt hätte.

Das Telefon klingelt wenige Sekunden, nachdem die Jungen das Schlafzimmer verlassen haben. John weiß, dass Sylvia gerade das Frühstück macht. Daher greift er nach dem Hörer, denn er hofft, dass es Clara ist. Sie hat gestern Abend noch angerufen, um mit den Jungen zu sprechen, aber vielleicht hat sie heute Morgen wieder den Wunsch anzurufen. Ungewöhnlich wäre es nicht.

»Hallo?«

»Hancock?«

»Ja?«

»Hier Fisher.«

»He! Wie geht's?« John schaut auf die Uhr: 7.56. »Mein Gott, Lee, es ist noch nicht mal acht Uhr. Alles in Ordnung? Um diese Zeit gehst du doch normalerweise ins Bett.«

Wenngleich Leland Fisher John Hancock eigentlich hassen müsste, lächelt er über den ansteckenden Humor des Autors. »Und du hast gesagt, dass du um acht Uhr immer am Schreibtisch sitzt«, erwidert er. Hancock hat das vor Jahren mal gesagt, und jetzt lässt Fisher kaum eine Gelegenheit aus, ihn damit aufzuziehen.

»Das hast du mir immer gesagt, Lee.«

»Ich hab daran gedacht, den Arbeitsbeginn auf neun Uhr zu verschieben.«

»Gute Idee. Fang doch um zehn an. Was soll's? Wer sagt denn, dass es immer bei acht Uhr bleiben muss?«

»Mittags wäre auch nicht schlecht.«

John lacht. Er mag Leland. Und das nicht nur, weil der Typ sein Verleger und Herausgeber und seine wichtigste Einnahmequelle ist. »Lee, als ich dich das letzte Mal gesehen habe, warst du sternhagelvoll.«

»Samstagabend?

»Ich glaube, ja.«

»Der Jägermeister war schuld.«

»Das glaube ich gerne. Und wie hast du dich gestern gefühlt, als du aufgestanden bist?«

Leland kann gar nicht fassen, dass er sich ganz normal mit Hancock unterhält. Sie machen Scherze und lachen. Er hatte etwas ganz anderes erwartet. »Wie ausgekotzt«, entgegnet er. »Die schlimmste Übelkeit konnte ich mit ein paar Bloody Marys bekämpfen.«

»Und?«

»Hat funktioniert.«

»Ich will hier nicht den Moralapostel spielen, Lee, aber du solltest an deine Leber denken.«

»Scheiß auf meine Leber. Dann kauf ich mir eine neue.« Leland, der sich noch immer in seinem Haus in Woods Hole aufhält, geht im Wohnzimmer auf und ab und presst sich das schnurlose Telefon ans Ohr. Die anderen im Haus schlafen noch: Hillary, Jaguar, Lois und die Babys. Na ja, Babys sind sie nicht mehr, aber sie sind noch immer Lelands süße, kleine Mädchen. Hillary ist gestern Abend gegen sieben nach Hause gekommen. Sie war angeblich in Chatham auf einer Wohltätigkeitsveranstaltung zur Rettung der Strände. Sie verbrachten einen recht ruhigen Abend. Keine Streitgespräche und keine Anschuldigungen. Keine Intimitäten und kein Sex. Leland wollte seine Frau nach Hancock fragen, doch ihm fehlte der Mumm.

Nach einer ziemlich schlaflosen Nacht brachte er schließlich den Mut auf, Hancock anzurufen. Jetzt hat er Hancock an der Strippe, und der nimmt wie immer alles auf die leichte Schulter. Leland weiß nicht, was er sagen soll. Vielleicht sollte er fragen: »Und, Hancock? Wie sitzt es sich hinten in meinem Bentley? Weich genug für deinen geilen Arsch?«

Leland hätte niemals den Mut, diese heikle Frage zu stellen; daher entscheidet er sich für eine raffinierte Annäherung ans Thema. »Sag mal, Hancock, wer war denn diese gut aussehende Dame, mit der du am Samstag unterwegs warst?«

»Die Brünette? Ziemlich schnuckelig, hm?«

»Ja und ziemlich jung.«

»Nicht so jung, wie du vielleicht glaubst, Fisher, aber jung genug.«

»Und wer ist das?«, fragt Leland.

»Linda.«

»Ist Clara über Linda im Bilde?«

»Leland! Glaubst du denn, ich vögle hinter Claras Rücken mit anderen Frauen?«

Obwohl dem Verleger verschiedene giftige Bemerkungen durch den Kopf schießen, entscheidet er sich in seiner Hilflosigkeit für eine unverfängliche Antwort. »Wir alle kommen von Zeit zu Zeit vom Pfad der Tugend ab.«

»Ja, schon, Fisher, aber doch nicht so. Ich habe die beste Frau der Welt. Ich müsste ja bescheuert sein, würde ich einer anderen auch nur schöne Augen machen.«

»Und wer ist Linda?«, beharrt Leland, der Hancock für einen ganz kaltschnäuzigen Lügner hält.

»Linda ist Claras beste Freundin. Sie waren schon befreundet, bevor wir geheiratet haben. Es erstaunt mich, dass du sie noch nicht kennst.«

»Du warst also am Samstag mit ihr verabredet?«

»Ja, so in der Art. Clara ist nach London gefahren, um ein paar Picassos oder Pissarros an einen Araber zu verkaufen, der in Öldollars schwimmt. Da Clara immer an ihren Mann denkt, hat sie das Treffen mit Linda arrangiert.«

»Clara denkt wohl an alles?«

»Ja, und sie ist so clever, mich mit ihrer Freundin loszuschicken, damit ich nicht auf dumme Gedanken komme.«

»Dann ist deine Beziehung zu Clara also stabil?«

»O ja. Es gibt nicht die geringsten Probleme.« Und er fügt hinzu: »Ziemlich persönliche Themen so früh am Morgen, Lee. Aber wo wir gerade dabei sind ... Wie läuft es denn mit Hillary?«

»Großartig«, würde Leland gerne sagen, »bis du meine Frau auf dem Rücksitz meines Bentleys gevögelt hast.« Stattdessen plappert er Hancocks Worte nach: »Oh, nicht die geringsten Probleme.«

John, der im Bett liegt und dessen Gedanken wieder umherwandern, ist jetzt der Meinung, dass Will Recht hat. Vielleicht ist Lee Fisher ein Kandidat für die Liste der Verdächtigen. Der Typ benimmt sich schrecklich seltsam. Dieser frühe Anruf zum Beispiel. In ihrer zwanzigjährigen Bekanntschaft hat Leland John noch nie vor dem Mittagessen angerufen. Und heute hat er ihm zum ersten Mal ganz persönliche Fragen über seine Beziehung zu Clara gestellt. Seltsam. Sehr seltsam. Die ganzen letzten vierundzwanzig Stunden waren seltsam.

»Bist du in der Stadt, Lee?«

»Nein, ich bin noch draußen in unserem Wochenendhaus. Im Laufe des Vormittags fahre ich zurück in die Stadt.«

»Wird wohl Zeit fürs Büro, was?«

Leland ignoriert Hancocks Sarkasmus. Sein Herz klopft wie wild. Wenn es noch schlimmer wird, könnte ein Herzstillstand ihn in die Knie zwingen. Er möchte sich so gerne von dieser Last befreien und Hancock fragen, ob er eine Affäre mit Hillary hat, damit er herausfindet, ob diese vierte Ehe in Gefahr ist und eine weitere Scheidung am finsteren Horizont droht.

»Wie wär's, wenn wir zusammen essen?«, fragt er plötzlich.

»Heute Mittag?«

»Warum nicht?«

Jetzt weiß John, dass Leland etwas auf dem Herzen hat. Erstens ruft sein Verleger selten vor dem Mittagessen an und zweitens schon gar nicht montags. Außerdem hat er noch nie angerufen, um sich für den gleichen Tag mit ihm zum Mittagessen zu verabreden. Da ist auf jeden Fall etwas faul. Die Frage ist: Hat er etwas damit zu tun, dass plötzlich zwei Bullen bei ihm aufgetaucht sind?

»Kein Problem«, erwidert John. »Heute Mittag passt mir ausgezeichnet.«

Leland möchte vor allem mit Hancock essen gehen, weil er dadurch etwas Zeit gewinnt und ihm diese Verabredung erlaubt, die heikle Frage zu verschieben.

»Okay. Zwei Uhr?«

»Zwei Uhr.«

»Ich werde einen Tisch reservieren.«

»Bist du sicher, dass du heute mit mir essen gehen willst, Leland? Ist der Montag nicht normalerweise dein Ruhetag?«

»Nein, heute passt es mir gut. Am besten wir treffen uns um halb zwei in meinem Büro.« Leland legt auf, ohne sich zu verabschieden.

John hat das Klicken noch im Ohr. Er seufzt, schüttelt den

Kopf und legt den Hörer auf. FISHER, LELAND, denkt er, muss unbedingt auf der Liste der Verdächtigen stehen.

Ein paar Sekunden später kommen die Jungen wieder schreiend ins Schlafzimmer. »Golden Retriever!«, rufen sie. »Golden Retriever!« Sie klettern zu ihrem Daddy ins Bett. Es ist Zeit für die Schule. Sie umarmen und küssen ihren Vater und gehen.

Auch Al Brown, der Schnüffler, ist schon auf den Beinen, bevor es hell ist. Er sitzt in seinem Minivan am Louisburg Square gegenüber von Hancocks Stadthaus. Es ist ein sehr schöner Minivan. Das neueste, hochmoderne, inländische Modell. Al hat über dreißig Riesen dafür bezahlt, und weitere zehn Riesen hat der Umbau des kleinen Busses für seine Observationen gekostet. Al muss oft Observationen durchführen. Neben dem Eintreiben ausstehender Gelder für geleistete Dienste macht das den größten Teil seiner Arbeit aus. An manchen Tagen verbringt Al zwanzig Stunden in seinem Minivan, um darauf zu warten, dass jemand etwas tut, was jemand anderes wissen möchte.

Al ist für diese Warterei gut geeignet. Er war früher Fotograf für den *National Enquirer* und hat die Welt auf der Jagd nach reichen, berühmten Leuten bereist. Sein Ziel war es, Madonna nackt zu erwischen, oder zu sehen, wie Lady Di mit dem königlichen Gärtner knutscht oder wie Liz Taylor eimerweise Champagner in sich hineinschüttet. Das waren sehr herausfordernde Aufgaben, und damit einher gingen soziale Bedeutung und persönliche Befriedigung. Der Pulitzerpreis für Fotojournalismus winkte schon.

Als Al in Boston einst ein Mitglied des Kennedy-Clans mit der Kamera verfolgte, begegnete er der Frau seiner Träume. Diese Frau verliebte sich in Al, doch sie erklärte ihm auf sehr freundliche und keineswegs besitzergreifende Weise, dass sie wirklich keine Lust habe, einen Mann zu heiraten, der sich zehn Monate im Jahr auf den Straßen herumtreibe, um das Privatleben von Persönlichkeiten auf Fotos festzuhalten.

Daher gab Al den Job auf, heiratete und ließ sich am Stadtrand von Beantown nieder. Seine Ehefrau hatte einen guten Job bei einem High-Tech-Computerunternehmen, wo sie sehr gut verdiente. Al ließ sich ein paar Monate Zeit, sich zu überlegen, was er in seiner nächsten Lebensphase gerne machen würde. Auf den Detektivjob kam er per Zufall, als ein Nachbar, der zu Hause nichts mehr zu trinken hatte, auf einen Drink herüberkam. Letztendlich blieb der Nachbar eine Stunde und trank mehrere Cocktails. Während des Besuchs sah er Als teure Fotoausrüstung und die starken Objektive. Nach dem zweiten Cocktail fragte der Nachbar, ob Al Lust habe, sich als Spion etwas Geld zu verdienen. Offenbar verdächtigte der Nachbar seine Gattin anrüchiger Sexualpraktiken. Al dachte darüber nach, und nachdem er am nächsten Tag sein Honorar ausgehandelt hatte, begann seine Karriere als Privatdetektiv. Diesen ersten Job erledigte er vom Wohnzimmerfenster seines Hauses aus. Und tatsächlich vernaschte die Gattin des Nachbarn den Postboten. Und den UPS-Mann. Und den Federal-Express-Mann. Eine richtige Nymphomanin mit einer Vorliebe für Typen, die ihr etwas ins Haus lieferten. Al hielt die Beweise mit seiner Nikon fest und zeigte sie dem Nachbarn. Der Nachbar gab Al dreihundertfünfzig Dollar und schlug seine Frau windelweich. Al hatte ein schlechtes Gewissen, aber dann beruhigte er sich, weil der Typ das schließlich sowieso herausbekommen hätte. Viel wichtiger war, dass Al der Job Spaß gemacht hatte. Daher beantragte er eine Lizenz, um auf der sicheren Seite zu sein, und der Rest ist sozusagen Geschichte.

Jetzt sitzt Al im Minivan und beobachtet Hancocks Haustür. Sein starkes Teleobjektiv liegt auf dem Beifahrersitz. Sein Klient hat ihn gestern am späten Abend angerufen und mehr Beweise für die Untreue seiner Frau gefordert. Richtige Beweise. Eindeutige Fotos, auf denen sich die Frau des Klienten und John Hancock ihrer sexuellen Lust hingeben.

Al Brown, der Schnüffler, hört sich während seiner Observationen gerne Buchkassetten an. Heute Morgen läuft die Autorenlesung des Romans *Die Abrechnung* von John Hancock. Al, der mit Literatur eigentlich nicht viel am Hut hat, findet die Erzählung ziemlich unterhaltsam. In knappen Worten geht es um Folgendes: Eine Frau möchte sich von ihrem Ehemann scheiden lassen, der sie ständig beleidigt und kontrolliert. Leider gehört er nicht zu denen, die ohne weiteres zu einer Scheidung bereit sind. Er würde seine Frau eher umbringen, als sie gehen zu lassen.

Al ist so vertieft in die spannende, verworrene Intrige, dass er nicht sofort sieht, wie die Haustür des Stadthauses aufspringt. Glücklicherweise fallen Al die schnellen Bewegungen von zwei wilden Kindern ins Auge, die durch die Tür stürmen und die Steintreppe hinunterspringen. Hancock steht oben auf der Veranda, winkt ihnen nach und ruft: »Viel Spaß, Kinder! Bis heute Nachmittag.«

Al schaltet den Kassettenrekorder ab und greift nach der Nikon. Er drückt den Sucher ans Auge und macht mehrere Aufnahmen von John junior, Willy und Nicky, dem Kindermädchen, als sie durch das schmiedeeiserne Tor Richtung Norden gehen und sich vom Platz entfernen.

Al weiß, dass es eigentlich nicht nötig ist, diese Aufnahmen zu machen, aber er macht sie trotzdem. Das beweist, dass er seinen Job gemacht hat, wenn der Klient über seine Rechnung jammert. Bisher hat es mit Leland Fisher keine Probleme gegeben, doch bei laufenden Ermittlungen gibt es selten Probleme. Erst wenn die Kunden haben, was sie haben wollten, erscheinen ihnen Als Rechnungen plötzlich zu hoch. Ja, Al wurde schon oft über den Tisch gezogen, und darum bewahrt er stets die Negative auf.

Er legt die Nikon auf den Beifahrersitz. Hancock ist wieder ins Haus gegangen. Al isst einen Donut mit Zuckerguss, trinkt einen Schluck lauwarmen Kaffee und schaltet den Kassettenrekorder wieder ein, um zu erfahren, wer dieses fiktionale Katz-und-Maus-Spiel gewinnen wird: der schreckliche

Ehemann oder die verängstigte Ehefrau. Al hat sich schon genug spannende Geschichten angehört, um zu wissen, dass sicher die Frau gewinnen wird. Anders als im wahren Leben besiegt in Romanen – besonders von Bestseller-Autoren – immer der gute Typ (oder die Frau) den schlechten Typen und geht mit der Beute und dem Orden davon, weil er die Moral gerettet hat. Nur einmal hätte Al gerne gesehen, dass der Bösewicht den Sieg davonträgt.

RAFE

Auch Rafe ist heute Morgen auf Warteposition. Er sitzt nicht in einem tollen Minivan, sondern hat sich hinter einem Eukalyptusbaum versteckt, vielleicht dem größten Baum auf Caye Caulker. Rafe liebt den Geruch von Eukalyptus, diesen starken, scharfen und zugleich lieblichen Geruch, für ihn der schönste Duft der Welt.

Rafe wartet auf Matilda, die Kanadierin, die hier hängen geblieben ist und ein Piercing-Studio, eine Muschelbörse und das Büro für Reisen ans Ende der Welt in der Main Street führt. Rafe weiß, dass Matilda ihren Laden nach Lust und Laune öffnet, mal um neun, mal um die Mittagszeit und mal gar nicht. Manchmal verschwindet Matilda tagelang. Dann fährt sie in der Regel aufs Festland, um angeblich die Maya-Ruinen zu besichtigen. Aber das stimmt nicht. Matilda hat auf dem Festland Verabredungen. Heimliche Treffen an unbekannten Orten.

Auf Caye Caulker trägt Matilda nie Schuhe. Sie erzählt den Leuten gerne, dass sie in Kanada, einem kalten Land, immer Schuhe getragen habe, normalerweise abgetragene Schuhe ihrer älteren Schwester. Schuhe, die nie richtig passten und immer drückten.

Allerdings ist Matilda ein Einzelkind, und sie ist nicht in

Kanada aufgewachsen, sondern in Michigan, einer kleinen Stadt am Südufer des Lake Superior. Sie hat die Universität von Michigan in Ann Arbor besucht. Wie Gerry Ford. An der Duke Universität in Nord Carolina hat sie im Fachbereich Politikwissenschaft gearbeitet. Jetzt arbeitet sie für den DEA. Als Agentin. Undercover.

Rafe weiß das alles nicht. Er weiß nur, dass er die Taschen voller Geld hat. Wenn er sich jetzt nicht sofort ein Ticket in die Staaten kauft, wird er die Kohle sicher leichtfertig verprassen.

Rafe vertreibt sich die Zeit wie Al, indem er in Hancocks Roman schmökert. Auch er hat ein Exemplar des Romans *Die Abrechnung*. Es ist eine gebundene Ausgabe. Rafe hat die ersten zehn Seiten schon sechsmal gelesen, aber er kapiert nicht, was da steht. Er hat wohl gerafft, dass der Ehemann irgend so ein dürres, hübsches Ding in einem Seidenpyjama verprügelt hat. Das hat Rafe kapiert. Während die Frau verprügelt wird, denkt sie über das alles nach. Und all diese Gedanken der Frau kriegt Rafe einfach nicht in den Schädel. Außerdem muss er jetzt an seine Frau denken, der er einmal während eines Streits eine gelangt hat – genau auf die Wange. Sie ist aber ziemlich hart im Nehmen und hat ihm auch eine verpasst. Zum Schluss hatte er ein blaues Auge.

Rafe flucht, schlägt das Buch zu und wirft es auf den Boden. Dieser verdammte Schinken! Jetzt muss er an diese ganze Scheiße denken, an die er nicht denken will. Er will einfach nicht an seine Frau denken. Vielleicht liegt sie nackt mit einem anderen Kerl im Bett. Über diesen Mist kann er jetzt nicht nachdenken. Es macht ihn verrückt. Es könnte ihn dazu treiben, irgendwelchen Unsinn anzustellen.

Rafe hält wieder nach Matilda Ausschau und überprüft zum tausendsten Mal an diesem Morgen seinen Tascheninhalt. Das Bündel Banknoten ist noch da. Zusammengerollt und mit einem Gummiband zusammengebunden. Zweitausend Dollar. Das heißt, fünfzig Dollar weniger nach der Sauferei gestern Abend. Bier und Rum. Und Marihuana. Der Ruin vieler guter Inselbewohner. Tausendneunhundertfünfzig Dollar sind noch da. In Hundertern und Fünfzigern. Amerikanische Dollar. So haben die beiden Jugendlichen aus dem Ausland ihn für das Boot bezahlt. Bar auf die Hand. Der eine der beiden muss zehn Riesen bei sich gehabt haben. Er zählte vierzehn Hunderter und zwölf Fünfziger von seinem Bündel, als würde ein Mann ein Glas Tequila und einen Hummerschwanz bezahlen. Er und sein Freund wollten angeblich angeln gehen. Rafe hat nur gelächelt und die Kohle eingesteckt. Wenn sie sagen, dass sie angeln wollen – kein Problem. Rafe weiß es allerdings besser. Auf Caye Caulker kann man jede Menge Fischerboote chartern. Mit Kapitänen, die sich gut auskennen. Nein, diese beiden Jungs aus dem Ausland haben etwas anderes vor. In den letzten Jahren wird auf Caye Caulker viel Dope geschmuggelt. Rafe weiß, dass es ein sehr einträgliches Geschäft ist. Man kann jedoch auch sehr schnell im Gefängnis in Belize City landen. Kein schöner Ort für zwei junge Ausländer.

Rafe schert sich keinen Deut darum. Er hat die Kohle, und bald wird er ein Ticket in die Staaten haben. Nach einem netten, kurzen Besuch bei seinem alten Freund John Hancock, wird er ein Ticket ins Paradies besitzen.

JOHN & RODNEY

Die Liste der Verdächtigen bringt Hancock überhaupt nicht weiter. Und mit seinem Buch kommt er auch nicht voran. Will hat zwar gesagt, er soll sich nicht verrückt machen, aber er schafft es nicht. Zuerst tauchen wie aus heiterem Himmel die Bullen auf, dann spielt Clara ihr Spielchen mit ihm, Will mimt den Gleichgültigen, und zu guter Letzt ruft Lee Fisher ihn in aller Herrgottsfrühe an. An einem Montag.

Deshalb ruft er im Polizeirevier an. Als er der Dame am anderen Ende der Leitung sagt, dass es sich nicht um einen

Notfall handelt, wird er sofort in die Warteschleife gelegt. Sieben Minuten vergehen, bis ein mürrischer Sergeant an den Apparat kommt.

»Hallo«, sagt John höflich, »mein Name ist Hancock. John Hancock.«

Der Sergeant, ein zäher Ire, der schon achtzehn Jahre dabei ist und dem man nichts mehr vormachen kann, sagt: »Ja, und ich bin Ben Franklin. Was kann ich für Sie tun?«

John denkt an eine witzige Erwiderung, verwirft diesen Gedanken aber sofort. Er hat vor vielen Jahren gelernt, dass man nur weiterkommt, wenn man ausgesprochen höflich zu den Gesetzeshütern ist. Sie haben den Komplex, in jeder Situation die Oberhand behalten zu müssen. Daher erklärt John ganz ruhig, dass am Sonntagmorgen zwei Beamte zu ihm gekommen seien. Dann sagt er: »Ich hätte gerne noch einmal mit ihnen gesprochen, um nähere Informationen über die Vermisstenanzeige zu erhalten.«

Der Sergeant erwidert: »Die Namen?« Er fragt sich noch immer, ob dieser Hancock nicht irgendein Spinner ist.

»Der eine hieß Raymond.«

»Das war der Nachname?«

»Ja. Und der andere hieß Collins. Oder vielleicht auch Connor. So ungefähr.«

Der Sergeant denkt kaum eine Sekunde nach, ehe er antwortet. »Nicht von diesem Revier.«

»Keiner von beiden?«

»Genau. Hier gibt es keinen Raymond, keinen Collins und keinen Connor. Weder bei den Streifenbeamten noch oben bei den Kommissaren. Wir haben wohl einen Beamten namens O'Connor.«

»Vielleicht war der es.«

»Vielleicht. Wenn meine Großmutter Rollschuhe läuft.«

John kichert kurz und fragt dann: »Und wo kann ich ihn finden?«

»Rufen Sie in der Zentrale an. In der Personalabteilung. Die müssten Ihnen helfen können.«

»Und was ist mit der Vermisstenanzeige?«

»Da kann ich Ihnen nicht weiterhelfen, mein Freund. Wir bearbeiten hier keine Vermisstenanzeigen. Das geht nach Abteilungen.«

John erhält vom Sergeanten ein paar Telefonnummern, ehe er auflegt. Er ruft die Nummern nacheinander an. Bei keinem Anruf kommt etwas heraus. Bei der Bostoner Polizei kann ihm niemand eine Vermisstenanzeige auf den Namen Will Hancock bestätigen. Es liegt auch keine Anzeige von Ms Clara D. Hancock vor. Und noch verwirrender ist, dass es bei der gesamten Polizei keinen einzigen Beamten mit dem Nachnamen Raymond gibt. Es gibt zwar einen Polizisten namens Connor, aber der Typ ist Streifenpolizist im Süden der Stadt.

John führt noch weitere Telefonate. Er findet heraus, dass Bostoner Polizisten im Dienst nicht mit ihren Privatwagen fahren. Und sie fahren auf keinen Fall knallrote Ford Mustangs. John flucht, weil er sich das amtliche Kennzeichen des Wagens nicht gemerkt hat.

Verärgert und nervös geht er in seinem Büro auf und ab. Wenn er innerhalb weniger Minuten keine Lösung für ein Problem findet, überlässt er diese Aufgabe seinem Bruder. Wenn sie an einem Roman arbeiten, ist das immer der Fall. John liebt die Freiheit und Kreativität des ersten Entwurfs. Alle Details, die Suche nach kniffligen Formulierungen und die komplizierte redaktionelle Arbeit überlässt er Will.

Er überlegt, ob er die Handynummer von *Abenteuerreisen* anrufen soll. Wahrscheinlich ist es besser, wenn er es auf dem Pieper versucht. Es handelt sich noch immer nicht um einen ausgesprochenen Notfall.

Doch ehe John den Hörer abnehmen und die Achthunderter-Nummer wählen kann, klingelt das Telefon. Und das Chaos wird immer schlimmer.

»Hallo?«

»Hancock?«

»Am Apparat.«

»Sie Schwein! Sie abartiges, dämliches Schwein!«

»Wer ist denn da?«

»Was glauben Sie wohl, wer hier ist? Ich lasse Sie einsperren! Ich werde Sie umbringen! Vernichten! Zermalmen!«

John, dem von diesen wüsten Beschimpfungen ein wenig schwindelig wird, glaubt schließlich, die kreischende Stimme zu erkennen. »Byrnes?«

»Richtig, Sie Arschloch! Rodney Byrnes! Ich habe keine Ahnung, was Sie mir da für ein Zeug ins Gesicht gepustet haben, aber es hat mich fast umgebracht. Mir dreht sich der Magen, und ich habe eine ganz furchtbare Migräne und das beschissene Gefühl, in meinem Mund würden kleine Ratten hin und her laufen.«

»Hört sich ganz so an, Byrnes, als hätten Sie sich eine Grippe eingefangen. Drei Aspirin, zwei große Gläser Wasser und sofort ins Bett.«

»Lecken Sie mich am Arsch, Hancock. Haben Sie mich verstanden, Sie Scheißkerl?«

»Sehr gut sogar, Byrnes. Leider habe ich nicht den geringsten Schimmer, wovon Sie reden, alter Sportsfreund. Was soll ich Ihnen denn für ein Zeug ins Gesicht geblasen haben?«

»Sie Lügner! Sie hundsgemeiner, stinkiger Lügner! Dafür werden Sie bezahlen, Hancock! Haben Sie kapiert? Dafür werden Sie bezahlen!« Byrnes knallt den Hörer auf die Gabel.

JUGEND

William und Lenore konnten die Säuglinge zwar nicht auseinander halten, aber schon sehr früh zeigten sich bei John und Will kleine Unterschiede. John, der körperlich etwas weiter entwickelt war, konnte zum Beispiel ein paar Tage eher laufen als Will. Will hingegen, der ein klein wenig cleverer war, sprach seinen ersten vollständigen Satz eine Woche vor John.

Als die beiden Jungen in den Kindergarten gingen, konnten sie sich gegenseitig schon ausgezeichnet nachahmen. Die Einzige, die sie genau unterscheiden konnte, war ihre Mutter, und sogar Lenore hatte manchmal Probleme.

John und Will machten sich einen Spaß daraus, die ganze Welt zu verwirren, was ihre wahre Identität betraf. Sie gewöhnten sich an, auf die gleiche Art und Weise zu gehen, zu reden, zu lachen, ein Telefongespräch entgegenzunehmen, ihr Müsli morgens zu essen und ihre Schuhbänder zuzumachen. Später entwickelten sie die Fähigkeit, sich gegenseitig nachzuahmen bis zur Perfektion, doch schon mit sechs Jahren waren sie ausgezeichnete Imitatoren. Im Nu konnte sich John in Will und Will in John verwandeln.

Es ist schwer zu sagen, warum sie anderen diese Täuschungen vorspielten. Wahrscheinlich war es reine Unterhaltung. Kinder spielen eben gern und machen gern Unsinn.

Während es der Familie wirtschaftlich immer besser ging, konnte man die Zwillinge immer schlechter auseinander halten. William Hancocks Schirm war ein Erfolg. In seiner Fabrik in Queens kam man mit der Produktion nicht mehr nach. Hunderttausende von Schirmen wurden verkauft. Das Hancocksche Schirmunternehmen verfügte jetzt über eine kleine Gruppe Vertreter, die durchs ganze Land zogen, um die Schirme unters Volk zu bringen. Jeder Amerikaner, der von Regen oder Schnee überrascht werden konnte, sollte einen Hancock-Schirm besitzen. William arbeitete unermüdlich an seinen Produkten. Er hatte große Pläne, sein Unternehmen auf Hüte, Handschuhe und Galoschen auszuweiten.

»Amerika«, sagte William zu seinen Söhnen, »ist die größte Konsumgesellschaft der ganzen Welt.«

Als John und Will in die fünfte Klasse kamen, hatten sie bereits Schulen in New Rochelle, Chappaqua und Greenwich, Connecticut, besucht. Überall zeigten sie ausgezeichnete Leistungen. Beim Intelligenztest erreichten sie siebenundneunzig Prozent. Bei Will waren es sogar neunundneunzig Prozent.

Bei Klassenarbeiten hatten die Jungen die seltsame Neigung, die gleichen Fragen falsch zu beantworten. Dieser Zufall war so auffällig, dass sie die Arbeiten oft wiederholen mussten, weil die Lehrer herausfinden wollten, ob sie gemogelt hatten. Bei dieser zweiten Klassenarbeit wurden die Jungen streng bewacht. Trotzdem kam immer das Gleiche dabei heraus. Wenn Will Aufgabe Nummer sechs nicht beantworten konnte, konnte auch John sie nicht beantworten.

Neben ihren intellektuellen Fähigkeiten hatten sie auch sportliche Talente. In der Regel liefen sie schneller, sprangen höher und warfen die Bälle weiter als ihre Klassenkameraden. Sie schafften mehr Klimmzüge, Liegestütze und Sit-ups als die anderen. Lehrer, Trainer und Direktoren waren stolz auf ihre vielen Talente.

William und Lenore hatten erfahren, dass eineiige Zwillinge selten so vielseitige Fähigkeiten besaßen. In den meisten Fällen zeigten eineiige Zwillinge eher durchschnittliche Intelligenz. Falls ein Zwilling besonders intelligent war, blieb der andere meistens weit hinter ihm zurück.

Es hagelte Lob: am Elternsprechtag, am Telefon und in den Zeugnissen.

Es war jedoch unvermeidlich, dass diese Belobigungen immer mit einer Einschränkung verbunden waren: »John und Will sind hervorragende Schüler, Mrs Hancock. Sie gehören zu den gescheitesten Jungen, die ich je unterrichtet habe. Doch sie sind ziemliche Nervensägen. Kleine Schelme. Sie treiben gerne ihr Spiel mit anderen und stiften Unruhe. Ich würde sie nicht boshaft nennen, aber ruhelos. Sehr ruhelos.«

Oder so: »Ich möchte Ihnen mitteilen, Mr Hancock, dass es eine Freude ist, Ihre Söhne zu unterrichten. Beide haben überdurchschnittliche geistige Fähigkeiten. Doch es ist schwierig, sie zu beaufsichtigen. Sie wollen immer ihren Kopf durchsetzen.«

Oder so: »Mr und Mrs Hancock, Ihre Söhne sind großartige, prächtige Burschen. Sie lernen schnell. Sie sind sehr tüchtig. Sie haben einen scharfen Verstand, besonders John. Ich glaube, es ist John. Es könnte aber auch Will sein, denn da liegt das Problem: Man kann sie nicht auseinander halten.«

William und Lenore nickten nur. Sie kannten das Problem gut. Sie wussten auch, dass es überhaupt nichts brachte, wenn sie ihren Söhnen eine Strafpredigt hielten oder ihnen eine Tracht Prügel verabreichten oder sie richtig bestraften. John und Will waren nette Burschen mit guten Manieren und gutem Charakter. Sie waren selten böse oder streitlustig. Aber sie waren Zwillinge, eineiige Zwillinge. Sie bewegten sich im Rhythmus einer Trommel, die niemand hören konnte. Sie waren wie eine Person, eine Person mit zwei Köpfen, zwei Körpern und der unglaublichen Fähigkeit, zur gleichen Zeit an zwei Orten zu sein. Nur ihrer Mutter gegenüber verhielten sie sich loyal.

Als sie in Greenwich in die sechste Klasse gingen, unternahm der Direktor, ein großer, nüchterner Typ namens Lowell, den mutigen Schritt, die Jungen zu trennen und sie in verschiedene Klassen zu stecken. John und Will beklagten sich bitterlich bei ihrer Mutter. Lenore hörte ihnen zu, unternahm aber nichts. Eigentlich sei es das Beste, sagte sie ihnen.

Das fanden die Jungen ganz und gar nicht, doch sie konnten nichts dagegen tun. Immerhin waren sie erst zwölf Jahre alt. Ein oder zwei Wochen liefen sie mit langen Gesichtern, hängenden Schultern und schlechter Laune herum. Zum ersten Mal in ihrem Leben waren sie getrennt.

John fasste sich als Erster wieder.

»Es ist gar nicht schlecht«, sagte er im Kinderzimmer zu seinem Bruder. »Ja, es ist prima. Denk mal drüber nach.«

»Da brauch ich nicht drüber nachzudenken«, erwiderte Will. »Das ist totaler Mist.«

»Nein, hör mal zu. Wir müssen es von einer anderen Seite betrachten. Wir müssen es als Teil unseres Spiels ansehen.«

»Welches Spiels?«

»Wir gegen den Rest der Welt.«

Will war unsicher. »Wir gegen den Rest der Welt?«

John lächelte ihn verschmitzt an. »Morgen werde ich in Mrs Hirschs Klasse du sein, und du wirst in Mrs Wyatts Klasse ich sein.«

»Was?«

»Wir tauschen die Plätze.«

»Und du glaubst, es ist richtig, wenn wir das machen?«, fragte Will unsicher.

»Ob es richtig ist? Na klar. Alles, was wir tun, ist richtig, kleiner Bruder. Wir müssen es nur richtig machen, und dann ist es auch okay.«

»Sag nicht immer kleiner Bruder zu mir. Immerhin bist du nur drei Minuten älter als ich, und ich bin genauso groß wie du.«

»Stimmt, du bist genauso groß wie ich. Wir haben die gleiche Größe. Jetzt schauen wir mal, ob wir die Leute davon überzeugen können, dass wir die gleiche Person sind. Wir überprüfen mal, wie gut wir wirklich sind.«

»Wie gut wir bei was sind?«

»Der andere zu sein.«

Will, der noch immer zweifelnd die Stirn runzelte, erlag langsam, aber sicher der Macht seines Bruders. »Du glaubst also wirklich, dass es in Ordnung ist?«

»Klar«, beteuerte John.

Will seufzte und sagte: »Okay, aber dann muss ich zuerst ein paar Dinge wissen.«

»Was denn?«

»Wo ist dein Platz in der Klasse? Hebst du die Hand, oder schreist du die Antworten einfach? Wer sitzt neben dir? Welche Hausaufgaben hast du auf? Das muss ich alles wissen.«

»Okay«, sagte John. »Gute Idee.«

Gleich von Beginn an lieferte John die guten Ideen. Will lag es mehr, die Lücken zu schließen, auf Details zu achten und sicherzustellen, dass sie den Rücken freihatten. Als sie mit dem Schreiben der Romane begannen, war es genauso. Und noch später, als sie das Leben einer Person lebten.

Sie blieben bis tief in die Nacht auf, um Pläne zu schmieden. Sie zeichneten Skizzen ihrer Klassenzimmer. Sie fragten sich gegenseitig, wer wo saß. Sie klärten sich gegenseitig über ihre Lehrer auf. Der eine machte die Schulaufgaben des anderen, und der eine schlief im Bett des anderen.

»So«, sagte John, als sie um vier Uhr morgens endlich im Bett lagen, »das dient alles der Sache.«

»Genau«, pflichtete Will ihm bei. »Es dient der Sache«, auch wenn er nicht wusste, was sein Bruder mit *der Sache* meinte.

Als Lenore sie um Viertel nach sieben weckte, hatten sie erst ein paar Stunden geschlafen, aber das machte nichts. Die beiden Jungen waren aufgedreht und ganz wild darauf, in die Schule zu gehen. Sie schlangen ihren Toast hinunter, tranken ihren Saft, aßen ihr Müsli, küssten ihre Mutter und rannten zur Bushaltestelle.

Die ganze Woche spielte John Will, und Will spielte John. In der Woche darauf spielten sie wieder sich selbst. So ging es das ganze Schuljahr. Eine Woche hier und eine Woche da. Niemand hegte einen Verdacht. Gelegentlich traten Unterschiede in ihrem Temperament und in ihren Fähigkeiten auf, aber sie waren nicht so stark, dass sie ins Auge fielen. John war in der Regel lauter und extrovertierter und immer bereit zu sprechen, wenn der Lehrer ihn etwas fragte. Will war etwas zurückhaltender. Seine Fragen und Antworten gingen meistens mehr in die Tiefe als bei seinem Bruder. Da die Jungen ihre Rollen aber so regelmäßig tauschten, nahm niemand diese geringfügigen Unterschiede wahr.

Lehrer, die an das unberechenbare Benehmen Halbwüchsiger gewöhnt waren, erklärten sich diese winzigen Schwankungen durch die jeweilige Tagesform, durch Schlafmangel, Ernährung und die jeweilige Stimmung. Und falls ein Lehrer mal den Verdacht hegte, dass Will John sein könnte oder John Will, verdrängte er seine Zweifel. Die Lehrer hatten jede Menge andere Kinder, um die sie sich kümmern mussten. Warum sollten sie sich um die Hancock-Jungen Gedanken machen? Sie waren ausgezeichnete Schüler und hatten immer hervorragende Zeugnisse. Sicher, sie sorgten gern für Unruhe, doch man war sich einig, dass die Jungen nicht schlecht waren. Sie waren bloß übermütig und hatten zu viel Energie ...

JOHN & DER SEELENKLEMPNER

John Hancock, jetzt ein vierzigjähriger berufstätiger Mann mit Frau und Kindern, schaffte es nicht, sich ruhig zu verhalten. Er ging in dem Büro, das er sich mit seinem Bruder teilte, immer auf und ab. John und Will waren noch nie zusammen in dem Büro. Wenn ihnen beiden auch das Büro samt Inhalt gehörte, wäre das zu riskant gewesen. Wenn Will jetzt hier gewesen wäre, hätte er sich anders verhalten. Er hätte ruhig am Schreibtisch gesessen und es seinem Geist und nicht seinem Körper überlassen, die Arbeit zu machen. Wenn sie ein Buch schrieben, kritzelte John wild Szene für Szene aufs Papier und machte selten eine Pause, um über die Einheit oder den Mittelpunkt nachzudenken. Das war Wills Aufgabe. Er überarbeitete Johns Vorlage und machte einen sinnvollen, zusammenhängenden Text daraus, obwohl Will in letzter Zeit nicht viel an den Romanen gearbeitet hatte. John hatte seinen Bruder mehrmals nach dem Grund gefragt, und Will hatte es auf eine Phase geschoben, die sicher schnell vorübergehen würde.

In diesem Moment schreibt auch John nicht. Er ist viel zu aufgedreht, um schreiben zu können.

Er geht zurück zu seinem Schreibtisch und seinem Stapel Papier. Dann schaut er sich seine Liste der Verdächtigen noch einmal an:

HANCOCK, CLARA
BYRNES, RODNEY
RAFE?
COSGROVE, DICKY
FISHER, LELAND

Ein paar Minuten denkt er darüber nach, wer noch auf die Liste gehören könnte. Einige Namen schießen ihm durch den Kopf, aber keiner ist es wert, aufgeschrieben zu werden.

Dann bleibt sein Blick auf dem Namen COSGROVE, DICKY haften. Er versucht, sich das Gesicht ins Gedächtnis zu rufen. Es ist jetzt mehr als zwölf Jahre her. Damals war er ein großer, dürrer Junge Anfang zwanzig. Auf seinen hohlen Wangen waren ein paar Aknenarben. Er war mehr als zehn Jahre jünger als seine Schwester Zelda. Sehr gescheit. Hoher IQ. Weit über dem Durchschnitt. Aber ein verrückter, unheimlicher Blick. Gelegentlich gewalttätig. Meistens gegen sich selbst. So ein Typ, der seinen Kopf gegen die Wand knallte. Schlimme Gefühlsausbrüche. Selbstverstümmelung. Die Seelenklempner diagnostizierten schließlich eine manische Depression. Auch von Schizophrenie war die Rede.

Hancock erinnert sich an verschiedene Medikamente, die den Jungen stabilisieren sollten: Lithium, Valium und Thorazin. Doch als seine Schwester Zelda ums Leben kam, flippte Dicky völlig aus. Da er von seiner Schwester finanziell und emotional abhängig war, drehte er nach ihrem gewaltsamen Tod total durch. Er redete sich ein, dass Hancock der Täter war. Wochenlang posaunte er in Cambridge herum, dass

John Hancock seine Schwester ermordet habe. Sogar nachdem Hancock bewiesen hatte, dass er an dem Tag, als Zelda in ihrer Wohnung in Cambridge ermordet wurde, nicht einmal in Massachusetts war, beschuldigte Dicky ihn weiter. Hancock hatte ein wasserdichtes Alibi. Und er hatte überhaupt kein Motiv.

Doch Dicky ließ nicht locker. Er blieb dabei, dass Hancock seine Schwester ermordet hatte. Und wenn nicht John Hancock, dann eben sein Bruder Will Hancock. Alle Beteiligten erklärten Dicky, dass es unmöglich sei. John Hancock war auf einer Schriftstellertagung in Boulder, Colorado. Und Will Hancock war tot. Tote Menschen können keine Morde verüben.

Dicky wollte nichts davon wissen. Er verbreitete weiterhin seine Anschuldigungen.

Bald darauf bewies der verrückte Dicky, dass er vollkommen geistesgestört war. Er griff John Hancock vor dem Hasty Pudding Theater am Harvard Square tätlich an und versuchte, Hancock einen silbernen, mit einem Löwenkopf verzierten Brieföffner ins Herz zu stoßen.

Nur das rechtzeitige Erscheinen von Mac Oosterhaus, Harvard Crimson's linkem Angriffsspieler, rettete Hancock vor einer Begegnung mit dem Tod. Mac, der über zweihundertsechzig Pfund Kampfgewicht auf die Waage brachte, packte den dürren Dicky, riss ihm den Brieföffner aus der Hand und warf Dicky wie einen Sack Kartoffeln in die Holyoke Street.

Für diesen Mordanschlag wiesen die Richter den durchgeknallten Dicky in eine geschlossene Anstalt in Great Barrington ein.

Hancock hatte Pech, denn irgendjemand war der Meinung, Dicky die Tore öffnen und ihn entlassen zu müssen.

Die Psychiatrie stand seit ungefähr einem Jahr unter einer neuen Leitung, die sehr liberal mit dem Gebrauch starker, neuer Medikamente umging, um das Verhalten von manisch Depressiven und psychisch Kranken zu verbessern. Schließlich warfen sie einen Blick auf den Patienten Nummer 637 – Cosgrove, Richard E. Sie erfuhren, dass Mr Cosgrove seit Jahren durch die Hallen der geschlossenen Abteilung schlurfte und starke Beruhigungsmittel bekam. Mehr tot als lebendig, konnte Dicky sich kaum noch an seinen Namen erinnern. Er wusste nicht, was er vor einer Minute getan hatte.

Die neuen Ärzte waren der Meinung, dass Dickys katatonischer Zustand vollkommen unzumutbar war. Sie setzten die starken Psychopharmaka ab und verabreichten ihm Librium und Prozac. Zehn oder zwölf Wochen lang experimentierten sie mit der Dosis. Und siehe da, plötzlich hatten sie es mit einem ganz anderen Mann zu tun. Es war ein ruhiger Mann. Ein glücklicher Mann. Ein lächelnder Mann. Ein Mann, der bereit war, seine cholerische Vergangenheit hinter sich zu lassen, und der den Mut hatte, wieder ein Mitglied der Gesellschaft zu werden.

John Hancock hatte den Direktor der neuen Krankenhausleitung in Great Barrington nicht länger als fünf Minuten am Apparat, als er alles über Richard E. Cosgroves bemerkenswerte und schier unglaubliche Rückkehr in die Realität erfahren hatte.

»Was haben Sie da gesagt?«, fragte Hancock, als der Seelenklempner schließlich verstummte. »Dieser Dicky Cosgrove ist auf *freiem Fuß*?«

»Ganz recht, Sir. Mr Cosgrove wurde nach sorgfältiger Überprüfung am fünfzehnten April dieses Jahres entlassen. Alle Mitarbeiter sind einhellig der Meinung, dass zwölf Jahre und neun Monate in dieser Anstalt lange genug gewesen sind.«

Fast dreizehn Jahre, denkt Hancock. Mein Gott!

»Sagen Sie mal, Doktor, wissen Sie, warum dieser kranke Scheißkerl all die Jahre bei Ihnen eingesperrt war? Ich werde Ihnen sagen, warum. Weil er versucht hat, mich mit einem Brieföffner in Stücke zu schneiden.«

»*Kranker Scheißkerl* ist nicht gerade der richtige Ausdruck für einen Mann, der an einer psychischen Krankheit leidet. Ich verstehe Ihre Angst, aber vielleicht ...«

»Angst! Dicky hat einen Sprung in der Schüssel, und ich will wissen, warum Sie ihn entlassen haben, ohne es mir zu sagen. Dieser Irre kann mir jeden Moment über den Weg laufen, und ich ...«

»Sir, wir sind nicht verpflichtet, Sie oder irgendjemanden über die Entlassung von Mr Cosgrove zu unterrichten. Mr Cosgrove stellt weder für Sie noch für jemand anderen eine Bedrohung dar. Sie können mir vertrauen, denn ich mache diesen Job schon sechsundzwanzig Jahre. Ich weiß, wann ein Patient erfolgreich therapiert wurde.«

»Erfolgreich behandelt! Was für ein dummes Geschwätz! Sagen Sie mir doch mal, Doktor, was ich tun soll, wenn dieser *erfolgreich therapierte Verrückte* mich verfolgt? Oder noch schlimmer, meine Familie? Haben Sie Kinder, Doktor?«

»Nein, Sir.«

»Aber ich. Zwei. Und sie sind noch klein. Sie haben genauso viel Verstand wie junge Hunde. Noch vertrauen sie Gott und der Welt. Und was ist, wenn dieser Bekloppte, den Sie mit Ihren neuen Medikamenten voll gestopft haben, meine Kinder belästigt? Was ist, wenn ...«

»Sehr unwahrscheinlich, Sir. *Äußerst* unwahrscheinlich. Mr Cosgrove hat immer wieder sein tiefes Bedauern über die großen Schwierigkeiten ausgedrückt, die er Ihnen in der Zeit seiner starken Trauer über den Verlust seiner Schwester bereitet hat.«

»Sie wissen, dass er glaubt, ich hätte Zelda umgebracht?«

»Das hat er immer geglaubt, Mr Hancock, aber jetzt glaubt er es nicht mehr.«

»Hat er Ihnen das gesagt?«

»Ja.«

»Und Sie glauben ihm?«

»Ja.«

»Dann sind Sie genauso verrückt wie er.«

»Ich verstehe, dass Sie erregt sind, Sir, und daher nehme

ich Ihnen diese Bemerkung nicht übel. Ich glaube allerdings, dass Mr Cosgrove Ihnen keine Schwierigkeiten mehr bereiten wird. Ich bin hundert Prozent sicher, dass sich Ihre und Mr Cosgroves Wege nie mehr kreuzen werden, es sei denn, durch einen seltsamen Zufall.«

»Seltsamer Zufall, hm?« Hancock hat die Schnauze voll von Zufällen. Zuerst die Bullen. Dann Clara. Dann Will. Dann Leland. Und jetzt erzählt dieser Psychofritze ihm, dass Dicky der Durchgeknallte auf freiem Fuß ist. Wahrscheinlich schon am Louisburg Square. Mit Vernichtungswaffen.

»Entspannen Sie sich, Mr Hancock«, hört er den Psychiater sagen. »Wenn Sie mit Ihrem Wagen durch die Stadt fahren, sind Sie einer größeren Gefahr ausgesetzt als durch die Entlassung von Mr Cosgrove.«

»Okay, Doc, ich entspanne mich. Sobald Sie mir verraten, wo Dicky C. sich jetzt herumtreibt.«

»Tut mir Leid, Sir, aber das weiß ich nicht. Mr Cosgrove ist ein freier Bürger der Vereinigten Staaten von Amerika. Er ist nicht verpflichtet, mir oder irgendjemandem Bericht zu erstatten. Er ist frei und kann hingehen, wohin er will.«

»Das ist ja echt klasse, mein Freund«, erwidert Hancock. »Ganz toll. In diesem Moment bin ich froh, mich Amerikaner nennen zu können. Und ich will Ihnen mal was sagen. Wenn Dicky Cosgrove aus der Versenkung auftaucht und mich oder meine Familie belästigt, können Sie Gift darauf nehmen, dass ich zu Ihnen kommen werde, um ein Hühnchen mit Ihnen zu rupfen.«

»Ist das eine Drohung, Sir?«

Hancock knallt den Hörer auf die Gabel, ohne zu antworten.

Der Psychiater seufzt. Als Mann, der sich in dem weiten Feld der Psychologie gut auskennt, hat er verschiedene entgegengesetzte Gedanken über das beendete Gespräch. Einerseits glaubt er, dass dem cholerischen Mr Hancock eine interaktive Medikamententherapie gut täte. Ein paar Milliliter Prozac zum Frühstück würden seine Aggressivität sicher abschwächen. Andererseits wäre es vielleicht auch nicht schlecht, wenn Richard E. Cosgrove bei diesem blöden Schwätzer auftauchen und ihm die Fresse polieren würde.

DICKY

Und wo ist Dicky C.? Und was hat dieser freie Mann vor?

Die Antwort auf Frage Nummer eins ist kein Problem. Solange ein Mann keinen eineiigen Zwillingsbruder hat, ist sein Aufenthaltsort normalerweise rasch herauszufinden.

Frage Nummer zwei ist schon schwieriger zu beantworten. Es ist eine heikle Angelegenheit, die Absichten eines anderen durchschauen zu wollen. Wenn man bedenkt, wie selten ein Mensch seine wahren Absichten *selbst* kennt – wie soll man die anderer kennen? Die Absichten eines Menschen ändern sich wie das Wetter. Sie ändern sich jedes Mal, wenn er sich das Haar kämmt, wenn er sich ans Steuer setzt, wenn er eine gut aussehende Frau sieht, wenn er sich die Sonnenbrille auf die Nase setzt und sich vielleicht für den coolsten Typ der Welt hält.

Und die Absichten von Dicky C.? Das ist eine schwierige Sache.

Aber schauen wir uns doch einfach mal um, ob wir Mr Cosgrove finden. Der Mann versucht nicht, sich zu verstecken. In diesem Moment sitzt er im Lesesaal der Bostoner Bibliothek am Copley Square. Seit drei Wochen – denn so lange hält Dicky sich nun schon in Boston auf – sitzt er fast jede Minute hier, wenn die Bibliothek geöffnet hat. Sein Lesestoff, den er abends in den Regalen versteckt, besteht aus dem gesamten Werk John Hancocks. Dicky hat die Romane und Kurzgeschichten Hancocks immer und immer wieder gelesen. Er weiß jedoch – und da ist er ganz sicher –, dass diese Romane und Kurzgeschichten nicht von John Hancock, sondern von Hancock & Hancock geschrieben wurden, von John und Will. Er ist sich deshalb sicher, weil seine Schwester Zelda ihn wenige Monate vor ihrem Tod in ein großes Geheimnis einweihte.

»Ich muss dir was erzählen, Dicky«, sagte sie zu ihm, »aber es muss unter uns bleiben. Ein kleines Geheimnis, das dieses Zimmer niemals verlassen darf.« (Es war das Wohnzimmer der kleinen Wohnung gleich hinter dem Harvard Yard auf der Berkeley Street. In dem Zimmer wurde Zelda auch ermordet.)

»Kein Problem, Zelda«, sagte Dicky und nickte eifrig. »Bleibt unter uns.«

»Es geht um John und Will Hancock.«

»Was ist mit denen?«

»Ich glaube, dass sie beide noch leben.«

Nur drei Monate, nachdem Zelda ihm das mitgeteilt hatte, war sie tot. Und jetzt – dreizehn Jahre später – will Dicky sich rächen. Was er dem Doktor in der Klapsmühle in Great Barrington erzählt hat, können wir vergessen. Das war alles eine große Lüge. Dicky hat dem Psychofritzen und seinem Team von Psycho-Feen alles gesagt, was er ihnen sagen musste, damit die starken Psychopharmaka abgesetzt wurden und Dicky der Beengtheit der geschlossenen Station entkommen konnte. Als er kein Thorazin und Haldol mehr bekam und sein Geist wieder normal arbeitete, schätzte er die Situation ein und fing an, sein Theater der Trauer, des Bedauerns und der Gesundung zu spielen. Er überzeugte den Seelenklempner davon, dass er in Wahrheit ein netter Typ sei, der zeitweilig vom Weg abgekommen war. Und mit ein bisschen Geduld und Verständnis und natürlich den richtigen Medikamenten könne er wieder ein guter Bürger und sogar ein nützliches Mitglied der Gesellschaft werden.

Leider warf Dicky seine Fläschchen mit dem Librium und dem Prozac auf der Schnellstraße von Stockbridge nach Boston aus dem Busfenster.

Und darum sieht der Mann, der jetzt im Lesesaal der Bostoner Bibliothek sitzt, nicht nur wie ein totaler Spinner aus, er ist auch einer. Man braucht ihn nur kurz anzuschauen, und schon sieht man, dass der Bursche nicht alle Tassen im Schrank hat. Im Lesesaal ist es ziemlich voll, aber Dicky hat einen großen Tisch ganz für sich allein. Bei diesem Typen will nämlich niemand sitzen. Er schwitzt und stinkt, und er hat diesen seltsamen, verlorenen Blick, der die Menschen daran erinnert, dass die Welt oft ein unsicherer, ungastlicher Ort ist. Man muss stets auf der Hut sein.

Sogar das Bibliothekspersonal, das an Außenseiter und Obdachlose gewöhnt ist, die durch die Gänge schlurfen, spricht schon hinter vorgehaltener Hand über diesen »seltsam aussehenden Typen unten im Lesesaal«. Sie würden ihn gerne hinauswerfen, doch Dank der amerikanischen Bürgerrechtsvereinigung gibt es Gesetze, die es untersagen, stinkende Typen mit irren Gesichtern aus öffentlichen Gebäuden zu vertreiben. Solange er nicht zu laut wird und die anderen Besucher nicht tritt und in seiner Ecke bleibt, hat das Personal keine andere Möglichkeit, als Dicky in Ruhe zu lassen. In diesem Land gelten schließlich bestimmte Gesetze. Ein Mann kann stinken, wenn er will.

Dicky merkt gar nicht, dass er stinkt. Er weiß auch nichts von seiner feindlichen Ausstrahlung. Nein, dieser Mann ist nur mit seiner Mission beschäftigt. Er hat keine Zeit, ein sauberes T-Shirt anzuziehen.

Man sollte allerdings auch ein wenig Verständnis für Dicky haben. Wenn man bedenkt, wie viele Stunden er in den letzten Wochen an diesem Tisch verbracht hat, muss man ihn als fleißigen Arbeiter betrachten. Und in Amerika wird ein fleißiger Arbeiter gut angesehen und oft belohnt. Sicher, den Mord am Ende dieser fleißigen Arbeit wird man nicht besonders schätzen. Aber niemand weiß, dass Dicky einen Mord im Sinn hat. Nicht einmal Dicky selbst.

BABE

Babe Overton schaut aus dem Fenster des Greyhound-Busses, während sie sich Erdnüsse von M&M in den Mund stopft. M&M-Erdnüsse gehören nicht zu Babes normaler Kost.

Als der Bus vor ein paar Stunden in dem winzigen Ort Thoreau in New Mexiko hielt, stand Babe von ihrem Platz auf, um sich ein wenig die Beine zu vertreten. Schon seit geraumer Zeit träumte sie davon, ein großes Glas kalten, frisch gepressten Orangensaft zu trinken und dazu einen warmen Vollkornmuffin zu essen. Als sie den finsteren Deli-Mart neben der dreckigen Tankstelle betrat, die auch als Busbahnhof von Thoreau dient, wurde sie enttäuscht. Ein starkes Frühlingsgewitter hatte Thoreau vor ein paar Tagen heimgesucht und an der kleinen Autobahnraststätte den Generator durchbrennen lassen, sodass es hier keinen Strom mehr gab. Von kaltem Saft und warmen Muffins konnte keine Rede sein. Babe musste sich mit lauwarmer Zitronen-Limonen-Limo und zwei Tüten der ach so leckeren M&M-Erdnüsse begnügen.

Als der Bus jetzt weiterfährt und sich die Räder des großen Greyhound ostwärts drehen, fragt sich Babe, ob es in Beantown wohl regnen wird. Sie war noch nie in Beantown, und sie hat keine Ahnung, warum Boston Beantown genannt wird. Im Grunde weiß sie gar nichts über die Stadt. Sie rechnet nur damit, dass es dort vielleicht neblig ist und oft regnet. Wahrscheinlich stammt Babes Vorstellung von der Wiege der Freiheit aus einem Film, den sie vor ein paar Jahren gesehen hat. Paul Newman spielt einen betrunkenen, erfolglosen Anwalt, der natürlich am Ende der Retter in der Not ist, das Mädchen bekommt, für Gerechtigkeit sorgt und die amerikanische Lebensart rettet. Babe erinnert sich, dass es in diesem Film oft regnete. Vielleicht hielt Paul es auch nur für cool, einen schmuddeligen Regenmantel zu tragen und den Kragen hochzuschlagen.

Auf jeden Fall hält Babe es für schlau, sich einen Schirm zu kaufen und vielleicht auch eine Regenjacke, ehe sie in Boston ankommt. Babe besitzt seit Jahren keine Regenjacke und keinen Schirm. In der *Stadt der Engel* regnet es nicht.

Als Babe an L. A. denkt, denkt sie auch an Mary Ann, die Frau, mit der sie ihre Wohnung teilt. Sie hätte Mary Ann anrufen müssen und ihr sagen sollen, dass sie in einer Woche zurück sein wird. Babe weiß, dass Mary Ann sich manchmal Sorgen um sie macht. Und Babe macht sich Sorgen um Mary Ann. Sie glaubt, dass Mary Ann mit den falschen Männern ausgeht – Kerle, die sie nur benutzen und dann wieder fallen lassen. Typen, die eine Hure suchen und keine Geliebte. Typen, die eine Mutter wollen und keine Ehefrau. Sie versucht, Mary Ann das zu sagen, doch Mary Ann lacht nur und zündet sich eine neue Zigarette an.

Babe sollte sie anrufen. Außerdem braucht sie etwas Anständiges zu essen. Und den Schirm. Sie darf den Schirm nicht vergessen. Und die Regenjacke.

Babe nimmt sich vor, all diese Dinge nicht zu vergessen. Dann schließt sie die Augen, lehnt den Kopf gegen das Fenster und döst.

Entweder träumt Babe oder sie fantasiert. Auf jeden Fall hat sie kurz darauf plötzlich dieses kleine Mädchen namens Mary Ann vor Augen, das vom Regen überrascht wird und in den Bus steigt. Es setzt sich auf den freien Platz neben Babe. Es stellt sich heraus, dass es Babes vor langer Zeit verlorenes Kind ist – das Kind, das sie nie mit Frank Hagstrom hatte. Babe trocknet das Haar des Mädchens mit einem Handtuch und zieht der Kleinen ein neues Sommerkleid an, das genauso aussieht wie Babes Kleid.

Dieser kurze Traum verblasst schnell, doch zuvor rinnen ein paar Tränen über Babes Wangen.

Heute regnet es nicht in Beantown. Blauer Himmel und grünes Gras. Bäume und Blumen stehen in voller Blüte. John, der Psychothriller-Hancock, der normalerweise die Natur genau beobachtet, hat heute keinen Blick für das herrliche Stadtbild. Er ist zu sehr damit beschäftigt, den feuerroten Ford Mustang zu suchen. Wellen der Angst durchfluten sein Inneres. Er findet den Mustang nicht, und deshalb schaut er sich jeden Wagen genau an, der am Louisburg Square parkt. Viele der Autos sind ihm vertraut. Sie parken jeden Tag dort. Der blaue Mercedes. Der schwarze Miata mit dem braunen Dach. Der Jeep Cherokee Limited. Doch viele Wagen hat er noch nie gesehen. Zum Beispiel den alten Audi 100. Oder den Lincoln Continental. Er ist sicher, dass die Bullen wahrscheinlich in einem dieser Wagen sitzen. Die Frage ist, ob der verrückte Dicky Cosgrove bei ihnen ist. Oder sitzt er in einem der anderen Wagen? Beobachtet er ihn und wartet? Wie viele Leute sind hinter mir her?, fragt John sich nun.

Von dem Minivan, der auf der anderen Straßenseite parkt, nur ein paar Häuser entfernt, nimmt er kaum Notiz. Wahrscheinlich bevölkern an diesem Montagnachmittag ein halbes Dutzend Minivans den Platz. Einer ist unauffälliger als der andere. Hancock hat keinen Grund, sich die Minivans genauer anzuschauen. Nach seiner Vorstellung werden diese albern aussehenden Kästen auf Rädern von eiligen Müttern gefahren, die Kinder, Einkäufe und einen ganzen Haufen schmutziger Sportsachen transportieren. Es ist ausgeschlossen, dass Typen, die ihm etwas antun wollen, Minivans fahren.

Der Schnüffler Al Brown sitzt in seinem Minivan und stippt einen Donut in seinen Kaffee. Al ist nicht blöd. Er weiß, welche Vorstellung die Menschen von Minivans haben. Das war der Hauptgrund, sich ein solches Fahrzeug und keinen normalen Transporter zu kaufen. In richtigen Transportern werden zumindest in den Augen des Gesetzes und der Durchschnittsbevölkerung Banditen, Bauarbeiter und Drogensüchtige transportiert. Das ist nicht gut für seine Observationen. Zu auffällig.

Al unterbricht sein Donut-Stippen für einen Moment und wirft einen Blick auf Hancocks Stadthaus. Sofort sieht er Hancock am Fenster im zweiten Stock. Al nimmt an, dass der Autor sich ein wenig von seinem Kampf mit den Wörtern erholt und einen raschen Blick auf den Frühling wirft. Al weiß nichts von den beiden Polizisten, die Hancock gestern aufgesucht haben. Er weiß nichts von der Vermisstenanzeige oder von Clara oder Will oder Rafe oder Babe oder Dick. Von all diesen Dingen hat Al keine Ahnung. Er glaubt lediglich, dass John Hancock der Typ ist, der eine Affäre mit der Frau eines Klienten hat. Das sind ganz alltägliche Fälle eines Privatdetektivs. Mit Untreue hat Al jeden Tag zu tun. Wahrscheinlich bestehen seine Jobs zu neunzig Prozent aus Aufträgen von Ehemännern und Ehefrauen, die glauben, dass ihre bessere Hälfte sich eine Zeit lang aus dem Staub gemacht hat, um eine außerplanmäßige Nummer zu schieben.

John beobachtet einen Mann draußen auf dem Bürgersteig. Der Mann benimmt sich ziemlich merkwürdig. Er ist groß und schlaksig und etwas zu sehr an Hancocks Stadthaus interessiert. Der Typ bleibt tatsächlich stehen, legt eine Hand aufs Tor und schaut auf die Haustür. John tritt zurück und versteckt sich hinter den Spitzengardinen. Einen Moment später riskiert er noch einen Blick. Der schlaksige Störenfried steht tatsächlich noch immer da und starrt auf die Haustür.

Mein Gott, fragt sich John, wer kann das sein? Der bekloppte Dicky?

Mit klopfendem Herzen versucht John, einen besseren Blick zu erhaschen. Die Größe und der dürre Körper dieses Typen würden auf jeden Fall passen, aber das Gesicht ... Es ist von hier aus schwer zu sagen ... Er könnte es sein, und er könnte es auch nicht sein. Es ist so lange her. Dreizehn Jahre. Eine verdammt lange Zeit.

Plötzlich zieht der Mann einen Stadtplan aus seiner Gesäßtasche und starrt fast eine Minute darauf. John und der Schnüffler Al Brown beobachten den Mann genau.

Was, zum Teufel, sucht der Kerl?, fragt sich Hancock.

Der große, schlaksige Typ nickt. Dann faltet er den Plan zusammen, steckt ihn wieder in seine Hosentasche und geht davon, als wäre nichts gewesen.

In diesem Moment fällt bei John der Groschen. Er seufzt und tippt sich mit der Hand an die Stirn. »Verdammt«, ruft er, »ein Tourist. Ein Fremder. Wahrscheinlich ein Möchtegern-Schriftsteller, der das Haus von Louisa May Alcott auf der anderen Seite des Platzes sucht.«

CLARA

Als Clara Dare Hancock aus dem Savoy abreist, ist Ms Joanne Smith, die Geschäftsführerin ihrer Londoner Galerie, an ihrer Seite. Sie hatte auch mit Sir Rodney Byrnes gerechnet, doch er hörte sich verstimmt an, als sie ihn vorhin anrief, um zu erfahren, ob er mitkommt. Als er mit mürrischer, leiser Stimme sagte: »Nee, ich glaub nicht«, erwiderte Clara: »*C'est la vie*«, und legte auf.

Rodney hat den Eindringling von gestern Nacht nicht erwähnt. Ihm fehlte der Mut.

Auch ein hübsches, junges, fröhliches Paar begleitet Clara. Sie hat die Namen der beiden vergessen, aber sie weiß, dass einer von ihnen stundenweise in ihrer Galerie arbeitet. Das Duo sieht cool und schick aus. Goldene und silberne Ringe zieren ihre Ohren, Nasen und Lippen. Aus diesem Grunde hat Clara sie eingeladen. Sie mag die Energie, die Jugendliche ausstrahlen.

Clara gefällt es, Chaos und Verwirrung zu stiften. Als sie ihren Berg Gepäck durch das Foyer des Savoy Hotels schiebt, liegen ihr die Pagen und der Concierge praktisch zu Füßen. Die verstohlenen Blicke der anderen Gäste, besonders der Männer, entgehen ihr nicht. Sie spürt, dass sie angestarrt wird und dass man sich fragt, wer sie wohl sein mag oder woher man sie kennt. Aus dem Kino vielleicht? Aus dem Fernsehen? Aus Zeitschriften?

Clara durchquert das prunkvolle Marmorfoyer mit einem stolzen, verschmitzten Lächeln auf ihrem hübschen Gesicht. Mit hoch erhobenem Kopf blickt sie in die Ferne und streicht sich anmutig ein paar blonde Locken aus der Stirn. Doch sogar diese scheinbar zufällige Geste ist perfekt einstudiert.

Clara hat den Grundsatz: Wenn man schon einen Raum durchqueren muss, kann man es auch genießen.

Kurz darauf ist Clara mit ihren langen, schlanken Beinen durch die Drehtür gegangen und in den Wagen gestiegen, der am Bordstein parkt.

Ms Clara Dare hat nicht immer dieses Leben geführt. Der Reichtum wurde ihr nicht in die Wiege gelegt. Ganz im Gegenteil wuchs Clara in ärmlichen Verhältnissen auf. Früher war es für das Mädchen nicht immer leicht.

CLARAS ELTERN

Im Winter 1963 kam eine Schauspieltruppe nach Boston, um an der Universität Shakespeare aufzuführen. Eines Nachts gingen einige Schauspieler nach einer Vorstellung in einer der Kneipen in der Nähe der North-Eastern University etwas trinken. Einer der Schauspieler war ein gut aussehender junger Bursche namens Rudy (Rudolph) Mooch. Mooch war sein richtiger Name, doch einige Jahre zuvor, nachdem er sich entschieden hatte, Schauspieler zu werden, nahm er den Namen Turk Daniels an. Er war der Meinung, dass dieser machohafte Name vorteilhaft sei, falls er mal nach Hollywood gehen würde. (Was er schließlich auch tat. Er wirkte in mehr als zwanzig Spielfilmen mit, meist in Western als Cowboy, Gangster oder Revolverheld.)

Turk war also in Wirklichkeit Rudy, aber an jenem Abend in Murphy's Pub in Huntingdon sagte er dem hübschen Mädchen in der Eckkneipe, sein Name sei Bertram Rose, eine leichte Abwandlung des Namens Bertram, Graf von Rousillon, den er an diesem Abend bei der Vorstellung von *Ende gut – alles gut* gespielt hatte.

Das hübsche Mädchen hieß Patricia Breen McGuire, aber es wurde von allen Patsy genannt. Patsy war ein großes, gut aussehendes, burschikoses irisches Mädchen, das mit seinem Vater in einem Reihenhaus in Fullerton wohnte, einen Katzensprung vom Fenway Park entfernt, wo die Boston Red Sox spielten. Shea McGuire arbeitete als Hausmeister an der Bostoner Universität. Kürzlich hatte er eine Stelle für seine Tochter gefunden, die jetzt Flure und Seminarräume putzte. Patsy gefiel die Arbeit natürlich nicht, und sie schimpfte ständig, aber die Bezahlung ging in Ordnung. Größtenteils vertrank sie ihr Gehalt in Studentenkneipen, die sie mehrere Male die Woche mit ein paar Freunden aufsuchte, die sie schon von der Grundschule kannte.

Und an diesem kalten Winterabend spendierte ihr Bertram (»du kannst Bert zu mir sagen!«) alias Turk alias Rudy einen Drink. Dieses Mädchen trank kein Bier oder Wein. Patsy trank gerne Whisky. Irischen Whisky. Bushmills's – was sonst? Pur. Aus einem kleinen Glas. Genauso wie ihr Vater ihn gerne trank. Und sein Vater. Und der Vater seines Vaters.

Bert erzählte ihr ein paar Witze, brachte sie zum Lachen, spendierte ihr noch einen Drink und setzte sich in der kleinen Nische dicht neben sie, sodass sich ihre Oberschenkel und Schultern berührten. Bert ging sehr clever vor. Er sagte zu Patsy, dass sie »unheimlich interessant« sei und fragte sie, wo man noch eine Tasse Kaffee trinken und sich ein wenig unterhalten könne. Das wusste Patsy natürlich.

Sie landeten in einem Lokal am Fenway Park, das die ganze Nacht geöffnet hatte, und wo Bert alias Turk alias Rudy bewies, dass er ziemlich unterhaltsam war. O ja, an jenem Abend tischte er Patsy ein riesiges Lügenmärchen auf. Es war so fantastisch, dass Patsy gar nicht mehr aus dem Staunen herauskam. Und obwohl Patsy erst neunzehn Jahre alt war, hatte sie schon so manches gehört. Hübsche Mädchen bekommen eine Menge zu hören.

Es dauerte drei Tage (eigentlich Nächte), bis Bert Patsy überredet hatte, ihn in sein Zimmer im Lenox Hotel auf der Boylston zu begleiten. Das Lenox Hotel war eine ziemlich heruntergekommene Absteige, deren Glanzzeit lange vorbei war. Das Hotel beeindruckte die junge Patsy McGuire trotzdem. Immerhin hatte sie noch nie eine Nacht in einem Hotel verbracht. Als Bert beim Zimmerservice Erdbeeren und Champagner bestellte, geriet sie fast ins Schwärmen. Natürlich nur fast, sonst wäre sie nicht Patsy gewesen. Patsy hielt sich selbst für zu cool und zu clever, um ins Schwärmen zu geraten. Aber sie war total beeindruckt, so beeindruckt, dass sie ihre Bluse auszog, nachdem die beiden die halbe Flasche Champagner geleert hatten. Doch kurz darauf schlief sie ein.

Es kostete Bert alias Turk alias Rudy also noch ein paar Einladungen, bis er es schließlich schaffte, Patsy ganz auszuziehen. Sie war fast wieder nüchtern, als er seine Heldentat vollbracht hatte. Patsy, die dünn und sehnig war, wie später ihre Tochter, hatte sich schon vor anderen Jungen nackt ausgezogen, aber das waren Jungen gewesen. Bertram, wie sie ihn gerne nannte, war ein Mann.

In jener Nacht schliefen Patsy und Bertram miteinander. Eigentlich hatten sie guten Sex, obwohl das katholische Mädchen sehr unsicher war. In den nächsten zwei Wochen schliefen sie jede Nacht miteinander, denn genauso lange spielte Bertram in Beantown. Am Morgen nach der vierzehnten Nacht packte Bert alias Turk alias Rudy seine Sachen und verschwand aus dem Lenox, ohne Patsy ein Wort zu sagen.

Er hatte zwar ein schlechtes Gewissen, aber so schlimm war es nicht; außerdem hatte die Truppe einen Auftritt im Big Apple. Rudy hatte eine feste Regel, was sein Berufsleben anging: Es hatte Vorrang vor dem Privatleben. Und falls er hin und wieder Menschen verletzte – besonders weiblichen Geschlechts –, hatten sie halt Pech gehabt.

Patsy fluchte und schrie und trat mit den Füßen gegen die Wand, als der Jugendliche mit der Zuhältervisage an der Rezeption ihr sagte, dass die Schauspieler am Morgen allesamt abgereist seien. Schlimm genug, dass Bert verschwunden war, doch dass er sich ohne ein Wort des Abschieds davongemacht hatte, bewies in Patsys irischen Augen, dass er ein ganz mieser, feiger Scheißkerl war.

Und der Sex hatte noch andere Folgen. Im Spätfrühling, als Rudy schon über drei Monate fort war, wurde Patsys dünner Bauch allmählich dicker. Es bestand kein Zweifel: Bertram hatte Beantown zwar verlassen, aber etwas von ihm war zurückgeblieben.

Shea McGuire warf seine Tochter aus dem Haus, als sie ihm sagte, dass sie schwanger sei. Um der kleinen Schlampe zu zeigen, dass Gott die Sünder bestrafte, nutzte Shea seine Beziehungen zur Gewerkschaft, damit Patsy gefeuert wurde. Das war kein schöner Zug von einem Vater, aber man muss hinzufügen, dass Shea noch sechzehn Jahre lebte und in all diesen Jahren keinen einzigen Tag Frieden fand. Er litt höllische Qualen wegen seines egoistischen, frömmelnden Verhaltens.

Wohin sollte Patsy gehen? Eine Mutter hatte sie nicht mehr, denn die war an Leukämie gestorben, als Patsy gerade elf Jahre alt war. Auch ihre Tanten, Onkel und Großeltern waren bereits tot, oder kurz davor, oder lebten viel zu weit entfernt oder teilten die Ansicht des selbstgerechten Herrn Papa.

Nein, Patsy war ganz auf sich allein gestellt. Zum Glück war sie ein selbstständiges, zähes Mädchen, das es schon schaffen würde. Patsy fand eine billige Pension auf der anderen Seite des Charles River in Cambridge. Und sie fand an der Universität Radcliffe einen Job als Putzfrau. Sie fand auch eine junge Geburtshelferin, die bereit war, sie für wenig Geld bei der Schwangerschaft zu unterstützen.

Die winzige Jane McGuire, die nach ihrer verstorbenen Großmutter mütterlicherseits benannt wurde, erblickte an einem interessanten Tag das Licht der Welt. Es war der 22. November 1963. Als Patsy ins Mass General ging, da ihre Wehen immer stärker wurden, verbreitete sich das Gerücht im Krankenhaus, dass man den Präsidenten erschossen habe.

Ungefähr eine Stunde später verkündete Walter Cronkite in ernstem Tonfall, dass Präsident John Fitzgerald Kennedy tot sei. Er sagte es genau in dem Moment, als Jane McGuire, die ihren Namen siebzehn Jahre später in Clara Dare änderte, das Licht einer Welt erblickte, die sich für immer verändert hatte.

JOHN & HILLARY

Nur wenige Menschen sind über Claras wahre Herkunft im Bilde. Ihr gefällt die frei erfundene Vergangenheit, die sie sich nach ihrer Namensänderung aneignete, viel besser.

Hancock kennt den größten Teil der Geschichte, aber nicht die ganze. Ein paar Geheimnisse will Clara mit ins Grab nehmen. Hancock ist so weit über Claras Geheimnis informiert, dass er sie umso mehr achtet. Er weiß, dass sie aus sehr bescheidenen Verhältnissen stammt, ohne Vater aufgewachsen ist und keine Möglichkeit hatte, eine Universität zu besuchen. Aufgrund dieser Hürden war es für sie natürlich schwierig, sich durchzuschlagen. John liebt seine Frau unsterblich, weil sie trotzdem so großen Erfolg und ein so gutes Gespür für die Dinge hat, die wirklich im Leben zählen: gute Gesundheit, eine nette Familie und Lust auf Abenteuer.

Es bereitet ihm tagtäglich großen Kummer, dass er sie vor Jahren so sehr getäuscht hat, obendrein ganz bewusst. Die Tatsache, dass er sie weiterhin täuscht, macht die ganze Sache nur noch schlimmer. Für dieses Problem scheint es keine Lösung zu geben. Das ist die größte Last, die er tragen muss.

In diesem Augenblick hat John jedoch ganz andere Sorgen. Er steht vor der Haussprechanlage in seinem Büro. »Sind Sie ganz sicher, dass sie Fisher heißt?«

»Ja, Sir«, erwidert Nicky. »Hillary Fisher.«

»Und sie steht vor der Haustür?«

»Ja, Sir. Und sie will Sie unbedingt sprechen.«

John hat keine Ahnung, warum Hillary Fisher ihn sprechen will. Natürlich kennt er Hillary, aber nicht sehr gut. Eine Partybekanntschaft. Hancock findet sie ganz nett, wobei er sie immer für zu herrisch und hyperaktiv hielt. Er hat nie geglaubt, dass Lelands vierte Gattin die Letzte sein würde.

»Am besten, Sie bitten sie ins Wohnzimmer«, sagt er zu Nicky. »Ich komme gleich.«

John schaltet die Sprechanlage aus. Er kann Hillary dort nicht warten lasen. Das wäre unhöflich. Er muss sie aber schnell wieder loswerden. In Kürze muss er das Haus verlassen, weil er mit ihrem Gatten zum Mittagessen verabredet ist.

Der Schnüffler Al Brown, der auf der anderen Straßenseite hinter dem Steuer seines Minivans sitzt, versucht sich zu beruhigen, während er hektisch den Verschluss von seiner Nikon entfernt. Als er sich vor ein paar Minuten *Die Abrechnung* von Hancock anhörte, wäre er beinahe eingenickt. Das hatte nichts mit dem Roman zu tun, der Al ganz gut gefiel; er war einfach gelangweilt, weil er schon seit über sechs Stunden untätig herumsaß. Gott sei Dank war er nicht eingepennt, denn plötzlich tauchte dieser blaue Bentley aus der Pinckney auf und parkte genau vor Hancocks Stadthaus im Halteverbot. Al traute seinen müden Augen nicht. Vor allem als die Frau seines Klienten aus dem Wagen stieg, an ihrem ziemlich kurzen Lederrock zupfte und dann hoch erhobenen Hauptes auf Hancocks Haustür zusteuerte.

Vor lauter Aufregung verschüttet Al seinen Kaffee. »Scheiße!« Dann packt er wie eine Hauskatze, die unerwartet einen Vogel erblickt, seine Nikon, die mit einem starken Teleobjektiv ausgerüstet ist, und macht Aufnahmen. Klick! Klick! Klick! Drei Fotos, ehe die Zielperson das Tor erreicht. Noch drei Fotos, ehe sie an der Haustür ist. Zwei weitere, als Nicky die Tür öffnet. Ein halbes Dutzend, während die beiden Damen nicht besonders freundlich miteinander plaudern.

Und die restlichen Aufnahmen des Films werden verschossen, während die Gattin seines Klienten dort mit strengem Blick und verschränkten Armen steht und offensichtlich auf Hancock wartet.

Als die Tür erneut geöffnet wird, steht nicht etwa Hancock auf der Schwelle. Es ist wieder das Kindermädchen. Es führt Mrs Fisher ins Haus. Der Schnüffler macht noch eine Aufnahme, als sie über die Schwelle tritt. Die Tür wird geschlossen. Mit klopfendem Herzen legt Al den neuen Film ein. O ja, in diesem Job gibt es endlose Wartezeiten, aber wenn die Action beginnt, wird es hektisch, und schnelles Handeln ist angesagt.

Hillary Fisher schreitet auf ihren teuren, schwarzen Punchini-Pumps über den Hartholz-Boden in Hancocks Wohnzimmer. Als Einzelkind aufgewachsen, glaubt sie schon seit ihrer Geburt, dass die Sonne zu ihren Füßen auf- und untergeht. Ein Jammer für die Männer, die so unklug waren, ihre verrückte Welt zu betreten. Und es hat viele Männer gegeben. Hillary ist lange Zeit mit rücksichtsloser Hemmungslosigkeit durch das Königreich der Sexualität geschritten. Schon als Jugendliche hat sie den Sex genossen. Vor allem die schnelle Nummer. Je schneller, desto besser.

Als Jugendliche trieb sie auch viel Sport. Sie erwies sich besonders am Barren und beim Bodenturnen als sehr geschickt. Und als Dreiunddreißigjährige profitiert sie jetzt davon. Sie ist klein (knapp einssechzig), leicht (dreiundneunzig Pfund) und gelenkig. Wie geschaffen für Sex auf der Rückbank eines Bentleys.

Als sie auf ihren handgearbeiteten italienischen Pumps durchs Zimmer schreitet, denkt sie an eine Zigarette. Sie will eine Zigarette. Sie braucht eine Zigarette. Nein, braucht sie nicht. Doch, braucht sie. Nein, braucht sie nicht. Doch. Nein. Natürlich braucht sie eine, aber sie hat keine, verdammt! Sie hat vor sechs Monaten das Rauchen aufgegeben. Mehrmals pro Woche wird sie rückfällig. Dann qualmt sie wie ein Schlot. Zwölf Winston in zehn Minuten. Dann raucht sie die ganze Woche keine mehr.

Leland ist ihr zweiter Ehemann und vermutlich nicht ihr letzter. Den ersten, einen Bauunternehmer aus Lexington, hat sie in den Wahnsinn getrieben. Mit Leland wird sie zweifellos das Gleiche anstellen. Er ist schon auf dem Weg ins Reich des Irrsinns. Natürlich hätte er sie niemals heiraten dürfen. Er hat sie geheiratet, weil er damals, vor fast sechs Jahren, vierundvierzig und sie gerade siebenundzwanzig war. Mein Gott, wie sehr ihre Jugend und Energie ihm gefielen! Und ein so starkes sexuelles Verlangen war ihm bis dahin völlig unbekannt.

Jetzt steigt Hancock die Treppe hinunter, doch nicht so schwungvoll wie üblich. Er durchquert den Flur und betritt das Wohnzimmer. In diesem Raum, in dem Antiquitäten aus der Mitte des achtzehnten Jahrhunderts stehen, herrscht ein ziemlich kühles Ambiente. Die Familie benutzt den Raum fast ausschließlich für offizielle Anlässe.

»Hillary!«, sagt er mit lauter, freundlicher Stimme, die für Sylvia und Nicky bestimmt ist, die sicherlich hinter der Küchentür stehen und lauschen. »Wie schön, dich zu sehen. Wie geht es dir? Und wie geht es Leland?«

Hillary schaut ihn böse an, ist aber Gott sei Dank so geistesgegenwärtig, sich auf diesen Quatsch einzulassen. Sie hat zu Hause auch Haushaltshilfen, und sie weiß, wie gerne sie tratschen.

»Es geht mir ausgezeichnet«, erwidert sie mit spöttischem Unterton. »Und Leland geht es auch sehr gut. Danke.«

John, der sich wundert, warum sie so aufgebracht ist, lächelt. »Und welchem Umstand habe ich die Freude dieses unerwarteten Besuchs zu verdanken?«

Hillary grinst ihn spöttisch an. »Ach, ich war gerade in der Nähe, und da dachte ich, ich sag mal hallo.«

»Das ist nett.«

Sie unterhalten sich. Die Atmosphäre ist ein wenig angespannt. Sylvia bringt Kaffee, ohne dazu aufgefordert worden zu sein. Sie verweilt einen Moment, starrt die andere Frau kurz an und verschwindet wieder.

John gießt den Kaffee ein. Inzwischen durchquert Hillary das Zimmer und schließt ziemlich unsanft die Tür, die zum Korridor führt. Sie knallt sie nicht gerade zu, aber im Erdgeschoss und im ersten Stock hat es sicher jeder gehört.

John versucht, die Ruhe zu bewahren, und hält eine Tasse Kaffee hoch. »Milch und Zucker?«

Hillary starrt ihn an. »Ich habe dich in der letzten Stunde mindestens zehnmal angerufen. Die blöde Hausangestellte wollte mich nicht durchstellen.«

Ah, deshalb sah Sylvia so aus, als wollte sie Hillary erwürgen, denkt John. Sylvia ist extrem besitzergreifend.

»Das tut mir Leid, Hillary. Es ist meine Schuld. Die Hausangestellte und das Kindermädchen haben strikte Anweisungen, mich nicht zu stören, wenn ich arbeite. Das Schreiben ist eine schwierige Angelegenheit, verstehst du? Man braucht viel Ruhe.«

Das ist Hillary vollkommen egal. »Ich habe ihr gesagt, dass es wichtig ist.«

»Das sagen alle«, will John erwidern, ist aber so diplomatisch, es nicht zu tun. Er hat keine Ahnung, warum Mrs Fisher so aufgebracht ist. Wenn er lange genug wartet, wird sie es ihm wahrscheinlich sagen.

»Ich bin sicher, dass es sehr wichtig ist«, sagt er in gedämpftem, aufrichtigem Tonfall. »Warum setzen wir uns nicht? Dann kannst du mir sagen, was du auf dem Herzen hast.«

»Ich habe keine Lust, mich hinzusetzen.«

John nickt. »Okay, dann bleiben wir stehen.«

»Es geht um Leland.«

»Was ist mit ihm?«

»Ich glaube, er weiß es. Zumindest vermutet er es.«

»Was vermutet er?«

Hillary starrt ihn wieder böse an. »Er benimmt sich seltsam. Er will nicht mit mir sprechen und mich nicht berühren. Normalerweise betatscht er mich andauernd. Er grapscht so viel an mir herum, dass ich manchmal das Gefühl habe, er würde eine Melone in einem Obstladen auf ihre Frische prüfen.«

Wie interessant, denkt Hancock, sagt jedoch: »Vielleicht hat er Sorgen.«

Hillary wird etwas schriller. »Verdammt noch mal, natürlich hat er Sorgen. Das versuche ich dir ja zu erklären. Er weiß es.«

»Was weiß er?«

»Mein Gott, Hancock, jetzt benimm dich doch nicht wie ein Idiot. Er weiß, dass du mich vögelst.«

John hat gerade einen Schluck Kaffee im Mund und spuckt ihn jetzt beinahe aus. Im nächsten Moment erkennt er glasklar zwei unumstößliche Wahrheiten: Will muss Hillary gevögelt haben, und Leland muss dahintergekommen sein. Verdammt! Warum, zum Teufel, lässt Will sich mit dieser dummen Kuh ein, die noch dazu die Frau ihres Verlegers ist? Was denkt er sich dabei?

»Hast du gehört, was ich gesagt habe, Hancock?«

John nickt. Er reißt sich zusammen. »Ja ... sicher ... ich hab verstanden. Ich habe nur kurz darüber nachgedacht.«

»Dazu haben wir keine Zeit.«

John ist außer sich. Er wird Will sämtliche Knochen brechen. Oder noch schlimmer. Er kann nicht glauben, dass Will sich so dumm und selbstsüchtig verhalten hat. Und dann noch hier in der Nähe.

»Erklär mir das mal genau«, sagt er zu Hillary. »Was weiß Leland deiner Meinung nach wirklich?«

Hillary zuckt ungeduldig mit den Schultern. »Ich kann's nicht genau sagen, was er weiß, aber er weiß irgendwas. Und gestern Abend und heute Morgen hat er deinen Namen aus keinem guten Grund erwähnt.«

»*Meinen* Namen?«

»Genau. *Deinen* Namen.«

»Das ist nicht gut.«

»Gar nicht gut.«

John seufzt. »Und was tun wir jetzt?«

Hillary durchquert das Zimmer, bleibt genau vor Hancock stehen und greift ihm zwischen die Beine. »Wie wär's mit einem Quickie? Löst die Spannungen.«

John weicht einen Schritt zurück. »Ich glaube nicht, Hillary. Das ist nicht der richtige Zeitpunkt und nicht der richtige Ort.«

Zu allem Unglück springt jetzt noch ein Typ mit einer Nikon mit sehr langem Teleobjektiv aus einem Minivan. Würde man aus dem Wohnzimmerfenster schauen, könnte man ihn sehen.

Der Schnüffler hat sich vorsichtig auf den Weg gemacht, weil er hofft, ein paar Innenaufnahmen schießen zu können.

»Angsthase«, spottet Hillary.

»Ach, komm, Hillary«, sagt Hancock, der versucht, sie zu beruhigen und die Kontrolle über die Situation zu behalten. »Ich finde, wir sollten nichts Unüberlegtes tun.«

»Du bist langweilig, Hancock.«

»Ich bin nur realistisch. Am klügsten wäre es, Gras über die Sache wachsen zu lassen – zumindest für eine Weile. Damit Leland sich wieder beruhigen kann.«

Hillary seufzt tief und laut. »Okay, lassen wir etwas Gras über die Sache wachsen. Doch zuerst einmal wirst du mich jetzt und hier auf dieser schönen alten Couch durchbumsen.«

»Hillary, jetzt sei aber mal ernst! Meine Kinder kommen gleich aus der Schule. Herrgott, hier auf diesem Sofa sitze ich immer mit meiner Frau.«

»Ach, plötzlich nimmst du es aber sehr genau. Für mein Familienleben hast du dich auch nicht interessiert, als du mich auf der Rückbank des Bentleys vergewaltigt hast.«

»Vergewaltigt?«, wiederholt Hancock in jammerndem Tonfall. »Das ist eine interessante Wortwahl. Am besten ist, wir beruhigen uns erst einmal und versuchen, vernünftig zu sein.«

»Das ist doch lächerlich, John. Wir beide wissen, dass ich nicht vernünftig bin.«

John holt tief Luft. Er weiß, dass es wichtig ist, jetzt sehr behutsam vorzugehen. Wenn er den kleinsten Fehler macht, kann er in Teufels Küche kommen. Der verdammte Will! Er wird ihn kastrieren, sobald er ihn erwischt hat.

»Ich glaube«, sagt er, »wir sollten uns später treffen.«

»Wann später?«

»Heute Nachmittag.«

»Es ist schon Nachmittag.«

»Ich weiß, aber um zwei Uhr bin ich mit Leland zum Essen verabredet.«

»Wieso?«

»Geschäfte. Er ist immerhin mein Verleger.«

»Hurra! Und wann sollen wir uns treffen? Und wo?«

»Sagen wir ... um fünf Uhr in der Stadt. Gegenüber vom Stadtpark.«

»Ich warte in meinem Wagen an der Kreuzung Commonwealth und Arlington. Genau gegenüber von der George-Washington-Statue.«

John denkt nur daran, dass er sich Hillary zunächst einmal vom Hals geschafft hat. »Fünf Uhr an der Statue.«

Hillary geht auf ihn zu und kneift ihm noch einmal in die Eier. »Sei pünktlich, Johnny Boy. Und vergiss nicht, das hier mitzubringen.«

John zwingt sich zu einem Grinsen, als Hillary sich umdreht, durchs Wohnzimmer stolziert und die Tür mit einer dramatischen Geste aufstößt. »Ach ja«, fügt sie hinzu, als sie in den Flur tritt, »und gib Leland einen dicken Kuss von mir.«

Der Schnüffler Al Brown versucht angestrengt, ein Touristengesicht aufzusetzen, als er sieht, dass die Ehefrau seines Klienten durch die Haustür von Hancocks Stadthaus rauscht. Außerhalb des Schutzes seines Minivans kann er sich nicht einfach die Kamera vors Auge halten und Fotos schießen. Er muss kühlen Kopf bewahren. Er ist jetzt kein schäbiger Paparazzo mehr und Hillary Fisher keine berühmte Femme fatale. Doch Al kennt sich in seinem Job bestens aus. Er schafft es, noch ein paar Fotos zu schießen, als Hillary in ihren im Halteverbot stehenden Bentley steigt und dann über die kopfsteingepflasterte Straße davonjagt.

John Hancock, der an einem der großen Fenster im Wohnzimmer steht, schaut dem Bentley ebenfalls nach. Sein Blick schweift über den Platz, und da entdeckt er den Typen auf der anderen Straßenseite. Den Typen mit der Kamera. »Allmächtiger! Wer, zum Teufel, ist denn das?«, fragt er sich laut.

Der Typ macht ein Foto von dem schnell davonfahrenden Bentley. Einen Moment später dreht er sich unbekümmert um, als würde ihn dieser tolle britische Wagen im Grunde gar nicht interessieren. Hancock kneift die Augen zusammen und beobachtet, wie der Kerl den Platz überquert, vor der Statue von Christopher Columbus stehen bleibt, den alten Seemann betrachtet, den richtigen Blickwinkel sucht und eine Aufnahme des Entdeckers macht.

John seufzt. Wieder einen von diesen Touristen. Zu dieser Jahreszeit wimmelt es hier von Touristen. Manchmal würde er am liebsten mit seiner Familie in einen Vorort ziehen. Vielleicht sogar aufs Land. In das alte Bauernhaus in der Nähe von Stockbridge.

Er denkt an Will. Diesmal ist sein Bruder zu weit gegangen. Das sprengt den Rahmen. Seine Affären während seiner *Abenteuerreisen* sind schon schlimm genug, doch was er sich jetzt geleistet hat, schlägt dem Fass den Boden aus. Das kann John nicht einfach hinnehmen.

John geht vom Fenster weg. Als er Sylvia sieht, die am anderen Ende der Eingangshalle steht und ihn mit durchdringendem Blick anstarrt, zögert er kurz. Doch er bleibt nicht stehen, sondern übersieht sie einfach und steigt die Treppe zu seinem Zufluchtsort im zweiten Stock hinauf.

Das Leben wird allmählich kompliziert, denkt er.

RAFE & MATILDA

Mehr kann Rafe nicht verraten. Er sitzt gerade vor dem Schreibtisch von Matilda, der Reise-Muschel-Piercing-Frau.

»In die Staaten, ja? Geschäftlich oder privat? Wie lange wollen Sie bleiben? Brauchen Sie einen Wagen? Soll ich ein Hotel reservieren? Wohnen Sie bei Freunden?« Blabla, blabla, blabla ...?

»Kümmere dich um deine eigenen Angelegenheiten, Tilly«, würde Rafe gerne sagen, aber er tut es natürlich nicht. Er lächelt sie an und tischt ihr Lügenmärchen auf. Er erfindet einen Halbbruder in New Jersey, der an einer seltenen Bluterkrankung leidet. Rafe muss auf dem schnellsten Weg zu ihm, um Blut zu spenden, sonst kratzt der arme Kerl ab. Er weiß, dass am nächsten Morgen jeder auf Caye Caulker über diesen erfundenen Halbbruder informiert ist, doch er muss der weißen Frau irgendetwas erzählen. Rafe kann nicht glauben, dass Matilda hier in den Tropen leben kann und vollkommen weiß bleibt. Schneeweiß. Wie das Laken eines Hotelbetts. Wie jungfräulicher Schnee. Rafe hat noch nie Schnee gesehen, außer auf Bildern, aber er kann sich vorstellen, wie er aussieht.

»Okay«, sagt sie und schaut auf ihren Monitor. »Vor Donnerstag ist kein Flug nach New York mehr frei. Und der einzige Platz, der in dieser Maschine noch zu haben ist, ist sehr teuer. Wenn Sie bis nächste Woche warten, können wir einen preiswerten Flug buchen.«

»Das geht auf keinen Fall. So lange kann ich nicht warten. Dann ist der Bursche längst tot.«

»Ich verstehe«, sagt Matilda, die dieses Märchen von der Familienblutkrankheit nicht eine Sekunde glaubt. »Wie wäre es denn damit? Ich hätte morgen noch einen Flug nach Houston frei. Dann einen Anschlussflug nach Chicago. Mittwochmorgen geht ein Flieger nach New York. Das kostet weniger als die Hälfte des Preises für den Direktflug.«

»Wie viel?«

»Sechshundertfünfzig.«

Das hört sich in Rafes Ohren gut an. Dann hätte er noch ein hübsches Sümmchen in der Tasche. »Und morgen komme ich hier weg?«

Matilda nickt. »Am späten Vormittag.«

Rafe denkt acht oder zehn Sekunden darüber nach. »Buchen Sie den Flug.«

Matilda tippt sofort auf die Tastatur. »Und wie bezahlen Sie?«

»Bar.«

Matilda wirft Rafe einen verstohlenen Blick zu. Sie weiß alles über Rafe. Sie weiß, dass er ziemlich faul ist. Hier auf der Insel gibt es eine Menge Faulpelze. Besonders männlichen Geschlechts. Sie sind wie Löwen auf der freien Wildbahn: Sie kommen nur aus ihren Höhlen, um zu fressen und zu huren. Der hier ist nicht besser als die anderen.

»Sagen Sie mal ... ich weiß, dass Sie jetzt mit Ihrem kranken Halbbruder viel um die Ohren haben, aber hätten Sie Lust, ein bisschen Geld zu verdienen?«

»Geld verdienen? Wie meinen Sie das?«

»Keine große Sache. Sie hätten nur ein Gepäckstück mehr.«

»Ein Gepäckstück mehr?«

»Ein ganz kleines Gepäckstück.«

Mein Gott, denkt Rafe, ich höre wohl nicht richtig. Matilda

macht in Drogen? Wer hätte das gedacht? Er beugt sich vor. »Wie groß soll die Tasche denn sein, gute Frau?«

Matilda zuckt mit den Schultern. »Sie könnten es in Ihrer Hosentasche transportieren. Und wenn Sie das nicht möchten, könnten Sie es auch hinunterschlucken, ehe Sie durch den Zoll gehen.«

»Oder es mir in den Hintern stecken.«

Matilda lächelt. »Wie auch immer.«

»Und was springt für mich dabei raus?«

»Fünftausend.«

»Das ist nicht viel, wenn man das Risiko bedenkt.«

»Wenn Ihnen eine große Tasche und ein großes Risiko lieber sind, könnte ich sicher auch fünfundzwanzig lockermachen.«

»Fünfundzwanzig Riesen?«

»Kein Problem.«

»Sie meinen ... eine richtige Einkaufstasche?«

»Genau.«

Rafe denkt darüber nach. Fünfzehn Sekunden. »Wohl besser, wenn ich es erst mal mit dem kleinen Päckchen versuche. Und wohin soll das gehen?«

»Sie sagten, Ihr Ziel ist New York?«

Rafe versucht, sich zu erinnern, was er ihr erzählt hat. »Eigentlich New Jersey.«

»Richtig. New Jersey. Das Päckchen muss ganz in der Nähe abgeliefert werden.«

»Wo genau?«

»New York City.«

»Wo in New York?«

»Ein hübscher kleiner Zufluchtsort. Das Ambassador Hotel.«

»Das Ambassador Hotel?«

»Genau, das Ambassador. Keine Angst, die Einzelheiten erfahren Sie noch rechtzeitig.«

Rafe wird ganz übel bei dem Gedanken, Dope über die Grenze zu schmuggeln. Kein schöner Gedanke. Die Kohle kann er allerdings gut gebrauchen, vor allem wenn die Sache mit Hancock nicht klappt. Er schaut Matilda an. Diese schüchterne, kleine, barfüßige weiße Puppe betreibt also illegalen Drogenhandel? Er versteht die Welt nicht mehr.

IRGENDWO ÜBER DEM ATLANTIK

Will Hancock, der als Thomas Young reist, macht sich auf dem Flug nach Miami an die Stewardess ran. »Hören Sie mal«, sagt er so laut, dass er das Jaulen der Triebwerke übertönt, »ich fliege heute Nachmittag auf die Bahamas. Auf eine kleine Insel namens Exuma. Ins Hotel Peace and Plenty. Ein schönes Fleckchen mitten im Meer. Wenn Sie hier Aufenthalt haben, könnten Sie mich für ein, zwei Tage besuchen.«

Die hübsche Stewardess lacht. Solche Angebote hat sie schon oft bekommen. »Das wäre schön«, sagt sie. »Kann ich meinen Mann und meinen Sohn mitbringen?«

Will lächelt sie an und zuckt mit den Schultern. »Wie alt ist Ihr Sohn?«

»Sieben.«

»Ich habe auch zwei Söhne. Fünf und sechs.«

»Tja, ich weiß nicht, ob Sie dann fremde Frauen zu einem exotischen Urlaub einladen sollten.«

»Sie haben Recht«, gibt Will zu. »Aber meine Frau und ich sind so oft getrennt, dass ich ganz einsam bin.«

Die Stewardess, die Pam heißt und sich auch oft einsam fühlt, wenn sie von ihrer Familie getrennt ist, drückt Wills Arm. »Ich weiß. Manchmal ist das Leben ziemlich beschissen.«

Will nickt. Er ist ein neununddreißigjähriger Mann, der alleine die ganze Welt bereist und Hunderte von Nächten in fremden Hotels verbracht hat, doch oft fühlt er sich so einsam wie ein achtjähriger Junge, der seine erste Nacht in einem Ferienlager verbringt.

Pam schickt sich an zu gehen. »Ich muss wieder an die Arbeit.« Sie drückt noch einmal seinen Arm. »Danke für die Einladung. Sie scheinen ein netter Bursche zu sein. Rufen Sie Ihre Frau an und sagen Sie ihr, dass Sie sie vermissen.«

Das würde Will ja gerne tun, aber das kann er nicht. Er ist nicht an der Reihe. Stattdessen kehrt er an seinen Platz zurück, kippt die Lehne nach hinten und schließt die Augen.

Will Hancock ist im Grunde ein einsamer Mensch. Wie viele einsame Menschen ist er nicht gerne allein. Er ist gerne in Gesellschaft. Es gefällt ihm, wenn ein paar Menschen in seiner Nähe sind, Menschen, die er kennt, bei denen er sich geborgen fühlt und denen er vertraut. Wenn er wieder unterwegs ist und seine Aufgaben für *Abenteuerreisen* wahrnimmt, ist er zwischen Gleichgültigkeit und Depressionen, Freiheit und emotionaler Abhängigkeit hin und her gerissen. Er bereist seit Jahren die ganze Welt. Und er muss sich praktisch um nichts kümmern. Keine Verantwortung behindert ihn. Niemand fragt ihn, wer er ist oder was er tut. Er muss niemanden anrufen. Er muss sich mit niemandem abstimmen. Sechsmal im Jahr, jeden zweiten Monat, vier Wochen am Stück, kann Will tun und lassen, was er will. Nichts und niemand stehen ihm im Wege. Er hat eine Menge Bargeld und viele Kreditkarten in seiner Brieftasche. Er reist stets Businessclass. Angeln, wandern, Ski laufen – was immer sein Herz begehrt.

Und doch fühlt er sich oft elend. Er wäre lieber zu Hause in Boston. Dann könnte er mit seiner Frau schlafen, sich um seine Söhne kümmern, seine Bücher schreiben und mit seinem Skullboot auf dem Charles River rudern. Aber nicht in diesem Monat. In diesem Monat ist er wieder an der Reihe, sich in Luft aufzulösen. Keine Anrufe, keine Briefe, nicht mal eine Postkarte aus einem fernen Hafen. Keine Neckereien über lange Entfernungen mit Clara. Keine kurzen Gespräche mit den Jungen, um ihnen gute Nacht zu sagen, schlaft gut und lasst euch nicht von den Wanzen beißen. Kein Sterbenswörtchen bis zum Ende des Monats. Bis er wieder einen Teil seiner lebenslangen Strafe abgesessen hat. Bis er wieder die Rolle des John Hancock spielen kann.

Will hat keine Lust, sich dieses Dilemma immer und immer wieder vor Augen zu führen. Er kann sich gar nicht mehr daran erinnern, wie oft er die Sache schon von allen Seiten betrachtet hat. Jetzt sitzt er einsam und allein hier über dem Atlantik und lässt seine Gedanken in die Vergangenheit schweifen, eine Vergangenheit, die sehr bald in die Gegenwart eingreifen wird ...

INTERNAT

Sommer 1972. Das Wohnzimmer in dem großen Haus im Kolonialstil an der Maple Street in Greenwich, Connecticut. Mama und Papa (Lenore und William) kamen ins Zimmer, schalteten den Fernseher ab und fragten Will und John, ob es ihnen gefallen würde, im Herbst ein Internat zu besuchen.

John gefiel die Idee sofort, denn das bedeutete ein großes Abenteuer. Wills Begeisterung hielt sich in Grenzen. Er wollte nur ungern von zu Hause weg. Er wollte seine Mutter nicht verlassen.

John war so begeistert, dass die Sache so gut wie entschieden war.

Lenore war auf die Idee mit dem Internat gekommen, nachdem sie festgestellt hatte, dass ihr Mann geradezu besessen davon war, ständig umzuziehen (fünf verschiedene Wohnorte in weniger als sieben Jahren). Wahrscheinlich hatte Williams Unruhe mit seiner schwierigen Kindheit zu tun. Zuerst war er vor den Nazis und später vor den bösen, verrückten Kommunisten davongelaufen. Lenore war der Meinung, dass diese vielen Umzüge von einem Haus ins andere und von einer Stadt in die nächste für ihre beiden Kinder nicht gut seien. Sie brauchten mehr Beständigkeit im Leben. Wenngleich sie wusste, wie schrecklich sie die beiden vermissen würde, meldete Lenore die Zwillinge in einem erstklassigen Internat in den Bergen von Connecticut Hills an, ungefähr eine Stunde von zu Hause entfernt.

Als Will ein paar Minuten mit seiner Mutter allein war, bettelte er, daheim bleiben zu dürfen. Er wollte nicht weg. Lenore tröstete ihren wenige Minuten jüngeren Zwillingssohn, der viel anhänglicher und unsicherer war als sein Bruder, und versprach ihm, ihn jedes Wochenende zu besuchen. Sie versicherte ihm, dass er im Internat eine sehr fröhliche und lehrreiche Zeit haben werde. Und als sie ihn überzeugt hatte, forderte Lenore ihn auf, stets seine eigene Meinung zu vertreten und seine eigenen Entscheidungen zu treffen. Sie wusste, dass John bei den Zwillingen meistens das Sagen hatte und ihrer beider Denken und Handeln bestimmte. John war der Anführer, und Will folgte ihm.

Also ging Will trotz seines Widerwillens ins Internat. Er hatte keine andere Wahl. Er musste gehen. Wäre er nicht gegangen und alleine zu Hause geblieben, hätte John ihn verspottet. Und nichts konnte schlimmer sein; da wollte Will eher seine Mutter vermissen.

Der kleine, malerische Campus mit den riesigen Eichen und den alten, efeuüberwucherten Gebäuden war sehr schön und bot den Brüdern ein Zuhause. Will und John hatten ihr eigenes Zimmer im ersten Stock eines der Wohnheime. Gleich vor dem Fenster wuchs der Efeu aus Rissen im Gemäuer.

Will fühlte sich hier sehr schnell wie zu Hause. Lenore hatte ihm all seine Lieblingssachen gebracht. Auf den Regalen standen seine Lieblingsbücher. An den Wänden hingen seine Lieblingsposter, und im Bett lagen seine Lieblingsdecken und Lieblingskissen.

Und dann war ja auch sein Bruder da. Jederzeit, jeden Tag.

In jenem Winter flog William Hancock nach Los Angeles, um seine Schirme zu verkaufen. In L. A. besaßen nur ganz wenige Leute einen Schirm, aber das schreckte William nicht eine Sekunde ab. Er hatte größere Dinge im Sinn. Obwohl William fast ständig damit beschäftigt war, Geld zu verdienen, hatte er nie seine Liebe zu amerikanischen Spielfilmen vergessen. Als er hörte, dass Warner Brothers erwog, *Singing in the Rain* mit Warren Beatty in der Rolle des Gene Kelley neu zu verfilmen, packte er seine Sachen und einige seiner besten Schirme und eilte nach Westen. Über eine Woche lang versuchte er, Zutritt bei Warner Brothers zu erhalten. Er wollte dort seine Hancock-Schirme für die Dreharbeiten von *Still Singing in the Rain* kostenlos anbieten.

William Hancock war ein erstklassiger Geschäftsmann, doch seine größten Anstrengungen waren vergebens. Nichts zu machen. Doch als ein Mann, der in Berlin geboren und aufgewachsen war, damals einer der trübseligsten Orte auf Erden, verliebte er sich in das sonnige Kalifornien und den kalifornischen Lebensstil, besonders in das warme, herrliche Wetter. Zu Hause in Connecticut herrschte ein kalter und nasser Winter. In L. A. hingegen gab es Tag für Tag herrlichen Sonnenschein und wolkenlosen Himmel.

Er rief seine Frau an. »Pack unsere Sachen, Lenny. Wir ziehen um.«

»Umziehen? Wohin?«

»Nach Kalifornien.«

»Kalifornien! Und was ist mit den Jungen?«

»Mit den Jungen? Die sind in der Schule gut aufgehoben. Sie können in den Ferien zu uns in den Westen kommen.«

Als die Hancock-Jungen das Internat besuchten, lagen sie mit ihren schulischen und sportlichen Leistungen wieder ganz vorn. Den Kampf um die ersten Plätze im Klassenzimmer und beim Sport trugen sie untereinander aus.

Zeitweilig waren diese Wettkämpfe viel härter, als allgemein angenommen. John und Will zeigten sich vor aller Welt als starke Einheit. Als Sportkameraden ergänzten ihre Fähigkeiten sich hervorragend. Wenn sie einem gemeinsamen Gegner gegenüberstanden, hielten die Zwillinge zusammen wie Pech und Schwefel.

Und wie lag der Fall, wenn sie einander gegenüberstanden? Kopf an Kopf? Was geschah dann? Auch bei den Geschwistern gab es Rivalität, obwohl sie sich sehr bemühten, dies zu unterdrücken. Sie spürten instinktiv, dass ihr Überleben davon abhing, dass sie zusammenhielten.

In ihrer Kindheit hatte es nur wenige Raufereien gegeben. Doch als sie in ihrem zweiten Studienjahr an Thanksgiving frei hatten, kam es zu einer untypischen Auseinandersetzung, einem harten Kampf, einem richtigen Krieg, der die Jahre der tief verankerten eigenen Gefühle und des bitteren Grolls dieser unterschiedlicher Charaktere an die Oberfläche spülte.

Ihre Klassenkameraden waren nach Hause gefahren. John und Will sollten eigentlich auch nach Hause, nach Kalifornien, aber in letzter Minute musste ihr Vater geschäftlich nach Mexiko. Lenore begleitete ihn. Deshalb gab Direktor Masters den Jungen wider besseres Wissen die Erlaubnis, im Wohnheim zu bleiben. In den ersten Tagen herrschte Frieden. Sie lernten, gingen in die Stadt, um etwas zu essen oder sich im Kino einen Film anzuschauen, oder spielten in der Turnhalle stundenlang zu zweit Basketball.

Es war unvermeidlich, dass diese Spiele immer erhitzter wurden. Sie stießen und schubsten sich. John hatte einen leichten Vorsprung durch seine Schnelligkeit und Wurfsicherheit. Will machte jeden Mangel durch seinen eisernen Siegeswillen wett. Er hatte die Kraft, den Ball beinahe ins Netz zu zwingen, und eine so gute Kondition, dass er spielen konnte, bis sein Gegner schlappmachte.

An jenem Samstagmorgen legte John mit einem Affenzahn los und zog rasch davon. Trotz aller Anstrengung schaffte Will es nicht, Johns Vorsprung einzuholen. Seine langen Würfe saßen perfekt. Obwohl Will ihn immer wieder hartnäckig bedrängte, gewann sein Bruder die ersten beiden Spiele ohne Schwierigkeiten.

Sie spielten fast drei Stunden. Ununterbrochen. Sie machten keine Verschnaufpause und setzten sich nicht auf die Bank, um sich kurz an die Wand zu lehnen. Der Groll, den sie so lange unterdrückt hatten, kam allmählich an die Oberfläche.

Sie spielten zehn Spiele. John gewann sechs. Will errang mühsam den Sieg in den anderen Spielen, gewann aber nie mit mehr als drei Punkten. Will forderte Revanche.

John war am Ende seiner Kräfte. Er stemmte die Hände in die Hüften und keuchte: »Das bedeutet, dass wir noch zwei Spiele machen müssen. Und wenn du die beiden Spiele gewinnst, noch eins.«

»Ja, und?«

»Mir reicht's. Ich bin kaputt. Wenn es nur noch um Kondition geht, Bruder, wirst du wohl gewinnen.«

»Schlappschwanz.«

»Nenn mich nicht Schlappschwanz!«

»Ich nenne einen Schlappschwanz von einem Schlappschwanz, du Schlappschwanz.«

Die Jungen wären aufeinander losgegangen, wäre nicht der alte Ernie, der Hausmeister, in diesem Moment mit seinem Putzzeug durch die Turnhalle geschlurft. Die Brüder wollten Ernie nicht verärgern. Er hatte ihnen die Halle aufgeschlossen. Deshalb nahmen sie ihre Sachen und verzogen sich auf ihr Zimmer.

Sie waren beide sehr gereizt, und der große Streit brach später an diesem Abend aus. Wie es bei Streitereien unter Geschwistern oft der Fall ist, war der Grund für die Auseinandersetzung nicht der aktuelle Konflikt. Es ging vielmehr um eine Reihe von Ärgernissen, die sich seit langer Zeit aufgestaut hatten. Schon ein unbedachtes Wort hätte den Streit auslösen können. Eine falsche Bewegung. Ein Niesen. Ein Hüsteln. Ein schiefer Blick.

Sie hätten es besser wissen müssen, doch nach dem Abendessen packten sie das Backgammonspiel aus. Noch mehr Wettkämpfe. Und weil beim Backgammon gewürfelt wird, spielt das Glück eine große Rolle, und der Sieg ist oft zufällig. Wenn man lange genug spielt, setzt sich der bessere Spieler meistens doch als Sieger durch. In diesem Fall war es Will. Er war seinem Bruder im Kopfrechnen um eine Winzigkeit überlegen. Er spielte das Spiel mit rücksichtslosem Ehrgeiz und unglaublicher Schnelligkeit. Oft bewegte er seine Steine schon, ehe der Würfel liegen blieb.

John hatte keine andere Wahl, als etwas langsamer zu spielen. Doch wenn er auch nur eine Sekunde über seinen Spielzug nachdachte, regte Will sich sofort auf und trieb ihn zur Eile an.

Sie machten ein halbes Dutzend Spiele. Will gewann vier, John zwei. Ein Spiel zu verlieren machte John nicht wütender als Will. John wollte um jeden Preis der Sieger sein. Würde er mogeln, um zu gewinnen? Sein Bruder glaubte, ja.

Mitten im siebten Spiel klingelte das Telefon auf dem Flur. Will ging an den Apparat, weil er hoffte, es könnte seine Mutter sein. Doch es hatte sich nur jemand verwählt. »Irgend so ein Typ«, sagte Will zu John, als er zurück ins Zimmer kam, »der Tony's Bar & Grill wollte.«

»Nie gehört.«

»Ich auch nicht.« Will nahm seinen Würfel, wobei er aufs Brett schaute. Er runzelte die Stirn. »He, was ist denn das?«

»Was soll denn sein?«

»Du hattest nicht so viele Steine in deinem Zielfeld.«

»Hatte ich wohl.«

»Hattest du nicht.«

»Willst du damit sagen, ich mogele?«

»Du hast ein paar Steine verschoben, als ich nicht im Zimmer war.«

»Soll das heißen, ich betrüge?«

»Nenn es, wie du willst. Jedenfalls hast du ein paar Steine verschoben, um im Vorteil zu sein.«

»Du bist ja verrückt.«

»Nenn mich nicht verrückt!«

»Nein? Was willst du denn tun? Mir deinen Würfel an den Kopf werfen?«

Diese Frage war der Tropfen, der das Fass zum Überlaufen brachte. Bei Will brannte die Sicherung durch. Er schlug seine Faust in Johns Gesicht. Sie landete auf Johns Wange. John rächte sich, indem er das Backgammonbrett wegkickte und sich sofort auf seinen Bruder stürzte. Er rammte den Kopf gegen Wills Brust und drückte ihn an die Wand. Will brauchte nur einen Augenblick, um sich zu erholen. Er trat erst mit dem Bein und schlug dann mit dem Arm nach seinem Bruder. Beide standen sich in nichts nach. Sekunden später schlugen vier Arme und vier Beine wild durch die Luft.

Es dauerte fünfzehn Minuten, bis ihre Wut verraucht war. Das war eigentlich nicht schlecht. Monate, wahrscheinlich Jahre unterdrückter Feindschaft – und in ein paar Minuten hatten die Brüder sie weggeblasen. Diese Viertelstunde hinterließ jedoch ihre Spuren. Will hatte sich das Handgelenk verstaucht, als sein linker Haken danebenging und seine Faust gegen die Wand krachte. John verletzte sich das Knie, als es gegen das stählerne Bettgestell statt gegen die Brust seines Bruders knallte. Allerdings bekam das Zimmer noch viel mehr ab als die Hancocks. Zerschmetterte Lampen lagen auf dem Boden. Schreibtische waren schwer beschädigt, ebenso die Kommoden, Betten und Nachttische. Zersplitterte Spiegel hingen schief an den Wänden.

Es dauerte mehrere Stunden, bis die Jungen wieder bei Sinnen waren. Nach der Prügelei gingen sie getrennte Wege (John wanderte durch die dunklen Straßen, und Will ging ins Fernsehzimmer und starrte auf den dunklen Bildschirm). Um Mitternacht trafen sie sich auf dem Schlachtfeld wieder, diesmal mit der Fahne des Waffenstillstands.

Die ganze Nacht bis in den Sonntagmorgen hinein bemühten sich die Jungen, die Schäden zu beheben. Sie wussten, dass Studenten und Dozenten am Nachmittag aus den kurzen Ferien zurückkehrten. Sie wollten auf keinen Fall, dass irgendjemand erfuhr, was im Zimmer 226 in der Buckley Hall vorgefallen war. Es ging ihnen nicht um die Schäden, die sie angerichtet hatten. Nein, es ging ihnen um den Schaden an ihrem Bild, um die schreckliche Blamage, die dieser Schaden ihrem Ruf zufügen würde. Sie waren als coole Jungs bekannt, als klug, clever und ehrgeizig. Niemand betrachtete sie als schlecht oder gewalttätig. Und wenn es nach ihnen ging, würde es auch so bleiben. Die Hancock-Brüder waren eine Einheit, eine geschlossene starke Einheit. Die Außenwelt würde niemals etwas anderes als Frieden und Harmonie zwischen ihnen erleben.

Also beseitigten John und Will alle Spuren von zersplittertem Holz und zerbrochenem Glas. Stühle und Lampen wurden in die Mülltonnen hinter der Turnhalle geworfen.

Am Sonntagmittag sah das Zimmer besser aus als je zuvor. Niemand würde erfahren, was hier passiert war. Niemand hegte auch nur den geringsten Verdacht.

JOHN & LELAND

Will Hancock wacht auf, als er die Ankündigung hört, dass die Maschine in Kürze in Miami landet. Er richtet sich in seinem Sitz auf und reibt sich den Nacken. Will erinnert sich gut an die Prügelei in Zimmer 226 in der Buckley Hall. An die Prügelei und die erfolgreiche Vertuschung ihrer Auseinandersetzung. Und wenn er es auch zwei Jahrzehnte lang meisterhaft verleugnet hat – er weiß, dass der größte Teil seines Lebens eine Lüge und ein Vertuschungsmanöver war. Das ganze – oder besser, das halbe – Leben der Hancock-Brüder war eine Fassade, ein Trick, Rauch und Spiegelbilder.

John Hancock hat seit Jahren nicht mehr an die Prügelei im

Zimmer 226 gedacht. Es war aber auch nie Johns Stärke, die Vergangenheit auszugraben. In der Gegenwart passierte viel zu viel. Besonders in den letzten Tagen. Aus allen Richtungen kam etwas auf ihn zu. Will machte ihm zu schaffen, und Hillary Fisher, Rodney Byrnes und Dicky Cosgrove.

John hat jetzt keine Zeit, über das alles nachzudenken. Es ist fast halb zwei. Zeit für seine Verabredung mit Leland. Er muss versuchen, diese Gefahrenquelle auszuschalten.

Als John zur Tür geht, bittet er Sylvia, Nicky auszurichten, dass die Kinder um halb fünf zu Hause sein sollen. »Ich möchte mit ihnen in den Park gehen.«

»Denken Sie an den Hund«, erinnert ihn Sylvia. »Sie haben versprochen, sich mit den Jungs den neuen Hund anzuschauen.«

»Stimmt, der Hund.«

»Vergessen Sie es nicht. Es ist sehr wichtig, Versprechen zu halten, die man Kindern gegeben hat.«

»Keine Angst, Sylvia. Ich werde es nicht vergessen.«

John geht auf den Louisburg Square, bleibt stehen und schaut sich um. Er sieht den Schnüffler Al Brown nicht, der in seinem Minivan sitzt, denn der Bus hat getönte Scheiben; außerdem hat Al sich tief in seinen Sitz rutschen lassen. Über dem Lenkrad guckt nur noch der oberste Teil seines Kopfes hervor.

John geht über den Platz und biegt dann links in die Mount Vernon Street ein. Der Schnüffler folgt ihm nicht. Al weiß bereits, wohin Hancock geht. Sein Klient hat ihn angewiesen, eine zweistündige Mittagspause zu machen und die Observation um halb vier vor dem Ristorante Toscano auf der Charles wieder aufzunehmen.

Hancock biegt rechts in die Walnut und dann in die Beacon ein. Er bleibt einen Moment stehen, um auf den Boston Common zu schauen. Dann geht er den Hügel in Richtung State House hinauf. Kurz hinter der Joy Street erreicht er das Büro der Boston Press. In diesem zweihundert Jahre alten, von Charles Bulfinch entworfenen Ziegelsteinhaus ist der Verlag seit seiner Gründung 1899 durch Lelands Urgroßvater Isaac Fisher untergebracht.

John betritt die Eingangshalle. Sie ist mit zahlreichen Kirschholzschnitzereien und italienischem Marmor verziert, doch es sind die Bücher, die sofort ins Auge fallen. Tausende von Büchern. Zehntausende. Ein Exemplar jedes Buches, das Boston Press in seiner hundertjährigen Geschichte veröffentlicht hat, steht auf den Regalen. Auch Hancocks Bücher stehen hier. Alle sieben.

John steckt den Kopf in das kleine Büro am Empfang, wo die alte Mrs Tellison sitzt. Einige behaupten, dass sie schon dort saß, als Isaac noch den Verlag leitete. Sie liest einen Krimi und wartet auf das Klingeln des Telefons. »Guten Tag, Mrs Tellison!«

Die winzige, grauhaarige Dame blickt über ihre halben Brillengläser und schielt Hancock an. »Ja, bitte?«

John weiß, dass sie halb taub und halb blind ist, und er weiß auch, dass Leland zu weichherzig ist, um sie jemals zu bitten, in den Ruhestand zu treten. »Ich bin's. John Hancock.«

Sie denkt kurz nach und sagt schließlich: »Ach, der junge John Hancock? Wie geht es Ihnen?«

»Sehr gut, Mrs Tellison! Ist Leland hier?«

»Leland? Ach ja, Leland. Der Sohn, nicht wahr? Ich rufe schnell oben an.«

»Nicht nötig, Mrs Tellison. Ich gehe gleich hoch.«

Mrs Tellison nimmt den Hörer ab, doch der junge John ist schon die ersten Stufen der weißen Marmortreppe hinaufgestiegen. Er kennt den Weg in Lelands Büro. Immerhin kommt er schon fast zwanzig Jahre hierher. Leland hat Johns und Wills ersten Roman, *Internatsblues,* damals während ihres Studiums in Harvard veröffentlicht.

Leland sitzt im gleichen Büro, in dem schon sein Vater, sein Großvater und sein Urgroßvater gesessen haben. Diese anderen Fishers leiteten jedoch tatsächlich das Unternehmen. Sie waren richtige Verleger, die mit allen Aspekten des Buchgeschäfts vom Ankauf bis zum Vertrieb zu tun hatten. Als Leland ins Geschäft einstieg, änderte sich alles. Ihn interessierte das Verlagswesen nicht, und er hatte auch keine Lust, sich auf diese Weise seinen Lebensunterhalt zu verdienen. Leland, dem der Reichtum in die Wiege gelegt wurde, musste sich keine großen Sorgen über seine Berufswahl machen. Seine Familie hatte Geld und Beziehungen. Diesen Beziehungen hatte er seine Zulassung zur Harvard University zu verdanken, wo er den schlechtesten Abschluss seines Jahrgangs machte.

Nach seiner denkwürdigen Universitätskarriere verbrachte Leland mehrere Jahre damit, das Leben eines Bohemien zu führen. Er lebte eine Zeit lang in Greenwich Village, heiratete, bekam zwei Kinder und ließ sich scheiden. Dann kam die nächste Frau, noch ein Kind und die nächste Scheidung. Leland kehrte nach Boston zurück, und sein Vater nahm ihn im Verlag auf. Ein paar Jahre führte er die Titel »Mitherausgeber« und »Co-Verleger«. In Wirklichkeit gab er nicht viel heraus und verlegte nicht viel. Dafür gewann er den Ruf eines Playboys, der überall dort anzutreffen war, wo es in Bostons Nachtleben hoch herging.

1983 bekam Bernard Fisher plötzlich starke Schweißausbrüche. Er stellte sich vor seinen riesigen Mahagonischreibtisch, brach zusammen, bekam Krämpfe und starb.

Leland, der damals vierunddreißig Jahre alt war und eine Reihe schlechter Gewohnheiten hatte, musste die Verlagsleitung übernehmen. Ihm stand überhaupt nicht der Sinn danach, ein Verlagshaus zu führen. Als er die Leitung des Verlages übernahm, bestand seine erste Amtshandlung darin, das Unternehmen zum Verkauf anzubieten. Binnen weniger Tage schneiten zahlreiche Angebote von Großverlagen aus New York, London und Deutschland ins Haus. Boston Press arbeitete gewinnbringend und war ein anerkanntes Verlagshaus – eine sehr reizvolle Verbindung. Der Verlag besaß einen guten Ruf und eine beeindruckende Liste lieferbarer Titel. Leland nahm sich Zeit und bekam schließlich, was er wollte: zig Millionen, die begrenzte Freiheit, neues Material zu erwerben, und die zeitlich unbegrenzte Belegung des zweiten Stocks durch die Familie für den Rest seines Berufslebens. Er erkannte sogar in diesem Moment, dass seine Schuldgefühle ihn früh ins Grab bringen würden, falls er nicht versuchte, wenigstens den Familiennamen im Verlagswesen zu erhalten.

Jetzt tritt der große, breitschultrige Hancock ohne anzuklopfen und mit einem breiten Grinsen im Gesicht durch die Tür. »Lee! Wie geht es dir?« Er paar federnde Schritte über den dicken Teppich, und schon steht er wie ein gutmütiger Grizzlybär vor Leland. Er drückt Lelands dicke, kleine Hand, kneift ihm in den Nacken und streicht ihm über den Schädel. Es würde nur noch fehlen, dass er ihm einen Kuss auf die Lippen drückt.

Das spart dieser Scheißkerl sich für Hillary auf, denkt Leland.

Es folgen ein paar freundliche, wenn auch etwas gezwungene Worte.

»Wie läuft der Verkauf?«, fragt Hancock.

»Von der *Abrechnung*?«

»Ja.«

»Ein wenig schleppend«, erwidert Leland, »aber ziemlich gut. Wir könnten die Sache ankurbeln, wenn du in eine Werbetour einwilligen würdest. Fernsehen, Radio und die ganze Chose.«

Die Hancock-Brüder machen keine Werbekampagnen für ihre Bücher. Dadurch wären sie zu sehr der Öffentlichkeit ausgesetzt. Weil sie beide durch die Welt reisen, ist es nicht nötig, dass sie von vielen Fremden wiedererkannt werden. Die Verkaufszahlen würden steigen, aber sie müssen wichtigere Dinge schützen. Zumindest argumentieren sie beide so, wenn sie über dieses Thema sprechen. Doch beide würden gerne mehr tun, um Werbung für ihre Bücher zu machen.

»Ich glaube nicht, Leland.«

»Ich wusste, dass du das sagen würdest, aber ich dachte, ich frage trotzdem.«

»Fragen kostet nichts.«

Leland zuckt mit den Schultern. »Wie geht es mit dem neuen Buch voran?« Auch wenn Leland ganz schön verärgert ist, weil Hancock mit seiner Frau schläft – Geschäft bleibt Geschäft.

»Langsam«, erwidert John, »aber dennoch ganz gut. Wir könnten ein bisschen Gas geben, wenn du mehr Geld locker machst ...«

»Dein Humor ist umwerfend«, unterbricht ihn Leland, der sich umdreht und zur Getränkeecke an der Wand seines großen Büros geht, in dem ein beeindruckender Mahagonischreibtisch und eine ganze Reihe feudaler Ledersessel und Sofas stehen. »Möchtest du was trinken? Bier? Scotch?«

»Es ist noch ziemlich früh am Tag, Lee. Vielleicht eine Cola. Ich dachte, wir gehen essen?«

»Tun wir auch. Leider habe ich zu spät angerufen und erst für drei Uhr einen Tisch bekommen.«

»Wo?«

»Toscano.«

»Mensch, Leland, kennst du nur dieses eine Restaurant?«

Leland runzelt die Stirn. Es gefällt ihm nicht, auf seine Schwächen hingewiesen zu werden. »Ich kenne eine Menge Restaurants.«

John geht zu dem großen Schreibtisch. »Wir können uns doch etwas bestellen und hier essen. Bei dem schönen Wetter sind viel zu viele Touristen unterwegs. Vor einer Stunde hat irgendein Typ Aufnahmen von meinem Haus gemacht.«

Leland runzelt die Stirn. Könnte das Al Brown gewesen sein, der Schnüffler? »Aufnahmen?«

John nickt. »Als hätte er vor dem Weißen Haus gestanden ... Was hältst du davon, hier zu essen?«

»Hier essen?«

»Ja, wir bestellen uns bei Rebecca's auf der Charles etwas. Dort gibt es erstklassige Suppen und Meeresfrüchte. Es wird dir schmecken.«

Leland sucht nach einem Grund, warum er lieber ins Restaurant gehen möchte, doch Hancock hat den Hörer schon in der Hand. Er kennt die Nummer auswendig. Immer, wenn Sylvia frei hat, lassen er und Clara sich etwas aus dem Rebecca's kommen.

Leland greift in seine Bar und mixt sich einen kräftigen Wild Turkey on the rocks. Er ist entschlossen, die Sauferei einzuschränken, doch im Moment hofft er, dass ein oder zwei Drinks ihm den Mut geben, hier und jetzt die Dinge zu sagen, die gesagt werden müssen. Vorhin hatte er einen Anruf von diesem Privatdetektiv. Al hat ihm alles über Hillarys Besuch in Hancocks Haus berichtet. Sie ist zwar nicht lange geblieben, aber sie ist einfach zu Hancock gegangen, als wäre es die normalste Sache der Welt, verdammt!

»Mein Gott, Leland«, sagt Hancock, nachdem er den Hörer aufgelegt und die Bestellung durchgegeben hat. »Um zwei Uhr nachmittags Whisky? Wir sind keine zwanzig mehr, mein Freund.«

»Ach, Scheiße. Was nimmst du?«

»Ich weiß nicht. Okay, ein Bier, wenn du ein kaltes hast.«

Leland holt ein eiskaltes Samuel Adams aus dem kleinen Kühlschrank. »Ein Glas?«

»Nein, danke.«

Leland reicht ihm das Bier und geht wieder zu seiner Bar, um sich noch einen Schluck einzuschenken.

John stellt sich vor das große Fenster von Lelands Büro. Von hier aus hat er einen schönen Blick auf die Beacon Street und einen großen Teil des Stadtparks. »Eine herrliche Aussicht, Lee.«

»Ja, nicht übel.« Leland zeigt nach Westen. »Im Winter, wenn die Bäume kahl sind, kann man den ganzen Stadtpark sehen.«

»Tatsächlich?«

Leland nickt. »Du kennst doch die Statue von George Washington?«

John wirft Leland einen verstohlenen Blick zu.

»Ja.«

»Wenn das Laub verschwunden ist, kann man sie sehen. Ich erinnere mich noch, als ich vor ein paar Jahren eines Nachmittags besoffen hier saß. Ich schwöre bei Gott, dass der alte George seinem Ross einen Tritt gab und dann auf dem Rücken seines Pferdes die Commonwealth hinunterritt, um den Rotröcken einen Arschtritt zu verpassen. Ich dachte, ich seh nicht richtig.«

John lacht, obwohl er das gar nicht lustig findet. Er sieht sich schon im Geiste heute Nachmittag mit Hillary vor der Statue stehen. Will Leland ihm auf diese Weise sagen, dass er über ihr Rendezvous um fünf Uhr im Bilde ist? Hört Leland sein Telefon ab? Ist das Haus verwanzt?

»Der alte George«, sagt er, weil ihm nichts anderes einfällt, »war ein verdammt guter General, auch wenn die Revisionisten etwas anderes schreiben.«

Leland leert sein Glas. »Ich hab mal irgendwo gelesen, dass er der reichste Mann des Landes war, als er in den Krieg zog.«

John kann gar nicht glauben, dass sie dieses Spiel spielen und über den alten George plaudern. Es besteht kein Zweifel daran, dass Leland im Bilde ist. John würde am liebsten Will hierher bringen und das dumme Arschloch vor Lelands Augen kaltmachen. Aber das geht natürlich nicht, und so trinkt er sein Bier und lässt sich weiter auf das Geplänkel ein. »Damals hatten die Menschen noch Überzeugungen.«

»Scheiße«, schimpft Leland. »Ich glaube, Washington wollte noch mehr Geld machen, indem er die Truppen des Königs in die Flucht schlug.«

»Du willst doch nicht etwa andeuten, George und seine kontinentalen Kumpane hätten nicht nur selbstlose Motive gehabt, Lee?«

Leland ist schon wieder auf dem Weg zur Bar. »Ich wollte damit sagen, dass der Mensch im Wesentlichen ein egozentrischer Drecksack ist, der sich in erster Linie für sein eigenes Überleben und sein gutes Auskommen interessiert.«

Jetzt kommen wir der Sache schon näher, denkt Hancock.

Leland gießt sich noch einen großzügigen Schluck Whisky

ein. »Nimm zum Beispiel uns«, sagt er und dreht sich zu Hancock um. »Wir benutzen uns gegenseitig, um das zu bekommen, was wir haben wollen. Wenn ich nicht hätte, was du haben willst, und du nicht hättest, was ich haben will, würden wir jetzt nicht hier stehen und plaudern. Wir hätten überhaupt nichts miteinander zu tun.«

»Natürlich hätten wir miteinander zu tun, Lee. Wir sind Freunde, seit fast zwei Jahrzehnten. Wenn du meine Bücher nicht mehr verlegen wolltest, würde ich das verstehen. Natürlich würde ich mich nicht darüber freuen, aber ich würde schon damit fertig, und wir würden trotzdem Freunde bleiben.«

Leland trinkt fast das halbe Glas Whisky aus. »Das ist doch Quatsch.«

»Lee, wir haben schon viel zusammen erlebt. Ich weiß nicht, wie du es siehst, aber ich zähle dich zu meinen besten Freunden.«

»Freunde vögeln nicht die Frauen ihrer Freunde.«

John zuckt nicht mit der Wimper. Er war darauf vorbereitet, seitdem Hillary ihm am frühen Nachmittag zwischen die Beine gegriffen hat. Er schaut Leland verdutzt an und fragt: »Was hast du da gesagt?«

»Das hast du doch gehört.«

»Ja, aber ich kapiere nicht. Willst du damit sagen, dass du mit Clara schläfst?«

»Verarschen kann ich mich alleine, John. Ich weiß, dass du meine Frau bumst.«

»Ach, ich und Hillary bumsen also. Und was ist mit dir und Clara?«

Leland hat sicher schon mal daran gedacht, dass es ein großes Vergnügen wäre, mit Mrs Hancock ins Bett zu gehen, aber er will sich jetzt nicht ablenken lassen. »Ich hab euch zusammen gesehen.« Das stimmt natürlich nicht ganz. Leland hat nur die Fotos gesehen.

»Wen hast du zusammen gesehen? Du hast mich mit Hillary gesehen? Wann denn?«

»Ist doch egal.«

»Du beschuldigst mich, mit deiner Frau zu schlafen, aber wenn ich dich frage, wann das gewesen sein soll, sagst du, es wäre egal.«

»Gib es zu.«

»Ich werde doch nicht etwas zugeben, das nicht stimmt.«

»Du verdammter Lügner!«

»Mann, Lee, du bist wirklich ein Saftarsch.« John weiß, dass er es riskieren muss. Jetzt oder nie. »Ich hab Hillary vor dir gewarnt.«

Leland schaut John böse an. »Was soll das bedeuten? *Du* hast *sie* vor *mir* gewarnt?«

»Ich habe ihr gesagt, dass du ein eifersüchtiger, besitzergreifender Blödmann bist und uns die Hölle heiß machst, wenn wir beide uns heimlich treffen.«

»Da hast du verdammt Recht. Ich werde euch die Hölle heiß machen.«

Möglicherweise geht Johns Plan nicht auf, doch eine andere Idee hat er nicht. »Ja? Und wirst du dir nicht wie ein Idiot vorkommen, wenn du erfährst, warum wir uns heimlich treffen?«

»Das weiß ich doch. Weil du ein geiler Bock bist, der nichts anderes im Kopf hat, als meine Frau zu vögeln.«

»Leland, du hast eine blühende Fantasie. Du solltest Romane schreiben. Hillary und ich schlafen nicht miteinander. Wir haben noch nicht einmal daran gedacht. Nichts für ungut, aber ich habe wirklich kein großes Interesse daran, mit deiner Frau zu schlafen. Natürlich sieht sie gut aus, aber ... hm ... nun, ich weiß nicht. Ich glaube wirklich nicht, dass wir das tun sollten. Weißt du, was ich meine?«

Leland leert sein drittes Glas Wild Turkey und schaut Hancock aufmerksam und ungläubig an. Wahrscheinlich konnte John seine Bedenken nicht zerstreuen. Immerhin ist Leland jetzt völlig durcheinander. »Was erzählst du mir da? Du hast also nicht mit meiner Frau geschlafen?«

»Ich fürchte nein, mein Freund. Ich habe seit dem Tag, als

ich meine wundervolle Frau geheiratet habe, keine andere mehr angerührt.«

»Und warum treibst du dich dann mit Hillary herum?«

»Okay, Lee, dann muss ich es dir wohl erzählen. Deine Frau wird mich bestimmt zur Sau machen, aber ich muss es dir trotzdem sagen, weil du sonst total durchdrehst. Also sag ich's dir. Jawohl, ich werde es dir sagen. Ich sage es dir, weil ...«

»Hör auf mit dem Scheiß und sag's endlich.«

»Okay, okay. Reg dich nicht auf!«

»Dann komm zur Sache.«

»Denk doch mal nach, Lee. Keine Idee, was ansteht? In diesem Sommer? In vier oder fünf Wochen? Um den vierten Juli herum?«

Leland macht noch immer ein böses Gesicht, wenn er auch nicht mehr ganz so verärgert ist. Er presst die Lippen zusammen und sagt kein Wort.

»Ja«, fährt John fort, »weißt du es?«

Lelands Wut verraucht allmählich. Trotzdem gibt er John keine Antwort. Er beschließt, nichts mehr zu trinken.

»Richtig. Am achten Juli. Leland Fisher wird genau fünfzig Jahre alt. Ein runder Geburtstag. Ein halbes Jahrhundert. Das passiert nur einmal im Leben, Lee. Hillary und ich wollten eine kleine Party für dich organisieren. Wir wissen ja beide, wie sehr du Feste liebst. Wenn du allerdings lieber ausrastest und dir einredest, ich hätte eine Affäre mit deiner Frau, dann fahr zur Hölle. Ich steh dir nicht im Weg. Von mir aus kannst du dich ruhig besaufen und hier herumtoben. Was geht es mich an? Für mich ist das nur eine nette, kleine Nachmittagsunterhaltung.«

John entspannt sich und fragt sich, wie oft er für seinen Bruder Will schon den Kopf hinhalten musste. Zu oft. Viel zu oft. Und jetzt hat er die Schnauze voll. Gestrichen voll. Er setzt nicht nur ihre private und geschäftliche Beziehung zu Leland aufs Spiel, sondern ihre Ehe, verdammt! Ihre Ehe und ihre Familie. Ohne Zweifel das Wichtigste in Johns Leben.

Seine Frau und seine Söhne. Clara würde fuchsteufelswild werden, würde sie von diesem blöden Seitensprung erfahren. John muss mit seinem Bruder unbedingt mal Tacheles reden.

Das Telefon auf Lelands Schreibtisch klingelt. Mit gesenktem Kopf und zusammengepressten Lippen trottet er über den Teppich und hebt den Hörer ab. »Ja, Mrs Tellison?«

»Hier ist ein junger Mann aus dem Rebecca's.«

»Rebecca's?« Leland hat es ganz vergessen.

»Rebecca's Restaurant«, erklärt Mrs Tellison.

»Ach ja. Schicken Sie ihn hoch.«

Leland legt auf, zögert und dreht sich zu Hancock um. »Das Essen ist da.«

John reibt sich die Hände. »Sehr gut. Ich habe einen Bärenhunger.«

LONDON & PARIS

Plötzlich hat auch Sir Rodney einen Bärenhunger. Er hat das Gefühl, ein halbes Schwein verdrücken zu können. Noch vor einer Stunde hatte er das Gefühl gehabt, nie mehr etwas herunterzukriegen. Das hatte mit diesem Pulver zu tun, das dieser Verrückte ihm in der vergangenen Nacht in Mund und Nase gepustet hat. Die Auswirkungen auf Rodneys Magen waren fürchterlich, und jedes andere Körperteil war ebenfalls in Mitleidenschaft gezogen.

Hancock streitet zwar ab, irgendetwas damit zu tun zu haben, aber Sir Rodney glaubt das nicht eine Sekunde lang. Dieser Wahnsinnige mit der schwarzen Farbe im Gesicht sprach immer wieder von Clara. Hancock muss den Mann geschickt haben.

Jetzt stellt sich die Frage, was Sir Rodney unternehmen wird.

Er hat sich schon dagegen entschieden, die Polizei zu rufen. Ihm wurde nichts gestohlen. Mit seiner Wohnung ist alles in Ordnung. Nur die Tür war außen mit Dreck beschmiert. Rodney hat es schon sauber gemacht, weil er Angst hatte, die Nachbarn könnten glauben, er hätte sonderbare sexuelle Vorlieben. Er hat Angst, man könnte ihn für verrückt halten, wenn er der Polizei oder einem anderen davon erzählt.

Wie immer geht es Rodney vor allem darum, den Schein zu wahren.

Deshalb muss er die Sache selbst in die Hand nehmen und sich rächen. Es gibt verschiedene Möglichkeiten. Er könnte jemanden anheuern, der es Hancock heimzahlt. Aber wen? Und wie viel würde das kosten? Sir Rodney ist ziemlich knickerig.

Nein, Rodney wird niemanden anheuern. Er wird sich selbst um die Sache kümmern, auf seine Weise. Wenn er den Mut hat.

Leider ist Sir Rodney jetzt einer der Unsichtbaren, wie es Wills Voodoo-Bekanntschaften auf Haiti nennen würden. Sein Körper lebt zwar noch, aber sein Geist ist tot.

Clara speist im Maxim – ohne Zweifel das berühmteste Restaurant von Paris, vielleicht sogar der ganzen Welt. Obwohl die Besitzer sich schon seit Jahren keine großen Gedanken mehr um das Essen machen. Die Gäste würden weiterhin kommen, selbst wenn man ihnen Hundefutter serviert. Der springende Punkt war nicht das Essen. Der springende Punkt war das Lokal. Die Atmosphäre. Man wollte im Maxim gesehen und erkannt werden. Die Gäste an den Nebentischen sollten tuscheln.

Das ist sicherlich der Grund, warum Clara hier einen Tisch für ihre kleine Gesellschaft reserviert hat, die auf sieben Leute angewachsen ist: ihr Gefolge von vier Personen aus London, die Managerin der Galerie Dare, Jeanette Boucher und ihr kahlköpfiger Gatte Roland sowie ihr Künstlersohn Gérard, der schon seit sechs Jahren malt, aber noch niemandem sein Werk gezeigt hat. Gérard ist ein hübscher, empfindsamer Junge mit funkelnden blauen Augen und – wie Clara findet – einem gequälten Gesicht. Sie waren mehr als zwei Stunden im Maxim, und Gérard hat kaum ein Wort gesagt.

Clara hat fast nichts gegessen: ein paar Bissen einer Vorspeise aus Spargel und Fetakäse und zwei Gläser hervorragenden Champagner.

Vielleicht würde sie mehr essen, wenn Hancock und die Jungen bei ihr wären. Sie vermisst sie schrecklich. Sie wünscht sich, dass Hancock jetzt neben ihr säße. Er würde lachen, ihr unter dem Tisch in den Schenkel kneifen, seine gewagten Witze erzählen und sein schreckliches Französisch zum Besten geben.

Clara schiebt ihren Stuhl zurück und lächelt ihre Gäste an. »Ich muss zurück«, sagt sie. »Bitte bestellen Sie sich ein Dessert oder Wein, was immer Sie möchten.« Sie rauscht auf ihren hohen Absätzen davon. Als sie den Saal durchquert, drehen viele Gäste sich nach ihr um.

Clara geht zur Toilette und vergießt ein paar Tränen. Der gequälte Gesichtsausdruck des jungen Gérard Boucher und die vielen Meilen, die Clara von ihrer Familie trennen, hinterlassen ihre Spuren. Clara zeigt der Welt Stärke und Entschlossenheit, doch tief in ihrem Innern ist sie zerbrechlich und manchmal sogar ängstlich.

Eine Stunde später ist sie wieder im Ritz. Sie hat ein großes, hübsches Zimmer mit Blick auf den Place Vendôme mit den teuersten Kunstprodukten der materiellen Welt: große Marmorbänke, exotische Juweliere und Parfümerien, Designerkleidung, Galerien mit seltenen Antiquitäten und feiner Kunst einschließlich der Galerie Dare sofort hinter dem Platz (der tatsächlich ein Achteck ist) auf der Rue de la Paix.

Clara schaut aus dem Fenster auf die abendliche Beleuchtung, während sie darauf wartet, dass jemand ans Telefon geht. Schließlich hebt Sylvia in der Küche ab. Die Köchin plaudert kurz mit Mrs Hancock und reicht den Hörer dann schnell an die Jungen weiter, die außer Rand und Band geraten, als sie hören, dass es ihre Mutter ist. John junior, ein Jahr älter und stärker als sein Bruder, hält den Hörer so, dass Willy ihn nicht zu fassen bekommt. Der kleine Willy rennt sofort ins Wohnzimmer und hebt den Hörer vom Nebenanschluss ab. Jetzt sprechen sie beide auf einmal.

»Mama! Du hättest heute in der Schule sein müssen. Das war geil! Wir hatten Feueralarm. Aber es war keine Übung, es war richtiges Feuer! Da waren Feuerwehrautos und Feuerwehrmänner und so.«

»Wirklich? Erzählt mir alles.« Clara hört zu, während die Jungen ihr alle Einzelheiten von dem Rauch, den Sirenen und den Flammen erzählen, die aus der Cafeteria schossen. Sie reden abwechselnd, und Clara spornt sie immer wieder mit ungläubigen Zwischenrufen an. Je mehr sie reden, desto besser fühlt sie sich. Ihre Traurigkeit verschwindet.

»Aber die Feuerwehrleute haben das Feuer gelöscht?«, fragt sie schließlich. »Niemand wurde verletzt?«

»Niemand verletzt«, antwortet John.

Willy mischt sich wieder ein. »Wir müssen uns morgen was zu essen mitbringen, weil die Cafeteria geschlossen ist.«

Clara lächelt und sagt: »Sylvia macht euch doch immer das Essen.«

»Ja. Und wenn sie es nicht tun würde, müsste sie es jetzt tun.«

»Das leuchtet mir ein, Willy.«

»Wann kommst du nach Hause?«, wollen die beiden wissen.

»Bald. Aber denkt daran, dass ihr mit Tante Linda für ein paar Tage nach New Hampshire fahrt.«

»Wann denn?«

»Mittwochmorgen.«

»Und was ist heute?«

»Montagabend.«

»Und wann sehen wir dich wieder? Du bist schon eine Ewigkeit weg.«

»Ich bin seit zwei Tagen weg.«

»Das ist eine Ewigkeit.«

In Claras Augen glitzern Tränen. »Ihr habt Recht«, sagt sie. »Es ist eine Ewigkeit. Doch ich werde zurück sein, ehe ihr sagen könnt: Fischers Fritze fischt frische Fische.«

»Fischers Fritze fischt frische Fische.«

»Fischers Fritze fischt frische Fische.«

»Okay, okay. Ich beeil mich. Versprochen. Habt ihr euch den Hund schon angeschaut? Euer Vater hat gesagt, dass ihr euch heute den kleinen Hund anseht.«

»Wir gehen nachher hin. Wir warten auf Dad, und dann geht's los.«

»Es ist ein Golden Retriever, stimmt's?«

»Golden Retriever«, rufen die Jungen im Chor. »Golden Retriever. Golden Retriever.«

Aus Claras Augen rinnen Tränen. Ihre Söhne sind ihr ganzes Glück.

Die Kinder müssen auflegen. Sylvia holt gerade heiße Schokoladenplätzchen aus dem Backofen.

»Ich liebe euch«, sagt Clara, doch die Jungen haben schon aufgelegt. Sie seufzt und denkt an ihre vielen Reisen. Es reicht. Genug Reisen, genug Kompromisse und genug Widersprüche. Es wird Zeit, dass sie sesshaft wird, zu Hause bleibt und sich mit ihren Söhnen vergnügt.

Zuerst muss sie noch die Sache in New York regeln. Die neue Galerie und die anderen Dinge, die keinen Aufschub dulden.

Sie fragt sich, ob es richtig ist, was sie in ein paar Tagen vorhat. Es erscheint ihr richtig, ist es vielleicht aber nicht. Möglicherweise wird es dadurch zu Komplikationen und vielen zusätzlichen Problemen kommen.

Sie versucht, sich zu beruhigen. Ihre Traurigkeit macht sie nur schwach und dumm. Sie muss stark und entschlossen sein.

Obwohl es schon spät ist, zieht Clara jetzt eine silberblaue Strumpfhose, hohe, blau-weiße Sportschuhe und ein ausgeblichenes rotes Sweatshirt an, auf dem quer über der Brust NANTUCKET steht. Sekunden später verlässt sie das Zimmer und geht über den Flur.

Im piekfeinen Fitnessclub im Ritz ist nicht viel los. Eine junge Frau gibt ihr ein Handtuch. Hinten in der Ecke liegt nur ein einsamer, langhaariger Wolf auf einer Bank und stemmt Gewichte. Kein Wunder, denn es ist zehn Uhr an einem Montagabend.

Clara macht Dehnübungen, fährt Fahrrad, trainiert auf dem Stair-Master und auf dem Langlaufski-Simulator. Ihr Pulsschlag steigt, und sie fängt an zu schwitzen. Doch das ist kein Problem, denn Clara hat den Körper einer Zwanzigjährigen.

Der einsame, langhaarige Wolf schlendert an ihr vorbei, als sie vor einem großen Spiegel steht und mit zwei Vier-Kilo-Hanteln langsam tiefe Squats macht. Clara beobachtet ihn im Spiegel. Sie glaubt, dass er einfach an ihr vorbeigeht und sie noch nicht einmal anschaut, doch in letzter Sekunde dreht er sich um und lässt seinen Blick schweifen. Er schaut auf ihre Beine und dann auf ihren süßen kleinen Po.

Ihre Blicke treffen sich im Spiegel. Auf seinem hübschen, verschwitzten Gesicht breitet sich ein Lächeln aus.

Ah, denkt Clara, schon besser. Dann wirft sie ihm noch einen Blick zu und erkennt, dass es Brad Pitt ist. Ohne Zweifel.

Sie lächelt zurück. Er nickt und verzieht den Mund auf diese zauberhafte Weise, mit der er die Mädchen verrückt macht, senkt den Kopf und verschwindet durch die Tür.

Clara hat nicht den Wunsch, mit Brad Pit oder irgendeinem anderen etwas anzufangen. Sie liebt ihren Mann, doch es gefällt ihr natürlich, wenn Männer sie zur Kenntnis nehmen, sich nach ihr umdrehen und ihr nachschauen.

An dem Tag, als John F. Kennedy beerdigt wurde, ging Patsy McGuire mit ihrem Baby aus dem Mass General nach Hause. Ihr Zuhause war ein altes Wohnheim auf der Decatur Street in Cambridge, ungefähr auf halber Strecke zwischen dem MIT-Museum und Harvard. Die Bewohner waren zum größten Teil Studenten aus dem Iran, aus Ghana und Singapur. Ein regelrechter Schmelztiegel. Der richtige Ort für die Entwicklung der jungen Miss Jane McGuire.

Schon bald passten Araber, Afrikaner und Asiaten auf Patsys Baby auf, wenn sie arbeiten musste oder ausging. Immerhin war auch Patsy noch ein halbes Kind. Die kleine Jane hörte zig verschiedene Sprachen und Musik aus allen Winkeln der Welt. Noch vor ihrem fünften Geburtstag hatte sie die indische, französische, japanische und chilenische Küche gekostet. Und noch bevor sie sieben Jahre alt war, hatte sie Vorlesungen in Wirtschaftswissenschaft, Gesellschaftsrecht und Molekularbiologie gehört. Das passierte immer dann, wenn Patsy nicht pünktlich nach Hause kam und der junge Student, der sich um Jane kümmerte, zur Uni musste. Jane saß ruhig in diesen kalten, hell erleuchteten Seminarräumen und nahm alle Anregungen auf, die die Welt zu bieten hatte.

Es waren die Sechziger. Türkische Muster, Batik und Marihuana, das auf der Veranda vor dem Wohnheim auf der Decatur geraucht wurde, waren in. Und Patsy, die trotz ihrer plötzlichen Mutterschaft noch immer gerne auf Partys ging, trug Batikklamotten und kiffte. Sie bemühte sich nicht, ihre Tochter davor zu beschützen. Vielleicht manchmal vor dem Sex, aber nicht immer. Schließlich teilten sich die beiden neun Jahre lang ein Zimmer.

Patsy tat für ihre Tochter, was in ihrer Macht stand. Sie brachte Jane die wichtigsten Dinge bei. Sie lehrte sie, nach ihren Träumen zu forschen und ihrer Fantasie zu folgen, aber die Realität nie aus den Augen zu verlieren. Sie sollte sich ein schönes Leben machen, aber immer daran denken, dass die wichtigste Aufgabe das Überleben war. Vor allem sollte sie nicht den Mist glauben, den andere ihr erzählten, besonders die Männer. Die Männer benutzen und sich mit ihnen vergnügen, okay, aber bloß nichts glauben von dem, was sie sagen. Sie hatten alle einen großen Mund und waren Jammerlappen, und praktisch jedes Wort, das sie von sich gaben, war eine große, raffinierte Lüge.

Als Jane neun Jahre alt war, zogen sie und ihre Mutter in ein altes, viktorianisches Haus, das schon vor langer Zeit umgebaut worden war, um für die stetig wachsende Zahl der Studenten und Professoren Platz zu schaffen. Die McGuires hatten die ganze Wohnung im zweiten Stock für sich. Die Decken verliefen in seltsamen Winkeln, aber sie hatten eine eigene Küche, ein eigenes Bad und jeder ein eigenes Zimmer.

Florence Baker wohnte im ersten Stock. Sie war einunddreißig Jahre alt und hatte schon ein Diplom in Anglistik und Philosophie, einen Magister in Theologie und einen Doktortitel in mittelalterlicher Geschichte erworben. Florence hatte sich das Studieren zur Lebensaufgabe gemacht. Sie verfügte über ein bescheidenes Treuhandvermögen, das ihr ermöglichte, ihre unstillbare Neugier auf das ganze Wissen der Welt zu stillen.

Als Patsy und Jane oben einzogen, studierte Florence europäische Kunstgeschichte des neunzehnten Jahrhunderts an der Bostoner Universität. Sie mochte die große, dürre Neunjährige mit dem schüchternen Lächeln und den blaugrauen Augen auf Anhieb. Florence versicherte Patsy, dass es kein Problem sei, auf die Kleine aufzupassen, wenn sie aus der Schule käme. Es sei ihr ein Vergnügen.

Florence war klein, sparsam, fleißig und unglaublich intelligent. Die Situation der McGuires war ihr sofort klar. Und sie erkannte, dass ihr hier die Gelegenheit geboten wurde, etwas zurückzugeben, denn sie hatte schon sehr viel bekommen.

Nur wenige Wochen, nachdem die McGuires eingezogen

waren, nahm Florence Jane mit ins Fogg Art Museum an der Harvard University. Jane hatte noch nie ein Museum richtig besucht. Nur einmal waren sie und ihre Mutter eines Nachmittags bei einem Gewitter ins Museum der afrikanisch-amerikanischen Geschichte am Boston Common ausgewichen. Florence ging mit Jane in den ersten Stock, wo die Kleine zum ersten Mal in ihrem jungen Leben auf die Werke von Monet, Renoir, Gauguin, van Gogh, Picasso und Cézanne traf.

Jane, das größte Mädchen in ihrer Klasse, trat von einem Bein aufs andere und schaute sich die Bilder mehrere Minuten schweigend an. Dann drehte sie sich zu Florence um und fragte in ernstem Tonfall: »Haben das Kinder gemalt?«

Florence, die im ersten Moment schockiert war, konnte nicht sofort antworten. Sie schaute sich die Bilder der berühmten Kunstvertreter noch einmal an. Schließlich hellte ein Lächeln ihr für gewöhnlich ernstes Gesicht auf. »Ja«, erwiderte sie, »man könnte wohl sagen, dass diese Bilder von Kindern gemalt wurden. Von erwachsenen Kindern, die noch in der Lage waren, die Welt mit den unverdorbenen Augen ihrer Jugend zu sehen.«

»Ich kenne mich nicht damit aus«, sagte Jane, »aber sie gefallen mir. Meine Augen rollen hin und her, wenn ich mir die stürmischen, wirbelnden Farben ansehe, und meine Fingerspitzen prickeln. Besonders das hier gefällt mir.« Sie zeigte auf das Selbstporträt von Vincent van Gogh, das Paul Gauguin gewidmet war.

In den nächsten Jahren besuchten Florence und Jane viele Museen. Manchmal begleitete Patsy sie, doch herumzustehen und sich Gemälde anzuschauen, war für sie nicht gerade der Hit. Ihre Interessen lagen woanders. Ihr wichtigstes Ziel war, einen lustigen, ruhigen Burschen zu finden, der vielleicht ein paar Dollar auf der Bank hatte. Patsy wusste jedoch, dass es gut für Jane war, etwas mit Flo zu unternehmen. Sie ermunterte sie. Das Kind sollte jede Chance ergreifen, die ihm geboten wurde. Das Leben war nicht immer ein Zuckerschlecken.

Bostons Museum of Fine Arts gefiel Jane am besten. Sie und Florence verbrachten dort viele Nachmittage und schauten sich einige der großen Meisterwerke an. Sie verbrachten auch unzählige Stunden im Japanischen Garten oder auf dem Hof vor dem Museum und sprachen über die Gemälde. Florence hörte aufmerksam zu, wenn Jane ihre Meinung äußerte. Noch nie hatte jemand Jane richtig zugehört. Das Mädchen fasste Vertrauen.

Die beiden machten weite Reisen, um sich die Arbeiten der große Impressionisten und Post-Impressionisten anzuschauen. Sie fuhren nach Portland, Worcester und Providence. Sie fuhren sogar nach New York, wo sie drei herrliche Tage im Museum der Modernen Kunst und im großen Metropolitan verbrachten.

Sie wohnten in der Wohnung von Florences Eltern an der Fifth Avenue. Die kleine Jane McGuire traute ihren Augen nicht: Der Blick auf die Stadt. Die goldenen Wasserhähne im Bad. Die chinesische Seidentapete im Wohnzimmer. Der afghanische Teppich auf den Böden. Die bestickte Kaschmirdecke auf den Betten. Die Weinständer mit dem französischen Wein. Die exotischen Lebensmittel in den Schränken. Das Ölgemälde von Degas im Arbeitszimmer. Die Skizze von Picasso im Schlafzimmer.

Diese große Tour durch Manhattan war Janes erster Blick auf das schöne Leben. Für ein junges Mädchen, das in einem Wohnheim aufgewachsen war und kaum eigene Besitztümer hatte, war es schlicht überwältigend, und Jane sog alle Anregungen begierig auf.

Jane McGuire, die in vier Jahren ihren Namen in Clara Dare ändern würde, kehrte nach Boston zurück und wollte mehr. Viel mehr. Das Mädchen, die junge Frau wollte plötzlich alles.

HILLARY &
DIE HANCOCK-JUNGEN

Die Hancock-Jungen laufen den Hügel in Beacon Hill hinunter. Sie erreichen die Charles Street. Hancock schickt sich schon an, die Straße zu überqueren, doch John junior und Will rufen ihn zurück. »Hey, Dad, warte! Wir müssen uns die Hand reichen. Mom hat gesagt, wir dürfen niemals die Straße überqueren, ohne uns die Hand zu geben.«

John senior bleibt am Bordstein stehen. »Tut mir Leid, Jungs. Ich habe geträumt. Mom hat ganz Recht.« Er nimmt John junior an die linke Hand und Will an die rechte und überquert mit ihnen zuerst die Charles Street und dann die Beacon. Es ist später Nachmittag. Fünf Uhr. Die Menschen haben Feierabend und wollen nach Hause. Deshalb herrscht viel Verkehr.

Zwischen den Bäumen und blühenden Sträuchern im Stadtpark verebbt der Verkehrslärm. Die Kinder rennen davon, um auf die Bronzestatue der Ente mit ihren acht Jungen zu klettern. Dad schiebt sie weiter zur Fußgängerbrücke über dem Teich, in dem Hunderte von Enten, Gänsen und Schwänen schwimmen, schnattern und quaken.

Natürlich bleiben die Jungen mitten auf der Brücke stehen, klammern sich ans Geländer, spucken ins Wasser und beobachten die Wellen. »Warum macht so wenig Spucke so große Kreise?«, wollen sie wissen.

»Weil ihr das so wollt«, erklärt ihr Vater.

Das ist für sie jetzt das Evangelium, und sie folgen ihrem Dad wie zwei gehorsame Apostel über die Brücke.

Die riesige Statue General Washingtons hoch zu Ross taucht vor ihnen auf. Als die beiden Jünger die Statue erblicken, rennen sie los und werfen sich gegen das schmiedeeiserne Gitter, das den Sockel schützt. Mit offenen Mündern starren sie auf den großen, mächtigen General auf dem tapferen Pferd.

John hält nach dem Bentley Ausschau. Es ist kein Problem,

ihn auf der Arlington Street zwischen all den Honda Civics und Dodge Neons zu erblicken. Hillary hat ihren riesigen britischen Wagen genau vor der Statue im Halteverbot geparkt. John sieht sie hinter dem Lenkrad. Sie schaut sich mit zusammengekniffenen Augen um. Sie sieht verärgert aus. Und warum auch nicht? Es ist immerhin schon sechs Minuten nach fünf. Hillary könnte auch Mrs Pünktlich heißen, schießt es Hancock durch den Kopf.

Sie entdeckt ihn, kurbelt das Fenster hinunter, streckt den Arm heraus und winkt ihm zu.

Hancock tut so, als hätte er sie erst jetzt entdeckt. »He, Jungs, schaut mal, da ist Mrs Fisher, Lelands Frau. Kommt, wir sagen ihr schnell guten Tag.«

Also gehen sie alle zur Fahrerseite des Bentleys. Die Jungen sind überhaupt nicht schüchtern. »Mensch«, staunt John junior, »was für ein großer Schlitten.«

»Ja«, sagt Willy. »Können wir eine kleine Tour machen?«

Da es wahrscheinlich die einzige Möglichkeit ist, Hancock in den Wagen zu bekommen, lässt Hillary sie alle einsteigen. Die Kinder klettern auf die Rückbank. Es ist ziemlich viel Platz dort hinten. Hancock setzt sich auf den Beifahrersitz. Hillary fährt vom Bordstein los, saust die Arlington hinunter, biegt um die Ecke und fährt die Boylston hoch.

Hillarys böses Gesicht und ihr Versuch, den großen Bentley in einen Ferrari zu verwandeln, überzeugen Hancock, dass sie sich diesen Nachmittag sicher anders vorgestellt hat.

»Na«, fragt er, »und wo sind *deine* Kleinen heute Nachmittag?«

Hillary schaut Hancock wütend an. »Das hast du doch absichtlich getan.«

»Ich bitte dich! Ich habe nun mal Kinder. Du kannst sie im Rückspiegel sehen. Jeden Nachmittag nach der Schule unternehmen wir etwas zusammen. Das ist ein tägliches Ritual. Heute machen wir eine kleine Spritztour mit Mrs Fisher. Anschließend schauen wir uns ein paar Welpen an.«

»Wie idyllisch.« Hillary schaut in den Spiegel. Die Hancock-Jungen knien auf der breiten Rückbank, schauen aus dem Fenster und winken dem Fahrer in dem Minivan hinter ihnen zu. In dem Wagen sitzt Al Brown, der Schnüffler. Al wurde ein bisschen nervös, als Mr Fisher und Hancock nicht im Ristorante Toscano auftauchten, doch als Hancock vor einer halben Stunde sein Stadthaus verließ und mit seinen Söhnen Richtung Park ging, konnte er seine Observierung fortsetzen. Er fuhr auf die andere Straßenseite, beobachtete Hancock durch sein Fernglas und war startklar, als die drei in Mrs Fishers großen blauen Bentley stiegen.

Der Schnüffler versucht, das Winken der Kinder zu ignorieren, aber sie winken so lange und hartnäckig, dass er schließlich zurückwinkt. Er kommt sich wie ein Idiot vor. Mein Gott, sagt er sich, was habe ich nicht schon alles getan, um ein paar Dollar zu verdienen.

Hillary muss sich im Stillen eingestehen, dass die Hancock-Jungen ziemlich niedlich sind. Trotzdem ist sie noch immer wütend, dass ihr Vater sie mitgebracht hat. »Vielleicht hättest du mir sagen sollen, dass du in Begleitung kommst, als wir uns für fünf Uhr verabredet haben.«

Zumindest spricht sie leise, denkt Hancock. Er ist sicher, dass seine Söhne nichts hören, und wenn sie etwas mitbekommen sollten, könnten sie nichts damit anfangen. »Da wusste ich noch nicht, was ich jetzt weiß.«

»Und was weißt du jetzt?«

»Du hattest Recht. Leland weiß es. Beim Essen ist er damit herausgerückt und hat mich beschuldigt, ein ... hm ... du weißt schon was, mit dir zu haben.«

Das ist eine ganz neue Situation. Hillarys Stimme ist jetzt nicht mehr so giftig. »Du machst Scherze?«

Hancock schüttelt den Kopf. »Ich wünschte, es wäre so.«

»Und was hast du ihm gesagt?«

»Ich habe ihn für verrückt erklärt.«

»Und was hat er da gesagt?«

»Wir wären zusammen gesehen worden.«

»Und dann?«

»Ich habe zugegeben, dass wir uns getroffen haben.«

»Was? Das ist nicht dein Ernst!«

»Doch.«

»Mein Gott. Warum hast du das getan?«

»Ich habe gesagt, dass wir uns getroffen haben, um ein Fest zu seinem fünfzigsten Geburtstag zu planen. Ich habe ihm auch gesagt, dass du total sauer wärst, wenn ich die Katze aus dem Sack lassen würde. Spiel also deine Rolle, wenn er es zur Sprache bringt.«

»Wow«, murmelt Hillary. »Seine Geburtstagsparty planen. Du bist nicht auf den Kopf gefallen, Hancock, das muss man dir lassen. Und was hat er gesagt?«

»Viel hat er nicht dazu gesagt. Aber du weißt ja, dass ein Mann nicht gerne glauben will, dass sein Freund es mit seiner Frau treibt. Der greift doch nach jedem Strohhalm, um sich einzureden, dass es nicht stimmt.«

»Meinst du, er hat es geschluckt?«

Jetzt kommt es auf jedes Wort an, denkt Hancock. Er zuckt mit den Schultern. »Ich finde, wir sollten erst mal warten, bis die Gemüter sich beruhigt haben, Hillary. Überleg doch mal, was wir getan haben. Du hast einen Mann und Kinder ...« Hancock wirft John junior und dem kleinen Willy, die dem Typen im Minivan zuwinken, einen raschen Blick zu. »Ich habe eine Frau und zwei reizende kleine Jungen. Wir können das nicht machen. Es steht zu viel auf dem Spiel. Wir könnten zu viele Menschen dabei verletzen.«

Hillary ist nicht dumm. Das leuchtet ihr ein. Sie weiß, dass Hancock Recht hat. Trotzdem gefällt es ihr nicht, einfach abgelegt zu werden. »Und was machen wir?«

John würde gerne sagen: »Wenn ich dich das nächste Mal mit deinem Lover sehe, schlage ich ihm alle Zähne aus.« Stattdessen sagt er: »Wir sollten noch einmal genau darüber nachdenken, was wir da machen.«

»Wir haben doch nur ein wenig Spaß miteinander gehabt, Hancock. Wir wollen ja nicht unsere Familien zerstören und zusammen nach Timbuktu abhauen.«

»Könntest du bitte etwas leiser sprechen?« Hancock dreht sich wieder zu den Jungen um.

»Du sagst also, dass du nicht mehr willst?«

John muss mehrere bissige Bemerkungen hinunterschlucken. »Es ist nicht so, dass ich nicht mehr will, aber ich bin wirklich der Meinung, wir sollten vernünftig sein.«

Doch wie Hillary schon heute Mittag sagte: Sie ist keine vernünftige Frau. Plötzlich fährt sie auf den Bordstein und tritt auf die Bremse. Die Kinder prallen gegen die Vordersitze.

»Leck mich am Arsch, Hancock! Du Schlappschwanz. Verpiss dich.«

Hancock ist schon ausgestiegen. Er hat auch bereits die Hintertür aufgerissen und überzeugt sich jetzt davon, dass John junior und Willy die Vollbremsung gut überstanden haben. Es ist alles in Ordnung. Sie schauen ihn an und fragen, was passiert ist.

»Nichts«, sagt ihr Vater. »Ein Hund ist über die Straße gelaufen, und Mrs Fisher musste auf die Bremse treten.«

Die Kinder klettern aus dem Wagen. »Sie hat geflucht, nicht wahr?«, fragt Willy.

»Ja, schon«, erwidert Hancock, »aber nur, weil der Hund ihr vor den Wagen gelaufen ist. Sie hat es nicht so gemeint.«

Die beiden Kinder schauen sich nach dem Hund um. »Ist mit dem Hund alles in Ordnung? Sie hat ihn doch nicht überfahren?«

»Nein, der Hund ist okay. Kommt, wir gehen. Mrs Fisher hat noch was zu erledigen. Von hier aus gehen wir zu Fuß.« Hancock macht die Hintertür zu. »Winkt Mrs Fisher.«

Die Kinder winken.

Hillary tritt aufs Gas und fährt mit kreischenden Reifen davon.

Der Schnüffler Al Brown, der einen halben Häuserblock hinter ihr steht, starrt mit aufgerissenen Augen auf diese Szene. Er weiß nicht, was er jetzt tun soll. Wohin soll er fahren, und wem soll er folgen? Er ist der Meinung, dass er für heute genug getan hat. Am besten, er hockt sich vor die Flimmerkiste und trinkt ein paar Dosen Bier.

Hancock schaut sich um und orientiert sich. Sie sind in der Nähe der Massachusetts Avenue, nicht weit von der Symphony Hall entfernt. Bis zur Gloucester Street, wo sie sich die Hunde anschauen wollen, sind es nur fünfzehn Minuten.

»Kommt, Jungs«, sagt er. »Zeit für die Golden Retriever.«

»Golden Retriever!«, singen die Jungen. »Golden Retriever! Golden Retriever!«

Sie gehen los. Hancock überdenkt noch einmal die Szene mit Mrs Fisher. Es hätte schlimmer ausgehen können. Viel schlimmer. Eigentlich ging es noch glimpflich ab. Doch er weiß, dass es wahrscheinlich noch nicht vorbei ist. Affären enden selten nach der ersten großen Auseinandersetzung.

Will hat so etwas schon mal gemacht. Beim letzten Mal hat John sich geschworen, dass Köpfe rollen, wenn Will das noch einmal tut und ihre Beziehung zu Clara aufs Spiel setzt. Er kann diese Bedrohung ihres Familienlebens nicht dulden.

AUF DEN BAHAMAS

Das kleine Flugzeug fliegt über das blaugrüne Wasser in Richtung Exuma. Will kann den Schatten der Maschine sehen, wenn er aus dem kleinen, ovalen Fenster schaut.

Will weiß, dass er sich niemals mit Hillary Fisher hätte einlassen dürfen. Das ist ja gerade das Problem: Er weiß zwar, dass es falsch war, aber er hat es trotzdem getan. Um sich ein paar Minuten zu vergnügen, hat er ihr ganzes Leben gefährdet. Mit seiner kleinen Vorführung bei Rodney Byrnes war es ebenso: Er hätte sicher auch etwas zu viel von dem Zombiepulver in Rodneys Mund blasen und den überheblichen Engländer töten können. Zweifellos ist Wills moralischer Regler defekt. Der Mann folgt nur noch seinem Impuls.

Will schaut durch das kleine, zerkratzte Plastikfenster auf die Welt und das riesige Meer dort unten. Während seiner vielen *Abenteuerreisen* in den letzten zwölf Jahren hat Will Orte wie die einsamen Bahamainseln aufgespürt. Orte, an denen er mit seiner Fliegenangel oder seinen Wanderstiefeln oder seinen Langlaufskiern oder seinem Kajak allein sein kann. Orte, an denen er seine Fähigkeiten perfektionieren und sich vollkommen auf den Moment konzentrieren kann. Dann bekommt er wieder einen klaren Kopf, und sein wundes Herz kann genesen.

Will weiß, dass sein Leben auf komplizierte und sehr intime Weise mit dem Johns verbunden ist. Ihre Täuschung, die 1982 auf Caye Caulker ihren Anfang nahm, hat sie zwar räumlich getrennt, in vielerlei Hinsicht emotional jedoch noch enger aneinander gebunden. Anschließend blieb ihnen nichts anderes übrig, als eine einzige Person zu werden, sie zu entwickeln. Doch es ist eine Person, die viel besser mit Johns Charakter harmoniert als mit dem Wills.

Als Will jetzt im Flugzeug sitzt, spürt er plötzlich den ganzen Zorn auf die Vergangenheit. Zwei Leben, die für immer und unwiderruflich miteinander verstrickt sind ...

Weitere Rückblicke

GETRENNTE WEGE

In der West-Karibik. Ende Dezember 1982. Will beobachtete von Rafes Boot aus, wie John sich mühsam seinen Weg durch die Brandung bahnte. Er lief ans Ufer, ohne einen Blick zurückzuwerfen.

Rafe, der ängstlich darauf bedacht war, der mexikanischen Strandpatrouille aus dem Weg zu gehen, wendete sein kleines Boot, warf den Motor an und fuhr Richtung Süden. Es war das letzte Mal, dass John und Will zusammen in der Öffentlichkeit gesehen wurden.

Doch in den nächsten Tagen kam einiges auf sie zu. Sie mussten geschickt vorgehen und anderen immer und immer wieder Lügenmärchen auftischen. Auch ein Wechselbad der Gefühle erwartete sie.

Will saß vorne im Boot und dachte über seinen Bruder und den verdammten Reisepass nach. Er fragte sich immer wieder nach Johns Motiv, seinen eigenen Reisepass zurückzulassen und Will dadurch zu zwingen, seine Identität aufzugeben.

Sein Bruder John machte es genau so, wie Rafe es ihm gesagt hatte. Er ging nach Norden. Fast die ganze nächste Stunde marschierte er durch den weichen Sand. Er ging schnell, jedoch nicht zu schnell, sondern in einem gleichmäßigen Tempo. Er wollte seine Kräfte schonen, denn trotz Rafes Erklärungen wusste er nicht, wo er war und wie weit er laufen musste. Da er genug Zeit hatte, um Houston zu erreichen, glaubte er, die ganze Strecke laufen zu können, falls nötig.

Die Sonne stand hoch am Himmel. Es wurde immer heißer. John zog bis auf die Badehose alles aus. Jede halbe Stunde tauchte er kurz ins Meer. Als er ein Stück auf dem Rücken schwamm und seine Fantasie wandern ließ, fragte er sich, wie lange es wohl dauern würde, bis zu den Staaten zu schwimmen.

Er erreichte die Küstenstadt Majahual am späten Nachmittag. Dort wurde er von einem Laster, der lebende Hühner transportierte, nach Chetumal mitgenommen. Der Lastwagen hielt nach Einbruch der Dunkelheit auf dem Marktplatz.

Angst stieg in John auf. Er stand in einem fremden Ort, hatte nur wenig Geld in der Tasche und konnte herzlich wenig Spanisch sprechen. Und er war allein. Sein Bruder war zum ersten Mal in seinem Leben nicht an seiner Seite. Doch John Hancock spürte, dass er lebte. Er hatte viel Energie und gute Nerven.

Im Restaurant El Vaticano leistete er sich ein billiges, aber schmackhaftes Essen: gegrillte Muscheln und Maistortillas. Für knappe zwei Dollar fand er ein Bett mit ziemlich sauberen Laken in einer Jugendherberge nördlich von Obregón.

John Hancock schlief wie ein Murmeltier.

Den Einwohnern von Caye Caulker, die wegen der warmen, tropischen Luft stets ein bisschen träge waren, hatte ein schöner Bade- oder Taucherunfall schon immer gefallen. Ihr gleichförmiges Leben wurde dadurch ein bisschen aufregender. Als sie von dem Unfall des Hancock-Jungen hörten, waren sie sofort zur Stelle.

Wenige Minuten, nachdem Will und Rafe den Anlegeplatz erreicht und von dem Unglück berichtet hatten, wurde ein Suchtrupp zusammengestellt. Eine Stunde später hatten vier Boote mit einem Dutzend Taucher an Bord den Unfallort erreicht, und die Suche in den Unterwasserhöhlen begann. Über ein Dutzend weiterer Leute saßen in den Booten, um die Taucher zu unterstützen. Niemand zweifelte eine Sekunde an der Geschichte, die Will Hancock ihnen aufgetischt hatte. Warum auch? Es ging immerhin um Brüder, Zwillinge, eineiige Zwillinge. Jeder auf der Insel hatte sie zusammen gesehen. Es kam den Leuten gar nicht in den Sinn, dass man sie an der Nase herumführte. Will erzählte sogar von ihrer Begegnung mit dem riesigen Hammerhai am Tag zuvor. Einige Taucher nickten, als sie das hörten. Auch sie hatten kürzlich einige große Haie gesehen, die vor dem Riff lauerten.

Sie suchten den ganzen Nachmittag bis in den Abend hinein. In den Korallenriffen gab es unzählige Höhlen. Die Taucher durchsuchten sorgfältig das ganze Gebiet. Es stellte sich schnell heraus, dass der Zwillingsbruder unter Wasser verschwunden sein musste. Vermutlich war ihm die Luft ausgegangen, und er war ertrunken. Eine andere Erklärung gab es nicht. Die Taucher suchten nur noch nach der Leiche, damit sie begraben werden konnte.

Natürlich fanden sie die Leiche nicht. Als es dunkel wurde, gab die Rettungsmannschaft auf und fuhr zurück. Will, der keine Hoffnung mehr hatte, dankte allen für ihre Hilfe. Einige Taucher versprachen ihm, am nächsten Morgen noch einmal ihr Glück zu versuchen.

Im Gegensatz zu seinem Bruder schlief Will Hancock in jener Nacht nicht wie ein Murmeltier. Er schlief fast gar nicht.

John Hancock, der die Rolle des vermutlich verstorbenen Will Hancock spielte, erwachte im Morgengrauen. Im ersten Moment wusste er nicht, wo er war. Sofort schaute er sich nach seinem Bruder um. Dann erinnerte er sich an ihren Plan.

Er stieg in einen vollen, Rauch speienden Bus, der in Richtung Westen nach Villahermosa fuhr. Der Bus schien nie schneller als zwanzig Meilen pro Stunde zu fahren. In Catazajá, westlich vom Rio San Pedro, hatte der Bus eine Panne. Zuerst behauptete der Fahrer, dass der Schaden in einer Stunde behoben sei. Dann war von zwei Stunden die Rede und zuletzt vom nächsten Morgen.

John fand am Stadtrand ein billiges Hotel. Das Zimmer

war schmutzig und mit toten Kakerlaken übersät. Unten im gammeligen Speisesaal aß er Reis mit Bohnen und Maisbrot. Das Essen schmeckte fürchterlich. Das lauwarme Bier konnte seinen Durst nicht stillen.

Der zweite Tag der Freiheit war also nicht gerade von Erfolg gekrönt, aber das war John ziemlich egal. Sein Vater hatte ihm beigebracht, sich niemals zu rechtfertigen und nie zu beklagen. Immer nach vorne schauen, war die Devise.

Den ganzen nächsten Tag suchten mehrere Taucher nach dem vermissten Hancock. Will bekam Gewissensbisse, weil die Taucher so viel Zeit opferten.

»Vergiss es«, sagte Rafe. »Sie haben sowieso nichts zu tun.«

Will seufzte. Er fragte sich, wo sein Bruder sein mochte und was er tat.

Schließlich gaben die Taucher am späten Nachmittag auf, und die kleinen Boote kehrten zurück. Will atmete erleichtert auf. Er ging sofort in sein Zimmer im Gästehaus und blieb dort bis zum nächsten Morgen.

Am Morgen darauf stieg John in einen alten Bus, der die Küste nach Veracruz hochfuhr. Der Bus hielt an jeder Mülltonne, doch John nahm das langsame Tempo kaum zur Kenntnis. Er hatte das Gefühl, außer Zeit nichts zu besitzen. Er saß hinten im Bus mit einem Bier in der Hand und freundete sich mit allen Leuten an, die in seiner Nähe saßen. Er brachte zwei Halbwüchsigen bei, in langsamem, aber perfektem Englisch zu sagen: »Ich möchte in den Vereinigten Staaten leben und ein fetter, fauler Millionär werden.«

John teilte sein Bier mit einem raubeinigen alten Mann, der ihm in einem Kauderwelsch aus Englisch und Spanisch erzählte, dass es in Veracruz die hässlichsten Huren der Welt gebe, die mit einer seltenen Geschlechtskrankheit infiziert seien, wodurch der Schwanz des Mannes verfaule und dann abfalle.

Am dritten Nachmittag nach dem Verschwinden seines Bruders kamen zwei Beamte aus Belize City nach Caye Caulker, um Will Hancocks Aussage aufzunehmen. Der eine war von der Verwaltungsbehörde, der andere von der Polizei. Da Will jetzt offiziell John war, musste er den beiden Beamten detailliert die Umstände seines eigenen Todes erklären. In den ersten Minuten war ihm diese Rolle sehr unangenehm, doch rasch siegte seine ausgeprägte Fähigkeit, Geschichten zu erzählen. Er nutzte sein Talent, um den beiden Männern mit den finsteren Mienen in ihren verschwitzten Anzügen die Szene unter Wasser lebendig darzustellen. Er vergaß nicht, den Hai zu erwähnen.

Die beiden Männer hörten zu, nickten und machten sich Notizen. Sie bekundeten ihr Beileid weder vor, während, noch nach Wills Aussage. Als sie gegangen waren, fragte sich Will, ob sie ihm die Geschichte geglaubt hatten.

»Natürlich haben sie dir geglaubt«, beruhigte ihn Rafe. »Du hast den Vorfall mit viel Gefühl und Überzeugung dargestellt. Außerdem ist den beiden Typen das vollkommen egal. Das sind doch nur irgendwelche Schreibtischfurzer, die Formulare ausfüllen müssen. Wieder mal ein Ausländer im Meer ertrunken. Na und? Wen interessiert das? Gut, dass du ihnen von dem Hammerhai erzählt hast. Das werden sie in ihrem Bericht schreiben, und niemand wird sich je wundern, warum die Leiche nie gefunden wurde.«

Will nickte. So sah die Sache aus: Die Menschen würden annehmen, dass er von einem Hai gefressen wurde. Was für eine Art, ins Gras zu beißen.

Er wollte die Insel verlassen. Er wollte seine Sachen packen und sofort nach Hause fahren. Doch er musste dem Plan folgen. Und der sah vor, dass er noch vierundzwanzig Stunden auf Caye Caulker blieb. Falls die Leiche seines Bruders doch noch auftauchte. Es würde einen seltsamen Eindruck machen, wenn er so schnell abhauen würde.

Und wie verbrachte Will den restlichen Tag? Die meiste Zeit verkroch er sich in seinem Zimmer im Gästehaus auf

Caye Caulker. Mehrmals schaute er in den grünen Reisepass, der auf dem Schreibtisch lag. Der Reisepass, in dem der Name seines Bruder stand. Immer, wenn er den Reisepass aufschlug, um hineinzuschauen, lächelte ihn Johns Gesicht an, das Gesicht, das wie sein eigenes aussah. Will lächelte nicht. War es nur ein Versehen, oder hat mein Bruder seinen eigenen Reisepass vorsätzlich zurückgelassen?, fragte er sich.

Will wusste nicht, ob er je eine richtige Antwort auf diese Frage erhalten würde.

John befolgte den Rat seines Bier trinkenden Kumpels und ließ die Finger von den Huren in Veracruz. Er beschloss, sich ganz von Veracruz fern zu halten und den nächsten Bus nach Tampico zu nehmen.

Das erwies sich als vorteilhaft, denn in diesem Bus lernte er John Felipe Alvarez kennen. Felipe war ein lebhafter kleiner Mexikaner, der behauptete, schon sechsundfünfzig Mal illegal die Vereinigten Staaten betreten zu haben, ohne geschnappt worden zu sein. Felipe behauptete außerdem, eine Frau in Cuernavaca und eine jenseits der Grenze in San Antonio zu haben. Außerdem erklärte er, neun Kinder und einen fast neuen Chrysler New Yorker sein Eigen zu nennen; den Wagen habe er in San Antonio gelassen, weil es so verdammt teuer sei, in Mexiko Teile für den Wagen zu kaufen.

John, der gelegentlich auch gut Geschichten erzählen konnte, lauschte Felipes Worten, ohne über den Wahrheitsgehalt nachzudenken. Als Felipe detailliert berichtete, wo, wann und wie er den Rio Grande überquert habe, ohne von den schrecklichen, übereifrigen, waffenschwingenden U.S.-Grenzposten erwischt zu werden, spitzte er die Ohren.

Kurz bevor der Bus Guadalupe erreichte, erkundigte sich John bei Felipe nach der Möglichkeit, sich eine Waffe zu besorgen.

»Kein Problem«, erwiderte Felipe, »wir werden schon was für dich finden.«

»Nichts Besonderes.«

»Nein, nein. Klein und handlich, damit man schwierige Situationen klären kann.«

John lächelte. »Genau.«

Will folgte exakt dem Plan. Am späten Vormittag des vierten Tages nach seinem Tod packte er seine Sachen und gab Rafe die fünfhundert Dollar. Er gab ihm sogar zusätzlich fünfzig Dollar Trinkgeld, weil er gute Arbeit geleistet hatte.

Rafe lächelte und stopfte das Geld in die Taschen seiner ausgebeulten Shorts. »Ihr beide habt es gut«, sagte er. »Jetzt, wo einer von euch tot ist und der andere lebt, könnt ihr machen, was ihr wollt. Kommt ab und zu nach Caye Caulker und sagt Rafe guten Tag.«

»Na klar«, erwiderte Will, doch im Stillen hoffte er, dass er diesen Mann nie mehr sehen würde.

Hoffnungen sind gut, doch sie werden nicht immer erfüllt. Ihr Komplize Rafe war nun ein Teil ihres Lebens. Für immer.

An jenem Abend checkte Will im Bliss Hotel auf der Water Street in Belize City ein. Er trank zwei Gläser Tequila, bevor er Zelda Cosgrove in Cambridge anrief. Immer wieder erinnerte er sich daran, dass er jetzt John Hancock war und nicht Will.

Nach dem zehnten Klingeln hob sie schließlich ab. »Ja?«

»Zelda?«

»Ja?« Sie war ein wenig außer Atem.

»Hier ist ...« Obwohl er sich immer wieder an seinen neuen Namen erinnerte, hätte er beinahe »Will« gesagt. »Hier ist John.« Er sprach leise und bedrückt. Immerhin hatte er gerade seinen Bruder verloren.

»John!« Zeldas Stimme wurde sofort fröhlicher. »Wie geht's dir?«

»Geht so. Ich wollte gerade auflegen. Ich dachte, du wärst nicht zu Hause.«

»Dicky und ich sind gerade zur Tür rein. Wo bist du? Wieder in der Stadt?«

»Nein«, erwiderte Will. »Ich bin noch in Belize.«

»Wahrscheinlich rufst du an, weil du und Will keine Lust mehr auf die Kälte und die gereizten Bostoner hier haben und ihr in die Tropen auswandern wollt.«

Will, der jetzt John war, riss sich zusammen. »Ich fürchte, um so etwas Abenteuerliches geht es nicht.«

»Nein?«

»Es gab Probleme.«

»Was denn für Probleme? Habt ihr kein Geld mehr? Wenn ihr Geld braucht, mein Schatz, müsst ihr euren Verleger Lee Fisher anrufen, nicht mich. Ich bin nur eure Beraterin. Eine arme Literaturprofessorin.«

»Es geht nicht um Geld, Zelda. Es geht um ...« Will hätte fast wieder John gesagt. Er musste aufpassen. Verdammt aufpassen. »Es geht um ... Will.«

»Jetzt sag nur nicht, er hat sich in eine exotische Maya-Prinzessin verliebt.«

»Nein.«

»Was ist los, John? Du klingst seltsam ... Gar nicht wie sonst.«

»Er ist tot, Zelda. Will ist tot.« Jetzt war es heraus.

»Was? Was soll das heißen, er ist tot?«

Will erzählte die Geschichte von dem Hammerhai und den Unterwasserhöhlen genau so, wie John und er sie einstudiert hatten. »Ich habe ihn nicht gefunden«, sagte er mit gebrochener Stimme. Über seine Wangen rannen richtige Tränen. »Er muss sich verirrt haben. Wahrscheinlich hatte er keinen Sauerstoff mehr.«

Zelda, die in ihrer winzigen Küche stand, hörte ihm zu. Einen kurzen Moment dachte sie, John Hancock mache einen seiner Scherze. Doch sie konnte die Trauer aus seiner Stimme heraushören.

»Mein Gott, John«, murmelte sie, als er ihr die ganze Geschichte erzählt hatte. »Ich weiß gar nicht, was ich sagen soll. Es tut mir schrecklich Leid. Das ist ja furchtbar. Ist alles in Ordnung mit dir? Kann ich etwas für dich tun? Möchtest du, dass ich zu dir komme? Ich könnte gleich morgen früh fliegen.«

Will, der John spielte, versicherte Zelda, dass es ihm einigermaßen gut gehe. Er bedankte sich für ihr Angebot, zu ihm zu kommen, lehnte es aber ab, da er am nächsten Nachmittag nach Houston und am Tag darauf nach Boston fliegen wollte.

»Ich verstehe«, sagte Zelda. »Sag mir Bescheid, wenn du am Flughafen ankommst. Ich hole dich in Logan ab.«

Will wollte nicht, dass sie ihn abholte, und sagte: »Ich ruf dich an.«

»Vergiss es nicht.«

»Nein.«

Nach einer kurzen Pause fragte Zelda: »Was ist mit Wills Leichnam?«

»Was soll damit sein?«

»Wird es ein Problem sein, den Leichnam in die Staaten zu überführen, damit er hier beerdigt werden kann?«

Will, der jetzt John war, unterdrückte die Tränen. »Es wird kein Begräbnis geben, Zelda.«

»Warum nicht?«

Will antwortete nicht sofort. Er wusste, dass der folgende einstudierte Text eine lange, dramatische Pause erforderte. »Weil«, sagte er schließlich, »wir seinen Leichnam nicht finden konnten.« Will seufzte tief. »Wir vermuten, dass Will von Haien gefressen wurde, von Hammerhaien.«

John überquerte den Rio Grande im Schutz der Dunkelheit und bei Vollmond, der immer wieder von Wolken verdeckt wurde. Er hatte seine Kleidung zum Wechseln, seine Brieftasche und den Reisepass seines Bruders in einen festen Plastikbeutel gewickelt. Dieser Plastikbeutel steckte in einem anderen Plastikbeutel, den John wiederum in einen Plastikbeutel eingewickelt hatte.

In diesen Plastikbeuteln steckte noch ein anderer interessanter Gegenstand, der behaglich zwischen Johns zusammengerollter Khakihose lag: eine 38er Saturday Night Special mit zwei Dutzend Patronen. Ein Freund von Felipe hatte ihm die Waffe für hundertfünfundzwanzig Dollar in einer Bodega in Guadalupe verkauft.

John alias Will durchquerte an einem kühlen Morgen ungefähr eine Stunde vor Einbruch der Dämmerung den Rio Grande. »Das ist die beste Zeit«, hatte Felipe gesagt. »Die Nachtschicht ist müde, und die Tagesschicht ist noch nicht da.«

Die ersten Meter waren ziemlich unproblematisch. Das Wasser reichte ihm kaum bis zu den Knien, doch nach ungefähr einem Drittel der Strecke wurde der Rio Grande, der südlich der Grenze Rio Bravo hieß, tiefer. Das Wasser stieg zuerst bis zu seinen Knien, dann bis zur Hüfte. Bald reichte ihm das Wasser bis zur Brust und dann bis zum Nacken. Kurz darauf hatte John keinen Grund mehr unter den Füßen. Er musste schwimmen. Er umklammerte den Plastikbeutel und nahm Kurs auf Amerika. Wie einst sein Vater war er auf der Flucht.

Es dauerte nicht lange, bis er texanischen Schlamm unter den Füßen hatte. Dicken, glitschigen Schlamm. Da er nicht durch den Schlamm waten wollte, schwamm er weiter, bis das Wasser zu seicht war. Dann stellte er sich hin und versank sofort im weichen Boden. Er schleppte sich am Ufer entlang, bis er festen Grund unter den Füßen hatte. Zweimal rutschte er aus und fiel der Länge nach hin. Schließlich war er von Kopf bis Fuß verdreckt.

Als John Hancock das Ufer hinaufkletterte, saß der Schlamm überall, sogar in Augen und Ohren. Der Morgen dämmerte. Er sah im Osten einen rötlichen Schimmer am Horizont. Falls die Grenzpatrouille ihn in diesem Zustand entdeckte, wüsste sie sofort, dass er die Vereinigten Staaten unter mysteriösen Umständen betreten hatte.

Was also tat John alias Will? Er ging Richtung Norden und entfernte sich vom Rio Grande, so schnell seine verdreckten Füße es erlaubten. Er überquerte ein paar sumpfige Felder, während die Sonne am Horizont aufging und den blauen

Morgenhimmel hinaufkroch. Der Schlamm, der seine Arme, Beine und die Kleidung bedeckte, trocknete allmählich. Nach und nach bürstete er ihn ab.

Die Sonne stand schon hoch am Himmel, und es war warm, als er eine Straße erreichte. In der Ferne sah er zu seiner Linken eine kleine Stadt. Er ging in diese Richtung.

In Dreamland, Texas, gab es Schilder auf Englisch, eine Texaco-Tankstelle, einen Donut-Stand und sonst nicht viel. John suchte die Toilette an der Tankstelle auf, um sich zu waschen. Anschließend überquerte er die Straße, aß ein halbes Dutzend Donuts und trank zwei Tassen schwarzen Kaffee. Als er seinen letzten mit Sahne gefüllten Donut verdrückte, erschien ein Tanklaster, um die unterirdischen Tanks für die Zapfsäulen aufzufüllen. John bezahlte seine Rechnung und ging zum Fahrer des Trucks, um mit ihm zu sprechen.

Eine halbe Stunde später war John auf der Autobahn und fuhr auf dem hohen Beifahrersitz des Tanklasters Richtung Norden nach Houston.

Will alias John war ebenfalls unterwegs nach Houston. Er flog am frühen Nachmittag von Belize los und landete ein paar Stunden später am Intercontinental Airport von Houston. Mit feuchten Händen und klopfendem Herzen näherte er sich dem Zollbeamten. Er war schrecklich nervös, als er dem Beamten den Reisepass seines Bruders reichte.

Der Beamte blätterte den Pass durch. Er verharrte einen Moment und sah sich das Foto an. Dann schaute er auf und musterte Will. Will versuchte, cool und lässig wie sein Bruder zu sein.

Der Zollbeamte blickte noch einmal auf das Foto. »Haben Sie etwas zu verzollen, Mr Hancock?«

Will war so sehr damit beschäftigt, cool und lässig zu wirken, dass er die Frage nicht mitbekam. »Wie bitte?«

Der Zollbeamte musterte ihn eindringlich. »Etwas zu verzollen?«

»Oh ... nein, Sir. Nichts.«

Der Beamte schaute Mr Hancock noch ein paar Sekunden an. Vielleicht war mal wieder eine Kontrolle fällig. Doch die Schlange wurde immer länger. Er seufzte gereizt, machte einen Stempel in John Hancocks Reisepass und rief: »Der Nächste bitte.«

Will, der jetzt auf amerikanischen Boden in Sicherheit war, tauchte rasch in der Menschenmenge unter. Er spürte, wie die Angst durch seine Adern kroch. Jedenfalls hatte er es hinter sich gebracht. Er hatte seine Rolle gut gespielt.

Er fuhr mit dem Shuttlebus zum Flughafen Marriott und nahm sich unter dem Namen seines Bruders ein Zimmer. Nachdem er geduscht und sich rasiert hatte, schaltete er den Fernseher ein, bestellte sich beim Zimmerservice einen Hamburger und wartete auf den Besuch oder den Anruf seines Bruders.

Während er wartete, schweiften seine Gedanken in die Vergangenheit. Er dachte an sein bisheriges Leben, an seine Mutter, seinen Vater und ihren schrecklichen Autounfall. Er erinnerte sich an die schöne Zeit, die ihre Familie erlebt hatte, und an das viele Geld, das sein Vater verdient und das Frank Hagstrom ihnen gestohlen hatte. Dieses Arschloch, das ihn und seinen Bruder in den vergangenen sechs Jahren nur belogen und betrogen hatte, lebte jetzt in dem wunderschönen Haus der Hancocks in den Hollywood Hills.

O ja, Frank Hagstrom spukte Will Hancock im Kopf herum, als an jenem Abend kurz nach zehn jemand an die Tür klopfte. Will sprang aus dem Bett, rannte durchs Zimmer und riss die Tür auf.

John stand in voller Lebensgröße vor ihm und grinste übers ganze Gesicht. »Hallo, Bruder. Da bist du ja.«

Die Hancock-Brüder umarmten sich und sprachen in den nächsten Stunden praktisch über jede Einzelheit, die sie seit ihrer Trennung an der Küste Mexikos erlebt hatten. Es gab viel zu erzählen. Diese fünfeinhalb Tage waren die längste Trennung in ihrem jungen Leben.

Sie wussten nicht, was vor ihnen lag.

Bevor John berichtete, wie er den Rio Grande überquert hatte, zog er die 38er Special aus der Tasche.

»Wozu soll die denn gut sein?«, wollte Will wissen.

»Für unseren Freund.«

»Wen meinst du?«

»Was glaubst du wohl?«

»Big Frank?«, fragte Will sofort.

»Ganz genau.«

»Mein Gott. Sollen wir Frank erschießen?«

»Es sei denn, du hast eine bessere Idee.«

»Über die Methode habe ich noch nicht nachgedacht.«

»Ich schon, und ich glaube, es ist das Beste, diesen Scheißkerl wie einen räudigen Köter abzuknallen. Wir brechen nachts ein, klauen ein paar Sachen, damit es wie ein Einbruch aussieht, und pusten das Schwein um. Dann ist er endlich mausetot.«

»Hört sich ein bisschen brutal an.«

»Ist es auch. Keine Frage.«

»Glaubst du, wir haben den Mut?«

John zuckte mit den Schultern. »Gute Frage, Bruder. Theoretisch ist es ein Kinderspiel, doch die Praxis sieht anders aus. Ich weiß nicht, ob ich den Mut hätte, auf den Abzug zu drücken.«

Will nickte. »Verstehe. Ich glaube nicht, dass ich es könnte.«

»Du brauchst es nicht zu tun«, beruhigte John ihn. »Ich mach es selbst. Schließlich war es ja meine Idee. Dafür bin ich zuständig. Du fliegst zurück nach Boston, richtest dich wieder häuslich ein, sorgst für unser Alibi und kümmerst dich um Zelda und Leland und die anderen. Ich werde Hagstrom einen Besuch abstatten und den Mistkerl erledigen.«

Will schluckte und dachte darüber nach. »Bist du sicher?«

John nickte. »Hundertprozentig.«

Sie diskutierten über eine Stunde lang bis spät in die Nacht. John würde es tun, aber wann? Sofort? Oder wäre es besser, eine Weile zu warten? Sollten sie es lieber ein paar

Wochen oder Monate verschieben? Warten, bis Gras über Wills Tod gewachsen war?

Es war schon ein Uhr morgens durch, als die Hancock-Brüder, die von ihren Reisen und dem langen Gespräch erschöpft waren, schließlich das Licht ausschalteten und sich eine gute Nacht wünschten.

Sie lagen vielleicht fünfzehn Minuten in der Dunkelheit des Hotelzimmers in Houston, jeder auf einer Seite des Doppelbettes. Nur ihr regelmäßiger Atem war zu hören.

Will brach das Schweigen. »John?«

»Ja?«

»Ich würde dich gerne was fragen.«

»Nur zu.«

»Es ist mir unangenehm, aber die Frage liegt mir auf der Seele.«

»Frag nur.«

»Es geht um die Sache mit den Reisepässen in unserem Zimmer im Gästehaus auf Caye Caulker.«

John hatte fast schon geschlafen. Jetzt war er wieder hellwach. Er hatte seit Tagen mit dieser Frage seines Bruders gerechnet, eigentlich schon, seitdem er aus Rafes Boot gestiegen war. »Ja?«

»Hast du es absichtlich gemacht?«

»Was denn?« Durch diese Frage gewann John etwas Zeit.

»Du weißt schon. Als du meinen Reisepass genommen und deinen liegen gelassen hast.«

John antwortete nicht sofort. Er wollte nicht, dass seine Antwort sich gezwungen oder einstudiert anhörte.

»Mein Gott! Natürlich habe ich es nicht absichtlich getan. Bist du verrückt? Du weißt doch, dass ich so etwas niemals tun würde.«

»Stimmt«, sagte Will. »Ich weiß.« Er schien beruhigt zu sein. Doch wenn jemand die Fähigkeit gehabt hätte, die Dunkelheit mit seinen Blicken zu durchdringen, hätte er das von Zweifeln, Angst und Argwohn gequälte Gesicht gesehen.

John und Will Hancock lernten Frank Hagstrom kennen, als sie nach Kalifornien flogen, nachdem ihre Eltern bei dem schrecklichen Unfall auf dem San Diego Freeway ums Leben gekommen waren. Frank holte die Jungen am Flughafen ab und fuhr mit ihnen zu dem Haus aus Glas und Rotholz in den Hollywood Hills. In dieser ersten Nacht blieb er sogar bei ihnen und behandelte sie wie seine eigenen Söhne. Am nächsten Morgen fuhr er mit ihnen zur Totenfeier in Gray's Funeral Home in Westwood. Frank saß im Bestattungsinstitut neben ihnen, während die Jungen gegen die Tränen kämpften, die sie in Erinnerung an ihre geliebte Mutter und den geliebten Vater vergossen, die so plötzlich verstorben waren.

Die meisten anderen Leute, die dort ruhig auf den Metallklappstühlen saßen, waren Mexikaner, die nur sehr wenig oder gar kein Englisch sprachen. Sie arbeiteten in William Hancocks Schirmfabrik in Glendale. Nur einige von ihnen hatten Aufenthaltsgenehmigungen in den USA. Dennoch waren sie gekommen, um ihrem Chef die letzte Ehre zu erweisen und zu erfahren, ob die Fabrik möglicherweise geschlossen wurde und sie ihre Jobs verloren. Natürlich waren sie fassungslos, dass ihr Boss und seine Frau enthauptet worden waren, doch das Leben ging weiter. Diese Mexikaner waren arme Leute. Sie mussten die Raten für ihre Gebrauchtwagen bezahlen. Es musste etwas zu Essen auf dem Tisch stehen, und die Babys mussten gegen Diphtherie und Keuchhusten geimpft werden.

Die Mexikaner wussten nichts davon, dass die Hancocksche Schirmfabrik nach Süden ins alte Mexiko verlegt werden sollte. William Hancock hatte diese Verlegung der Fabrik schon seit über einem Jahr geplant, bevor er seinen Eldorado auf der Autobahn zu Schrott fuhr. Es war viel profitabler, Schirme in Mexiko herzustellen und sie dann in die verregneten Städte in den Vereinigten Staaten und Kanada zu importieren.

Ein Unternehmen, das Büromöbel herstellte, hatte schon einen Vertrag unterschrieben, die Fabrik in Glendale zu kaufen. Doch nachdem William enthauptet worden war, vernichtete Frank Hagstrom den Vertrag. Er verkaufte die Fabrik an einen Typen namens Stanley aus Hermosa Beach, der sie abreißen wollte, um dort die größte Striptease-Bar Kaliforniens zu bauen. Stanley bezahlte bar. Frank steckte sich einen großen Teil dieser Summe gleich in die eigene Tasche. Das Geld gehörte Will und John Hancock.

Nach dem Gedenkgottesdienst fuhr Frank die beiden jungen Männer nach Santa Monica ins südkalifornische Krematorium. William und Lenore hatten in ihrem Testament den Wunsch geäußert, verbrannt zu werden. Sie fanden es absurd, dass schöne Grundstücke nicht genutzt werden konnten, weil dort Leichen in Holzkisten lagen.

»Wenn wir eines Tages sterben«, hatten sie zu ihrem guten Freund und Familienanwalt Frank Hagstrom gesagt, »sollen unsere Jungs unsere Asche bei Sonnenuntergang in den blauen Pazifik streuen.«

Daher begaben sich die Jungs mit zwei kleinen Handurnen im Arm am späten Nachmittag zum Pier von Santa Monica. Auf dem Pier liefen ziemlich viele Menschen herum, um sich den Sonnenuntergang anzuschauen. John und Will hatten große Schwierigkeiten, ein ruhiges Plätzchen zu finden. Doch endlich entdeckten sie eins hinter einem alten, verlassenen Büdchen.

Sie öffneten die Urnen und bereiteten sich darauf vor, die Asche in die Brandung zu streuen, die die dunklen Brückenpfeiler umspülte. Sie sprachen Gebete, und Tränen rannen über ihre Wangen. Die Existenz Gottes erschien allen zweifelhaft, die diese beiden jungen Männer beobachteten, die versuchten, mit diesem traumatischen Erlebnis in ihrem jungen Leben fertig zu werden.

Und als wollte Gott seine Torheit beweisen, fegte eine Brise genau in dem Moment über den Pazifik, als die Hancock-Jungen die Urnen umdrehten, und wehte einen großen Teil der Asche in ihre Gesichter und auf den Pier. Verzweifelt fielen die Zwillinge auf die Knie, fegten mit größter Anstrengung die Asche ihrer Eltern zusammen und streuten sie schließlich ins Meer.

Am nächsten Morgen hatten sie eine Verabredung mit Mr Hagstrom in seinem piekfeinen Büro auf dem Wilshire Boulevard in Beverly Hills. Frank hatte ein riesengroßes Eckbüro, in dem ein massiver Teakholzschreibtisch und eine tolle Ledergarnitur standen. Sein Universitätsdiplom hing an der Wand zwischen Fotos lokaler Sportgrößen und bekannter Politiker. Frank war ein angesehener Mann in Los Angeles. Die Kanzlei hatte sich für Frank Hagstrom bezahlt gemacht. Sehr sogar. Frank schmiss den Laden bei Hagstrom, Hays, Bennett, Barlow & Lunt. Er hatte das Sagen.

Frank war ein kräftiger, großer, breitschultriger Mann. Damals war er Ende vierzig, doch noch immer sehr gut in Form. Er hatte nicht mehr als acht oder zehn Pfund zu viel auf den Rippen. Er trieb schon sein Leben lang Sport, hatte seine Liebe zum Golf aber erst kürzlich entdeckt; Golf war ein Freizeitvergnügen, das nur wenig oder gar keine Bewegung erforderte. Die tollen Privatclubs, in denen Frank pitchte und puttete, bestanden darauf, dass die Golfspieler in Carts über den Golfplatz fuhren, damit das Spiel nicht ewig dauerte. Schwierig, hinter dem Steuer eines Golfcarts den Kreislauf in Schwung zu bringen.

Frank hatte eine Frau und drei halbwüchsige Töchter. Er war schon seit zweiundzwanzig Jahren verheiratet. Die Hagstroms waren – glaubten Außenstehende jedenfalls – eine glückliche Familie. Aber Außenstehende wissen selten, was wirklich hinter den verschlossenen Türen vor sich geht. In diesem Fall kam es täglich zu Beschimpfungen und gelegentlich sogar zu Handgreiflichkeiten.

Frank hatte viele reiche, berühmte Mandanten. Er arbeitete auch als Pflichtanwalt für Arme und Unterdrückte und spendete großzügig für eine ganze Reihe von Wohltätigkeitsorganisationen. Jedes Jahr half er freiwillig bei der Rose Bowl Parade. Frank war ein vorbildlicher Bürger.

Leider war er außerdem ein Lügner, Schwindler und Betrüger.

»Und«, fragte Frank in ernstem Tonfall, nachdem sie sich alle gesetzt und es sich in seinem piekfeinen Büro bequem gemacht hatten, »wie ist es euch in Santa Monica ergangen?« Es schien ihn wirklich zu interessieren.

John und Will zuckten mit den Schultern. Sie waren schrecklich niedergeschlagen. Vor allem Will. Erst jetzt hatte er richtig begriffen, dass seine Eltern tot waren. Die Hancock-Jungen waren Waisen. Mit dieser Gewissheit mussten sie fertig werden. Alles, was sie in Zukunft taten, jede Entscheidung, die sie trafen, jeden Weg, den sie beschritten, wurde geprägt und beeinflusst von dieser Tragödie, die sich in einem kurzen, unaufmerksamen Augenblick auf dem San Diego Freeway zugetragen hatte.

»Nicht sehr gut«, erzählten sie Mr Hagstrom, dem sie natürlich vorbehaltlos vertrauten.

»Nein? Was ist denn passiert?«

Sie erzählten ihm von dem Wind, der die Asche über den ganzen Steg geweht hatte. Will brach in Tränen aus, und auch John fing kurz darauf an zu weinen.

Frank Hagstrom wartete geduldig, bis die Jungen sich wieder beruhigt hatten. Er war zwischen dem Wunsch, sie zu schlagen, damit sie endlich zu jammern aufhörten, und dem Wunsch, sie an seine Brust zu pressen, um sie zu trösten, hin und her gerissen. Hagstrom tat weder das eine noch das andere. Er überprüfte seinen Arbeitsplan und reichte den Brüdern ein paar Papiertaschentücher.

»Ich weiß«, sagte er, »dass es eine schwere Zeit für euch ist. Trotzdem muss ich ein paar Dinge mit euch besprechen. Natürlich können meine Worte nicht rückgängig machen, was euren Eltern zugestoßen ist. Ich kann nur versuchen, eure Last zu lindern.«

Frank schritt beim Sprechen langsam durch sein Büro. Oft

blieb er stehen, um die Jungen anzuschauen und ihnen mit seinen großen Händen beruhigend über die Schulter zu streichen. Franks Vortrag wurde nur durch die Tatsache erschwert, dass William Hancocks Sprösslinge überhaupt nicht zu unterscheiden waren. Sie waren in jeder Hinsicht identisch; das ging bis zur Form ihrer Augenbrauen und der Länge ihrer Fingernägel. Frank hatte keine Ahnung, wer von ihnen wer war. Dieses Paradox brachte ihn ziemlich aus der Fassung. Und was tat er? Wie jeder gute Anwalt in seiner Position und mit seinem Geschick verdrängte er seine Zweifel und konzentrierte sich auf den Sieg.

»Zuerst einmal möchte ich euch sagen, dass euer Vater und ich wie Brüder waren. Er war ein feiner Mann, anständig und fleißig. Einer der redlichsten Menschen, die ich je kennen gelernt habe. Um einem Freund zu helfen, wäre eurem Vater kein Weg zu weit gewesen. Genau das möchte ich nun für seine Söhne tun. Wenn also einer von euch beiden je etwas brauchen sollte, hebt einfach den Hörer ab, ruft mich an, und ich werde euch helfen. Ich bin für euch da. Zählt auf mich.

Zweitens«, fuhr er fort, »braucht ihr euch keine Sorgen um Geld zu machen. Ich gebe euch etwas Bargeld, bis die ganze Sache geklärt ist. Das wird einige Zeit dauern, weil ... nun, weil wir dieser schrecklichen Situation so plötzlich und unerwartet gegenüberstehen. Aber glaubt mir, es ist besser, sich ein wenig Zeit zu nehmen, damit alles seinen geordneten Gang geht.

Ich weiß, dass die Internatsgebühren für das laufende Schuljahr bezahlt sind. Fürs nächste Jahr wird es auch kein Problem geben. Was die Universität betrifft – nun, euer Vater hat mir gesagt, dass ihr beide nach Harvard gehen wollt. Ich glaube, er hat aufgrund eurer ausgezeichneten Leistungen sogar von einer vorzeitigen Aufnahme gesprochen. Ich glaube, wir können darauf vertrauen, dieses ganze Durcheinander geklärt zu haben, bevor die Studiengelder fällig werden.«

»Welches ganze Durcheinander?«, fragte John.

»Nun, beim Nachlass eurer Eltern geht es um eine recht komplexe Angelegenheit.«

John nickte mit bedrückter Miene. Will auch.

»Als Anwalt und Nachlassverwalter eurer Eltern ist es meine Pflicht, dafür zu sorgen, dass ihr Besitz sorgfältig verwaltet und aufgelöst wird.«

»Glauben Sie, es wird Probleme geben?«, fragte Will.

»Alles muss nach dem Willen unseres Vaters geschehen«, fügte John hinzu.

Zwei gescheite Jungen, dachte Frank. Seitdem er William Hancock kannte, hatte er von seinen Zwillingssöhnen und ihren überdurchschnittlichen schulischen und sportlichen Leistungen gehört. Frank hatte nicht erwartet, dass seine kleine Unterschlagung ein Kinderspiel sein würde.

»Nun, John ... Du bist doch John, oder?«

John und Will schauten sich an, und zum ersten Mal seit vielen Tagen erhellte ein kurzes Lächeln ihre Gesichter. »Ich bin Will, und er ist John.«

»Tut mir Leid. Es ist schwierig, euch auseinander zu halten.«

»Das wissen wir.«

Frank glaubte, einen gewissen Stolz herauszuhören. Diese beiden waren ganz offensichtlich ein Team. Man konnte sie nicht trennen und auf diese Weise bezwingen. Frank musste geschickt vorgehen.

»Die Wahrheit ist«, fuhr der Anwalt fort, »dass das Testament eures Vaters zum Zeitpunkt seines ... Unfalls sozusagen noch im Wandel begriffen war. Er ...«

»Im Wandel?«

Frank hatte keine Ahnung, warum er diesen Ausdruck benutzt hatte. Das war kein Ausdruck, der in seinem Metier geläufig war. Er gab es nicht gerne zu, aber diese Zwillinge, die perfekte Spiegelbilder waren, hatten ihm ein wenig die Nerven geraubt.

»Tja, er hatte noch einige Änderungen in seinem Testament vorgenommen. Unwesentliche Änderungen. Es ging nicht um den Umfang seines Besitzes, der nach seinem Tod sofort an eure Mutter übergehen sollte. Ich fürchte, hier gibt es ein winziges Problem, weil eure Mutter niemals ein Testament aufgesetzt hat.«

»Und was bedeutet das? Was wird jetzt geschehen?«

Derartige Fragen gefielen Frank schon besser. Es war ein gutes Gefühl, wenn er die Antworten kannte und andere nicht. Es gefiel ihm ausgesprochen gut, wenn er die Situation beherrschte.

»Ich hoffe nicht, dass es Probleme geben wird. Euer Vater hat in seinem Testament eindeutig verfügt, dass sein Besitz an euch übergeht, falls er eure Mutter überlebt. Da es keine anderen Kinder gibt, wird es vor Gericht sicher keine Probleme geben, den Nachlass zu liquidieren.«

»Ich möchte jetzt nicht mehr darüber sprechen«, sagte John. Dieses Gespräch über den Tod, das Geld und das Testament setzten ihm sehr zu.

»Ich auch nicht«, sagte Will.

»Das verstehe ich vollkommen«, sagte Frank Hagstrom. »Wir werden später noch Zeit haben, über diese finanziellen Dinge zu sprechen. Ich wollte euch nur beruhigen, dass alles seinen geordneten Gang geht. Die nächsten Monate werden sicher hart für euch, doch ich glaube, wenn ihr wieder zur Schule geht und fleißig lernt, um euch auf die Zukunft vorzubereiten, werdet ihr diese Tragödie gemeinsam meistern. Und denkt daran«, fügte Frank hinzu, »dass ihr nie allein seid. Ihr habt ja euch.«

Das hörten die Jungen gerne. Sie standen auf, schüttelten Mr Hagstrom höflich die Hand, bedankten sich bei ihm für seine Hilfe und gingen.

Als sie draußen auf dem Bürgersteig standen und auf ein Taxi warteten, das sie zum Haus in den Hollywood Hills bringen sollte, drehte Will sich zu John um und sagte: »Mr Hagstrom scheint ein anständiger Kerl zu sein.«

»Ja.«

»Glaubst du, wir können ihm vertrauen?«

»Dad hat ihm vertraut.«

»Stimmt.«

»Ich glaube nicht, dass er uns betrügen würde.«

»Bestimmt nicht. Er war doch Dads Freund. Und Mutter und Vater sind tot. Kein Anwalt würde zwei Kinder betrügen, deren Eltern bei einem Autounfall enthauptet wurden.«

»Das glaube ich auch nicht. Er wird schon das Richtige für uns tun.«

»Ganz sicher. Außerdem steht ja alles im Testament.«

»Genau. Es ist schwierig, ein Testament zu ändern.«

So schwierig nun auch wieder nicht.

Das Schuljahr ging zu Ende. Und schon fing das neue an. Hagstrom bezahlte die Internatsgebühren, *nachdem* die Jungen ein Dokument unterschrieben hatten und somit bestätigten, dass sie das Geld nach der Auflösung des Nachlasses zurückzahlen würden. Sie hatten keine Ahnung, warum der Nachlass noch nicht aufgelöst war, doch sie hatten viele andere Dinge im Kopf. So mussten sie sich zum Beispiel um ihre Zulassung zur Harvard University im nächsten Herbst kümmern. Als die Besten in ihrer Klasse hatten sie keine Probleme, zugelassen zu werden.

Eines Tages im Frühjahr 1977, einen Monat vor dem Schulabschluss, bekamen sie einen Brief vom Verwaltungssekretariat in Harvard. Der Brief enthielt verschiedene Informationen, die ihre Einschreibung im nächsten September betrafen. Er enthielt auch eine Rechnung für die Studiengebühren und ihre Unterbringung: 7.665 Dollar pro Person. Das waren zusammen 15.330 Dollar.

»Wie sollen wir das denn bezahlen?«

»Keine Ahnung. Am besten, wir rufen Mr Hagstrom an.«

Sie riefen Frank Hagstrom in seinem Büro an. Nachdem sie einen Moment gewartet hatten, wurde ihnen mitgeteilt, dass Mr Hagstrom bei Gericht und nicht zu erreichen sei. Seine Sekretärin versicherte ihnen, dass Mr Hagstrom noch am gleichen Tage zurückrufen werde. Er rief nicht an. Sie mussten abermals in seinem Büro anrufen. Mehrmals. Es verging fast eine Woche, bis sie den Anwalt endlich an der Strippe hatten.

»John? Oder ist da Will? Ich möchte mich entschuldigen, dass ich erst jetzt anrufe. Leider hatte ich in den letzten Tagen unglaublich viel um die Ohren. Ich kann kaum zählen, wie oft ich bei Gericht war. Was kann ich für euch tun?«

»Nun«, antwortete Will, »wir fragen uns, wie weit der Nachlass unserer Eltern geregelt ist. Es ist schon lange her. Fast anderthalb Jahre.«

»Das ist eigentlich nicht sehr lang«, erwiderte Frank. »Testamentsvollstreckungen kosten viel Zeit und viel Geduld. Zu viel Zeit und zu viel Geduld, wenn ihr mich fragt. Manchmal glaube ich, das Gericht begreift überhaupt nicht, dass hinter den Papierbergen richtige Menschen mit richtigen Problemen stecken. Ihr könnt sicher sein, dass ich alles tun werde, was in meiner Macht steht.«

Es gab keinen Grund, dass Will ihm nicht glauben sollte. »Ich weiß, aber wir haben gerade diese Rechnung bekommen.«

»Was denn für eine Rechnung? Sie ist nicht von mir.« Franks Tonfall war zwar höflich, doch es hörte sich fast so an, als wollte er sich verteidigen.

»Nein, aus Harvard.«

»Von der Harvard University?«

»Ja. Sie wollen ihr Geld fürs nächste Jahr haben.«

Frank antwortete nicht sofort. Dem Anwalt schossen ein paar Gedanken durch den Kopf.

»Okay, hör zu. Schick mir die Rechnung. Ich werde mich darum kümmern.«

»Aber ...«

»Nichts aber. Ich habe euch doch gesagt, dass ihr euch um nichts Sorgen machen müsst.«

Die Jungen sprachen darüber, nachdem Will aufgelegt hatte. John war überzeugt, dass Hagstrom die Rechnung begleichen würde.

Will war nicht so sicher. »Und wenn er es nicht tut?«

»Er hat doch gesagt, er bezahlt die Rechnung.«

»Und wenn er es nicht tut?«

»Mein Gott, Bruder, nun beruhige dich doch.«

Zwei Wochen später rief Will, der sich über die Studiengebühren Sorgen machte, in der Anwaltskanzlei an, als John unter der Dusche stand. Tatsächlich hatte Frank Hagstrom die Rechnung beglichen. Er hatte beide Rechnungen pünktlich und in voller Höhe bezahlt.

In jenem Sommer flogen die Jungen, nachdem sie ihr Abitur gemacht hatten, nach Kalifornien. Wohin sollten sie auch sonst? Sie konnten ja im Haus auf dem Edwin Drive in den Hollywood Hills wohnen. Dort hatten sie auch einen Wagen, mit dem sie herumfahren konnten. Doch als sie einen Blick in die Garage warfen, fanden sie nur ein paar Gartengeräte und einen Ölfleck, wo früher der alte Thunderbird gestanden hatte. Es war ein Modell aus dem Jahre 1959 gewesen. Der ganze Stolz ihres Vaters.

Die Jungen standen verblüfft vor der Garage. Sie konnten nicht glauben, dass der Wagen weg war.

»Wo ist er?«

»Weiß ich nicht. Meinst du, er ist gestohlen worden?«

»Sieht nicht so aus, als wäre hier jemand eingebrochen.«

»Vielleicht sollten wir die Bullen rufen.«

»Komm, wir rufen zuerst Mr Hagstrom an. Vielleicht weiß er etwas.«

Frank war über den T-Bird genauestens im Bilde. Der Thunderbird stand in der Tiefgarage unter seinem Büro. »Ja, das kleine Schätzchen gehört jetzt mir.«

»Ihnen?«

»Richtig. Ich fahre jeden zweiten Tag damit ins Büro. Immer abwechselnd. Einmal mit dem Thunderbird und einmal mit meiner dreiundsechziger Corvette.«

»Aber wieso ...«

»Ich muss mich entschuldigen. Das hätte ich euch sagen

müssen. Es ist mir entfallen. Euer alter Herr und ich hatten ein Abkommen getroffen. Falls ich zuerst sterbe, sollte er die Corvette bekommen. Falls er zuerst stirbt, sollte ich den Thunderbird kriegen. Das steht alles in den Akten und ist ganz legal. Wenn ihr es sehen wollt ...«

»Nein«, sagte Will, den die Auskunft zufrieden stellte, jedoch sehr enttäuschte. »Das ist nicht nötig ... Aber wir bleiben den ganzen Sommer hier. Jetzt haben wir keinen Wagen, um herumzufahren.«

»Lasst mich nur schnell ein paar Telefonate erledigen«, sagte der Anwalt zu Will. »Ich werde bestimmt etwas für euch finden.«

»Dieser Scheißkerl«, schimpfte John. »Vielleicht ist ihm doch nicht zu trauen.«

Schon am Abend fuhren die Jungen mit einem 68er VW Käfer mit Radio und Schiebedach durch L. A. Das war zwar kein 59er Thunderbird, aber immerhin hatten sie einen fahrbaren Untersatz. Frank gab ihnen Geld für Sprit, Lebensmittel und Freizeitvergnügen.

John und Will verbrachten die meiste Zeit des Sommers mit Training. Sie wollten beide in die Footballmannschaft von Harvard aufgenommen werden. Sie gingen früh schlafen, stemmten Gewichte, fuhren meilenweit mit dem Fahrrad durch die Hollywood Hills und trainierten auf dem Footballplatz der Universität.

Ende August, ein paar Tage, ehe sie zurück in den Osten fliegen wollten, erhielten sie einen Anruf von Frank Hagstrom. Er bat sie, am nächsten Morgen in seine Kanzlei zu kommen. »In der Nachlasssache gibt es Neuigkeiten.«

Die Jungen glaubten natürlich, dass Hagstrom endlich alles erledigt hatte. Sie hofften, jetzt ein hübsches Sümmchen Geld zu bekommen. Ihrer Meinung nach musste ihr Vater ein paar Millionen Dollar hinterlassen haben. Sie hatten keine genauen Vorstellungen. Auf jeden Fall müsste nach Begleichung des Anwalthonorars und der Erbschaftssteuer noch genug Geld übrig bleiben, um studieren und nach dem Studium möglicherweise promovieren zu können. Ihre Mutter hatte sich gewünscht, dass sie Medizin studierten; ihr Vater hatte gewollt, dass sie Ingenieure oder Juristen wurden.

»Genießt ihr eure Sommerferien?«, wollte Frank Hagstrom wissen.

Die beiden Jungen, die in den Ledersesseln vor dem großen Teakholzschreibtisch des Anwalts saßen, nickten.

Frank schaute sie aufmerksam an. »Sagt mir doch mal«, bat er, »wie man euch eigentlich auseinander halten kann?«

Die Hancock-Brüder kicherten.

Genau das hatte Frank beabsichtigt. Er konnte meisterhaft Menschen beeinflussen. Er hatte die Kunst, eine entspannte Atmosphäre zu schaffen, damit seine Mandanten ihre Wachsamkeit aufgaben, bis zur Perfektion einstudiert.

»Eineiige Zwillinge. Ihr habt anderen sicher schon tolle Streiche gespielt.«

»Wir doch nicht«, sagte John.

»Wir sind gut erzogene Jungen«, fügte Will hinzu.

Frank nickte verschwörerisch und beugte sich über den Schreibtisch vor. »Ich will ganz ehrlich zu euch sein. Jetzt ist nicht der richtige Zeitpunkt für Scherze. Es gefällt mir gar nicht, euch das sagen zu müssen, bevor ihr mit eurem Studium beginnt, aber ich kann nichts daran ändern. Wenn wir weiterkommen wollen, müssen wir es jetzt tun.«

»Wo liegt denn das Problem?«, wollte John wissen.

Frank rieb sich über die Augen, dann übers Kinn und noch einmal über die Augen. Er sah richtig beunruhigt aus.

»Ja, wo liegt das Problem?«, wiederholte er die Frage. »Das ist eine ausgezeichnete Frage. Und die Antwort ist ganz einfach. Sie lautet: *Schulden.*« Frank sprach das Wort ganz langsam aus, während er seinen Sessel zurückschob. Dann erhob er sich und ging in seinem geräumigen Eckbüro, das den Blick auf Beverly Hills und das hügelige Gelände des Los Angeles Country Clubs gewährte, auf und ab. »Euer Vater und eure Mutter – Gott hab sie selig – hatten zu hohe Schulden.«

»Zu hohe Schulden?«, stieß John hervor. »Unmöglich. Unser Vater war der vorsichtigste Mann im ganzen Land. Er hat niemals einen Kredit aufgenommen. Wie kann er denn da in Schulden geraten?«

Frank zuckte mit den Schultern. »Euer Vater war ein Geschäftsmann. Und ein verdammt guter dazu. Ich bin sicher, dass er einen Weg aus diesem Dilemma gefunden und noch viele größere und bessere Dinge auf die Beine gestellt hätte, wäre dieser Unfall nicht passiert.«

»Welches Dilemma denn? Wovon reden Sie eigentlich?«

»Ich nehme an, ihr wisst über das Mexiko-Geschäft Bescheid.«

Die Hancock-Brüder schauten sich an. »Das Mexiko-Geschäft?«, murmelte John. »Wir wissen nichts über ein Mexiko-Geschäft.«

Frank seufzte und schüttelte den Kopf. Er sah zutiefst besorgt aus, obwohl er die Sache im Stillen genoss. »Mein Gott, wo soll ich anfangen? Euer alter Herr war sehr ehrgeizig. Er wollte reich sein.«

»Er war reich.«

»Reich ist relativ. An vielen Orten in Amerika wäre euer Vater der reichste Mann der Stadt gewesen, aber hier in L. A. war er nur einer von vielen, die eine Menge Geld besaßen. Euer Vater wollte nicht nur ein Stück vom Kuchen, er wollte den ganzen.«

»Wir wissen«, sagte Will, »dass er expandieren wollte.«

»Verrückt«, erwiderte Hagstrom. »Wahrscheinlich wollte er sein Unternehmen zu schnell vergrößern. Es braucht Zeit, Mut, Energie und viel Glück, um so viel Geld zu verdienen, wie euer Vater gerne verdient hätte. Und leider hatte euer alter Herr gegen eine Reihe wirtschaftlicher Misserfolge anzukämpfen, als sein Cadillac in den Lastwagenanhänger raste.«

Sie alle erinnerten sich einen Augenblick an das Unglück.

Dann fragte John: »Über welche wirtschaftlichen Misserfolge sprechen wir denn hier? Sein Geschäft war groß. Das hat Dad uns jedenfalls immer gesagt.«

Hagstrom zuckte mit den Schultern. »Was soll ich dazu sagen? Ich habe mir die Bücher genau angeschaut. Und es war eindeutig: Die Schulden schnellten in die Höhe. Euer Vater hatte die ganze Produktion nach Mexiko verlegt. Alles – Schirme, Handschuhe, Hüte, Stiefel, Schals und das ganze Zeug. Diese Firmenverlegung fraß viel, viel Geld. Viele Leute – darunter auch ich – rieten ihm davon ab. Er hingegen glaubte, dass er auf diese Weise auf lange Sicht Millionen machen könnte. Vielleicht hätte das ja auch geklappt. Doch zunächst einmal bedeutete es, dass er mehr Geld aus der Firma ziehen musste, als er einnahm. Euer Vater mag ein vorsichtiger Mann gewesen sein, aber in diesem Fall ist er ein großes Risiko eingegangen, und er hat viel verloren. Als er starb, betrugen seine Kreditschulden über zwei Millionen Dollar.«

Die Jungen brauchten ein paar Minuten, um das zu verdauen. Während sie darüber nachdachten, kehrte der Staranwalt Hagstrom an seinen Schreibtisch zurück. Er wollte zwar, dass die Jungen niedergeschlagen waren, aber sie sollten auf keinen Fall die Nerven verlieren. Nicht jetzt. Dazu war es zu früh. Menschen, die am Ende waren und nichts mehr zu verlieren hatten, waren unberechenbar, das wusste er.

Jetzt war der richtige Zeitpunkt für ein paar gute Nachrichten. »Es ist wohl nicht ganz so schlimm, wie es auf den ersten Blick aussehen mag«, sagte Frank zu ihnen. »Ein Mitarbeiter von mir hat sich den ganzen Sommer rund um die Uhr mit der Sache beschäftigt. Er glaubt, dass das Vermögen trotzdem noch die Schulden übersteigt.«

Die Jungen atmeten auf. »Wann wissen Sie es genau?«

»Das dauert leider noch eine Weile.«

»Wie lange?«

»Schwer zu sagen. Mindestens ein paar Monate. Wir haben es hier nicht nur mit einer äußerst komplizierten Nachlassache zu tun, sondern zusätzlich mit einer ausländischen Regierung, auf deren Kooperation wir angewiesen sind.«

»Mexiko?«

»Genau. Euer Vater hat einen großen Teil des Kredits bei einer mexikanischen Staatsbank aufgenommen. Es war ein besonderes Darlehen, das zu niedrigen Zinsen angeboten wurde, um amerikanische Firmen über die Grenze zu locken. Dadurch wird die ganz Sache zweifellos noch komplizierter. Aber ihr könnt mir vertrauen«, fügte der Anwalt schnell hinzu, »ich habe die Sache im Griff.«

»Das ist gut, Mr Hagstrom«, sagte John, dessen Tonfall seine wachsenden Zweifel nicht verriet. »Was sollen wir denn machen, bis diese ganze Sache geklärt ist? Wir haben beide kein Geld, und in der nächsten Woche fängt das Studium an.«

»Wir werden das schon irgendwie hinkriegen. Ich gebe jedem von euch zweitausend Dollar. Und wenn ihr noch mehr Geld braucht, ruft mich an.«

Will sah nicht besonders glücklich aus. Er war bleich geworden. »Aber Sie glauben, dass es klappt? Ich meine, dass noch etwas übrig bleibt fürs Studium und ...«

»Natürlich.« Frank Hagstrom liebte das Wort *natürlich.* Damit konnte er seine Mandanten stets beruhigen.

Will, der ihm noch immer vertraute, nickte.

»Bevor ihr geht«, fuhr Frank fort, der sich angestrengt konzentrierte, »müsst ihr zwei mir noch ein paar Unterlagen unterschreiben. Ihr könnt euch alles in Ruhe durchlesen. Schaut euch alles genau an, auch wenn es nicht besonders spannend ist. Es geht im Wesentlichen darum, dass ihr mich bevollmächtigt, in eurem Namen zu handeln. Das tue ich zwar schon die ganze Zeit, doch ich glaube, so können wir die Sache beschleunigen.«

Das war ganz im Sinne der Hancock-Brüder. Daher schauten sie sich die umfangreichen Dokumente kaum an und setzten überall, wohin Frank Hagstrom mit seinem dicken Zeigefinger zeigte, mit dem Füller ihre Unterschrift.

DRITTER TEIL

8. JUNI 1999

DIENSTAGMORGEN – ÜBERBLICK

An diesem Morgen stand Will Hancock in seinem Zimmer im Hotel Peace and Plenty auf der kleinen Bahamainsel Exuma noch vor Tagesanbruch auf. Die ganze Nacht war Frank Hagstrom durch Wills Träume gegeistert. Die meiste Zeit hatte Frank tot von der Decke gehangen, doch fast ebenso häufig hatte er mit seiner aalglatten Juristenzunge quicklebendig seine schmutzigen Lügen verbreitet. Will hatte in all den Jahren immer wieder versucht, sich einzureden, dass dieser Mistkerl den Tod verdient hatte. Dennoch machten ihm nachts oft seine Gewissensbisse zu schaffen und raubten ihm den Schlaf.

Deshalb stand Will sofort auf, als es hell wurde, und gab einem Fischer fünfzig Dollar, damit der ihn durch die Bucht nach Stocking Island fuhr, eine kleine Insel, die wie ein Angelhaken geformt war. Sie legten an einem langen Holzdock am westlichen Ufer an. Will nahm sein Angelgerät und ging einen schmalen Weg aus zermahlener Koralle und Sand zu einem flachen, einsamen Strand hinunter. Genau vor ihm ging die riesige rote Sonne über dem friedlichen Atlantik auf. Will schaute über den langen, weißen Sandstrand. Er sah niemanden. Er wusste, dass er in den nächsten Stunden allein sein würde. Mit dem Grätenfisch.

Das gefiel Will sehr gut. Er liebte die Einsamkeit. Im Gegensatz zu seinem Bruder war er kein geselliger Mensch. Wenn Will die Rolle des John Hancock spielte, hatte er häufig keine andere Wahl, als jedermanns Freund zu sein. Diese Rolle fiel ihm nicht leicht. Nach all den Jahren ohne eigene Identität weiß Will gar nicht mehr genau, welches Verhalten seiner Natur entspricht, und jeden Tag kämpft er gegen seine Gefühle und sein Tun an. Zu Hause, zum Beispiel. Er weiß, dass sein Bruder die Kinder niemals anschreit und ihnen nie einen Klaps gibt, auch wenn sie etwas Unrechtes tun oder streitlustig sind. Will ist jedoch der Ansicht, dass auch Kinder Disziplin brauchen und dass eine kleine körperliche Züchtigung den Jungen nichts schaden kann. Doch er muss vorsichtig sein. Er muss Johns Rolle spielen. Er muss sich immer nach Johns Rolle richten.

Will seufzt. Er hat keine Lust, an diesen ganzen Mist zu denken. Nicht jetzt. Nicht hier an diesem schönen Strand, an dem er Grätenfische angeln will. Er weiß, dass er nur heute Morgen angeln kann. Ursprünglich hatte er vor, bis Donnerstag oder Freitag auf den Bahamas zu bleiben. Als er gestern Nacht nicht schlafen konnte, beschloss er, schon am Nachmittag in die Staaten zurückzukehren. Heute Abend will er wieder im Versteck der Hancocks in den Berkshires in Massachusetts sein. Er möchte ein paar Dinge ändern, und die Zeit dazu ist reif.

Sein Bruder John erwacht. Er denkt an seine Söhne. Im schwachen Schein der Dämmerung geht er durchs Schlafzimmer und über den Flur, ohne Licht anzumachen. Er wohnt schon sieben Jahre in diesem Stadthaus und kennt den Weg auch mit geschlossenen Augen.

Er wirft einen Blick auf John junior und den kleinen Willy. Beide Jungen schlafen friedlich. John lächelt und geht wieder ins Bett. Er überlegt, ob er seine Frau anrufen soll. Er vermisst sie und wünscht sich, sie würde jetzt neben ihm im Bett liegen.

John schaut auf die Uhr auf dem Nachttisch. Es ist erst kurz nach fünf. In London müsste es also zehn Uhr sein. Zehn oder elf in Paris. Clara könnte schon auf sein, aber wahrscheinlich schläft sie noch. Am besten, wenn er noch ein bisschen wartet und sie später anruft. John legt sich wieder ins Bett, schüttelt sein Kissen auf und versucht, noch ein wenig zu schlafen.

Clara wäre nicht ans Telefon gegangen, hätte Hancock sie angerufen. In ihrem Hotelzimmer im Ritz hat sie ihr Handy und das Telefon abgeschaltet. Sie ist gegen halb zwei ins Bett gegangen und möchte bis mittags schlafen.

Nachdem sie aus dem Fitnessclub gekommen ist, hat sie geduscht und sich die Haare gewaschen. Dann hat sie im Bett gelegen und einen Roman gelesen, bis ihre Augen schwer wurden. Clara liest alle Romane von Hancock, obwohl sie Liebesromane bevorzugt. Leichte Geschichten mit viel Leidenschaft und einem Happy End. Hancocks Bücher sind düster und unheimlich. Wenn Clara spät nachts in den Romanen liest, kann sie manchmal nicht einschlafen.

Und wer ist zu dieser frühen Stunde außerdem noch wach. Rafe? Keineswegs. Rafe schläft tief und fest in dem Hotelzimmer in Belize City. Es ist das gleiche billige, schmutzige Hotel auf der Cockburn Street, in dem die Zwillingsbrüder übernachteten, als sie damals am Weihnachtstag 82 in Belize eintrafen.

Rafe ist gestern Abend aus Caye Caulker hierher gekommen, damit er rechtzeitig am Flughafen ist, um nach Houston zu fliegen, dem Tor zu den Vereinigten Staaten. Ein Beutel Koks ist sicher in seinem Rucksack verstaut. Um acht Uhr wird er telefonisch geweckt.

Und was ist mit Babe? Wo ruht sich Ms Overton zu dieser kühlen, dunklen Stunde aus? Greyhound-Busse, die durch das ganze Land fahren, kommen mitten in der Nacht gut voran. Nach ein paar Stunden halten sie immer, um zu tanken und den Fahrer zu wechseln. Ansonsten brettern sie ständig über die Autobahnen.

Babe ist jetzt ungefähr fünfzig Meilen von Oklahoma City entfernt. Dank des leisen Surrens der Reifen auf dem Asphalt und des leichten Schaukelns des gut gefederten großen Busses kann Babe gut schlafen. Nur wenige Dinge bereiten ihr leichtes Unbehagen. Dazu gehört die kalte, schwarze Pistole mit dem kurzen Lauf, die in ihrer Handtasche liegt. Weil Babe die Tasche an sich drückt, wird sie immer wieder halb wach. Dann macht sie es sich bequem und versucht, den dumpfen Schmerz zu vertreiben.

Auch das Taschenbuch, das auf dem leeren Sitz neben ihr liegt, bereitet ihr Unbehagen – nicht ihrem Körper, sondern ihrem Geist. Sie hat den Psychothriller an einem Zeitungsstand außerhalb von Amarillo, Texas, gekauft. Auf dem Cover ist eine mittelalterliche Streitaxt abgebildet, von der das Blut tropft. Über der Axt steht in blutroten fetten Druckbuchstaben: **Rache.** Unter der Axt, ebenfalls in blutroten Lettern, steht der Name des Autors: **John Hancock.** Obwohl sich eigentlich der angeblich verstorbene Koautor Will Hancock den Titel ausgedacht hat. Auch ein großer Teil der Handlung stammt von Will. Dieser Roman aus dem Jahre 1992 wurde ihr zweiter Bestseller.

Die Geschichte flößt Babe ein wenig Angst ein. Es geht um einen betrügerischen Anwalt, der eine Frau um ein beträchtliches Erbe erpresst, nachdem ihr gut betuchter Ehemann am Steuer eines Privatjets stirbt. Die Witwe dreht am Ende durch und foltert den Anwalt mit der Sammlung mittelalterlicher Waffen ihres Gatten, bis sie ihn schließlich auf äußerst abscheuliche Weise tötet. Aber so weit hat Babe noch nicht gelesen. Sie ist erst auf Seite siebenundvierzig.

Und was ist mit Babes Therapeutin in L. A.? Gerdy MacDaniel? Ist Gerdy schon aufgestanden? Natürlich. Sie kümmert sich um eine Patientin. Ein neurotisches, magersüchtiges Starlet, das wir alle schon oft im Kino gesehen haben. Das einst liebenswerte junge Mädchen meckert jetzt über alles – von der Ausbeutung des Dalai Lama bis hin zu dem ekelhaften Saft, den man bei den Filmaufnahmen zum Frühstück bekommt. Die junge Frau wirkt in dem Film *Fatale Liebe* mit, der in Anlehnung an Emily Jane Brontës Roman, *Sturmhöhe*, gedreht wird. Für eine Nacktszene mit Heathcliff verlangte der Regisseur aufgrund der vorstehenden Rippen und der praktisch hohlen Brust der weiblichen Darstellerin ein Double. Der Regisseur fürchtete, die Zuschauer könnten glauben, Heathcliff hätte Sex mit einer Leiche.

Gerdy unterdrückt ein Gähnen. Die Schauspielerin langweilt sie zu Tode.

Als Gerdy vor ein paar Stunden zwischen ihren Patientenbesuchen döste, dachte sie an Babe. Gestern Nachmittag rief Babes Freundin Mary Ann an und fragte, ob Babe die Therapeutin kürzlich aufgesucht habe. Gerdy begriff sofort, dass Babe nach der Sitzung am Sonntagmorgen nicht nach Hause gegangen war. Daher rief Gerdy, bevor die magersüchtige Schauspielerin zu ihr kam, bei Babe an und hinterließ auf dem Anrufbeantworter ihre Bitte um Rückruf.

Gerdy macht sich Sorgen um Babe. Sie hat Angst, dass die arme, verwirrte Frau Dummheiten machen könnte. Gerdy weiß sehr gut, dass bei Menschen, die in der Vergangenheit leben und die Vergangenheit nicht verarbeitet haben, rasch die Sicherung durchbrennt.

Leland Fisher und seine reizende Frau Hillary schlafen tief und fest in ihrem großen Bett in ihrem Häuschen in der Back Bay. Es ist eine Superschlafmaschine, die permanent das Geräusch sich brechender Wellen in ihrem feudalen Schlafzimmer ertönen lässt. Gestern Abend haben Leland und Hillary miteinander geschlafen. Es war eine kurze Nummer, doch sie vermittelte beiden ein Gefühl von Trost und Befriedigung.

Nach dem Sex sagte Hillary zu Leland, dass es schön wäre, ein paar Tage wegzufahren.

Leland – argwöhnisch, aber befriedigt – fragte: »Wohin möchtest du denn?«

»Ach, ich weiß nicht«, erwiderte Hillary. »Wie wäre es mit New York? Wir könnten uns eine Suite im Ambassador mieten, uns eine Show ansehen und etwas Shopping machen.«

Und Hancock eine Zeit lang aus dem Weg gehen, dachte Leland. »New York? Okay. Ich habe morgen noch ein paar Dinge im Büro zu erledigen, aber wir könnten am Mittwoch mit dem Zug fahren.«

Hillary drückte ihren Mann kurz an sich. »Ich kümmere mich darum.«

Der Schnüffler Al Brown liegt im Bett und liest im Schein seiner Buchlampe. Das Buch ist dick und enthält viele von Edward Westons berühmtesten Schwarzweißfotos. Als junger Mann träumte Al davon, ein zweiter Weston oder Ansel Adams oder Walker Evans zu werden. Doch eines Tages folgte er Michael Jackson auf die Toilette am Kennedy Airport und machte von dem Sänger und Songschreiber ein Foto beim Pinkeln. In jenem Moment beschloss Al, seinen Traum vom Ruhm zu begraben.

Neben ihm liegt seine Frau und schläft friedlich. Sie hat in ihrem ganzen Leben selten schlecht geschlafen.

Das können nicht viele Menschen von sich behaupten.

Dicky Cosgrove ist noch nicht schlafen gegangen. Manchmal denkt er, dass er überhaupt nie mehr schlafen gehen wird. Wozu sollte Schlaf gut sein?, fragt er sich. Schlaf ist etwas für schwache, gebrechliche Menschen.

Je weniger er schläft und je weiter er sich von dem Seelenklempner und seinen Psychogehilfen entfernt, desto verrückter wird Dicky. Es ist jetzt fünf Uhr morgens, und er wandert durch Bostons South End, eine Gegend, die nicht einmal bei Tageslicht sicher ist. Er sucht jemanden, der ihm ein Gewehr oder einen Revolver oder irgendeine Schusswaffe verkauft. Irgendetwas, mit dem er Kugeln verschießen und die Hancocks durchlöchern kann.

Als Dicky gestern Abend an seinem Tisch in der Bostoner Bibliothek saß, traf er eine Entscheidung. Er will die Hancock-Brüder umlegen. Abknallen.

Das Problem ist, dass er eine Waffe braucht. Er muss sich

eine Waffe besorgen. Ohne Waffe geht das nicht. Es ist aber gar nicht so einfach, an eine Waffe zu kommen. Besonders in Massachusetts, dem Staat mit den strengsten Waffengesetzen der Vereinigten Staaten. Das Gute an diesen Waffengesetzen ist, dass dadurch vielleicht ein paar Leben gerettet werden. Vielleicht.

Schauen Sie sich den Typen mal an. Er ist unten auf der East Newton Street. Er bummelt über den rissigen Bürgersteig und fragt jeden Besoffenen und jeden heruntergekommenen Penner, ob er ihm eine Knarre verkaufen will. Er *bettelt* um eine Waffe. So geht das nicht.

Leider stinkt Dicky und benimmt sich so merkwürdig, dass sogar die Betrunkenen und Verrückten die Flucht ergreifen, wenn er sich nähert.

»Verdammte Kacke!«, brüllt Dicky an der Kreuzung Newton und Washington. »Ich brauche 'ne Knarre! Ich bin Amerikaner! Ich hab das Recht, eine Waffe zu tragen!«

Doch niemand – nicht einmal der schwarze Typ mit dem Spitzbart und den Goldzähnen, der hier am Franklin Square das Sagen hat – will diesem Irren eine Waffe verkaufen. Der Schwarze, der hier Moses genannt wird, kann alles besorgen: Heroin, Koks, Speed, Pistolen, Revolver, Maschinengewehre, Handgranaten und sogar Landminen. Man muss nur sagen, was man braucht, und Moses besorgt es. Er wird in dieser Gegend Moses genannt, weil er hier die Zwei Gebote vorschreibt und durchsetzt: 1. Hier passiert nichts, wenn Moses seinen Segen nicht gegeben hat. 2. Moses bekommt fünfzig Prozent von jedem Geschäft (jedem!), das hier gemacht wird.

Moses beobachtet diesen »verrückten weißen Scheißer« schon eine halbe Stunde durch seine Nachtsichtbrille. Schließlich sagt er zu seinem Leutnant Stick: »Stick, schaff mir diesen Idioten vom Hals. Dieser verrückte weiße Scheißer bringt uns nichts als Scherereien, wenn der sich hier so aufführt und so einen Schwachsinn durch die Gegend brüllt.«

Stick, der einsfünfundneunzig groß ist und vielleicht hundertvierzig Pfund wiegt, wenn es hochkommt, nickt und schreitet zur Tat, ohne ein Wort zu sagen. Er tut immer genau das, was Moses sagt.

Stick und ein paar seiner Kumpane fahren in Sticks großem Lincoln zu Dicky, werfen ihn auf die Rückbank und verpassen ihm eine Tracht Prügel. Sie gehen nicht besonders brutal vor, denn sie wollen dem Kerl bloß eine Lektion erteilen und ihn ruhig stellen. Dann fahren sie mit ihm in den Vorort Arlington, drosseln das Tempo auf zehn oder fünfzehn Meilen pro Stunde und werfen Dicky aus dem Wagen.

Dicky flucht wie ein Kutscher und tobt wie ein Irrer, als er über die Straße rollt, gegen ein Stoppschild knallt und schließlich liegen bleibt.

DICKY & ZELDA

Es ist nicht zu bestreiten, dass Dicky Cosgrove ein paar schlimme Kindheitserlebnisse hatte. Seine Mutter starb bei einem schrecklichen Unfall, noch bevor Dicky das dritte Lebensjahr erreicht hatte. Meg Carter-Cosgrove, eine impulsive, aufgeschlossene junge Frau, liebte gefährliche Hobbys. Nachdem sie ihr zweites Kind geboren hatte, erlernte sie das Fallschirmspringen. Sie behauptete, dass der Nervenkitzel erregender sei als Sex. An jenem unvergesslichen Frühlingsnachmittag sprang sie aus dem Flugzeug und schwebte der Erde entgegen. Auf halber Strecke zog sie an der Leine, um den Fallschirm zu öffnen, doch der Fallschirm verhedderte sich und ging nicht auf. Meg landete in Vermont in einem Kornfeld – mit einer Geschwindigkeit von zweihundertachtzig Sachen.

Bob Cosgrove, Dickys Vater, konnte den Tod seiner Frau nicht verwinden. Sie war die Liebe seines Lebens und die

Kraft, die seinen Motor antrieb. Er zog sich zurück und wurde ein kühler, depressiver Mann.

Dickys Erziehung lag mehr oder weniger in den Händen seiner älteren Schwester Zelda. Zelda, damals selbst noch ein halbes Kind, gab ihr Bestes. Doch sie konnte nicht verhindern, dass ihr Vater den kleinen Dicky, der ein paar Jahre nach dem Tod der Mutter noch immer weinte und nach seiner Mama rief, ständig verprügelte. Bob schlug Dicky meistens mit dem Handrücken, doch ab und zu schlug er auch mit der geballten Faust auf ihn ein. Das kam häufiger vor, als irgendein Familienangehöriger zugegeben hätte. Damals war es noch nicht so verbreitet, dass der Jugendschutzbund sich um misshandelte Kinder kümmerte, und so ertrug Dicky die Schläge, ohne dass die Außenwelt es je erfuhr.

Schließlich verarbeitete Bob seinen Kummer. Er lernte eine andere Frau kennen und nahm sein Leben wieder in die Hand. Für den kleinen Dicky jedoch war es zu spät. Er trug irreparable Schäden an seiner Seele davon.

Dicky war zwar ziemlich helle, doch aufgrund seiner ungünstigen genetischen Disposition, einer schlechten Chemie und schlimmer Kindheitserlebnisse hatte er eine verdrehte Psyche. Er besaß einen hohen IQ und konnte sehr schwierige mathematische Probleme lösen.

Leider waren ihm die Ursprünge seiner emotionalen Probleme nicht bekannt.

Seine Schwester Zelda hatte ihre eigenen Probleme. Zelda war übrigens nicht ihr richtiger Name. Ihre Eltern hatten sie Gretchen genannt, in liebender Erinnerung an Großmutter Cosgrove. Kurz nach dem vorzeitigen Tod ihrer Mutter las Gretchen den Roman *Der große Gatsby* und alle anderen Bücher von F. Scott. Die Jugendliche versank bald in die Welt der blühenden Fitzgerald-Fantasie. Es ging so weit, dass sie darauf bestand, nach F. Scotts hübscher blonder Braut Zelda genannt zu werden.

Als sie achtzehn wurde, hatte Gretchen offiziell den Namen Zelda angenommen. Als sie fünfzehn Jahre später starb, war Ms Cosgrove noch immer vollkommen in der Welt des Scott und der Zelda Fitzgerald versunken. Sie war schon über dreißig, als sie sich ihr blond gefärbtes Haar noch immer im Stil der wilden Zwanziger frisierte: kurz und wie ein Junge. Sie sprach affektiert, rauchte ihre Zigaretten in langen Plastikfiltern und äußerte sich nur, wenn man ihre Bemerkung zu den gescheitesten der Welt zählen konnte.

Trotz ihrer exzentrischen Art war Zelda so klug wie ihr Bruder Dicky. Während Dicky sich bei Zahlen und Gleichungen hervortat, glänzte Zelda in der Welt der Literatur.

Hätte sie die Begabung besessen, Wörter auf dem Papier sinnvoll aneinander zu reihen, wäre sie sicher eine ausgezeichnete Schriftstellerin geworden. Außerdem war Zelda eine Spur zu geradlinig. Schon in jungen Jahren war ihr die akademische Laufbahn vorbestimmt. Sie hatte jeden Roman von gewisser Bedeutung, der je veröffentlicht wurde, mindestens zweimal gelesen. Über diese Romane konnte sie sehr geistreich und intelligent diskutieren. Es war bestenfalls nervenaufreibend und schlimmstenfalls intellektuell entkräftend, mit Zelda Cosgrove über die Struktur von *Beowulf,* die freudschen Untertöne von *Madame Bovary* oder den psychologischen Schwung von *Lolita* zu diskutieren. Zelda kannte Handlungen, Romanfiguren, Schauplätze, Haupt- und Nebenthemen jedes bedeutenden literarischen Werks von *Canterbury Tales* bis *Catch 22* auswendig.

Sie war erst achtundzwanzig Jahre alt, als die Hancock-Brüder sie im ersten Semester in Harvard kennen lernten. Zu dem Zeitpunkt hatte sie schon einen Magister an der Universität Vermont und ihren Doktor an der Universität von Columbia erworben. Ihr nächstes Ziel war ein Lehrstuhl für Englische Literatur an der Harvard University.

HARVARD

Die Hancock-Brüder waren erst siebzehn Jahre alt, als sie im Herbst 1977 ihr Studium an der Harvard University aufnahmen. Es dauerte ein paar Monate, bis sie sich eingelebt hatten. Anfangs entmutigte sie die große Universität und schüchterte sie ein wenig ein. Immerhin war es nicht irgendeine Uni, sondern *Harvard.* Allein der Klang des Namens erinnerte an Thoreau und Emerson, T.S. Eliot und Oliver Wendell Holmes, Teddy Roosevelt, FDR und JFK. Sie bewegten sich hier auf heiligem Boden. In den ersten Wochen schritten sie mit offenen Mündern und aufgerissenen Augen über den Harvard-Campus.

Um Halloween herum kursierte plötzlich das Gerücht, die Hancock-Zwillinge, die in der Lionel Hall wohnten, seien direkte Nachfahren des berühmten Harvard-Studenten und Unterzeichners der Unabhängigkeitserklärung, John Hancock. Die Jungen hatten dieses Gerücht nicht in die Welt gesetzt, doch es verlieh ihnen Ruhm und Ansehen. Sie wurden an der Universität zu Berühmtheiten. Plötzlich betrachteten ihre Kommilitonen sie mit Respekt. Mehr als einmal hörten sie andere tuscheln: »Siehst du die beiden da? Das sind die Hancocks, die Ur-Ur-Ur-Ur-Urenkel von John Hancock.«

Ihre Versuche, diese familiären Bande abzustreiten, waren erfolglos. Ihr Status als berühmte Harvardstudenten stieg nur noch. Da sie diese Verbindung leugneten, bewiesen sie ihre Bescheidenheit und gute Erziehung. Und in Harvard waren gute Erziehung und blaublütiger Protestantismus begehrte Eigenschaften, auch wenn es abgestritten wurde.

Das Universitäts-Footballteam beschloss, die beiden aufgrund ihrer Schnelligkeit und Wendigkeit in der Verteidigung einzusetzen. Leider konnte man das, was die anderen Erstsemester in Princeton, Brown und Yale praktizierten, kaum Football nennen. Dieses langweilige, so genannte Footballspiel spiegelte den Geist dieser Universitäten wider. Niemals ein Risiko eingehen, den Ball immer festhalten, Zeit schinden und stets in der Mitte des Feldes bleiben. Die Hancock-Jungen, die an den Außenseiten des Spielfelds als Verteidiger eingesetzt waren, kamen kaum zum Zuge. Am Ende der Saison hatten sie die Nase voll.

Kurz darauf entdeckten die Zwillingsbrüder ihre Freude am Drama. Sie lernten die Schauspielerei wie Vögel das Fliegen. Eigentlich hatten sie ja schon ihr ganzes Leben geschauspielert und sich praktisch von Geburt an gegenseitig imitiert. Jetzt hatten sie plötzlich die Möglichkeit, eine Vielzahl von Rollen in einer großen Auswahl an Stücken zu spielen. John und Will spielten in verschiedenen Klassikern: Edgar und Edmund in *König Lear,* Oliver und Orlando in *Wie es euch gefällt,* Jack Worthing und Algernon Moncrieff in *Bunbary oder Ernst muss man sein.* Sie tauschten ihre Rollen immer wieder, manchmal sogar innerhalb eines Aktes. Im ersten Akt spielte John den Edgar und Will den Edmund. Im zweiten Akt tauschten sie die Plätze und die Rollen. Niemand bemerkte es.

Zumindest glaubten sie, es würde niemand bemerken. Eines Abends kam Zelda Cosgrove nach einer stürmischen, verworrenen Aufführung vom *Tod eines Handlungsreisenden* hinter die Kulissen, um den Jungen zu ihrer tollen Vorstellung zu gratulieren. Zelda unterrichtete John und Will in diesem Semester in kreativem Schreiben. Der Schwerpunkt lag auf der Kurzgeschichte. Vom ersten Tag an verblüffte sie die Identität der beiden Brüder, ihre vollkommene Symmetrie und die Tatsache, dass die beiden gänzlich unzertrennlich zu sein schienen. Zelda beobachtete sie immer sehr genau.

»Die Hancock-Brüder als Loman-Brüder«, sagte sie in schleppendem Tonfall mit leiser, rauer Stimme. Eine noch nicht angezündete Zigarette in dem langen Plastikfilter klemmte zwischen Daumen und Zeigefinger ihrer rechten Hand. »Wie idyllisch.« Zelda wartete darauf, dass einer der beiden Jungen ihr Feuer gab. Leider hatte keiner von ihnen

Streichhölzer. Sie rauchten nicht. Doch von diesem Tag an hatten beide immer Streichhölzer dabei.

Die beiden Jungen waren schon seit der Orientierungswoche zu Beginn des Studiums in Zelda vernarrt. Im Fachbereich Englische Literatur war es möglich, sich an sie heranzumachen. Daher belegten die Hancock-Brüder sofort den kreativen Schreibkurs bei Zelda. Allerdings nicht, weil sie Interesse am Schreiben hatten, sondern großes Interesse an Zelda. Ihr blasses, gepudertes, hübsches Gesicht, ihre geheimnisvolle feminine Ausstrahlung, ihr Sexappeal, ihr großspuriges, selbstsicheres Auftreten – all dies brachte das Blut der Jugendlichen in Wallung. Und jetzt stand sie hinter den Kulissen und beglückwünschte sie zu ihrem Auftritt.

»Die Aufführung hat Ihnen gefallen?«

»Nicht besonders«, erwiderte Zelda. »Ich finde Miller unerträglich mürrisch, die Protagonisten langweilig und seine Dialoge wässerig und fade. Natürlich ist es das größte Drama des zwanzigsten Jahrhunderts.«

Ihr Sarkasmus war nicht zu überhören.

Die jungen Männer, die ihre Begeisterung für Zelda kaum verbergen konnten, kicherten unsicher.

»Aber ihr beide habt mir gefallen«, fügte sie hinzu.

»Ehrlich?«, fragten sie wie zwei Welpen, die gestreichelt werden wollten.

»O ja, vor allem, wie ihr euch bei der viel interessanteren Rolle von Bruder Biff abgewechselt habt.«

John und Will warfen sich einen raschen Blick zu. »Was haben Sie da gesagt?«

»Wie ihr immer die Rollen getauscht habt ... Ich weiß natürlich nicht ...« Zelda fuchtelte mit ihrer Zigarette durch die Luft. »Es war so raffiniert und amüsant. Und natürlich total selbstlos.«

Die Hancock-Brüder wussten nicht, was sie tun oder sagen sollten. Sollten sie schweigen? Sollten sie es abstreiten? Behaupten, sie wüssten nicht, was Zelda meinte?

Hinter den Kulissen war ziemlicher Lärm. Die Schauspieler und ihre Fans eilten hin und her, lachten und diskutierten über die Vorstellung. Die sprachlosen Brüder hofften, dass niemand Zeldas Bemerkung gehört hatte.

Niemand hatte etwas gehört, doch Zelda war noch nicht fertig.

»Selbstlos«, erklärte Zelda, als hätten John und Will sie danach gefragt, »weil natürlich einem von euch – wem, weiß ich nicht – die Rolle des Biff ursprünglich zugeteilt wurde. Der Betreffende beschloss, die Rolle mit seinem Zwillingsbruder zu teilen, so wie ihr alles miteinander teilt, hm?«

Während Zelda auf eine Antwort wartete, wanderten ihre großen grünen Augen von einem zum anderen.

Schließlich setzte John zum Sprechen an. »Ms Cosgrove«, murmelte er. »Ich versichere Ihnen, dass wir nie ...«

Zelda lachte ihm ins Gesicht. »Spar dir deine Worte. Dein Geheimnis ist bei mir gut aufgehoben.«

»Geheimnis?«

»Oh, ich liebe Geheimnisse«, beteuerte sie. »Geheimnisse geben unserem Leben den richtigen Kick. Welchen Spaß hätten wir ohne Geheimnisse? Ich bin jedenfalls heute Abend hierher gekommen, um ein paar Einblicke zu gewinnen.«

»Einblicke?«

»In eure Schreiberei.«

»Unsere Schreiberei?«

»Seitdem ihr mir am Anfang des Semesters eure ersten Geschichten abgeliefert habt, fragte ich mich, ob ihr sie alleine geschrieben habt oder ob es Gemeinschaftswerke sind. Ohne Zweifel sind die Geschichten durch eure Teamarbeit so zauberhaft und unterhaltsam. Macht ihr beide eigentlich alles zusammen? Spielt ihr zusammen? Duscht ihr zusammen? Rasiert ihr euch zusammen? Sitz ihr zusammen auf der Toilette? Vögelt ihr auch zusammen? Oder wechselt ihr euch ab, die gleiche Frau zu vögeln? Wobei ihr dem armen Mädchen natürlich weismacht, dass sie nur einer der Hancocks vögelt. Vielleicht wisst ihr es noch nicht, aber Frauen lieben es, nur einem Mann zu gehören.«

Die Zwillinge waren zutiefst schockiert. Zelda lächelte, drehte sich um und rauschte auf der Suche nach Feuer davon.

John und Will, die verdutzt und sexuell erregt waren, starrten ihr nach, bis sie in der Menge verschwand. Es verging eine ganze Weile, bis einer etwas sagte.

Kurz nachdem Zelda hinter den Kulissen aufgetaucht war, beschlossen die Hancock-Brüder, Ms Cosgrove zu bitten, ihre Studienberaterin zu werden. John und Will behaupteten beide, es hätte mit ihrem lebhaften Interesse an ihrem Studium zu tun, doch in Wahrheit waren beide von der stilvollen, selbstsicheren, entzückenden Zelda fasziniert.

Ihr erster Studienberater an der Harvard University war ein zerkratzter alter Herr namens Richard Whorlman (»Ihr könnt Rick zu mir sagen.«). Rick unterrichtete in Harvard schon seit den Tagen von Milton und Dryden englische Literatur, doch auch wenn Rick versuchte, sich cool und umgänglich zu geben, war er kahl und langweilig. Und er hatte einen so üblen Mundgeruch, dass sogar stark erkältete Studenten angewidert zurückwichen. Außerdem hatte er die nervöse Angewohnheit, die Jungen immer, wenn er sie sah und sie ihm gerade ihr beabsichtigtes Hauptfach mitteilen wollten, zu fragen, welches Hauptfach sie wählen und was sie sonst aus ihrem Leben machen wollten.

Die Hancock-Brüder hatten jedoch nicht vor, sich zu spezialisieren, weder jetzt noch später. Sie wollten viele unterschiedliche Dinge tun und verschiedene Wege beschreiten. Was also antworteten sie Dr. Rick Whorlman? Gar nichts. Sie gingen ihm einfach aus dem Weg. Und als sie Zelda hatten, ließen sie ihn fallen.

Zelda fragte sie nicht, was sie später einmal werden wollten, sondern sagte zu ihnen: »Ich habe nicht den geringsten Zweifel, dass ihr zwei die geborenen Schriftsteller seid.«

»Schriftsteller?«, fragte John.

»Schriftsteller«, erwiderte Zelda.

»Was denn für Schriftsteller?«, fragte Will.

»Geschichtenerzähler«, sagte Zelda.

»Geschichtenerzähler? Sie meinen Romanschriftsteller wie James Joyce oder Stephen King?«

Zelda schenkte ihnen ein gewinnendes Lächeln. »Ja, ganz genau. Eine Kombination aus Joyce und King. Das würde mir gefallen.«

»Aber wir haben überhaupt gar keine Ahnung von der Schriftstellerei.«

»Ihr könnt schreiben.«

»Das haben wir im ersten Semester gelernt, aber wir haben keine Ahnung, was wir schreiben sollen.«

»Doch, das wisst ihr schon«, beruhigte sie die beiden. »Schreibt einfach, was euch einfällt.«

John protestierte. »Schreiben ist doch kein Beruf. Damit kann man sich doch nicht seinen Lebensunterhalt verdienen.«

»Unsere Eltern wollten, dass wir Karriere machen und einen akademischen Beruf ergreifen. Sie wollten, dass wir Ärzte oder Anwälte werden.«

Zelda setzte sich in ihrem kleinen Büro im Erdgeschoss der Boylston Hall hinter ihren Metallschreibtisch. Der ganze Raum war voller Bücher. Hunderte von Büchern, Tausende von Büchern, gebundene Bücher, Taschenbücher, alte Bücher und neue Bücher standen in den Regalen oder lagen irgendwo herum. Sie beugte sich über den Schreibtisch vor und schaute die Zwillinge durchdringend an. Die Tatsache, dass die beiden scharf auf sie waren, machte es ihr leicht, sie zu beeinflussen.

»Ein Beruf«, sagte sie zu ihnen, »ist im Grunde eine Berufung, die von der Gesellschaft anerkannt wird. Ich versichere euch, dass das Schreiben guter Romane die gesellschaftliche Anerkennung genießt, von der alle Eltern träumen.«

»Ja, aber ...«

»Hört mir mal zu«, befahl sie. »Ich habe alles gelesen: großartige, gute, schlechte und abscheuliche Bücher. Daher kann ich euch Folgendes sagen: Zu allen Zeiten haben nur eine Hand voll Schriftsteller es zu etwas gebracht: Shakespeare, Cervantes, Dostojewski. Einer unter Millionen. Einer unter Milliarden. Der Grund dafür ist, dass das literarische Schreiben, das Schreiben, das aus dem Bauch kommt, ins Gehirn wandert und dann durch die Fingerspitzen aufs Papier sickert, eine ganze Reihe an Talenten und Geschicken erfordert. Es kommt sehr selten vor, dass ein einziges Individuum die notwendige Kombination dieser Talente in sich vereint. Ein Schriftsteller kann eine lebhafte Fantasie besitzen, doch ihm kann die Fähigkeit fehlen, eine zusammenhängende Geschichte zu erzählen. Ein anderer Autor könnte eine unglaubliche Fähigkeit besitzen, Intrigen zu erfinden, aber überhaupt kein Gefühl dafür haben, gut gezeichnete, glaubwürdige Romanfiguren zu erschaffen. Schriftsteller versagen aus vielen Gründen: Dummheit, Alkohol, Armut, Reichtum, schlechte Beziehungen, mangelnde Selbstdisziplin, Probleme mit ...«

»Okay, aber ...«

»Ruhe!«, rief Zelda. »Unterbrecht mich nicht mehr!« So war sie nun mal. »Wenn ihr als Team schreibt, könntet ihr zwei alle wichtigen Eigenschaften besitzen, die man braucht, um außergewöhnliche Prosa hervorzubringen. Ich habe im Moment noch keine Ahnung, wer von euch was beisteuert, aber ich weiß auch nicht, ob das jetzt so wichtig ist. Das Ergebnis zählt, und das ist eine ausgezeichnete Mischung aus konzentrierter Energie und kontrolliertem Wahnsinn. Zu diesem Zeitpunkt ist das Ganze nur eine Art naive Malerei, doch die wesentlichen Elemente sind auf jeden Fall vorhanden.«

Zelda schien sich jetzt zu entspannen. Trotzdem wagten die nervösen Brüder es nicht, sie noch einmal zu unterbrechen. Und tatsächlich sprach Zelda nach einer kurzen Pause weiter. »Sagt mir doch mal«, bat sie, »wie ihr es macht.«

Die Jungen schauten sich an.

»Was macht?«, fragte John.

»Dass ihr so wunderbar schreiben könnt.«

Will zuckte mit den Schultern. »Ich weiß nicht. Wir machen es einfach.«

»Und warum macht ihr es zusammen?«

»Warum?«, fragten sie.

»Ja, warum arbeitet ihr zusammen?«

»Ach, das ist ganz einfach«, erwiderte John. »Dann sind wir schneller fertig und können tun, was wir wollen.«

»Normalerweise«, fügte Will hinzu, »schreibt John den ersten Entwurf, und ich überarbeite ihn dann.«

Zelda wusste, dass noch mehr dahinter steckte, als die Jungen zugeben wollten. Dennoch überraschte sie ihre großspurige Antwort nicht. Sie hatte eigentlich schon mit etwas Schlimmerem gerechnet. Wie Mozart, der kicherte und seine Schwester um das Cembalo jagte, während er im zarten Alter von acht Jahren wunderschöne Symphonien komponierte.

JOHN & DICKY

Im Moment schreibt John nichts. Er hat es heute früh versucht, doch als die Kinder wach wurden, hat er es aufgegeben. Sie haben zusammen gefrühstückt und über den Golden Retriever gesprochen. Ja, den Golden Retriever. Gestern Abend hatten die Jungen den fünf Monate alten Welpen eine Stunde lang auf dem Arm. John wusste, dass sein Bruder sich zweifellos ärgern würde (Will hatte Hunde nie gemocht). Da hatte er halt Pech gehabt, denn John wollte seine Söhne glücklich machen.

Nach dem Frühstück brachte John die Jungen zur Schule. Unterwegs überlegten sie sich einen Namen.

»Bill.«

»Bob.«

»Brutus.«

»Strolch.«
»Walter.«
»Wolf.«

Sie hatten Zeit genug, sich zu entscheiden.

John winkte ihnen an der Schultür zu. Anschließend machte er einen langen Spaziergang. Es war jetzt noch nicht Mittag, und John war schon den ganzen Freedom Trail hinuntergegangen. Dieser *Weg der Freiheit* war eine für Touristen angelegte Strecke, die an historischen Sehenswürdigkeiten Bostons vorbeiführte. John ist diesen Weg in den vergangenen Jahren schon oft gegangen, wenn er über ein Problem nachdenken musste. Heute ist er an der Gedenkstätte des Bostoner Massakers und am Paul Rever's House vorbeigebummelt. Er hielt kurz vor der Old North Church, ging über die Charlestown Bridge durch Boston Harbor und stieg auf das Bunker Hill Monument auf dem Gipfel des Breed's Hill, wo die Rebellen die Rotröcke im Juni 1775 in die Flucht geschlagen hatten.

John sieht sich gerne selbst als Teil der Historie. Er hat die Geschichte als Tatsache akzeptiert, dass sein Ahnherr kühn seine Unterschrift unter die Unabhängigkeitserklärung setzte. Die Verbindung zu Hermann Göring ist vergessen. Dieser unbedeutende Teil der Familiengeschichte hat keinen Platz in Johns Wirklichkeit. Sein Leben ist und war immer ein kunstvolles, komplexes Arrangement aus Täuschung und Verzerrung. Und genau in dieser Sekunde, als er über die Aufregung der letzten Tage nachdenkt, fragt er sich, ob all diese Täuschungen und Verzerrungen ihn eingeholt haben. Vielleicht ist seine Glückssträhne zu Ende.

Die Liste der Verdächtigen geht ihm immer wieder durch den Kopf. Die Namen leuchten vor seinem inneren Auge auf, einer nach dem anderen, eine endlose Parade möglicher Verdächtiger:

HANCOCK, CLARA
BYRNES, RODNEY

RAFE?
COSGROVE, DICKY
FISHER, LELAND

Die meisten Namen auf der Liste machen ihm keine Angst. Clara auf gar keinen Fall. John weiß jedoch, dass er am Boden zerstört wäre, wenn seine Frau die Wahrheit herausbekommen hätte und sich nun darauf vorbereitete, den Status quo zu verändern und die Ehe möglicherweise zu beenden. Das könnte John nicht ertragen.

Vor Byrnes hat er keine Angst. Vor Rafe auch nicht. Und auch nicht vor Leland. Leland ist möglicherweise rasend vor Eifersucht, weil er glaubt, dass seine Frau und sein Bestseller-Autor sich hinter seinem Rücken austoben. Aber Leland ist im Grunde ein Teddybär. Der arme Kerl würde zusammenbrechen und weinen, bevor er gewalttätig würde.

Nein, der einzige Name auf der Liste, der John Angst macht, ist Dicky Cosgrove. John hat keine Ahnung, was Dicky vorhat. Ob man es nun Angst, Instinkt oder Intuition nennt, auf jeden Fall spürt John Dickys Anwesenheit. Er weiß, dass Dicky dort draußen ist. Er ist ganz nahe, und er kommt immer näher.

So nahe ist Dicky ihm noch nicht.

Er gönnt sich eine kleine Pause und besucht den Tatort. Wie Hancock ist Dicky in den vergangenen Stunden ziemlich viel gelaufen. Nachdem er aus Sticks Lincoln geworfen wurde, lief er den ganzen Weg von Arlington bis Cambridge. Er hat nur ein paar Beulen und blaue Flecke davongetragen und die Begegnung mit dem Asphalt auf der Medford Street ansonsten ohne ernsthafte Verletzungen überstanden.

Im Moment steht er vor dem Wohnhaus auf der Berkeley Street, in dem seine Schwester Zelda zum Zeitpunkt ihrer Ermordung wohnte. Die Haustür des zweistöckigen Gebäudes ist verschlossen. Dicky möchte gerne die Treppe hinaufsteigen, bis zum Ende des Korridors gehen, die Wohnung 4D betreten und nachsehen, ob das Blut seiner Schwester noch immer den Teppich und den Holzboden befleckt.

Aber diesen Typen lässt keiner ins Haus. Er stinkt nicht nur und sieht seltsam aus – überdies sind seine Hände und sein Gesicht blutverschmiert, und seine Klamotten zerfetzt. Das hat er dem Umstand zu verdanken, dass er Mr Moses am Franklin Square verärgert hat.

Ein Streifenwagen hält vor dem Wohnhaus. Ein Officer steigt aus und fordert Dicky auf, sich auszuweisen. Dicky reicht ihm seinen nagelneuen Führerschein, den der Psychiater in Great Barrington ihm als Teil seines Entlassungsprogramms besorgt hat.

Der Bulle überprüft den Führerschein und mustert Dicky. Er schnüffelt kurz an Dickys Klamotten und fragt ihn dann: »Mr Cosgrove, darf ich Sie fragen, was Sie hier machen?«

»Ich warte auf meine Schwester«, erwidert der verrückte Dicky, so vernünftig er kann. »Sie wohnt hier. In der Wohnung 4D.« Er zeigt mit dem Daumen nach oben.

»Ist sie nicht zu Hause?«

»Nein, Sir, im Moment nicht, aber sie müsste gleich kommen.«

»Was ist denn mit Ihnen passiert?«

Dicky wirft kurz einen Blick auf seine Klamotten. »Ach, das. Ich wurde gestern Abend überfallen.«

»Überfallen? Wo denn?«

»Drüben in Boston, aber es ist alles in Ordnung. Wirklich. Ich möchte keine Anzeige erstatten. Ich hatte nur ein paar Dollar bei mir.«

Das Funkgerät im Streifenwagen knattert. Es werden sofort Beamte drüben auf der Brattle Street gebraucht. Ein Familienstreit. Schüsse sind gefallen. Es herrscht große Aufregung.

Der Beamte gibt Dicky den Führerschein zurück. »Ich schlage vor, dass Sie sich mal gründlich waschen, Mr Cosgrove. Am besten, Sie stellen sich unter die Dusche und ziehen sich saubere Klamotten an. Sie verschrecken die Nachbarn.«

»Okay«, erwidert Dicky. »Mach ich.«

Der Beamte steigt wieder in den Streifenwagen, schaltet das Blaulicht ein und fährt davon. Der Officer weiß nicht, dass er gerade einen potentiell mordbereiten Verrückten einfach hat laufen lassen. Er weiß auch nicht, dass der freundliche Tipp, den er Dicky gegeben hat, weitreichende und gewalttätige Folgen haben könnte.

Zum ersten Mal seit Wochen bemerkt Dicky sein ungepflegtes Aussehen und seinen schrecklichen Körpergeruch. Er beschließt, diesen Zustand sofort zu ändern.

ANGELN

Will Hancock steht in dem warmen, hüfttiefen Wasser auf Stocking Island. Er angelt mit seiner leichten Graphit-Fliegenangel nach Grätenfischen. Die Angelrute surrt immer wieder durch die Luft. Dann landet die Fliege sanft in der gewellten Brandung. Ein kleiner Grätenfisch schwimmt desinteressiert herbei. Will zieht die Leine ein und wirft sie noch einmal aus. In dem hellen, grellen Licht des späten Morgens beißen nicht so viele silberne Fische an, doch Will lässt nicht locker.

Vor einer Weile hat er einen dieser seltsamen Bodenfresser gefangen, einen kleinen, zwei Pfund schweren Fisch, der kampflos aufgab. Will bescherte der Fang überhaupt keine Befriedigung. Dennoch gibt er nicht auf. Verbissen verfolgt er sein Ziel.

Angelruten auswechseln, Spulen auswechseln und Fliegen auswechseln – das ist alles, was beim Fliegenangeln passiert. Man braucht Geduld, und die hat Will. Grenzenlose Geduld. Er kann stundenlang an der gleichen Stelle fischen, in aller Ruhe eine Fliege nach der anderen befestigen, bis endlich ein Fisch anbeißt. Sein Bruder John hingegen –

würde man ihn überhaupt dazu kriegen, je eine Angelrute in die Hand zu nehmen – würde die Rute ein paar Mal aufgeregt ins Wasser werfen und bald etwas anderes machen, wenn er keinen Erfolg hätte. John stellt sich sein Freizeitvergnügen anders vor, als zu warten, bis ein Fisch am Haken sitzt, um ihn dann wieder ins Wasser zu werfen. John bevorzugt Sportarten, die seinen Adrenalinspiegel in die Höhe treiben: Rennrad fahren, im Wildwasser Kajak fahren, Abfahrtsski, Bergsteigen. Will geht fischen, jagen und wandern.

Will rollt die Angelschnur auf und erinnert sich zum zweiten Mal in weniger als achtundvierzig Stunden an den Tag, an dem er John Hancock wurde. Es ist fast zwanzig Jahre her, fast sein halbes bisheriges Leben, doch es vergeht kaum ein Tag, an dem er nicht daran denkt, was damals mit diesen beiden Reisepässen auf Caye Caulker passiert ist.

Will starrt in das klare, seichte, blaugrüne Wasser und entdeckt nicht mehr als zehn Meter von seinem Standort entfernt einen Grätenfisch, dessen silbrige Schuppen in der hellen tropischen Sonne schimmern. Will bereitet sich methodisch darauf vor, seine Angel auszuwerfen. Der Fisch schwimmt langsam durchs Wasser. Er ist bestimmt auf der Suche nach Futter. Will zieht die Angelrute zurück und wirft die Fliege genau in den Weg des Grätenfisches. Die Fliege landet im Wasser. Platsch! Der Grätenfisch beißt an. Dann macht er kehrt und schwimmt aufs offene Meer zu. Will lässt ihn ziehen. Es besteht kein Grund, ihn aufzuhalten. Will möchte mit dem Fisch spielen. So wie eine Katze, die eine Maus in die Enge treibt. Die Katze schaut zu, wie die Maus Schutz sucht, doch in letzter Sekunde treibt sie die Maus wieder in die Mitte des Zimmers. Will macht es ebenso. Er beobachtet, wie der Grätenfisch hektisch die Freiheit sucht, doch Will lockt ihn immer wieder zurück, damit die Jagd erneut beginnen kann. Will macht die Sache großen Spaß. Es bereitet ihm riesiges Vergnügen.

Der Kampf dauert sechs oder sieben Minuten. Der Fisch,

ein kräftiger, geschickter Kämpfer, ist schnell erschöpft. Will bringt ihn ans Ufer, um ihn sich genau anzusehen. Ein gesundes, sechs Pfund schweres Männchen. Das ist für einen Grätenfisch eine stattliche Größe. Gegen einen hundertsechzig Pfund schweren Mann mit Angelrute und einem großen Gehirn ist es jedoch ein unfairer Kampf.

Da Grätenfische Zähne haben, entfernt Will vorsichtig den Haken und wirft den Fisch zurück ins Wasser. Will möchte den Fisch gar nicht haben. Grätenfische sind gute Kämpfer, schmecken aber scheußlich.

Will macht eine Pause. Er ist zufrieden. Der Fang hat ihm sogar eine gewisse Befriedigung verschafft. Er setzt sich an den Strand, isst ein Sandwich und starrt auf den Horizont. Wunderschön, denkt er, unglaublich schön. Er würde gerne einmal mit seiner Frau und seinen Kindern hierher fahren. Eines Tages, wenn es keine Täuschungen, Irrungen und keine Einsamkeit mehr gibt.

Will ist ein ruhiger, geduldiger Angler und ein ruhiger, geduldiger Mensch. Seine große Geduld hat auch eine Kehrseite, die vielleicht weniger tugendhaft ist. Auch Raubtiere haben Geduld. Falken und Eulen. Löwen und Leoparden. Spinnen und Skorpione. Sie können stundenlang ihren Opfern auflauern. Tagelang. Sie warten ruhig und rücksichtslos. Und plötzlich schlagen sie hinterhältig zu.

VERBINDUNGEN

In diesem Moment steht Rafe Paquita in der Toilette der Boeing 737, die in einer Höhe von achttausendfünfhundert Metern fliegt. Rafe hat ein Glas Vaseline in der einen Hand und eine Plastiktüte mit zweihundert Gramm reinem Kokain in der anderen.

Die 737 setzt soeben zum Landeanflug an. Die Maschine

wird in Kürze auf dem Intercontinental Airport von Houston eintreffen. Rafe weiß, dass er den Beutel mit dem Rauschgift verschwinden lassen muss, bevor er durch den Zoll geht. Es wäre zu unsicher, den Beutel einfach unten in seinen schäbigen Matchsack zu stopfen. Deshalb zieht er die Unterhose aus, atmet ein paar Mal tief ein, schmiert sich mit Vaseline ein und tut, was er tun muss.

Rafe weiß oder glaubt zumindest, dass er das Dope schmuggeln muss, wenn er seine Frau und seine Tochter zurückhaben will. Er muss das Zeug in die Staaten bringen, es im Ambassador Hotel in New York abliefern, nach Boston fahren und ein wenig mit Mr John Hancock plaudern.

Anschließend kann er sich entspannen und das Leben wirklich genießen.

Welch ein Zufall! Mrs Hillary Fisher telefoniert in diesem Moment mit dem Ambassador Hotel. Sie reserviert gerade eine Suite für Mittwoch und Donnerstag. Wenn die Fishers nach New York reisen, wohnen sie immer in der Stadtmitte im Ambassador. Normalerweise in einer Suite mit Blick auf den Central Park.

Hillary weiß nicht genau, warum sie jetzt nach New York fahren möchte. Bestimmt nicht, um mit Leland allein zu sein. Obwohl er gestern Abend lieb und lüstern war. Sie muss einfach ein paar Tage raus aus Boston. Weg von Hancock. Sie muss darüber nachdenken, wie sie sich am besten an ihm rächen kann, weil er gestern so abweisend war. Die Fifth Avenue ist nicht am Ende der Welt. Sie kann bummeln, Shopping machen und ihre Intrige spinnen.

Leland kann die Rechnung bezahlen. Leland sitzt in seinem Büro an der Beacon Street und überlegt, ob er Al Brown, den Schnüffler, anrufen soll, um ihm zu sagen, dass er die Observierung von John Hancock abbrechen kann. Er hat sich erfolgreich eingeredet, dass seine Paranoia in Bezug auf die Untreue seiner Frau unbegründet war. Er beschließt, Al anzurufen, sich die letzten Informationen geben zu lassen und den Privatdetektiv möglicherweise zu entlassen, doch das hängt von dem neuesten Bericht ab.

Der Schnüffler lauert vor Hancocks Stadthaus in Beacon Hill und wartet darauf, dass Hancock sich blicken lässt. Al hat seinen Beobachtungsposten heute Morgen zu spät bezogen, deshalb hat er nicht gesehen, dass Hancock das Haus um acht Uhr mit John junior und dem kleinen Willy verlassen hat. Daher sitzt er jetzt schon den ganzen Morgen hier in seinem Minivan, trinkt Kaffee und glaubt, dass Hancock vielleicht zu Hause an seinem nächsten Psychothriller arbeitet.

Plötzlich taucht Hancock auf. Er geht über das Kopfsteinpflaster des Louisburg Square und durch das schmiedeeiserne Tor und steigt die Treppe zur Haustür hinauf. John hat seine Schlüssel vergessen und schlägt deshalb mit dem Messingring mehrmals gegen die Tür.

»Verdammt«, murmelt Al, der sofort nach seiner Nikon greift. »Wo der wohl war?«

Als Handy klingelt. »Mein Gott! Den ganzen Morgen ist es ruhig, und auf einmal ist der Teufel los.« Er nimmt das Handy und schaltet es ein. »Hallo?«

»Hier Fisher.«

»Ja, Sir?«

»Ich wollte nur mal fragen, was vor sich geht.«

»Ich stehe vor Hancocks Haus, Sir. Es tut sich gerade was. Ich rufe Sie gleich zurück.«

»Ich bin im Büro.«

»Okay.« Al nimmt wieder die Nikon. Er kann noch ein paar Aufnahmen machen, ehe Hancock im Haus verschwindet.

»Hallo, Nicky«, sagt John zu dem Kindermädchen. »Ist während meiner Abwesenheit irgendwas Wichtiges passiert?«

Die arme Nicky schüttelt den Kopf. Als Mr Hancock heute Morgen das Haus verließ, um die Jungen zur Schule zu bringen, sagte er, er sei in ein paar Minuten zurück. Das ist allerdings vier Stunden her. Nicky, die schon seit acht Monaten bei den Hancocks arbeitet, hat sich mittlerweile an dieses Verhalten gewöhnt. Nicky mag Mr Hancock, und sie arbeitet gerne für ihn. Er ist lustig, anständig, und sie hat viel Freizeit. Doch er ist oft seltsam, überspannt und vergesslich. Er vergisst seine Termine. Er vergisst es, Anrufer zurückzurufen, die ihn nicht erreicht haben. Er vergisst, wo er seine Schlüssel und sein Jackett hingelegt hat. Manchmal vergisst er sogar, was am Morgen passiert ist. Nicky hat festgestellt, dass seine Frau und seine Kinder diese Gedächtnislücken kaum zur Kenntnis nehmen. Vielleicht hat es damit zu tun, dass er Schriftsteller ist. Vielleicht sind Schriftsteller von Natur aus seltsam, exzentrisch und zerstreut.

Oder es gibt zwei Mr Hancocks, Nicky.

Und vielleicht weiß der eine nicht immer genau, wo der andere die Schlüssel hingelegt hat.

»Hat jemand angerufen, Nicky?«, fragt Hancock.

»Ja, Ihre Frau. Vor ein paar Minuten. Sie möchten sie bitte zurückrufen. Sie ist im Ritz in Paris.« Nicky zieht einen Zettel aus ihrer Hosentasche. »Hier ist die Nummer.«

Hancock nimmt den Zettel und schaut die Treppe hinauf. »Danke, Nicky. Ich rufe sie sofort an.«

Al wählt Lelands Nummer. Leland hebt den Hörer ab. »Ja?«

»Hier Brown.«

»Was war los? Sie sagten, es tue sich was.«

»Ja, Sir. Als Sie mich angerufen haben, ist Hancock gerade aufgetaucht.«

»Aufgetaucht? Wo war er denn?«

»Weiß ich nicht.«

»Was soll das bedeuten, Sie wissen es nicht? Mein Gott, dafür bezahle ich Sie schließlich.«

»Ich bin seit zehn vor sieben hier«, lügt Al. »Ich habe nichts gesehen, außer dass die beiden Kinder um acht Uhr zur Schule gegangen sind.«

»Sie sagen also, dass Hancock schon vor sieben das Haus verlassen hat, aber Sie haben keine Ahnung, wo er war?«

»Genau, Sir.« Al muss lügen. Wenn Leland ihn jetzt feuert, wird es schwierig, das ausstehende Geld einzutreiben. »Vielleicht ist er ja später gegangen und hat den Hinterausgang benutzt.«

Leland seufzt tief. Wahrscheinlich ist es doch besser, wenn dieser Trottel Hancock weiterhin beschattet. »Verlieren Sie ihn nicht noch einmal aus den Augen, verdammt!«, schimpft er und knallt den Hörer auf die Gabel.

Al seufzt auch und isst noch einen Donut.

Eine andere Nummer wird gewählt. Eine andere Verbindung kommt zustande.

»Hallo?«

»Hallo, ich bin's.«

»Ach, du.«

»Du hast mich angerufen?«

»Ja, habe ich.«

»Du vermisst mich?«

»Ja, sehr«, sagt Clara mit verführerischer Stimme.

»Wann kommst du nach Hause? Mir fehlt die Wärme deines Körpers.«

»Hört sich gut an.«

»Und wann kommst du?«

»In ein oder zwei Tagen. Ich muss noch nach New York fliegen.«

»Die neue Galerie?«, fragt John.

»Ja«, sagt Clara. »Ich glaube, wir haben jetzt alles geregelt.«

John ist über die neue Galerie genau im Bilde. Clara redet schon seit über einem Jahr über die neue Galerie. Claras vierte Galerie. Diese ist im Big Apple. Mitten in der Stadt. Bis Tiffany's ist es nur ein Katzensprung. Doch es ist ein sehr schwieriges Geschäft. Clara brauchte aufgrund der ungeheuren Unkosten in Manhattan mehrere Geschäftspartner. Jetzt ist die ganze Sache wohl endlich unter Dach und Fach.

»Dann fliegst du also morgen nach New York? Übernachtest du im Ambassador?«

»Natürlich.«

»Was ist denn mit unserem Treffen? Ist das okay?«

»Ja, sicher.«

»Mit oder ohne die Jungen?«, fragt John.

»Die Jungen fahren morgen mit Linda weg«, erwidert Clara.

»Wohin denn? Mit welcher Linda?«

»Linda Carson. Meine beste Freundin. Linda, mit der du Samstagabend zu Lelands Party gegangen bist. Linda, die uns vor vielen Jahren miteinander bekannt gemacht hat.«

»Schon gut, Liebling. Ich wusste im ersten Moment nur nicht genau, wen du meinst. Und wo fährt Linda mit unseren Kleinen hin?«

»Hancock, du hast ein Gedächtnis wie ein Sieb. Sie fahren nach New Hampshire.«

»New Hampshire?«

»In Lindas Häuschen in den White Mountains. Das habe ich dir doch schon alles gesagt.«

»Natürlich. Ich hab's vergessen.«

»Sie bleiben nur ein oder zwei Tage. Linda will alles für den Sommer vorbereiten. Richtig durchlüften und ein bisschen wandern. Das weißt du doch alles schon.«

Hancock versucht sich zu erinnern, aber es gelingt ihm nicht. Er weiß jedoch, dass er ab und zu schon mal etwas vergisst. Es ist auch möglich, dass Clara es Will erzählt hat, und Will vergessen hat, es ihm zu sagen, bevor sie in der letzten Woche die Plätze getauscht haben. Mit diesem Problem haben die Brüder schon seit Jahren zu kämpfen.

»Du hast sicher Recht«, sagt John. »Dann fehlen sie in der Schule?«

»Nur zwei Tage. Und du kannst mir glauben, dass Linda sie mehr anspornen wird als ihre Lehrer.«

»Wissen die Jungen schon Bescheid?«

»Selbstverständlich. Ich habe sie gefragt, ob sie Lust haben. Es gefällt ihnen dort oben. Erinnerst du dich nicht, was für eine schöne Zeit wir im letzten Sommer dort verbracht haben?«

Hancock erinnert sich tatsächlich nicht. Er war in den Alpen Bergsteigen. Will war mit dem Familienleben an der Reihe. »Ja, sicher erinnere ich mich«, sagt er.

»Es wird ihnen gefallen«, beruhigt ihn Clara. »Linda liebt die beiden Jungs, und die beiden haben sie auch schrecklich gern.«

»Ich beschwere mich ja nicht. Es gefällt mir, wenn meine ganze Familie mich im Stich lässt. Lasst mich ruhig alle allein.«

»Du armer Junge.«

Hancock seufzt und fragt: »Wann holt Linda die Jungen ab?«

»Morgen früh. Bring sie also morgen nicht zur Schule.«

»Okay.«

»Und wenn sie weg sind, nimmst du den Shuttle und kommst zu mir nach New York.«

»Gut getimt.«

»Du könntest zur Pressekonferenz hier sein.«

»Was denn für eine Pressekonferenz?«

»Am Donnerstag wird die Eröffnung der neuen Galerie bekannt gegeben.«

»Kostenlose Werbung.«

»Genau.«

John und Clara besprechen noch ein paar Einzelheiten und legen dann auf. Clara ist zuversichtlich, dass sich die Teile ihres Puzzles gut zusammenfügen werden. Sie hat sich schon immer gut darauf verstanden, Pläne und Intrigen zu schmieden. Das klappte auch, als sie in das öffentliche und private Leben von Charles und Anita Dare eindrang. Das war ein Kunstwerk, ein richtiges Meisterwerk aus Recherche, Planung und Ausführung.

CHARLES, ANITA & CLARA DARE

An dem Tag, nachdem Clara Dare, die damals noch Jane McGuire hieß, im Juni 1981 den Highschool-Abschluss in Cambridge machte, schenkten Janes Mutter Patsy und Patsys neuer Freund Guy der jungen Dame fünftausend Dollar. Das Geld kam größtenteils von Guy, der es als Halbprofi-Hockeyspieler in Boston und Montreal verdient hatte. Guy wollte nach Mexiko ziehen, und er wollte Patsy mitnehmen. Patsy wollte ihn gerne begleiten, doch sie hatte Gewissensbisse, ihr kleines Mädchen zurückzulassen. So klein war es allerdings gar nicht mehr. Jane war fast einsachtzig groß. Sie war eine schlanke, langbeinige junge Dame.

»Du bist fast achtzehn«, sagte Patsy zu ihrer Tochter. »Es ist Zeit, dass du auf eigenen Beinen stehst.«

»Diese fünf Scheine«, fügte Guy hinzu, der im Alter von achtunddreißig schon ein Gebiss hatte, »werden die Sache vereinfachen. Als mein Alter mich mit siebzehn aus dem Haus geworfen hat, besaß ich nur die Klamotten, die ich auf dem Leib trug, und ein paar alte Rollschuhe.«

Das stimmte zwar nicht ganz, aber er wollte Jane Mut machen.

Patsy und Guy zogen nach Cabo San Lucas an der Südspitze von Baja California. Jane mietete sich eine kleine Zweizimmerwohnung in der Nähe des Museums der Schönen Künste. Ihre Freundin und Beraterin in Sachen Kunst, Florence Baker, hatte Boston schon vor langer Zeit verlassen, um amerikanisch-indianische Kultur in Albuquerque, New Mexiko, zu studieren. Jane besuchte das Museum of Fine Arts noch immer mindestens einmal pro Woche.

Sie fand einen Job als Kellnerin, doch meistens lief sie durch die Stadt, träumte von Ruhm und Reichtum und überlegte, wie sie dieses Ziel erreichen könnte. Besonders gut gefiel ihr die Newbury Street, Bostons Gegenstück zur Fifth Avenue in New York oder zum Rodeo Drive in L. A. Und tatsächlich hatte Jane auf der Newbury Street an einem herrlichen Nachmittag im Frühling 1982 plötzlich eine Eingebung, als sie durch die Fenster der Modeboutiquen und Kunstgalerien schaute.

In diesem Augenblick wurde ihr Plan geboren.

Das war keine leichte Aufgabe. Sie erforderte harte Arbeit und viel Zeit. Doch Jane war es gewohnt, hart und lange zu arbeiten. Als sie noch die Highschool besuchte und noch nicht so ein großes, hübsches Mädchen war, nannten die Jungen sie die unscheinbare Jane. Die unscheinbare Jane hatte es gelernt, hart zu arbeiten.

Es vergingen ganze sechs Monate, bis sie schließlich das Gefühl hatte, aktiv werden zu können. Zu dem Zeitpunkt hatte sie sich eine ganz neue Identität ersonnen. Plötzlich war sie nicht mehr achtzehn, sondern einundzwanzig. Ihr Lebenslauf beinhaltete auch ein Studienjahr an der Sorbonne und Praktiken in Galerien in London und Miami Beach. Jane hatte sich eine neue, wenn auch nicht sehr umfangreiche Garderobe zugelegt. Immerhin besaß sie zwei oder drei Kombinationen der allerneuesten Mode junger Frauen, die in der Welt der Kunst zu Hause waren. Sie hatte auch einen neuen, sportlichen, schicken Haarschnitt nach der neuesten Mode. Dazu die passende Handtasche, die passenden Schuhe und die passenden Ohrringe. Jane hatte sich in der *Vogue* und in Bostons besten Boutiquen informiert. Außerdem besaß sie einen neuen Namen, jetzt ihr offizieller Name, der auch in ihrem Führerschein stand: Clara Dare.

Warum Clara Dare? Weil Charles und Anita Dare die Besitzer einer der exklusivsten Kunstgalerien an der Newbury Street waren. Jane, die jetzt Clara hieß, wusste über die Dares genau Bescheid. Sie hatte es sich zur Aufgabe gemacht, alles über die Dares herauszufinden. Charles war einundsiebzig und Anita neunundsechzig. Sie waren schon sechsundvierzig Jahre verheiratet. Seit fünfundvierzig Jahren waren sie im Kunsthandel tätig. Sie hatten Galerien in Boston, London und Paris, und sie besaßen eine Menge Geld und viele wertvolle Gemälde. Für Jane war es das Beste, dass sie keine Kinder hatten. Und keine Enkelkinder. Ihr einziger Sohn David war 1969 an einer Überdosis Heroin gestorben. Auch heute hatten sie seinen Tod noch nicht ganz verwunden.

Jane hatte diese Fakten kühl verinnerlicht, als sie an einem warmen Herbstnachmittag die Dare-Galerie an der Ecke Newbury und Exeter betrat. Sie wusste zum Beispiel, dass Charles allein in der Galerie war. Es war ein Montag, und jeden Montagnachmittag verließ Anita die Galerie, um sich in einem exklusiven Salon auf der Marlborough Street Haare und Nägel machen zu lassen.

Jane, die jetzt Clara hieß, sah sehr gut aus. Wie eine richtige Dame. Ein verstohlener Blick aus seinen einundsiebzig Jahre alten Augen, und der alte Charles Dare hätte dieser großen jungen Schönheit in dem knappen, schwarzen Lederrock beinahe sein gesamtes Vermögen überschrieben, noch ehe sie ihren hübschen Mund öffnete.

Sie lächelte und schloss die Tür. »Ich bin so froh, dass Sie geöffnet haben«, sagte sie kühl und berechnend.

»Oh, ja,«, sagte Charles, »wir haben geöffnet. Wir haben eigentlich immer geöffnet. Man kann auch außerhalb der Öffnungszeiten einen Termin vereinbaren.«

Jane, die jetzt Clara hieß, nickte. »Ich habe Ihren Namen auf der Schaufensterscheibe gesehen und wollte nur mal schnell Guten Tag sagen.« Sie schritt auf ihren hochhackigen, schwarzen Schuhen lässig durch den luftigen, hellen Raum. An den Wänden hingen Gemälde, größtenteils Ölgemälde, von denen einige von sehr bekannten Malern stammten, doch zwischen Charles Dare und Clara stand nichts. Nichts außer etwa fünfzig Jahren und einer Reihe von Lügen, die gleich aus Jane McGuires Mund sprudeln würden wie Wasser aus dem Wasserhahn.

Mitten im Raum blieb Clara stehen und schaute sich den Degas, der an der Wand zu ihrer Linken hing, genau an. »Mein Gott! *Das Treffen.* Das hat er sehr früh gemalt, nicht wahr? Mitte der Sechziger. Es ist einfach großartig. Man sieht schon genau, was in ihm steckte. Ich dachte, das Gemälde würde in einem Museum hängen.«

Charles, sichtlich beeindruckt, erwiderte: »Nein, wir haben es im letzten Jahr aus einer Privatsammlung aus Luxemburg erworben. Aber Sie haben Recht. Das Bild ist 1864 entstanden.«

Clara nickte. Sie kannte das genaue Datum, doch es hätte sich ihrer Meinung nach nicht geschickt, zu genaue Angaben zu machen. Ja, sie wusste alles über das Gemälde, denn sie hatte die Bilder in der Dare-Galerie genau studiert. Vor etwa einem Monat war sie in Jeans, mit einer Baseballkappe und einer dunklen Brille in die Galerie gekommen.

»Sie kennen also Degas?«, fragte Charles.

»Mir gefällt seine Pinselführung. Ich glaube nicht, dass irgendjemand den Pinsel besser führen kann als er.«

Die kennt sich aus, dachte Charles, und obendrein liebt sie die Kunst.

Und sie war eine Dare, erfuhr Charles soeben. Zumindest auf dem Papier.

Clara streckte die Hand aus. »Ich heiße Clara«, sagte sie zum ersten Mal in ihrem Leben. »Clara Dare.« Der Name ging ihr leicht über die Lippen.

»Dare?«, wunderte sich Charles. »Tatsächlich?«

»Ja. Ich habe den Namen der Galerie gelesen, und da musste ich doch schnell mal Hallo sagen. Den Namen hört man nicht sehr häufig.«

Clara machte an jenem Nachmittag noch viel mehr, als nur schnell mal Hallo zu sagen. Letztendlich blieb sie eine Stunde. Fast zwei. Charles bot ihr eine Tasse Tee an. Sie sprachen über Kunst. Sie sprachen über Clara. Sie hatte ihre Geschichte einstudiert. In New York geboren. Aufgewachsen in New York, Florida und Genf. Ihr Vater war im Aktienhandel tätig. Ihre Mutter, eine Kunstliebhaberin, hatte Kunstwerke gesammelt. Sie kannte sich sehr gut aus. Besonders mit den Impressionisten. Sie liebte vor allem das Werk von Frédéric Bazille, doch diesem wurde ja, ehe er den Zenit seiner Karriere erreichte, von diesem preußischen Heckenschützen eine Kugel in die Brust gejagt. Ein schmerzlicher Verlust für die Welt der Kunst. Claras Vater tätigte ein paar unkluge Investitionen, machte Konkurs und brachte sich mit einem Säbel ums Leben. Ihre Mutter heiratete schließlich wieder und lebte nun ein ruhiges Leben auf der Insel Wight.

Charles Dare, der kultivierte, alteingesessene Bostoner, glaubte dieser reizenden jungen Frau jedes Wort. Da Charles ein gut erzogener, rechtschaffener Gentleman war, der stets die Wahrheit sagte, glaubte er auch alles, was andere ihm erzählten. Und er war gerührt, sehr gerührt, als Clara ihm mit feuchten Augen vom frühzeitigen Tod ihres Vaters berichtete.

»Sie Arme. Das muss eine schlimme Zeit für Sie gewesen sein.«

»O ja«, bestätigte sie. »Das Schlimmste, das ich im Leben durchgemacht habe.«

Charles wunderte sich über sich selbst, als er Clara dann vom Tod ihres Sohnes David erzählte. Clara wusste das natürlich bereits, doch sie ließ sich nichts anmerken.

Charles, der normalerweise eher einsilbig war und seine Gefühle vor anderen verbarg, vergoss sogar ein paar Tränen. Clara ergriff seine Hand und drückte sie. Damit war ihr Bund besiegelt.

Ehe Clara an diesem Nachmittag die Galerie verließ, sagte sie zu Mr Dare, dass sie seine Frau sehr gerne kennen lernen würde. Charles hielt das für eine ausgezeichnete Idee. Einem spontanen Entschluss folgend, lud er Clara zum Essen ein. Das hätte Clara nicht zu hoffen gewagt. Und Charles dachte dabei ganz selbstlos nur an seine Frau, denn er glaubte, dass es Anita gefallen würde, wieder einmal einen jungen Menschen im Hause zu haben.

Dieses Haus war das Stadthaus am Louisburg Square in Beacon Hill. Die Dares lebten schon Jahrzehnte dort. Und so kam es, dass Jane alias Clara ein paar Tage später zum ersten Mal über die Schwelle dieses Hauses trat. Anita Dare lernte eine ganz andere Clara Dare kennen als ihr Mann Charles. Clara hatte ihren kurzen Rock und die hochhackigen Schuhe durch ein konservatives, graues Kleid und Pumps mit Blockabsatz ersetzt.

Die beiden Frauen mochten sich auf Anhieb, wenn auch aus unterschiedlichen Gründen. Clara wurde für Anita schnell die Enkeltochter, die sie niemals hatte.

Die Dares boten Clara einen Job in der Galerie an, ohne dass sie darum bitten musste. Als knauserige Amerikaner bezahlten sie Clara nicht besonders gut, doch sie hätte auch umsonst dort gearbeitet. Seit Monaten hatte sie davon geträumt, einen Fuß in der Tür der Dare-Galerie zu haben, und nun stand sie plötzlich mittendrin.

Clara tat alles, was getan werden musste. Sie verschickte Briefe, kochte Kaffee, packte Pakete ein und aus, servierte Cocktails bei Ausstellungen und hängte Gemälde an die Wände. Clara hatte nicht erwartet, etwas geschenkt zu bekommen. Sie hatte nur auf eine Chance gehofft.

Als die Monate und Jahre vergingen, die Dares älter wurden und an ihren Ruhestand dachten, übertrugen sie Clara immer mehr Verantwortung. Ihr Traum erfüllte sich, und sie wurde von dem Ehepaar allmählich wie ein Familienmitglied behandelt. Mehrmals in der Woche aß sie bei ihnen zu Abend. Charles und Anita sprachen in ihrer Anwesenheit frei über berufliche und private Angelegenheiten. Sie luden Clara zu wichtigen Ereignissen wie Geburtstagen und Jubiläen ein und nahmen sie mit in Urlaub. Die Dares schickten Clara nach Europa, damit sie einen Blick auf die Galerien in London und Paris warf. Sie vertrauten ihrem Urteil hinsichtlich des An- und Verkaufs der Gemälde. Durch die Dares wurde Clara auch in die Bostoner Gesellschaft eingeführt. Sie verschafften ihr Einladungen zu den wichtigsten gesellschaftlichen Ereignissen.

Ja, Clara gehört dazu, und sie war glücklich. Nicht eine

Sekunde verspürte sie Gewissensbisse oder auch nur ein Gefühl des Unbehagens, weil sie diese beiden alten Herrschaften, die ihr großzügig das Tor zum Glück geöffnet hatten, getäuscht hatte. Sie hatten der armen Jane zu Ansehen und Reichtum verholfen. Im Gegenzug hatte sie ihnen ihre Jugend und Liebe geschenkt. Ein gerechter Tausch.

AMERIKA

Rafes Plan, es zu Ansehen und Reichtum zu bringen, erwies sich als schwierig. Wenn er jetzt eine Toilette aufsuchen könnte, würde er hineingehen, sich auf die Toilettenschüssel hocken, seinen Darm in Bewegung setzen und das Koks hinunterspülen. Doch er will die Kohle haben, den Rest des Geldes, den er bekommt, wenn er seinem Kontaktmann im Ambassador Hotel in New York den Stoff übergibt. Und wenn er bei der Übergabe geschnappt wird? Wenn er hier am Intercontinental Airport in Houston gefasst wird? Man wird ihn ins Gefängnis werfen, und da kann er dann schmoren, bis er alt und grau ist.

Die Menschenmenge rückt immer weiter vor und schiebt Rafe immer näher an die Stelle, an der die Zollbeamten mit den strengen, finsteren Mienen im Einsatz sind. Rafe spürt, dass sich seine Gedärme regen. Er schaut sich nach einer Toilette um, entdeckt aber keine. Er überlegt, ob er fragen soll, wo ein WC ist, hält das jedoch für keine gute Idee. Das ist eine *schlechte* Idee, Rafe. Sehr schlecht. Bleib ruhig. Ganz cool. Das kann man leicht sagen, aber mit Schweißperlen auf der Stirn und zweihundert Gramm Koks im Hintern ist das sehr schwierig.

Er steht jetzt in der Reihe, rückt weiter nach vorn, bewegt sich schnell, zu schnell. Vielleicht sollte er einfach weglaufen. Aber wohin soll er rennen? Wie weit käme er? Er steht genau hinter einer alten Dame und ihrem Enkelsohn. Vielleicht auch ihr Urenkel. Woher, zum Teufel, soll er das wissen? Was, zum Teufel, interessiert ihn das? Lieber Gott, gib mir eine Chance. Hilf mir hier raus. Hol mich aus dieser Scheiße raus, und ich folge dir bis ans Ende der Welt. Versprochen. Ehrenwort. Ich hoffe, ich sterbe.

Mein Gott, jetzt stehe ich hier.

Der Zollbeamte schaut Rafe an und sagt: »Reisepass, Sir.«

Rafe, der sich nach Kräften bemüht, nicht zu zittern und zu schwitzen, reicht dem Beamten seinen Reisepass aus Belize. Kein Problem. Seine Papiere sind in Ordnung. Die Vereinigten Staaten interessiert es nicht, ob Rafe zu Besuch kommt. Sie wollen nur nicht, dass er Kokain ins Land schmuggelt und es an unschuldige Schulkinder verkauft.

»Sind Sie auf Geschäftsreise, Mr Paquita?«

»Nein, Sir. Ich will meinen Bruder besuchen. Er lebt in New Jersey und ist sehr krank.«

Der Zollbeamte denkt nicht über den Wahrheitsgehalt von Mr Rafe Paquitas Story nach. »Ich verstehe. Und wo werden Sie in New Jersey wohnen?«

»Jersey City, Sir. Eins-vier-sechs-acht-drei Lafayette Street. Wohnung Zwei-E.« Rafe ist nicht blöd. Er hat einen Atlas konsultiert, bevor er sich die Geschichte ausgedacht hat.

»Zwei-E?«

»Ja, Sir.«

»Haben Sie Agrarprodukte bei sich, Mr Paquita?«

»Nein, Sir.«

»Waffen?«

»Nein, Sir.«

»Schmuggelware?«

»Nein, Sir.«

»Illegale Drogen?«

»Nein, Sir.«

»Marihuana? Heroin? Kokain?«

Auf ein unmerkliches Zögern folgt: »Nein, Sir. Habe ich nicht, Sir.«

»Wie lange wollen Sie in den Vereinigten Staaten bleiben, Mr Paquita?«

»Ein oder zwei Wochen, Sir. Das hängt vom Gesundheitszustand meines Bruders ab.«

»Hatten Sie nicht gerade gesagt, Ihre Mutter sei krank?«

»Nein, Sir, mein Bruder. Leukämie.«

Der Zollbeamte ruft einen Mitarbeiter zu sich. Der Mitarbeiter schaut sich Rafes Matchsack genau an. Er findet nur ein paar Sachen zum Wechseln, Rasierzeug, eine Zahnbürste, einen Roman von John Hancock und einen kleinen Alligator aus Stoff, den er am Flughafen von Belize gekauft hat. »Für meine Nichte«, erklärt er dem Zollbeamten.

Der Beamte öffnet mit einem Taschenmesser die Naht des Alligators. Nichts außer Papierfetzen. In Belize wird billiges Zeug hergestellt.

Rafe schwitzt und presst seinen Schließmuskel fest zusammen, damit das Kokain nicht in seiner Hose landet.

»Folgen Sie mir, Mr Paquita.«

Rafe folgt ihm, doch er kennt das Ende der Geschichte bereits: Gefängnis. Zwanzig Jahre Kerker. Harte Arbeit. Und wofür? Für fünf lumpige große Scheine? »Es steckt in meinem Hintern!«, will er schreien. »In meinem Hintern!«

Es ist unfassbar, aber in seinem Hintern schauen sie nicht nach. Sie schauen überall nach, aber nicht in seinem Hintern. Sie lassen ihn gehen.

Als Rafe später auf die Maschine nach Chicago wartet, ruft er sich die Szene am Zoll immer wieder ins Gedächtnis. Er musste sich vor den beiden Zollbeamten ausziehen. Sie durchsuchen seine Taschen, reißen seine Schuhsohlen auf und leuchten ihm mit einer Taschenlampe in die Kehle und die Ohren. Plötzlich wird der Beamte gerufen, der Rafe unter die Lupe nimmt. Der Mann geht und kommt nicht wieder.

Die Drogenfahndung hatte beim Zoll angerufen. *Lasst Paquita laufen. Wir behalten ihn im Auge.*

Ein paar Minuten später wurde Rafe aufgefordert, sich anzuziehen. Das ließ er sich nicht zweimal sagen. Eine Minute später war er verschwunden.

Auf einem großen, rot-weiß-blauen Banner steht: WILLKOMMEN IN DEN VEREINIGTEN STAATEN, RAFE PAQUITA! WILLKOMMEN IM LAND DER MUTIGEN UND FREIEN MENSCHEN!

Nun, vielleicht nicht so, aber so ungefähr.

DICKY

Dicky Cosgrove wird von keinem großen, farbigen Banner begrüßt, als er die Stufen des Wohnheims in Cambridge hinaufsteigt. Nein, es ist nicht dasselbe Wohnheim, in dem Patsy MacGuire und ihre kleine Tochter Jane vor dreißig Jahren wohnten, aber es sieht genauso aus und liegt nur ein Stück weiter die Straße hinunter.

Es stimmt wirklich: Die Welt ist klein.

Dicky steigt die Treppe hinauf und geht durch die Haustür. Er ist schon im ersten Stock. Ein schönes kleines Einzimmerapartment. Psychopathen-Zentrale. Eine schäbige alte Matratze ohne Bettlaken auf dem Boden. Zwei Lampen ohne Lampenschirme stehen ebenfalls auf dem Boden. Ein kleiner Schwarzweißfernseher (Werden überhaupt noch Schwarzweißfernseher hergestellt?) steht auf einem Pappkarton. Ein gerade gebogener Kleiderbügel dient als Antenne. Klamotten und Schuhe liegen in den Ecken. Sie sind dreckig und stinken nach Schweiß. Ein paar Hardcorepornos sind rund um die Matratze verstreut. Viele Seiten kleben zusammen und sind zerfetzt.

An einer Seite ist die dreckige, kleine Kochnische. Dort stehen nur ein paar Dosen Rindfleischeintopf. Normalerweise macht Dicky das Zeug noch nicht mal warm. Diesmal reißt er einfach den Deckel auf und schlingt es kalt hinunter.

Auf der anderen Seite vom Flur liegt das Badezimmer. Am besten, man geht da nicht hinein. Die Toilette funktioniert schon seit einer Woche nicht mehr.

An der Tür der Wohnung 2B könnte auch ein Schild hängen: VORSICHT! HIER WOHNT EIN PSYCHOPATH!

Ein Psychopath, der etwas Gefährliches im Schilde führt. Muss man das überhaupt erwähnen?

Dicky ist kaum noch zu bremsen. Er geht sofort unter die Dusche, die voller Schimmel ist. Eigentlich müsste er ausgeräuchert werden, doch er begnügt sich mit viel heißem Wasser und einem dicken, fetten Stück Seife. Dicky schrubbt sich mit der Seife ab. Er gräbt sogar den Ohrenschmalz aus seinen Ohren und kratzt den verkrusteten Dreck zwischen seinen Zehen und unter den Fingernägeln weg. Seine Haare wäscht er dreimal. Dicky bleibt unter der Dusche, bis das Wasser nur noch lauwarm ist.

Jetzt wird der Bart abrasiert. Er schabt ihn mit einer stumpfen Einwegklinge ab, bis sein Kinn und seine Wangen so glatt sind wie ein Babypopo. Dann nimmt er die Zahnbürste und eine ausgebeulte Zahnpastatube, drückt etwas Zahnpasta auf die Bürste und putzt sich dreimal seine belegten, gelben Zähne.

Dicky zieht die saubersten Klamotten an, die er finden kann. Nein, sie sind nicht richtig sauber, sondern stinken und sind dreckig, aber sie müssen reichen, bis er sich neue Sachen kauft. Schließlich wirft Dicky ein paar verzerrte Blicke in den kaputten Spiegel über dem Waschbecken und geht hinaus, um es der Welt zu zeigen.

Er ist in den vergangenen vierundzwanzig Stunden schon fünfzig Meilen gelaufen, und jetzt geht es weiter. Die Pearl Street hinauf bis zur Massachusetts Avenue und von dort ins Zentrum von Cambridge zum Geschäftsviertel am Harvard Square. Er weiß, dass er hier alles finden wird, was er braucht.

Bei Gap auf der Brattle Street kauft er sich zwei dunkelblaue Hosen, drei blaue T-Shirts und zwei blaue Oxford Button-down-Hemden. Die Farbe Blau vermittelt Dicky Sicherheit, und das aus einem guten Grund. Als er das Geschäft verlässt, trägt er eine neue Hose, ein neues T-Shirt und darüber ein neues Hemd. Die alten Klamotten hat er in der Umkleidekabine zurückgelassen. Die anderen neuen Sachen stecken in einer Plastiktüte, die er sich unter den Arm geklemmt hat.

Nächster Halt: das Sportschuhgeschäft auf der Auburn. Dicky probiert mehrere schicke Sportschuhe an. Sportschuhe für bestimmte Zwecke. Sportschuhe mit bestimmten Eigenschaften. Tennisschuhe. Basketballschuhe. Joggingschuhe. Laufschuhe. Dicky rollt mit den Augen, als er die Fülle der unterschiedlichen Formen und Farben sieht.

Leider weiß die junge Verkäuferin mit den grünen Haaren und dem goldenen Ring in der Unterlippe nicht, dass sie einem Psychopathen Turnschuhe verkauft.

Dicky entscheidet sich schließlich für ein Paar schicke, blau-weiße Nike-Tennisschuhe, die für Aschenplätze vorgesehen sind. Quer über der Schuhschachtel steht Nikes Werbeslogan: TU ES EINFACH!

Genau das hat Dicky vor.

Er kauft sich auch noch neue Socken. Blaue. Mit den neuen Socken und den nagelneuen Turnschuhen verlässt Dicky das Sportschuhgeschäft. Seine Füße fühlen sich wunderbar leicht an.

Nächster Halt: Die Buchhandlung Globe auf der Church Street. Dicky sieht sofort die riesige, fast lebensgroße Pappfigur von John Hancock, der die Buchkäufer anlächelt. Und neben der riesigen Pappfigur liegen fünfzig Exemplare von Hancocks neuem Thriller: *Die Abrechnung.* Dicky würde gerne auf das große Foto spucken, am liebsten genau auf Hancocks Auge, aber dadurch würde er Aufmerksamkeit erregen, und das will er auf keinen Fall. Daher nimmt er nur ein Exemplar des Buches und geht in den hinteren Teil des Ladens, wo die Taschenbücher stehen.

In der Abteilung *Krimis & Thriller* findet Dicky die Hancock-Romane. Da Hancock ein hiesiger Autor und ein Harvard-Absolvent ist, wird ihm in allen Buchhandlungen in

Cambridge viel Platz eingeräumt. Diese Buchhandlung hat mit dem letzten Hancocktitel ein gutes Geschäft gemacht. Dicky nimmt von jedem Taschenbuch ein Exemplar. Es sind mit dem Roman, *Der Mörder,* insgesamt sechs. In dieser Geschichte wird Dickys Meinung nach sein Charakter skizziert. Noch ein Grund mehr, warum er das lausige, stinkende Leben dieser hinterhältigen Mörder beenden will.

Der junge Mann an der Kasse lächelt Dicky freundlich an, als er den Stapel Hancock-Romane sieht. »Sie sind wohl ein großer Fan?«

Auch Dicky lächelt freundlich. »Ich hoffe, der Autor signiert mir die Bücher.«

Hatte dieser Irre, der John Lennon vor dem Dakota erschossen hat, nicht gerade Platten von den Beatles gekauft, ehe er Johns Brust mit ein paar Kugeln durchlöcherte? Wie hieß der Verrückte noch gleich? Ach, es ist so schwierig, sich an alle Einzelheiten zu erinnern.

Auf jeden Fall ist Dickys nächstes Ziel ein Brillengeschäft auf der Dunster. Dicky braucht eine Sonnenbrille. Nicht etwa, um sich vor der Sonne zu schützen, sondern um seine Augen zu verstecken. Er möchte nicht, dass die Leute seine Augen sehen und sich fragen, was er wohl im Schilde führt.

Er probiert ein Dutzend Sonnenbrillen an. Schließlich entscheidet er sich für eine traditionelle Wayfarers mit einem Schildkrötengestell. Er bezahlt, schiebt sich die Sonnenbrille auf die Nase und stolziert aus dem Geschäft auf die Straße. Schauen wir uns den Typen doch mal an. Man könnte Dicky jetzt mühelos für einen Harvard-Professor halten, der zeitgenössischen Jazz liebt und im Baren-Tenniscenter jenseits des Charles ein ziemlich schlechtes Einzel hinlegt. Der Typ sieht in seinen Gap-Klamotten ausgesprochen adrett aus. Und er stinkt nicht mehr.

Seinem nächsten Ziel haftet jedoch der scharfe Geruch der Verrücktheit an: Colonial Cutlery, ein Messerwarenfachgeschäft.

Bei Colonial Cutlery werden Brieföffner verkauft, aber

auch eine ganze Reihe anderer scharfer Mordinstrumente. Nach der Auseinandersetzung mit Moses und Stick gelangte Dicky zu dem Schluss, dass es zu schwierig ist, sich in dieser Stadt eine Waffe zu besorgen. Verdammt, er hat auch gar keine richtige Lust, eine Waffe zu benutzen. Es ist zu einfach und viel zu unpersönlich. Waffen sind gut für Zufallsmorde und den internationalen Terrorismus, aber äußerst ungeeignet für einen Rachemord. Das Opfer soll seinen Atem riechen und den Hass in seinen Augen sehen. Um einen Mord zu verüben, kann man viele ganz alltägliche Gegenstände benutzen, die man zu Hause findet: eine gusseiserne Bratpfanne, eine Schaufel, eine Spitzhacke, sogar eine Gardinenstange oder einen Ziegelstein. Dicky ist mittlerweile der Meinung, dass ein Messer für sein persönliches Vorhaben am besten geeignet ist. Colonial Cutlery spricht Kunden mit hohen Ansprüchen an und führt die besten europäischen Marken: Henckels, Sabatier, Wüsthof-Trident. Dicky schaut auf die große Auswahl der Messerwaren.

»Kann ich Ihnen helfen?«, fragt die Verkäuferin, eine rundliche Frau, die ungefähr im gleichen Alter wie Dickys Mutter sein könnte, hätte sich der Fallschirm von Dickys Mom damals über dem Kornfeld in Vermont geöffnet.

»Oh«, sagt Dicky, »ich schaue mich nur mal ein wenig um. Meine Frau will hier auf der Straße in irgendeinem Laden etwas kaufen. Ich hab mich nur in Sicherheit gebracht, damit es keinen Streit gibt.«

Die rundliche Verkäuferin lächelt. Sie verkauft Messer, um das Medizinstudium ihres Sohnes zu finanzieren. Wenn sie keine Messer verkauft, häkelt sie und tratscht am Telefon. »Ist immer gut, Streit aus dem Weg zu gehen. Sagen Sie mir, wenn ich Ihnen etwas zeigen soll.«

Dicky bedankt sich und schaut ihr nach, als sie hinter dem Ladentisch zu einem anderen Kunden watschelt. Eine Sekunde später schweift sein Blick zu den glitzernden Klingen in der gläsernen Auslage. Zuerst sieht er sich die kleinen Messer an: Schälmesser, Gemüsemesser, Obstmesser. Dann die mittelgroßen Messer: Brotmesser, Steakmesser und Filetmesser. Und schließlich die großen Messer: Schinkenmesser, Lachsmesser, Hackmesser. Sein Mund wird wässerig. Spucke rinnt ihm übers Kinn und tropft auf die Vitrine. Als Dicky die Spucke mit dem Ärmel seines neuen blauen Oxford-Hemdes wegwischt, denkt er daran, die Hancocks zu filetieren, ihr Fleisch vom Knochen zu lösen, es in Scheiben und Würfel zu schneiden und ihnen mit einem dieser Hackmesser Finger, Zehen, Hände und Füße abzuhacken.

Plötzlich entdeckt er am Rande des Schaukastens etwas ganz Besonderes. Er weiß sofort instinktiv, dass es das ist, was er sucht. Genau das braucht er.

Daher ruft er das Pummelchen und fragt, ob er sich das mal ansehen könne.

»Natürlich, Sir.« Die Verkäuferin schließt die Vitrine auf und öffnet die Tür. »Das wird heute nicht mehr von vielen Menschen benutzt, aber diejenigen, die es kennen, behaupten, dass genau dieses Modell die schärfste Klinge der Welt habe.« Sie nimmt das Instrument in die Hand und reicht es dem verrückten Dicky.

Es ist ein schönes Gefühl, das Instrument in der Hand zu halten. Die Größe. Das Gewicht. Der glatte, geschnitzte Horngriff. Und die einklappbare Klinge. Ein ausgesprochen schönes Rasiermesser.

»Es ist ein echtes Solinger, Sir. Made in Germany. Aus den besten Materialien handgefertigt.«

»Ja«, sagt Dicky verträumt, »das glaub ich gern.« Er klappt das Messer auf und streicht mit dem Daumen über die Klinge. Nicht über die Schneide, sondern über die Klinge. Würde er mit dem Daumen über die Schneide streichen, würde er sich sofort eine klaffende Wunde zuziehen.

»Vorsichtig, Sir, es ist sehr scharf. Viel schärfer als die besten Klingen, die man im Kaufhaus bekommt.«

»Ja«, murmelt Dicky wieder. »Bestimmt.« Er reißt sich zusammen, legt das nette Gesicht eines Durchschnittsbürgers auf und fügt hinzu: »Wissen Sie, Madam, ich wollte es schon immer mal versuchen, mich mit einem Rasiermesser zu rasieren. Ich glaube, ich nehme es.«

Das Pummelchen lächelt. Es verkauft gerne etwas.

Als Dicky wieder auf der Straße steht, spürt er mit dem neuen Messer in der Hand die Freude eines zufriedenen Käufers. Es macht wirklich Spaß, einkaufen zu gehen.

DOPPELTER ÄRGER

Thomas Young zeigt dem Zollbeamten am Miami International Airport seinen Reisepass. Der Beamte schaut sich das Foto in dem Pass an und wirft Mr Thomas Young einen raschen Blick zu. Eine perfekte Ähnlichkeit. »Haben Sie etwas zu verzollen, Mr Young?«

Will Hancock schüttelt den Kopf. »Nein, Sir.«

Der Zollbeamte stempelt Mr Youngs Reisepass ab und winkt ihn durch.

Will bummelt durch den Flughafen. Er fragt sich, ob Mr Thomas Young soeben seine letzte Auslandsreise gemacht hat. Bevor er sein Gepäck holt, entdeckt er eine Telefonzelle an einer verhältnismäßig ruhigen Stelle. Er wählt die Nummer des Stadthauses in Beacon Hill.

Sylvia ist am Apparat. »Bei Hancocks.«

»Ja, hallo«, sagt Will mit verstellter Stimme. »Hier ist Leland Fisher. Ist Mr Hancock zu sprechen?«

»Einen Moment bitte, Mr Fisher. Ich verbinde.«

Sylvia wählt Hancock auf der Haussprechanlage an. »Mr Fisher möchte Sie sprechen, Sir.«

John, der wieder durch sein Büro läuft, nimmt den Hörer ab. Er hofft, dass Leland keine neuen Beweise hat, mit denen er ihn jetzt bombardieren will. »Hallo, Lee.«

Will wartet, bis Sylvia aufgelegt hat und sagt dann: »Die Verbindung ist schlecht.«

Er hat aufgelegt, doch John hat die Botschaft verstanden. Er schließt die untere Schreibtischschublade auf, holt das blaue Princess-Telefon heraus, gibt den Code ein und schaltet die Klingel ein. Zehn Sekunden später klingelt es.

»Jefferson?«

»Adams?«

»Sind wir sicher?«

»Glaub schon.«

»Was ist los?«

»Wir müssen miteinander reden«, sagt Will.

»Da hast du verdammt Recht«, sagt John. »Wo bist du?«

»In Fort Ticonderoga«, lügt Will. Das ist der Deckname des Bauernhauses in den Berkshires außerhalb von Stockbridge.

John ist überrascht, dass Will dort ist. »Ich wusste nicht, dass du so schnell zurückkommst.«

»Ja, ich habe über die Vermisstenanzeige nachgedacht, und ich glaube, wir sollten darüber sprechen. Wir sollten uns zusammensetzen und versuchen, der Sache auf die Spur zu kommen.«

»Eine ausgezeichnete Idee«, sagt John wütend, doch er bemüht sich, seine Wut zu zügeln. »Zuerst erzählst du mir am besten mal, was hier vor sich geht.«

»Was meinst du damit?«

John weiß, dass er besser den Mund halten sollte, aber da er Will jetzt an der Strippe hat, schafft er es nicht. »Vielleicht fangen wir mal mit Hillary Fisher an.«

»Hillary Fisher? Was soll mit der sein?«

»Wie, *was soll mit der sein?* Du hast sie gevögelt, du blöder Sack.«

Will lacht. »Theoretisch hast *du* sie gevögelt.«

»Und was soll das bedeuten?«

»Hillary glaubt doch, sie hätte mit dir was angefangen, falls du mir folgen kannst.«

»Ja, ich kann dir folgen«, sagt John. »Aber das ist doch total verrückt.«

Will lacht wieder. »Nur lustig.«

»Ja, sehr lustig. Zum Totlachen. Ich hab sie mir vom Hals geschafft und den Mist, den du gebaut hast, wieder geradegebogen. *Wieder* mal. Jetzt tu bitte allen Beteiligten den Gefallen und halte dich von ihr fern.«

»Oder?«

John lenkt ein. »Mein Gott, Will, welcher Teufel hat dich geritten, sie am erstbesten Platz zu bumsen? Sie ist schrecklich.«

»Wie ich schon sagte«, erwidert Will, dem das Gespräch gut gefällt, »hast du sie gevögelt und nicht ich. Ich bin tot. Erinnerst du dich?«

John hat die Schnauze voll. Er beschließt, das Thema zu wechseln. »Du hast mich angelogen.«

»Wieso?«

»Du warst gar nicht auf den Bahamas.«

»Einen Scheißdreck hab ich getan. Ich war bis heute Mittag auf Exuma.«

»Ich weiß nicht, wo du heute Morgen warst, aber gestern Abend warst du in London.«

Jetzt kichert Will nicht. »Keineswegs.«

»Verarsch mich nicht, Will.«

»Ich verarsch dich nicht.«

»Das glaub ich aber doch, und ich glaube, du solltest dich daran erinnern, dass wir beide in einem Boot sitzen.«

»Stimmt. Seit fast vierzig Jahren.«

»Genau. Wir sollten jetzt nicht anfangen, uns gegenseitig zu belügen.«

»Hör mal zu«, sagt Will. »Ich weiß zwar nicht, wie es mit dir ist, aber auf mich kannst du dich hundertprozentig verlassen. Ich bin bereit, alles zu tun, damit das Hancockschiff nicht untergeht.«

John hat den Eindruck, als würde in Wills Stimme eine Spur Wahnsinn mitschwingen. Er holt tief Luft. »Okay. Dann sag mir mal, was du mit Byrnes gemacht hast, ja?«

Will hat die Frage erwartet. »Ich habe ihn nur darauf hingewiesen, dass es sehr klug wäre, seine Gefühle für Clara noch einmal zu überdenken.«

»Es hörte sich an, als hättest du ihn fast umgebracht.«

»Du hast mit ihm gesprochen?«

»Er hat mich angerufen.«

»Dann habe ich ihn wohl nicht umgebracht. Hätte ich aber tun können. Ganz einfach.«

John spürt, dass sein Bruder langsam, aber sicher durchdreht. Hillary. Byrnes. Wer kommt als Nächster? »Du bist also im Bauernhaus?«

»Sicher.«

»Und du meinst, wir sollten uns dort treffen?«

»Ja, meine ich. Wir müssen über die Vermisstenanzeige sprechen.«

»Du hast Recht. Das müssen wir.«

»Dann machen wir das doch.«

»Heute Nacht?«

»Komm doch morgen«, schlägt Will vor, »wenn die Kinder in der Schule sind.«

»Sie gehen morgen nicht zur Schule.«

»Warum nicht?«

»Sie fahren mit Linda Carson nach New Hampshire. Du hast vergessen, es mir zu sagen.«

»Das höre ich zum ersten Mal.«

»Clara hat es dir nicht gesagt?«

»Nein.«

»Bist du sicher?«

»Ganz sicher.«

John denkt kurz darüber nach. »Vielleicht hat sie es mir gesagt, und ich hab's vergessen.«

»Und warum fahren sie nach New Hampshire?«

»Einfach so.« John hat sich über das Warum noch gar keine Gedanken gemacht.

»Was ist mit Clara?«

»Was soll mit ihr sein?«

»Fährt sie mit?«

John zögert. Er beschließt, sein Treffen mit Clara im Ambassador in New York nicht zu erwähnen. »Ich weiß nicht.«

»Wie, du weißt nicht?«

»Mein Gott, Will, lass uns lieber darüber reden, was *wir* tun werden.«

»Du kommst morgen her, und dann reden wir darüber, warum ich plötzlich als vermisst und nicht als tot gelten soll.«

»Gut. Morgen am späten Vormittag.« John glaubt, dass er dann noch ein paar Stunden Zeit hat, mit Will zu sprechen, bevor er nach New York fährt, um sich mit Clara zu treffen.

»Am späten Vormittag?«

»Ja.«

»Wir sehen uns dann morgen«, sagt Will. »Fahr vorsichtig. Denk daran, dass ich ganz schön in der Klemme sitze, wenn du bei einem Autounfall den Löffel abgibst.« Dann legt er auf.

John starrt noch ein paar Sekunden auf den Hörer in seiner Hand. In seinem Kopf herrscht ein einziges Chaos. Es ist alles ein heilloses Durcheinander. Plötzlich hat er eine Idee. Er wartet auf das Freizeichen und tippt 69 ein. Statt der Nummer des letzten Anrufs im Stadthaus hört Hancock die aufgespielte Nachricht. *»Leider ist die letzte Nummer, die Sie angerufen hat, nicht bekannt. Bitte legen Sie auf.«*

»Scheiße!«, brüllt John, als er den Hörer auf die Gabel knallt.

Eine Sekunde später hebt er den Hörer erneut ab. Er wählt die Nummer des Bauernhauses in Stockbridge. Das Telefon klingelt mehrmals. Will hebt nicht ab. Nach dem fünften Klingeln hört John seine eigene Stimme auf dem Anrufbeantworter: *»Sie haben Abenteuerreisen gewählt ...«*

Wieder knallt John den Hörer auf die Gabel. »Wo, zum Teufel, steckt der Kerl?«, fragt er das leere Büro. »Und was führt er im Schilde?«

Kaum eine Minute später klingelt der Hauptanschluss im Haus erneut. Sylvia hebt in der Küche ab. Sie hat den Hörer in der linken Hand und in der rechten ein großes orientalisches Hackmesser, denn sie hackt gerade Gemüse für die chinesische Gemüsepfanne, die es heute Abend geben soll. Sylvia, eine waschechte Polin, kann Köstlichkeiten aus der ganzen Welt zaubern.

Nachdem Sylvia dem Anrufer kurz zugehört hat, geht sie wieder zur Haussprechanlage und wählt den zweiten Stock an. »Tut mir Leid, dass ich Sie schon wieder störe, Mr Hancock, aber die Dame am Apparat besteht hartnäckig darauf, Sie zu sprechen.«

John macht die Störung nichts aus. Er arbeitet im Moment sowieso nicht, sondern sitzt am Schreibtisch und denkt an seinen Bruder, seine Frau und seine Söhne. Während er grübelt, kritzelt er auf einem Blatt Papier herum. Immer wieder schreibt er in großen, sauberen Blockbuchstaben: ZÄRTLICHE MITTWOCHNACHT IM AMBASSADOR HOTEL IN NEW YORK, N.Y. ... ZÄRTLICHE MITTWOCHNACHT IM AMBASSADOR HOTEL IN NEW YORK, N.Y. ...

»Hartnäckig, sagten Sie? Wer ist es denn, Sylvia? Ich hoffe nicht Mrs Fisher.«

»Nein, Sir. Die ist es nicht. Sie heißt Daniel. Gerd Daniel, glaub ich.«

»Gerd Daniel? Wer, zum Teufel, soll das sein?«

»Das weiß ich nicht, Sir. Sie ruft aus Kalifornien an. Soll ich sagen, dass Sie nicht da sind?«

»Nein, Sylvia. Ich höre mir mal an, was sie will.«

Hancock nimmt den Hörer ab. »John Hancock.«

»Ja, hallo. Sind Sie John Hancock? Der Schriftsteller?«

»Wer ist denn da?«

»Oh, Entschuldigung. Ich bin Doktor MacDaniel. Ich arbeite als Psychiaterin in Los Angeles, Kalifornien. Ich habe eine Patientin namens Babe Overton.«

»Ja, und?«

»Halten Sie mich bitte nicht für überspannt, Sir, aber bevor ich irgendetwas sage, möchte ich sicherstellen, dass ich auch mit dem richtigen Mr John Hancock spreche. Es wäre mir sehr unangenehm, einen Fehler zu machen.«

Ja, Gerdy, das wäre es bestimmt. Aber keine Angst, Sie haben den richtigen John Hancock am Apparat. Das können die beiden schnell feststellen, nachdem sie eine Verbindung zwischen Babe und John und Frank Hagstrom hergestellt haben.

»Mein Gott«, sagt John. »Ich erinnere mich an Babe. Ein hübsches Mädchen. Ich konnte gar nicht fassen, dass sie sich mit diesem alten, fetten Frank herumtrieb. Was für eine Verschwendung.«

»Ich möchte Sie nicht beunruhigen, Mr Hancock, aber Babe geht es nicht gut. Ihr geht es schon seit längerem nicht gut.«

»Das tut mir Leid, aber was hat das mit mir zu tun?«

»Nun, ich habe Grund zu der Annahme, dass sie glaubt, Sie und/oder Ihr Bruder seien für den Tod von Mr Hagstrom verantwortlich.«

»Wie bitte?«, fragt Hancock, obwohl er genau verstanden hat, was Dr. MacDaniel gesagt hat. Sie hat laut und deutlich gesprochen.

»Sie redet sich ein«, fährt Dr. MacDaniel fort, »dass Sie ihren Freund Frank Hagstrom umgebracht haben, weil Sie sich für etwas rächen wollten, das er Ihnen oder Ihren Eltern angetan hat. Ich bin über die Details nicht genau im Bilde.«

Mein Gott, denkt Hancock, noch eine Irre, die hinter mir her ist. Vielleicht hat Babe Overton diese Vermisstenanzeige aufgegeben. Die Bullen haben ja gesagt, dass es eine Frau war. Natürlich ist es auch sehr gut möglich, dass die Bullen gar keine Bullen waren.

»Sie glauben also, dass Babe hinter mir her ist?«

»So weit würde ich nicht gehen.«

»Und wie weit würden Sie gehen?«

»Möglicherweise will Sie Ihnen einen Besuch abstatten.«

»Hat sie Ihnen das gesagt? Dass sie mich besuchen will?«

»Nein, sie hat es nicht ausdrücklich gesagt. Aber ich arbeite schon eine ganze Weile in diesem Job, Mr Hancock, und ich weiß, wann jemand kurz davor steht, die Nerven zu verlieren.«

»Sie glauben also, dass sie durchgedreht ist? Halten Sie Babe für gewalttätig?«

Gerdy zögert, seufzt und beantwortet die Frage. »Babe Overton hegt mitunter gewalttätige Gedanken, aber ich glaube nicht, dass sie wirklich fähig ist, zu Gewaltmitteln zu greifen.«

»Und warum rufen Sie mich dann an?«

»Ich halte es für klug, trotzdem vorsichtig zu sein.«

»Sie glauben also, ich sollte ein wenig auf mich aufpassen?«

Gerdy seufzt noch einmal. »Babe hat auf meine Anrufe hin nicht zurückgerufen. Ihre Freundin, mit der sie sich die Wohnung teilt, hat seit Samstagabend nichts mehr von ihr gehört. Meiner Meinung nach besteht die Möglichkeit, dass sie entweder in Boston oder auf dem Weg dorthin ist.«

»Das glauben Sie?«

»Ich bin normalerweise nicht der Typ, der Pferde scheu macht, Mr Hancock, und in diesem Fall hoffe ich, dass ich mich gewaltig irre, aber als ich Babe zum letzten Mal gesehen habe, war sie extrem erregt. Sie weiß auch, wo Sie wohnen.«

»Das ist keine gute Nachricht.«

»Ich dachte, Sie sollten das wissen.«

»Natürlich.«

»Ich will Ihnen nur helfen.«

»Natürlich.« Hancock seufzt und reibt sich über die Augen. Er und Dr. MacDaniel sprechen noch ein paar Minuten über die Situation. Gerdy versichert ihm, dass sie sofort anruft, falls sie etwas von Babe hört. Sie sind sich beide einig, dass es bis dahin das Beste ist, wenn Hancock die Augen aufhält.

QUER DURCH MISSOURI

Die arme Babe. Dass die Leute so über sie reden. Über eine Frau, die einst so ein erfülltes, glückliches Leben führte und in der so viel Kraft und Schwung steckte.

Schauen Sie sie sich doch an, wie sie dort in dem überhitzten Bus sitzt. Keine Freunde. Ein verhärmtes, finsteres Gesicht und traurige Augen.

Gerdy glaubt, dass Babe sich mit Mordgedanken trägt. Und das glaubt Hancock jetzt wohl auch. Sie hat zwar eine Waffe, aber die Chance, dass Babe diese Waffe tatsächlich benutzt, ist trotz ihrer Gedanken ungefähr so groß wie die Möglichkeit, dass vor Ende des Jahres ein Asteroid auf den Planeten Erde knallt. Die Möglichkeit besteht zwar, aber es ist sehr unwahrscheinlich.

Babe ist einfach eine traurige, gebrochene Frau. Schauen wir uns doch mal um. Man sieht sie überall. In den Einkaufszentren. Auf den Straßen. An den Flughäfen. An den Bushaltestellen. Einige Menschen können es besser verbergen als andere, was in ihnen vorgeht. Babe kann es nicht gut verbergen. Sie hat diesen traurigen, abwesenden Blick.

Wenn sie nur einen Freund finden würde. Einen freundlichen, anständigen Mann. Jemand, der mit ihr ins Kino und ins Restaurant geht und abends mit ihr über den Sunset Boulevard bummelt. Jemand, der ihr Blumen und Pralinen schenkt und mit dem sie morgens und abends Sex hat. Ein Mann, der sie heiratet, mit dem sie eine Familie gründen kann und der am Sonntag nach der Kirche den Rasen mäht.

Die arme Babe. Es gibt nichts Traurigeres als eine müde, einsame Frau mittleren Alters in einem Greyhound-Bus vierzig Meilen westlich von St. Louis, Missouri.

Und jetzt steht John Hancock buchstäblich am Rande des Wahnsinns und schreibt OVERTON, BABE mit auf die Liste der Verdächtigen.

FRANK & BABE

Nach dem zweiten Studienjahr in Harvard reisten John und Will in den Westen nach Kalifornien, um sich um das Erbe ihrer Eltern zu kümmern. Gleich zu Anfang lief es nicht gut. Der Ärger begann, als sie zu dem entzückenden Haus ihrer Eltern in den Hollywood Hills kamen. Sie steckten ihren Schlüssel ins Schlüsselloch der Haustür, doch die Tür ließ sich nicht öffnen.

Nachdem sie etwa eine Minute geklingelt und den Türklopfer betätigt hatten, wurde die Haustür von einer jungen Dame geöffnet, die nur ein hauchdünnes schwarzes Negligé und ein dünnes Goldkettchen am Fußknöchel trug. Sie hatte eine super Figur, schulterlanges blondes Haar und ein hübsches Gesicht. So ein glattes, gefälliges Gesicht, wie man es in der Zahnpastawerbung sieht. Sie sah unerfahren und unschuldig aus und dürfte ungefähr ebenso viele Jahre auf der Erde zugebracht haben wie John und Will.

»Babe«, hörte man eine vertraute Stimme aus dem Haus. »Ist da jemand an der Tür?«

»Ja, Dickerchen, und er ist süß«, fügte die hübsche Blondine hinzu und lächelte die Zwillingsbrüder an. »Alle beide.«

»Was hast du gesagt?«

»Wir haben Besuch.«

Die jungen Männer und die junge Frau standen dort an der Haustür und musterten sich gegenseitig. Will wollte sie fragen, was sie in ihrem Haus mache, aber ihre Schönheit und das schwarze Negligé verschlugen ihm die Sprache.

Und dann stolzierte der Staranwalt, Frank Hagstrom, in roten, seidenen Boxershorts und einem T-Shirt mit V-Ausschnitt in die Eingangshalle. Als er einen flüchtigen Blick auf die Hancock-Brüder warf, verlangsamte er abrupt seine Schritte. Er blieb stehen und riss die Augen auf. Hagstrom sah aus wie ein dicker Rehbock, der plötzlich im grellen Scheinwerferlicht gefangen war.

Der Anwalt, der schon seit Jahren log und sich aus beklemmenden Situationen lavierte, hatte gelernt, wie man Katastrophen vermied. »Hallo, Jungs«, sagte er mit kaum zu überbietender Gelassenheit. »Wie geht's?«

Die Zwillingsbrüder funkelten ihn wütend an.

Frank ging zu seiner jungen Freundin, weil er vielleicht hoffte, dass sie der Situation die Schärfe nehmen könnte. »Ihr habt Ms Overton also schon kennen gelernt? John, Will, das ist Babe Overton. Babe, diese beiden gut aussehenden jungen Männer sind die Hancock-Brüder. John und Will. Frag mich bitte nicht, wer von beiden wer ist. Ich habe keine Ahnung.«

Babe lächelte. Sie wusste nicht, was hier vor sich ging. Sie war unschuldig wie ein Lamm.

Die Hancock-Brüder lächelten Babe an und warfen Hagstrom wütende Blicke zu.

John Hancock, dem diese Situation überhaupt nicht gefiel, huschte an der hübschen Blondine vorbei, stieß Frank zur Seite und schritt in den großen Salon mit der hohen Decke und der Glasfassade mit Blick auf die Stadt Los Angeles, auf der ein leichter Smogschleier lag. Sein Bruder Will folgte ihm auf den Fersen.

Überall im Wohnzimmer standen Umzugskartons und mit Umzugsdecken behängte Möbel herum. Die Hancock-Brüder stemmten ihre Hände in die Hüften und warteten auf eine Erklärung.

Frank, der nicht auf den Mund gefallen und in aggressiver Kriegsführung gut trainiert war, ging sofort in die Offensive. »Tut mir Leid, Jungs, dass ihr es auf diese Weise erfahrt. Ich hatte einen Brief ...«

»Was erfahren wir auf diese Weise?«, fragte John.

»Das mit dem Haus«, sagte Frank. »Ich hatte einen Brief geschrieben. Den wollte ich gerade abschicken. Wenn es um juristische Angelegenheiten geht, versucht man, die Dinge voranzutreiben und wartet, und plötzlich geht alles ganz schnell.«

»Worüber reden wir denn hier, Frank?« Zum ersten Mal sprach John Frank Hagstrom mit Vornamen an.

Frank plapperte weiter, als ob nur ein Anwalt, der sein Honorar nach Sekunden berechnete, plappern könnte, doch es führte alles zu der ziemlich offensichtlichen Tatsache: Hagstrom war nun der Besitzer des Hauses auf dem Edwin Drive in den Hollywood Hills. Er hatte die passenden Schlüssel zum Haus, und ihm gehörten die Aussicht und die Kristallleuchter. Ihm gehörte alles.

Er war erst vor ein paar Tagen hier eingezogen. Mit seinem 59er Thunderbird, seinen Gesetzestexten und mit Babe, seinem knackigen jungen Schnuckelchen. Mannomann, sah Babe damals knusprig aus. Überhaupt nicht zu vergleichen mit der traurigen, müden Frau in dem Greyhound-Bus.

Die ganzen Möbel und die meisten Umzugskartons gehörten ihr. Ein paar Kartons gehörten auch Frank, aber nicht sehr viele. Frank hatte ziemlich viel zurückgelassen, und dazu gehörten auch seine Frau und seine Kinder und seine Auszeichnung zum Bürger des Jahres. Kurz nachdem er Babe kennen gelernt hatte, ließ er alles stehen und liegen. Eine Sitzung im Bett mit der gerade zwanzigjährigen Ms Overton, und diese jaulende Stimme im Hinterkopf des schon in die Jahre gekommenen Frank Hagstrom rief immer wieder: »Jünger ist besser! Frank, hol dir das Gold! Jünger ist besser! Frank, hol dir das Gold!«

Frank, der schon um die fünfzig war, ging sofort los, um sich das Gold zu holen.

Und die Sache mit dem Haus war vollkommen legal. Legal, aber unglaublich schäbig. Seit fast vier Jahren, seitdem William und Lenore ihre Köpfe verloren hatten, waren die Hypothekenraten für das Haus nicht mehr bezahlt worden. Frank wusste das natürlich, beschloss jedoch, nichts zu unternehmen. Das heißt, er unternahm zwar nichts, ging aber in Warteposition wie ein Panther, der auf den günstigsten Zeitpunkt wartet, sein ahnungsloses Opfer anzugreifen. Natürlich war Frank, bevor die Bank schließlich zur Zwangsvollstreckung schritt, mit seinen Schwarzgeldern zur Stelle. Er kaufte das Anwesen für ein Butterbrot.

»Das Haus war so oder so nicht mehr zu halten«, erklärte Frank, der seine dicken Arme über dem Bauch verschränkt hatte. »Es war einfach eine günstige Gelegenheit, und da habe ich zugeschlagen.«

»Eine günstige Gelegenheit!«, brüllte John, dessen Gesicht sich vor Wut verzerrte, nachdem er sich die Rechtfertigung des Anwalts angehört hatte. John ging damals viel schneller in die Luft als Will. Er baute sich vor Hagstrom auf. »Vielleicht ist jetzt auch eine günstige Gelegenheit, dir dein stinkendes Gehirn aus dem Schädel zu prügeln.«

Ein alter Juraprofessor hatte einst zu Frank gesagt: »Niemals und unter keinen Umständen einen Schritt zurückweichen. Wenn du nur einen Schritt zurückweichst, bist du fertig. Dann bist du der Verlierer.« Deshalb behauptete Frank seinen Standpunkt. »Beruhige dich. Du hättest doch nichts davon, mir das Gehirn aus dem Kopf zu prügeln.«

»Du hättest auch nicht viel davon, *Dickerchen*.«

Will packte seinen Bruder am Arm. »Nur die Ruhe, John. Wenn wir diesen Scheißkerl verprügeln, bringt uns das auch nicht weiter.« Der gute alte Will. Immer ruhig. Immer vernünftig.

John riss sich los. Er stieß seinen Kopf gegen Franks Kopf. »Jetzt weiß ich, was du all die Jahre im Schilde geführt hast. Du hast uns langsam, aber sicher ausgesaugt. Du hast den guten Namen unseres Vaters in den Dreck gezogen. Du hast uns gesagt, er wäre verschuldet. Du verlogener Mistkerl. Dafür wirst du bezahlen. Hast du gehört, *Dickerchen?* Dafür wirst du bezahlen. Jetzt stehst du hier, aber glaub mir, du bist schon so gut wie tot.« John drehte sich zu seinem Bruder um. »Schau ihn dir an, Will. Noch sieht er lebendig aus, ist er aber nicht. Er ist ein toter Mann.«

Will erwiderte nichts. Will verlor selten die Beherrschung. Auch nicht in den schwierigsten Situationen. Das änderte sich später natürlich alles.

Frank schluckte; dann reckte er sich und fragte: »Ist das eine Drohung?«

»Betrachte dich als gefeuert, du Kotzbrocken. Du bist nicht mehr unser Anwalt. Du hast uns lange genug verarscht.«

Frank erholte sich schnell. Tatsächlich breitete sich sogar ein freches Grinsen auf seinem Gesicht aus. »Ich war noch nie euer Anwalt. Ich war nur der Anwalt eures Vaters.«

»Nach seinem Tod warst du automatisch unser Anwalt!«

»Tut mir Leid«, erwiderte Frank, »das stimmt nicht. Ich bin der Nachlassverwalter eurer Eltern. Das steht im Testament eures Vaters. Und als Nachlassverwalter tue ich alles, was in meiner Macht steht, um den letzten Willen eures Vaters zu erfüllen.«

»Scheißdreck!«

Frank zuckte mit den Schultern. »Tut mir Leid, dass du das so siehst.«

John hätte Frank am liebsten in Stücke gerissen, doch Anwälte haben eine dicke Haut. Die reißt nicht so schnell. »Komm, wir hauen ab«, sagte er zu seinem Bruder. »Ich halte den Gestank hier nicht mehr aus.«

Doch Will wollte noch nicht gehen. Er drehte sich zu Hagstrom um. Obwohl sein Herz laut klopfte und ihn eine unglaubliche Wut gepackt hatte, fragte er so ruhig er konnte: »Was ist denn mit den ganzen Sachen, die hier waren? Die Möbel, die Kleidung und die Gemälde?«

»Es ist alles sicher in einem Lagerraum untergebracht«, versicherte Frank ihm. »Warum ruft ihr nicht morgen im Büro an? Dann könnt ihr mit meiner Sekretärin sprechen. Sie kann euch alles genau erklären.«

»Wir wollen, dass du uns das *jetzt* erklärst«, verlangte John.

»Jetzt nicht«, sagte Hagstrom. »Morgen ist besser.«

»Morgen, morgen! Du alter Schleimbeutel!«

Hagstrom holte tief Luft. Jetzt war der Zeitpunkt gekommen, einer körperlichen Auseinandersetzung aus dem Weg zu gehen. »Entspann dich, Mr Hancock. Und achte auf deine Worte in der Gesellschaft einer Dame.«

Babe stand am Rande der Szene und beobachtete das sich zuspitzende Drama, als wäre es nur eine Folge ihrer Lieblings-Seifenoper. Sie wäre nicht im Traum darauf gekommen, dass diese Szene der Beginn vom Ende ihres schönen Lebens war.

»Dame? Dir ist der Verstand wohl in die Eier gerutscht!«, brüllte John. »Das soll eine Dame sein?«

Will legte eine Hand auf die Schulter seines Bruders. »Komm, John, wir hauen ab, bevor etwas Schlimmes passiert.«

John nickte, bewegte sich aber nicht.

Statt Babe zu verteidigen, hatte Hagstrom die Stirn zu sagen: »Ihr solltet wissen, wie Leid mir das alles tut.«

John murmelte ein paar Schimpfwörter und hämmerte dann mit dem Zeigefinger auf die Brust des Anwalts. »Wie ich schon sagte, *Dickerchen*, betrachte dich als toten Mann.«

»Hör zu«, erwiderte Frank, der jetzt wieder ganz gelassen war. »Ich verstehe deine Gefühle. Wirklich. Es war nicht leicht für euch und für niemanden, der deine Eltern mochte. Aber du solltest wissen, dass ich im Moment etwas knapp bei Kasse bin. Die Scheidung und der Kauf des Hauses. Wenn ihr weiter studieren wollt, solltet ihr am besten ein Studiendarlehn beantragen und vielleicht auch ein paar Jobs annehmen. Wäre doch jammerschade, wenn euer Harvard-Studium den Bach runterginge.«

MAXWELL EDISON

Die Hancock-Brüder traten nicht mit eingezogenem Schwanz den Rückzug gen Osten an. Bevor sie nach Cambridge zurückkehrten, engagierten sie einen neuen Anwalt. Seinen Namen fanden sie in den gelben Seiten von Los Angeles. In der Rubrik standen Tausende von Anwälten. Mehr Anwälte als

Ärzte. Mehr Anwälte als Regisseure. Welchen sollten sie nehmen? Welchem konnten sie vertrauen? John und Will hatten keine Ahnung. Sie konnten nur raten und hoffen, dass es der Richtige sein würde. Sie schauten sich die lange Liste der Werbeeinträge und Namen an. Nachdem sie die Liste fast eine Stunde lang studiert hatten, blieb der Blick beider Brüder plötzlich auf demselben Namen haften: Edison, Maxwell, Rechtsanwalt. 32119 Wilshire Boulevard. Santa Monica. 555-9989.

Sie wählten sofort Max' Nummer.

Die Jungen waren damals große Fans der Beatles. Sie hatten sämtliche Alben der Beatles und hatten sie sich zig Mal angehört. Ihr Lieblingsalbum war *Abbey Road.* Und einer ihrer Lieblingssongs auf *Abbey Road* war *Maxwell's Silver Hammer,* in dem es um den psychotischen bösen Jungen ging, Maxwell Edison.

Gibt es eine bessere Möglichkeit, als sich durch eine willkürliche »Ene-mene-muh-Wahl« einen Anwalt zu suchen?

Max Edison willigte ein, die Hancock-Brüder noch am gleichen Nachmittag zu empfangen. Das Büro von Maxwell Edison auf dem Wilshire Boulevard war nicht ganz so schick wie die piekfeinen Räume, die Hagstrom, Hays, Bennett, Barlow & Lunt in Beverly Hills belegten. Max war ein Einzelkämpfer. Er teilte sich eine Sekretärin mit drei anderen Einzelkämpfern. Vom Fenster seines Büros sah man auf ein Autoersatzteilgeschäft. John und Will achteten nicht darauf. Max' Name allein sagte ihnen, dass er ihr Mann war. Er war jung, hip, gut gekleidet und sehr, sehr eifrig. Was machte es da schon aus, dass sein Diplom, das im Schatten an der Rückwand seines schmutzigen, staubigen Büros hing, von der Juristischen Fakultät in Ost-Podunk, Illinois, stammte?

Max hörte aufmerksam zu, als die Jungen ihre Leidensgeschichte vortrugen. Er nickte und machte sich Notizen. Als die Jungen verstummten, versicherte Max ihnen, er werde sein Bestes tun, den guten Namen ihres Vaters reinzuwaschen und die Erbangelegenheit zu klären.

John und Will bedankten sich mit ernsten Mienen auf ihren Zwillingsgesichtern. Dann flogen sie in dem Glauben gen Osten, dass Maxwell Edison all ihre Erb- und Finanzprobleme lösen würde.

Es wäre nicht ganz richtig, Maxwell Edison schlicht als einen weiteren betrügerischen Anwalt zu bezeichnen. Der Mann hatte wirklich Skrupel. Doch wie wir alle, hatte Max Rechnungen zu begleichen und Wünsche, die er sich erfüllen wollte. Deshalb dachte Max ernsthaft darüber nach, als Staranwalt Frank Hagstrom ihm einen großzügigen Betrag anbot, wenn er den Mund hielt.

Aber das war erst später. Zuerst wollte Max den Hancock-Brüdern wirklich helfen, und zwar aus drei Gründen: Erstens hoffte er nach Abwicklung der Erbangelegenheit auf ein hübsches Honorar. Zweitens wollte er zeigen, dass er es mit dem mächtigen L.-A.-Anwalt Frank Hagstrom aufnehmen konnte. Drittens wollte er seinen Mandanten nach bestem Wissen und Gewissen dienen.

Mehrere Wochen, sogar Monate arbeitete Maxwell Edison sich in den Fall ein. Er trug eine dicke Akte mit Dutzenden interessanter Fakten zusammen. Fakten über William und Lenore Hancock. Fakten über das Hancock-Schirm-Unternehmen. Fakten über Frank Hagstrom. Und als er schließlich glaubte, genügend Munition gesammelt zu haben, vereinbarte er einen Termin mit Mr Hagstrom in dessen Büro in Beverly Hills. Er musste eine Woche warten.

Zur vereinbarten Stunde stolzierte Max in seinem besten Anzug in Hagstroms riesiges Büro. Er hatte das Gefühl, dass jetzt sein großer Auftritt kam. Seine große Stunde hatte geschlagen.

»Nehmen Sie bitte Platz«, sagte Frank, der bereits in voller Größe mit der Miene eines mächtigen Anwalts hinter seinem massiven Schreibtisch saß. Er gab sich nicht die Mühe aufzustehen.

Max saß auf einem kleinen Holzstuhl, dessen Beine um ein paar Zentimeter gekürzt worden waren. Diese Spezialanfertigung benutzte Frank für ganz besondere Gelegenheiten. So eine Gelegenheit bot sich jetzt, da er seine Überlegenheit über seinen Gegner deutlich demonstrieren wollte.

»Was kann ich heute für Sie tun, Mr ...?« Frank schaute auf seine Notizen. »Mr Edison? Gibt es eine Verbindung zu Thomas Alva, dem Erfinder der Glühbirne?« Hagstrom schenkte Max sein charmantestes Lächeln.

Max, der sich plötzlich klein vorkam und eingeschüchtert war, sagte tatsächlich: »Wir glauben gerne daran, dass es eine ferne Verbindung gibt.«

»Das ist ja toll«, entgegnete Frank. »Sie vertreten also jetzt John und Will Hancock. Um ein bisschen Geld zu verdienen, ja?«

Max war nicht vollkommen blöd und erkannte, was hier gespielt wurde. Er atmete tief ein und erklärte Hagstrom, dass die Brüder ihn engagiert hätten, um herauszufinden, warum es so lange dauerte, bis die Nachlasssache von William und Lenore Hancock geklärt sei. Frank hörte aufmerksam zu, als Max mit sachlicher Stimme von dem 59er Thunderbird, dem Haus in den Hollywood Hills und dem Vermögen sprach, das William mit seinen Schirmen gemacht hatte.

Frank hörte zu und sagte kein Wort. Er wartete, bis dieser raffinierte Grünschnabel von allein verstummte.

Als Max schließlich sein Pulver verschossen hatte, schob Frank ein paar Schriftstücke über seinen Schreibtisch, räusperte sich und fragte: »Sagen Sie mal, Mr Edison, hatten Sie schon oft mit Nachlassregelungen zu tun?«

»Ich habe schon eine ganze Reihe von Testamenten bearbeitet.«

»Testamente. Ausgezeichnet. Waren Sie auch schon als Nachlassverwalter tätig?«

Max schüttelte den Kopf. »Nein.«

»Mr Edison, sagen Sie mir doch mal, ob Sie die geringste Ahnung haben, welch unzählige Probleme damit verbunden sind, einen privaten Multimillionen-Nachlass zu regeln, wenn die Besitzer sich einfach so verabschieden?« Frank

Hagstrom schnippte mit den Fingern. Das Schnippen hallte durch das riesige Büro.

Max versuchte, ruhig auf seinem winzigen Stuhl zu sitzen, doch er konnte nicht umhin, den Hals zu recken, um die Muskelverspannung zu lindern. Allmählich erfasste ihn das Gefühl, möglicherweise die Grenzen überschritten zu haben und in zu tiefes Wasser getaucht zu sein. »Ich weiß, dass es Zeit kostet.«

»*Sehr* viel Zeit.«

»Ja, aber es ist doch Tatsache, dass die Hancocks ihre Eltern vor fast vier Jahren bei diesem schrecklichen Unfall verloren haben.«

»Und Sie glauben, vier Jahre sind eine lange Zeit?«

»Nun, ich glaube ...«

»Ich hatte schon mit Nachlassangelegenheiten zu tun, die erst nach zwanzig Jahren geregelt werden konnten. Fünf Jahre sind nicht ungewöhnlich.«

Max zog an seiner Krawatte. Plötzlich war ihm warm. Vielleicht stimmte mit der Klimaanlage etwas nicht. »Hören Sie, Mr Hagstrom. Ich versuche hier nicht ...«

Frank hob die Hand. Max verstummte.

»Wir wollen doch nicht unsere Zeit verschwenden, junger Mann. Ich habe noch andere Dinge zu tun, und Sie sicher auch. Sie werden es niemals schaffen, mir in diesem Fall etwas an den Karren zu flicken. Niemals. Nicht etwa, dass es irgendeinen Grund gäbe, mir was anzuhängen. Aber da ich die finanzielle Situation der Zwillinge kenne, weiß ich, dass Sie in ein Erfolgshonorar eingewilligt haben. Die Jungen haben nicht einen einzigen Dollar, um einen Anwalt zu bezahlen. Deshalb würde ich vorschlagen, wir machen ein kleines Geschäft.«

»Ein Geschäft?«

»Genau. Es ist ganz einfach. Ich schaue mir den Fall noch einmal an. Währenddessen übergebe ich Ihnen ein paar Zivilprozessfälle. Keine komplizierten Fälle. Sie schicken mir eine angemessene Rechnung. Ich werde Sie für Ihre fachmännische juristische Hilfe großzügig entlohnen. Als Gegenleistung müssen Sie die Hancock-Brüder nur ein wenig beruhigen. Sagen Sie ihnen, dass hier im *Golden State* alles in Ordnung sei.«

Max spürte, dass sich in seinen Achselhöhlen und auf seiner Stirn Schweißperlen bildeten. (Frank hatte den Thermostat tatsächlich höher gestellt.) »Ich weiß nicht«, murmelte Max. »Das ist doch unmoralisch.«

Frank vergeudete keine Sekunde. Er schlug zu. Er wusste ganz genau, wann der richtige Zeitpunkt gekommen war. »Moralisch? Hören Sie mir doch mit diesem Scheiß auf, Edison! Halten Sie es für moralisch, auf Ihrem hohen Ross hierher zu kommen und mich, Frank Hagstrom, die Stütze der Juristen von Los Angeles, zu beschuldigen, den Nachlass eines Mandanten manipuliert zu haben? Ich habe Ihnen geduldig zugehört, Sir, doch Sie haben den Bogen überspannt.«

Maxwell Edison war jetzt nur noch ein schwitzendes Nervenbündel mit nervösen Zuckungen. »Nein ... ich ... möchte mich entschuldigen ... Ich wollte nur ...«

»Es ist mir schnurzegal, was Sie wollten, junger Mann. Mir reicht's. Jetzt muss ich arbeiten. Richtig arbeiten. Ich rate Ihnen dringend, auf meinen Vorschlag einzugehen, Edison. Für Sie ist es die beste Möglichkeit, aus diesem Dilemma herauszukommen.«

In diesem Moment beschloss Maxwell Edison, auf den hohe Unkosten für seinen gebrauchten 911 Targa zukamen, dass es das Beste war, den Mund zu halten.

DAS VERSTECK DER HANCOCK-BRÜDER

Der kleine Willy und John junior betteln um eine Gutenacht-Geschichte; deshalb unterbricht ihr Vater seine Reise in die Vergangenheit, bringt die Kinder ins Bett und erzählt ihnen eine spannende Geschichte über Ritter, Drachen und eine holde Maid in Nöten. Die Handlung ist nicht besonders ausgefeilt (das ist nicht Johns Stärke), aber es wird viel Blut vergossen, und die lieben Jungen bekommen viele Küsse.

Als die Geschichte zu Ende geht und die Kinder allmählich einschlafen, wenden sich Johns Gedanken wieder diesem Schlitzohr zu, Maxwell Edison. Fast zwei Jahre lang rief der Anwalt sie alle drei Monate an und versicherte ihnen, dass seine Ermittlungen im Fall Frank Hagstrom nichts Unübliches und auf keinen Fall Illegales ergeben hätten.

John hegte keinen Verdacht, dass Max geschmiert worden war.

Will jedoch war misstrauisch. Er schlug John mehrmals vor, Max zu feuern und einen neuen Anwalt zu engagieren. John hingegen glaubte, dass Max gute Arbeit leistete. Und er machte es kostenlos.

O ja, Will erinnert sich daran. Er erinnert sich an alles. An alle Details. An das Vertauschen der Reisepässe auf Caye Caulker. Dass John immer wieder behauptete, er werde ihnen Hagstrom vom Hals schaffen, es aber nie tat. Und dass John erklärte, er sei nur daran interessiert, Clara für ein oder zwei Jahre mit ihm zu teilen. Dann wollte er sich nach etwas anderem umsehen. Aber wie lange dauerte das jetzt schon? Sieben Jahre? Acht Jahre? Keine Frage: Es war einfach zu lange.

Will biegt mit seinem großen silbernen 750er BMW iL (sein Bruder John hat genau den gleichen Wagen) von der Massachusetts-Schnellstraße ab und fährt die 102 Richtung Südwesten. Er hat den BMW erst vor ein paar Stunden vom Langzeitparkplatz am Logan International Airport abgeholt.

Als er langsam durch die Kleinstadt Stockbridge fährt, liegt zu seiner Linken der Red Lion Pub und zu seiner Rechten die Bischofskirche St. Paul. Seit fast einem Jahrzehnt ist Stockbridge für die Brüder das zweite Zuhause. Wenn sie nicht in Boston sind oder sich in Sachen *Abenteuerreisen* herumtreiben, hängen sie ihre Hüte in diesem friedlichen kleinen Städtchen in Neuengland mit dem Norman-Rockwell-

Museum und der altmodischen Gemischtwarenhandlung auf. Will hält nicht an, sondern steuert geradewegs auf das Bauernhaus außerhalb der Stadt zu.

Ein paar Meilen hinter Stockbridge biegt er rechts in die Church Street ein. Nach ungefähr einer halben Meile biegt er nochmals nach rechts in die Old Meeting House Road ab. Dieser schmale, schmutzige Kiesweg führt direkt in die Berge. Oben auf der dritten Anhöhe steuert Will den BMW auf einen mit Steinplatten ausgelegten Weg, der zu beiden Seiten von einer Forsythienhecke gesäumt wird. Die hohe, dichte Hecke schützt gut vor neugierigen Blicken. Das ist ganz im Sinne der Hancock-Brüder.

Die Einfahrt schlängelt sich ungefähr dreißig oder vierzig Meter an einer Gruppe prächtiger Zuckerahorne vorbei. Am Ende der Einfahrt steht das Hancock-Versteck, wo sich ein Bruder vor der Welt verbirgt, während der andere die Rolle des John Hancock spielt: Autor, Vater, Ehemann und mustergültiger Bürger. Hier oben in diesem alten Bauernhaus, versteckt in den hügeligen Berkshires im Westen von Massachusetts, zig Meilen von Boston entfernt, verbringen John und Will die Zeit ihres Doppellebens.

Sie haben das Haus mit seinen zwei Hektar Land vor ein paar Jahren für ein Butterbrot gekauft, als ihr dritter Roman, *Der Mörder,* oben auf den Bestsellerlisten stand. Damals war das Haus unbewohnbar, doch sie haben es vollständig renoviert. Größtenteils mit eigenen Händen und im Schweiße ihres Angesichts. Die Arbeit ist fast abgeschlossen, und nun können sie in diesem zweihundertfünfzig Jahre alten Bauernhaus schreiben, sich entspannen und ihre *Abenteuerreisen* planen. Niemand anders auf der Welt weiß von diesem Ort. Das ist ihr kleines Geheimnis.

Das Haus mit dem blauen Schieferdach ist von Efeu überwuchert. Rund ums Haus liegen Gärten, und viele Beete stehen nach dem langen Winter in Neuengland nun in Blüte.

An diesem Spätfrühlingsabend bricht langsam die Dämmerung herein. Obwohl es fast schon neun Uhr ist, kann Will noch immer die alte Holzscheune erkennen, in der sie ihre Gartengeräte und bei unfreundlichem Wetter ihren tollen deutschen Wagen unterbringen. Seit mehreren Jahren hat Will vor, sich in der Scheune ein eigenes Studio einzurichten, aber weiter als bis zur Planung ist er bisher noch nicht gekommen. Und wenn die Dinge sich in den nächsten vierundzwanzig bis achtundvierzig Stunden so entwickeln, wie er es sich vorstellt, wird er kein eigenes Studio mehr brauchen.

Zwischen dem Haus und der Scheune steht das dritte und letzte Gebäude des Anwesens: ein flaches Steinhaus mit stark geneigtem Schieferdach. An der Vorderseite des Gebäudes führen ein paar Steintreppen direkt ins Kellergeschoss. Eine Betonrampe auf der Rückseite führt hinunter zu einem breiten Holztor. Bevor es Kühlschränke gab, wurde das bunkerähnliche Gebäude von den Bauern benutzt, um Eis, Gemüse, Kartoffeln und andere Dinge zu lagern.

Will war in letzter Zeit ziemlich oft unten in dem Keller. Er hat eine andere, zeitgemäßere Verwendung für den unterirdischen Raum gefunden.

Jetzt steigt er aus dem BMW, schaut sich gemächlich um und geht den Ziegelsteinweg zum Haus hinauf. Er hofft, Clara und die Kinder eines Tages hierher bringen zu können. Er weiß, dass den Jungen das Grundstück gefallen würde. Hier hätten sie viel Platz, um herumzutoben.

Er betritt das Bauernhaus durch den Vordereingang. Die Tür ist zwar groß, aber so niedrig, dass die Brüder gezwungen sind, die Köpfe einzuziehen, wenn sie hindurchgehen. Alle Türen im Haus sind niedrig – zweifellos ein Beweis dafür, dass die Amerikaner in der Zeit vor dem Unabhängigkeitskrieg kleiner waren.

Das Bauernhaus ist nicht allzu groß. Die Wohnfläche beträgt ungefähr hundertzwanzig Quadratmeter. Während der Renovierungsarbeiten haben die Hancock-Brüder Wände herausgerissen und die winzigen Zimmer vergrößert. Das Erdgeschoss ist jetzt ein großer Raum mit Nischen zum Kochen, Essen, Lesen und Schreiben. In der Mitte steht ein großer, gusseiserner Holzofen. Im ersten Stock befinden sich ein großer Schlafraum und ein hochmodernes Badezimmer mit Whirlpool.

In der Ecke, in die das meiste Morgenlicht fällt, ist das Büro der Brüder. Ein großer Holzschreibtisch steht vor einem Erkerfenster. Rund um den Schreibtisch sind mehrere Tische angeordnet, auf denen verschiedene elektronische Geräte stehen: Computer, Drucker, Scanner, Fax, Modem, Telefon mit Anrufbeantworter und sogar ein Kurzwellenradio. Das ist die Einsatzzentrale der Hancocks für *Abenteuerreisen*. Reiseführer und Broschüren aus der ganzen Welt sind überall gestapelt.

Die Digitalziffern auf dem Anrufbeantworter zeigen an, dass einundzwanzig Anrufe eingegangen sind. Will beschließt, sie später abzuhören. Vielleicht hört er sie auch gar nicht ab. Nie. Es könnte an der Zeit sein, das Unternehmen *Abenteuerreisen* zu schließen. Will hat keine Lust mehr zu reisen. Will möchte gerne zu Hause bleiben.

Wahrscheinlich ist es aber doch besser, wenn er sich die Nachrichten anhört. Es könnte eine von John dabei sein.

Zuerst muss er etwas trinken. Er geht zur Bar und macht sich einen starken Drink.

Mit dem Glas in der Hand geht er zum Schreibtisch und drückt auf den Knopf für die Wiedergabe.

»Guten Tag, mein Name ist Lee Brush. Ich interessiere mich für Ihren Newsletter. Meine Telefonnummer ist 973-555-7819. Meine Adresse lautet ...«

»Hier spricht Pete Christopher. Ich würde gerne Ihren Newsletter abonnieren. Meine Telefonnummer ist 908 ...«

»Hier Steve French. Ich würde gerne eine Reise ...«

Einer nach dem anderen leiert seinen Spruch herunter. Will gießt sich noch einen Scotch ein und hört sich die Nachrichten an, ohne ein Wort zu verstehen.

CHICAGO

Rafe hört auch nicht viel, nur ein ständiges Surren in den Ohren. Total bekifft schlendert er durch den O'Hare International Airport in Chicago. Auf dem Flug von Houston brauchte er fast eine halbe Stunde auf der Toilette, um den Plastikbeutel Kokain aus seinem Darm herauszuholen. Als er es schließlich geschafft hatte, beschloss er, ein wenig Koks zu schnupfen, um seine angegriffenen Nerven zu beruhigen.

Wie jeder weiß, der schon einmal Kokain geschnupft hat, führt die erste Dosis oft dazu, dass man mit dem Schnupfen nicht mehr aufhören kann. Und so schrumpfen die Kokainvorräte. Als Rafe Chicago erreicht, hat er schon ein halbes Dutzend Mal kräftige Prisen Koks geschnupft.

Jetzt fühlt er sich gut. Er grinst übers ganze Gesicht. Die Welt zieht langsam an ihm vorüber. Rafe hat keine Probleme mehr. Er würde gerne Musik hören und vielleicht tanzen. Mit den Füßen über den Boden gleiten und den Kopf und die Hüften im Rhythmus der Musik hin und her schwingen. Rafe steuert auf den Ausgang zu und sucht sich ein Taxi, um in die Innenstadt von Chicago zu fahren.

Seine Maschine zum Big Apple geht ziemlich früh, aber zur Hölle mit dem Flug um sechs Uhr dreißig morgens. Er wird eine spätere Maschine nehmen. Oder den Zug. Oder er nimmt den Bus und schaut sich ein wenig die USA an. Keine Probleme, keine Eile. Er ist sicher, dass Hancock ihm nicht davonläuft. Und den Drogendealer soll er erst am Donnerstagmittag in der Bar im Ambassador Hotel treffen. Er hat viel Zeit, den Job zu erledigen. Sehr viel Zeit.

Rafe geht durch die Drehtür und tritt hinaus in den warmen Chicagoer Abend. Er fühlt sich, als hätte er Flügel. Ja, das Leben ist schön. Er hat Geld und Kokain.

Er zieht die hintere Tür eines gelben Taxis auf. »In die Innenstadt, Sir«, sagt er zum Fahrer, einem netten Inder aus

Bombay. »Wo Reggae gespielt wird, wo ich tanzen kann und wo es viele schwarze Weiber gibt.«

»Ah, tanzen«, sagt der Fahrer und mustert Rafe im Rückspiegel. »Ich bringe Sie zu einem Tanzschuppen.«

Frank ist immer mit Babe tanzen gegangen. Auch in der Nacht, als er starb, wollte er mit ihr zum Tanzen gehen. Sie hatten sich verabredet. Für zehn Uhr. Leider kreuzte Frank nicht auf.

Babe hatte an dem Tag einen Drehtermin. In einem Studio in Burbank. Für ein Haarpflegeprodukt. »Körper und Haar«. Oder vielleicht auch für »Prell«. Damals gab es noch keine so große Auswahl.

Es wurde spät. Der Produzent ließ etwas zu essen kommen. Babe rief Frank an. Sie verabredeten sich im Roxbury, um etwas zu trinken und zu tanzen.

»Bye, Baby.«

»Bye, Liebling. Bis gleich.«

Das waren seine letzten Worte.

Babe wartete bis Viertel nach elf am Roxbury auf dem Sunset Boulevard. Sie rief mehrere Male im Haus in den Hollywood Hills an. Frank ging nicht ans Telefon. Frank konnte nicht ans Telefon gehen. Er hatte eine Schlinge um den Hals.

Schließlich ging Babe gegen Mitternacht nach Hause. Dort fand sie Frank, der im Wohnzimmer an der Decke baumelte.

Sie sieht ihn noch vor sich. Sie sieht ihn in der Dunkelheit, als sie aus dem Fenster des Greyhound-Busses schaut. Sie sieht ihn dort im Wohnzimmer hängen, leichenblass und tot. Und dann sieht sie die Hancock-Brüder im Geiste vor sich. Alle beide. John und Will. Sie stehen dort und stoßen Drohungen aus. Sie drohen, Frank etwas anzutun. Sie drohen, Frank zu töten.

»Du bist ein toter Mann, Dickerchen. Hast du verstanden? Du bist ein toter Mann.«

Ja, Babe hat die Drohung noch im Ohr und die Szene deutlich vor Augen. Tränen rinnen aus ihren traurigen Augen und kullern ihr über die Wangen. Babe überprüft, ob die Waffe noch in ihrer Handtasche liegt. Sie schaut wieder aus dem Fenster und sieht ein Schild am Rand der Autobahn: CHICAGO 250 MEILEN.

JEFFERSON & ADAMS

John gibt den Jungen einen Gutenachtkuss. Sie schlafen beide tief und fest. Er steht leise auf, macht das Licht aus und schließt die Tür. Doch er macht sie nicht ganz zu. Er weiß, dass die Jungen es gerne haben, wenn die Tür einen Spalt geöffnet ist, sodass sie nachts auf den Flur schauen können.

John steigt die Treppe in den zweiten Stock hinauf. Er nimmt den Hörer von der Gabel und wählt die Nummer in Stockbridge. Er wartet, bis die Ansage zu Ende ist, seine Ansage. Dann sagt er: »Jefferson, nehmen Sie bitte ab, wenn Sie da sind. Ich habe Ihnen etwas zu sagen.«

Will, der das zweite Glas Scotch in der Hand hat, zögert zuerst, hebt dann aber ab. »Adams?«

»Da bist du ja.«

»Du kommst doch morgen hierher?«

»Natürlich ... Es gibt da noch was, das ich dir sagen wollte.«

»Was denn?«

»Ich hatte einen Anruf von einer Psychiaterin aus L. A.« John berichtet Will über das Gespräch mit Gerdy MacDaniel.

»Mein Gott«, sagt Will. »Ich erinnere mich an Babe Overton. Ein hübsches Mädchen. Wir waren beide scharf auf sie.«

»Diese MacDaniel glaubt nicht, dass Babe gewalttätig ist, aber sie hält es für ratsam, wenn wir auf der Hut sind.«

»Ist Babe denn gefährlich?«

»Ich weiß nicht. Aber vielleicht steckt sie hinter der Vermisstenanzeige.«

»Glaubst du?«, fragt Will, dem der Kopf ganz schön brummt, nachdem er schon einige Promille intus hat.

»Wer weiß das schon«, sagt John. »Ich weiß gar nicht mehr, was ich noch denken soll.«

»Warum bewegst du nicht deinen Hintern hierher, damit wir uns überlegen können, was wir tun sollen und wie wir mit diesem ganzen Chaos fertig werden?«

»Du hörst dich an, als hättest du getrunken«, sagt John.

»Nur ein Schlückchen.«

John hält es für besser, das Thema nicht zu vertiefen. Er weiß, dass Will in letzter Zeit zu Hause ziemlich viel gesoffen hat, und das ist nicht gut. »Ich hab ja schon gesagt, dass ich morgen Mittag komme.«

Sie verabschieden sich und legen auf.

John seufzt und denkt wieder an Wills Sauferei. Er weiß, dass sein Bruder stets wenig Alkohol getrunken hat. In letzter Zeit jedoch säuft Will wie ein Loch.

Will leert sein Glas. Er fragt sich, wie Babe Overton heute wohl aussehen mag. Als er über Babe nachdenkt, muss er automatisch auch an Frank denken, doch dazu hat er wirklich keine Lust. Daher geht er wieder zur Bar und füllt sein Glas nach.

Anschließend kehrt er an den Schreibtisch zurück und drückt auf die Wiedergabe der eingegangenen Nachrichten. Eine nach der anderen läuft ab. Die meisten sind schrecklich langweilig.

Er ist jetzt bei Nummer vierzehn. Nummer fünfzehn. Sechzehn. Will hört nur mit halbem Ohr hin. Er hört nur ferne Stimmen. Er sitzt mit halb geschlossenen Augen am Schreibtisch und hofft, dass der Scotch ihn ins Reich der Träume schickt. Auf ins Niemandsland.

Siebzehn. Achtzehn. Neunzehn.

Plötzlich dringt aus dem großen, außerirdischen Innern des Anrufbeantworters eine vertraute Stimme an sein Ohr. Eine sehr vertraute Stimme. Und als Will Hancock diese Stimme hört, ist er auf einmal vollkommen nüchtern.

»Hallo. Ich habe Ihren Namen und Ihre Telefonnummer von einem Freund erfahren. Ich würde gerne mit meiner Familie im Juli oder August einen schönen Sommerurlaub machen. Mit meinem Mann und meinen beiden Söhnen. Vielleicht in Skandinavien, aber ich hätte gerne Vorschläge von Ihnen und eine Reiseleitung. Jemand, der die Reise für uns organisiert, uns an die Hand nimmt, damit wir richtig entspannen können und Spaß haben.«

»Sie wurden mir wärmstens empfohlen. Deshalb hoffe ich, dass Sie sich so schnell wie möglich mit mir in Verbindung setzen. Mein Name ist Clara Dare Hancock. Meine Nummer in Boston ist 617-555-9917. Leider bin ich erst am Freitag oder Samstag wieder unter dieser Nummer zu erreichen. Es wäre besser, wenn Sie mich in New York, im Ambassador Hotel, am Mittwochnachmittag nach zwei Uhr anrufen. Dann könnten wir die Reise sofort planen. Ich verschiebe nicht gerne etwas. Und Sie?«

»Hier ist noch einmal Clara Dare Hancock. Ich glaube, die Nummer vom Ambassador Hotel ist 212-994-4000. Sollten Sie gerade in New York sein, wäre es vielleicht am besten, wenn Sie zu mir ins Hotel kommen. Das Ambassador liegt an der Fifth Avenue und der sechsunddreißigsten Straße am südlichsten Zipfel des Central Park. Ciao.«

Will ist vom Stuhl hochgesprungen. Er atmet schnell und hektisch und kotzt auf die Kieferndielen des Fußbodens.

Will ist bekannt dafür, dass er sich übergibt, wenn die Lage kritisch wird.

Weitere Rückblicke

DIE ABSCHLUSSFEIER

An einem wunderschönen, verheißungsvollen Spätfrühlingstag Anfang Juni 1981 schlossen die Hancock-Brüder ihr Studium an der Harvard University ab. Das Universitätsgelände sah an diesem Nachmittag wundervoll aus: strahlender Sonnenschein, blühende Blumen und zwitschernde Vögel. Die roten Roben der Hochschulabsolventen flatterten in der sanften Brise. Der Saal war bis auf den letzten Platz mit lächelnden Eltern und Großeltern, Geschwistern, Tanten und Onkeln gefüllt. Wie Heiligenscheine schwebte eine Aura der Freude über den Köpfen der stolzen Verwandten. Immerhin entließ die Harvard University zum ungefähr dreihundertvierzigsten Mal ihre Absolventen ins Leben.

Die Hancock-Brüder hatten keine Verwandten, die ihnen hätten gratulieren können. Nur ihre Mentorin, Zelda Cosgrove, und eine Hand voll anderer Professoren, die sie während ihres Studiums unterrichtet und ermutigt hatten. Die Hancocks waren kürzlich einundzwanzig Jahre alt geworden, doch deutlicher denn je war ihnen bewusst, dass sie Waisen waren.

Das alles mag sich vielleicht ein wenig zu dramatisch anhören. Die Jungen hatten immerhin ein Dach über dem Kopf. Sie wohnten nur einen Katzensprung vom Campus entfernt auf der Prescott Street. Das erste Stockwerk dieses umgebauten Reihenhauses mit dem abblätternden Mauerwerk und der durchhängenden Veranda war vielleicht nicht die tollste Behausung auf Erden, aber sie war billig und praktisch. Zum ersten Mal hatten John und Will beide ein eigenes Zimmer.

Nach langen Diskussionen darüber, was sie jetzt mit ihrem Leben anfangen sollten, hatten die Hancock-Brüder beschlossen, an der Harvard University zu bleiben und den Magisterabschluss in kreativem Schreiben zu erwerben. Diesen Vorschlag hatte ihnen Professorin Zelda Cosgrove gemacht, die unbedingt weiterhin Einfluss auf die Hancocks nehmen wollte. Zelda befürchtete, die Jungen aus den Augen zu verlieren, wenn sie erst flügge geworden waren.

John hatte die Idee zunächst nicht gefallen, nach dem Studienabschluss weiterhin in Cambridge herumzuhängen. Er war der Meinung, dass vier Jahre genügten. Er wollte raus, wollte einen freien Kopf bekommen, Neues kennen lernen.

»Es ist mir egal«, sagte er zu seinem Bruder, »ob wir Schriftsteller oder Ärzte oder Fahrradmechaniker werden. Ich finde, wir sollten uns jetzt die Welt anschauen.«

»Finde ich auch«, erwiderte Will, obwohl er nur ungern die Sicherheit der Cambridge-Gemeinschaft verlassen wollte. »Wir haben da allerdings ein kleines Problem.«

»Und das wäre?«

»Geld.«

»Geld?«

»Wir haben keinen müden Dollar. Ja, wir haben sogar Schulden. Unser Studiendarlehn. Das müssten so an die fünfundzwanzigtausend Dollar sein.«

»Das haben wir diesem Scheißkerl Hagstrom zu verdanken! Wenn dieses Arschloch uns nicht über den Leisten gezogen hätte, wären wir aus dem Schneider. Wir hätten uns im Sommer Europa anschauen können.«

»Meinst du?«, fragte Will.

»Natürlich. Aber mach dir mal keine Sorgen. Wir werden nach Europa und in jeden anderen Winkel der Erde fahren. Du wirst schon sehen.« Das Konzept von *Abenteuerreisen* hatte sich bereits in Johns ruheloser Fantasie festgesetzt.

In jenem Sommer kamen die Jungen nur bis zum Baxter-Freizeitpark in Maine. Dort machten sie eine Woche Wander- und

Campingurlaub. Die Reise konnten sie sich nur leisten, weil sie im Juni, Juli und fast den ganzen August Aushilfsjobs an der Uni angenommen hatten. Sie strichen Wände und Decken von Schlafräumen, reinigten Dachrinnen, mähten Gras und schnitten Hecken.

Sogar als sie ihr Studium im Herbst fortsetzten, mussten sie arbeiten, um ihre Rechnungen bezahlen zu können. Sie brauchten Geld für die Miete, für Lebensmittel, Bücher und Garderobe.

Und ständig lag ihnen Professorin Zelda Cosgrove in den Ohren, dass sie endlich mit ihrem Roman beginnen sollten, um ihre Schriftstellerkarriere zu starten.

»Und wann sollen wir diesen blöden Roman schreiben?«, fragte John jedes Mal.

»Das liegt an euch«, erwiderte Zelda stets. »Ayn Rand hat ihren Roman *Der Ursprung* mitten in der Nacht geschrieben, weil sie sich um ihre Kinder kümmern musste und einen Ganztagsjob hatte.«

»Was haben wir denn mit Ayn Rand zu tun?«

»Also gut, also gut!«, schimpfte Zelda. »Dann verschleudert euer Talent! Spielt Basketball, geht in die Kneipe oder rennt den Frauen hinterher. Ist mir doch egal. Tischt mir aber nicht die fadenscheinige Entschuldigung auf, ihr hättet keine Zeit. Wenn ihr wollt, könnt ihr euch die Zeit schon nehmen.«

John verließ jedes Mal das Zimmer, wenn Zelda ihnen Predigten hielt. Ihm stand nicht der Sinn danach, sich Kritik anzuhören.

Will jedoch blieb fast immer und hörte sich an, was Zelda zu sagen hatte. Eines Tages fragte er sie: »Angenommen, wir würden uns jetzt an die Arbeit machen. Um was geht es? Wie fangen wir an?«

Will hatte schon seit Monaten versucht, mit dem Roman zu beginnen. Er hatte es keinem gesagt, dass er in jeder freien Minute daran gearbeitet hatte. Leider besaß er keine so blühende Fantasie wie John. Will hatte Schwierigkeiten, aus dem Nichts eine Story zu erfinden. John konnte stundenlang leere

Blätter beschreiben – fast pausenlos. Will hingegen hatte Angst vor weißen Blättern. Sein Talent kam zum Zuge, wenn sein Bruder den ersten Entwurf geliefert und den inspirierenden Funken gezündet hatte.

Zelda hatte schon lange über den ersten Roman der Hancocks nachgedacht. »Es geht um zwei Jungen im Internat«, sagte sie zu Will. »Es sind Zwillinge, die ihre Eltern verloren haben und nun alleine mit dem Leben fertig werden müssen.«

Will hörte sich alles an und machte sich wieder an die Arbeit. Doch er schaffte es nicht. Jede Seite, die er schrieb, war mies. Er zerriss die Blätter und warf sie in den Müll.

Auch John arbeitete heimlich an einem ersten Entwurf. Weder sein Bruder noch Zelda wussten davon. Jedenfalls waren Zeldas Worte nicht auf taube Ohren gestoßen. Auch John wollte beweisen, dass er schreiben konnte.

Als er eines Nachts im Herbst keinen Schlaf fand, fing er an. Es begann als Kurzgeschichte für ein Seminar an der Uni, wurde dann aber immer umfangreicher. John schrieb ein Kapitel nach dem anderen. Fast ein ganzer Monat verging; dann erkannte er, dass die fünfundsiebzig Seiten, die er geschrieben hatte, die Einleitung für einen richtigen Roman darstellten. In jeder Nacht, in der er arbeitete – manchmal wie Ms Rand bis in die frühen Morgenstunden –, spornte er sich mit dem Gedanken an, dass dies sein Weg aus der Misere sei. Wenn er Romane schrieb und verkaufte, könnte er seine Schulden bezahlen und nach Caracas oder Katmandu reisen, falls ihm der Sinn danach stand. Und genau das wollte John Hancock. Er wollte fremde Luft atmen, sich die Welt anschauen und aus dem Koffer leben.

Es bestand jedoch kein Zweifel daran, dass seine Romanhandlung allmählich aus dem Ruder geriet und seine Charaktere an Konturen verloren. Er brauchte Wills Unterstützung, und zwar schnell.

Am Thanksgiving Day waren die Jungen bei Zelda auf der Berkeley Street zum Essen eingeladen. Nach dem Essen holte John zwei Ausfertigungen seines getippten Manuskripts aus der Tasche, das mittlerweile auf hundert Seiten angewachsen war. Er reichte seinem Bruder und Zelda je ein Exemplar.

Beide machten schockierte Gesichter.

»Ihr könnt es lesen, wenn ihr Zeit habt, und dann sagt ihr mir, was ihr davon haltet«, erklärte er.

Zelda lächelte, stand auf und ging in ihr Schlafzimmer. Bevor sie die Tür schloss, sagte sie: »Geht nicht weg, bis ich zurück bin.«

Zelda blieb mehr als eine Stunde in ihrem Schlafzimmer. Will hatte keine Lust, das Manuskript im Beisein seines Bruders zu lesen; deshalb schalteten sie die Flimmerkiste ein und schauten sich an, wie die Detroit Lions die Philadelphia Eagles zur Schnecke machten.

Mehrmals hörten sie Zelda laut lachen.

Als sie zurückkam, lautete ihr kurzer Kommentar: »Nicht übel. Streckenweise noch ein bisschen holperig, aber du hast ein paar sehr gelungene Szenen geschrieben.« Sie schaute John in die Augen. »Ich möchte, dass du weiterschreibst, bis der erste Entwurf fertig ist. Kümmere dich nicht um die Details. Wir werden das zusammen ausarbeiten.« Dann wandte sie sich an Will. »Du musst diese Seiten mindestens zwei-, dreimal durchlesen. Setz dich mit der Geschichte auseinander und mit dem, was dein Bruder bisher geschrieben hat. Dann fängst du bei Seite eins an und bearbeitest den Text. Du hast das Talent dafür.« Zelda war ganz aufgedreht und ging in dem kleinen Zimmer immer auf und ab. »Wenn ihr nicht locker lasst und wir einen guten Schluss finden, können wir mit dem Roman einen Treffer landen!«

John lächelte glückselig. Wäre er ein Hund gewesen, hätte er mit dem Schwanz gewedelt.

Will sah nicht ganz so glücklich aus. Er war sauer, weil sein Bruder die Existenz des Manuskripts die ganze Zeit verschwiegen hatte. Trotzdem ging er an diesem Abend nach

Hause und fing sofort an zu arbeiten, wie Frau Professor es verlangt hatte.

John und Will arbeiteten den ganzen Winter hindurch bis in den Frühling an ihrem Roman. Zelda überwachte ihre Fortschritte mit fanatischem Eifer. Sie trafen sich wöchentlich, um über den Inhalt zu diskutieren und eventuelle Probleme zu lösen. John kam selten zu diesen Treffen. Er behauptete, dass er die Zeit nutzen wolle, um zu schreiben. Normalerweise jedoch hing er in einer Kneipe herum, trank und spielte Billard, während Will und Zelda sich ins Manuskript vertieften.

Es war kein großer Nachteil, dass John nicht zu den Treffen erschien. Er hatte sozusagen den Treibstoff geliefert. Will musste jetzt dafür sorgen, dass der Motor richtig lief. Er musste den Ölwechsel und die Inspektion vornehmen. Mit Hilfe von Zeldas unerhört scharfem Blick schaffte es Will, die Vorlage seines Bruders in einen gut lesbaren, fesselnden Text zu verwandeln.

Zelda, die mit der ersten Hälfte des Manuskripts sehr zufrieden war, suchte Mitte März 1982 Mr Leland Fisher auf. Leland hatte noch nicht die Verantwortung für das Familienunternehmen übernommen, doch er hatte ein kleines Büro in dem hübschen, alten, braunen Sandsteingebäude auf der Beacon Street gleich am Boston Common.

Leland kam und ging, wann es ihm beliebte, denn er hielt es für wichtiger, mindestens einmal am Tag besoffen oder bekifft zu sein. Offiziell war Leland Herausgeber bei Boston Press und hatte die Befugnis, Bücher zu kaufen und zu veröffentlichen. Sein Vater ermunterte ihn in einem Akt schändlicher Vetternwirtschaft dazu.

Zelda wusste das alles. Und bei Boston Press kannte Zelda alles und jeden. Sie kannte Leland Fisher und Lelands Vater seit Jahren, und sie wusste, dass Leland der Titel des Romans der Hancock-Brüder gefallen würde: *Internatsblues.* Auch Leland hatte ein Internat besucht. Sie warf ihm das Manuskript auf den Schreibtisch, beugte sich so weit vor, dass er ihren üppigen Busen sehen konnte, und bat ihn, einen Blick hineinzuwerfen.

»Da rein?«, fragte Leland und zeigte auf Zeldas Ausschnitt.

»Nein«, erwiderte sie und klopfte auf das Manuskript. »Da rein.«

»Und was ist das? Hoffentlich nicht so ein langweiliges Gesülze von einem deiner mürrischen, frustrierten Studenten.«

»Ich glaube, du wirst es amüsant, vielleicht sogar rührend finden.«

Leland täuschte Entsetzen vor. »Ich hasse es, gerührt zu sein.«

»Nein, du tust nur gerne so.«

Leland starrte Zelda mit schmachtendem Blick an. »Gehst du mit mir ins Bett, wenn ich es lese?«

»Auf gar keinen Fall.«

»Auch nicht, wenn ich es dir für eine Million Dollar abkaufe und veröffentliche?«

»Selbst dann nicht.«

Leland schmollte, las aber dennoch das Manuskript. Er las es in den nächsten Tagen fünfmal. Zuerst las er es betrunken, dann nüchtern, dann bekifft, dann betrunken und dann noch einmal nüchtern. Und jedes Mal lachte er aus vollem Halse.

»Das ist wirklich klasse«, sagte er zu Zelda.

»Gefällt es dir?«

»Gefallen? Es ist fantastisch. Dieser Typ kann wirklich schreiben. Wer ist er?«

»Nicht er«, berichtigte Zelda ihn. »Sie. Es sind zwei. Brüder. Zwillingsbrüder. Eineiige Zwillinge. Die Hancocks. Keine Verbindung zu John Hancock, obwohl sie es gerne so darstellen. Sie lügen andauernd. Ein ziemlich verkorkstes Paar. Sie haben als Halbwüchsige ihre Eltern verloren. Vom psychologischen Standpunkt aus sind sie eine Katastrophe.«

»Aber sie können schreiben.«

»Ja. Und wenn man bedenkt, dass sie gerade erst einundzwanzig sind! Sie werden in ein paar Monaten zweiundzwanzig.«

»Ach du lieber Himmel«, sagte Leland und beugte sich zu seiner Minibar hinunter, die in der untersten rechten Schreibtischschublade untergebracht war. »Jetzt kann ich einen Schluck vertragen.«

»Wirst du es kaufen?«, fragte Zelda. »Willst du es veröffentlichen?«

Leland mixte sich einen Drink aus Bourbon und Wasser. »Wie soll das Geschäft denn aussehen? Bist du ihre Agentin? Ihre Mentorin? Was springt für dich dabei heraus?«

»Nichts, Leland. Überhaupt nichts. Abgesehen von der Freude, dass außergewöhnlich gute Prosa unters Lesepublikum gebracht wird.«

Leland nippte an seinem Glas. »Weißt du, Zelda, es ist witzlos, mit einer so ehrlichen, selbstlosen Seele zu verhandeln. Das nimmt der Sache den ganzen Pfiff.«

»Tut mir Leid, Schätzchen. Ich werde versuchen, ein mieses Stück zu sein.«

Leland lachte und nahm noch einen Schluck. »Und wann bekomme ich den Rest zu sehen?«

»Das wird nicht lange dauern«, erwiderte Zelda. »Irgendwann im Sommer.«

»Die schreiben wohl ziemlich schnell, was?«

»O ja, sehr schnell. Ich muss nur dafür sorgen, dass sie sich auf ihre vier Buchstaben setzen.«

»Dann spielst du auch noch die Mutter?«

»So ungefähr. Wie wäre es mit ein bisschen Geld, Leland?«

Leland war der Meinung, dass es noch zu früh war, einen Vertrag aufzusetzen. Er wollte zuerst das fertige Manuskript sehen und dann ein Angebot machen. Doch er gab den Jungen fünftausend Dollar von seinem eigenen Geld, damit sie ihr Buch zu Ende schreiben konnten. Mit dem Geld war lediglich die Bedingung verknüpft, dass er das fertige Manuskript als Erster lesen durfte.

John und Will arbeiteten den ganzen Frühling hindurch bis in den Sommer hinein an ihrem Buch. Sie nahmen sogar etwas von dem Geld, um sich Ende Juli für zwei Wochen ein Zimmer auf Martha's Vineyard zu mieten. In dem moosbewachsenen Landhaus außerhalb von Chilmark gaben sie ihrem Manuskript den letzten Feinschliff.

John glaubte, dass sie jetzt frei seien.

Will glaubte, dass es nur ein Anfang sei.

John wollte das zweite Studium abbrechen und durch die Welt reisen.

Will wollte weiterstudieren.

Zelda ergriff natürlich für Will Partei. Nachdem sie das gesamte Manuskript gelesen hatte, fragte sie John: »Was soll die Eile? Ich bin sicher, dass Leland den Roman kaufen wird, aber er wird nicht viel zahlen. Es ist euer erster Roman. Ihr müsst Geduld haben.«

Leland kaufte den Roman für fünfzehntausend Dollar. Das war für einen Erstling nicht schlecht.

Doch John hatte auf viel mehr gehofft.

Will hingegen war rundum zufrieden und erklärte, sie sollten sofort mit dem zweiten Buch beginnen.

John hatte andere Vorstellungen. *Internatsblues* hatte ihn viel Zeit und Energie gekostet. Jetzt wollte er wieder Basketball spielen, Bier trinken und hübschen Mädchen nachstellen.

Will versuchte, alleine mit dem zweiten Buch zu beginnen, hatte aber keinen Erfolg. Ohne seinen Bruder ging es nicht. John musste den ersten Entwurf schreiben. Als Will auf die leeren Seiten starrte, bekam er Kopfschmerzen und Sodbrennen.

Als ihr zweites Jahr des Magisterstudiums begann, versprach Leland Fisher ihnen, *Internatsblues* würde im Herbst erscheinen. Ursprünglich wollte Leland den Roman im Frühjahr veröffentlichen, doch Zelda hatte sich auf seinen Schoß gesetzt, ihren Busen an seine Brust gepresst und Leland gebeten, die Veröffentlichung um ein paar Monate vorzuziehen. Sie wusste, dass John störrisch wurde, und wollte nicht, dass er oder sein Bruder ihr in nächster Zeit entwischten. Professorin Cosgrove wollte ihren Anteil am Ruhm, wenn der Lobgesang erst einsetzte. Zelda rührte schon die Werbetrommel.

Internatsblues war kein langer Roman. Er bestand nur aus fünfundsiebzigtausend Wörtern. Es gab nur einen Schauplatz: die Canterbury Prep. Canterbury Prep war ein kleines privates Internat im westlichen Connecticut. Es besaß riesige Rasenflächen, große, Schatten spendende Bäume und mit Efeu überwucherte Gebäude aus der guten alten Zeit. In seiner Broschüre bezeichnete sich Canterbury Prep als »Schule für blaublütige, steife Hemden«. Jeder war in Canterbury Prep willkommen, solange er »weiß, gesund und überzeugter Protestant« war.

»Wir erziehen Snobs«, pflegte der Direktor den Eltern zukünftiger Schüler zu sagen.

Canterbury Prep wirkte auf den ersten Blick wie ein langweiliger, konservativer Ort, an dem junge Lords und Ladys aus reichem Hause auf Harvard, Radcliffe, Smith, Princeton und Yale vorbereitet wurden. An der Canterbury Prep hörte man selten ein unhöfliches Wort; alle hier besaßen ausgezeichnete Manieren. Das Motto der Schule – WAHRHEIT, EHRLICHKEIT, ACHTUNG – prangte auf einer goldenen Tafel über dem Haupteingang. Aber natürlich war nicht alles so, wie es schien. Wenn man an der Oberfläche kratzte, blutete aus all der Wahrheit, Ehrlichkeit und Achtung dickes blaues Blut.

Zelda, die unermüdlich die Werbetrommel rührte, bejubelte *Internatsblues* als »zeitgenössisches Meisterwerk in der Tradition von *Der Fänger im Roggen, Ein anderer Frieden* und *Diesseits des Paradieses*.«

Das war vielleicht etwas übertrieben, doch die Brüder hatten in der Tat eine sehr lebhafte und mitreißende Geschichte geschrieben, in der es auch um Geld, gutes Auftreten und Moralvorstellungen ging – Werte, die von den Hancocks mit jugendlichem Witz und respektlosem Humor niedergeknüppelt wurden.

Jetzt konnten sie nur noch warten, dass Leland ihren Roman veröffentlichte. Und sie warteten auf die Kritiken. Sie waren gespannt, wie der Roman sich verkaufte und ob er den Lesern gefiel. Sie warteten und warteten.

EIN BRIEF & EIN ANRUF

Während sie warteten, kamen mit der Post ein Brief, ein Scheck und eine Rechnung. Das war ein paar Wochen vor Weihnachten 1982.

Lieber John, lieber Will!

Ich hoffe, es geht euch gut. Ich weiß, dass es schon eine Weile her ist, seit wir das letzte Mal miteinander gesprochen haben. Dafür möchte ich mich entschuldigen.

Wie ihr aufgrund dieser langen Verzögerung sicher schon vermutet habt, war es unglaublich schwierig, den Nachlass eurer Eltern zu regeln. Es hat unsere Kanzlei enorm viel Zeit und Geld gekostet, Ordnung in die vielen Geschäfte eures Vaters zu bringen. Seine Investitionen in Mexiko waren besonders kompliziert. Doch ich freue mich, euch mitteilen zu können, dass die Angelegenheit nun endlich geklärt werden konnte.

Lange Zeit glaubte ich, dass die Situation noch schlimmer aussähe und unterm Strich noch weniger Geld herauskäme, als es letztendlich der Fall war. Bis letzten Monat hatte ich die Befürchtung, keinem von euch auch nur einen Cent schicken zu können. Umso mehr freue ich mich, diesem Brief nun einen Scheck über 17.753,13 Dollar beilegen zu können. Das ist nicht gerade ein Vermögen, aber besser als nichts. Und sicher werdet ihr sehr froh sein zu erfahren, dass sämtliche Verbindlichkeiten eurer Eltern vollständig beglichen wurden.

Mit einer kleinen Ausnahme. Ich bedauere es außerordentlich, doch ich muss eine Rechnung von Hagstrom, Hays, Bennett, Barlow & Lunt beilegen. Allerdings erwarte ich keineswegs, dass ihr die Rechnung bezahlt, bevor ihr finanziell auf eigenen Füßen steht. Die Summe von 46.850,68 Dollar ist nur ein Bruchteil des Geldes, das unsere Kanzlei ausgegeben hat, um den Nachlass zu regeln. Allein im letzten Jahr habe ich fast zwei Monate in eurem Auftrag in Mexiko verbracht. Nur weil ich euch gegenüber eine väterliche Verantwortung empfinde, werde ich euch nicht mit weiteren Schulden belasten.

Ihr könnt mich jederzeit anrufen, wenn ich einem von euch helfen kann. Frohe Weihnachten, und möge der Herr in dieser glückseligen Zeit mit euch sein.

Mit freundlichen Grüßen
euer Frank Hagstrom

»Nicht zu fassen, was dieser Hurensohn sich erlaubt!«, rief John und wedelte mit dem Brief durch die Luft.

»Der hat vielleicht Nerven!«

»Zwei Monate in Mexiko!«

»Von unserem Geld.«

»Den mach ich kalt!«

»Ich helfe dir.«

»Es wäre in Dads Sinn, dass wir den Drecksack alle machen.«

»Wir sollten ihn in Stücke reißen!«

Die Jungen kochten vor Wut und überlegten sich in den Tagen darauf wieder und wieder, was sie mit Frank Hagstrom anstellen sollten. Sie wussten nicht, wie viel Geld Hagstrom ihnen gestohlen hatte, konnten sich aber sehr gut vorstellen, dass es eine gewaltige Summe war.

Siebzehn Riesen! Sie konnten nicht glauben, dass sie nach all den Jahren mit siebzehntausend Dollar abgespeist wurden. Sie hatten mit Millionen gerechnet.

Es war zwei Wochen später am ersten Wintertag, der in Boston stets kalt und düster ist. John Hancock gefiel die Aussicht überhaupt nicht, die Weihnachtsferien in ihrer scheußlichen kleinen Wohnung zu verbringen und sich den Hintern abzufrieren. Kurz entschlossen ging er zu einem Reisebüro auf der Bow Street und kaufte für den ersten Weihnachtstag zwei Tickets nach Belize. Er wollte schon seit Jahren nach Belize, und jetzt war der richtige Zeitpunkt.

Will machte nur verhaltene Einwände. Erstens brauchte auch er mal Urlaub, und zweitens wusste er, dass sein Bruder sich ohnehin nicht von seinem Vorhaben abbringen ließ.

Am Heiligen Abend saßen sie mit Zelda und Leland zusammen. Sie stießen auf den Erfolg von *Internatsblues* und allen zukünftigen Projekten an. Gegen zehn Uhr verabschiedeten sie sich, um ihre Koffer zu packen. Zelda gab ihnen einen Abschiedskuss und bat sie anzurufen, damit sie sich keine Sorgen zu machen brauche.

Als die Jungen nach Hause kamen, klingelte das Telefon. Will hob ab. »Hallo?«

»Mr Hancock?«

»Ja?«

»Ist dort John oder Will?« Die Stimme war schleppend und undeutlich.

»Wer ist denn da?«

»Edison ... Maxwell Edison ... Erinnern Sie sich an mich?«

»Natürlich erinnere ich mich«, erwiderte Will, legte eine Hand auf die Muschel und flüsterte seinem Bruder zu: »Das ist der Anwalt aus L. A., den wir vor ein paar Jahren engagiert haben, damit er Hagstrom überprüft. Maxwell Edison.«

»Was will der denn? Jetzt sag bloß nicht, der will uns auch noch Geld klauen. Der Mistkerl hat doch gar nichts für uns getan. Der hat uns doch nur hingehalten und gesagt, dass viel Geld verloren gegangen sei.«

»Das hab ich dir doch schon vor anderthalb Jahren gesagt.«

»Halte mir jetzt keine Vorträge«, knurrte John. »Frag ihn lieber, was er will.«

»Ich glaube, er hat einen in der Krone.«

»Ich gehe an den anderen Apparat.« John ging in sein Zimmer und nahm den Hörer des Nebenanschlusses ab.

»Ich wollte Sie anrufen«, lallte Maxwell Edison, »und ... und ... und Ihnen und Ihrem Bruder frohe Weihnachten wünschen. Und ich wollte Ihnen sagen ... dass alles, was ich gesagt habe ... im letzten Jahr ... über Frank Hagstrom ... dass Frank Hagstrom keine krummen Touren gemacht hätte ... nun, das war ... das war gelogen. Dicke, fette Lügen.«

»Lügen?«, fragte Will.

»Lügen«, erwiderte Maxwell. »Ich würde sagen, zwei Millionen ... vielleicht sogar drei Mill ...«

»Zwei Millionen *was,* Mr Edison?«, wollte John wissen.

»Dollar!«, rief Maxwell Edison. »Zwei ... Millionen ... Dollar!«

Max Edison hatte ganz schön gebechert und einige Promille im Blut. Die Sauferei hatte seine Gewissensbisse an die Oberfläche gespült. Max, der am Heiligen Abend ganz allein in seiner Wohnung saß, hatte plötzlich das heftige Verlangen verspürt, sein Herz auszuschütten. Deshalb hatte er die Nummer der Hancocks gewählt.

»Gestohlen! Ich sag's Ihnen ... Erschwindelt! ... Unterschlagen! ... Und niemand wird es je erfahren. Niemals! Ein ganz gerissener Fuchs ... diese Schweinebacke ... dieser Frank Hagstrom! Der macht keinen Schritt ... nicht einen winzigen Schritt ... ohne seine Spuren zu verwischen.«

Die Hancock-Brüder versuchten, Maxwell Fragen zu stellen. Sie bemühten sich, mehr Informationen zu bekommen, weitere Einzelheiten zu erfahren und genau herauszufinden, wie viel Geld Hagstrom ihnen gestohlen hatte. Sie bearbeiteten Max Edison bestimmt zwanzig Minuten lang.

Leider hatte Max die Jim-Beam-Flasche fast schon geleert. Der hochprozentige Alkohol hatte sein Hirn und seine Zunge in eine breiige Masse verwandelt. Max konnte nur noch lallen, redete unzusammenhängendes Zeug. Dann warf er das Telefon zu Boden. Die Jungen konnten im Hintergrund sein

Jammern und Lamentieren hören, doch diese Laute erinnerten nicht mehr an ein Mitglied der kalifornischen Anwaltskammer, sondern eher an ein tollwütiges Tier.

Die Hancock-Brüder legten auf und packten ihre Sachen. Die drei Millionen Dollar und der gute Name ihres Vaters gingen ihnen nicht mehr aus dem Kopf.

Ein paar Tage später war Will tot. An der Küste von Caye Caulker ertrunken. Fischfutter.

Jedenfalls wurde es so von John Hancock, der in Wirklichkeit Will Hancock war, in der Öffentlichkeit verbreitet.

CLARA LERNT DIE HANCOCKS KENNEN

Das Bostoner Athenaeum. Ende Juni 1991. Achteinhalb Jahre nach dem Anruf von Maxwell Edison. Fast achteinhalb Jahre nach Will Hancocks »Tod«. Acht Jahre nach der Veröffentlichung von *Internatsblues.* Ein schwüler Sommerabend. Ein Empfang für die Buchhändler. Die Veranstalter luden John Hancock ein, weil er ein hiesiger Autor war und sein neuer Roman in den Buchhandlungen stand.

Er hielt sich im eleganten Bow Room des Athenaeums auf, signierte Exemplare von *Der Mörder* und nippte an einem nicht sehr trockenen Martini, als diese große, hübsche Blondine mit den längsten Beinen, die John je gesehen hatte, in den Raum rauschte. Auf ihrem Gesicht lag dieser leicht verärgerte Ausdruck, den John schon bei vielen attraktiven Frauen gesehen hatte. Vielleicht war es eine Art Abwehrsignal, weil sie ständig von Männern angestarrt und belästigt wurden.

Und genau das tat John Hancock den ganzen Abend, jedoch ohne Erfolg.

Zwei Wochen später ließ John sich dennoch von der gemeinsamen Freundin Linda Carson die Telefonnummer von Clara geben, rief sie an und lud sie zum Essen ein. Sie zögerte zuerst, willigte dann jedoch ein.

John überlegte lange, wohin er mit ihr gehen sollte, und entschied sich schließlich für den Library Grill an der Ecke Beacon und Brimmer. Das war eine ausgezeichnete Wahl. Das Essen schmeckte vorzüglich, und in dem Lokal herrschte ein nettes Ambiente. Außerdem hatten sie an diesem luftigen Juliabend einen schönen Blick auf den Stadtpark.

John schaffte es sogar, Clara zum Lachen zu bringen. Das war nicht ganz einfach. Er musste drei oder vier Scherze machen, bevor Clara endlich auftaute.

Nach dem Essen bummelten sie durch den Park. Sie hielten sich nicht an den Händen. Sie küssten sich auch nicht, als John Clara nach Hause brachte. Doch als sie auf der Commonwealth Avenue vor der Haustür standen, sagte Clara zu ihrer eigenen Verwunderung: »Nächste Woche beginnt im Museum der Schönen Künste eine Van-Gogh-Ausstellung. Am Vorabend findet ein Empfang im Museum statt. Hätten Sie Lust, zu kommen?«

Natürlich hatte John Lust. Wie jedes Mal hatte er sich Hals über Kopf verliebt. Er wäre Clara bis ans Ende der Welt gefolgt. Sogar in ein Museum, um dort auf Bilder zu starren, auch wenn es nicht gerade zu Johns Lieblingsbeschäftigungen zählte.

»Das wäre großartig«, sagte er. »Ich liebe van Gogh.« Das stimmte zwar nicht, aber John kannte van Goghs Werke. Er war erstaunt, dass der Typ mit seinen Bildern so berühmt geworden war.

Wie das Schicksal so spielte, musste John am Morgen der Spendenaktion mit *Abenteuerreisen* nach Alaska. Am Tag vor seinem Abflug erzählte er Will von Clara Dare und der Veranstaltung im Museum. John zögerte, seinen Bruder zu bitten für ihn einzuspringen, gelangte schließlich aber zu dem Schluss, dass Will einen ausgezeichneten Eindruck machen würde, denn er kannte sich mit Kunst und Künstlern sehr gut aus.

Will erklärte sich nur ungern einverstanden, mit der neuesten Flamme seines Bruders zu dem Empfang zu gehen. Will mochte keine Partys, keine Menschenansammlungen. Er hatte auch keine Lust, sich mit der Freundin seines Bruders zu treffen. Was Frauen anging, hatten er und John unterschiedliche Geschmäcker. John liebte gut aussehende Damen mit langen Beinen. Will stand bei Frauen mehr auf geistigen Tiefgang.

Trotzdem verliebte Will Hancock sich auf den ersten Blick in Clara Dare. Kaum hatte er sie gesehen, wollte er sie heiraten und den Rest seines Lebens mit ihr verbringen.

Clara trug ein enges, perlmuttfarbenes Kleid. Es schmiegte sich wie eine zweite Haut an ihren schlanken Körper. Als sie durch den Eingang des Museums der Schönen Künste gingen, hakte Clara sich bei Will ein. Will fühlte sich, als wäre er unterwegs zur Oscarverleihung. Die Männer trugen schwarze Smokings, die Frauen Designerkleider und viel Schmuck. Will ging solchen Festivitäten normalerweise aus dem Weg, doch mit der hinreißenden Clara am Arm fühlte er sich, als könnte er die Welt aus den Angeln heben.

Will spielte natürlich die Rolle seines Bruders John – eine Rolle, die er zu dem Zeitpunkt fast schon zehn Jahre in der Öffentlichkeit spielte, allerdings nur bis zu einem bestimmten Punkt. Wie John besaß auch er eine ausgeprägte Persönlichkeit und weigerte sich, sie gänzlich aufzugeben. Daher wussten alle, die John Hancock besser kannten, dass man diesen Mann nur sehr schwer einordnen konnte. Er galt als launischer, schwieriger Mensch. Manchmal war er heiter und gut gelaunt, manchmal grüblerisch und mürrisch. An einem Tag grüßte er freundlich, am nächsten ging er auf der Straße wortlos an einem vorbei. Manche hielten ihn für einen Snob, doch die meisten fanden ihn bloß exzentrisch. Natürlich wusste niemand, dass John gewissermaßen aus zwei verschiedenen Personen bestand.

An jenem Abend im Museum der Schönen Künste erzählte Will alias John keine Witze; er war ernst und kultiviert und hinterließ bei Ms Dare einen ausgezeichneten Eindruck. In einem Kunstseminar, das er als Student besucht hatte, war Will ein aufmerksamer Zuhörer gewesen. Er konnte sich kompetent und fachkundig über das Werk van Goghs äußern. Dass er wie sein Bruder der Meinung war, dass dieser Maler überbewertet wurde, behielt er natürlich für sich, denn Will erkannte, dass die reizende Ms Dare den verrückten Holländer liebte, und er wollte auf keinen Fall eine andere Meinung vertreten als sie. Sich zu verstellen, fiel ihm nicht schwer; er war schon seit langer Zeit ein perfekter Lügner.

Als Will und Clara durch die Ausstellungsräume schritten, blieben sie vor jedem Gemälde stehen, um es zu bewundern und darüber zu reden. Clara war beeindruckt, welch tiefes Wissen und welchen Kunstverstand der Mann besaß, mit dem sie sich verabredet hatte, und wie viel Achtung er dem Post-Impressionismus entgegenbrachte. Will war ebenfalls von Clara angetan. Sie sah nicht nur umwerfend aus, sondern bewies während ihres gemeinsamen Streifzuges durch die Malerei des neunzehnten Jahrhunderts, dass sie ein sehr *kluges* hübsches Mädchen war.

Die meisten Frauen, mit denen John ausging und die er dann an Will weitergab, damit dieser sie erprobte, waren geistige Tieffliegerinnen und kaum in der Lage, den inhaltlichen Schwachsinn der bekanntesten Hollywoodstreifen zu begreifen. Doch Will sah sofort, dass Clara hatte, was eine Frau haben sollte: Schönheit, Verstand und ein sicheres Auftreten. Will wäre im Traum nicht darauf gekommen, dass Clara Dare als Jane McGuire in einem miserablen Wohnheim im heruntergekommensten Viertel von Cambridge aufgewachsen war.

Auch der intelligente und einfühlsame Will alias John Hancock verliebte sich in Clara.

Eine Romanze begann.

Später an diesem Abend hielt Will die Hand Claras, als beide sich lange und zärtlich vor Claras Haustür küssten. Das war, *bevor* sie ihn einlud, noch auf einen Drink mit hinaufzukommen.

Doch an diesem Abend geschah nicht viel in Claras Wohnung, außer weiteren Küssen und ein paar leidenschaftlichen Umarmungen. Noch bevor Will sich auf den Weg machte, hatten sie eine neue Verabredung getroffen.

John schlief zuerst mit Clara, doch zu dem Zeitpunkt gingen sie schon zwei Monate miteinander aus. Clara gab sich nicht so schnell einem Mann hin. Deshalb war es umso schöner, als sie es schließlich doch tat.

John spielte den zärtlichen Liebhaber. Er ließ sich viel Zeit, was eigentlich nicht seine Art war. Normalerweise interessierte er sich viel mehr für seine eigenen Bedürfnisse als für die der jungen Dame, die unter ihm lag. Zwar sagte und tat er, was gesagt und getan werden musste, aber zuallererst dachte John an seine eigene Befriedigung.

Doch als er mit Clara im Bett lag, war alles anders. Das hatte mit der Liebe zu tun: John war zum ersten Mal im Leben verliebt. Die Liebe verändert die Männer. John liebte Clara auf ganz andere Weise als die Frauen, die er nur als sexuelles Intermezzo betrachtete. An erster Stelle standen für ihn Claras Wünsche und Bedürfnisse. John fand nur dann Befriedigung, wenn auch Clara Befriedigung fand.

Und so war es bei auch bei Will, der John spielte, und bei Clara.

Bei beiden Paaren bebte die Erde.

»Sie ist perfekt«, sagte Will zu John.

»Stimmt«, sagte John zu Will.

»Sie ist clever.«

»Sie ist wunderbar.«

»Sie hat Humor.«

»Sie ist sexy.«

»Sie könnte es sein, John.«
»Du hast Recht«, stimmte John zu. »Ich glaube ja.«
»Ich will sie.«
»Ich auch.«
Will seufzte. »Und was tun wir jetzt?«
John zuckte mit den Schultern. »Es gibt nur eine Lösung.«
Will dachte darüber nach und runzelte die Stirn. »Nein, das können wir nicht tun.«
»Doch, können wir.«
»Mein Gott, John, das ist doch krank. Die ganze Idee ist verrückt!«
»Wir können Clara gemeinsam glücklich machen. Und uns auch. Das ist doch großartig.«
»Es ist nicht richtig.«
»Quatsch. Wer kann schon sagen, was richtig und was falsch ist? Ich finde, für uns ist es richtig. Für alle drei.«
Will sah unsicher aus. Er hatte schon ein paar schlimme Dinge in seinem Leben getan. Schreckliche Dinge. Aber das hier konnte die schlimmste Sache von allen werden. Er schüttelte den Kopf.
»Vielleicht sagt sie ja Nein, und dann brauchen wir uns keine Gedanken mehr darüber zu machen.«
»Und wenn sie Ja sagt?«
»Wenn sie Ja sagt, greifen wir zu.«
»Hm«, murmelte Will. »Ich bin nicht sicher, ob ich sie teilen will. Ich will sie für mich allein.«
»Sie gehört nicht nur dir, sondern uns beiden.«
»Ich weiß, aber ...«
»Du kennst mich doch, Will. Wahrscheinlich hab ich sowieso nur ein, zwei Jahre Interesse an ihr. Dann kannst du sie in Vollzeit übernehmen.«

Will musterte seinen Bruder mit zusammengekniffenen Augen. Er hatte die Geschichte mit dem Reisepass nicht eine Sekunde vergessen. Ebenso wenig die Sache mit Hagstrom. Auch dafür machte er seinen Bruder verantwortlich. »Du schwörst es, John? Nach ein, zwei Jahren steigst du aus?«

»Mensch, du kennst mich doch lange genug. Ich werde *alles* ziemlich schnell leid.«

»Und wenn es bei Clara nicht so ist?«

»Herrje, Will, kannst du zur Abwechslung nicht mal locker sein? Einfach nur Spaß haben?«

Will runzelte wieder die Stirn, doch nachdem sie noch ein paar Tage darüber gesprochen hatten, beschlossen sie schließlich, zur Tat zu schreiten.

John, der Will beschwichtigen wollte, überließ es seinem Bruder, Clara den Heiratsantrag zu machen.

Sie waren wieder im Library Grill und saßen am gleichen Tisch mit Blick auf den Park. Diesmal saß Will als John dort, wo John vor neun Monaten gesessen hatte.

John war ebenfalls im Restaurant. Er saß an der Bar und trug exakt die gleiche Garderobe wie Will. Sogar die Farbe der Unterhosen und der Socken stimmte überein, nur dass John außerdem eine Brille mit Metallgestell und einen falschen Schnurrbart trug. Er nippte wie Will an einem Dewar's, während er das Geschehen aus den Augenwinkeln verfolgte.

Will wartete, bis sie das Dessert bestellt hatten oder vielmehr, bis *er* sein Dessert bestellt hatte. Clara bestellte sich nie ein Dessert, obwohl sie gerne ein oder zwei Löffel probierte. Am liebsten aß sie Mousse au chocolat, und das bestellte Will heute.

Mit klopfendem Herzen und feuchten Händen griff Will in die Brusttasche und fischte den Verlobungsring heraus, einen wunderschönen Goldring mit einem großen Brillanten, der die Hancock-Brüder um ein paar Tausender ärmer gemacht hatte.

»Clara?«

»Ja, John?«

»Ich habe ... nun, ich habe darüber nachgedacht ...«

»Worüber?«

Will hatte sich die Worte genau zurechtgelegt. Er wusste

ganz genau, was er sagen wollte, doch plötzlich war er wie gelähmt. Nicht dass er kalte Füße bekommen hätte – er hatte schreckliche Angst, zurückgewiesen zu werden.

Ein oder zwei Minuten vergingen. Schließlich entschuldigte sich Clara, stand auf und ging zur Toilette.

Will wartete, bis sie außer Sicht war, und ging dann schnurstracks zur Theke.

»Was ist los?«, fragte John. »Was hat sie gesagt?«

»Nichts. Ich habe sie noch nicht gefragt. Ich konnte es nicht. Mach du's.«

John zögerte keine Sekunde. Er sprang vom Barhocker, gab Will ein Zeichen, ihm zu folgen, und steuerte auf die Toilette zu. Kaum hatte er sie betreten, riss er sich den falschen Bart vom Gesicht, nahm die Brille ab und reichte beides Will. »Nimm das hier«, sagte er, »und gib mir den Ring.«

Will, dem Schweißperlen auf der Stirn standen, gab ihm den Ring und verkleidete sich seinerseits. »Meinst du, du kannst es?«

John lächelte. »Keine Bange.«

Er musterte sich kurz im Spiegel und ging dann mit dem Ring in der Jackentasche zum Tisch am Fenster. Clara, die stets lange vor dem Spiegel stand, war noch nicht zurück. John kostete von Wills Mousse und schaute verstohlen zur Bar, wo Will mit dem Schnurrbart und der Brille saß und an dem Dewar's nippte.

John stand auf und rückte Clara den Stuhl zurecht, als sie zurückkam. »Ich dachte schon, du wärst nach Hause gegangen.«

Sie streckte den Arm aus und kniff ihm in die Wange. Im ersten Moment schien sie verwirrt zu sein, doch sie fasste sich rasch und erwiderte: »Du bist ein lustiger Kerl.«

Er lächelte sie verschmitzt an und sagte: »Ich frage mich ...«

»Ja?«

»Willst du mich heiraten?«

Clara, von dieser Frage ziemlich aus der Fassung gebracht, stutzte. »Wie bitte?«

John zog den Ring aus der Tasche, klemmte ihn zwischen Daumen und Zeigefinger und hielt ihn hoch. »Du weißt, dass ich ganz verrückt nach dir bin. Ich bin schrecklich in dich verliebt. Und du liebst mich. Du hast gesagt, ich würde dir den Verstand rauben. Clara – willst du mich heiraten?«

Clara, der selten die Worte fehlten, starrte John offenen Mundes an. Mehrere Sekunden verstrichen; dann sagte sie: »Heiraten?«

»Genau, Baby. Heiraten. Wir stürzen uns ins Eheglück.«

»Mein Gott ...«

John nahm ihre Hand. »Schauen wir mal, ob der Ring passt.«

Clara atmete tief ein und streckte die Hand aus. Hancock schob den Brillantring auf ihren Finger. Er saß perfekt.

Will, der alles aus den Augenwinkeln beobachtete, war entzückt, als er sah, dass John den Ring auf Claras Finger schob. Doch er war auch ein wenig verärgert, dass nicht er selbst es übernommen hatte.

VIERTER TEIL

9. JUNI 1999

MITTWOCHMORGEN – ÜBERBLICK

Als der neue Tag beginnt, erinnern sich Clara, John und Will Hancock an die ersten Tage ihrer Verliebtheit.

Sogar Clara ist früh am Morgen schon froh gelaunt. Sie erwacht um halb acht Ortszeit. Um neun Uhr hat sie das Ritz verlassen und steigt ins Auto. Gegen zehn ist sie am Terminal der Air France am Flughafen Charles de Gaulle. Um elf Uhr sitzt sie an Bord der Concorde. Um elf Uhr dreißig ist sie in der Luft.

Als die Maschine mit Überschallgeschwindigkeit den Atlantik überfliegt, stellt Clara die Lehne zurück und legt den Kopf auf das dünne Baumwollkissen. Sie bewegt sich auf dem Sitz hin und her, bis sie es bequem hat. Es ist ein ziemlich schmaler, harter Sitz, sogar in der ersten Klasse. Den hohen Flugpreis zahlt man für die Geschwindigkeit.

Claras Gedanken sind in die Vergangenheit gewandert, aber jetzt hat sie keine Lust mehr, sich an die alten Zeiten zu erinnern. Sie schließt die Augen, atmet langsam und regelmäßig. Bevor das Flugzeug in New York landet, will sie noch ein wenig schlafen. Es wird bestimmt ein langer Tag. Und auch der morgige Tag wird lang. Ja, morgen gibt es viel zu tun. Clara ist von ihrem Plan überzeugt. Sie hat lange und angestrengt darüber nachgedacht. Jetzt ist der richtige Zeitpunkt gekommen, die Sache ins Rollen zu bringen. Es wäre verrückt und egoistisch, noch länger zu warten.

John Hancock liegt fast die ganze Nacht wach. Er wirft sich im Bett hin und her, denkt nach und versucht, Klarheit über bestimmte Dinge zu gewinnen. Immer wieder fragt er sich, ob er aufstehen und sofort nach Stockbridge fahren soll. Doch es ist sehr schwierig, aus dem Bett zu steigen, wenn es draußen noch dunkel ist. Im Haus ist alles ruhig, und unter der Decke ist es warm und gemütlich.

John denkt an seine ersten Nächte mit Clara. Sie waren unglaublich schön. Die schönsten Nächte seines Lebens. Er wünscht sich, sie wäre bei ihm. Er würde den ganzen Morgen bis in den Nachmittag hinein mit ihr im Bett bleiben – falls er sie so lange im Bett halten könnte, denn Clara ist immer auf dem Sprung. Sogar bei der Liebe ist sie ruhelos. Stets wechselt sie die Stellung. Oben, unten, auf der Seite, auf den Knien. Wieder oben. Als hätte man Sex mit einem Tornado. John behauptet, dass er dennoch mit keiner anderen Frau auf der Welt lieber schlafen würde als mit Clara. Sie erregt und stimuliert ihn noch immer so sehr wie beim ersten Mal vor fast acht Jahren.

Auch Bruder Will kann nicht schlafen. Er geht im Wohnzimmer des alten Bauernhauses nördlich von Stockbridge auf und ab. Auch er denkt an die ersten Tage und Wochen und Monate mit Clara.

Doch ihm gehen auch viele andere Dinge durch den Kopf. Gleich setzt die Morgendämmerung ein. Will war die ganze Nacht auf den Beinen. Er hat gar nicht erst versucht, sich ins Bett zu legen. Schon vor Stunden wusste er, dass er keinen Schlaf finden würde. So hatte er viel Zeit, über alles nachzudenken, und immer wieder dachte er an die wichtigsten Stationen seines Lebens.

Nachdem er sich gestern Abend übergeben hatte, riss er sich zusammen und hörte sich die Nachricht von Clara noch einmal an. Dann ein drittes Mal. Ein viertes Mal. Und ein fünftes Mal. Er achtete auf jede Nuance ihrer Stimme, auf jede Formulierung und jede Betonung. Er versuchte, Gewissheit darüber zu erlangen, was sie wusste und was nicht. Die einminütige Nachricht sollte es ihm verraten. War es möglich, dass sie nichts wusste? Dass der Anruf bei *Abenteuerreisen* purer Zufall war?

Will glaubt nicht daran. Nicht eine Sekunde. Will glaubt, dass Clara es weiß. Alles.

Die ganze Nachricht klang ziemlich gestelzt. Will konnte sich nicht vorstellen, dass Clara so redete. Dieser Satz: »... *einen schönen Sommerurlaub im Juli oder August. Mit meinem Mann und meinen beiden Söhnen.*« Nein, das passte gar nicht zu ihr. Auch nicht diese andere Stelle: »... *nehmen Sie uns an die Hand, damit wir richtig entspannen können und Spaß haben.*« Clara lässt sich niemals an die Hand nehmen. Sie ist durch und durch eigensinnig und unabhängig. Doch die schlimmste Stelle war wohl die ziemlich am Ende: *»Sollten Sie gerade in New York sein, wäre es vielleicht am besten, wenn Sie zu mir ins Hotel kommen.«* Nein, nein. Clara würde einen völlig Fremden doch nicht per Anrufbeantworter einladen. Und dann das »Ciao« am Schluss. Will kann sich nicht daran erinnern, dass seine Frau diesen Ausdruck jemals benutzt hat.

Nein, Clara weiß es. Sie weiß es ganz genau. Irgendwie hat sie es herausbekommen. Sie weiß alles. Nach all den Jahren ist das unglaubliche Täuschungsmanöver der Hancock-Brüder aufgeflogen.

Aber wie? Will stellt sich diese Frage immer wieder. Wie hat Clara es herausbekommen? Und wann? Hat jemand es ihr gesagt? John vielleicht? Und falls er es ihr gesagt hat – warum hat er das getan? Was geht hier vor, zum Teufel? Stecken die beiden unter einer Decke? Haben sie sich gegen ihn, Will, verschworen?

Will wird schier verrückt, sieht überall Gespenster.

Noch vor wenigen Stunden glaubte er, alles im Griff zu haben. Er hatte seinen Bruder an der Angel und einen Plan, die Kontrolle über sein Leben zurückzugewinnen. Und jetzt ...

Will versucht, sich zu entspannen und atmet ein paar Mal tief durch. Er muss einige Entscheidungen treffen und verschiedene Dinge regeln. Und zwar sehr bald. Er weiß, dass er in den nächsten Stunden und Tagen einen kühlen Kopf bewahren muss.

Der Tag hat also kaum begonnen, als John, Will und Clara schon hellwach und sehr rege sind. Und was ist mit ihren Freunden und Feinden? Was führen sie zu dieser frühen Stunde im Schilde?

Leland schläft tief und fest in seinem Wochenendhaus in der Back Bay. Seine Frau Hillary liegt neben ihm und schläft ebenfalls. Gestern Abend haben sie sich geliebt. Hillary hatte zwar keinen Orgasmus, täuschte aber einen vor, damit Leland von ihr abließ. Später lag sie wach im Bett und war fest entschlossen, Hancocks Frau Clara, diesem versnobten Miststück, irgendwie zu stecken, dass ihr dämlicher Gatte es mit anderen Frauen treibt. Wie genau sie ihr diese nette kleine Nachricht unterschieben würde, war noch nicht klar, doch Hillary war sicher, vor ihrer Rückkehr aus New York würde ihr schon etwas einfallen.

Sie und Leland wollen in ein paar Stunden zum Big Apple aufbrechen. Der Wecker ist auf acht Uhr fünfzehn gestellt. Um zehn Uhr fährt ihr Zug an der South Station ab. Leland nimmt immer den Zug, wenn es möglich ist. Er fliegt nicht gern. Seit seiner Kindheit plagen ihn Albträume, in denen er bei einem schrecklichen Flugzeugabsturz ums Leben kommt.

Babe weigert sich zu fliegen. Sie will sich unter keinen Umständen in ein Flugzeug setzen. Darum schläft sie jetzt im Wartesaal der Greyhound-Busstation auf der West Harrison Street in Chicago, Illinois.

Der Bus aus St. Louis traf vor der Morgendämmerung ein. Babe hätte auch im Bus bleiben und bis New York und Boston fahren können, hat aber beschlossen, zu warten, da um neun Uhr ein Schnellbus zum Big Apple fährt. Sie hat es sich auf einem Plastikstuhl bequem gemacht und döst, den Kopf auf der Schulter. Die Lederhandtasche liegt auf ihrem Schoß, und ihr Koffer steht unter ihren Füßen.

Ihr trübseliges Leben wird sich verändern. Leider nicht so, wie Babe es sich ausmalt. Nein, es werden Dinge geschehen, die sie sich in ihren kühnsten Träumen nicht hätte vorstellen können.

Nicht weit von der Greyhound-Busstation schläft Rafe wie ein Toter. Den Schlaf eines mit Kokain Vollgedröhnten. Rafe hat sich gestern eine tolle Nacht gegönnt. Seine erste und einzige Nacht in Chicago. Er hatte alles, was sein Herz begehrte: Sex, Drogen und Rock and Roll. Das heißt, es war eigentlich kein Rock and Roll, was er gestern Nacht im Cotton Club gehört hat. Eher Rhythm & Blues-Beat – pulsierende Bassrhythmen und die Klänge elektrischer Gitarren.

Rafe hatte keine Probleme, neue Leute kennen zu lernen. Schließlich hatte er ein nettes Lächeln und war sehr umgänglich und cool, wie in der Karibik üblich. Natürlich trug er einen ziemlich großen Beutel Kokain bei sich. Der schrumpfte allerdings im Laufe der Nacht. Rafes neue Freunde gingen immer wieder mit ihm zur Toilette, sowohl zur Damen- als auch zur Herrentoilette, und verlangten Geschenke zum Zeichen des Friedens und der Freundschaft. So ähnlich wie die Indianer von Lewis und Clark auf deren Weg nach Westen. Statt Schmuck und Tabak verteilte Rafe auf den Toiletten Kokain. Und die Eingeborenen schnupften.

Schließlich eilte Wanda ihm zu Hilfe. Wanda June. Ein süßes, junges, kakaofarbenes Püppchen, das Rafe zwischen die Beine griff und ihm ins Ohr flüsterte: »Komm, Schätzchen, lass uns den Rausch genießen.«

Und das taten sie. Sie verließen das Lokal und stiegen in ein wartendes Taxi, das – welch ein Zufall – von Rafes neuem indischen Freund aus Bombay gefahren wurde. »Ramada International«, sagte Wanda, wobei sie Rafe zwischen den Oberschenkeln streichelte.

Rafe stöhnte und fragte sich, warum er erst jetzt nach Amerika gekommen war.

Das alte, zerfallene Ramada International stand ein paar Meilen entfernt auf der South Michigan. In seiner Glanzzeit war es ein berühmtes Hotel gewesen. In der ersten Hälfte des Jahrhunderts hielten die Demokraten hier ein paar Mal ihre Parteitage ab. Jetzt zog das Hotel eine nicht ganz so erlesene Menge an.

Rafe bezahlte das Zimmer von seinem Bündel Bargeld. Dann stiegen er und Wanda in einen quietschenden alten Aufzug und gingen über einen abgewetzten Teppich einen gammeligen Flur hinunter, an dem sich die Tapeten von den Wänden lösten. Rafe nahm das alles nicht zur Kenntnis. Er hatte jetzt nur seine Fleischeslust im Sinn.

Wanda enttäuschte ihn nicht. Wenige Sekunden, nachdem sie das Zimmer 636 betreten hatten, lag Rafe nackt und erregt auf der großen, durchgelegenen Matratze. Das Bettzeug war ein wenig feucht. Wahrscheinlich war das Zimmer nicht gründlich gereinigt worden, nachdem das letzte glückliche Paar vor wenigen Stunden den Raum verlassen hatte.

Wanda musste sich mächtig ins Zeug legen. Rafe hatte ziemlich viel Kokain geschnupft und sich reichlich Tequila hinter die Binde gegossen.

»Was ist los, Schätzchen?«, gurrte sie ihm ins Ohr »Gefällt die kleine Wanda dir nicht?«

Rafe knurrte und stöhnte und kam schließlich. Kurz danach schlief er ein. »Mein Gott«, murmelte Wanda und stieg aus dem feuchten Bett. »Ich hätte auf meine Mutter hören und die Schule zu Ende machen sollen.«

Sie durchwühlte Rafes Taschen und fand sofort das Geld. Ein hübsches Bündel. Sie zog sich an und stopfte das Geld in ihren Slip. Rafe regte sich. Zeit, die Fliege zu machen, sagte sich Wanda und huschte aus Zimmer 636.

Rafes neuer indischer Freund aus Bombay wartete draußen vor dem Ramada International hinter dem Steuer seines gelben Taxis. »Hast du die Knete?«, fragte er.

Wanda gab ihm das Geld. »Hat sich gelohnt, wie's aussieht.«

Rafes neuer indischer Freund schaltete das Licht ein und zählte die Beute. Zweitausendsiebenhundertzweiundsechzig Dollar. Rafes neuer Freund lächelte. »Sehr, sehr gut, Wanda. Und was ist mit dem Koks?«

Wanda schlug sich mit der Hand gegen die Stirn. »Mann Gottes, den hab ich ganz vergessen. Der Typ kam wieder zu sich, und da bin ich schleunigst abgehauen.«

Rafes netter Kumpel aus Bombay drehte sich um und verpasste Wanda eine schallende Ohrfeige. »Du dämliche Schlampe!«

Wenn er zu sich kommt, wird er ein ziemlich blödes Gesicht machen. Gleich in seiner ersten Nacht in den Staaten wurde er ausgeraubt. Und dann noch von Anfängern. Warten wir mal, bis er aus seinem Kokainrausch erwacht und begreift, was passiert ist.

Rafe hatte sein Boot für zwei Riesen verkauft. Matilda gab ihm zweitausendfünfhundert als Anzahlung für den Transport des Kokains. Fast tausendfünfhundert sind für die Tickets und andere Reisekosten draufgegangen. Dann hat Wanda ihm zweitausendsiebenhundert Dollar aus seiner Tasche geklaut. Das bedeutet, dass Rafe jetzt nur noch etwa dreihundert Dollar hat. Eigentlich genau dreihundert. Immerhin war er so klug, drei Hundertdollarscheine vorne in seinen linken Schuh zu stopfen, bevor er seine Hütte in Caye Caulker verließ.

Gut gemacht, Rafe.

Doch er hat nicht nur das Problem, knapp bei Kasse zu sein. Er hat nur noch die Hälfte des Kokains. Darüber wird sein Kontaktmann im Ambassador Hotel sich gar nicht freuen.

Noch aber schläft Rafe und weiß nichts vom Lauf der Dinge außerhalb der finsteren Wände von Zimmer 636 im Ramada International in Chicago, Illinois.

Ob Sie es nun glauben oder nicht – zu dieser frühen Stunde schläft auch Dicky Cosgrove. Nachdem er gestern Abend von seiner großen Einkaufstour zurückkehrte, kroch er auf die schmutzige Matratze auf dem Boden. Er war ein bisschen müde und wollte nur kurz die Augen schließen, um ein wenig zu schlafen und einen klaren Kopf zu bekommen. Doch Dicky war nicht nur ein bisschen müde, er war total groggy, körperlich und geistig am Ende. Seine Batterien waren leer.

Dicky schläft tief und fest, und er träumt. Er träumt lebhaft und in bunten Farben. Dicky hat einen sehr wirklichen Traum; zumindest ist er so nahe an der Realität, wie sein verdrehtes Hirn es zulässt.

Heute Morgen träumt er vom Tod seiner Schwester Zelda. Es ist Dickys Version ihres Todes. Es begann mit dem Gespräch, in dem Zelda ihm anvertraute, sie glaube, die Hancock-Zwillinge lebten noch. Dann überspringt der Traum ein paar Monate, und einer der Hancock-Brüder – welcher, ist schwer zu sagen – klopft an Zeldas Wohnungstür auf der Berkeley Street. Zelda öffnet, lächelt Hancock an und bittet ihn herein. Natürlich bittet sie ihn herein. Sie sind schließlich Freunde. Sie sitzen am Küchentisch, trinken Tee und sprechen über das neue Buch, Hancocks drittes Buch. Er hat kürzlich damit begonnen. Es unterscheidet sich vollkommen von den ersten beiden Romanen. Es ist eher ein Psychothriller mit vielen Intrigen, viel Spannung und vielen Verbrechen. *Sex and crime.* Hancock hat keine Lust mehr, literarische Romane zu schreiben. Es ist zu schwierig. Außerdem werden diese Romane nur von einigen aufgeblasenen, frustrierten Kritikern gelesen, die das Werk so oder so in der Luft zerreißen.

Zelda macht diese Entscheidung jedoch nicht glücklich. Sie will, dass Hancock Literatur schreibt und nicht irgendeinen Reißer, der von den Massen konsumiert wird. Sie streiten sich. Hancock bleibt bei seiner Entscheidung. Zelda führt Gegenargumente an. Hancock bleibt stur. Zelda sagt, sie kenne ein paar Geheimnisse, die sie an die Öffentlichkeit bringen werde, falls Hancock darauf bestehe, Schundliteratur zu schreiben. Was denn für Geheimnisse?, fragt Hancock.

»Geheimnisse über dich und deinen Bruder«, erwidert Zelda. »Ich weiß, dass ihr beide noch lebt. Man sieht es an deiner Schreibe. Keiner von euch beiden ist so talentiert, das alleine hinzukriegen. Alleine seid ihr nichts.«

Hancock wird wütend und beschimpft Zelda, sie sei verrückt. Er geht und knallt die Tür hinter sich zu.

Dicky wirft sich auf der Matratze hin und her und träumt weiter.

Es passiert ein paar Tage später. Hancock geht wieder zu Zelda. Aber welcher Hancock? Jeder darf seine eigenen Vermutungen anstellen.

Er klopft wieder an die Tür. Zelda bittet ihn herein. Diesmal trägt Hancock Handschuhe. Lederne Autohandschuhe. Obwohl er noch nicht einmal ein Auto hat. Er hat auch ein langes Stahlrohr dabei. Ein dickes Rohr. Er schlägt es Zelda auf den Kopf. Sie erleidet einen Schädelbruch und fällt bewusstlos zu Boden.

Dicky wirft sich wieder hin und her. Er schlägt um sich und versucht, seine Schwester zu retten. Zu spät, zu spät.

Überall ist Zeldas Blut, und Hancock schlendert nach der Tat davon.

Jedenfalls spielt sich in Dickys Traum alles so ab. In all den Jahren hatte er tausend Mal den gleichen Traum. In diesem Traum sieht er, wie Hancock die Wohnung seiner Schwester verlässt, zufrieden und träge wie eine satte Katze, und den Flur hinuntergeht.

Als Dicky seine Schwester in der Blutlache liegen sieht, ist er sofort hellwach. Im Nu ist er mit irrem, fiebrigem Blick von der schmutzigen Matratze aufgesprungen. Es ist fast zwanzig nach sieben am Mittwochmorgen.

»Scheiße!«, brüllt Dicky. Gestern Nacht wollte er Rache nehmen. In der Dunkelheit, in den stillen Stunden vor Anbruch der Morgendämmerung. Jetzt ringt er die Hände und schmiedet neue Pläne.

Kurz darauf ist er auf den Beinen. Er duscht, rasiert sich und putzt sich die Zähne. Er sorgt dafür, dass er gut aussieht.

Er zieht wieder seine neue blaue Hose an, das neue, blaue T-Shirt, das neue, blaue Oxford-Hemd und die neuen Socken und Turnschuhe. Schließlich schiebt er das neue, scharfe Rasiermesser in seine Hosentasche. Gut versteckt, aber schnell zur Hand.

Noch ein Blick in den Spiegel, und schon ist er fertig. Als er zur Tür geht, nimmt er den Gap-Beutel mit seinen neuen Sachen und den Beutel mit den Hancock-Romanen mit.

Al Brown war gestern zu spät auf seinem Posten. Das darf heute nicht passieren. Gegen sechs Uhr dreißig stellte er sich mit seinem Minivan auf Beobachtungsposten. Jetzt ist es fast halb acht. In Hancocks Haus ist im Moment nichts los. Al hat gesehen, dass ein paar Lichter eingeschaltet wurden, doch niemand hat das Haus verlassen oder betreten. Die Kinder werden wahrscheinlich um acht Uhr fünfzehn zur Schule gehen. Bis dahin wird bestimmt nichts passieren. Und danach sicher auch nicht. Hofft er zumindest. Al hat sich mit seiner Frau bei Starbucks auf der Charles Street verabredet. Sie haben gestern Abend beschlossen, bei einer Tasse Kaffee und einem Stück Kuchen ein halbes Stündchen gemütlich miteinander zu plaudern.

Al will seine Frau um neun Uhr treffen und um halb zehn, spätestens Viertel vor zehn zurück sein. Er ist sicher, dass er nichts verpassen wird.

BEACON HILL

John Hancock hat geduscht und sich rasiert. Er trägt eine gut sitzende khakifarbene Hose und einen cremefarbenen Baumwollpullover, als er in die Küche kommt. Sylvia ist damit beschäftigt, Kaffee zu kochen und Brötchen zu backen.

»Morgen, Sylvia.«

»Guten Morgen, Mr Hancock.«

»Ist der Kaffee fertig?«

»In zwei Minuten.« Sylvia macht den Kaffee jeden Morgen gleich. Sie mahlt sechs Kaffeelot kolumbianische Bohnen, schüttet das Pulver dann in die französische Kaffeemaschine und gießt genau anderthalb Liter kochendes Wasser in den Glasbehälter. Dann wartet sie sechs Minuten, bis das Kaffeepulver sich mit dem Wasser vermischt hat. Nicht eine Sekunde mehr oder weniger. Nach sechs Minuten drückt sie den Filter herunter, und der frische Kaffee ist fertig.

John wartet, bis sie fertig ist, und gießt sich dann eine Tasse Kaffee ein. Er schüttet ein wenig Zucker hinein und sagt: »Ich bin heute fast den ganzen Tag unterwegs, Sylvia. Wahrscheinlich komme ich erst morgen zurück. Wenn Sie wollen, können Sie heute freimachen.«

Sylvia nimmt kein Blatt vor den Mund. Als sie die Brötchen aus dem Ofen nimmt, fragt sie: »Sie treffen sich doch nicht mit dieser Mrs Fisher? Das ist keine nette Frau. Und es ist auch für Mrs Hancock nicht schön, wenn Sie sich mit Mrs Fisher treffen.«

John verschluckt sich fast an seinem kolumbianischen Kaffee. »Keine Bange, Sylvia«, sagt er. »Mrs Fisher ist die Frau meines Verlegers. Sie sind zu misstrauisch. Wahrscheinlich, weil Sie in einem kommunistischen Land aufgewachsen sind.«

»Nein«, kontert Sylvia, »das hat nichts mit den Kommunisten zu tun, sondern damit, dass ich schon früh begriffen habe, dass Männer nur lügen und betrügen. Sie wissen es vielleicht nicht, Mr Hancock, aber ich war früher ein sehr hübsches Mädchen. Die Männer haben mich pausenlos betrogen und hereingelegt, um zu bekommen, was sie wollten. Man kann den Männern nicht trauen. Nicht in Polen und nicht in Amerika. Nirgends.«

John leert seine Tasse und stellt sie auf die Spüle. »Das weiß ich nicht, Sylvia. Ich weiß nur, dass Sie die einzige Frau für mich sind.« Er umarmt sie und drückt sie an sich. »Und natürlich Mrs Hancock.« John fragt sich im gleichen Moment, ob seinem Bruder Will zu trauen ist.

Sylvia lächelt und ist ein wenig besänftigt. Doch so schnell gibt sie nicht auf. »Sie ziehen alles ins Lächerliche. Für Sie ist das ganze Leben ein Spiel. Ein großer Spaß. Sie sollten es besser wissen. Sie haben eine nette Frau. Mrs Hancock ist eine gute Ehefrau, eine gute Mutter, und sie verdient gutes Geld. Nicht alle Frauen machen ihre Sache so gut. Sie sollten sie mehr lieben und achten.«

»Sylvia, Sie wissen doch, dass ich Mrs Hancock mehr liebe und achte als alles andere auf der Welt. Seit dem Tag, als ich Clara gesehen habe, gab es keine andere Frau mehr in meinem Leben.«

Ehe Sylvia antworten kann, flitzen John junior und der kleine Willy die Treppe hinunter und stürzen in die Küche. »Es riecht nach frischen Brötchen!«, rufen sie im Chor. »Milchbrötchen!« Sie verschlingen beide zwei Milchbrötchen mit Butter und fragen dann: »Wann kommt Linda? Ist sie schon da? Fahren wir jetzt nach New Hampshire?«

»Noch nicht«, erklärt ihr Vater, »aber bald.« Dann hält er ihnen eine kleine Predigt darüber, wie wichtig es ist, höflich und vorsichtig zu sein, wenn sie bei Linda sind. »Wir wollen doch nicht, dass einer von euch sich wehtut. Denkt also immer nach, bevor ihr etwas unternehmt.«

Linda ist ein wenig spät dran. Sie überquert gerade in ihrem Volvo die Longfellow Bridge aus Richtung Cambridge. Sie überlegt, was sie noch alles erledigen muss, bevor sie die Stadt verlässt und nach New Hampshire fährt. Sie muss die Jungen abholen, tanken und ein paar Brötchen und etwas Obst für unterwegs kaufen. Am besten, sagt sie sich, du holst John und Willy ab. Sie müssen noch lange genug im Wagen sitzen.

Und wer benutzt heute Morgen noch die Longfellow Bridge, um den Charles auf dem Weg von Cambridge nach Boston zu überqueren? Kein anderer als Mr Richard Cosgrove. Er hat keinen fahrbaren Untersatz; deshalb geht er zu Fuß. Linda saust in ihrem Volvo genau an ihm vorbei. Sie würdigt ihn keines Blickes. Warum sollte sie auch? Natürlich kennt sie Dicky Cosgrove nicht. Diesen Irren muss man ja auch nicht unbedingt kennen.

Die Longfellow Bridge, die nach dem Dichter Henry Wadsworth benannt ist, hieß nicht immer so. Erst wenn man tot ist, wird irgendetwas nach einem benannt.

Mitten auf der Brücke bleibt Dicky ein paar Sekunden stehen, um die schönen Häuser auf der Anhöhe vis-à-vis zu betrachten. Er weiß, dass Hancock in einem dieser Häuser wohnt. »Aber nicht mehr lange«, sagt Dicky laut, und seine Worte werden von der warmen Brise aufgefangen und davongetragen.

Dicky erreicht die Cambridge Street. Er lässt den Blick schweifen. In seinem Magen rumort es. Ja, Dicky hat gute Nerven, und er hat einen Bärenhunger. Er muss etwas essen. Auf der anderen Straßenseite entdeckt er ein Restaurant. Er überquert die Straße, ohne auf den Verkehr zu achten. Hupen dröhnen, Reifen quietschen. Dicky zieht den Kopf ein und rennt über die Straße. Er betritt das Restaurant und setzt sich an die Theke.

Die kaugummikauende Kellnerin kommt mit einer Kanne zu ihm. »Kaffee?«

Dicky schüttelt den Kopf. »Ich möchte vier weiche Spiegeleier, vier Scheiben Toastbrot, eine Portion Pommes und einen Schokoladenshake.«

Die Kellnerin kaut schmatzend auf ihrem Kaugummi, geht dann zur Küche und murmelt: »Ich wünsche Ihnen auch einen guten Morgen, mein Freund.«

Dicky hört diese Bemerkung nicht. Er ist in seine eigene Welt versunken.

Auch Al Brown ist in seine eigene Welt versunken. Der Schnüffler konzentriert sich auf die Haustür von Hancocks

Stadthaus. Die Hancock-Kinder hätten schon längst zur Schule gehen müssen, aber es ist noch immer nichts von ihnen zu sehen. Vielleicht sind sie krank. Vielleicht haben sie heute schulfrei, und Al hat es vergessen.

Er schaut auf die Uhr: 8:51. Er muss gleich los, um sich mit seiner Frau zu treffen. Viel Zeit bleibt ihm nicht mehr.

Vor dem Stadthaus hält ein Wagen. Einer dieser kastenförmigen schwedischen Kombis. Eine Frau, die Al nicht kennt, steigt aus. Sie sieht gut aus und hat rötlichbraunes Haar. Al nimmt seine Kamera und schießt rasch ein paar Aufnahmen.

Die Frau ist noch nicht am Haus angekommen, als die Tür bereits aufgerissen wird und die beiden Hancock-Jungen herausstürmen. Sie fliegen der Frau in die Arme. Al hat Fotos von Clara Hancock gesehen und weiß, dass diese Frau auf keinen Fall Hancocks Gattin ist. Clara Hancock hat kurzes blondes Haar.

Jetzt kommt auch Hancock aus dem Haus. Er hat zwei kleine Rucksäcke in der Hand. Er küsst die Frau auf die Wange. Al hält die Szene auf einem Foto fest. Hancock und die Frau plaudern. Die Kinder umzingeln sie wie Indianer.

Die Köchin und das Kindermädchen gesellen sich dazu. Der Vater wird wieder umarmt und geküsst. Lange Umarmungen und dicke Küsse. Dann stürmen die Kinder den Gehweg hinunter und durch das schmiedeeiserne Tor und setzen sich hinten in den Volvo.

Hancock küsst die Frau noch einmal auf die Wange, und dann steigt auch sie in den Wagen. Der Motor springt an, und die drei fahren davon.

Al hat keine Ahnung, warum sie zusammen wegfahren und wohin die Reise geht. Im Moment ist es ihm eigentlich auch egal. Er will hier weg und sich mit seiner Frau treffen.

Nachdem Hancock, die Köchin und das Kindermädchen wieder ins Haus gegangen sind, lässt Al den Motor des Minivans an und fährt den Hügel hinunter zu Starbucks.

Hancock hält sich jetzt nicht mehr lange im Haus auf. Er sagt Sylvia und Nicky, die er nachher anrufen will, dass er nach New York fährt, um sich dort mit Mrs Hancock zu treffen. Dann nimmt er den Schlüssel seines BMW vom Haken neben der Hintertür, bleibt stehen und überlegt kurz. Es ist ein schöner Frühlingstag. Er will Musik hören und mit offenen Fenstern fahren, doch beim BMW ist mit den Fenstern etwas nicht in Ordnung. Wenn er auf den Knopf drückt, um die Fenster zu versenken, bleiben sie jedes zweite Mal oben. Und wenn sie unten sind, kriegt er sie nicht mehr hoch.

Deshalb hängt er den Schlüssel wieder an den Haken und nimmt den Schlüssel von Claras Wagen. Sie hat sich vor ein paar Monaten einen Mercedes ML320 gekauft. Hancock hatte noch nicht oft Gelegenheit, hinter dem Steuer des Geländewagens zu sitzen. Er ist nur ein paar Mal mit Claras Wagen zur Schule gefahren, um die Jungen abzuholen.

John geht durch die Hintertür über die Einfahrt zur Garage hinter dem Haus, öffnet das Tor und steigt in den ML320. Er fährt aus der Garage, schließt das Garagentor und lenkt den schweren Wagen über den Louisburg Square und den Hügel hinunter auf die Pinckney.

Als Hancock den Hügel hinunterfährt, muss er an der Ecke Pinckney und West Cedar bremsen, um einen Fußgänger über die Straße zu lassen. Gute Bremsen, denkt er.

Der Fußgänger ist Dicky Cosgrove, der mit schnellen Schritten den Hügel hinauf zu Hancocks Stadthaus geht, nachdem er die kurze Pause eingelegt hat, um Spiegeleier zu essen und einen Schokoshake zu trinken. Er hat den Mercedes-Benz, der die Pinckney hinunterfuhr, nicht gesehen. Er ist in seine eigene Welt versunken und hängt seinen Mordgedanken nach.

Hancock fährt bis zum Ende der Pinckney und biegt links in die Charles ein. Er fährt am Starbucks vorbei, wo der Schnüffler Al Brown mit seiner reizenden, gut gekleideten Frau an einem Fenstertisch sitzt.

KAFFEE

»Der neue Mercedes gefällt mir«, sagt Al zu seiner Frau, während er seinen guatemaltekischen Haselnussshake trinkt. »Vielleicht gebe ich meinen Minivan in Zahlung und kauf mir auch einen.«

»Mir gefällt er nicht«, sagt seine Frau. »Das Emblem auf dem Kühlergrill ist zu groß. Man sieht es schon von weitem, als wollte es in die Welt hinausschreien: guck mal, was ich habe.«

Al weiß, dass seine Frau Recht hat, und dass er sich keinen Geländewagen kaufen wird. Er bricht sich ein Stück von ihrem Schokoladen-Croissant ab. Sie lächelt und tätschelt seine Hand.

Hancock, der glücklich hinter dem Steuer des sportlichen Geländewagens sitzt, hält nur kurz an, um rasch einen schwarzen Kaffee zu trinken. Dann zieht er sich eine Gebührenmarke und beschleunigt auf der Autobahn das Tempo. Er versucht, nicht pausenlos an sein bevorstehendes Treffen mit Will zu denken. Er hofft nur, dass Will nicht völlig durchgeknallt ist.

Clara trinkt ihren Kaffee in zwölftausend Meter Höhe. Sie trinkt den Kaffee gerne schwarz mit einem Päckchen Equal. Leider gibt es bei Air France kein Equal. Sie haben nur das bittere, scheußliche Zeug in den rosa Päckchen. Das weiß Clara aus Erfahrung. Darum hat sie immer ein paar Päckchen Süßstoff ihrer Wahl in ihrem Portemonnaie.

Clara ist immer gerne auf alles vorbereitet.

Leland und Hillary trinken Kaffee im Kaffeeshop an der South Street Station in Boston. Sie reden nicht viel. So früh am Morgen sind sie beide meistens sehr schweigsam. Die Frau in dem Jones-Kostüm, die neben ihnen sitzt, liest in John

Hancocks Roman *Die Abrechnung*. Leland und Hillary sehen es beide, sagen aber nichts dazu.

Babe zieht sich ihren Morgenkaffee an einem Automaten an der Greyhound-Bushaltestelle in Chicago. Sie wirft vier Vierteldollarstücke ein, drückt auf den Knopf und beobachtet, wie ein Styroporbecher herunterfällt und mit einer dampfenden, wässerigen Mischung gefüllt wird, die man kaum als Kaffee erkennt.

Babe trinkt ihn dennoch. Dann geht sie zum New York Express.

Rafe bestellt sich bei Dunkin' Donuts auf der West Harrison Street nur anderthalb Häuserblocks von der Chicagoer Greyhound-Bushaltestelle entfernt bei einer Frau, die seine Großmutter hätte sein können, einen großen schwarzen Kaffee mit vier Stückchen Zucker.

Es ist Viertel vor neun Sommerzeit. Rafe ist vor etwa einer Stunde aufgewacht, und er weiß genau, was in der letzten Nacht vorgefallen ist. Er weiß, dass diese blöde Schlampe Wanda ihm das Bündel Geld geklaut hat, aber Gott sei Dank hat sie den Beutel Kokain nicht mitgehen lassen. Und die drei Hundertdollarscheine vorne in seinem Schuh sind auch noch da.

Sicher, der halbe Beutel Koks ist schon weggeschnupft, und Rafe ist klug genug, um zu wissen, dass es Ärger geben wird, wenn er seinen Kontaktmann im Big Apple trifft. Doch er wird sich irgendetwas einfallen lassen. Irgendein Märchen wird ihm schon einfallen. Er hat noch bis morgen Mittag Zeit, sich darauf vorzubereiten.

Um seine Ankunft in Hancocks Heimatstadt zu feiern, verschlingt Rafe noch zwei mit Sahne gefüllte Donuts. Dann verlässt er Dunkin' Donuts und geht die Harrison hinauf zur Bushaltestelle. Er hat schon vom Hotel aus angerufen und erfahren, dass um neun Uhr ein Schnellbus nach New York fährt.

Es ist mitten am Vormittag in Beantown. Und hier kommt Dicky C. Der Psychopath sieht aus wie ein Yuppie, der sich am Mittwoch freigenommen hat, um einkaufen zu gehen und ein paar Dinge am Haus zu erledigen. Er biegt von der Pinckney ab und schlendert über den Louisburg Square. Dann öffnet er das schmiedeeiserne Gitter vor Hancocks Haus und geht hindurch, wie er es schon hundert Mal getan hat. Tausend Mal.

Das hat er wirklich. In seinen Tagträumen.

Er steigt die Stufen zur Haustür hinauf und klingelt. Er zögert nicht einen Moment, und ihm kommen auch nicht eine Sekunde Zweifel. Eine junge Frau öffnet die Tür. Allerdings nur einen kleinen Spalt, so weit die Stahlkette es erlaubt, die an der Tür und dem Türpfosten befestigt ist. Beantown ist schließlich eine Großstadt. Hier werden viele Verbrechen verübt. Und es gibt viele Spinner hier. Man kann gar nicht vorsichtig genug sein.

»Ja? Was wünschen Sie?«

Eine Engländerin, denkt Dicky. Das muss die kleine Nymphomanin sein, die auf die Kinder aufpasst.

Er lächelt. »Guten Morgen, Miss. Ich heiße Dave Wilson. Ich bin Buchhändler hier in Boston. Ich möchte gerne Mr John Hancock sprechen.«

Normalerweise hätte Nicky Mr Wilson kurz und bündig gesagt, dass Mr Hancock nicht im Hause sei, doch das soll sie nicht mehr sagen, denn in der Gegend hat es kürzlich mitten am Tag ein paar Einbrüche gegeben. Deshalb soll Nicky jetzt jedes Mal sagen: »Mr. Hancock ist im Moment nicht abkömmlich«, vor allem wenn die Kinder zu Hause sind und die Eltern nicht.

»Nicht ein Minütchen?«, fragt Mr Wilson. »Ich habe hier Exemplare der wundervollen Romane, die Mr Hancock geschrieben hat, und ich hätte sie gerne von ihm persönlich signiert.« Dicky zeigt der jungen Engländerin seinen Beutel mit den Büchern. »Eine meiner Kundinnen sammelt seine Romane, und sie hat mich gebeten, dass Mr Hancock seinen Namen hineinschreibt.«

Nicky hat keine Angst vor dem gepflegten, ziemlich nett aussehenden Mann, der vor der Tür steht. Sie hat überhaupt keine Angst. »Vielleicht können Sie die Bücher hier lassen. Dann bitte ich Mr Hancock, sie später zu signieren. Das tut er bestimmt. Heute Nachmittag oder morgen können Sie die Bücher wieder abholen.«

Dicky nickt, schaut die junge Frau aber enttäuscht an. »Jetzt sofort hat er keine Zeit?« Dicky spürt, dass sich unter seinen Achseln Schweißperlen bilden. Am liebsten würde er sich mit der Schulter gegen die Tür werfen, um sie ganz zu öffnen.

Und jetzt kommt Al Brown, der Schnüffler. Er kommt aus der Charles und biegt in die Pinckney ein. Die Kaffeepause mit seiner Frau ist zu Ende.

»Es ist besser, wenn Sie die Bücher hier lassen«, sagt Nicky. »Mr Hancock wird nicht gerne gestört.«

Dicky lächelt. »Er schreibt wohl fleißig?«

»O ja.«

»Okay, dann lasse ich die Bücher hier.« Dicky sieht, dass der Türspalt nicht breit genug ist, um Nicky den Beutel mit den Büchern geben zu können. Diese dämliche Engländerin muss die Kette losmachen.

»Warten Sie einen Moment«, sagt Nicky und schließt die Tür.

Al Brown biegt von der Pinckney ab und steuert auf den Louisburg Square zu. Der Schnüffler fährt langsam um den Platz herum und sucht eine Parklücke.

Nicky macht die Kette los und öffnet. Doch sie macht die Tür auch jetzt nur einen Spalt weit auf. Gerade so weit, dass Mr Wilson, der auf der kleinen Veranda steht, ihr den Beutel mit den Büchern hindurchreichen kann.

Und das tut Dicky, der noch immer lächelt. »Das ist sehr nett von Ihnen, Miss. Vielen Dank.«

Al entdeckt nicht weit von Hancocks Haus entfernt einen Parkplatz. Er fährt auf die Lücke zu und parkt seinen Minivan geschickt ein.

Während Al mit seinem Parkmanöver beschäftigt ist, wird Dicky aktiv.

Als Nicky den Beutel mit den Büchern entgegennimmt, packt Dicky ihr Handgelenk. Sie versucht, sich zu befreien, doch es ist zu spät. Dicky hält sie fest. Er stößt die Tür mit dem Fuß auf und springt schnell ins Haus.

Wenige Sekunden bevor Al seinen Minivan abdunkelt, seine Nikon zur Hand nimmt und den Blick auf Hancocks Haus richtet, ist die Tür schon zu und verschlossen. Al war eine knappe Stunde weg und hat alles verpasst.

Dicky macht sich an die Arbeit. Er presst eine Hand auf Nickys Mund und zerrt sie ins Wohnzimmer. Sie schlägt mit den Armen um sich, tritt mit den Beinen aus, kratzt Dicky und versucht zu schreien, doch es ist alles vergebens. Dicky packt Nickys Haar und knallt ihren Hinterkopf auf den Holzfußboden. Sie verliert sofort das Bewusstsein. Dicky zieht sie hinters Sofa, sodass man sie nicht sehen kann.

»Nicky!«, ruft Sylvia aus der Küche.

Dicky erstarrt.

»Nicky! Hat da jemand geklopft?« Sylvia ist jetzt im Flur und geht auf die Haustür zu.

Dicky huscht durchs Wohnzimmer und versteckt sich hinter der Tür. Er zieht das scharfe Rasiermesser aus der Tasche und klappt die Schneide heraus.

Sylvia kommt ins Wohnzimmer. »Nicky?«

Dicky schlägt die Tür zu, packt Sylvias Arm, reißt ihn herum und drückt die funkelnde Klinge an ihre Kehle. »Ich rate dir, Schwester, den Mund zu halten.«

Sylvia ist schon einmal terrorisiert worden. In Polen. »Lassen Sie mich gehen. Wer sind Sie? Was wollen Sie?«

Dicky presst ihren Arm noch fester auf ihren Rücken. »Ich will dir nicht wehtun. Sag mir nur, wo Mr Hancock ist.«

»Mr Hancock ist nicht zu Hause.«

»Scheiße! Wo ist er? In der Küche? Oben?« Er reißt Sylvias Arm noch weiter nach hinten und zieht so fest daran, dass er ihr fast die Knochen bricht. »Wo ist er?«

Sylvias Gesicht ist schmerzverzerrt. »Ich habe Ihnen doch gesagt, er ist nicht da. Er ist vor einer halben Stunde gegangen. Nein, vor zehn Minuten erst.«

»Du lügst.«

Als Kind hat Sylvia gesehen, wie Menschen gequält und zu Tode geprügelt wurden. Sie weiß zwar nicht, wer dieser Mann hier ist und was er will, doch sie spürt seine Brutalität und erkennt instinktiv, dass er verrückt ist.

»Ich lüge nicht«, sagt sie. »Mr Hancock ist heute den ganzen Tag nicht zu Hause.«

Dicky glaubt ihr nicht. Trotzdem fragt er: »Und wo ist er hin?«

»Das hat er nicht gesagt. Das sagt er uns nie. Er ist einfach gegangen.«

Nicky, die hinter dem Sofa liegt, fängt an zu stöhnen.

Sylvia versucht, sich loszureißen.

Dicky, dessen Wut sich seit langer Zeit aufgestaut hat, drückt die scharfe Klinge des Rasiermessers an Sylvias Hals und schneidet ihr die Kehle durch.

Aus ihrem Mund dringt nur ein Winseln. Aus der Wunde sprudelt das Blut. Es spritzt fast durchs ganze Wohnzimmer, weil die Hauptschlagader durchtrennt wurde, die das Blut vom Herzen zum Gehirn pumpt.

Dicky, der sich vor dem Blut ekelt, lässt Sylvia los.

Sylvia, die einen letzten Funken Leben in sich hat, dreht den Kopf zu ihrem Mörder um. Dabei spritzt das Blut auf Dickys neues, blaues Oxford-Hemd, auf sein Gesicht und seine Hände. Er stößt sein Opfer zurück. Sylvia krallt sich an dem schönen persischen Teppich fest. Bei jedem Schlag ihres sterbenden Herzens sprudelt das Blut aus der klaffenden Wunde.

Nicky stöhnt wieder.

Dicky geht zu ihr. Nicky hat die Augen weit aufgerissen.

Dicky kann es nicht ertragen, in diese Augen zu schauen. Er beugt sich zu ihr hinunter und schneidet, ohne einen Moment zu zögern, mit der blutigen Klinge Nickys süße Kehle durch. Das arme Mädchen. Sie ist noch so jung, dass sie nicht einmal die Liebe eines Mannes kennen gelernt hat.

Dicky säubert die blutverschmierte Klinge an Nickys weißer Seidenbluse. Dann steht er auf, verlässt das Wohnzimmer und schließt die Tür.

Draußen auf dem Flur bleibt er ein paar Sekunden stehen und lauscht. Zwei menschliche Wesen sind plötzlich gestorben, doch das Haus schweigt. Zwei brutale, sinnlose Morde, doch die Welt dreht sich weiter.

Das Rasiermesser im Anschlag, sieht Dicky sich im Erdgeschoss um. Er schaut ins Esszimmer, ins Wohnzimmer und in die Küche. Von Hancock keine Spur.

Dann steigt er die mit Teppichboden ausgelegte Treppe hinauf. Er nimmt zwei Stufen auf einmal. Anschließend durchsucht er die Zimmer. Er schaut sogar in die Schränke und unters Bett. Vielleicht versteckt sich Hancock ja irgendwo.

Das Bett im Schlafzimmer ist nicht gemacht. Und wieder steigt Dicky die Treppe hinauf. Er tritt leise auf, damit die Stufen nicht knarren. Auch oben im Büro ist von Hancock nichts zu sehen.

Das Telefon klingelt. Dann ein zweites Mal. Und ein drittes Mal. Nach dem vierten Klingelton schaltet sich der Anrufbeantworter ein. Der Ansagetext wurde kürzlich von John junior und dem kleinen Willy aufgesprochen. *»Hallo, von uns ist im Moment keiner da. Sagen Sie uns bitte, wer Sie sind und welche Telefonnummer Sie haben. Dann rufen wir zurück.«*

Die Anruferin, Clara Dare Hancock, die vom Kennedy Airport anruft, hinterlässt eine Nachricht. *»Hey, wo seid ihr denn alle? So früh am Tag schon unterwegs? Ich wollte den Jungen nur schnell hallo sagen, bevor sie mit Linda wegfahren. Und dir, John, wollte ich nur sagen, dass ich gerade angekommen bin und gleich ins Hotel fahre. Vielleicht bist du ja schon unterwegs. Ich hoffe es.*

Und wenn nicht, beeile dich. Wir essen zusammen. Anschließend machen wir etwas anderes ... Ich liebe euch alle. Bye.«

Der Anrufbeantworter schaltet sich ab. Dicky hat sich nicht gerührt, seitdem das Telefon geklingelt hat. Er steht ein paar Sekunden wie erstarrt im Zimmer. Jetzt geht er zu Hancocks Schreibtisch. Er möchte sich die Ansage noch einmal anhören. Mitten auf dem Schreibtisch liegt ein Stapel Papier. Ganz oben findet Dicky Hancocks Werk von gestern Abend: ZÄRTLICHE MITTWOCHNACHT IM AMBASSADOR HOTEL IN NEW YORK, N.Y. ... ZÄRTLICHE MITTWOCHNACHT IM AMBASSADOR HOTEL IN NEW YORK, N.Y.

Dicky hat schon mal vom Ambassador Hotel gehört. Ein piekfeiner Schuppen in der Nähe vom Central Park mitten in Manhattan.

Dicky steigt die Stufen hinunter. Er verschwendet nicht einen Gedanken an die beiden Leichen im Wohnzimmer. Warum sollte er auch? In seiner kranken, verdrehten Wahrnehmung der Welt sterben die Menschen andauernd, ohne dass es gute Gründe dafür gäbe. Seine Mutter. Seine Schwester. Womit haben sie es verdient, in so jungen Jahren den Tod zu finden? Dickys Meinung nach haben sie es ganz und gar nicht verdient.

Zwei Menschen standen Dicky im Weg, und nun sind sie tot. Pech gehabt.

Jetzt hat Dicky ein neues Ziel. Er hat noch mehr zu tun. Er muss noch mehr Menschen töten. Darum muss er nach New York. Ins Ambassador Hotel in New York City. Jetzt. Sofort.

Aber wie kommt er dahin? Mit dem Flugzeug? Dem Zug? Dem Bus? Dem Wagen?

Dicky geht in die Küche und verlässt das Haus durch den Hintereingang. Er überquert die Einfahrt, geht zur Garage und späht durch das schmutzige Fenster hinein. In der Garage steht ein Wagen, ein großer, silberner Schlitten, so ein luxuriöses ausländisches Modell. Dicky zieht das schwere Garagentor auf und geht zu dem Wagen. Leider ist der BMW abgeschlossen.

Dicky findet die Schlüssel schnell. Sie hängen an einem Haken in der Küche. Er nimmt die Schlüssel, den Beutel mit den Büchern und den anderen mit den Sachen und schickt sich an zu gehen.

Zuvor reißt er sich noch schnell sein blutverschmiertes Hemd vom Leib, ohne sich damit aufzuhalten, die Knöpfe aufzumachen, und zieht das T-Shirt und die Hose aus. Halbnackt stellt er sich vor das Spülbecken in der Küche und wäscht sich gründlich das viele Blut ab. Zum Abtrocknen verbraucht er fast die halbe Küchenrolle. Das ganze Zeug wirft er in der Küche auf einen Haufen, zieht saubere Sachen an und geht zur Garage.

Nachdem er von der Einfahrt herunter ist, rast er mit hoher Geschwindigkeit auf den Louisburg Square. Dann schaltet er in den höchsten Gang und biegt mit kreischenden Reifen in die Pinckney ein.

Al Brown, der Schnüffler, ist über das rasante Tempo des Wagens ziemlich erstaunt. Er fragt sich, wohin Hancock mit seinem großen deutschen Schlitten so eilig unterwegs ist.

Al weiß, dass er John Hancock im Auftrag von Mr Fisher im Auge behalten muss. Deshalb startet er den Minivan und folgt dem BMW in diskretem Abstand.

Der Schnüffler weiß es zwar noch nicht, aber er wird zum Essen nicht zu Hause sein.

CLARA & LINDA

Am Tag nachdem John Hancock Clara Dare den Heiratsantrag gemacht hatte, lud Clara ihre Freundin Linda zu einem verspäteten Frühstück ein.

»Er hat mir einen Heiratsantrag gemacht.«

»Was? Wer?«

»Hancock.«

»Du machst Scherze.«

»Nein.«

»Wann?«

»Gestern Abend.«

»Mein Gott.«

Clara und Linda setzten sich auf die Terrasse von Claras Wohnung, von der man auf den Charles River blicken konnte. Es war ein wunderschöner, warmer, sonniger Morgen. Vögel zwitscherten. Wolken zogen über den Himmel. Und die jungen Damen, die kürzlich dem Kaffee abgeschworen hatten, tranken Tee. Es war so ein seltsamer Kräutertee aus Ginseng und Ingwerwurzeln.

»Und was hast du ihm geantwortet?«, fragte Linda ihre Freundin Clara.

»Ich habe Ja gesagt.«

Linda traute ihren Ohren nicht. »Ihr kennt euch doch erst sechs Monate.«

»Fast neun.«

»Das ist auch nicht sehr lang.«

»Lang genug, um zu wissen, dass er der Richtige ist.«

»Vielleicht, aber ...«

»Hast du irgendwelche Bedenken?«

Linda, die noch ganz sprachlos war, musste sich erst einmal fassen. »Bedenken? Natürlich nicht. Es ist nur so ... seltsam. Es kommt mir vor, als wäre es erst eine Woche her, dass ich dich zu einer Verabredung mit dem Typen überredet habe. Und jetzt willst du ihn heiraten.«

Clara strahlte übers ganze Gesicht. »Verrückt, hm?«

»Allerdings. Besonders für eine Frau, die mir seit Jahren erzählt, dass sie sich nicht mit einem Mann begnügen will, weil ein Mann es niemals schaffen würde, all ihre Bedürfnisse zu befriedigen.«

Clara lächelte noch immer und nippte an ihrem Tee. Eine schöne Tasse kolumbianischer Kaffee hätte viel besser geschmeckt.

»Wer sagt denn, dass ich mich mit einem Mann zufrieden geben will?«, fragte Clara ganz unschuldig.

Linda schaute ihre Freundin mit zusammengekniffenen Augen an. »Nun, Liebes, wenn du verheiratet bist ...«

Clara nahm noch einen Schluck von dem schrecklichen Tee und fragte: »Soll ich dir ein kleines Geheimnis verraten?«

»Ein Geheimnis? Na klar.«

»Es ist ziemlich brisant.«

»Wie brisant?«

»Brisanter geht's kaum.«

»Umso besser.«

Clara schmunzelte. »Zwillinge.«

»Zwillinge?«

»Genau.«

»Wie – was?«

»Es sind zwei.«

»Wie – zwei?«

»Es gibt zwei von ihnen.«

Linda war völlig verwirrt. »Versteh ich nicht.«

»Von John Hancock gibt es zwei.«

»Clara, was redest du denn da?«

Clara musste Linda alles erklären. Ganz genau. Das dauerte eine Weile. Die beiden jungen Damen kochten sich Kaffee und leerten die ganze Kanne.

Es war nämlich so: Nachdem Clara einen Monat lang mit John Hancock ausgegangen war, wurde sie neugierig. Ihre Neugier war so groß, dass sie bald einen Privatdetektiv engagierte. Nein, nicht Al Brown. Der Schnüffler hieß Pete. Dieser Pete verfolgte John Hancock zwei Wochen lang Tag und Nacht. Schließlich folgte er John Hancock den ganzen weiten Weg bis zu dem Bauernhaus in Stockbridge. Dort verschoss Pete einen ganzen, hochauflösenden Film, auf dem die beiden Hancock-Brüder nebeneinander vor dem Haus standen. Clara hat diese Fotos aufbewahrt. Sie sind jetzt in ihrer Ferragamo-Handtasche.

Man kann sich leicht vorstellen, dass Clara, als sie diese Fotos sah, beunruhigt und unglaublich wütend war. Wer wäre nicht wütend gewesen? Diese beiden Schurken hatten vielleicht Nerven! Sie auf so abscheuliche Weise zu benutzen! Die Hancocks wechselten sich einfach bei ihr ab. Sie gingen beide mit ihr ins Bett. Es war schrecklich. Gewissenlos. Die Todesstrafe wäre genau das Richtige gewesen.

Clara weigerte sich mehrere Tage lang, John Hancock zu sehen oder auch nur mit ihm zu telefonieren. Mit *ihnen.* Und sie riefen jeden Tag an. Mehrmals am Tag. Immerhin waren sie in Clara verliebt. Alle beide. Und Clara ließ nicht eine Sekunde durchschimmern, dass sie über alles im Bilde war.

Am liebsten hätte Clara sie umgebracht. Zumindest sollten sie hinter Schloss und Riegel. Aber wofür? Weil sie sich gegenseitig für den anderen ausgaben? Okay, dann konnte sie die beiden eben nicht hinter Schloss und Riegel bringen. Doch Clara wollte sie verletzen, ihnen wehtun, sie verstümmeln. Sie sollten sterbend in ihrem eigenen Blut liegen.

Es war seltsam, aber es verging eine gewisse Zeit – ein paar Tage, eine Woche, fast zwei Wochen –, und allmählich vermisste Clara ihn. Sie vermisste *sie.* Zum ersten Mal im Leben fühlte sie sich einsam und verlassen, ein Gefühl, das nur Verliebte empfinden, wenn sie vom Objekt ihrer Begierde getrennt sind.

Und was tat die starke, gelassene Clara Dare? Sie rief John Hancock an und fragte ihn, ob er Lust habe, zu ihr zu kommen.

Natürlich hatte er Lust. Nach knapp einer Stunde klopfte er an ihre Tür. Doch an jenem Tage war es Will, der als John in Claras Wohnung kam, und nicht John. John war unterwegs nach Chile, wo er in den Anden felsklettern wollte.

Ob nun Will als John oder John persönlich, das machte für Clara keinen Unterschied. Sie liebte sie alle beide und sehnte sich nach ihnen. Ihre Wut war verraucht. Zwei zum Preis von einem. Wie verlockend.

Clara liebte diese seltsame Vorstellung. Vor allem, als sie

die Beherrschung zurückgewonnen hatte. *Ihr* kleines Geheimnis war jetzt auch *ihr* kleines Geheimnis.

Linda Carson, die in einem gemütlichen Tempo von sechzig Meilen die Stunde fährt, lenkt den Volvo über die Grenze von Massachusetts nach New Hampshire, dem Staat mit dem Motto: Lebe frei oder stirb! Der kleine Willy und John junior sitzen auf der Rückbank. Sie sind alle angeschnallt. *Charlotte's Web* von E.B. White klingt aus den Lautsprechern. John junior zappelt herum, während der kleine Willy ganz ruhig ist. Seine gefalteten Hände liegen auf dem Schoß. Die Jungen lächeln. Es sind glückliche Kinder. Und Brüder. Eigentlich Halbbrüder. Die gleiche Mutter, aber verschiedene Väter. Obwohl ihre Väter vom genetischen Standpunkt aus gesehen fast dieselben sind.

Linda kümmert sich rührend um die Jungen. Das war schon immer so. Vor Jahren hat sie erfahren, dass sie keine Kinder bekommen kann. Es war ein harter Schlag für sie, doch sie hat wenigstens die Hancock-Jungen. Sie liebt die beiden wie ihre eigenen Kinder.

Linda macht sich Sorgen wegen Claras Plan. Sie befürchtet, der Plan könnte die Kinder traurig machen. Es wäre schrecklich für Linda, würden die Jungen in ihrem zarten, unschuldigen Alter psychischen Schaden nehmen. Linda weiß, dass Clara einen starken Willen hat. Wenn Clara sich einmal etwas in den Kopf gesetzt hat, ändert sie selten ihre Pläne.

Claras verrückte Entscheidung, die Hancock-Brüder zu heiraten, ist für Linda der beste Beweis dafür, dass Clara stets bis zum bitteren Ende an einem einmal gefassten Entschluss festhält.

Nachdem Linda ihrer besten Freundin an jenem Morgen vor fast acht Jahren zugehört hatte, stellte sie ihr ein paar einfache Fragen. »Du meinst es also ernst? Du willst ihn wirklich heiraten? Du willst sie heiraten? Beide?«

»Stimmt«, erwiderte Clara. »Genau das werde ich tun.«

»Und du wirst es ihnen nicht sagen?«

»Was denn? Dass ich weiß, dass es zwei sind? Dass ich weiß, dass sie mich hinters Licht führen? Dass ich weiß, dass sie versuchen, einem hübschen Mädchen Sand in die Augen zu streuen?«

»Ja, genau das.«

Clara schüttelte den Kopf. »Das werde ich ihnen natürlich nicht sagen.«

»Aber, Clara«, sagte Linda, »das ist doch verrückt. Total verrückt! So kannst du doch nicht leben.«

»Es ist überhaupt nicht verrückt. Und warum soll ich nicht so leben können? Es wäre lächerlich, wenn ich es ihnen sagen würde. Ich würde alles kaputtmachen. Der ganze Spaß wäre dahin. Die ganze Spannung. Es ist viel besser für mich, wenn ich es weiß und sie nicht wissen, *dass* ich es weiß.«

Linda, die jetzt auf der Autobahn 93 südlich von Manchester ist, schüttelt den Kopf, als sie sich das Gespräch ins Gedächtnis ruft. Sie muss zugeben, dass alles funktioniert hat. Claras seltsame und zweifellos illegale Ehe läuft gut. Sie hat zwei wunderbare Söhne bekommen, ihrer Familie ein schönes Heim geschaffen und ganz nebenbei noch ziemlich viel Geld verdient.

Doch inmitten dieses Erfolgs und Glücks will Clara mehr, wie immer.

Linda seufzt. Sie weiß, dass sie ihrer besten Freundin trotz ihrer Sorgen und Vorbehalte stets helfen wird.

FRANK HAGSTROM HÄNGT

Es ist jetzt mehr als fünfzehn Jahre her, dass Hancock vor dem Haus aus Glas und Rotholz oben in den Hollywood Hills stand und beobachtete, wie Hagstrom immer wieder den Couchtisch hinauf- und hinunterstieg. Schließlich gelangte Hancock zu dem Schluss, dass Hagstrom nicht den Mut hatte, sich aufzuhängen. Daher beschloss Hancock, in sein altes Elternhaus zu schleichen und diesem stinkenden, verlogenen Anwalt, der ihn und seinen Bruder bestohlen hatte, einen Besuch abzustatten. Er wollte diesem Scheißkerl gerne zur Hand gehen.

Hancock musste zuerst einmal ins Haus gelangen. Kein Problem. Er kroch zurück in die Dunkelheit und suchte eine offene Tür, doch sie waren allesamt verschlossen. Also machte er seinen Rucksack auf und nahm Hammer und Meißel heraus. Die Tür, die zur Küche führte, schien sich leicht aufbrechen zu lassen. Hancock machte sich mit Hammer und Meißel ans Werk, bis das Schloss geknackt war und die Tür aufsprang. Anschließend kehrte er zum Wohnzimmerfenster zurück, um nach Hagstrom zu sehen. Der Anwalt, der in seinem Anzug und den eleganten schwarzen Schuhen wie immer tadellos gekleidet war, haderte noch immer mit dem Tod.

Schon näherte sich Big Frank wieder seinem selbst gebauten Galgen. Als er erneut auf den Tisch stieg, rannte Hancock zur Küchentür, stieß sie auf und schlich sich unbemerkt ins Haus. Die Tür quietschte nicht, und Hancocks Schritte waren auf dem gekachelten Boden nicht zu hören. Seine Mutter hatte die schönen Kacheln passend zu den hellen Kirschholzschränken und der rosafarbenen Marmorarbeitsfläche ausgesucht.

Vor der Wohnzimmertür zog er die 38er Saturday Night Special, die sein Bruder in Mexiko mit Hilfe von Felipe Alvarez gekauft hatte. Er blieb stehen und atmete ein paar Mal tief ein und aus. Kaum drei Meter von ihm entfernt stand Hagstrom unsicher auf dem Stuhl, der auf dem Glastisch stand. Um den Hals des Anwalts hing der Strick. Und auf seinem verlogenen Gesicht spiegelte sich sein ganzes Elend. Hagstrom war so mit sich und seinem Kummer beschäftigt, dass er Will Hancock weder sah noch hörte.

Will stand dort und fragte sich, was er tun sollte. Es gab

zwei Möglichkeiten: weitermachen oder sich wieder zurückziehen. Will wusste, dass es das Beste wäre, wieder zu gehen. Seit über einem Jahr, seitdem er angeblich in Caye Caulker ertrunken war, wechselten er und John sich stets ab, um sich an Hagstrom heranzumachen. Doch keiner von ihnen hatte bisher den Mut gehabt, den Anwalt ins Jenseits zu befördern. Jetzt bot sich Will plötzlich eine ausgezeichnete Gelegenheit, die Sache zu erledigen. Er musste nur ins Wohnzimmer gehen und den Stuhl unter Hagstroms Füßen wegziehen.

Doch wenn er das tat und Hagstrom tötete, war sein Schicksal besiegelt. Dann hatte er keine Möglichkeit mehr, sein eigenes Leben zu führen. Will wusste, dass er heute, fünfzehn Monate nach seinem angeblichen Tod, noch immer zurückkommen und jedem, der es hören wollte, erzählen könnte, dass die Sache mit seinem Unglückstod arg übertrieben war. Eine Ente. Ein Schwindel, der sogar Werbung für ihr literarisches Debüt machen könnte, *Internatsblues,* denn der Roman wurde zwar von den Kritikern sehr positiv bewertet, verkaufte sich jedoch ziemlich schleppend.

Andererseits würde Will mit dem Mord an Hagstrom seinen Status quo besiegeln. Er würde von nun an immer abwechselnd mit seinem Bruder die Rolle des John Hancock spielen müssen.

Was soll ich tun?, fragte sich Will, als er dort stand. Ist dieser Scheißkerl den ganzen Ärger wert?

Schließlich betrat Will aus verschiedenen Gründen das Wohnzimmer. Es hatte mit seinen verstorbenen Eltern zu tun. Hagstrom hatte sie zwar nicht getötet, aber er hatte ihre Namen und ihren Ruf in den Dreck gezogen. Will betrat das Wohnzimmer wegen des Geldes. Wegen der drei Millionen Dollar, die Hagstrom ihm und seinem Bruder gestohlen hatte. Er betrat das Wohnzimmer, weil das Schicksal ihn scheinbar in diese Richtung lenkte. Doch der Hauptgrund war sein Bruder John. Will wollte John beweisen, dass er diese heikle Situation bewältigen konnte, dass er den Mut hatte, die Hinrichtung zu vollstrecken. Die ganze Zeit hatte John behauptet, *er* würde Hagstrom ins Jenseits befördern, doch Will glaubte nicht mehr, dass John den Mut dazu hatte.

Also richtete er die 38er Special auf den Anwalt und sagte: »Hallo, Frank.«

Big Frank, dessen Nerven aufgrund seiner äußerst gefährlichen Position angeschlagen waren, verlor beinahe das Gleichgewicht und wäre fast vom Stuhl gefallen. In diesem Fall hätte er sich selbst erhängt, doch er fand das Gleichgewicht wieder.

»Was tust du in meinem Haus?«, schrie Big Frank, wobei er versuchte, seiner Stimme Nachdruck zu verleihen.

»Das ist *mein* Haus, Frank. Mein Elternhaus. Du hast es uns gestohlen.«

»Einen Scheißdreck hab ich. Hau ab. Ich hab keine Lust, Besuch zu empfangen.«

»Das sehe ich, Frank. Hast du heute einen schlechten Tag?«

»Verpiss dich, Hancock.« Hagstrom streckte die Arme aus, um den Strick zu lösen, der um seinen Hals geschlungen war.

Will ging einen Schritt näher und stieß dem Anwalt die 38er in die Leiste. »Hände hoch, Frank, oder ich schieß dir die Eier ab.«

Hagstrom hob die Hände. Er war leichenblass. »Was willst du von mir?«

»Dich, Frank.«

»Verdammt! Was wollen die alle in dieser beschissenen Stadt von mir? Und du, Hancock? Was willst du jetzt tun? Mich erschießen?«

»Keine schlechte Idee.«

»Du hast doch gar nicht den Mut dazu!«

»Vielleicht brauche ich die Knarre ja gar nicht, Frank. Vielleicht muss ich dir nur einen kleinen Schubs gehen.« Um dies zu demonstrieren, hob Will die linke Hand und drückte sie gegen Franks Bauch.

Der Anwalt kämpfte, um das Gleichgewicht zu wahren.

Will lächelte. Trotz seiner Vorbehalte machte ihm die Sache

Spaß. Es gefiel ihm, das Schicksal eines anderen Menschen in der Hand zu halten. Die Macht über Leben und Tod zu haben. Er fühlte sich stark.

»Was soll das, Hancock? Es geht um das Geld, stimmt's? Du bist sauer wegen der Kohle.«

»Hast du einen Fotoapparat, Frank? Ich möchte ein paar Aufnahmen machen.«

»Aufnahmen? Wovon?«

»Von dir. In dieser demütigenden Lage.«

»Verpiss dich, Hancock.«

»Du wiederholst dich. Wo ist der Fotoapparat?«

»Im Schlafzimmer. Auf der Kommode.«

Will ging rückwärts zur Schlafzimmertür. Er ließ den Anwalt nicht eine Sekunde aus den Augen und richtete die ganze Zeit die Waffe auf ihn. Als er im Flur stand, warf er einen raschen Blick ins Schlafzimmer. Auf der Kommode lag neben Franks Brieftasche und den goldenen Manschettenknöpfen eine 35-mm-Minolta. Will nahm die Kamera und ging zurück ins Wohnzimmer. Hagstrom hatte sich nicht gerührt. Will überprüfte die Kamera. Auf dem Film waren noch ein paar Aufnahmen.

»Okay, Frank, ich möchte nur ein paar Fotos von dir machen, wie du da oben stehst, den Strick um den Hals. Wenn du willst, lass ich dich runtersteigen, sobald ich fertig bin. Die Fotos sind der Preis dafür, dass ich dir dein Leben lasse.«

»Zur Hölle mit dir!«

»Sei doch ein bisschen nett, Frank. Du wirst mir den kleinen Gefallen schon tun«, sagte Will in zuversichtlichem Tonfall. Sein ganzes Auftreten spiegelte sein Selbstvertrauen wider. Vielleicht konnte er es wirklich tun. Vielleicht konnte er Hagstrom tatsächlich erledigen. Vielleicht war ein Mord gar keine so große Sache. Will wusste, dass John es versucht, aber versagt hatte. John hatte nicht den nötigen Mut. Er hatte nur ein großes Maul. Jetzt blieb es an Will hängen. Und Will war der richtige Mann für diese Sache.

Zuerst musste er noch die Fotos machen, um John zu beweisen, dass er hier gewesen war.

»Okay«, sagte Frank, »dann mach deine verdammten Fotos, aber beeil dich.«

»Keine Bange, Frank. Immer mit der Ruhe. Zieh den Strick stramm. Die Fotos sollen authentisch aussehen.«

»Dreißig Sekunden«, sagte der Anwalt. »Ich gebe dir dreißig Sekunden, um drei Bilder zu machen. Du musst aber ein Stück zurückgehen. Ich brauche Platz. Mindestens drei Meter.«

Will kam seinem Wunsch nach und wich bis in die Mitte des Wohnzimmers zurück.

Frank atmete tief ein und zog den Strick stramm. Er bekam sofort eine Gänsehaut.

»Bereit, Frank?«

»Mach schon deine beschissenen Fotos!«

Will hielt sich die Kamera vors Auge. »Okay, Frank – *lächeln*!«

»Zum Teufel mit dir!«

Will drückte auf den Auslöser.

»Das erste«, sagte Frank.

Will ging durchs Zimmer und suchte den richtigen Blickwinkel für ein zweites Foto. Vernunft und Wirklichkeit waren zu diesem Zeitpunkt aus seinem Bewusstsein verschwunden.

»Verdammt! Nun mach schon!«

»Immer mit der Ruhe, Frank. Du darfst einen Künstler nicht treiben.«

»Schieß einfach das Bild, du dämlicher Hammel.«

Will machte ein zweites Foto.

»Nummer zwei. Jetzt kommt das Letzte, aber das muss wirklich gut werden.« Will ging wieder durchs Zimmer, umkreiste Hagstrom, näherte sich ihm und guckte durch den Sucher.

Frank bemühte sich, den jungen Hancock anzuschauen, doch Will blieb einfach nicht stehen.

»Nun mach schon dein bescheuertes Foto!«

Will stand jetzt hinter Hagstrom. Sein Adrenalinspiegel war in die Höhe geschossen, und seine animalischen Instinkte waren geweckt.

»Wo steckst du, Hancock?«

»Direkt neben dir, Frank.« Will rüttelte ein wenig an dem Stuhl. Er hatte die Grenze zur Realität überschritten und fuhr bereits die Straße des Irrsinns hinunter.

»Scheiße!«, schrie Hagstrom mit greller Stimme.

Will lachte und rüttelte noch einmal an dem Stuhl. »Macht das Spaß, Frankie?«

»Hör auf damit, du verdammtes Arschloch!« Hagstrom geriet in Panik und verlor langsam, aber sicher das Gleichgewicht. Er presste die Knie zusammen. Der Strick zog sich immer enger um seinen Hals.

In diesem Moment hätte die Sache noch eine andere Wende nehmen können. Will hätte verhindern können, dass Frank fiel. Vielleicht hätte er dadurch sein eigenes Leben gerettet, auf jeden Fall seine Zurechnungsfähigkeit. Er hätte auch einfach zuschauen können, in der Hoffnung, dass Frank von allein das Gleichgewicht verlor.

Will entschied sich für den kühnsten und makabersten Schritt in seinem jungen Leben. Er nahm die Sache selbst in die Hand.

Er riss Big Frank den Stuhl unter den Füßen weg. Frank schrie und schoss in die Tiefe. Nur eine Handbreit über dem Glastischchen hing er plötzlich in der Luft. Nach dem schnellen Sturz baumelte er da und trat mit den Beinen ins Leere. Er versuchte angestrengt, die Zehen zu strecken, um festen Boden unter die Füße zu kriegen. Doch die wenigen Zentimeter waren in diesem Fall ein unendlich fernes Ziel.

Dann versuchte Frank, die Arme zu strecken, um den Strick um seinen immer länger werdenden Hals zu lockern. Doch in einem Anfall reiner Mordlust stieg Will auf den Tisch und presste Frank die Arme auf den Rücken.

»Ganz locker bleiben, Frankie«, sagte er mit leiser, tröstender Stimme zu dem Anwalt. »Quäl dich nicht so. Es ist gleich vorbei.«

Frank wollte etwas erwidern, doch kein Laut kam über seine Lippen.

»Ist keine große Sache, Frank. Du bekommst nur, was du verdienst.«

Frank bekam keine Luft mehr, und das Leben wich allmählich aus seinem Körper. Bald regte er sich nicht mehr. Seine Arme und Beine waren erschlafft.

Will blieb noch eine Minute dort stehen, bevor er vom Tisch hinunterstieg. Er schaute nach oben, und dort hing Frank Hagstrom, dessen Körper mitten im Wohnzimmer langsam hin und her baumelte.

Will spürte, dass sich tief in seiner Magengrube etwas regte. Ehe er das Badezimmer oder den Spülstein in der Küche erreichen konnte, musste er würgen und erbrach sich auf dem teuren, dicken Teppich.

Es war nicht das letzte Mal, dass Will kotzen musste, wenn es schlimm wurde.

IN DIE ENGE GETRIEBEN

Einige Jahre später, im Juni 1986, musste sich Will in Zelda Cosgroves Wohnung übergeben. Er konnte den Anblick von Blut nicht ertragen. Und letzte Nacht, als er die Stimme seiner Frau auf dem Anrufbeantworter von *Abenteuerreisen* hörte, passierte es wieder.

Will hört sich die Nachricht von Clara noch mehrere Male an. Die Nachricht aus der Hölle, nennt er sie. Diese Nachricht kommt urplötzlich, und sie klingt so, als würde sich jetzt einiges ändern.

Will weiß nicht, was er tun soll, wie er vorgehen soll. In den vier Wänden des Bauernhauses in Stockbridge kommt er sich wie in einer Zelle vor, oder wie ein Tier im Käfig, für das es kein Entrinnen gibt. In seinem Kopf herrscht ein einziges Chaos. Er kann keinen klaren Gedanken fassen.

John wird bald hier sein und Antworten verlangen.

Zehn Minuten lang geht Will unruhig auf und ab. Dann nimmt er den Hörer ab. Er wählt die Achthunderter-Nummer, die Clara hinterlassen hat.

Nach mehrmaligem Durchschellen sagt eine Frauenstimme: »Ambassador Hotel, guten Morgen. Was kann ich für Sie tun?«

»Ich möchte mit Mrs Dare Hancock sprechen.«

»Zimmernummer?«

»Die weiß ich leider nicht.«

Die Dame an der Rezeption tippt ein paar Informationen in ihren Computer ein. »Es tut mir Leid, Sir, aber Mrs Hancock ist noch nicht angekommen.«

»Sie hat aber reserviert?«

»Ja, Sir. Sie hat für heute und morgen eine Suite reserviert.«

»Ich verstehe. Wissen Sie vielleicht, wann sie eintreffen wollte?«

»Im Laufe des Nachmittags, Sir. Sie können gerne eine Nachricht hinterlassen.«

»Nicht nötig«, erwidert Will Hancock und legt auf.

Noch einmal hört er sich Claras Nachricht an. Diesmal jedoch nimmt er ihre Worte, die nichts Gutes erahnen lassen, kaum wahr. Will konzentriert sich schon auf andere Dinge.

Als die Nachricht abgespielt ist, löscht er sie. Es ist nicht nötig, dass ein anderer darüber stolpert. Vor allem nicht John. Doch John wird dazu wohl keine Gelegenheit mehr haben.

Rafe bemüht sich, mit der Enge im Greyhound-Bus zurechtzukommen, der sich jetzt ein paar hundert Meilen östlich von Chicago befindet. Als U-Boot-Fahrer wäre er ungeeignet gewesen. Rafe braucht frische Luft und viel Platz.

Und was macht Rafe jetzt? Er steht von seinem Sitz hinten im Bus auf, schlendert durch den Gang und plaudert ein wenig mit dem Fahrer Fred, einem unbekümmerten Burschen aus Dayton, Ohio, der früher Tourenbusse für eine Heavy-Metal-Rockband namens Blister fuhr. Er hat diese Band durchs ganze Land kutschiert, erzählt Fred, während die Bandmitglieder sich hinten im Bus Heroin spritzten und dürre, weiße Mädchen mit dunklen Augen vögelten, die so jung aussahen, als hätten sie noch nicht einmal ihre erste Periode gehabt.

Rafe reicht es. Er dreht sich um und geht zurück zu seinem Platz. Ungefähr auf halbem Weg entdeckt er zu seiner Linken eine gut aussehende Blondine, neben der niemand sitzt. Er sieht, dass sie in ein Taschenbuch vertieft ist. Sie schaut noch nicht einmal hoch, als Rafe an ihr vorbeigeht. Das gefällt Rafe überhaupt nicht, denn er hätte die Blondine gerne verführerisch angelächelt, sich vielleicht auf den freien Platz neben ihr gesetzt und ein oder zwei Stündchen mit ihr gequatscht. So hätte er die Zeit auf der langen Fahrt nach New York City gut totschlagen können.

Rafe ist schon fast an seinem Platz, als es in seinem Gehirn *klick* macht. Das Taschenbuch! Rafe geht wieder zurück zur Blondine und riskiert einen raschen Blick. Tatsächlich! Sie liest ein Buch von John Hancock.

Rache.

Rafe geht zurück zu seinem Platz und holt seinen Hancock-Roman: *Die Abrechnung.*

Anschließend kehrt er zur Mitte des Busses zurück. »Hallo«, sagt er mit einem charmanten Lächeln. »Entschuldigen

Sie bitte die Störung, aber sind Sie auch ein Fan?« Um seine Frage zu verdeutlichen, zeigt er ihr seinen Hancock-Roman.

Babe, die mit ihren Gedanken ganz woanders ist, braucht ein paar Sekunden, um die Verbindung herzustellen. Seit dem Augenblick, als sie die Praxis von Dr. MacDaniel vor *drei Tagen* verlassen hat, hat sie mit kaum jemandem gesprochen. Sie hat höchstens mal nach der Toilette gefragt oder etwas zu essen bestellt.

»Ein Fan?« Babe schaut den lächelnden, dunkelhäutigen Mann an. »Ach so. Ich verstehe. Nein, ich will mir nur ein bisschen die Zeit vertreiben.« Sie schaut sofort wieder ins Buch.

Eine schüchterne Frau, denkt Rafe, der seit fünfundzwanzig Jahren Erfahrung mit weißen Mädchen hat, die in der Karibik Urlaub machen. »Ich dachte nur, weil ... hm ... nun, das ist ein alter Freund von mir«, sagt er, nachdem er angestrengt nach einem Aufhänger gesucht hat, um das Gespräch fortzusetzen.

Als Babe das hört, hebt sie sofort den Kopf. Normalerweises fängt sie keine Gespräche mit Fremden an, vor allem nicht mit männlichen Fremden, doch bei einem alten Freund von John Hancock sollte sie wohl eine Ausnahme machen.

»Sind Sie auch Schriftsteller?«, fragt sie.

»Eigentlich nicht«, erwidert Rafe. »Ich ... hm ... ich habe ein Hotel unten in Belize.«

»Belize? Das ist in Zentralamerika.«

»Zentralamerika. Richtig. Ich wohne in der Karibik.«

»In der Karibik?«

Rafe nickt. »Auf einer kleinen Insel namens Caye Caulker.«

»Sie haben ein eigenes Tropenhotel auf einer Insel? Das hört sich ja toll an.«

»Ach, es ist nur ein bescheidenes Haus. Aber es ist sehr schön. Ein kleines Paradies auf Erden.«

»Kann ich mir vorstellen.«

»Die Hancocks waren meine Gäste. Mehrmals.«

Jetzt wird Babe hellhörig. »Die *Hancocks?* Sie meinen den Schriftsteller und seine Frau?«

»Nein«, sagt Rafe in einem Moment göttlicher Unschuld, »der Schriftsteller und sein Bruder.«

»Sein Bruder?« Babe kann ihre Verwunderung kaum verbergen.

»Ja. Ist schon viele Jahre her.«

Babe muss sich zusammenreißen, um nicht die Fassung zu verlieren. Sie fragt sich einen Moment, ob dieser schwarze Mann da Wirklichkeit ist.

Rafe steht leibhaftig vor ihr. Und da er das Gespräch jetzt in Gang gebracht hat, wird er sich so leicht nicht mehr abschütteln lassen. Er setzt sich auf den freien Platz. »Sagen wir mal so: John Hancock hatte einen Bruder. Einen Zwillingsbruder. Will Hancock. Aber der ist unten auf Caye Caulker gestorben. Beim Tauchen. Ich war dabei, als es geschah.«

Mein Gott, denkt Babe, dann ist die Geschichte vom Tod Will Hancocks also wahr. Und ich dachte die ganze Zeit, sein Tod sei eine Lüge. Ich dachte, er lebt noch. Dass er gesund und munter ist. Und dass er Frank umgebracht hat. Und jetzt taucht dieser Mann hier wie aus heiterem Himmel auf und erzählt mir etwas ganz anderes.

Rafe, der über das Interesse der Blondine an den Hancock-Brüdern überhaupt nicht im Bilde ist, redet weiter auf Babe ein. »Ich habe geschäftlich in New York zu tun. Im Ambassador Hotel am Central Park.« Er hofft, dass es beeindruckend klingt. »Anschließend«, fügt er hinzu, »fahre ich nach Boston. Ob Sie's nun glauben oder nicht, aber ich besuche John Hancock.« Rafe zeigt auf seinen Roman. »Ich war der Meinung, ich sollte sein neuestes Buch lesen, bevor ich zu ihm fahre.«

Babe schwirrt der Kopf von all diesen Informationen. »John Hancock?«, fragt sie. »Wirklich? Sie wollen ihn besuchen?«

»Ja.« Und dann fügt Rafe in seiner lässigen Inselmentalität hinzu: »Sie können ja mitkommen, wenn Sie wollen.«

Es ist eigentlich nicht Babes Art, Einladungen von fremden

schwarzen Männern anzunehmen. Aber ein persönliches Treffen mit John Hancock ...

»Ehrlich gesagt, ich will auch nach Boston.«

»Dann können Sie ja mit, wenn ich Hancock besuche. Ich bleibe nur ein paar Stunden in New York. Anschließend geht's sofort weiter nach Boston. Sie sollten die Hancocks wirklich kennen lernen. Großartige Burschen!«

Babe wird schwindelig. Vielleicht habe ich ihn missverstanden, denkt sie. Es geht alles so schnell. »Großartige *Burschen?* Sagten Sie nicht, dass einer von ihnen tot ist?«

Rafe beugt sich zu ihr hinunter. Er versteht es meisterhaft, Vertrautheit herzustellen. »Möchten Sie ein kleines Geheimnis erfahren?«

»Ein Geheimnis?«

Rafe lächelt. »Ja. Ein Geheimnis.«

»Über John Hancock?«

Rafe nickt.

Babe sagt in leisem, verschwörerischem Tonfall: »Ich liebe Geheimnisse.«

Rafe, der ganz nahe an die gut aussehende Blondine heranrückt, fragt: »Und wie gut können Sie Geheimnisse für sich behalten?«

Babe lächelt. »Sehr gut.«

Rafe liebäugelt mit dem Gedanken, dieser weißen Blondine möglicherweise näher zu kommen, wenn er geschickt vorgeht. Darum gibt er zum ersten Mal im Leben sein großes Geheimnis preis. Auf der Strecke zwischen Indiana bis kurz vor Ohio erzählt Rafe die Geschichte vom inszenierten Tod an der Küste von Caye Caulker in der West-Karibik. Die Geschichte von einem toten Hancock, der gar nicht tot ist. Und je sehnlicher Rafe davon träumt, mit der Blonden ins Bett zu gehen, umso mehr Details über die Hancocks fallen ihm ein.

Babe traut ihren Ohren nicht. Der Himmel muss diesen Rafe geschickt haben, damit er ihr dieses Geheimnis anvertraut. Das Geheimnis, dass beide Hancocks am Leben sind, wie sie es schon lange vermutet hat.

EIN KRÄFTIGER SCHLAG

John Hancock parkt den ML320 vor dem alten Bauernhaus. Er steigt aus und geht den Weg zum Haus hinauf.

Die Tür wird geöffnet. Will tritt auf die Veranda. Er trägt Jeans und einen sandfarbenen Baumwollpullover. John ist genauso gekleidet. Keiner der beiden Brüder scheint sich darüber zu wundern.

Sie schütteln sich die Hände. Dann umarmen sie sich zögernd.

»Mit den Kindern alles in Ordnung?«, fragt Will.

John nickt. »Sie sind vor ein paar Stunden mit Linda weggefahren.«

»Nach New Hampshire?«

»Ja.«

Will setzt zum Sprechen an, verstummt aber sofort wieder. Er seufzt.

Das Seufzen beruhigt John keineswegs.

Es vergehen mehrere Sekunden. Eine halbe Minute.

»So«, sagt John.

»So«, sagt Will.

Wieder Stille.

»Warum gehen wir nicht rein?«, schlägt John vor.

»Ich würde lieber hier draußen bleiben«, sagt Will und fügt nach einem kurzen Augenblick hinzu: »Es ist ein sehr schöner Tag.«

»Ja«, sagt John. »Sehr schön.«

Will springt von der Veranda auf den Weg.

John schaut auf den grünen Rasen und die blühenden Blumen. »Hübsch hier.«

»Um diese Jahreszeit ist es hier immer sehr hübsch«, sagt Will.

Okay, denkt John, Zeit, zum Thema zu kommen. »Ich habe über diese Bullen nachgedacht«, sagt er. »Ich glaube, das waren gar keine Bullen.«

Will beugt sich hinunter und reißt einen Löwenzahn mitsamt Wurzel heraus. »Nein?«

»Ich glaube, sie haben sich nur als Bullen ausgegeben.«

»Warum sollten sie?«

John zuckt mit den Schultern. »Weiß ich nicht. Du vielleicht?«

»Nö«, sagt Will.

»Okay.« John nimmt sich vor, Ruhe zu bewahren. »Jetzt bin ich schon die ganze Strecke hierher gefahren, damit wir über die Situation sprechen können. Wir sollten es also wenigstens mal versuchen.«

»Wir werden über alles sprechen. Immer mit der Ruhe. Verbreite keine Hektik.«

»Ich verbreite doch keine Hektik. Ich habe den ganzen Tag Zeit.«

»Gut, dann komm mal mit. Ich will dir die Wisteria neben der Scheune zeigen. Sie blüht gerade auf.«

Will dreht sich um und geht über den Rasen.

John zögert, folgt ihm dann aber. Die Wisteria interessiert ihn im Moment nicht die Bohne.

Will allerdings auch nicht. Mitten auf der Wiese bleibt er stehen.

John stellt sich neben ihn. Er erinnert sich an die alten Zeiten, als sie beide stundenlang miteinander gesprochen haben – über alles, was man sich nur denken kann. Das ist schon lange her. Jetzt führen sie nur noch kurze, fünfminütige Gespräche über Clara und die Jungen, manchmal über das neueste Buch, an dem sie arbeiten, oder über den neuen Vertrag mit Lee Fisher.

John denkt plötzlich daran, dass die ganze Sache sehr traurig ist, jämmerlich, beinahe tragisch.

Und dann sagt Will, der beschlossen hat, trotz Claras Nachricht nach seinem Plan vorzugehen, wie auf ein Stichwort: »Du hast Recht, das waren keine Bullen.«

»Was? Woher weißt du das?«

»Weil ich sie geschickt habe.«

»Wie soll ich das denn verstehen? *Du hast sie geschickt?* Warum?«

»Diese angeblichen Bullen waren Vorboten, John. Vorboten einer Veränderung.«

Ganz ruhig, sagt sich John. Nur ruhig Blut bewahren. Das kommt ja nicht ganz unerwartet. Er ist sicher, dass er mit seinem Bruder sprechen kann, egal welchen Unsinn Will im Kopf hat. »Was redest du denn da? Was soll sich ändern?«

»Tja, Bruder«, erwidert Will, »weißt du, ich hab die Schnauze voll.«

»Wovon?«

»Von der ganzen Sache, der ganzen Situation.«

»Ich weiß, dass es manchmal schwierig für dich ist. Immer auf Achse.«

»Und zu Hause bin ich immer *du.* Ich bin es leid. Ich hab genug davon.«

»Okay. Ich verstehe. Und was sollen wir deiner Meinung nach tun?«

»Wie ich die Sache sehe, hast du mich im Laufe der Jahre ziemlich oft verarscht. Das erste Mal auf Caye Caulker, als du meinen Reisepass geklaut hast. Das zweite Mal, als du es *mir* überlassen hast, Hagstrom zu erledigen, weil du nicht den Mumm hattest. Und das dritte Mal – und das war die schlimmste Sache überhaupt –, als du mich angelogen hast, was Clara betrifft. Du wolltest doch angeblich nur begrenzte Zeit bleiben.«

John hat im Laufe der Jahre gelernt, dass man nicht sofort antworten soll, wenn die Gemüter erhitzt sind. Will hat das alles noch nie so klar und deutlich vorgebracht. All die Jahre über haben sie alles unterdrückt und verdrängt. Heikle Themen sind zwar angeschnitten, aber nie wirklich ausdiskutiert worden. John weiß genau, dass das kein gutes Zeichen ist.

Und er hat Recht. Es ist kein gutes Zeichen. Will brütet schon seit Monaten, ja, seit Jahren über seinem Plan. Jetzt ist die Zeit reif, diesen Plan in die Tat umzusetzen. Das ist zwar ein wenig schwierig geworden, weil Clara vielleicht die

Wahrheit kennt, doch Will ist der Meinung, dass er eine Lösung finden wird. Kommt Zeit, kommt Rat.

»Ich sehe, dass du wütend und verletzt bist, Will«, sagt John. »Lass uns darüber reden. Ich habe es dir damals gesagt, und ich sage es dir jetzt noch einmal, dass die Sache mit dem Reisepass ein Missverständnis war.«

»Red keinen Scheiß!«

»Und gib *mir* nicht die Schuld, dass du Hagstrom beseitigt hast. *Du* hast ihn eiskalt umgebracht.«

»Weil du es so wolltest.«

»Nein, das wollte ich nicht. Ich wollte nicht, dass einer von uns ihn tatsächlich umbringt. Ich habe nie wirklich geglaubt, dass wir es tun werden. Ich war stinksauer, und ich fand den Gedanken irgendwie cool. Nach dem Motto: Harte Jungs verscheißert man nicht. Verstehst du?«

»Leck mich! Du warst doch bloß zu feige, ihn zu erledigen.«

»Wenn du meinst, Will. Du willst mir die Verantwortung zuschieben, dass du Hagstrom ermordet hast. Tja, dagegen kann ich nichts tun. Und was ist mit Zelda? Warum hast du sie umgebracht? Sie war unsere Freundin, verdammt noch mal!«

»Ich habe sie nicht umgebracht.«

»Doch, hast du. Du hast Zelda und Hagstrom getötet. Ich wollte nie glauben, dass du Zelda umgebracht hast. Ich habe mir lange Zeit eingeredet, dass du es nicht warst. Doch tief in meiner Seele weiß ich, dass du sie ermordet hast, weil sie damit drohte, in der Öffentlichkeit zu verbreiten, dass wir beide am Leben sind.«

»Ich habe es getan«, gesteht Will, »um uns zu schützen. Um dich zu schützen.«

»Das ist doch dummes Zeug, Will. Du hast es getan, um dich selbst zu schützen. Weil du Hagstrom umgebracht hast und Angst hattest, dass man dich schnappt, wenn Zelda unser Geheimnis ausplaudert.«

»Nein!«

»Doch!«

»Verdammt, John. Du hättest mir Clara längst schon überlassen müssen. Du hast es versprochen.«

»Du hast Recht, Will. Habe ich. Es tut mir Leid. Aber man kann seine Versprechen nicht immer halten. Ich liebe Clara. Und ich liebe die Jungen. Ich hätte sie nicht deiner Obhut überlassen können. Du bist krank, Will. Denk daran, was du vor ein paar Tagen mit Rodney Byrnes gemacht hast. Und diese verrückte Affäre mit Hillary Fisher. Mensch, Will, das ist doch Selbstzerstörung. Du machst alles kaputt.«

Will reicht es jetzt. »Ich habe einige Entscheidungen getroffen«, sagt er zu seinem Bruder. »Entscheidungen, die die Zukunft betreffen.«

John atmet tief ein. »Und die wären?«

»Die hier, zum Beispiel.«

Will hat kaum zu Ende gesprochen, da schreitet er zur Tat. Er steht auf der Wiese, kaum einen Schritt von John entfernt, reißt das rechte Knie hoch und stößt es John mit voller Wucht in die Leiste.

John ist nicht darauf vorbereitet. Als Will das Knie in seinen Körper rammt, durchrast John ein höllischer Schmerz. Er hat das Gefühl, seine Hoden würden brennen. Er bekommt keine Luft mehr. Er stößt einen kraftlosen Schrei aus, als er sich krümmt, um die unerträglichen Schmerzen zu lindern und sich vor weiteren Tritten zu schützen.

Der nächste Angriff kommt nicht von unten, sondern von oben. Will verschränkt die Hände und hämmert sie mit voller Wucht auf Johns Hinterkopf.

John bricht zusammen und verliert das Bewusstsein.

Will hat sich nicht plötzlich für diesen Angriff entschieden. Schon als er das Bauernhaus verließ, wusste er genau, was er tun würde. Was er tun wollte.

Jetzt dreht er John auf den Rücken und bläst ihm etwas von dem Voodoo-Zombie-Pulver in den Mund und die Nasenlöcher. Nicht zu viel. Ungefähr die Hälfte der Menge, die er Sir Rodney vor ein paar Tagen verpasst hat. Es reicht, um John für die nächsten Stunden auszuschalten. Schon ein

Hauch Voodoo-Zombie-Pulver hat eine umwerfende Wirkung.

Will ist zufrieden mit sich. Er hat überhaupt gar keine Gewissensbisse, dass er die Hand gegen seinen Bruder erhoben hat. John wird ihn nicht bequatschen oder Widerstand leisten oder einen Fluchtversuch unternehmen.

Will geht in die Scheune und holt die große Schubkarre, in der die Brüder Dreck und Steine vom Grundstück transportiert haben. Er rollt die Schubkarre bis zu seinem Bruder und zerrt den erschlafften Körper in die Karre. Dann schiebt er sie vorsichtig die Betonrampe hinunter und durch die Tür des alten Vorratskellers. Er hat die Tür vor einer Stunde aufgeschlossen und sich davon überzeugt, dass alles für den Aufenthalt seines Bruders vorbereitet ist. Eine vorsätzliche Tat.

Es ist nicht mehr viel davon zu erkennen, wie der Vorratskeller damals aussah, als die Bauern hier ihr Gemüse und ihren Apfelwein für die langen Winter in Neuengland lagerten. Die kalten Steinwände und der schmutzige Boden sind verschwunden. Will hat einige Änderungen vorgenommen. Da die Zeit knapp wurde, hat er nicht so viel geschafft, wie er ursprünglich vorhatte. Die provisorische Instandsetzung des Raumes muss vorerst ausreichen. Über den schmutzigen Boden ist eine Betonschicht gegossen worden; auf dem Beton liegt ein billiger Teppich. Die Mauern sind verputzt. Es gibt einen elektrischen Anschluss, aber keine Toilette und keine Heizung. Will wollte dies alles installieren, musste die Ausführung seines Plans jedoch ein wenig vorverlegen.

Der fast fertige Raum hat eine Größe von ungefähr sechs Quadratmetern. Eine kleine Kochnische ist durch eine Resopal-Arbeitsplatte abgetrennt, die auf zwei Holzböcken liegt. In der Küche stehen ein kleiner Kühlschrank, ein Toaster und eine Kochplatte.

Der andere Teil des Raumes ist nur spärlich eingerichtet: eine ausziehbare Schlafcouch, zwei Holzstühle und ein Holztisch. Auf dem Tisch steht ein Apple-Computer, das gleiche

Modell wie in dem Bauernhaus und im Büro der Hancocks in Beacon Hill.

Es ist hier nicht gerade so luxuriös wie eine Suite im Ambassador, doch im Moment kann Will für seinen Bruder nicht mehr tun. Sie spielen jetzt ein neues Spiel. Will ist sich ganz sicher, dass nichts mehr so sein wird wie früher. John ist jetzt sein Gefangener und wird es auch bleiben, bis Will genau weiß, wie es weitergeht. Er muss erst in Erfahrung bringen, was Clara alles weiß.

Will wirft John mitten im Raum auf den Boden. Dann zerrt er ihn auf die Couch und schiebt ihm ein weiches Kissen unter den Kopf, damit er bequem liegt.

John stöhnt. Er erholt sich nur langsam von dem Schlag auf den Hinterkopf. Die Wirkung des Voodoo-Zombie-Pulvers jedoch hat noch nicht nachgelassen.

»Alles in Ordnung, Bruderherz«, sagt Will. »Du bist schlimm gestürzt. Bleib ganz ruhig liegen.«

John, der keinen klaren Gedanken fassen kann, bemüht sich gar nicht erst zu antworten. Er hätte es nicht gekonnt. Das Zombie-Pulver raubt ihm die Möglichkeit zu sprechen und lähmt fast all seine Muskeln. Er hat Schmerzen am ganzen Körper. Er kann sich auch nicht mehr genau daran erinnern, was geschehen ist. Er weiß, dass er im ML320 gesessen hat. Er ist über die Autobahn gefahren. Und durch Stockbridge. Dann ist er in die Einfahrt eingebogen. Aus dem Wagen gestiegen. Will stand auf der Veranda. Sie haben sich umarmt und diskutiert. Es gab Anschuldigungen und Zurückweisungen. Er ist hingefallen. Er glaubt, dass er sich an den Sturz erinnert. Aber ganz sicher ist er nicht ...

Aus weiter Ferne dringt die Stimme seines Bruders an sein Ohr.

»Bleib ruhig liegen. In ein paar Stunden geht es dir besser.«

John will antworten, doch kein Laut kommt über seine Lippen. Er ist wie gelähmt. Und er hat Schmerzen. Wahrscheinlich ist es jetzt am besten, wenn er sich ausruht und schläft. Nach wenigen Sekunden ist er eingeschlafen.

Will untersucht ihn. Johns Puls geht langsam, und seine Atmung ist flach, aber das ist nicht besorgniserregend. In ein paar Stunden ist er wieder auf dem Damm. Halbwegs.

Will überprüft die Tür, die zur Treppe führt. Es ist eine neue Tür, sehr dick und sehr stabil. Sie ist von außen dreifach verschlossen. Ein normales Schloss und zwei dicke Bolzen. Man müsste schon Dynamit einsetzen, um diese schöne Tür zu öffnen.

Will dreht sich um und geht zu der schweren, breiten Holztür, die zur Betonrampe führt. Er geht hinaus, schließt ab und schiebt dann die beiden brandneuen, stabilen Stahlbolzen vor die Tür.

TANKEN

Linda Carson biegt in der Nähe von Plymouth, New Hampshire, von der Autobahn 93 ab. Sie muss tanken, und die Jungen müssen zur Toilette.

Linda beschließt, John Hancock anzurufen, um ihm zu sagen, dass es seinen Söhnen gut geht. Sie wählt die Nummer des Stadthauses in Boston. Niemand hebt ab. Es kann niemand abheben. Sie sind alle weg. Oder tot.

Der Anrufbeantworter schaltet sich ein. »*Hallo, John, hier ist Linda. Ich weiß, ich bin erst zwei Stunden weg, aber ich wollte mich kurz melden und dir sagen, dass alles in Ordnung ist. Wir sind in einer Stunde da. Du weißt ja, dass es in der Hütte kein Telefon gibt. Wenn du mit den Jungen sprechen möchtest, kannst du mich übers Handy erreichen. Bis später. Bye.*«

Der kleine Willy und John junior kommen von der Toilette zurück. Sie waren unterwegs am Automaten. Jetzt halten sie Colaflaschen, Schokoriegel und kleine Tüten Schokoladenkekse in der Hand. Linda, die nicht viel von Süßigkeiten hält, gefällt das nicht besonders. Doch als die Jungen ihr eine Tüte

Kekse schenken, wird sie schwach und sagt nichts. Nur: »Danke.«

Linda liebt die Jungen. Sie liebt sie, als wären es ihre eigenen Kinder.

Sie steigen wieder in den Volvo und fahren Richtung Norden auf die White Mountains zu.

Auch Al muss tanken. Er ärgert sich über sich selbst, dass er nicht gestern auf dem Weg von der Arbeit nach Hause getankt hat. Jetzt ist er im Westen von Neuengland, in Connecticut, und kocht vor Wut. Seit fast drei Stunden kann er der BMW-Limousine nur mit Mühe folgen, denn Hancock hält kaum an Stoppschildern, verlangsamt nur das Tempo und rast sofort weiter. Er fährt wie ein Verrückter. Ständig wechselt er die Spur. Mal fährt er fünfundachtzig, mal fünfzig und mal siebzig. Unberechenbar und rücksichtslos. Es hat Al große Mühe gekostet, den Sichtkontakt nicht zu verlieren.

Der Privatdetektiv hat mehrmals bei Leland Fisher angerufen, um seinen Klienten auf dem Laufenden zu halten. Er weiß, dass Mr Fisher unterwegs nach New York City ist, doch bisher konnte Al nur Nachrichten hinterlassen.

In der Nähe von Lyme, Connecticut, tut sich plötzlich etwas. Der große BMW biegt ab. Al folgt ihm. Der BMW fährt zur Mobil-Tankstelle. Al fährt zur Exxon auf der anderen Straßenseite. »Voll tanken«, sagt er zu dem Tankwart. »Randvoll.«

Der Tankwart, ein mürrischer, gelangweilter Jugendlicher mit langen roten Haaren und einem schmuddeligen GRATEFUL-DEAD-T-SHIRT, der kürzlich die Highschool geschmissen hat, schüttelt den Kopf und wendet seine Aufmerksamkeit der Zapfsäule zu. Der Jugendliche hasst alle Menschen über zwanzig.

Dem Schnüffler ist es egal. Er ist glücklich, als er hört, wie der Sprit in den Tank seines Wagens strömt.

Auf der anderen Straßenseite schafft es der verrückte Dicky nicht, das Fenster des BMW zu öffnen, was ihn maßlos ärgert. Er flucht, öffnet die Tür zwei Zentimeter und brummt dem Tankwart zu: »Voll machen!«

Der Tankwart, ein pensionierter Lehrer, der im letzten Jahr festgestellt hat, dass seine Lebensversicherung und seine Pension nicht reichen, um sich über Wasser zu halten, lächelt und sagt: »Gerne, Sir. Zahlen Sie bar oder mit Kreditkarte?«

Dicky schaut ihn böse an. »Bar.« Dann schlägt er die Tür wieder zu.

Der Tankwart ist an das aggressive Verhalten Jugendlicher gewöhnt. Er hat zweiunddreißig Jahre Sieben- und Achtklässler in Naturwissenschaften und Mathematik unterrichtet.

Al schaut durch das Fenster seines Minivans. Wegen der großen Entfernung und der hellen Nachmittagssonne kann der Schnüffler nicht erkennen, dass es nicht John Hancock ist, der am Steuer des BMW sitzt.

Sein Handy klingelt. »Brown.«

»Hier Fisher«, spricht Leland leise ins Handy. »Was ist los?«

»Danke, Mr Fisher, dass Sie mich zurückrufen.«

»Ich sitze im Zug«, sagt Leland. »Wir sind gleich da. Meine Frau ist kurz aus dem Abteil, kommt aber jeden Moment zurück. Ich kann nicht lange sprechen.«

Al klärt Leland rasch über die Verfolgung John Hancocks durch Boston und über die Interstate 95 auf.

»Verflucht«, knurrt Leland. »Ob der Blödhammel nach Manhattan fährt?«

»Könnte sein, Sir. Ich schätze, wir sind in drei Stunden da.«

Leland seufzt. Der arme Leland. Gestern Abend hat er sich noch vorgenommen, auf der kurzen Fahrt zum Big Apple nichts zu trinken, und jetzt könnte er schon wieder einen Scotch oder einen Bloody Mary vertragen.

»Beschatten Sie ihn weiterhin. Und halten Sie mich auf dem Laufenden. Wir sind im Ambassador Hotel, Ecke Fifth Avenue und Dreiundsechzigste. Vielleicht hat meine Frau diesem Hurensohn Hancock gesagt, dass wir im Ambassador übernachten, und der Scheißkerl will zu ihr fahren und ihr einen Besuch abstatten.«

»Schon möglich.«

»Sie kommt. Ich muss Schluss machen.«

Die Leitung ist tot.

Al schaltet sein Handy ab und schaut aus dem Fenster. Der große BMW fährt von der Tankstelle auf den Zubringer zur Interstate 95 in Richtung Süden.

Der Schnüffler bezahlt bei dem mürrischen Jugendlichen und folgt dem BMW. Wenn sonst nichts passiert, wird er seiner Frau auf jeden Fall eine tolle Geschichte erzählen können.

Der Greyhound-Bus steuert auf eine Bushaltestelle in Angola, Indiana, zu, nicht weit von der Grenze zwischen Indiana und Ohio. Der Bus muss aufgetankt und der Fahrer gewechselt werden. Babe und Rafe merken kaum, dass der Bus hält. Sie sind in ihr Gespräch vertieft, vertrauen sich Geheimnisse an und tischen sich Lügen auf.

Rafe ist mit seiner Hancock-Story fertig. Falls nötig, kann er wieder darauf zurückgreifen. Babe kommt aus dem Staunen gar nicht mehr heraus, als Rafe ihr jetzt von den überspannten Typen auf Caye Caulker erzählt. Rafe hat von Matilda gesprochen, von Jackie aus Jackie's Bar & Grill und verschiedenen anderen Leuten, von denen einige existieren und andere Rafes Fantasie entsprungen sind.

Rafe gefällt es, wenn Babe lächelt. Ihr ist anzusehen, dass sie in letzter Zeit nicht oft gelacht hat. Sie ist älter, als Rafe zuerst annahm. Obwohl sie schon ein paar Falten hat, ist sie noch immer eine gut aussehende Frau, und es gefällt Rafe sehr, neben ihr zu sitzen und mit ihr zu plaudern. Viel besser, als alleine zu sein und darüber nachzudenken, was passieren wird, wenn er den mächtig geschrumpften Kokainbeutel abliefert.

Auch Babe gefällt jetzt die Reise, da sie jemanden zum Reden hat. Bei ihr ist es wie bei den meisten Leuten: Sie ist oft sehr allein, aber selten glücklich darüber. Seitdem Rafe neben ihr sitzt, hatte sie kaum noch traurige oder trübe Gedanken.

Unglaublich, dass dieser Typ die Hancocks kennt. John und Will.

Babe sieht sich morgen Abend schon in Hancocks Haus in Boston, wenn alles gut geht. Sie wird an Rafes Arm ins Haus rauschen, Hancock die Hand schütteln und sich im Wohnzimmer irgendwo hinsetzen. Während des Gesprächs wird sie ganz beiläufig sagen: »Na, John Hancock, erinnern Sie sich an mich? Ich bin Babe Overton. Frank Hagstroms Verlobte. Ist Ihr Bruder Will da? Ich würde gern ein wenig mit Ihnen beiden plaudern.«

Will Hancock denkt jetzt nicht an Babe Overton, sondern an Dicky Cosgrove. Er denkt an Dicky, weil er genau auf der anderen Straßenseite von der Amoco-Tankstelle, an der er mit seinem BMW steht, ein Schild des Psychiatrie-Zentrums in Great Barrington erblickt.

»Ja, bitte, Sir?«, fragt der Tankwart, der zugleich der Besitzer der Tankstelle ist. »Was kann ich für Sie tun?«

»Einmal Super voll tanken, bitte«, sagt Will. »Würden Sie bitte auch den Ölstand prüfen?«

»Natürlich.«

»Danke.«

Lenore hat ihren Söhnen beigebracht, immer bitte und danke zu sagen.

Will starrt auf das Schild des Psychiatrie-Zentrums. Er schüttelt den Kopf. Nach all den Jahren ist der verrückte Dicky auf freiem Fuß.

Vom alten Bauernhaus in Stockbridge bis zur Eingangstür des Psychiatrie-Zentrums können es nicht mehr als zehn, zwölf Meilen sein. Vielleicht fünfzehn oder zwanzig Minuten mit dem Wagen. Trotzdem hat keiner der Hancock-Brüder Dicky je einen Besuch abgestattet.

In Anbetracht der Umstände ist das verständlich.

Nichtsdestotrotz denkt Will an Dicky, als an der Amoco-Tankstelle der Sprit in den Tank des 750ers läuft. Einen Moment später denkt Will an Zelda. Er hat Zelda geliebt. Die erste wahre Liebe seines Lebens. Nach ihrem Tod – nachdem Zelda ermordet worden war – wäre er fast gestorben. Natürlich war ihre Ermordung nicht zu vermeiden. Zelda wusste zu viel und stellte zu große Forderungen. Will hat jetzt keine Lust, daran zu denken. Er denkt an seinen Plan. Seinen neuen Plan. Er hat seinen alten Plan auf die Schnelle ein wenig abgewandelt.

Wills Gedanken sind verworren und durch eine schlimme Vergangenheit und eine unsichere Zukunft befleckt. Er hatte den Plan, John schlicht und einfach zu beseitigen. Will wollte der einzige John Hancock sein. Vollzeit. Dieses Bild hat jetzt einen Fleck. Das gefällt Will nicht.

Er seufzt und reibt sich die Augen. Er bezahlt, fährt vom Gelände der Tankstelle herunter und auf der Schnellstraße 23 in südwestliche Richtung. Er will rasch den Taconic State Parkway erreichen und dann nach Süden in Richtung New York fahren. Wenn er auf die Tube drückt, kann er in weniger als zwei Stunden am Ambassador Hotel sein.

FRÜHZEITIGE ANKUNFT

Claras Wagen hält vor dem Eingang des Ambassador Hotels auf der dreiundsechzigsten Straße. Der schicke Portier in der grauen Uniform mit den goldenen Litzen öffnet den Wagenschlag. Clara steigt aus, bleibt stehen und strahlt.

Man kann unmöglich sagen, welches der vielen großen Hotels in New York das beste ist, aber das Ambassador gehört sicher zu den Hotels der Spitzenklasse. Durch die Drehtür gelangt Clara in das schlichte und doch elegante Foyer. Auf einem großen runden Tisch in der Mitte des riesigen Raumes steht eine stattliche Vase mit frischen Blumen. Clara checkt ein und wird von einem hübschen Guest-Manager mit tadellosen Manieren und schimmernden weißen Zähnen zu ihrer Suite im dreizehnten Stock begleitet. Er hat die Hände im Rücken gefaltet und versichert Clara, dass sie nur zu fragen brauche, falls ihr irgendetwas fehle.

Er führt sie durch die Suite, zu der ein Wohnraum mit einem großen Fernseher und einer aufgefüllten Bar gehört. Im Schlafzimmer steht ein Doppelbett, auf dem eine elegante Spitzendecke liegt. Das luxuriöse Badezimmer ist mit Whirlpool und Bidet ausgestattet.

Der Page bringt ihr Gepäck und verstaut es diskret, damit es nicht im Weg steht. Sehr professionell. Sehr höflich. Clara gibt dem Guest-Manager und dem Pagen großzügige Trinkgelder.

Dann kümmert sie sich um ihre Geschäfte. Sie verbringt ungefähr eine Stunde am Telefon, um bestimmte Dinge zu organisieren, zu besprechen oder Termine zu bestätigen.

Sie ruft den Concierge an, um sicherzustellen, dass morgen Mittag ein Raum für ihre Pressekonferenz reserviert ist.

Sie ruft ihren Werbeagenten an und fragt nach, ob die entsprechenden Journalisten über die Pressekonferenz informiert wurden.

Das ist noch nicht alles. Clara ruft noch drei oder vier Bekannte an, die über Kunst schreiben. Clara glaubt, dass man wichtige Dinge am besten persönlich erledigen sollte.

Während Clara ihre Anrufe tätigt, hält das gelbe Taxi, in dem Leland und Hillary Fisher sitzen, vor dem Eingang des Ambassador auf der Fifth Avenue.

Leland mag das Ambassador nicht besonders. Er zieht das Regency drüben auf der Park Avenue vor, aber wenn sie im Regency übernachten und irgendetwas nicht klappt, meckert Hillary pausenlos. Sie hätten nicht einen Moment Frieden. Und das hätte Leland jetzt gerade noch gefehlt.

Er wünscht sich ein paar erholsame Tage. Lelands Blutdruck ist gestiegen, seit er erfahren hat, dass Hancock die 95 in Richtung Süden fährt. Und er muss zugeben, dass das Ambassador über eine hervorragende Bar verfügt. *The Chase* ist ein großer, luftiger Salon, an dessen Wänden berühmte Drucke von

Fuchsjagden hängen. Auf Aschenbechern, Streichholzschachteln und Untersätzen sind Pferde und Füchse abgebildet. Diese Hotelbar hat Leland schon immer gut gefallen. Sobald Hillary sich auf den Weg zu Tiffany's und Bergdorf's macht, wird er der Bar einen kleinen Besuch abstatten.

Zuerst aber muss Leland noch Hillarys Meckerei über sich ergehen lassen. Das genau ist der Grund, warum er nicht darauf besteht, im Regency zu übernachten.

Hillary hat um eine Suite mit Blick auf den Central Park gebeten. Leider hat sie erst gestern angerufen, um die Suite zu reservieren, und das Hotel ist ziemlich ausgebucht. Nur noch eine *Suite ohne* Blick auf den Park oder ein *Zimmer mit* Blick auf den Park stehen zur Verfügung.

Als Hillary das hört, schreit sie augenblicklich den Guest-Manager und den armen Hotelpagen an. Leland kriecht fast in seinen Koffer. Schließlich begnügt sich seine reizende Frau mit einem Zimmer mit Blick auf den Central Park im dreizehnten Stock. Zimmer 1466.

Dieses Zimmer liegt auf demselben Korridor wie die Suite von Mrs Hancock, nur auf der gegenüberliegenden Seite.

LEBENDIG BEGRABEN

John ist ein wenig benebelt. Eigentlich ziemlich benebelt. So wie damals in den alten Zeiten nach einer Nacht, in der er zu viel gesoffen und zu viel gekifft hatte. Doch diese Zeiten sind schon lange vorbei. John ist jetzt Familienvater. Und ein verdammt guter noch dazu. Dagegen spricht nur die Tatsache, dass er sich die häuslichen Pflichten mit seinem psychopathischen Bruder teilt.

Da das haitische Voodoo-Zombie-Pulver eine starke Wirkung auf das Kurzzeitgedächtnis ausübt, hat John einige Schwierigkeiten, sich ins Gedächtnis zu rufen, was passierte, nachdem er aus dem ML320 gestiegen war. Er ist ziemlich sicher, mit Will aneinander geraten zu sein, doch an den genauen Ablauf kann er sich nicht erinnern.

Sein Hinterkopf schmerzt. Sein Nacken tut weh. Seine Hoden brennen. John dämmert es allmählich, dass Will ihm sein Knie in die Weichteile gerammt und ihm die geballten Fäuste auf den Kopf geschlagen hat. Entweder das, oder ein Lastwagen hat ihn überrollt.

Er steht auf, doch das Schwindelgefühl zwingt ihn, sich sofort wieder zu setzen. Nach ein paar Sekunden steht er noch einmal auf. Benebelt schaut er sich um und versucht, sich zu orientieren. Die Umgebung kommt ihm fremd vor.

Seine Nase juckt. Er kratzt sich. Plötzlich sind seine Finger mit einem schmutzig weißen Belag überzogen. John ist verwirrt und betrachtet das weiße Zeug genauer. Dann dämmert es ihm. Das Voodoo-Pulver! Will hat ihn mit dem Voodoo-Zombie-Pulver betäubt. Mein Gott!

John atmet mehrmals tief durch, macht ein paar Kniebeugen und anschließend ein paar unsichere Schritte durch den Raum. Jetzt weiß er, warum Rodney Byrnes neulich am Telefon so wütend war.

Als ihm wieder schwindelig wird, setzt John sich auf die Couch und lässt seinen Blick schweifen. Noch immer kommt ihm die Umgebung nicht vertraut vor. Die Einrichtung ist ziemlich spartanisch. Nur die Couch, zwei Stühle, ein Tisch und eine kleine Kochnische auf der anderen Seite des Raumes.

Du lieber Gott, wo bin ich?, fragt er sich.

John schaut sich noch einmal um und sieht, dass der Raum überhaupt keine Fenster hat. Nicht ein einziges. Licht spenden lediglich zwei Glühbirnen, die an der Decke baumeln. Es ist ziemlich finster in dem Raum. Finster und feucht, als läge der Raum unter der Erde.

John zwingt sich aufzustehen und geht zu der kleinen Tür in der Nähe. Sie ist verschlossen und lässt sich nicht öffnen. Er zieht und rüttelt an der Tür, tritt sogar dagegen, verletzt sich aber nur den Fuß. Die Tür gibt keinen Zoll nach.

Das Blut steigt ihm in den Kopf. Im ersten Moment befürchtet John, die Besinnung zu verlieren. Hastig greift er nach dem Türknauf und versucht, sich zu beruhigen. Er wartet, bis der Schwindel verebbt. Dann dreht er sich um und geht zur großen Tür auf der anderen Seite des Raumes.

Plötzlich fällt es ihm wie Schuppen von den Augen. Das ist die Tür zu dem alten Vorratskeller in der Nähe der Scheune! Der Bunker, wie er und John ihn immer nannten, seit sie das alte Bauernhaus in den Achtzigern gekauft haben.

John gerät in Panik. Er greift nach dem Türknauf und zerrt wütend daran. Nichts passiert. Die Tür bewegt sich nicht. Sie ist verschlossen, und John erkennt sofort, dass sie von außen verriegelt ist.

Jetzt wird ihm alles klar. Will muss ihn draußen auf dem Rasen eiskalt niedergeschlagen und dann in den alten Vorratskeller verfrachtet haben. Er hat ihn im Bunker begraben. Lebendig begraben.

John setzt sich hin. Ihm ist wieder schwindelig. Er kann nicht begreifen, wie er so dumm und unvorsichtig sein konnte, in Wills Falle zu tappen. Die Anzeichen für Wills zunehmenden Wahnsinn waren doch ganz deutlich! John weiß, dass er viel aggressiver hätte reagieren müssen. Doch es ist sinnlos, sich im Nachhinein Vorwürfe zu machen. Jetzt bleibt ihm nichts anderes übrig, als zu versuchen, dieser Falle zu entfliehen.

Er steht wieder auf. Geht wieder zu der anderen Tür. Fingert am Schloss herum. Schlägt mit den Fäusten und tritt mit den Füßen gegen die Tür. Sie gibt nicht einen Millimeter nach.

Erschöpft bricht er zusammen. Was hat Will vor?, fragt er sich. Was für einen Plan verfolgt er? Soll er, John, den Rest seines Lebens hier eingesperrt bleiben? Oder hat Will Schlimmeres im Sinn? Denkt er an Mord? John weiß ganz genau, dass Will schon Menschen getötet hat. Mindestens zwei.

Er muss fliehen. Aber wie? Es führt kein Weg hinaus.

John erhebt sich und geht langsam zum Tisch. Er setzt sich

auf einen Stuhl und schaltet den Macintosh ein. Ein sehr schönes Gerät. Das gleiche wie oben im Haus.

Der Computer braucht ein paar Sekunden, bis er betriebsbereit ist. Verschiedene Symbole erscheinen auf dem Monitor. Johns Blick fällt auf ein großes Symbol genau in der Mitte. Es ist ein Word-Dokument mit dem Titel: MEMO VON W. FÜR J.

John klickt zweimal auf die Maus und öffnet das Dokument. Er seufzt und reibt sich die Augen. Er kann nicht verstehen, wie er sich in diese gefährliche Situation bringen konnte. Was Will jetzt wohl tut?, fragt er sich. Was ist mit Clara? Was ist mit den Jungen?

Dann liest er:

Lieber John,

wenn du diese Zeilen liest, geht es dir sicher wieder besser. Inzwischen wirst du schon versucht haben, die Türen zu öffnen und dir über ein paar Dinge klar zu werden. Ich war schon immer der Schlauere von uns beiden, aber du bist auch nicht dumm.

Es tut mir alles sehr Leid. Ehrlich. Aber was kann ein unglücklicher Bruder schon tun? Tatenlos zusehen, wie du gegen mich intrigierst?

Ich musste dich niederschlagen, weil ich mich nicht so einfach von dir befreien kann. Immerhin bist du mein Bruder. Mein Zwillingsbruder. Brudermord kommt nicht in Frage. Zurzeit jedenfalls nicht.

Natürlich müssen wir auch ans Schreiben denken. Und dazu brauchen wir einander noch immer.

Im Moment hast du keine andere Wahl, als hier unten zu bleiben und das Beste aus deiner Situation zu machen. Ich habe es nicht geschafft, den Raum fertig zu bekommen (tut mir besonders Leid, dass die sanitären Anlagen fehlen). In den nächsten Tagen und Wochen werden wir dir einen Fernseher und ein paar Trainingsgeräte besorgen, damit es ein wenig gemütlicher für dich wird.

Reg dich nicht zu sehr auf, John. Betrachte es einfach als unseren neuen Lebensabschnitt. In dieser neuen Phase werde ich zwar mehr Spaß und Freiheit haben als du, aber vielleicht hilft uns diese Zeit, bestimmte Dinge zu klären. Lass dir die Einsamkeit nicht zu schwer werden. Ich komme sehr bald zu dir. Versprochen.

Dein Will

John liest den Brief ein zweites Mal. Am meisten Angst macht ihm der nüchterne Stil. Als wäre das alles ganz normal und nachvollziehbar. Will ist total verrückt geworden. Und er tut so, als wäre er nur mal schnell zum Laden an der Ecke gegangen, um eine Zeitung zu kaufen und einen Kaffee zu trinken.

John bricht der Schweiß aus; er spürt, dass sein Herz laut und schnell in seinem Brustkasten klopft. Panische Angst kriecht in ihm hoch.

DIE BIG-MAC-ATTACKE

Auch der Schnüffler Al Brown schwitzt. Er hat zu viel Kaffee getrunken. Al spielt schon seit geraumer Zeit mit dem Gedanken, einfach in die Hose zu pinkeln. Hätte er eine saubere Hose zum Wechseln bei sich, würde er sofort Wasser lassen.

Genau vor sich sieht er es – Nirwana! John Hancock hat den rechten Blinker seines BMW gesetzt.

Auch Dicky muss unbedingt aufs Klo. Außerdem hat er Heißhunger auf einen Big Mac oder zwei.

Doch weder das Klo noch der Big Mac sind der Hauptgrund dafür, dass Dicky beschlossen hat, ein paar Meilen östlich von New Haven abzubiegen. Nein, der wahre Grund ist der Minivan, den er ständig im Rückspiegel sieht. Der Wagen ist ihm schon in Boston aufgefallen. Und in Rhode Island.

Und als er gehalten hat, um zu tanken. Und jetzt sieht er den Wagen noch immer hinter sich.

Deshalb biegt Dicky von der Autobahn ab. Und tatsächlich folgt ihm der Minivan. Dicky fährt zu McDonald's. Der kleine Bus auch. Dicky parkt am Rand des Parkplatzes.

Al in seinem Minivan lässt alle Beschattungstaktiken außer Acht, parkt den Wagen, stellt den Motor ab und sprintet über den Parkplatz ins Schnellrestaurant. Hinten rechts entdeckt er das Hinweisschild zur Herrentoilette. Er rennt, so schnell er kann. Er ist so froh, endlich eine Toilette gefunden zu haben, dass er schon den Reißverschluss seiner Hose öffnet. Beinahe präsentiert er sich halb entblößt einer Gruppe junger Amerikaner, die in dem Ronald-McDonald-Land herumschlendern. Schnell huscht Al durch die Tür und flitzt zu den Pinkelbecken. Noch nie im Leben war er so froh und zufrieden wie jetzt, da der Strahl endlich ins Becken plätschert.

Al braucht über eine Minute, um seine Blase gänzlich zu entleeren. Fast zwei Minuten. Es hört überhaupt nicht mehr auf. Er stöhnt vor Wonne, weil er sehr froh und erleichtert ist.

Ein Jugendlicher mit Ketchup und Senf im Gesicht starrt Al an, als hätte er einen Verrückten vor sich. Die Jugendlichen von heute wissen, wann sie einen Irren vor sich haben. Sie sehen solche Typen ja pausenlos im Fernsehen. Verrückte sprengen Flugzeuge in die Luft. Und bombardieren Gebäude. Und erschießen Kinder auf Schulhöfen.

Doch dieser Jugendliche ist auf dem falschen Dampfer. Al ist nicht verrückt. Der wahre Verrückte sitzt draußen im Restaurant. In diesem Moment bezahlt Dicky seine drei Big Macs, die beiden doppelten Portionen Pommes und die beiden Schokoladenshakes. Dicky liebt Schokoshakes.

Dicky bezahlt und postiert sich an der Seite des Restaurants, um auf den Typen aus dem Minivan zu warten.

Der Schnüffler ist bald wieder da. Er blickt sich um. Natürlich hält er nach John Hancock Ausschau. Da er ihn nicht entdeckt, geht er hinaus. Er sieht den großen BMW auf dem Parkplatz unweit von seinem eigenen Minivan. Hancock sitzt nicht im Wagen. Daher geht Al zurück ins Restaurant, um sich etwas zu essen zu bestellen. Solange der BMW noch da steht, kann Hancock nicht weit sein.

Al Browns Gattin mag McDonald's nicht. »Zu fett, zu viel Natrium und zu teuer«, sagt sie immer, wenn Al vorschlägt, einen Burger zu essen. Daher gibt Al sich heimlich seinen Fast-Food-Orgien hin. Wie der verrückte Dicky bestellt er Big Mac. Zwei Stück.

Dicky beobachtet das alles von seinem Platz an der Seite des Restaurants. Er isst und beobachtet den leicht übergewichtigen, kahlköpfigen Typen aus dem Minivan. Vor ein paar Minuten hat der Bursche genau in Dickys Richtung geschaut, hat dann aber sofort wieder weggeguckt. Allerdings interessiert er sich brennend für Hancocks Wagen. Er hat den BMW stundenlang verfolgt. Dicky fragt sich, was das zu bedeuten hat. Glaubt der Typ, dass er Hancock verfolgt? Das wäre immerhin eine Möglichkeit. Aber wer ist der Kerl? Und was, zum Teufel, will er?

Dicky unterbricht seine Mahlzeit und geht ebenfalls nach hinten, um sich Erleichterung zu verschaffen.

Al bezahlt sein Essen und nimmt sich zwei Servietten. Die ganze Zeit sieht er sich suchend nach Hancock um. Doch von dem Schriftsteller ist keine Spur zu sehen. Verdammt. Al beschließt, zu seinem Minivan zu gehen, dort seine Burger zu verspeisen und auf Hancock zu warten.

Als Dicky von der Toilette zurückkehrt, sieht er gerade noch, dass der Typ aus dem Minivan das Restaurant verlässt. Er beobachtet, wie der Kerl in den Wagen steigt und die Tür schließt. Doch er fährt nicht weg. Er sitzt bloß da und futtert.

Dicky sucht sich einen neuen Platz, von dem aus er den Minivan im Auge behalten kann. Er trinkt seinen Shake und wickelt den zweiten Big Mac aus.

Al isst und schaut sich immer wieder um.

Eine halbe Stunde vergeht. Dann noch eine halbe Stunde. Al fragt sich, was wohl mit Hancock passiert sein mag. Seltsam. Sehr seltsam.

Dicky, der unbedingt nach New York fahren und Hancock abmurksen will, bestellt sich noch einen dritten Schokoladenshake und zwingt sich, ruhig zu bleiben.

Leland Fisher sitzt in einer Nische der Hotelbar. Er nippt an seinem Chivas und starrt auf die Bilder der berittenen Jäger bei der Fuchsjagd. Was für ein schwachsinniges Hobby, denkt Leland.

Leland sitzt schon über eine Stunde hier, seit Hillary zum Shopping gegangen ist. Leland sind Einkaufsbummel verhasst. Bars hingegen liebt er. Jetzt trinkt er seinen dritten doppelten Whisky.

Die Kellnerin kommt in ihrem kurzen schwarzen Kleid zu Leland und fragt ihn lächelnd: »Noch einen Chivas, Sir?«

Leland lächelt sie an. Es ist so einfach, untreu zu sein. Besonders im Geiste. Leland war schon immer der Meinung, dass die Statistiken über untreue Männer und Frauen stark übertrieben sind. Er glaubt, dass die meisten Betrügereien im Kopf ablaufen. Diese Lust und das Verlangen, die durch die Fantasie geweckt werden. Wie jetzt, zum Beispiel. Im Geiste ist es kein Problem für Leland, die Kellnerin in sein Zimmer einzuladen, sie über die Schwelle zu tragen und sich auf dem großen Bett mit ihr auszutoben. Er könnte mit der Kellnerin eine oder zwei Nummern schieben, bevor Hillary wieder im Ambassador aufkreuzt.

Doch Leland weiß natürlich, dass es ein himmelweiter Unterschied ist, sich so etwas bildlich vorzustellen oder es zu tun. Und er glaubt, dass die meisten Ehemänner und Ehefrauen bloß sexuellen Fantasien nachhängen, so wie er jetzt.

Seine Frau gehört zu den Ausnahmen, die die Regel bestätigen. Bei ihr geht es über die Fantasie hinaus. Bei ihr und diesem Scheißkerl John Hancock.

Und genau in diesem Moment sieht Leland aus den Augenwinkeln seinen alten Freund. Er steht draußen auf dem Gang. Er geht am Eingang der Bar vorbei. Es dauert ein paar Sekunden, bis Leland diesen Geist zur Kenntnis genommen hat.

Er steht auf, geht durch die Bar bis zum Gang und ruft: »John!«

Zu spät. Hancock steigt bereits in einen Aufzug, und die Tür schließt sich.

Leland kehrt schnell an seinen Platz zurück und greift nach seinem Handy. Er wählt die Nummer von Al Brown. Die Kellnerin bringt den vierten Chivas. Leland bedankt sich und nimmt einen Schluck. Seine Fleischeslust ist vergessen.

Al nimmt sein Handy. »Hallo?«

»Hier Fisher.«

»Ja, Sir?«

»Wo sind Sie?«

»In New Haven, Sir.«

»Connecticut?«

»Ja, Sir.«

»Und warum, zum Henker, ist Hancock hier in diesem Hotel? Ich dachte, Sie verfolgen ihn.«

»Das tue ich auch, Sir. Schon seit Stunden. Wir stehen im Moment vor einem McDonald's an der 95.«

»Können Sie ihn sehen?«

»Nein«, gibt Al zu, »aber ich sehe seinen BMW. Ich stehe ganz in der Nähe und warte darauf, dass er zurückkommt.«

»Wie lange sind Sie schon da?«

»Na ja ... vielleicht eine Stunde.«

»Sie Trottel!«, schimpft Leland. »Hancock ist nicht in New Haven. Er ist hier in New York City. Im Ambassador Hotel. Ich habe ihn gerade mit eigenen Augen gesehen.«

Al kann das nicht glauben. Andererseits weiß er, dass die Klienten immer Recht haben. »Wenn Sie es sagen, Sir. Ich kann mir allerdings nicht vorstellen, wie er in so kurzer Zeit nach New York gekommen sein soll.«

Leland seufzt. Vielleicht war es ja gar nicht Hancock, der da gerade in den Aufzug gestiegen ist. Obwohl der Mann genauso aussah. »Okay«, sagt er zu Al, »dann finden Sie ihn. Und überzeugen Sie sich genau davon, dass er es ist. Wenn Sie ihn haben, rufen Sie mich sofort an. Und zwar bald!«

Leland schaltet sein Handy aus, klappt es zu und trinkt noch einen Schluck Chivas.

Auch Al Brown klappt nervös sein Handy zu und flitzt wieder ins Restaurant.

Dicky hat den Minivan nicht eine Sekunde aus den Augen gelassen. Jetzt beobachtet er, wie der Typ wieder ins Restaurant kommt, an der Eingangstür stehen bleibt und sich suchend umschaut.

Mein Gott, denkt der Schnüffler, wo kann der Kerl nur sein? Vielleicht auf der Toilette. Al steuert diese Richtung an.

Dicky zögert nicht länger. Kaum dass der dicke Mann an seinem Platz vorbeigekommen ist, verlässt er das Restaurant und überquert den Parkplatz.

Der Schnüffler schaut sich in der Toilette um. Von Hancock keine Spur. Al nutzt die Gelegenheit, um noch einmal seine Blase zu entleeren, damit der Drang ihn nicht wieder auf der Straße überfällt.

Auf dem Weg zum Minivan kauft er sich noch einen Burger. Der Gedanke, Mr Fisher anzurufen und ihm zu sagen, dass Hancock ihm entwischt ist, hat Al sehr hungrig gemacht.

Leland hat Al schon wieder vergessen. Leland war gerade an der Rezeption und hat erfahren, dass die Hancocks tatsächlich ein Zimmer reserviert haben. Genau heute. Ihr Zimmer ist auf den Namen Mrs Clara Dare Hancock reserviert.

Leland weiß, dass auch John hier ist. Schließlich hat er ihn mit eigenen Augen gesehen.

Die Hancocks sind wie die Fishers im dreizehnten Stock untergebracht. Suite 1424.

Leland sitzt jetzt wieder in der Bar und überlegt, ob er sich einen fünften Chivas genehmigen soll. Da klingelt sein Handy. »Ja?«

»Mr Fisher. Al Brown hier.«

»Und?«

»Tut mir Leid, Sir, aber keine Spur von Hancock. Sein Wagen steht noch hier, aber irgendwie hat er es geschafft, mich abzuhängen. Vielleicht in einem Taxi.« Al sitzt wieder hinter dem Steuer seines Minivans. In einer Hand das Handy und in der anderen den Burger.

»Ich hab's Ihnen doch vorhin schon gesagt, Sie Trottel«, schimpft Leland. »Hancock ist nicht in New Haven. Er ist in New York.«

»Im Ambassador Hotel?«

»Ganz recht.«

»Mein Gott.«

»Sie sind gefeuert!« Und mit diesen Worten beendet er das Gespräch mit seinem Privatdetektiv.

Al seufzt und schaltet das Handy aus. »Verdammt«, ruft er. »Jetzt werde ich für diesen Job keinen einzigen Dollar mehr sehen.«

Keine Sekunde später legen sich zwei fleischige Hände um Als Nacken, zerren ihn vom Sitz und schleifen ihn hinten in den Minivan. Al ist schockiert wie noch nie in seinem Leben. Er zappelt herum, um sich zu befreien, doch Dicky ist zu stark und zu verrückt. Seine Finger bohren sich immer tiefer in Als Hals und drücken gnadenlos zu. Wenige Sekunden später bekommt Al keine Luft mehr und verliert das Bewusstsein. Ein paar Minuten später ist der Schnüffler Al Brown tot. Mausetot. Dickys drittes Opfer. Heute.

Dicky legt Als Leiche auf den Boden hinter den Vordersitzen und legt eine hübsche Decke darüber. Sicher die Picknickdecke der Browns. Die Decke, die sie benutzen, wenn sie an schönen Sommernachmittagen aufs Land fahren.

Sekunden später steigt Dicky aus dem Minivan und geht über den Parkplatz zum BMW. Er holt seine persönlichen Sachen, unter anderem den Beutel mit den Klamotten und den Beutel mit den Hancock-Romanen. Er schließt den Wagen ab, kehrt zum Minivan zurück und setzt sich hinters Steuer. Jetzt braucht er nur noch die Schlüssel. Schnell durchwühlt er die Taschen der Leiche und findet nicht nur die Schlüssel, sondern auch die Brieftasche des Schnüfflers.

Als der verrückte Dicky Cosgrove wenige Minuten später

wieder auf der Autobahn Richtung Süden nach New York City fährt, schaut er sich die voll gestopfte Brieftasche von Al Brown genauer an.

WILL & CLARA

Will schafft die Strecke von Stockbridge bis New York in Rekordzeit. Nachdem er sein Ziel endlich erreicht hat, ist er plötzlich nervös und unsicher. Vor nur zwei Stunden hat dieser Typ seinen eigenen Bruder im Vorratskeller eingesperrt. Er hat kein gutes Gefühl dabei. Wenn ihm, Will, etwas passiert, sitzt John in der Falle. Für immer. Er würde verhungern und verdursten. Es sei denn, er findet einen Fluchtweg. Will weiß, dass sein Bruder ein einfallsreicher Bursche ist. Vielleicht ist er schon abgehauen und auf dem Weg hierher. Zum Big Apple.

Mit diesen ambivalenten Gefühlen und dem Gedanken, dass er seinen Bruder ein für alle Mal hätte ausschalten und hinter der Scheune begraben sollen, klopft Will leise an die Tür der Suite 1424.

Clara ist gerade mit ihren Telefonaten fertig. Sie hat gebadet und trägt nun Jeans und einen hautengen, schwarzen, seidenen Rollkragenpullover. Das Klopfen an der Tür überrascht sie nicht.

Sie lächelt. Auf diesen Moment freut sie sich schon geraume Zeit.

Sie legt ihre hübsche, schlanke Hand auf den Messingknauf der Tür und fragt: »Wer ist da?«

»Dein dich liebender Ehemann«, erfolgt die Antwort.

»Welcher?«, fragt Clara, als sie den Knauf herumdreht und die Tür öffnet.

Wills Misstrauen und seine Paranoia kehren sofort zurück, als er diese unschuldige Frage hört. Es gelingt ihm trotzdem, ein verwirrtes Gesicht zu machen, als er eine Gegenfrage stellt: »Was hast du gesagt, Schatz?«

Clara lächelt ihn an, kneift ihm in den Bauch und zieht ihn ins Zimmer. »Ich habe gefragt, warum du so lange gebraucht hast. Ich warte schon seit Stunden.«

Will ist ein wenig mitgenommen, doch er lächelt dennoch. »Viel Verkehr.«

Clara mustert ihren Gatten. Sie muss zugeben, dass es auch nach all den Jahren noch unglaublich schwer ist, die beiden auseinander zu halten, wenn sie angezogen vor ihr stehen. Ein zufälliger Beobachter würde niemals Unterschiede feststellen. Clara ist aber keine zufällige Beobachterin. Sie kennt die beiden schon ziemlich lange. Und ihr Verhältnis ist sehr intim. Sie hat sofort erkannt, dass sie sich nicht mit einem John Hancock, sondern mit zwei John Hancocks trifft, als Sex ins Spiel kam. Die Körper ihrer beiden Liebhaber wiesen kleine Unterschiede auf. Und ihre Liebespraktiken auch. John ist ein wenig muskulöser, besonders auf der Brust, und er war immer etwas aggressiver im Bett. Er zieht es vor, die Initiative zu ergreifen und beim Liebesspiel die Oberhand zu haben. Will neigt dazu, ein bisschen zu zögern und es Clara zu überlassen, das Tempo und die Stellungen zu bestimmen. Eine perfekte Kombination für eine Frau, die schnell gelangweilt und schwer zu befriedigen ist.

Nach all den Jahren müssen die Hancock-Brüder nicht mehr nackt sein und sich mit ihr im Bett vergnügen, damit Clara sie auseinander halten kann. Sie braucht ihnen nur in die Augen zu sehen. Johns Augen haben ihre Jugend bewahrt. Die Vierzig nähert sich, doch in seinen funkelnden Augen spiegeln sich noch immer Energie und Begeisterung. Wills Augen haben etwas von der jugendlichen Lebensfreude verloren und sind ernster, aber auch reifer geworden. Die Jahre und das große Täuschungsmanöver haben bei Will tiefere Spuren hinterlassen als bei John. Das aber ist nur ein Grund, warum Clara beschlossen hat, dieses ganze Theater zu beenden. Sie liebt und verehrt beide Männer. Sie haben sie sehr glücklich gemacht und viel Abwechslung in ihr Leben gebracht. Sie will nicht, dass einer von ihnen leidet.

Natürlich weiß sie nicht, dass Will Morde begangen hat. Zwei Stück. Und auch nicht, dass ein erfahrener Psychiater ihn als Psychopathen einstufen würde.

Clara führt Will durch den Wohnraum ins Schlafzimmer. Will ist völlig aufgewühlt und würde gerne wissen, was hier gespielt wird, doch er hat es noch nie geschafft, den sexuellen Avancen seiner Frau zu widerstehen.

Schon bald liegen sie im Bett, küssen und umarmen sich, ziehen sich hastig ihre Hosen und Pullover aus und pressen ihre Körper aneinander. Da die Hancock-Brüder nur die Hälfte ihrer Zeit mit Clara verbringen, sind sie immer sehr leidenschaftlich. Sie sind niemals halbherzig bei der Sache. Das ist an diesem Nachmittag nicht anders.

Plötzlich klingelt das Telefon. Weder Will noch Clara bemühen sich, an den Apparat zu gehen. Es ist nur Leland Fisher, der noch immer unten in der Bar sitzt und einen weiteren Chivas trinkt. Er möchte rasch hallo sagen, um herauszufinden, warum Hancock eigentlich in New York City ist.

Doch der Anrufer muss warten. Die Hancocks sind beschäftigt.

Das Telefon klingelt erneut. In der Hitze ihrer Leidenschaft hören Will und Clara es kaum. Diesmal ist es Linda Carson, die aus ihrer Hütte in den White Mountains anruft. Sie möchte Clara nur sagen, dass sie gut angekommen sind, dass es den Jungen gut geht und das sie jetzt eine Wandertour machen.

In diesem Augenblick hat Clara keine Lust, mit irgendjemandem über irgendetwas zu sprechen. Sie klammert sich an Will und presst ihn an sich, während ihr immer heißer wird und ihr Körper vor Lust erbebt.

Will drückt sie fest an sich. Sein Misstrauen und seine Paranoia sind für den Augenblick verschwunden. Er war bei Clara schon lange nicht mehr dran und hält sich nicht zurück.

Später liegen sie Seite an Seite. Sie reden nicht viel, lächeln sich nur ab und zu an.

Clara weiß, dass es einen weiteren Unterschied zwischen den Brüdern gibt. Will ist nach dem Sex viel ruhiger. John ist munter und aufgedreht. Er spielt gerne den Clown und schneidet Grimassen. Oder spricht mit fremdem Akzent. Er bringt Clara zum Lachen.

Clara gefällt beides. Ihr gefällt auch der alte Spruch: Die Abwechslung ist die Würze des Lebens.

Sie dreht sich zu Will um. »Ich liebe dich. Das weißt du doch, nicht wahr?«

»Natürlich.«

»Es ist wichtig, dass du es weißt.«

»Stimmt«, erwidert Will, der sich nicht sehr wohl in seiner Haut fühlt. »Es ist sehr wichtig.«

»Und es ist auch wichtig für dich zu wissen, dass ich euch beide liebe.«

»Uns *beide*?«

Clara geht nicht auf Wills Bemerkung ein. »Du hast meine Nachricht erhalten, ja? Auf dem Anrufbeantworter von *Abenteuerreisen?* Du bist hier, um meinen Sommerurlaub mit mir zu planen?«

Will weiß, dass er das hätte voraussehen müssen. Er hätte wissen müssen, dass Clara ganz ruhig und kühl mit der Situation umgehen wird. Zuerst der Sex – und dann kommt sie sofort zur Sache. Sie redet nicht lange um den heißen Brei herum. Irgendwie hat Will es geschafft, sich einzureden, dass Clara nicht die ganze Wahrheit kennt. Bevor er John im Keller eingeschlossen hat, sagte er sich, dass Claras Anruf bei *Abenteuerreisen* purer Zufall war.

»Was redest du denn da?«, fragt er mit halbwegs ruhiger Stimme.

»Das weißt du ganz genau.«

»Ach?«

»Ja, Will, du weißt es.«

Als Will nach all den Jahren seinen Namen hört, hat er das Gefühl, in seinem Kopf würden Raketen explodieren. Er ist nicht sicher, ob es ihm gefällt, seinen Namen zu hören. Auch wenn er Will Hancock ist, so ist er heute als John Hancock hier. *John* Hancock hat seinen Bruder in dem Bunker eingesperrt, nicht *Will* Hancock. John hat an Brudermord gedacht, nicht Will. Es gibt keinen Will. Nur zweimal John. Zumindest jetzt.

Nach einer ziemlich langen Pause sagt er: »Will ist unser Sohn, Clara. Ich bin John.«

Clara schwingt die Beine aus dem Bett und steht auf. »Du willst doch jetzt nicht dieses Theater mit mir spielen, oder?«

»Wie bitte?« Will weiß nicht, was er tun soll. Er lebt schon sehr lange mit dieser Täuschung. Seit fast zwanzig Jahren hat niemand Will zu ihm gesagt, bis auf seinen Bruder.

»Hör mal«, sagt Clara, die jetzt einen seidenen Hausmantel anzieht. »Ich kenne die Wahrheit. Ich kenne sie schon von Anfang an. Bevor ich euch beide geheiratet habe. Offen gestanden – es hat mich immer verblüfft, dass du und John tatsächlich davon überzeugt wart, ich wüsste nicht, dass es zwei von euch gibt. Ich fand es auch immer ein wenig beleidigend. Letztendlich ist es doch nur ein Beweis für das ungeheure Ego der Hancock-Brüder. Denn die Wahrheit ist, dass ihr beide nicht ganz gleich seid.«

»Ist alles in Ordnung mit dir, Clara? Ist irgendwas passiert, das du mir nicht erzählt hast? Du weißt, dass ich keinen Bruder habe. Nicht mehr. Du weißt, dass mein Bruder 1982 an der Küste von Belize ertrunken ist.«

Clara lacht. Dann geht sie zur Kommode, nimmt die Haarbürste und bürstet ihr glänzendes Haar. Nach dem Sex ist ihr Haar immer ganz wuschelig.

»Jetzt bin ich aber ein bisschen erstaunt, Will. Von *John* hätte ich erwartet, dass er alles abstreitet, aber nicht von dir.«

»Aber ich bin John!«

»Und ich bin die Jungfrau von Orléans.« Clara lacht wieder. »Hör zu, Will. Es ist vorbei. Du musst nicht mehr vortäuschen, John zu sein. Das sollte doch eine Erleichterung für dich sein. Kein Grund für weitere Lügen. Es ist doch okay! Ich bin nicht verrückt. Ich liebe dich. Ich liebe euch beide. Es wird sich nichts ändern.«

»Clara«, sagt Will geduldig, »mit deiner Europareise, der neuen Galerie und deinen vielen Verantwortlichkeiten warst du einer großen Belastung ausgesetzt. Du machst mir wirklich Angst. Das alles war zu viel für dich. Warum legst du dich nicht wieder hin? Ich mache dir feuchte Umschläge.«

Claras Lächeln erlischt. Jetzt ist sie ein wenig verstimmt. Die ganze Sache sollte eigentlich ein Spaß sein, doch jetzt ärgert sie sich. »Ich merke schon, unser Gespräch ist die reinste Zeitverschwendung. Deshalb sag ich dir jetzt, was ich will. Ich möchte, dass du deinen Bruder anrufst und ihm sagst, dass er ins Ambassador kommen soll. Eigentlich müsste er schon hier sein. Aber wahrscheinlich habt ihr beide wieder irgendwas ausgeheckt, nachdem ihr festgestellt habt, dass eure dumme, blonde Gattin Clara nach all den Jahren alles herausbekommen hat.«

John weiß also, dass Clara hier ist, überlegt Will. Natürlich weiß er es. Clara hat es ihm bestimmt gesagt. Das alles ist eine abgekartete Sache! Nur dass ich John jetzt im Bunker in Stockbridge eingeschlossen habe. Eine kleine Wende, die weder John noch Clara vorhergesehen haben.

»Hör mal, Clara«, sagt er so ruhig er kann. »Ich weiß wirklich nicht, was das alles soll. Vielleicht bis du einfach überarbeitet. Vielleicht ...«

»Schatz«, unterbricht Clara ihn, »der ganze Stress liegt hinter mir. Ich bin vollkommen klar im Kopf. Und jetzt sag ich dir noch einmal, um was es hier geht. Es geht um dich, um John und um mich. Und es geht um unsere Söhne und um unser Leben. Um Wahrheit und Lügen. Um Bücher und Kunst und *Abenteuerreisen.* Es geht um ...«

»Abenteuerreisen?«

»Verdammt, Will, warum hörst du denn nicht zu? Ich weiß alles. Ich wusste es schon immer. Und es ist mir egal. Ich habe dir ja schon gesagt, dass sich nichts ändern soll. Vielleicht ein paar Dinge, damit unser Leben noch schöner wird. Darüber sprechen wir später. Wenn wir alle drei zusammen sind.«

»Wir alle *drei*?«

»Allmählich langweilst du mich, Will. In all den Jahren, die du John gespielt hast, hast du mich niemals gelangweilt. Heute spielst du dich selbst, und schon langweilst du mich zu Tode.«

»Tut mir Leid«, sagt Will schmollend. »Aber es ist so ... seltsam. Ich meine, was du da behauptest. Ich weiß nicht, was ich sagen soll. Vielleicht ...«

Clara reicht es jetzt. Sie hat sich diese Szene viel großartiger und dramatischer vorgestellt. Mit diesen dummen Lügen hat sie nicht gerechnet. »Will«, unterbricht sie ihn. »Sei ruhig. Ich habe wichtigere Dingen zu tun, als mir dein Geplapper anzuhören.« Clara zieht ihren seidenen Hausmantel aus und schlüpft in ihre Jeans und den schwarzen Rollkragenpullover. »Ich bin mit meinen Geschäftspartnern der neuen Galerie in der Stadt verabredet.«

»Du bist verabredet?«

»Ja, ich bin verabredet. In einer Stunde bin ich wieder da. In der Zwischenzeit kannst du nachdenken über das, was ich gesagt habe. Sieh der Realität ins Auge. Hör mit den Lügen auf und hol John hierher. Wir müssen über alles sprechen. Und zwar noch heute Abend. Spätestens morgen früh.«

Clara nimmt ihr Portemonnaie. Sie macht es auf, zieht ein paar Fotos in Postkartengröße heraus und wirft sie aufs Bett. »Hier«, sagt sie. »Vielleicht hilft das deiner Erinnerung über den Bruder, der angeblich an der Küste von Belize ertrunken ist, ein bisschen auf die Sprünge.«

Es sind natürlich die Fotos, die Pete, dieser andere Privatdetektiv, vor sieben oder acht Jahren von den Hancock-Brüdern vor deren Versteck in Stockbridge gemacht hat.

Clara wartet nicht, bis Will sich die Fotos angeschaut hat. Sie geht zur Tür, macht sie auf und dreht sich noch einmal um. »Reg dich nicht auf, Will. Es musste doch so kommen. Jetzt müssen wir nur sehen, wie wir mit der Situation fertig werden. Ich habe dir gesagt, dass ich dich liebe. Ich liebe dich um deiner selbst willen. Du musst jetzt nicht mehr John spielen. Nicht eine Sekunde mehr.«

Sie schauen sich an. Clara lächelt, dreht sich um und geht durch die Tür.

AUF DEM WEG INS AMBASSADOR

»Guten Tag. Ambassador Hotel. Was kann ich für Sie tun?«

»Ich weiß, dass es ziemlich kurzfristig ist, aber ich hoffe, Sie haben für heute Nacht noch ein Zimmer frei.«

»Heute Nacht, Sir?«

»Ja.«

»Für wie viele Personen, Sir?«

»Eine.«

»Ich schau mal nach.« Die Dame an der Rezeption überprüft die Belegungsliste. Sie weiß, dass es im Hotel noch mehrere freie Zimmer gibt, doch ihr wurde beigebracht, Last-Minute-Anrufer glauben zu machen, sie hätten das letzte freie Zimmer erwischt. Auf diese Weise kann das Hotel noch unverschämtere Preise verlangen.

»Ja, Sir«, sagt sie schließlich, »ich sehe, dass noch ein oder zwei Einzelzimmer frei sind.«

»Könnten Sie mir bitte eins reservieren? Ich werde in etwa einer Stunde bei Ihnen sein.«

»Sicher, Sir. Ich brauche nur die Nummer Ihrer Kreditkarte für die Zimmerreservierung.«

»Klar.«

»Sagen Sie mir bitte Ihren Namen?«

»Ja. Brown. Allen Brown.«

»Und die Nummer Ihrer Kreditkarte, Mr Brown?«

Der verrückte Dicky liest die Visa-Nummer des verblichenen Al Brown vor. Er sitzt am Steuer des Minivans des verblichenen Al Brown und telefoniert mit dessen Handy.

Al ist zwar tot, doch sein Erbe lebt weiter.

Einige hundert Meilen weiter westlich festigen sich die Bande zwischen Mrs Overton und Mr Rafe Paquita. Erst vor ein paar Minuten hat Rafe seine Finger verspielt über Babes Oberschenkel gleiten lassen. Jetzt befinden sich Babe und Rafe nördlich von Norwalk, Ohio, nicht weit vom Geburtsort Thomas Alva Edisons entfernt.

Von Stunde zu Stunde, sogar von Minute zu Minute wird ihre Beziehung enger. Mit jeder Lüge, die Rafe Babe auftischt. Er spricht über seine Freundschaft zu den Hancock-Brüdern, sein reizendes karibisches Hotel und sein ungezwungenes, schönes Leben in den Tropen. Das alles hat bei Babe großen Eindruck hinterlassen.

Die Frage, warum Rafe mit einem normalen Reisebus unterwegs ist, wurde noch nicht angeschnitten. Und wenn es nach Rafe geht, wird das auch nicht passieren. Falls morgen Mittag in der Bar im Ambassador Hotel alles klappt, hofft er, mit Babe vielleicht ein paar schöne Tage in der großen Stadt zu verbringen. Er möchte sich mit Babe ein Zimmer mieten und ihre Beziehung noch intimer gestalten.

Doch Babe will auf gar keinen Fall etwas mit Rafe anfangen. Sie mag Rafe, aber so eine Frau ist sie nicht. Außerdem hat sie jetzt noch mehr Angst davor, nach Boston zu fahren und ein wenig mit den Hancock-Brüdern zu plaudern. Sie baut darauf, dass Rafe sie persönlich vorstellt.

Im Big Apple geht Hillary langsam die Fifth Avenue hinunter. Sie hat mehrere Einkaufstüten in der Hand (Tiffany's, Saks, Bergdorf's). In diesen schweren Tüten ist nur ein Teil ihrer Einkäufe. Den Rest hat sie direkt ins Hotel schicken lassen.

Das Schaufenster von Diego Della Valle fesselt ihre Aufmerksamkeit. Neue Schuhe hat sie sich noch nicht gekauft.

Warum sollte sie nicht einen Blick riskieren? Sie betritt das Geschäft, um sich umzusehen.

Eine halbe Stunde später ist sie wieder unterwegs. Unterm Arm hat sie ein Paar sehr teure Della-Valle-Schuhe und im Portemonnaie eine weitere Quittung von American Express.

Auch Leland ist auf dem Weg zurück ins Ambassador. Nach dem erfolglosen Versuch, in der Hancock-Suite anzurufen, beschloss er, ein wenig frische Luft zu schnappen.

Leland überquerte die Fifth Avenue und ging in den Central Park. Er spazierte am Wildlife Center und der Schlittschuhbahn vorbei. Am Karussell kehrte er um. Jetzt ist er wieder auf der Fifth Avenue. Er weiß, dass Hillary Karten für eine neue Broadway-Show hat. Wahrscheinlich so eine scheußliche, laute Aufführung. Lärmende Musik, schlechte Texte und verrückte, glitzernde Tänzerinnen, die wie Zirkustiere auf der Bühne herumspringen.

Leland hat furchtbar schlechte Laune. Er hat zu viel Scotch getrunken. Viel zu viel Scotch. Jetzt geht er zurück ins Hotel. Er wird ein paar Tabletten nehmen und sich aufs Ohr hauen.

Clara trinkt eine Cola. Sie trinkt nur eine Cola im Jahr. Und das tut sie jetzt. Sie hat die Cola in dem Laden Ecke Madison und Neunundsechzigste gekauft.

Clara hat die Suite 1424 nicht deshalb verlassen, weil sie eine Verabredung mit ihren Partnern der neuen Galerie hat. Das war nur ein Vorwand, um gehen zu können, damit Will Zeit hat, über alles nachzudenken. Clara hatte einfach keine Lust, nach dem guten Sex und dem dummen Gespräch noch länger bei Will herumzuhängen. Dieses Hin und Her, ob sie nun wusste oder nicht, dass John *und* Will lebten, brachte sie im Moment nicht weiter.

Jetzt geht sie schnell zurück zum Ambassador. Sie hat die Shorts, Hemden und die neuen Schuhe, die sie bei Ralph Lauren auf der Madison für ihre Söhne gekauft hat, ihre Handtasche und die Dose Cola in der Hand.

Clara hat keine Ahnung, was ihre Ehemänner tun werden. Aber sie weiß, was sie selbst tun wird: nichts. Immerhin war sie genauso an dem Täuschungsmanöver beteiligt wie die Hancock-Brüder. John und Will sollen nur wissen, dass sie es weiß, damit ihr Leben noch schöner wird. Schöner als je zuvor. Ehrlicher und entspannter.

Natürlich ist Clara über bestimmte Dinge nicht im Bilde. Sie weiß nichts über die Sache mit Frank und Zelda. Außerdem weiß sie nicht, dass Will seinen Bruder John im Keller eingesperrt hat. Clara glaubt, dass ihre Ehemänner gute Freunde sind, die besten Freunde auf der Welt.

Auch Will ist auf dem Weg ins Ambassador. Nachdem Clara ihre Bombe hochgehen ließ und aus der Suite 1424 verschwand, stand Will zutiefst schockiert mehrere Minuten im Schlafzimmer und schaute sich aufmerksam die Fotos an. Zuerst wollte er Clara folgen und alles erklären. Doch Will weiß, dass seine Frau keinen Wert auf Erklärungen legt. Es wird wohl das Beste sein, sie erst einmal in Ruhe zu lassen.

Deshalb ging er spazieren und überdachte die Situation. Vorhin lief er auf der Fifth Avenue genau an seiner Geliebten vorbei, Hillary Fisher. Zwischen ihnen lagen knapp drei Meter. Doch sie haben sich nicht gesehen. Will war zu sehr mit sich selbst und Hillary zu sehr mit ihren Einkäufen beschäftigt. Keiner von beiden hatte Zeit für unerlaubte Liebe, noch waren sie in der Stimmung dazu.

Will nimmt in einer Bar auf der Zweiundvierzigsten gegenüber von der Bibliothek einen Drink. Ein Stück weiter, in einer Bar in der Nähe vom Trump Tower, genehmigt er sich einen weiteren Drink. »Whisky«, bestellt er beim Ober. »Den billigsten und stärksten Fusel, den Sie haben.«

Will ist niedergeschlagen. Er fühlt sich schmutzig und in die Enge getrieben, als hätte er nur zwei Möglichkeiten. Und beide verlangen, dass er nach Stockbridge zurückkehrt. Heute. Noch heute Abend. Jetzt sofort.

Die erste Möglichkeit: Er kehrt in den Bunker zurück und

tötet John. Er knallt ihn mit seiner 38er Saturday Night Special wie einen alten Hund ab und begräbt ihn hinter der Scheune. Eine saubere, einfache Lösung. Nun, vielleicht ist es nicht ganz so sauber und einfach, aber damit wäre die Sache ein für alle Mal erledigt. Anschließend würde er nach New York zurückkehren und weiterhin vehement Claras Behauptungen abstreiten. Die nächsten Wochen und Monate wären wahrscheinlich ein bisschen schwierig, aber letztendlich würde Clara es schon schlucken.

Oder nicht? Will weiß verdammt gut, dass sie es *nicht* schlucken würde. Nicht Clara. Keinesfalls. Will weiß, dass seine Frau so hartnäckig ist wie ein Terrier, wenn sie etwas haben will. Und jetzt will sie ihre beiden Ehemänner haben. Sie sollen beide antreten. Etwas anderes wird sie nicht durchgehen lassen.

Das führt Will zu der zweiten Möglichkeit: Er könnte in den Bunker zurückkehren, John erklären, was passiert ist, und mit seinem Bruder nach New York fahren, um mit Clara alles zu besprechen. Als Team. Wie in den alten Zeiten. Zwei gegen eine. Die Hancocks gegen den Rest der Welt.

Will hat nicht vollkommen den Bezug zur Realität verloren. Er kann sich an fünf Fingern ausrechnen, dass John diese Möglichkeit nicht gerade begeistern wird. Nicht, nachdem er angegriffen, zusammengeschlagen, betäubt und in den Bunker geworfen wurde.

»Verdammte Scheiße«, murmelt Will vor sich hin. Er trinkt den Fusel aus, wirft ein paar Münzen auf die Theke und geht zurück zum Hotel.

Er ist der Meinung, dass er zuerst noch einmal mit seiner Frau sprechen muss, ehe er irgendetwas anderes unternimmt. Er muss herausfinden, was genau seine Frau weiß. Und er muss erfahren, was sie mit ihrem Wissen anfangen will.

DER BUNKER

Obwohl John Hancock erst seit sechs Stunden in dem unterirdischen Keller eingesperrt ist, wird er langsam, aber sicher verrückt. Vor einer Stunde hat er sich die Hände verletzt, als er mit den Fäusten gegen die Tür schlug, um zu entfliehen. Dann hat er einen der Holzstühle total zertrümmert, als er ihn wiederholt als Rammbock benutzte, um die Tür aufzubrechen. Weder seine Fäuste noch der Stuhl haben die Tür beschädigt.

John hat jeden Quadratzentimeter, jede Ecke, jeden Spalt des Raumes durchsucht, ohne eine Fluchtmöglichkeit zu finden. Da er kein Feuer legen und den Bunker niederbrennen kann, wird er wohl hier bleiben müssen, bis Will oder jemand anders ihn befreit. Bis dahin ist dieser Raum sein gesamtes Universum.

John ist sicher, dass sein Bruder zurückkommen wird. Will wird ihn bestimmt nicht hier in diesem Gefängnis verrecken lassen.

Fünf mal sechs Meter. John hat den Raum mit seinen Schritten ausgemessen. Sechs große Schritte in eine Richtung. Knapp sechs in die andere. Auf dem Boden liegt ein billiger Teppich. Eine schäbige Couch, auf der er schlafen und sitzen kann. Ein Stuhl an einem Tisch, an dem er arbeiten kann. Eine winzige Kochnische, in der er essen kann. Will hat nicht viele Lebensmittel da gelassen. Auch nicht viel zu trinken. Zwei Pakete Müsli. Einen Laib Brot. Einen Beutel Donuts. Zwölf Eier. Ein Stück Butter. Einen Liter Orangensaft. Zwei Liter Milch. Vier Liter Wasser. An normalen Tagen isst und trinkt John das schon vor dem Mittagessen. Wie lange soll er denn mit diesen knappen Vorräten überleben? Zwei Tage? Drei Tage? Eine Woche?

John kann diese Fragen alle nicht beantworten. Er kann nur hoffen, dass Will wieder zur Besinnung kommt und sich daran erinnert, dass sie Brüder sind.

John sitzt auf dem Sofa und stützt den Kopf in die Hände. Vielleicht ist diese Gefangenschaft, diese Verbannung in den unterirdischen Bunker der Preis, den er für das viele Unrecht zahlen muss, das er begangen hat, für die vielen Sünden, derer er sich schuldig machte. Für sein egoistisches Leben voller Lug und Trug. Für das Täuschungsmanöver mit den Reisepässen auf Caye Caulker. Weil er seinen Bruder seiner Identität beraubte. Und für alles andere.

Ironie des Schicksals, dass er es in den letzten Jahren so weit gebracht hat. Besonders seit der Geburt von John junior und dem kleinen Willy. Er ist reifer geworden. Erwachsener. Nicht mehr so egoistisch. Er ist ein vernünftiger, ausgeglichener Mensch geworden. Ein Mensch, der mehr geben will als er bekommt. Ein guter Ehemann und ein liebevoller, hingebungsvoller Vater. Ironie des Schicksals. John, der schon so viele Jahre als Schriftsteller arbeitet, weiß, dass die Ironie des Schicksals die ausgleichende Gerechtigkeit des Lebens ist.

Er erhebt sich und geht einen Moment auf und ab. Sein Magen knurrt, denn er hat Hunger, Bärenhunger. Er vertilgt den halben Beutel Donuts und trinkt gut einen Liter Milch.

Schließlich hält er inne, um Luft zu holen. Dann hämmert er die Faust auf die Tischplatte. »Verdammt, Hancock, reiß dich zusammen! Könnte sein, dass du sehr lange hier bleiben musst«, ermahnt er sich dann.

Er denkt an Will. Plötzlich empfindet er tiefen Hass auf seinen Bruder. Doch er weiß, dass dieser Hass dumm ist. Seinen Bruder zu hassen bedeutet, sich selbst zu hassen.

Nein, sagt er sich, das ist nicht wahr. Ich habe mich nicht selbst hier unten eingeschlossen. Will hat mich hier eingesperrt. Er hat mich zu seinem Gefangenen gemacht. Ohne Vorwarnung. Ohne Prozess.

»Verdammt, Will!«, brüllt er.

Dicky Cosgrove fährt mit dem Minivan in das Parkhaus unter dem Ambassador Hotel. Die Leiche des Schnüfflers liegt noch immer hinten im Wagen auf dem Boden. Dicky ist zu sehr mit seinen Mordgedanken beschäftigt, als dass er sich um diese Kleinigkeit kümmern könnte.

Er parkt neben einem BMW, der genauso aussieht wie der Wagen, den er vor McDonald's in der Nähe von New Haven hat stehen lassen. Dasselbe Baujahr. Dasselbe Modell. Dieselbe Farbe.

Dicky nimmt seine Habseligkeiten, schließt den Minivan ab und geht zum Aufzug. Er fährt bis zum Foyer.

Dicky weiß genau, dass er John Hancock jeden Moment in die Arme laufen kann. Oder Will Hancock. Deshalb lässt er seinen Blick ständig in sämtliche Richtungen schweifen. Im Foyer herrscht reges Treiben, aber Dicky erblickt keinen der Hancocks.

Leland Fisher geht genau an Dicky vorbei, doch die beiden kennen sich nicht. Ein paar Minuten später rauscht Hillary durchs Foyer. Für Dicky eine Unbekannte.

An der Rezeption lässt sich Dicky als Allen Brown aus Brookline, Massachusetts, eintragen. Die Angestellte schiebt Als Visa-Card zur Überprüfung durch den Scanner. Kein Problem. Dicky unterschreibt auf der punktierten Linie. Die Angestellte hält sich nicht damit auf, Dickys Unterschrift mit der auf der Rückseite der Kreditkarte zu vergleichen. Im Ambassador würde man niemals einen Gast, der mehr als vierhundert Dollar pro Nacht für ein Einzelzimmer bezahlt, durch so eine unfeine, belanglose Überprüfung beleidigen.

»Sie haben Zimmer vierzehn-zweiundsiebzig, Mr Brown. Es ist ein Nichtraucherzimmer mit herrlichem Blick auf den Park. Sagen Sie uns bitte sofort Bescheid, wenn Sie etwas benötigen. Unser Personal ist rund um die Uhr für unsere Gäste da.«

Dicky steckt die Kreditkarte und die Quittung in die Tasche seiner Gap-Khakihose. »Okay«, sagt er. »Danke.«

»Soll ich einen Pagen rufen, damit er Ihr Gepäck in Ihr Zimmer bringt?«

»Gepäck?« Dicky schaut sich noch immer suchend um. Von Hancock keine Spur. »Nein, ich ... ich hab nur ein paar Sachen dabei.«

»Ich verstehe, Sir. Möchten Sie, dass Sie jemand zu Ihrem Zimmer begleitet?«

Dicky überhört die Frage. »Können Sie mir sagen, welches Zimmer Mr Hancock hat? Mr John Hancock? Er und ich haben ... geschäftlich miteinander zu tun.«

»Tut mir Leid, Mr Brown«, erwidert die Angestellte, »aber die Nummern der Hotelzimmer unserer Gäste werden vertraulich behandelt, um die Privatsphäre zu schützen.«

Dicky nickt. »Na klar.«

Die Angestellte schaut sich die Gästeliste an. »Ah, ich sehe gerade, dass eine Ms Clara Dare Hancock registriert ist. Möchten Sie, dass ich bei ihr anrufe?«

Dicky schüttelt den Kopf. »Nein. Danke. Ich ruf später an.«

»Wie Sie wünschen, Sir.«

Wie auf ein Stichwort betritt Clara durch den Eingang auf der Dreiundsechzigsten mit der Polotasche in der Hand die Eingangshalle. Sie geht genau an Dicky vorbei. Den Bruchteil einer Sekunde treffen sich sogar ihre Blicke, doch keiner von beiden erkennt den anderen. Sie haben sich noch nie im Leben gesehen.

Clara geht weiter, steigt in den ersten freien Aufzug und drückt auf den Knopf zum dreizehnten Stock.

Dicky ist jetzt ein wenig verwirrt und etwas aus der Bahn geworfen. Er steuert auf den Eingang an der Dreiundsechzigsten zu. Auf halber Strecke bleibt er stehen und starrt in die Gegend.

»Geh rauf in dein Zimmer«, murmelt er. »Entspann dich ein paar Minuten. Sieh ein bisschen fern und nimm eine heiße Dusche.«

Will Hancocks Magen brennt von dem Fusel. Trotzdem beschließt er, noch einen zu trinken, bevor er mit Clara spricht. Er geht in die Hotelbar und setzt sich hinten in eine Nische. Die Kellnerin kommt. Es ist die gleiche Dame, die Leland seine Drinks gebracht hat. »Was kann ich für Sie tun, Sir?«

Will schaut hoch. Ein süßes Gesicht. Eine gute Figur. »Whisky«, bestellt er. »On the rocks.«

»Eine bestimmte Marke, Sir?«

»Den billigsten Fusel, den der Barkeeper hat.«

So etwas hat die Kellnerin noch nie gehört. Sie geht lächelnd zur Bar und gibt die Bestellung wortwörtlich an den Barkeeper weiter. Sie fangen beide an zu lachen.

Indessen späht Dicky, der auf den Aufzug wartet, um zu seinem Zimmer zu fahren, aufmerksam in die Bar und sucht John oder Will Hancock. Sein Blick schweift umher und bleibt schon bald auf dem Mann haften, der ganz hinten in einer Nische sitzt. Es ist über zehn Jahre her, aber der verrückte Dicky Cosgrove erkennt dieses Gesicht sofort wieder. Dieses Gesicht hat sich ihm ins Gehirn gebrannt.

Instinktiv will der wütende Dicky sofort in die Bar stürmen, sein Rasiermesser zücken und Hancock den Hals aufschlitzen.

Wills Whisky wird gebracht. Die Kellnerin hat das Glas kaum auf den Tisch gestellt, da nimmt Will es auch schon und kippt sich den Drink hinter die Binde. Die Kellnerin steht da und beobachtet ihn. Sie kann es kaum erwarten, dass ihr Ehemann sein Jurastudium beendet, damit sie diesen elenden Job hinschmeißen kann. Sie möchte gerne in einem Vorort wohnen und Kinder haben.

»Noch einen, Sir?«, fragt sie.

Will schüttelt den Kopf. Es ist Zeit, zu Clara zu gehen. Sie müssen miteinander sprechen. »Nein, danke. Setzen Sie es bitte auf die Zimmerrechnung. Suite vierzehn-vierundzwanzig. Rechnen Sie fünf Dollar für sich dazu.«

»Danke«, sagt die Kellnerin, die das Trinkgeld möglicherweise auf zehn Dollar erhöhen wird.

Will steht auf. Dicky beobachtet ihn. Will durchquert die Bar. Dicky tritt zwei, drei Schritte zurück. Will verlässt die Bar und geht zu den Aufzügen auf dem Gang. Dicky weicht zurück und geht schnell die verschiedenen Möglichkeiten durch. Eine Lifttür öffnet sich. Will geht hinein. Dicky springt noch schnell hinter ihm in den Aufzug. Die Tür schließt sich.

Beide Gesichter sind nach vorn gerichtet. Will steht hinter Dicky. Der würde sich am liebsten sofort umdrehen und Will die Kehle durchschneiden, doch er versucht, zu warten und geduldig zu sein.

Will hat keine Ahnung, dass er jetzt mit einem mordlüsternen Psychopathen, der glaubt, Will habe seine Schwester getötet, in dieser kleinen Liftkabine in der Falle sitzt.

»Welche Etage?«, fragt Dicky.

»Dreizehn«, antwortet Will.

Dicky, der froh ist, diese Information zu haben, drückt auf den entsprechenden Knopf. Der Aufzug fährt los.

Dicky denkt noch immer daran, wie schön es wäre, Hancock gleich hier die Kehle durchzuschneiden. Jetzt sofort. Ja, das wäre wirklich klasse. Doch es ist zu riskant. Zu kompliziert. Es ist wohl besser, wenn er ihm in sein Zimmer folgt und mit diesem Mörder hinter verschlossenen Türen abrechnet.

Das Problem ist, dass Dicky negative Wellen aussendet und negative Energie ausstrahlt.

Will Hancock, der schon die gefährlichsten Orte der Welt bereist hat, spürt instinktiv, wenn Gefahr droht. Er kann die Ausstrahlung des Verrückten, der vor ihm steht, spüren und riechen. Der Geruch ist so intensiv, dass Will ein wenig zur Seite rückt, um einen Blick auf das Gesicht dieses Typen zu werfen.

Im ersten Moment kommt ihm das Gesicht nicht bekannt vor. Doch als er dem Mann kurz in die Augen sieht, fällt bei ihm der Groschen. Die Erkenntnis, diesen Typen zu kennen, zuckt wie ein Blitzschlag durch sein Hirn und sein Rückenmark und jagt von dort in jede Arterie, in die Gelenke und jeden Nerv seines Körpers.

Der Aufzug fährt langsamer und bleibt schließlich stehen. Es dauert fast eine Ewigkeit, bis die Tür sich öffnet.

Keiner der beiden Fahrgäste rührt sich. Eine Ewigkeit vergeht. Die Schiebetüren bewegen sich wieder aufeinander zu.

Will geht um seinen Feind herum, versperrt die sich schließende Tür mit dem Fuß und springt auf den Gang. Er geht nicht sofort zu seiner Suite 1424. Nein, er geht in die andere Richtung. Er entfernt sich von seinem Zimmer, von Claras Zimmer. Es scheint ihm vernünftiger zu sein.

Dicky springt in letzter Sekunde aus dem Aufzug und folgt ihm.

Wills Gedanken überschlagen sich. In Sekundenschnelle werden in seinem Gehirn Tausende von Überlegungen angestellt und Entscheidungen getroffen. Hat der verrückte Dicky eine Waffe? Ein Messer? Irgendein anderes Mordinstrument? Soll ich weglaufen? Aber wohin? Das Schild mit dem Notausgang war auf der anderen Seite.

Will sieht ungefähr zehn Meter vor sich das Ende des Korridors. Gleich sitzt er in der Klemme. Vor ihm liegen nur noch drei oder vier Zimmer. Gleich kann er nicht mehr ausweichen. Er kommt am Zimmer 1466 vorbei, das Zimmer seines alten Kumpels Leland Fisher. Leland ist tatsächlich da. Er schläft seinen Rausch aus. Will weiß das alles nicht.

Dicky, fest in seinen psychopatischen Kokon eingeschlossen, denkt nicht eine Sekunde daran, dass er erkannt oder durchschaut worden ist. Er folgt Hancock nur, um genau zu erfahren, welches Zimmer der Mörder seiner Schwester hat. Dass Hancock offenbar ein Zimmer ganz in seiner Nähe bewohnt, betrachtet Dicky als kleines Geschenk des Allmächtigen.

Dicky bleibt vor der Tür seines Zimmers stehen. Nummer 1472. Er sieht, dass sich bis zum Ende des Korridors nur noch zwei Zimmer befinden: 1474 und 1476.

Will, der beschlossen hat, zur Tat zu schreiten, bleibt vor der Tür von 1474 stehen. Er zieht seine Codekarte aus der

Tasche und steckt sie in den Schlitz. Natürlich geht die Tür nicht auf. Es soll so aussehen, als stünde er vor seinem Zimmer. Er dreht die Karte herum und versucht, die Tür zu öffnen. Vielleicht hört ihn jemand im Zimmer 1474, öffnet ihm und rettet ihm das Leben. Leider kommt niemand. Will seufzt, blickt den Korridor hinunter, schüttelt den Kopf und sagt zu dem Mann vor Zimmer 1472: »Verdammt, die Karte funktioniert nicht.«

Dicky zuckt mit den Schultern. »Sind Sie sicher, dass es das richtige Zimmer ist?«

Will nickt. »Ganz sicher. Vierzehn-vierundsiebzig.«

Dicky zuckt noch einmal mit den Schultern.

»Bestimmt hat man mir unten an der Rezeption die falsche Karte gegeben. Da muss ich wohl wieder runter und mir die richtige Karte holen.«

»Wahrscheinlich«, sagt Dicky, öffnet seine Tür, stößt sie auf und tritt über die Schwelle ins Zimmer.

Will dreht sich sofort um und geht zu den Aufzügen. Am liebsten würde er die Flucht ergreifen und rennen, aber er will sich nicht verraten. Als er sich Zimmer 1472 nähert, rechnet er damit, dass der verrückte Dicky ihn packt, ins Zimmer zerrt und die Tür zuknallt.

»Entschuldigung ...«

Will, der nur ein oder zwei Schritte von der geöffneten Tür entfernt ist, bleibt stehen. Er atmet aus und dreht sich ganz langsam um. »Ja?«

»Ich möchte mich nicht aufdrängen, aber sind Sie zufällig der Schriftsteller John Hancock?«

Will überlegt, ob er verneinen soll, doch er weiß, dass der verrückte Dicky die Antwort auf seine Frage zweifellos schon kennt.

»Ja«, erwidert Will. »Ich bin John Hancock.«

»Mir gefallen Ihre Romane sehr«, sagt Dicky, der tatsächlich glaubt, dass Hancock nicht weiß, wer er ist. »Ich habe alle Ihre Bücher gelesen.«

»Danke«, sagt Will und fügt dann seinen standardmäßigen

Spruch hinzu. »Es ist schön zu wissen, dass es Menschen gibt, die meine Romane lesen.«

»Ich verschlinge gerade Ihr neuestes Werk. *Die Abrechnung*. Ganz ausgezeichnet. Gefällt mir sehr. Unglaublich spannend.«

»Danke.«

Dicky sagt: »Ich hab den Roman hier in meinem Zimmer. Vielleicht hätten Sie eine Minute Zeit und kommen herein, um das Buch zu signieren.«

»Nun, ich ... hm ... ich ... hm ...«

Will wird dieses Zimmer unter gar keinen Umständen betreten. Nicht freiwillig. Denk dir eine Entschuldigung aus, sagt er sich. Lass dir irgendwas einfallen.

»Das geht doch schnell«, sagt Dicky.

»Ja, sicher, aber ...«

Die Tür des Zimmers 1476 wird geöffnet. Ein Mann und eine Frau treten auf den Korridor. Ein älteres, gut gekleidetes Paar auf dem Weg zur Oper.

Sie bahnen sich ihren Weg zwischen Will und Dicky hindurch.

»Guten Abend«, sagt der Mann, ein stinkreicher Ölbaron aus Texas.

Dicky zwingt sich zu lächeln.

Will nutzt die Gelegenheit, den Abstand zwischen ihm und Zimmer 1472 zu vergrößern. Die ganze Zeit denkt er fieberhaft nach.

Als er mit dem Ölbaron und seiner Frau den Korridor hinuntergeht, ruft er Dicky zu: »Tut mir Leid, aber ich habe es schrecklich eilig. Ich kann heute Abend zu Ihnen kommen. Dann sprechen wir über die Romane, und ich signiere Ihre sämtlichen Exemplare.«

Tatsächlich, denkt Dicky, dieser Idiot erkennt mich nicht wieder. »Okay«, sagt er, denn ihm bleibt im Moment nichts anderes übrig. »Heute Abend oder morgen früh. Egal wann.«

»Ich komme«, verspricht Will. »Ich freue mich schon. Zimmer 1472, richtig?«

»Richtig. 1472. Gleich neben Ihrem Zimmer.«

Will nickt, winkt, lächelt und springt mit dem texanischen Ölbaron und seiner Gattin in den Aufzug. Er hält es für klüger, Claras Suite 1424 auf der anderen Seite des Korridors fernzubleiben. Es wäre sicher nicht gut, dem verrückten Dicky den Weg zu diesem Zimmer zu weisen.

Natürlich hätte Will die Bullen rufen müssen, damit sie sich an Dickys Fersen heften und diesem gefährlichen Verrückten das Handwerk legen.

Will wird die Bullen nicht rufen. Er hat eine viel bessere Idee.

EIN NICKERCHEN

Clara bekommt von den Vorgängen auf der anderen Seite der dreizehnten Etage nichts mit. Die Uhr auf dem Nachttisch aus Walnussholz zeigt 6:17. In Paris ist es demnach elf Uhr siebzehn. Es ist zwar noch nicht besonders spät, aber Clara ist schon seit dem Morgengrauen auf den Beinen.

Sie fragt sich, wo die Hancock-Brüder wohl sind. Vielleicht ist Will zu John gefahren. Clara kann noch immer nicht glauben, dass Will alles abstreitet. Obwohl sie versteht, dass seine Lügen unter den gegebenen Umständen möglicherweise ganz normal sind. Menschen, die lügen, wollen der Wahrheit nicht ins Auge sehen.

Clara ist sicher, dass Will zurückkommen wird. Sie werden beide kommen. Das sollten sie auf jeden Fall tun. Sie ist nicht geneigt, ihnen eine andere Wahl zu lassen.

Clara gähnt wieder. Sie sitzt auf dem Bettrand, hebt den Hörer ab und ruft in ihrem Haus in Boston an. Keine Antwort. Nur der Anrufbeantworter. Seltsam, denkt sie. Den ganzen Tag war niemand zu Hause. Weder John noch Nicky oder Sylvia.

Im Moment ist Clara zu müde, um sich Gedanken darüber zu machen. Deshalb hinterlässt sie nur eine kurze Nachricht für John, er möge sie bitte anrufen, wenn er zurückkommt, und legt auf. Sie stopft sich Ohropax in die Ohren, kriecht ins Bett und schläft sofort ein.

Im Zimmer 1466 auf der anderen Seite des Korridors liegt Leland Fisher im Bett. Er schläft seinen Rausch aus. Er schläft und träumt. Er träumt davon, wie er sich mit der reizenden Clara Dare Hancock im Bett vergnügt und John und Hillary in Ketten zuschauen.

»Leland! Leland! Wach auf!«

Leland schlägt die Augen auf. Er sieht seine Frau, die splitternackt und mit nassem Haar durchs Zimmer läuft.

»Mein Gott, Leland«, sagt Hillary. »Es hat sich angehört, als hättest du einen feuchten Traum. Du hast vielleicht gestöhnt.«

Leland erwidert nichts. Er möchte weiterträumen.

Keine Chance.

»Wenn du noch duschen und dich rasieren willst, musst du dich beeilen. Die Aufführung beginnt um acht Uhr, und du weißt, dass ich es hasse, zu spät zu kommen.«

Leland schaut seine Frau an. Sie hat schöne Brüste und schöne Hüften. Schade, dass sie eine untreue Schlampe mit einer großen Klappe ist.

Der arme Lee. Er ist zwischen dem Wunsch, seine Frau zu vögeln und sie aus dem Fenster zu werfen, hin und her gerissen.

Dicky Cosgrove, der ein paar Türen weiter sein Zimmer hat, ist viel zu aufgedreht, um schlafen zu können. Er liegt in seinen neuen Gap-Klamotten und den neuen Turnschuhen auf dem Bett. Die Turnschuhe haben von Sylvias und Nickys Blut ein paar Flecke bekommen, sehen aber noch immer sehr schick aus.

Dicky hätte gerne geschlafen und sich ein wenig ausgeruht. Doch im Moment gehen ihm zu viele Dinge durch den Kopf.

So fragt er sich, ob er Hancock hätte folgen sollen, oder ob Hancock ihn erkannt hat. Hätte er diesem Mistkerl die Kehle durchschneiden sollen, als er die Gelegenheit hatte?

Dicky beschließt, zunächst einmal zu warten. Er versucht, sich in Geduld zu üben. Mal sehen, ob Hancock tatsächlich zu ihm kommt. Wenn ja, wäre es gut. Wenn nicht, muss Dicky bloß zur nächsten Tür gehen und dem Scheißkerl einen kurzen Besuch abstatten.

Dicky hebt den Hörer ab und bittet um den Zimmerservice. Putensandwich und einen Schokoloadenshake.

»Und ein paar Flaschen Bier«, fügt er hinzu, ehe er auflegt. »Wie bitte? Dann bringen Sie mir eine Flasche Bourbon. Wild Turkey.«

Dicky trinkt normalerweise nicht, aber heute muss er sich einen kleinen Schluck genehmigen. Vielleicht hilft ihm der Alkohol, sich zu beruhigen und sich ein wenig zu entspannen.

Rafe schläft. Er atmet ruhig und gleichmäßig. Sein Kopf ruht an Babes Schulter. Sie streichelt ihm zärtlich über den Nacken. Babe hat schon lange keinem Mann mehr den Nacken gestreichelt.

Babe lauscht dem gleichmäßigen Brummen des Busmotors. Sie fragt sich, ob sie und dieser hübsche, ausgesprochen freundliche schwarze Mann aus Belize nicht die gleiche Wellenlänge haben. Könnte sein. Vielleicht ist Rafe der wahre Grund dafür, dass sie in diesem Greyhound-Bus gelandet ist, der jetzt auf der Autobahn 76 westlich von Pittsburgh, Pennsylvania, nach Osten fährt.

Vielleicht hat diese Reise gar nichts mit den Hancocks zu tun. Vielleicht mache ich diese Reise gar nicht für sie, sagt sich Babe, sondern für mich.

Ergreife die Gelegenheit. Nimm die Chance wahr. Hab keine Angst vor einem kleinen Risiko.

Rafe regt sich, öffnet die Augen, schaut Babe an und lächelt. Eigentlich ist er kein schlechter Kerl. Er wird nur nicht erwachsen. Er versucht immer, den coolen Typen zu mimen. Das weiß Babe. Sie spürt es. Sie versteht Rafe sehr gut, obwohl sie ihn erst knapp einen Tag kennt.

Sie beugt sich nach vorn. Ihre Lippen berühren sich.

WILL & JOHN

Als Will das Ambassador verlässt, hat der Feierabendverkehr sich gelegt. Nun fährt er mit seinem BMW 750iL auf dem Taconic State Parkway Richtung Norden. Seine Geschwindigkeit liegt zwischen siebzig und achtzig Meilen die Stunde.

Er hat einen Plan. Einen neuen Plan. Einen neuen und besseren Plan. Beim Fahren überlegt er sich die Einzelheiten dieses Plans und geht sämtliche Möglichkeiten durch. Der Plan erscheint ihm sehr vernünftig. Vielleicht auch nur darum, weil sein Realitätssinn verzerrt ist. Es ist wirklich ein ganz einfacher Plan. Er muss nicht viel tun: John nach Manhattan bringen. Ins Ambassador. In Claras Suite. Ein wenig plaudern. Clara zuhören, die ihnen wegen ihrer schlimmen Täuschung eine Szene macht. Dann schickt er Johnny den Korridor hinunter in Dickys Zimmer. Und dort kann Dicky mit John machen, was immer sein böses kleines Herz begehrt.

Will glaubt, dass er eine Möglichkeit findet, John in Dickys Zimmer zu locken, ohne ihn misstrauisch zu machen. Er muss nur ein wenig geschickt vorgehen, damit John nicht auf die Idee kommt, in eine Falle zu tappen.

Will fährt von der Autobahn ab und dann über die Berge nach Massachusetts. Der schwierigste Teil des Plans liegt jetzt vor ihm. Er muss in den Bunker gehen und sich entschuldigen. Es muss sich glaubwürdig anhören. John soll nicht durchdrehen.

Will überlegt, ob er die Waffe mitnehmen soll. Diese Waffe, die John vor all den Jahren aus Mexiko mitgebracht hat. Die gleiche Waffe, die sie benutzen wollten, um Hagstrom zu töten.

Vielleicht ist es keine so gute Idee, die Waffe mitzunehmen. Sie wird John möglicherweise verärgern und provozieren. Vielleicht fordert die Waffe nur Johns Eigensinn heraus, und er weigert sich, gemeinsame Sache mit Will zu machen. Das passt nicht in Wills Konzept. John muss sich in Sicherheit wiegen und Ruhe bewahren.

Letztendlich beschließt Will, die Waffe mitzunehmen, sie jedoch zu verstecken. In einer seiner Taschen.

Will atmet ein paar Mal tief durch. Jetzt hat er keine Zeit mehr, um nachzudenken. Jetzt muss er handeln. Will ist zuversichtlich, dass er die Sache meistern wird. Er wird seinen Bruder reinlegen, indem er ihn glauben macht, alles sei in bester Ordnung.

Auch wenn sie Brüder sind – John ist Will jetzt feindlich gesinnt. Er sitzt auf dem Rand des noch verbleibenden Holzstuhls und hämmert wie wild auf die Tastatur des Computers ein. Seit einer Stunde versucht er, Wills psychopathisches Schreiben zu beantworten. Noch nie im Leben hatte John so große Probleme, ein paar zusammenhängende Sätze zu schreiben.

Will,

du bist ein kranker, psychopathischer Scheißkerl, dass du mich hier unten einsperrst. Wenn ich je meine Hände um ...

John bemüht sich, den Satz zu beenden, ohne dass es ihm gelingt.

Er hat keine Lust mehr, steht auf und reckt sich. Geht auf und ab. Viel Platz, um auf und ab zu gehen, hat er nicht. Er hat nichts zu tun. Kein Telefon. Kein Radio. Keinen Fernseher. Keine Kinder. Keine Frau. Kaum etwas zu essen. Nichts zu saufen. Noch nicht einmal ein verdammtes Bier. Und keine Bücher. Das Schwein hat mir noch nicht einmal Bücher da gelassen!

»Ich mach ihn kalt«, sagt John zu den vier Wänden. »Wenn ich je meine Hände um seinen Hals legen kann, werde ich so lange zudrücken, bis er sein Leben ausgehaucht hat.«

Nein, werde ich nicht, sagt er sich ein paar Sekunden später. Ich werde ihn anschreien, ihm eins in die Fresse hauen, aber ich werde ihn nicht töten. Er ist mein Bruder. Mein eineiiger Zwillingsbruder. Der Ehemann meiner Frau. Der Vater meiner Söhne.

Wenn er die Wahl hätte, noch einmal von vorn zu beginnen, würde er seinen Bruder nicht mehr dieser stressigen Tortur aussetzen. John weiß, dass Will niemals das Zeug dazu hatte, diese Art Leben zu führen. Er hat seine Sache eine ganze Weile gut gemacht, sogar ein paar Jahre lang, doch der Druck hat ihm offensichtlich den Verstand geraubt. Hagstrom, Zelda, all die Lügen und Geheimnisse, die vielen Reisen und die Einsamkeit und natürlich Clara. John weiß, dass Will immer mit Clara zusammen sein muss, jeden verdammten Tag. Will braucht jemanden, der sich um ihn kümmert, der ihn liebt und bemuttert.

John seufzt und reibt sich über die Stirn. Er fühlt den Schmerz. Den Schmerz seines Bruders.

Und was jetzt? Was soll ich tun? Wie soll ich mit diesem Wahnsinn umgehen? Soll ich das vergeben und vergessen? Dieser ganze christliche Scheiß?

Einfach zu ihm gehen, wenn – falls – Will zurückkommt, und sagen: »Kein Problem, Will, dass du mich hier unten wie einen alten, tollwütigen Hund eingesperrt hast. Überhaupt kein Problem. Und dass du mir sehr wenige Nahrungsmittel und nur Wasser für zwei Tage da gelassen hast? Macht nichts. Damit komme ich schon klar. Und dass ich nichts hatte, um mich geistig oder körperlich zu betätigen? Auch nicht weiter schlimm. Wirklich nicht. Mach dir keine Gedanken. Und dass du mir keine andere Erklärung als diese verdammte Nachricht auf dem Computer hinterlassen hast? Ist doch verständlich. Vollkommen verständlich.

»Komm her, kleiner Bruder. Umarme mich. Es ist alles vergessen. Wir ziehen ja an einem Strang.«

Zumindest dachte ich, es wäre so.

DIE HANCOCK-BRÜDER

Der Schlüssel dreht sich im Schloss. Die Riegel werden zurückgeschoben.

John fröstelt.

Will stößt die Tür auf und betritt vorsichtig den Bunker.

Die Hancock-Brüder stehen da und schauen sich an. John und Will. Will und John.

Will hat die Waffe. Er ist noch schnell ins Haus gelaufen und hat sie aus dem Versteck in der untersten Schublade des Schreibtisches geholt. Er hat sie nur für den Fall der Fälle mitgebracht. Sie steckt in der Tasche seiner Wildlederjacke. Versteckt. Nicht sichtbar.

»Du Scheißkerl«, sagt John

»Stimmt«, sagt Will. »Ich bin ein Scheißkerl.«

»Hast du ein schlechtes Gewissen?«, fragt John. »Bist du deshalb zurückgekommen?«

»Nein«, erwidert Will. »Das ist nicht der Grund. Ich bin zurückgekommen, weil ich den Kopf verloren hatte. Jetzt will ich die Sache wieder geradebiegen.«

»Du willst die Sache geradebiegen?«

Will nickt. »Ich habe eine Sekunde den Kopf verloren, aber dann bin ich wieder zur Besinnung gekommen.«

»Eine Sekunde?« John schaut auf seine Rolex. »Ich glaube eher, acht Stunden, dreiundzwanzig Minuten und siebenundvierzig Sekunden.«

»John, hör zu. Ich bin durchgedreht. Ich dachte, du würdest mit Clara unter einer Decke stecken.«

»Was? Wieso?«

»Clara hat auf dem Anrufbeantworter von *Abenteuerreisen* eine Nachricht hinterlassen. Sie hat angedeutet, dass sie über uns beide Bescheid weiß.«

»Über dich und mich?«

»Genau.«

»Dass wir beide leben?«

»Genau.«

John kneift die Augen zusammen. Er braucht ein paar Sekunden, um das zu begreifen. Er traut seinem Bruder nicht über den Weg. »Darum hast du mir eins über den Schädel gehauen und mich hier in diesem Knast eingesperrt?«

Will heuchelt Aufrichtigkeit. »Ich hab den Kopf verloren. Ich wollte herausfinden, was vor sich geht. Dann bin ich sofort zurückgekommen. Wir sollten den ganzen Zwischenfall jetzt vergessen.«

»Einfach so vergessen, hm? Vergessen, dass es passiert ist?«

»Das müssen wir.«

»Bist du hier, um mich zu befreien? Um mir meine Freiheit zurückzugeben?«

»Ja, sicher.«

»Für wie lange?«

»Für immer.«

»Warum glaube ich dir nicht?«

Will wird ein wenig ungeduldig. Am liebsten würde er John noch einmal eins über den Schädel ziehen und diesen jammernden Scheißkerl nach Manhattan schleifen. Doch er muss ganz cool bleiben und clever vorgehen.

»Ich weiß, wie du dich fühlst, John. Wirklich. Und es tut mir schrecklich Leid. Du wirst es sehen. Ich mach es wieder gut.«

»Wie willst du das je wieder gutmachen?«

»Wie? Ich weiß nicht. Du kannst dir etwas überlegen.«

»Mir wäre ganz recht, *du* würdest hier mal acht oder neun

Stunden eingesperrt sein. Allein. Nur um zu sehen, was für ein Gefühl das ist.«

Will schaut sich um, ohne seine Umgebung richtig wahrzunehmen. Im Grunde hat er keine Gewissensbisse. Überhaupt keine. Am liebsten würde er die Waffe ziehen und John die sechs Kugeln in die Brust jagen, damit das ganze Theater ein Ende hat. Und wenn John nicht den Mund hält und nicht mit dem Jammern aufhört, wird er es auch tun.

»Wenn ich dich hier einsperren würde, wäre es aber nicht dasselbe, Will«, fährt John fort. »Denn du wüsstest ja, dass ich zurückkommen würde.«

Will versucht, den Vorfall herunterzuspielen. Er lacht und sagt: »Mensch, Bruder, du wusstest doch, dass ich zurückkomme.«

»Einen Scheißdreck hab ich gewusst.«

»Ich hätte dich auf jeden Fall wieder hier rausgeholt.«

»Ich glaube, du bist krank, Will. Ich glaube, du brauchst Hilfe. Fachmännische Hilfe.«

Will seufzt. Für derartige Bemerkungen ist er wirklich nicht in der Stimmung. »Ja, ja, ich brauche Hilfe. Aber das muss warten. Im Moment haben wir ein Problem.«

»Ein Problem? Was denn für ein Problem?«

»Eigentlich mehrere Probleme.«

Keiner der Brüder hat sich mehr als ein paar Zentimeter bewegt, seitdem Will den Bunker betreten hat. Sie stehen ungefähr drei Meter voneinander entfernt. Nur der leere Raum und der billige Teppich trennen sie.

»Man könnte sagen, ich habe gute und schlechte Nachrichten.«

»Deine Spielchen interessieren mich nicht, Will.«

»Vergiss das mit den Spielchen, John. Sag mir nur eins: Würde es dich interessieren, wenn nach der Vorlage unseres Romans *Die Abrechnung* ein großer Hollywood-Film gedreht würde?«

»Hat unser Agent angerufen? Haben wir ein Angebot bekommen?«

»Nein, unser Agent hat nicht angerufen. Wir haben trotzdem ein Angebot vorliegen.«

»Vom wem?«

»Von dem verrückten Dicky Cosgrove«, würde Will am liebsten sagen; stattdessen sagt er: »Ich verrate dir zuerst die schlechte Nachricht.«

John geht ein paar Schritte nach rechts, setzt sich auf die Sofalehne und verschränkt die Arme vor der Brust. »Schieß los.«

Will kommt sofort zur Sache. »Ich habe dir ja schon gesagt, dass Clara Bescheid weiß. Sie weiß alles.«

»Woher weißt du das?«

»Sie hat es mir gesagt.«

»Wann?«

»Vor ein paar Stunden.«

»Wo?«

»In New York. Im Ambassador Hotel.«

John runzelt die Stirn. »Du hast sie gesehen?«

»Sicher.«

»Woher wusstest du denn, dass sie im Ambassador Hotel ist?«

»Ich hab dir doch schon gesagt, dass sie eine Nachricht auf dem Anrufbeantworter von *Abenteuerreisen* hinterlassen hat.«

»Und was hat sie gesagt? Dass sie im Ambassador Hotel ist?«

»Pass auf«, sagt Will. »Wir kürzen diese ganze Scheiße ab. Tatsache ist, dass Clara alles über uns weiß.«

John ist misstrauisch. »Seit wann?«

Will zuckt mit den Schultern. »Schon ziemlich lange, glaube ich. Seit Jahren. Vielleicht sogar schon seit unserer Hochzeit.«

»Auf keinen Fall.«

»Sorry, Bruder, aber ich fürchte doch. Die süße Clara hat mit uns das gleiche Spiel gespielt wie wir mit ihr.«

John hört sich die Geschichte an. Kann er Wills Worten trauen? Es könnte auch wieder eine Geschichte sein, die seinem kranken Hirn entsprungen ist. Nach allem, was in den letzten Tagen passiert war, hält John es für das Beste, erst einmal darauf einzugehen und sich alle Möglichkeiten offen zu halten.

»Was hat sie denn gesagt?«, fragt er Will. »Was will sie?«

»Viel gesagt hat sie nicht. Und ich glaube nicht, dass sie etwas will.«

»Sie muss doch etwas wollen.«

»Sie will, dass wir es zugeben.«

»Und wie sollen wir das machen? Sollen wir es öffentlich bekannt geben?«

»Ich glaube nicht, dass ihr daran gelegen ist, an die Öffentlichkeit zu gehen. Wahrscheinlich will sie, dass es ehrlich zugeht.«

»Zwischen uns dreien?«

»Ja.«

»Und sonst brauchen wir nichts zu ändern?«

Will zuckt mit den Schultern. »Ganz sicher weiß ich nur, dass sie uns beide sehen will. Gleichzeitig. Zusammen.«

»Wo?«

»In New York. Im Ambassador.«

»Wir können uns nicht zusammen in der Öffentlichkeit sehen lassen.«

»Wir müssen vorsichtig sein. Wir gehen auf getrennten Wegen zu ihr.«

John denkt ein paar Sekunden darüber nach. Vielleicht sagt Will die Wahrheit. Doch es kann auch gut sein, dass die ganze Geschichte eine Lüge ist.

»Jetzt begreife ich alles«, sagt er zu seinem Bruder. »Darum also bist du zurückgekommen. Du kannst mich nicht hier unten verrecken lassen, weil Clara alles weiß. Sie möchte uns beide sehen, deshalb hattest du keine andere Wahl, als wieder herzukommen und zu behaupten ...«

»Nein«, unterbricht Will ihn, »das ist nicht wahr. Verdammt, John, entspann dich. Das ist nicht der Grund, dass ich zurückgekommen bin. Ich bin zurückgekommen, weil du mein Bruder bist. Ich bin zurückgekommen, weil ich einen schrecklichen Fehler gemacht habe. Weil ich ...«

»Du bist ein verdammter Lügner, Will.« John macht ein paar Schritte, doch ihm ist noch immer schwindelig. Ganz langsam geht er weiter und verringert den Abstand zwischen sich und seinem Bruder.

»John«, sagt Will. »Ich lüge nicht. Ich habe gesagt, dass ich zurückgekommen bin ...«

»Warum redest du nicht über die anderen Dinge? Über die Verfilmung unseres Romans? Vielleicht kann diese gute Nachricht die angespannte Stimmung lockern.«

Will nickt. Er ist froh, das Gespräch in diese Richtung lenken zu können. »Da gibt es einen Typen von DreamWorks. Er wohnt im Ambassador Hotel. Ich habe heute Nachmittag mit ihm gesprochen.«

»Von DreamWorks? Wer? Wie heißt er?«

»Allen Brown.« (Bevor Will nach Stockbridge gefahren ist, hat er einen Pagen mit zwanzig Dollar bestochen, um den Namen des Burschen zu erfahren, der in Zimmer 1472 übernachtet. Will war ziemlich sicher, dass Dicky sich nicht unter seinem richtigen Namen hat eintragen lassen.)

»Welche Aufgabe hat er in der Firma? Bei DreamWorks arbeiten ein paar erstklassige Leute.«

»Er ist stellvertretender Direktor. Der Bursche stinkt vor Geld.«

»Er will die Rechte an unserem Roman kaufen?«

»Vergiss das mit den Rechten. Dieser Typ will sofort mit dem Drehbuch beginnen.«

John mustert seinen Bruder und tritt noch einen Schritt näher an ihn heran. »Erzählst du mir auch keinen Stuss?«

»Nein. Ich schwöre bei Gott, dass alles stimmt.«

»Und warum hat er mit dir gesprochen? Warum hat er sich nicht mit unserem Agenten in Verbindung gesetzt?«

»Nun mach es doch nicht so umständlich. Das alles war reiner Zufall. Ich war in der Hotelbar und hab was getrunken. Der Bursche hat mich erkannt, ist zu mir gekommen, und wir haben uns unterhalten. Er hatte auch ein Exemplar des Romans bei sich.«

»Habt ihr schon über Geld gesprochen?«

»Wollte er, aber ich bin nicht darauf eingegangen. Ich wollte zuerst mit dir darüber reden. Wir müssen möglichst bald zu ihm. Am besten noch heute Abend. Oder morgen früh. Er fliegt morgen Nachmittag zurück nach L. A.«

»Warum rufen wir ihn nicht einfach an?«

Will schüttelt den Kopf. »Das ist keine gute Idee. Du solltest persönlich mit ihm reden. Ich finde, du solltest ihn treffen. Schau ihn dir einfach mal an.«

»Für einen Typen, der mich heute Morgen niedergeschlagen und betäubt hat, bist du verdammt entgegenkommend.«

»Ach, John. *Die Abrechnung* ist unser Roman, nicht meiner. Denk doch jetzt nicht immer, ich hätte Hintergedanken. Du musst mit diesem Kerl sprechen. Bald.«

John ist zwar misstrauisch, nickt aber dennoch. Er war immer der Meinung, dass der Roman sich großartig zur Verfilmung eignet. »Du hast Recht. Wenn der Typ in Ordnung ist, sollte ich mit ihm sprechen.«

»Der ist in Ordnung.«

»Was schlägst du vor?«

»Wir fahren ins Ambassador, sprechen mit Clara, beruhigen sie und schauen, was sie vorhat. Dann triffst du dich mit diesem Brown. Sein Zimmer ist auf derselben Etage.«

John versucht, das alles zu begreifen. »Wie hieß der Typ gleich?«

»Brown. Allen Brown von DreamWorks.«

»Allen Brown. DreamWorks.« John hatte sich immer schon gewünscht, dass eines ihrer Bücher verfilmt würde.

»Er wartet auf uns«, sagt Will. »Eigentlich auf dich. Auf John Hancock. Im Zimmer 1472, Ambassador Hotel.«

»Zimmer vierzehn-zweiundsiebzig.«

»Genau. Er erwartet dich.«

John nähert sich seinem Bruder noch einen Schritt. Er ist kaum zwei Meter von ihm entfernt. Er geht weiter. Clara,

DreamWorks, Allen Brown ... John weiß nicht, ob an dieser ganzen Geschichte auch nur ein Funken Wahrheit ist. Aber das wird er herausfinden. Und zwar bald. Auf seine Art.

»Was hältst du davon?«, fragt Will. »Können wir aufbrechen und nach New York fahren?« Er schaut auf seine Rolex. Es ist haargenau die gleiche, wie John sie trägt. »Es ist schon spät. Wir könnten um Mitternacht da sein.«

Für John ist es Zeit zu handeln. Jetzt oder nie.

Er zögert keine Sekunde länger, macht zwei, drei schnelle Schritte und steht vor seinem Bruder. Sofort rammt er den Kopf mit voller Wucht in Wills Magen. Wills Atem entweicht zischend aus seinen Lungen. In Johns Adern brodelt das Adrenalin. Er drängt Will an die Wand. Wills Kopf knallt gegen die Steinmauer.

Sekunden später bricht Will auf dem Boden zusammen.

John steht über ihm. Sein Herz klopft wild, und er atmet schnell und keuchend.

Will bewegt keinen Muskel mehr. Er ist besinnungslos.

John kann nicht glauben, wie schnell das alles ging. Zitternd beugt er sich hinunter und überprüft Wills Puls. Wills Herz schlägt kräftig und regelmäßig.

John durchwühlt Wills Hosentaschen. Er findet die Schlüssel vom BMW und vom Bunker sowie die Codekarte von Suite 1424. In der Tasche von Wills Wildlederjacke findet er die Waffe, die Saturday Night Special, die er damals jenseits des Rio Grande besorgt hat.

»Mein Gott, Will«, sagt er zu seinem bewusstlosen Bruder. »Was wolltest du damit machen? Mich erschießen?« Er seufzt und schüttelt den Kopf. Dann nimmt er die Patronen aus der Waffe, steckt sie in seine Tasche und wirft die Waffe auf den Boden.

John fragt sich, wie sie diese verworrene Situation wieder in den Griff bekommen können. Er geht zur Couch und nimmt ein Kissen. Mit diesem Kissen in der Hand steht er vor seinem Bruder. Mehrere Sekunden verstreichen. John schießen Gedanken über Brudermord durch den Kopf.

Doch John begeht keinen Brudermord. Er schüttelt das Kissen auf und legt es vorsichtig unter den Kopf seines Bruders. Anschließend geht er zur geöffneten Tür. »Ich komme wieder, Will. Du kannst dich darauf verlassen.«

John dreht sich um und verlässt den Bunker. Er verschließt die Tür und schiebt die beiden Sicherheitsriegel vor.

JOHN & LINDA

Es ist ein ruhiger, klarer, warmer Frühlingsabend. Im Westen steht der Halbmond. John ist sehr froh, den Mond zu sehen. Vor einer knappen Stunde hat er sich noch gefragt, ob er jemals wieder den Mond oder die Sterne oder das Licht des nächsten Tages sehen würde.

Er schaut über die Schulter auf die dunkle Kellertreppe. Die Entscheidung, seinen Bruder da unten einzusperren, stimmt ihn keineswegs froh. Unter den gegebenen Umständen weiß er nicht, was er sonst hätte tun sollen. Die Situation ist völlig aus dem Ruder geraten. John fragt sich, ob er seinem Bruder Will je wieder vertrauen kann. Und wie soll er ihn freilassen, wenn er ihm nicht trauen kann?

John seufzt, überquert den Hof und betritt das Bauernhaus. Er geht zum Anrufbeantworter und drückt auf die Wiedergabetaste. Nur ein paar Nachrichten von Leuten, die den Newsletter von *Abenteuerreisen* abonnieren möchten.

John hebt den Hörer ab und wählt die Nummer des Stadthauses in Boston. Das Telefon klingelt dreimal; dann schaltet sich automatisch der Anrufbeantworter ein.

Wo sind Nicky und Sylvia?, fragt er sich. Er gibt den Fernabfragecode ein und schaut auf seine Rolex: neun Uhr dreiunddreißig. Merkwürdig, denkt er, dass sie beide um diese Zeit nicht zu Hause sind.

Er hört sich die sechs Nachrichten an. Zwei sind von Clara.

Eine von Linda Carson. Die drei anderen sind nicht besonders wichtig. Nach den Anrufen zu urteilen, die über den ganzen Tag verteilt eingingen, müssen Nicky und Sylvia schon am Morgen das Haus verlassen haben.

Darüber kann er sich jetzt keine Gedanken machen. Er beschließt, Clara und Linda von unterwegs anzurufen. Kurz darauf verlässt er wieder das Haus. Der BMW und der Mercedes stehen auf dem Hof. John entscheidet sich für den BMW. Der Wagen bietet besseren Fahrkomfort als der ML320.

Ein paar Minuten später fährt er durch Stockbridge. Auf dem Handy seines Bruders wählt er die Handynummer von Linda Carson. Der Anruf wird durch die Berkshires Richtung Norden nach New Hampshire geleitet. Schließlich klingelt in der gemütlichen Holzhütte an den Ufern eines Forellenbachs mitten in den White Mountains das Handy.

Linda meldet sich nach dem dritten Klingeln. »Hallo?« Sie spricht leise, als wollte sie die Jungen nicht wecken, die oben auf dem offenen Speicher schlafen.

»Hallo, Linda. Hier John. Wie geht es dir?«

»Gut.«

»Und meinen Söhnen?«

»Auch gut.«

Die Verbindung ist nicht besonders. Es knackt in der Leitung, und der Empfang ist nicht sehr deutlich.

»Entschuldige, dass ich jetzt erst anrufe«, sagt John. »Ich habe gerade deine Nachricht abgehört.«

»Ach, das macht nichts.«

»Und die Jungen? Haben sie ihren Spaß?«

»Na klar. Wir hatten einen sehr schönen Tag. Zuerst sind wir wandern gegangen, dann angeln und anschließend schwimmen. Das heißt, die Jungen waren schwimmen. Mir war das Wasser zu kalt. Nach dem Essen haben wir das Autorenspiel gespielt.«

»Das alte Kartenspiel mit den Bildern der Schriftsteller auf den Karten?«

»Genau. Die Jungen wollten wissen, warum ihr Vater nicht darauf zu sehen ist.«

»Vielleicht bin ich bei der nächsten Auflage dabei«, sagt John und lacht, doch als er an seine kleinen Jungen dort oben in den Bergen denkt, wird er sofort wieder ernst.

»Ich werd's ihnen sagen.«

»Vielleicht kann ich das selbst tun. Jetzt gleich?«

»Dann muss ich sie wecken. Sie sind beide völlig erschöpft.«

»Nein«, sagt John, »lass sie schlafen. Ich rufe morgen wieder an.«

»Das wäre sicher besser. Sie haben vorhin mit ihrer Mutter telefoniert.«

»Clara hat angerufen?«

»Ja.«

»Ich bin gerade auf dem Weg zu ihr.«

»Sie hat mich gefragt, ob du schon angerufen hast.«

John fragt sich, ob Linda über ihn und Will Bescheid weiß. Er weiß, dass Clara ihrer Freundin fast alles anvertraut. Kurz überlegt er, ob er Linda fragen soll, verwirft den Gedanken aber sofort wieder. Er wird es bald von Clara selbst erfahren.

Daher sagt er Linda nur, dass er seine Söhne am nächsten Morgen wieder anrufen wird, wünscht ihr eine gute Nacht und legt auf.

Er ruft Clara nicht an. Es ist wohl besser, wenn er persönlich mit ihr spricht.

JOHN & CLARA

Es ist kurz vor Mitternacht, als John, der von der langen Fahrt und dem sehr langen Tag erschöpft ist, in die dreizehnte Etage des Ambassador Hotels fährt. Auf der ganzen Strecke von Stockbridge nach New York hat er sich gefragt, was er zu Clara sagen wird. Wie soll er es erklären? Wie soll er dieses

Täuschungsmanöver rechtfertigen, wenn Clara tatsächlich alles weiß?

Er schließt die Tür des Zimmers 1424 auf und betritt es leise. Im Wohnraum brennt Licht.

John bleibt ein paar Sekunden stehen und geht dann ins Schlafzimmer. Vorsichtig stößt er die Tür auf. Clara liegt im Bett und schläft tief und fest. Sie atmet ruhig und gleichmäßig.

John schaut Clara eine Weile an. Seine Gedanken und Gefühle sind verworren. Im Gegensatz zu seinem Bruder ist John nicht hier, um alles abzustreiten. Er ist hier, um der Wahrheit ins Auge zu schauen.

Als er die Tür schließt, wird es im Schlafzimmer wieder dunkel. John zieht die Hose und den Pullover aus und hängt beides über einen Stuhl. In den seidenen Boxer-Shorts kriecht er ins Bett und schmiegt sich an seine Frau.

Clara stöhnt leise. »Hancock?«, fragt sie schlaftrunken. »Bist du es?«

»Ja, sicher.«

Clara lächelt, doch das kann John in dem dunklen Zimmer nicht sehen. »Und wer von euch ist es?«, fragt sie.

John weiß, dass sie es weiß. »John.«

»Nicht Will?«

»Nein.«

»Küss mich«, sagt sie. »Dann weiß ich genau, wer von euch beiden es ist.«

Plötzlich erkennt John ganz deutlich, was für ein verrücktes Leben er geführt hat, seitdem er Belize verlassen hat. Trotz seiner Qualen erfüllt er Claras Wunsch. Er küsst seine Frau auf den Mund.

Clara stöhnt diesmal etwas lauter. »Du hast die Wahrheit gesagt.«

»Du weißt, dass ich es bin?«

»Natürlich«, sagt sie. »Habt ihr zwei dummen Jungen wirklich geglaubt, ihr würdet beide gleich küssen?«

»Ich glaub schon.«

»Im Grunde macht ihr nichts gleich.«

John überlegt, was er darauf erwidern soll. Ihm fällt nicht viel ein; deshalb sagt er nur: »Nicht zu fassen.«

Clara lacht, gähnt und fragt dann: »Wie spät ist es, John? Es kommt mir vor, als wäre es mitten in der Nacht.«

»Es ist Mitternacht.«

»Kein Wunder, dass ich so müde bin. Ich war den ganzen Tag auf den Beinen.«

John ist alles andere als müde. »Clara, wir müssen reden.«

»Ich weiß, aber nicht jetzt, Liebling. Wir reden morgen.«

»Morgen?«

»Wir haben so viele Jahre gewartet, da können wir auch noch bis morgen warten.«

John denkt kurz darüber nach. »Okay«, sagt er. »Morgen. Morgen früh. Du sollst trotzdem wissen, dass es mir Leid tut. Es tut mir Leid, dass ich so schrecklich egoistisch war. Es tut mir Leid, dass ich dich belogen habe. Es tut mir Leid, dass ich dir nicht schon vor Jahren die Wahrheit gesagt habe. Ich liebe dich, Clara. Ich wollte dir und den Jungen niemals wehtun. Ich wollte nur ...«

Clara streckt den Arm aus und legt den Zeigefinger auf Johns Lippen. »Pssst. Schon gut, Schatz. Glaub mir, ich liebe dich. Ich liebe dich sehr.«

»Ja?«

»Natürlich. Morgen sprechen wir über alles, Hancock. Du und ich und Will. Unser seltsames, verrücktes Trio. Wir werden über alles sprechen. Jetzt muss ich schlafen. Du weißt, dass ich meinen Schlaf brauche.«

John beugt sich über seine Frau und küsst sie. Er weiß, dass Küsse im Moment wichtiger sind als Worte.

FÜNFTER TEIL

10. Juni 1999

TIMES SQUARE

Kurz vor der Morgendämmerung hält der Greyhound-Bus an dem riesigen Busbahnhof in New York. Babe und Rafe schlafen eng umschlungen, als die große Reise zu Ende geht. Sie erwachen, stehen auf und suchen ihr Gepäck zusammen.

Rafe hat die ganze Nacht nachgedacht. Tausende von Gedanken sind ihm durch den Kopf geschossen. Er hat ein paar Entscheidungen getroffen.

Sie suchen ein Bistro. Zu dieser frühen Stunde ist das Lokal noch ziemlich leer. Nur ein paar vergammelte Typen hängen herum. Rafe und Babe setzen sich in den hinteren Teil. Die Kellnerin bringt Kaffee.

»Wohin gehen wir jetzt?«, fragt Babe. »Wie heißt das Hotel?«

»Ambassador«, erwidert Rafe. »Am Central Park.«

Babe trinkt ihren Kaffee. Sie sieht verträumt aus und ist nach ihrer langen Reise in den Osten ziemlich zerzaust. »Ambassador Hotel. Schon der Name hört sich toll an. Ich träume von einem heißen Bad, sauberen Handtüchern, einem weichen Bett, und dann möchte ich gerne zehn oder zwölf Stunden tief und fest schlafen.«

Rafe nickt. »Hört sich gut an.« Er schüttet etwas Zucker in seinen Kaffee und nimmt einen Schluck. Er hat es Babe noch nicht gesagt, doch vor ein paar Stunden hat er beschlossen, sich auf gar keinen Fall dem Ambassador Hotel zu nähern. Da er nur noch die Hälfte vom Kokain hat, könnte es sehr große Probleme geben. Furchtbare Probleme. Rafe weiß, dass Menschen umgebracht werden, wenn sie halb volle Kokainbeutel abliefern. In dem Fall ist es besser, er liefert überhaupt kein Kokain ab und fährt sofort nach Boston, um seinen Erpressungsplan in die Tat umzusetzen.

Das sind sehr kluge Gedanken. Aus mehreren Gründen. Erstens geht es um Antonio Cuervo, einen mächtigen Kokain-Dealer aus New York. Im Moment schläft er in seiner Souterrainwohnung in Brooklyn, doch um die Mittagszeit hat er ein Treffen im Ambassador. Antonio weiß allerdings nicht, dass auch mehrere Agenten von der Drogenfahndung dort sein werden. Diese Agenten, Mitarbeiter von Matilda, sind schon seit über zwei Jahren hinter Antonio her. Heute wollen sie ihn schnappen. Sobald dieser Rafe Paquita aus Belize den Beutel Kokain überreicht, wollen die DEA-Agenten wie ein Schwarm Fliegen über Antonio herfallen.

»Hör mal«, sagt Rafe zu Babe. »Ich muss noch ein paar Telefonate erledigen. Du sitzt hier ja gut. Du kannst frühstücken. Ich bin gleich zurück.«

»Ich warte auf dich«, sagt Babe.

»Okay.« Rafe steht auf, drückt ihre Hand, lächelt und geht. Er lässt seine Sachen liegen. Nur seinen kleinen Matchsack mit dem geschrumpften Kokainbestand nimmt er mit.

Rafe geht in die große Stadt, in der bereits rege Betriebsamkeit herrscht. Obwohl es erst sechs Uhr morgens ist, drängen sich schon ziemlich viele Typen auf den Bürgersteigen. Rafe kennt sich in der Großstadt nicht aus. Er weiß nicht, wie schnell man hier Ärger bekommen kann.

Rafe ist hier nicht auf Caye Caulker.

Er bewegt sich jetzt auf dem gleichen Boden, auf dem William Wilhelm Hancock vor vierzig Jahren Regenschirme verkauft hat. Rafe verbreitet unter einigen der Brüder die Nachricht, dass er Stoff hat und ihn verkaufen möchte.

Ein großer, dürrer Schwarzer, der nicht älter als sechzehn oder siebzehn Jahre ist und einen großen goldenen Ohrring und Air Jordans ohne Schuhbänder trägt, schlendert zu Rafe und fragt: »Du willst verkaufen?«

»Ja«, sagt Rafe.

»Komm mit«, sagt der Typ.

Rafe, der nur an Geld denkt, folgt dem Typ die Eighth Avenue hinunter bis zur Siebenunddreißigsten. Neben dem Bürgersteig steht ein hoher Holzzaun. Hinter dem Zaun soll ein großes Gebäude entstehen. Ein hohes Bürogebäude für das neue Jahrtausend.

Der dürre Schwarze duckt sich und kriecht durch ein kleines Loch im Zaun. Rafe folgt ihm zögernd. Hinter dem Zaun ist es still und verlassen. Nur ein paar Bulldozer, ein Schaufelbagger und ein riesiges Loch in der Erde, mindestens zehn Meter tief. Auf dem Grund ist es schlammig und dreckig.

Rafe und der Typ stehen am Rand der Baugrube. Etwas zu nahe am Rand, wie Rafe findet.

»Was hast du anzubieten?«, fragt der Typ.

»Koks.«

»Wie viel?«

»Hundertfünfzig Gramm.«

Der Typ zeigt auf den Matchsack. »In dem Sack?«

»Ja. Willst du's kaufen? Ich mach dir einen guten Preis.«

»Zuerst will ich den Stoff sehen.«

Rafe beugt sich hinunter und öffnet den Matchsack. »Beste Ware«, sagt er zu seinem potenziellen Käufer.

Der Typ hört ihm gar nicht zu. Er ist damit beschäftigt, den Knüppel aufzuheben, der im Dreck liegt. Keine Sekunde später schlägt er Rafe damit eins über den Schädel. Rafe sinkt zu Boden. Er bricht zusammen, ohne dass ein Laut über seine Lippen dringt. Der Typ schlägt noch einmal auf ihn ein. Genau auf den Schädel. Ein Menschenleben ist für ihn nicht viel wert.

Der Typ beeilt sich. Er nimmt Rafes Brieftasche und stößt Rafes leblosen Körper mit seinen Air Jordans in die Baugrube. Rafe bleibt auf dem schlammigen Boden liegen.

Der Typ schaut hinunter, lächelt zufrieden, nimmt den Matchsack und kriecht wieder durch das Loch auf den Bürgersteig. Jetzt hat er verschiedene Dinge zu erledigen. Er muss einige Leute kontaktieren, den Stoff verkaufen und schnupfen.

Während Rafe niedergeschlagen und ausgeraubt wurde, schlafen im Ambassador Hotel noch die meisten Gäste. Es ist noch sehr früh. Der Morgen dämmert gerade erst.

Im Zimmer 1466 schlafen Leland und Hillary. Es ist noch nicht sehr lange her, dass sie ins Bett gegangen sind. Gestern Abend waren sie im Theater und im Restaurant. Anschließend haben sie sich in der Innenstadt im Elbow Room Cooljazz angehört. Gegen halb drei waren sie wieder im Hotel. Sie haben sich geliebt, doch nach dem Alkohol war es eine ziemlich träge Vorstellung. Sie sprachen über einen großen Familienurlaub in Italien und schliefen gegen vier Uhr ein.

Kurz bevor Leland einschlief, dachte er an die Affäre seiner Frau mit Hancock. Okay, sagte er sich, dann ist es eben so. Damit komme ich schon klar. Ich liebe sie. In Zukunft werde ich ein besserer Ehemann sein und mehr Zeit mit ihr und der Familie verbringen. Ich werde weniger trinken. Diesmal schaff ich's.

Bevor Hillary einschlief, dachte sie noch an den hübschen Kellner, der ihr schöne Augen gemacht hat, als Leland kurz auf der Toilette war.

Im Grunde ist es egal, ob Leland sich bessert oder nicht. Der Typ könnte der beste Ehemann der Welt sein, Hillary würde sich trotzdem nach anderen Männern umschauen. Ihre Moralvorstellungen gleichen denen einer streunenden Katze. Leland sollte besser um sein Leben laufen. Doch mit fast fünfzig Jahren ist es unwahrscheinlich, dass der ängstliche, unsichere Leland, der schon drei Scheidungen hinter sich hat, seine Frau verlässt.

Auf der anderen Seite des Korridors schläft der verrückte Dicky. Er schläft schon seit Stunden. Seit Mitternacht, nachdem er drei Flaschen Bier und drei Gläser Kentucky mit Zitrone und Eis getrunken hat. Die gestrige Mordtour hat Dicky erschöpft.

Nach der kurzen Begegnung mit Will Hancock wartete Dicky gestern drei oder vier Stunden in seinem Zimmer. All die Morde und Schokoladenshakes hatten ihn aufgewühlt. Deshalb stand er schließlich auf, fuhr hinunter und trieb sich in der Hoffnung, Hancock noch einmal zu erblicken, im Foyer herum. Gegen elf Uhr fuhr er wieder hoch, ging kurz in sein Zimmer, um das Rasiermesser zu holen, und klopfte dann an die Tür von Zimmer 1476. Dicky hatte die Hände in den Taschen und die Finger um sein Rasiermesser gelegt. Auf sein Klopfen öffnete nicht etwa Hancock die Tür, sondern ein fetter Mann, der wahrscheinlich dreihundert Pfund auf die Waage brachte. Der Typ trug nur Boxershorts mit Herzchen und Rosen und war nicht glücklich darüber, um diese Zeit gestört zu werden. Besonders als Dicky nach John Hancock fragte.

»Das falsche Zimmer«, knurrte der Fettsack und schlug Dicky die Tür vor der Nase zu.

Dicky, der verwirrt und verärgert war, ging zurück in sein Zimmer. Binnen weniger Minuten kippte er sich drei Bier und drei Gläser Bourbon hinter die Binde. Kurz darauf fiel er aufs Bett und schlief sofort ein.

Er träumte die ganze Nacht. Es waren seltsame Träume. Er und Zelda tanzten mit ihren Eltern Ringelreihen auf einem großen Feld in Vermont. Er und Zelda flogen in einem Heißluftballon. Er und Zelda fuhren in einem großen Segelboot übers Meer. Er und Zelda waren älter geworden und saßen in Schaukelstühlen. Er und Zelda folterten die Hancock-Brüder mit Knüppeln und Rasierklingen.

Dicky vermisst Zelda. Jeden Tag. Sicher, Dicky ist verrückt, ein Mörder, ein durchgeknallter Psychopath. Dennoch lebt er seine einsamen Tage in vielerlei Hinsicht wie andere einsame Menschen.

In der Suite 1424 auf der anderen Seite des Korridors schläft Clara. Sie schläft tief und fest und träumt überhaupt nicht.

John Hancock, der neben ihr liegt, ist wach. Er hat nur ein paar Stunden geschlafen. Den größten Teil der Nacht lag er da und dachte über Clara nach. Und über Will und die Jungen. Und das neue Buch. John dachte auch an den Typen in Zimmer 1472, der nach der Vorlage seines Romans, *Die Abrechnung*, einen Film drehen will.

John überlegt, ob er den Burschen aufsuchen soll, um sich anzuhören, was er zu sagen hat. Er entscheidet sich dagegen. Zuerst will er sich die Stunden in dem Vorratskeller von der Haut waschen. Und dann frühstücken. Eier und Schinken. Pommes und Buttertoast. Kaffee und Orangensaft. Die ganze Palette. Das wird ihm helfen, die karge Kost im Bunker zu vergessen.

Er schaut auf die Uhr auf dem Nachttisch: 6:41. Es ist wohl besser, wenn er den Filmtypen erst in ein oder zwei Stunden aufsucht. Auf jeden Fall sollte er jetzt aufstehen. Er streichelt Clara über die Oberschenkel, küsst sie auf die Wange, kriecht aus den seidenen Betttüchern und geht leise ins Bad.

Will hat kein Bad. In der Ecke steht nur ein alter Messingtopf. Er wollte hier im Bunker ein Badezimmer installieren und Leitungen und Rohre verlegen, kam aber nie dazu. Und plötzlich überschlugen sich die Ereignisse.

Weil Will nicht richtig aufgepasst hat, ist er jetzt der Dumme und befindet sich dort, wo eigentlich John sein sollte.

Er ist nicht sehr froh darüber.

Will hat die ganze Nacht kein Auge zugetan. Immer wieder hat er sich die Szene vor Augen geführt. Er kann nicht glauben, dass John ihn so einfach überwältigt hat. Obwohl er die verdammte Waffe in der Tasche hatte.

Die Waffe liegt jetzt vorm Computer auf dem Tisch. Will hat überlegt, ob er sich eine Kugel in den Kopf schießen soll. Doch den Gedanken hat er schnell verworfen. Ihm fehlt der Mut, sich selbst umzubringen. Außerdem wird John zurückkommen. Und zwar bald. Wahrscheinlich noch heute Vormittag. Oder am Nachmittag. Spätestens morgen. John würde ihn niemals hier unten verrecken lassen. John ist ein viel zu guter Kerl. Er hat nur ein großes Mundwerk. Er kann zwar gut reden, kriegt letztendlich aber nichts auf die Reihe.

Das sieht man schon daran, dass er die Patronen aus der Pistole genommen und die Waffe zurückgelassen hat. Kein guter Schachzug, denn Will hatte in der anderen Tasche seiner Wildlederjacke noch ein volles Magazin.

Will hat sich in den letzten zehn Stunden immer wieder eingeredet, dass John auf jeden Fall zurückkommen wird. Er weiß, dass John ihn befreien wird. Sein Bruder wird ihm seine Freiheit zurückgeben. Dann kann Will seinen Plan in die Tat umsetzen. Den Plan, der die Beseitigung Johns vorsieht. Dann hat Will ihrer beider Leben und Clara und die Jungen für sich allein. Will ist ziemlich sicher, dass er eine Möglichkeit findet, alles zu bekommen, was er haben will.

Es gibt da nur ein kleines Problem. Ein nicht ganz unwichtiges Detail: den verrückten Dicky Cosgrove alias Allen Brown, den Hollywood-Filmproduzenten in Zimmer 1472 des Ambassador Hotels.

Will, der davon ausging, gemeinsam mit John nach New York zurückzukehren, hat seinem Bruder alles über Allen Brown erzählt, den stellvertretenden Direktor von Dream-Works. Will hat John hereingelegt. Er hat ihn geradewegs in die Höhle des Löwen geschickt. Wenn John in diese Höhle geht und von Dicky ermordet wird, kann niemand mehr Will aus dem Bunker befreien. Denn kein anderer weiß, wo er ist.

Will versucht, gar nicht erst daran zu denken. Und während der langen, schlaflosen Nacht hat er diese beängstigende Perspektive tatsächlich verdrängt.

Jetzt hat er Hunger. Er isst ein halbes Paket Müsli und mehrere Scheiben Brot. Er trinkt den Orangensaft gleich aus dem Karton, einen großen Schluck nach dem anderen.

Im Gegensatz zu seinem Bruder sieht Will keinen Grund, mit den kärglichen Vorräten sparsam umzugehen.

Das Ambassador Hotel gibt es schon eine ganze Weile, aber bisher ist hier noch nie jemand ermordet worden. Geschlagen, vergewaltigt, ausgeraubt, ja – aber nicht ermordet.

In New York werden viele Morde verübt. Jeden Tag ein paar. Eine endlose Reihe von Opfern. Rafe Paquita gehört heute nicht dazu.

Bauarbeiter haben Rafe unten in der Baugrube gefunden. Er wurde ins Bellevue gebracht. Da er keine Ausweispapiere bei sich hatte und aufgrund einer ernsten Gehirnerschütterung bewusstlos war, wurde er als Mr Unbekannt aufgenommen. Es wird Wochen dauern, bis er sich erholt hat und sagen kann, wer er ist und wo er ist und warum er nach New York City kam.

Inzwischen sucht Rafes neue Freundin, Babe Overton, ihren neuen Freund. Sie hat mehr als anderthalb Stunden in dem Bistro am zentralen Busbahnhof gewartet. Nachdem sie fünf Tassen Kaffee getrunken hatte, nahm sie ihre Sachen und machte sich auf die Suche nach Rafe. An der Busstation und auf der Eighth Avenue war nichts von ihm zu sehen. Babe überlegte, ob Rafe vielleicht direkt ins Ambassador Hotel gefahren war. Sie fragte einen Polizisten nach dem Weg. Es war ein schöner Morgen, und da Babe sich seit mehreren Tagen kaum bewegt hatte, beschloss sie, zu Fuß zum Hotel zu gehen.

Während Babe durch die Stadt schlendert, schlafen Clara und Hillary und Leland und Dicky. John isst und blättert die *New York Times* durch. In der Zeitung steht nichts, was ihn wirklich interessiert. Tag für Tag, Jahr für Jahr die gleichen Nachrichten: Krieg und Hungersnot, Gewinner und Verlierer, Geburten und Todesfälle. Außerdem ist Mr Hancock heute Morgen mit anderen Dingen beschäftigt. Seine neue persönliche Situation und die pochierten Eier, die auf dem großen Teller vor ihm liegen, fesseln seine Aufmerksamkeit.

Er sitzt im Café Ambassador. In einer Nische am Fenster mit schönem Blick auf den Central Park. Vielleicht macht er nach dem Frühstück einen kleinen Spaziergang durch den Park. Sich ein wenig die Beine vertreten. Oder er fährt sofort wieder nach oben und trifft sich mit dem Filmproduzenten, der die Rechte an der *Abrechnung* kaufen will. Er hat sich noch nicht entschieden. Eins nach dem anderen. John nimmt sein Besteck, schneidet ein Stück von dem pochierten Ei in Sauce Hollandaise ab und schiebt sich den leckeren Bissen in den Mund.

Köstlich.

Babe betritt das Ambassador Hotel durch den Eingang auf der Fifth Avenue. Sie hat ihren Koffer, ihre Lederhandtasche und Rafes Tasche bei sich. Sie schaut sich sofort nach Rafe um. Sie sieht im Foyer nach. Sie schaut in der Hotelbar nach. Auch am Kiosk, an dem man Kaugummi, Zigaretten und Zeitungen kaufen kann, sieht sie sich um. Von ihrem Freund keine Spur.

Ihre Füße brennen von dem langen Spaziergang. Ihre Schultern schmerzen von dem Gepäck. Sie setzt sich im Foyer hin. Es ist schön, das Gepäck abzulegen.

Plötzlich hat Babe eine Idee. Sie geht zur Rezeption und fragt, ob es möglich sei, jemanden ausrufen zu lassen. Die Angestellte erklärt ihr höflich, das wäre leider nicht zu machen, schlägt ihr jedoch vor, sich im Restaurant umzuschauen, dem Café Ambassador.

Babe ist sicher, dass Rafe in dem Restaurant ist und sich dort mit seiner Verabredung zum Frühstück trifft. Sofort eilt sie den Gang hinunter zum Café. Ihre große Lederhandtasche nimmt sie mit; den Koffer und Rafes Tasche lässt sie im Foyer zurück. Babe fühlt sich so gut wie seit Jahren nicht. Und sie weiß, dass es ihr noch viel besser gehen wird, wenn sie ihren Freund findet.

Babe betritt das Restaurant. Die Kellnerin fragt sie, ob sie einen Platz wünsche.

»Nein, danke«, sagt Babe. »Ich suche nur jemanden.«

Die Kellnerin lächelt und widmet sich wieder ihrer Arbeit.

Babe lässt ihren Blick durch den Raum schweifen. Sie schaut sich sämtliche Personen in allen Nischen und an allen Tischen an. Ihren Freund sieht sie nicht. Keine Spur von Rafe; keine einzige dunkelhäutige Person ist in dem Restaurant. Babe sieht einen Inder. Ein paar Asiaten. Viele Weiße. Die meisten Männer tragen Anzüge und Krawatten.

Als Babe sich suchend umschaut, bleibt ihr Blick wiederholt auf einem Mann haften, der unmittelbar vis-à-vis an einem Fensterplatz sitzt. Jedes Mal, wenn Babes Blick diesen Mann streift, kommt er ihr bekannter vor. Sie kann ihn nicht sofort einordnen, obwohl sie sicher ist, ihn schon mal irgendwo gesehen zu haben.

Sie geht ins Restaurant, um sich den Mann genauer anzuschauen. Aus einem besseren Blickwinkel. Sie will ihm genau ins Gesicht sehen können.

Und als sie das tut, trifft sie fast der Schlag. »Mein Gott!« Instinktiv schlägt Babe die Hand vor den Mund.

Sie zieht sich wieder zurück. Sie will nicht, dass er sie sieht. Nicht jetzt.

Babe greift in ihre Tasche. Sie wühlt nach dem Taschenbuch, in dem sie auf der Fahrt von New Mexiko nach hier gelesen hat. Das Buch liegt unten in der Tasche neben der kleinen schwarzen Pistole. Babe zieht das Buch heraus, schaut sich das Foto auf der Innenseite des Umschlags an und blickt wieder auf den Mann am Tisch. Ihr stockt der Atem.

Sie weicht noch weiter zurück, verlässt das Restaurant und geht durch den langen, verlassenen Gang zurück ins Foyer. Auf einmal ist sie nervös und gereizt. Was soll ich tun?, fragt sie sich. Soll ich einfach zu ihm gehen? Soll ich sagen, dass ich mit ihm sprechen möchte?

Babe atmet ein paar Mal tief durch. Sie kann nicht glauben, dass sie plötzlich am Ziel ist. Hier. In diesem Hotel. Wie aus heiterem Himmel. Nach all den Jahren.

Ihr Herz klopft. Ihre Schläfen pochen. Sie spürt, dass sich auf ihrer Stirn und unter den Achseln Schweißperlen bilden. Sie sieht ihren Liebhaber Frank Hagstrom, den Staranwalt, deutlich vor sich.

Die Waffe, denkt sie. Ich brauche die Waffe.

John Hancock hat sein Frühstück beendet und lässt es auf die Hotelrechnung setzen. Er steht auf, faltet die Zeitung zusammen, klemmt sie sich unter den Arm und geht zum Ausgang. Zuerst möchte er ein wenig durch den Park spazieren, dann nach Clara sehen und anschließend den Filmproduzenten aus Hollywood aufsuchen.

»Guten Morgen, Mr Hancock.«

John blickt die Frau an. Er erkennt sie nicht. Dennoch erwidert er lächelnd ihren Gruß. Als Bestseller-Autor und kleine Berühmtheit ist John es gewohnt, in der Öffentlichkeit erkannt zu werden.

Babe zwingt sich, Ruhe zu bewahren. Sie atmet ein paar Mal tief ein, so wie sie es an der Schauspielschule gelernt hat. Dann sagt sie zu John Hancock, als würde sie eine Szene in einem zweitklassigen Film spielen: »Ich habe eine Waffe. Tun Sie genau das, was ich Ihnen sage.«

Johns Lächeln erlischt; er runzelt die Stirn. »Wie bitte?« Einen Moment später bekommt er Angst, als er einen kurzen Blick auf die Pistole wirft, die Babe hinter ihrer Handtasche versteckt hat.

»Ich habe eine Waffe. Tun Sie genau das, was ich Ihnen sage«, wiederholt Babe mit echter Krimi-Stimme.

»Wer sind Sie?«, fragt John. »Was wollen Sie von mir?«

»Ich bin Babe Overton«, erwidert sie. »Sie erinnern sich bestimmt nicht mehr an mich.«

John schaut sich die Frau noch einmal genau an. Tatsächlich. Sie ist es. »Babe Overton! Mein Gott! Wie haben Sie mich denn hier gefunden?«

»Schicksal! Gott hat mich geschickt.«

Ihr Tonfall gefällt John ganz und gar nicht. Ihm gefriert das Blut in den Adern. Er erinnert sich an das Gespräch mit der Psychiaterin aus L. A. vor ein paar Tagen. Wie hieß sie doch gleich? Gerdy sowieso. *Möglicherweise gefährlich,* hatte diese Ärztin über Babe gesagt. Auf jeden Fall etwas in der Art.

»Und wie geht es Ihnen?«, fragt John, der versucht, trotz der auf ihn gerichteten Pistole cool zu bleiben. »Es ist lange her. Was kann ich für Sie tun?«

»Sie erinnern sich also an mich?«

»Ja, sicher.«

»Ich möchte mit Ihnen sprechen«, sagt Babe. »Unter vier Augen. Nur wir zwei. Haben Sie ein Zimmer hier?«

Dummerweise sagt John, ohne nachzudenken: »Ja, ich habe ein Zimmer hier, aber ...«

»Dann gehen wir dahin. Jetzt sofort.«

»Warum?«

»Ich will mit Ihnen reden.«

»Reden?«

Babe nickt und fügt mit drohender Stimme hinzu: »Wenn sie kooperativ sind, lass ich Sie leben.«

»Bitte, Babe, erschießen Sie mich nicht«, fleht John. »Ich habe Kinder. Kleine Kinder. Söhne. Sie sind gerade erst eingeschult worden.«

»Ich will Sie nicht erschießen. Das können Sie mir glauben. Sie müssen nur tun, was ich sage.«

»Wir können doch hier miteinander reden. Hier im Restaurant. Bei einer Tasse Kaffee.«

Babe möchte keinen Kaffee mehr. »Nein, nicht hier. In Ihrem Zimmer. Und ich möchte auch mit Ihrem Bruder sprechen.«

Mein Gott, denkt John, Babe Overton weiß es? Plötzlich schien es alle Welt zu wissen. Diese Psychiaterin hat ihm gesagt, dass Babe übergeschnappt sei. Sieht ganz so aus. Und was ist mit der Waffe? Würde Babe wirklich Gebrauch davon machen?

John dreht sich um. Babe folgt ihm auf den Fersen. Sie durchqueren das Foyer und gehen zu den Aufzügen. Eine Aufzugtür öffnet sich. John und Babe steigen ein. Die Tür schließt sich.

»Welche Etage?«, fragt Babe.

»Warum reden wir nicht hier? Es ist doch hübsch hier, und wir sind ungestört.«

»Welche Etage?«, wiederholt Babe.

John wird unter keinen Umständen in die Suite 1424 gehen und Clara dieser Verrückten aussetzen. Babe könnte sie beide erschießen. Sie könnte Clara auch von dem großartigen Anwalt Frank Hagstrom erzählen. Dass Franks Selbstmord gar keiner war. John möchte nicht, dass Clara das erfährt.

John hat eine Idee. Die ist zwar nicht besonders toll, aber etwas Besseres fällt ihm auf die Schnelle nicht ein.

»Dreizehn«, sagt er. »Dreizehnte Etage.«

Babe drückt auf den entsprechenden Knopf. Der Aufzug setzt sich in Bewegung.

»Ich bin ja bereit, mit Ihnen zu sprechen«, sagt John. »Wir können über alles reden. Vielleicht wäre es besser, wenn Sie die Waffe wegstecken. Waffen machen mich nervös.«

»Mich auch«, sagt Babe. »Im Moment halte ich es für besser, die Pistole nicht wegzustecken, damit Sie ehrlich sind.«

John glaubt, dass er Babe mit ein bisschen Glück überwältigen könnte, doch im Moment möchte er das nicht riskieren. Er muss an Clara und die Jungen denken. Und an seinen Bruder, der unten im Bunker eingesperrt ist. Wenn Babe ihn jetzt erschießen würde, wäre niemandem gedient.

Der Aufzug hält auf der dreizehnten Etage. Die Tür öffnet sich. John steigt zuerst aus. Auf dem Korridor ist niemand. Kein Mensch. John schlägt nicht die Richtung zur Suite 1424 ein. Er bleibt bei seinem Plan und steuert auf Zimmer 1472 zu.

Babe, die schrecklich nervös ist und stark schwitzt, folgt ein, zwei Schritte hinter ihm. Sie kann gar nicht glauben, was sie tut. Sie richtet eine Waffe auf einen Menschen.

Plötzlich platzt sie mit der Frage heraus, die ihr auf der Zunge brennt: »Ist Ihr Bruder auch hier im Hotel?«

»Mein Bruder«, sagt John, ohne nachzudenken, »ist tot. Seit fast zwanzig Jahren.«

»Sie lügen«, sagt Babe. »Ich weiß, dass er nicht tot ist.«

Das weiß jeder, würde John am liebsten antworten. »Wie kommen Sie denn darauf, Miss Overton?«, fragt er stattdessen.

Als Babe auf dem langen, einsamen Korridor ihren Namen hört, gerät sie für einen Moment aus der Fassung. Doch sie erholt sich rasch und erwidert: »Rafe hat es mir gesagt.«

John ist wie elektrisiert. »*Rafe* hat es Ihnen gesagt? Mein Gott! Woher kennen Sie denn Rafe?«

»Woher ich ihn kenne, ist unwichtig. Nur was er mir gesagt hat, ist von Bedeutung.«

John kann sich gut vorstellen, was Rafe ihr erzählt hat.

Babe sieht, dass sie sich dem Ende des Flurs nähern. »Welches Zimmer ist es?«

John bleibt vor Nummer 1472 stehen. Okay, sagt er sich. Er hat sich entschieden. Soll er an Allen Browns Tür klopfen?

Nein, es ist wahrscheinlich keine so gute Idee, bei diesem Typen anzuklopfen. Es ist eine hirnrissige Idee. Ich kann diesen Typen doch nicht da hineinziehen. *Was habe ich mir nur dabei gedacht?*

John sucht angestrengt nach einer anderen Möglichkeit. Er greift in seine Hosentasche und wühlt nach der Codekarte für die Tür. Seine angebliche Codekarte.

»Was ist?«, fragt Babe. Sie wird langsam ungeduldig und ist drauf und dran, die Nerven zu verlieren.

»Ich finde meine Karte nicht.«

»Was? Wo ist sie denn? Ich will, dass Sie die Tür aufmachen! Wir müssen hier verschwinden!«

John seufzt und klopft seine Hose ab. »Ich weiß, Babe, aber ich kann die Karte nicht finden. Wahrscheinlich habe ich sie unten im Restaurant vergessen.«

»Im Restaurant?« Babe würde am liebsten abdrücken.

John merkt, dass sie wütend ist, und zuckt mit den Schultern. »Tut mir Leid. Wahrscheinlich liegt die Karte auf dem Tisch. Eine Angewohnheit von mir.«

Babe, die immer nervöser und zorniger wird, macht einen Schritt auf die Tür zu. »Ist denn niemand da?«

John schüttelt heftig den Kopf. »Nein«, sagt er mit Nachdruck, denn er fürchtet, dass Babe im nächsten Moment an die Tür klopft. »Niemand da.«

Genau in diesem Augenblick wird die Tür geöffnet. Vor ihnen steht ein Mann in einer zerknitterten Khakihose und zerknittertem Hemd. Er hat einen trüben Blick, als wäre er gerade erst aufgewacht. Sein Gesicht ist leicht gedunsen, und sein Haar ist völlig zerzaust. John und Babe erstarren.

Der Mann schaut sie böse an und fragt: »Was 'n hier los? Was hat dieser Lärm zu bedeuten?«

John erinnert sich daran, dass er diesen verärgerten Herrn kennen müsste. Daher sagt er so vergnügt wie möglich: »Mr Brown! Guten Morgen. Ich bin John Hancock.«

Als der verrückte Dicky Cosgrove das hört, erstarrt er augenblicklich.

»Ich dachte«, fährt John fort, »wir wollten noch über die Filmrechte meines Romans sprechen. *Die Abrechnung*.«

Dicky schüttelt sich, damit er wach wird. Er kann gar nicht glauben, dass Hancock zurückgekommen ist. Der Kerl steht genau vor seiner Tür. Dicky, der von Natur aus misstrauisch ist, fragt sich, ob das eine Falle ist. Und wer ist diese Schlampe? Was tut sie hier? Ist sie Hancocks Frau? Sieht nicht so aus. Egal. Dicky wird ihr auch die Kehle durchschneiden.

Jetzt lächelt er die beiden erst einmal an. »Ja, genau. *Die Abrechnung*. Kommen Sie doch rein.«

John Hancock betritt das Zimmer. Er geht in die Höhle des Löwen. Babe Overton folgt ihm auf den Fersen.

Es ist dunkel in dem Zimmer. Die Vorhänge sind zugezogen.

John sucht den Lichtschalter.

Babe weiß nicht, was sie machen soll. Sie hat keine Kontrolle mehr über die Situation.

Dicky dreht sich um und geht zur anderen Seite des Bettes. »Ich hole die Bücher, die Sie mir signieren wollten.«

John ist verwirrt, aber wahrscheinlich hat Will dem Burschen versprochen, ein paar Romane zu signieren. »Ja, sicher«, sagt er.

Babe schließt die Tür.

Dicky holt den Plastikbeutel, in dem alle Romane von John Hancock sind. Er hebt auch das Rasiermesser auf, das neben dem Bett auf dem Boden liegt, und steckt es in die Tasche.

John findet schließlich den Schalter und macht das Licht an. Die Lampen zu beiden Seiten des Bettes leuchten auf und erhellen das Zimmer. Trotzdem kann John sich den Mann noch immer nicht richtig ansehen. Dicky hat sein Gesicht abgewandt.

»Nun, also«, sagt John, damit das Gespräch nicht verebbt und Babe abgelenkt wird. »Ich habe noch einmal über eine Verfilmung meines Romans nachgedacht. Mit einigen kleinen Änderungen im Handlungsverlauf könnte nach Vorlage der *Abrechnung* ein spannender Actionfilm gedreht werden.«

Babe weiß überhaupt nicht, was hier los ist. Zudem fehlt ihr die Charakterstärke, um die Situation, die ihr entgleitet, wieder in die Hand zu nehmen. Sie schafft es nicht einmal, etwas zu sagen.

Dicky hat keine andere Wahl. Er muss sich wieder umdrehen. Er geht davon aus, dass Hancock ihn gestern Abend und gerade eben an der Tür nicht erkannt hat. Aber gleich wird es sowieso keine Rolle mehr spielen, ob Hancock ihn erkennt oder nicht. Gleich wird Hancock nur noch eine aufgeschlitzte, blutige Masse sein.

Dicky irrt sich, was das Erinnerungsvermögen der Hancocks betrifft. Will hat Dicky gestern im Aufzug sofort erkannt, kaum dass er einen Blick auf ihn geworfen hatte. Und auch John erkennt Dicky auf Anhieb, als der sich aufrichtet und sich umdreht. John reißt die Augen auf. »Verdammte Scheiße!«

Im Gegensatz zu seinem Bruder, der gestern Abend im Aufzug einen kühlen Kopf behielt, erstarrt John vor Entsetzen.

Der verrückte Dicky schreitet sofort zur Tat. Er zieht das Rasiermesser und klettert aufs Bett. Er schwingt seine Waffe und drängt John und Babe von der Tür weg in die Mitte des Zimmers.

John packt Babes Arm. »Schnell, Babe! Geben Sie mir die Waffe! Geben Sie mir die Waffe!«

Als Dicky das Wort *Waffe* hört, hält er inne. Er starrt die Frau an. Zu seinem Erstaunen hat sie tatsächlich eine Waffe. Es ist nur eine kleine Knarre, aber immerhin groß genug, um ernsthafte Schäden anzurichten.

Die Frau gibt Hancock die Waffe jedoch nicht.

Dicky ist völlig verwirrt, als die Frau Hancock stattdessen wegschubst. Die Waffe im Anschlag, stößt sie ihn zur Seite.

Babe hat keine Ahnung, was hier vor sich geht. Auf jeden Fall wird sie die Waffe nicht aus der Hand geben. Instinktiv weiß sie, dass sie ohne ihre Pistole vollkommen machtlos ist.

John, der zwischen den beiden Psychopathen eingeklemmt ist, kann nicht fassen, was sich hier abspielt. Es kommt ihm vor wie eine bizarre Szene aus einem seiner Romane. Und so ist es wahrscheinlich auch. Diese Ironie des Schicksals kann kaum Zufall sein.

Allmählich dämmert es ihm. Will hat ihn hierher geschickt. Genau in die Höhle des verrückten Dicky Cosgrove. Die Story von dem Filmproduzenten aus Hollywood war von vorn bis hinten erfunden. Ein Märchen. Will hat mich reingelegt!, schießt es John durch den Kopf. Dieses Schwein hat mich reingelegt. Mein eigener Bruder.

Dicky stürzt sich auf John, packt seinen Arm und presst ihn John auf den Rücken. »Zeit, dich zu verabschieden, Hancock.« Dicky drückt John die Rasierklinge an die Kehle. »Lass die Waffe fallen, Schwester«, sagt Dicky zu Babe.

»Warum sollte ich?«, erwidert sie.

»Weil ich deinem Freund sonst die Gurgel durchschneide.«

»Das ist nicht mein Freund. Das ist John Hancock. Oder vielleicht auch Will Hancock. Ich weiß es nicht. Auf jeden Fall hat er meinen Mann ermordet. Entweder er oder sein Bruder.«

»Erzähl mir keinen Scheiß!«, brüllt Dicky. »Die Typen haben meine Schwester gekillt.«

Babe schüttelt den Kopf. »Ich frage mich, wie viele Menschen sie noch getötet haben.«

John weiß, dass er jetzt aktiv werden muss. Auf jeden Fall muss er versuchen, den Kopf aus der Schlinge zu ziehen. »Ich habe niemanden getötet«, sagt er mit einigen Schwierigkeiten, weil er Angst hat, dass sein Adamsapfel vorspringt und seine Kehle dabei aufgeschlitzt wird. »Ich schwöre bei Gott, dass ich niemanden umgebracht habe. Weder Frank noch Zelda. Mein Bruder hat sie ermordet. Will hat es getan. Er ist krank im Kopf.«

Dicky presst die Klinge an Johns Kehle. »Halt dein Maul, du verlogenes Stück Scheiße.«

»Aber es stimmt. Will ...«

»Du sollst die Klappe halten!« Um zu beweisen, dass er es ernst meint, fährt Dicky mit der Klinge über Johns Kehle. Es ist kein tiefer Schnitt, aber die Wunde blutet.

Babe, die kein Blut sehen kann und Gewalt hasst, richtet die Waffe auf Dicky und sagt: »Das reicht. Legen Sie das Messer weg.«

»Schwirr ab, Schwester.«

»Ich habe gesagt, Sie sollen das Messer fallen lassen. Lassen Sie es fallen, und lassen Sie den Mann los. Ich will nicht, dass er verletzt wird. Ich bin hier, um zu erfahren, was wirklich mit Frank passiert ist. Ich bin nicht hier, um unschuldige Menschen zu töten.«

»Endlich werden Sie vernünftig, Babe«, sagt John. »Lassen Sie uns in Ruhe über alles reden.«

Leider ist der verrückte Dicky solchen Argumenten nicht zugänglich. »Du traust dich doch gar nicht zu schießen, Schwester. Lass die Knarre fallen, sonst schneid ich diesem Scheißkerl die Kehle durch – und dann bist du dran.«

Babe lässt die Waffe nicht sinken. Sie bleibt standhaft und hält die Mündung auf Dicky gerichtet. Leider steht John genau zwischen ihnen. Deshalb zielt die Waffe eigentlich auf John.

Dicky sagt zu John: »Sag mir, wo dein Bruder ist, dann lass ich dich am Leben.«

Ja, sicher, denkt John, ich kenne die Zauberformel, um das Blatt zu wenden. Er muss unbedingt Zeit schinden. »Will ist hier«, antwortet er. »Hier im Hotel.«

»Wo?«

»Leg das Messer weg, dann sag ich's dir.«

Dicky denkt gar nicht daran. Zur Demonstration lässt er die Klinge noch einmal über Johns Kehle gleiten. Diese Wunde ist tiefer als die erste. John versucht, den Schnitt mit den Fingerspitzen zu verschließen. Plötzlich muss er daran denken, dass ihm ein ebenso scheußlicher Tod bevorsteht wie seinen Eltern auf der San-Diego-Autobahn, wenn der verrückte Dicky ihm mit dem Messer den Kopf abschneidet.

»Ich habe Ihnen gesagt, Sie sollen das lassen«, sagt Babe. Und um zu beweisen, dass sie es ebenfalls ernst meint, beschließt sie, einen Schuss abzufeuern. Allerdings will sie niemanden erschießen. Sie drückt ab, doch nichts passiert. Nur ein leises Klicken ist zu hören. Sie drückt noch einmal ab. Wieder ein Klicken.

Dicky lacht.

Babe ärgert sich über dieses Lachen. Deshalb richtet sie die Waffe jetzt auf Dicky und drückt ein drittes Mal ab. Diesmal geht der Schuss los. Die Kugel schlägt in John Hancocks Schulter. Er schreit vor Schmerzen auf und entgleitet Dickys Händen.

Dicky taumelt nach vorn und fuchtelt mit dem Messer vor Babes Gesicht in der Luft herum.

Babe drückt immer wieder ab. Die Kugeln jagen jetzt schnell hintereinander durch die Luft. Eine landet in Dickys Brust, eine andere streift seine Wange, prallt vom Wangenknochen ab und trifft Hancock. Die letzte Kugel dringt in Dickys Schädel ein und zermatscht sein Hirn.

Nur ein paar Türen weiter liegt Leland Fisher im Zimmer 1466 auf dem Boden und macht in der vagen Hoffnung, seinen Rettungsring zu beseitigen, Sit-ups. Als er die Schüsse hört, steht er sofort auf und stürzt zur Tür.

Er reißt sie auf, steckt vorsichtig den Kopf hinaus und schaut in beide Richtungen den Korridor hinunter. Nichts zu hören, nichts zu sehen. Die Schussgeräusche sind verstummt.

Plötzlich hört er eine Frau schreien. Ein grelles Kreischen. Sekunden später wird eine Tür aufgerissen, und die kreischende Frau rennt den Korridor hinunter. Im ersten Moment will Leland die Tür schließen, wieder ins Bett gehen und sich die Decke über den Kopf ziehen. Was geht ihn das alles eigentlich an?

Bevor er die Tür zuschlagen kann, steht die Frau schon vor ihm. Sie schreit noch immer und fuchtelt mit den Armen durch die Luft. Sie hat vollkommen die Nerven verloren.

»Ich habe sie erschossen«, schreit sie. »Ich habe sie beide erschossen!«

»Beruhigen Sie sich«, sagt Leland. »Wen? Wo? Was ist passiert?«

Jetzt springt Hillary aus dem Bett und zieht sich einen Morgenmantel über. »Leland, was ist denn hier los?« Sie wendet sich an die hysterische Frau. »Wer sind Sie? Leland, wer ist diese Frau?«

Leland zuckt mit den Schultern.

Die Frau ergreift seinen Arm und zieht ihn auf den Flur.

»Mein Gott«, murmelt Hillary. »Was ist denn das für ein Irrenhaus?«

Ein Blick in Zimmer 1472, und sie sind im Bilde.

Vor der Tür liegt die leer geschossene Pistole. Auf dem weißen Teppich liegt das blutverschmierte Rasiermesser. Der verrückte Dicky Cosgrove, in dessen Kopf eine Kugel steckt, lehnt am Bett. Und da liegt ...

»Mein Gott! Leland!«, schrillt Hillary. »Da! Der Mann an der Wand! Das ist Hancock! John Hancock!«

»Allmächtiger!«, ruft Leland. »Du hast Recht. Das ist er.«

Leland betritt das Zimmer. Hillary bleibt auf der Schwelle stehen. Babe steht vor der Tür und jammert. Andere Gäste haben sich versammelt. Der Korridor füllt sich mit Schaulustigen.

Leland steigt über Dicky hinweg und geht zu seinem Bestseller-Autor.

»Ist er tot?«, fragt Hillary, die der Meinung ist, dass der Scheißkerl nichts anderes verdient hätte.

Leland, ein sehr empfindsamer Mann, murmelt: »Ich schau mal nach.« Er legt eine Hand auf Hancocks Brust. Er kann keinen Puls fühlen. Aber Leland ist kein Arzt. Er macht sich jedoch seine eigenen Gedanken. Sieht so aus, sagt er sich, als würde der alte John meine Frau in Zukunft nicht mehr vögeln.

Clara, der die Aufregung ebenfalls nicht entgangen ist, steht jetzt draußen auf dem Flur. Sie entdeckt die Frau von Leland Fisher. Im ersten Moment erinnert sie sich nicht an den Namen dieses widerlichen Weibsstücks; dann aber fällt er ihr wieder ein. »Hillary! Tag. Ich bin Clara Hancock. Was ist hier los?«, ruft Clara, um den wachsenden Lärm der Menge zu übertönen. »Was hat diese Aufregung zu bedeuten?«

»Es ist John«, sagt Hillary. »Er wurde erschossen.«

»John? *Mein* John?«, stößt Clara hervor.

Hillary nickt.

Clara bahnt sich den Weg zum Zimmer. Als sie vor der Tür steht, sieht sie ihren Mann.

»Wir vermuten, dass er tot ist«, verkündet Hillary.

»Verdammt, John ist nicht tot!«

Schnell steigt sie über die Leiche von Dicky Cosgrove und beugt sich über ihren Gatten, ohne auf das Blut zu achten, das aus den Wunden im Nacken und der Schulter sickert. Sie presst ihr Ohr auf Johns Brust und verharrt mindestens dreißig Sekunden in dieser Haltung.

Schließlich schaut sie hoch und sagt zu Leland: »Ruf einen Krankenwagen. Sie sollen sich beeilen!«

PANIK

Vor ein paar Minuten, als Dicky das erste Mal Johns Kehle aufschlitzte, griff sich Will, der meilenweit entfernt war, instinktiv an die Kehle. Diese Geste kann ganz einfach auf die gemeinsamen Tage der Zwillinge in Lenores Leib zurückgeführt werden.

Will griff sich an die Kehle und umfasste sie mit einer Hand. Er wusste, dass sein Bruder tot war. Dieser verrückte Dicky Cosgrove hatte John die Kehle durchgeschnitten.

Und wenn Will schonungslos ehrlich ist, muss er sich eingestehen, dass auch er bald sterben wird – jetzt, wo John tot ist. Johns Tod trat schnell und relativ schmerzlos ein. Will weiß, dass *sein* Sterben langsam und qualvoll sein wird. Zuerst werden ihm die Nahrungsmittel und dann das Wasser ausgehen. Er wird verhungern und verdursten.

Düstere Aussichten.

Er nimmt die Saturday Night Special, die John damals aus Mexiko mitgebracht hat. Er hat die sechs Kugeln ersetzt, die John gestern Abend herausnahm.

Nein, Will hat nicht vor, sich umzubringen. Er überlegt, ob er das Türschloss aufschießen könnte. Sich den Weg aus dem Bunker und in die Freiheit schießen.

Will nimmt ungefähr drei Meter vor der Tür Aufstellung. Er zielt vorsichtig auf den alten massiven Stahlknauf und drückt auf den Abzug. Sekundenbruchteile später schlägt die erste Kugel in die Tür ein und bleibt wenige Zentimeter über dem Knauf im Holz stecken. Wills Chancen, diesem Bunker zu entkommen, haben sich nicht verbessert.

Die zweite Kugel trifft die Tür genau unter dem Knauf und richtet kaum Schaden an. Noch einmal feuert Will. Die dritte Kugel streift den Knauf, prallt jedoch ab.

»*Scheiße!*«, brüllt Will Hancock. Es ist das erste Wort, das er von sich gibt, seit er in diesem unterirdischen Gefängnis eingeschlossen ist.

Er geht näher an die Tür heran, bis er nur noch etwa zwei Schritt entfernt ist. Er hebt die Waffe und peilt sein Ziel genau an. Als er den Arm ausstreckt, ist der Lauf der Waffe nur wenige Zentimeter vom Stahlknauf entfernt.

Will drückt ab. Die Kugel trifft genau den Knauf, prallt ab und schlägt mit voller Wucht in Wills Kehle ein.

Sein Schmerzensschrei dringt nur als leises Stöhnen aus seinem Mund.

Blut spritzt.

Will lässt die Waffe sinken und legt seinen Zeigefinger auf die Wunde. Er hat entsetzliche Schmerzen.

Er taumelt zur Couch und bricht auf den Kissen zusammen. Das Blut sickert über seine Hand. Er zieht seinen Baumwollpullover aus und reißt ihn entzwei. Bei dieser kurzen Anstrengung spritzt noch mehr Blut aus der Wunde.

Will wickelt sich den zerrissenen Pullover um den Hals, um die Blutung zu stoppen. Er zieht ihn so stramm, wie es nur geht, sodass er kaum noch Luft bekommt.

Die Blutung hört auf. Zumindest sickert das Blut nur noch ganz langsam aus der Wunde.

Will legt sich hin. Er will sich entspannen. Er ist sicher, dass sein Bruder John innerhalb der nächsten Sekunden oder Minuten zurückkommen wird.

Nein, wird er nicht, erinnert sich Will. John ist tot. Ich selbst habe ihn getötet.

Will weiß, dass jeder Mensch am Ende seinen gerechten Tod erleidet.

EPILOG

DAS ENDE

Die Kugel ist gegen acht Uhr dreiunddreißig am Donnerstagmorgen in Will Hancocks Kehle gedrungen. Jetzt ist es sieben Uhr dreißig am Freitagabend.

Clara sitzt am Steuer des großen BMW. John sitzt neben ihr. Sein Hals und seine Schulter sind verbunden, und sein Arm hängt in einer Schlinge. Im Vergleich zur aussichtslosen Lage im Zimmer 1472 fühlt John sich richtig gut.

Der Krankenwagen hat ihn vom Hotel ins Presbyterian Hospital gebracht. Die Ärzte stellten rasch fest, dass seine Verletzungen nicht lebensgefährlich waren. Trotzdem musste er die Nacht zur Beobachtung im Krankenhaus verbringen.

Johns größtes Problem war, dass er kaum sprechen konnte; es war sehr schwierig, und es kam nur ein leises Wispern über seine Lippen. Dicky hatte ihn mit seinem Rasiermesser verletzt. Ein Facharzt, der hinzugerufen wurde, versicherte den Hancocks jedoch, dass John in ein oder zwei Wochen wieder vollkommen genesen sei. Bis dahin sollte er so wenig wie möglich sprechen. Er wurde angehalten, nur dann zu sprechen, wenn es unbedingt notwendig sei.

Deshalb sitzen John und Clara schweigend im Wagen. Clara hat Tausende, Millionen von Fragen, doch es ist sehr kompliziert, sie John zu stellen, weil Clara jedes Mal warten muss, bis John die Antwort aufgeschrieben hat.

Clara, die in diesem verrückten Drama eine tragende Rolle gespielt hat, wird sich gedulden müssen, bis all ihre Fragen beantwortet werden. Sie muss warten, bis sie etwas über den verstorbenen Richard Cosgrove erfährt. Und über Babe Overton, die wegen Mordes und versuchten Mordes von der Polizei verhaftet wurde. Und über den toten Allen Brown, dessen Leiche gestern Nacht vom Sicherheitsdienst des Hotels im Minivan gefunden wurde, der in der Tiefgarage stand. Clara hat erfahren, dass dieser Brown irgendetwas mit Richard Cosgrove zu tun hat, der ganz versessen darauf gewesen war, ihren Gatten zu töten und ihm die Kehle durchzuschneiden.

Ja, Clara wird warten müssen, bis all ihre Fragen beantwortet werden. Diese ganze Geschichte macht sie schier verrückt. Keine schöne Situation für eine Frau, die stolz darauf ist, stets einen kühlen Kopf zu bewahren.

Natürlich wird die Lage sich noch weiter zuspitzen. Clara ist noch nicht im Bunker eingetroffen. Sie hat Will noch nicht gesehen. Sie weiß auch noch nicht, was sie vorfinden wird, wenn sie endlich wieder in ihr Stadthaus in Beacon Hill zurückkehrt. Dieses schreckliche Gemetzel harrt noch seiner Entdeckung.

Doch Clara weiß, dass es ihren Söhnen gut geht. Sie hat Linda angerufen, ehe sie New York verließ. Von den Vorfällen im Ambassador hat sie ihr nichts erzählt. Als sie hörte, dass in den White Mountains in New Hampshire alles in Ordnung war, ging es ihr viel besser.

Clara und John fahren durch Stockbridge. Am Norman Rockwell Museum und dem Red Lion Pub vorbei.

Da es einer der längsten Tage des Jahres ist, dauert es noch mehr als eine Stunde, bis es dunkel wird. Es ist ein wunderschöner Abend: warm, klar und trocken – Sommeranfang. John weist Clara mit Handzeichen den Weg. Sie fährt die Berge hinauf und schließlich auf den Kiesweg.

Als Clara sich dem alten Bauernhaus nähert, sieht sie ihren ML320. »Wie kommt der denn hierher?«, fragt sie.

John rollt mit den Augen und zeigt auf sich.

»Du bist damit gefahren?«

Er nickt.

Clara parkt den BMW direkt hinter dem Mercedes. Sie schaltet den Motor aus und schaut auf das Grundstück und den Garten. »Wunderschön. Es gehört euch, nicht wahr? Dir und Will?«

John nickt wieder. Mehr kann er nicht tun: nicken, den Kopf schütteln und mit den Schultern zucken.

»Das würde den Jungen gefallen«, sagt Clara.

Und sie lächelt. Sie kann noch lächeln. John nickt und lächelt ebenfalls. Der Gedanke, dass seine Söhne hier herumtollen, gefällt ihm ausgesprochen gut.

Clara steuert auf die Haustür zu. »Will muss hier sein.«

John hält sie am Arm fest und schüttelt den Kopf.

»Ist er nicht hier?«

John schüttelt noch einmal den Kopf, nimmt dann seine Frau an die Hand und zieht sie über den Rasen.

»Woher weißt du denn, dass er hier draußen ist?«

John zuckt mit den Schultern.

Sie nähern sich dem ehemaligen Vorratskeller. John zieht Clara zur Rückseite. Im Westen hängt die riesige, blutrote Sonne über den Berkshires.

John hätte Clara sehr viel zu sagen. Er würde ihr gerne so viel erklären. Jetzt aber muss er zuerst einmal Will befreien. Er kann Will keine Minute länger dort unten im Bunker eingeschlossen lassen. Und dann muss einiges geklärt werden. Sie müssen sich alle drei mit der Vergangenheit auseinander setzen und sich auf die Zukunft vorbereiten.

John gibt Clara ein Zeichen, die Betonrampe hinunterzugehen.

»Du glaubst, er ist hier unten?«, fragt sie verwirrt.

John nickt.

Clara sieht die beiden dicken Riegel vor der Holztür. »Die Tür ist verschlossen.«

John schiebt den obersten Riegel zur Seite.

»Warum ist die Tür verschlossen?« Clara ist nicht nur verwirrt, sie hat auch Angst. »Ist Will da drin eingesperrt?«

John seufzt und schiebt den unteren Riegel zur Seite. Er nimmt den Schlüssel aus der Tasche und schließt die Tür auf.

Clara ist fassungslos. Sie weiß nicht, was sie sagen oder

denken soll. Die Leiche im Zimmer 1472 war schon ziemlich schlimm, aber das hier sieht auch nicht viel schöner aus.

John stößt langsam die Tür auf. Das letzte Tageslicht strömt in das unterirdische Gefängnis.

John betritt den Bunker als Erster. Clara folgt ihm. Es dauert einen Moment, bis ihre Augen sich an das trübe Licht gewöhnt haben.

Will liegt auf der Couch. Er ist splitternackt. In den vergangenen sechsunddreißig Stunden hat er seine gesamten Kleidungsstücke benutzt, um die Blutung der Wunde an seiner Kehle zu stoppen. Im Moment ist sein linkes Hosenbein um seinen Hals gewickelt. Es ist blutdurchtränkt und so rot wie die untergehende Sonne.

Will ist seit gestern Morgen nur einmal von der Couch aufgestanden. Irgendwann mitten in der Nacht ist er auf dem Boden herumgekrochen und hat die Saturday Night Special gesucht. Er hat die Waffe aufgehoben und hat sich dann zurück zur Couch geschleppt. Ihm schoss der Gedanke durch den Kopf, sich mit der letzten Kugel von seinem Elend zu befreien. Mehrmals hielt er sich die Waffe an die Schläfe, doch er konnte einfach nicht abdrücken. Jetzt liegt die Waffe zwischen den Kissen unter seinem rechten Ellbogen.

John steht da und starrt auf das Blut. Er kann keinen Schritt mehr tun. Der Zustand seines Bruders macht ihn fertig.

Claras Blick wandert zwischen ihren beiden Ehemännern hin und her. Will, der schon tot ist oder gleich sterben wird, liegt in einer Blutlache auf der Couch. John steht reglos da. John hat Will hier eingesperrt. In diesem Verlies. Mein Gott, denkt Clara, John hat ihn sicher erschossen. Er hat ihn erschossen oder ihm die Kehle durchgeschnitten!

Clara ist nicht fähig, sich diesen ganzen Wahnsinn vor Augen zu führen. »So tu doch was!«, schreit sie.

John schüttelt den Kopf. Er versteht nicht, was hier passiert ist. »Ich habe die Kugeln herausgenommen«, murmelt er leise, fast unhörbar. »Ich habe die Kugeln aus der Waffe genommen.«

»Aus der Waffe?«, wiederholt Clara. »Aus welcher Waffe?«

John antwortet nicht. Er geht zu Will, beugt sich über die Couch und flüstert seinem Bruder ins Ohr: »O Gott, Will, was ist denn passiert?«

Will erwidert nichts. Er kann nicht sprechen.

»Ist er tot?«, fragt Clara. »Hast du ihn ermordet?«

John dreht sich um. Er wirft seiner Frau einen gequälten Blick zu, schüttelt den Kopf und bemüht sich verzweifelt, Clara zu erklären, dass er das hier nicht getan hat. Nie im Leben würde er so etwas tun. Niemals. Er würde doch nicht seinen eigenen Bruder erschießen. Seinen Zwillingsbruder. John kann seine Gedanken nicht äußern. Kein Laut dringt über seine Lippen. Nur ein leises Wimmern.

»Du hast ihn erschossen«, schreit Clara. »Du hast ihn erschossen und dann hier eingesperrt ... in diesem Loch.«

John schüttelt verzweifelt den Kopf. Sein Verband färbt sich rot.

Er beugt sich noch einmal über seinen Bruder und legt sein Ohr auf dessen Herz. Es schlägt noch, jedoch schwach und unregelmäßig.

John flüstert seinem Bruder leise zu: »Sag es ihr, Will. Sag ihr, dass ich es nicht war. Und wenn es das Letzte ist, was du tust – bitte, sag Clara, dass ich es nicht war.«

Will liegt reglos da.

»Bitte, Will, sag Clara, was du getan hast. Du musst ihr sagen, dass du mit dem ganzen Scheiß angefangen hast und nicht ich. Ich liebe sie, Will. Ich liebe sie sehr. Sie und die Jungen. Ich werde gut auf sie aufpassen, wenn du nicht mehr da bist. Für keinen Menschen auf Erden wird besser gesorgt als für Clara und John junior und den kleinen Willy. Und niemand wird mehr geliebt als sie. Niemand. Ich verspreche es. Sag es ihr, Will, bitte. Sag es ihr.«

Will gibt keinen Laut von sich.

»Mein Gott«, jammert Clara. Die ganze Geschichte ihrer seltsamen Dreisamkeit schießt ihr durch den Kopf. »Was haben wir getan?«

John fängt an zu weinen. Er weint um sich und um seinen Bruder. »Sag es ihr«, bettelt er und schüttelt Wills blutigen Körper. »Bitte, sag es ihr.«

»Lass ihn in Ruhe!«, schreit Clara. »Wenn er noch nicht tot ist, lass ihn in Frieden sterben.«

Doch Will kann nicht in Frieden sterben, wenn er seinen Bruder nicht mit in den Tod nimmt.

Will mobilisiert die letzten Kräfte, die noch in seinem sterbenden Körper sind, greift unter die Kissen und zieht die Saturday Night Special hervor, die John vor vielen, vielen Jahren aus Mexiko mitgebracht hat.

Bevor jemand etwas sagen oder tun kann, richtet Will den Lauf der Waffe auf die Schläfe seines Bruders.

Dann drückt er ab.

DIE HANCOCK-BRÜDER

Samstagnachmittag. Die White Mountains. Die Hancock-Brüder haben Würmer an den Haken und angeln in dem kalten, langsam fließenden Bach nach Forellen.

Die Sonne steht jetzt hoch am Himmel und scheint warm.

»Dürfen wir schwimmen gehen?«, fragt John junior Tante Linda.

»Au ja«, sagt der kleine Willy. »Ich hab keine Lust mehr zu angeln. Ich will schwimmen gehen.«

Linda sitzt hinter ihnen auf der Bank und liest. Sie klappt das Buch zu. Es ist ein Bestseller, den der Vater der Jungen geschrieben hat. »Schwimmen? Sicher könnt ihr schwimmen gehen.«

»Komm doch mit.«

»Nein«, sagt Linda, »ich gehe nicht schwimmen. Das Wasser ist mir zu kalt.«

»Nur eine Minute«, bettelt John junior.

»Ja«, drängt der kleine Willy, »nur eine Minute.«

Linda legt das Buch ins Gras und steht auf. »Kommt«, sagt sie, »gehen wir ein Stück den Bach hinunter. Da ist das Wasser tiefer.«

Die glücklichen Hancock-Jungen folgen Linda an den alten Eichen vorbei zur Schwimmstelle. Kurz werfen sie einen Blick ins Wasser und springen dann hinein. Linda steigt langsam in den Bach. Zentimeter für Zentimeter. Die Jungen planschen um sie herum wie kleine Hunde.

»Es ist kalt«, schreit Linda, als ihr das Wasser bis zur Taille geht.

»Machen wir das Haifischspiel?«, fragt John junior.

»Au ja«, sagt der kleine Willy, »das Haifischspiel! Das Haifischspiel!«

»Wie geht das Haifischspiel?«, fragt Linda.

»Ich tauch ins Wasser und pack dein Bein, und dann tu ich so, als wär ich ein Haifisch, und beiß rein.«

»Das hört sich ja schrecklich an.«

»Das Haifischspiel«, schreit Willy. »Das Haifischspiel!«

»Dad hat's uns beigebracht«, erklärt John junior Linda. »Er hat es mit seinem Bruder gespielt, als sie klein waren.«

John junior taucht unter die Wasseroberfläche und verschwindet im kalten, dunklen Wasser. Zehn oder zwölf Sekunden vergehen.

Linda gefällt das Spiel nicht. Sie will es den Jungen verbieten. Sie wird ihnen sagen, dass sie aus dem Wasser kommen sollen. Es müsste gleich Essenszeit sein. Oder fast.

Und noch immer ist nichts von John zu sehen.

»John!«, schreit Linda.

»Wo ist er?«, fragt Willy.

»Ich weiß es nicht«, antwortet Linda. »Aber ich wäre froh, wenn er langsam wieder auftauchen würde. Das gefällt mir ganz und gar nicht.«

Jemand packt Willys Bein. Der Kleine schreit.

John junior taucht wieder auf. »Ich hab dich«, schreit er.

Willy schlägt John junior auf die Schulter.

Linda atmet erleichtert auf.

»Jetzt bin ich der Haifisch«, sagt Willy.

Bevor Willy untertauchen kann, hören sie, dass jemand durch die Baumgruppe den Pfad hinunterkommt.

»Das sind Mom und Dad!«, ruft der kleine Willy. »Ich wette eine Million Dollar, dass es Mom und Dad sind.«

Nein, es sind nicht Mom und Dad. Es ist nur ihre Mutter. Das Gewicht ihrer verlorenen, zerbrochenen Welt lastet schwer auf ihren Schultern.

»Mom!«, rufen die Jungen. Sie paddeln ans Ufer, springen aus dem Wasser und laufen zu ihrer Mutter.

Clara schließt sie in die Arme. Ihre Söhne. Die Hancock-Brüder.

›Jeder Roman von Ridley Pearson ist ein Highlight des Thriller-Genres.‹

WASHINGTON TIMES

Am Strand von Puget Sound wird ein großer Metallcontainer angespült, aus dem menschliche Schreie dringen. Die Küstenwache verständigt Lou Boldt von der Polizei in Seattle. In dem Container befinden sich neun halb verhungerte Chinesinnen und drei Leichen. Ganz offensichtlich handelt es sich um illegale Einwanderer, und Lou beginnt mit seinen Ermittlungen, um den skrupellosen Menschenhändlern das Handwerk zu legen. Doch die Verbindungen der Schlepperbande reichen weit in die höchsten Kreise hinein, und nur wenige haben ein Interesse an dem, was Lou ans Tageslicht bringen möchte …

ISBN 3-404-14632-8

Auf den ersten Blick scheint die elfjährige Max ein normales Mädchen zu sein. Doch sie hat ganz besondere Fähigkeiten, die sie von anderen Menschen unterscheiden – und sie ist auf der Flucht. Sie flieht vor einer Horde Männer, die nur ein Ziel haben: sie zu töten. Als sie auf eine junge Tierärztin und einen FBI-Agenten trifft, die ihr zur Seite stehen, ahnt Max, dass sie damit auch die beiden in tödliche Gefahr bringt …

›Das beste Leseerlebnis seit über zehn Jahren.‹
NEW YORK TIMES

ISBN 3-404-14609-3

BASTEI LÜBBE